Richard Grosse Mordshochhaus

Richard Grosse, 1944 in London geboren, wohnte selbst viele Jahre im bekannten Hochhaus am Strausberger Platz. Er wurde 1983 zum Professor für Biochemie an der Akademie der Wissenschaften der DDR berufen. Nach Jahren in der Grundlagenforschung gründete er 1994 ein eigenes gendiagnostisches Labor in Berlin, das er bis heute leitet. *Mordshochhaus* ist sein Krimidebüt.

Richard Grosse

Mordshochhaus

Ein Berlin-Krimi

Kommissar Birchers erster Fall

Bild und Heimat

Danksagung

Herrn Dr. Jäger-Hülsmann für wertvolle sachliche und formale Hinweise und Dr. Floßmann für die Durchsicht des Manuskripts.

Herrn Prof. Dr. med. Uebelhack für den rechtzeitig erteilten fachlichen Rat, das Buch zu Ende zu bringen.

Frau Dr. med. Fietze für alle Gespräche und wohlwollende Hilfestellungen.

ISBN 978-3-95958-014-4

3. Auflage

Umschlaggestaltung: fuxbux, Berlin
Umschlagabbildung: © ullstein bild - Leber
Druck und Bindung: GGP Media GmbH, Pößneck

Ein Verlagsverzeichnis schicken wir Ihnen gern:
BEBUG mbH / Verlag Bild und Heimat
Alexanderstr. 1
10178 Berlin
Tel. 030 / 206 109 – 0

www.bild-und-heimat.de

Für G.

Die Handlung ist frei erfunden. Jedweder Bezug der Romanfiguren zu realen Personen ist rein zufällig und nicht beabsichtigt.

I

Ostberlin, im Sommer, 10. Juli 1975. Es war einsam in Berlin, zu dieser Zeit, nachts gegen zwei Uhr, und scheinbar sehr friedlich. Von der toten Frau wusste so gut wie niemand.

Die Straßen waren leer. Auf dem Asphalt spiegelte sich lediglich das weiße Licht der Laternen. Es erinnerte daran, dass hier Menschen leben. Falls sie auf die Straße treten würden, in das fahle Leuchten der Lampen, überkäme sie die Empfindung, als hätte jemand diesen Ort, wie einen Theatersaal, wenn der letzte Vorhang fällt, für das Publikum geschlossen.

Die rasch hochgezogenen Neubauten entlang der Leninallee, Wahrzeichen des Fürsorge versprechenden Staates der Arbeiter und Bauern und seiner allmächtigen Parteiführung, säumten die Straße wie eine weitere Berliner Stadtmauer. Die monoton wirkenden Wohnblöcke mit ihrer langweiligen Systematik aus sich wiederholenden farblosen Wänden, aneinandergereihten Balkonen und identischen Eingängen verlangten vom ortsfremden Besucher ein gutes Auge, denn nur die Hausnummern unterschieden die Mietshäuser voneinander.

Der Fahrer des Polizeipräsidiums fluchte leise vor sich hin, als er im Schritttempo versuchte die Hausnummern zu entziffern. Zwischen Fahrbahn und Hauseingängen befanden sich Grünanlagen, so wurden sie bezeichnet, die immer gleichen Rasenflächen mit einigen Büschen, die die Wohngemeinschaften der Häuserblöcke in freiwilligen Einsätzen pflegten. Den Bewohnern wurde gewissermaßen mit dem Hausschlüssel die Harke zur Pflege des Volkseigentums überreicht.

Der Fahrer blinzelte zwischen die Büsche, und versuchte sich an den Aufgang zu erinnern, vor dem er erst vor wenigen Tagen mit seinem Wagen gestanden und auf den Kommissar gewartet hatte. Er war in Eile, denn der Auftrag kam nicht aus der Einsatzzentrale, sondern direkt aus dem Polizeipräsidium Berlin und wurde entsprechend nachdrücklich übermittelt.

»Was zum Teufel hat die bewegt, die Hausnummern für Autofahrer fast unsichtbar zu machen!«, murmelte er und starrte abwechselnd auf den Asphalt und die Hauseingänge.

Kommissar Bircher stand in seiner Küche und beobachtete den Wartburg, der langsam am Bordstein entlangschlich.

»Na, sind ja schließlich bei der Kripo, da wird der ja wohl noch meine Hausnummer finden«, brabbelte er missvergnügt in seine Kaffeetasse.

Der Anruf aus dem Präsidium hatte ihn aus einem kurzen Schlaf gerissen, nachdem er wieder einmal lange wach gelegen hatte. Gegen Mitternacht nahm er schließlich sein Buch, warf einen kurzen Blick auf seine schlafende Frau und begab sich in das angrenzende Wohnzimmer. Er hatte es sich zur Angewohnheit gemacht, das Bett zu verlassen, sobald sich seine Gedanken, oder waren es nur Satzfetzen, zu verselbstständigen begannen, leichten Stromstößen ähnlich durch seinen vor Erschöpfung gelähmten Körper irrten, keinen Ausgang fanden, erneut zur Attacke ansetzten, so, als wollten sie seine Gliedmaßen in Schwingung versetzen, bis er regungslos begann, sich zu verfluchen, weil sich sein bleierner Körper wie ein fremdes Gebilde anfühlte, das sich von seinem ruhelosen Geist gelöst hatte, und er schließlich durch die Flucht aus dem Bett weitere Qualen abzuwenden versuchte.

Irgendwann nach Mitternacht war er zurück unter die Decke gekrochen und schließlich eingeschlafen, bis ihn der Anruf aus dem Schlaf riss.

Er war ins Wohnzimmer geschlurft, die Sonderanfertigung einer Telefonschnur hinter sich her ziehend, die er aus Rücksicht auf den Schlaf seiner Frau der Post abgerungen hatte, allerdings erst nach einem klärenden Brief seines Polizeipräsidenten an den stellvertretenden Minister für das Post- und Fernmeldewesen der Republik.

Er ließ sich schnaufend in den Sessel fallen und resümierte die Informationen zu dem unklaren Todesfall, der seinen Einsatz erforderte. Es würde sich um eine junge, gut aussehende, alleinstehende Frau handeln, an der, nach dem ersten Eindruck des herbeigerufenen Abschnittsbevollmächtigten, keine Gewaltanwendung festzustellen sei. Den ABV hatten die Nachbarn gerufen, nachdem ihnen aufgefallen war, dass der Briefkasten zwei Tage nicht geleert worden war, obwohl sie das immer in Abwesenheit der Toten erledigten und deshalb auch einen Wohnungsschlüssel besaßen. Der Schlüssel wurde ihnen von der jungen Frau mit der Bemerkung überreicht, dass sie sich sicherer fühlte, wenn jemand in ihrer Nähe »abrufbereit zur Verfügung stünde«. Die leicht geschraubte Bemerkung wurde Bircher so durchgegeben, wie sie der ABV in sein Protokollbüchlein eingetragen hatte. Als die Nachbarn versuchten, die Wohnungstür zu öffnen, stellten sie fest, dass auf der anderen Seite ein Schlüssel steckte. Sie klingelten vergeblich und beschlossen dann, den ABV anzurufen.

Bircher war ein stämmiger Mann mit leicht ergrauten, zottelig anmutenden Haaren, die er jedoch, was außer seiner Frau niemand wusste, beim besten Friseur der Stadt pflegen ließ. Er ließ sie sich sogar in ihrem Originalschwarz abtönen, was Außenstehenden angesichts seiner eher uneitlen Erscheinung als ziemlich abwegig erschienen wäre. Hinter einer wuchtigen Hornbrille lagen, verdeckt durch schwere Tränensäcke, graue, seine Umgebung aufmerksam musternde Augen. Er war nach dem Krieg in Thüringen, wo sein Vater Jahrzehnte lang einen Bauernhof bewirtschaftete, aufgewachsen. Später erzählte er gerne nach einigen Gläsern ungarischen Weines, wie er einmal als junger Lehrling mit dem Auto seines Vaters zum Steilhang ihres Gutes gefahren war, um aus dem Seitenfenster Beeren zu pflücken. Als er versonnen ins Tal blickte, dorthin, wo die Lichter der großen Stadt ihm einladend zublinzelten, wunderte er sich, warum sie ihm plötzlich entgegen kamen. In letzter Sekunde riss er die Handbremse und musste Stunden später mit dem Traktor zurück auf den Weg gezogen werden. Die Neugierde, in einer großen Stadt zu wohnen, blieb.

1958 wurde er nach Dresden auf eine Lehrerbildungsanstalt delegiert, die er nach vier Jahren als Biologielehrer verließ. Die Zeit auf dem Land und in der Schule sollte ihn für immer prägen. Ebenso sorgfältig, wie er seinen Lehrstoff durchgegangen war, behandelte er später seine Fälle. Den Lehrerberuf hatte er einige Jahre ausgeübt, aus Liebe zur Biologie und weil er Geld verdienen musste. Erziehung erlebte er nicht als den großen Drang, Charaktere zu formen oder gar andere für sich einzunehmen, daran verschwendete er keinen Gedanken, für ihn hieß es, Wissen zu vermitteln und zu kontrollieren, was davon bei den Kindern zurückblieb.

Er war in seinen Urteilen klar, direkt und unbestechlich. Die Schulleitung schätzte sein überragendes Fachwissen und seinen Fleiß, ein Mangel an pädagogischen Fähigkeiten war allgemein bekannt und wurde achselzuckend hingenommen. Einige Anläufe, ihm erzieherische Feinheiten und psychologisches Geschick im Umgang mit den Schülern näherzubringen, verliefen im Sande. Stur wie ein Bauer beackerte er sein Feld, ihm war nur wichtig, dass die Ernte gut ausfiel. Seine Schüler gewannen dann auch regelmäßig Preise für gute Leistungen.

Es kam der Schulleitung nicht ganz ungelegen, als eines Tages die Genossen von der Bezirksverwaltung nachfragten, ob sie auf Bircher verzichten könnte, falls der Interesse an einer Ausbildung zum Kommissar hätte. Man war auf ihn aufmerksam geworden, nachdem einer seiner Schüler zu Hause dem einflussreichen Vater immer wieder von dem eher ungewöhnlichen Erzieher erzählt hatte.

Der Schuldirektor pries die zweifellos überragenden analytischen Fähigkeiten seines Biologielehrers. So einigte man sich, und Bircher war froh, zukünftig den Erziehungsauftrag durch einen Aufklärungsbefehl ersetzen zu können.

Die dreijährige Ausbildung durchlief er mit glänzenden Noten, nach zwei Jahren in Meißen wurde er 1962 nach Berlin versetzt, ein Jahr nach der »Errichtung des antifaschistischen Schutzwalls«.

Nun lebte Genosse Bircher, inzwischen zum Major befördert, seit Jahren in Berlin. Sein Traum vom Leben in der großen Stadt hatte sich erfüllt.

Seinen weichen thüringischen Dialekt hatte er nicht ablegen können. Er sprach langsam, die Worte schienen sich in seinem Kopf, wie in einem Puzzle-Spiel, zunächst behutsam zu einem Satz formen zu müssen, bevor sie ein Kontrollzentrum hinter seiner Hornbrille, nach eingehender Prüfung, für die Öffentlichkeit freigab. Den Gesprächspartnern in den Lagebesprechungen des Präsidiums wurde einiges an Geduld abverlangt, wenn sie, wie Rennpferde vor dem Startschuss, auf ihren Einsatz warteten, während ihr Chef, scheinbar tief in Gedanken versunken, nach einem Text für seine längst gefällte Entscheidung suchte. Die Sprache habe sich der Sorgfalt seines Denkens unterzuordnen, pflegte er zu sagen.

Die Akribie und Systematik seiner Ermittlungsarbeit waren berühmt. Vorschnelle Schlüsse oder gar Befehle waren ihm fremd, und wer ihm ungenaue oder ungeprüfte Informationen vortrug, musste darauf gefasst sein, Opfer seiner gelegentlichen Wutausbrüche zu werden. Die hatten mit den Jahren zwar merklich nachgelassen, nicht jedoch seine unnachgiebigen und kompromisslosen Ansprüche an die Arbeit seiner Mitarbeiter.

Seit seiner Kindheit gewohnt, sich jeden noch so kleinen Erfolg oder Fortschritt in der Ausbildung und später im Beruf hart zu erarbeiten, hatte er sich in der täglichen Arbeit nie um taktische Vorteile gekümmert, ebenso wenig wie ihn Kaderentwicklungspläne interessierten. Für ihn hieß es, Fakten zu sammeln, Zusammenhänge zu analysieren, den Sachverhalt zu verstehen und das Ergebnis aufzuschreiben.

So, wie er in seinem ersten Beruf mit seinen Schülern durch die Natur streifte, um mit ihnen Beeren, Blumen, Sträucher oder Bäume zu taxieren, in botanische Kategorien einzuteilen und akribisch in Tabellen festzuhalten, durchforstete er jetzt Tatorte nach Spuren, Indizien oder Personen. Er pflegte seiner Frau zu sagen, dass er früher die Geheimnisse in der Botanik zu verstehen suchte, jetzt die Taten der sie bewohnenden Menschen.

Die mit ihm zusammen arbeiteten, bemerkten rasch, dass seine Anforderungen durch nichts zu beeinflussen waren. Wer ihnen nicht standhielt, fiel in Ungnade, wurde ins zweite Glied abgeschoben oder zur Bewährung mit schwierigen Aufgaben bedacht.

Auf diese Weise hatte sich Genosse Bircher im Präsidium eine stattliche Anzahl von Gegnern aufgebaut. Da im bäuerlichen Elternhaus diplomatisches Geschick und Einfühlungsvermögen nicht gefragt gewesen waren – das wäre seinen Eltern so abwegig vorgekommen wie eine Meditation mit ihren Hühnern – stand er seinen taktisch versierten Gegnern häufig relativ hilflos gegenüber. Während die mit ausgeklügelten Verhandlungsstrategien den Sitzungssaal betraten, erschien Bircher ohne Plan, sich nur auf die Überzeugungskraft seiner Fakten verlassend. Wenn er zu Hause mit gepresster Stimme seiner zehn Jahre jüngeren Frau Karola von der Unfähigkeit eines Kollegen berichtete, der nichts richtig wüsste, aber über alles spräche, lächelte sie ihn wie ein störrisches Kind nachsichtig an. Sie war von ähnlicher Intelligenz und Unnachgiebigkeit. Obwohl auch sie sich nicht schonte und von sich, und ihren Mitarbeitern, ständig Höchstleistungen forderte, hatte sie doch ihr Beruf als Dozentin an der Berliner Universität gelehrt, Menschen nicht wie Befehlsempfänger zu behandeln. Mit mäßigem Erfolg bemühte sie sich, ihren barschen Umgangston zu unterdrücken. Ein durchsichtiges Manöver, das ihr nicht immer gelang. Beim Erreichen ihrer Ziele schien sie ihrem Mann, wie eine Schülerin ihrem verehrten Lehrer, hinsichtlich eines gewissen Mangels an Toleranz, Einfühlungsvermögen oder Charme kaum nachzustehen.

Das wesensverwandte Paar verband neben der Sucht nach Erfolg im Beruf eine weitere Leidenschaft, nämlich die Lust auf ein gutes Glas Wein oder einen erlesenen Kognak. Beide Wünsche waren mit dem Angebot im Handel der Republik nur schwer, häufig überhaupt nicht in Übereinstimmung zu bringen. Das Sortiment umfasste Weine aus befreundeten Ländern, denen die südliche Lage einen natürlichen Vorteil angedeihen ließ. Das waren dann Sorten aus Ungarn, der Tschechoslowakei oder Bulgarien, deren mehr oder weniger säuerlicher Geschmack eine gemeinsame Produktionsweise verriet.

Die Eheleute Bircher hatten sich über die Jahre ein beträchtliches Literaturwissen über die Grundlagen des Weinanbaus angeeignet, gespeist aus dem Zugang Karolas zur Universitätsbibliothek, die sie nicht nur zum Zweck ihrer Forschung, sondern auch angetrieben durch den Wunsch, die Genüsse eines fabelhaften Weins wenigstens in der Theorie zu begreifen, regelmäßig aufsuchte. Mit der ihr eigenen Gründlichkeit hatte sie die Ergebnisse ihrer stillen Leidenschaft wie ein Önologe protokolliert, in sorgfältigen Kolonnen wurden die Weine den Trauben zugeordnet, die besten Jahrgänge aufgelistet und Anbauflächen mit knappen Daten erläutert, alles nach Ländern, die die Birchers nie würden besuchen können.

Der Geschmack des Tropfens wurde anhand von Gartenfrüchten wie Himbeere, Erdbeere, Apfel, Birne, Haselnuss oder gar Brombeere abgeleitet und notiert. Wenn sie dann am Abend mit geschlossenen Augen und einem Glas bulgarischen Pinot Noir in der Hand versuchten, die Fruchtnote zu erraten, und dazu an einer Himbeere oder einem Apfel lutschten, dann überkam sie der Hauch einer Vorstellung von dem großen Weinen aus Italien oder der Provence. Für einen Moment umnebelte das Aroma des fernen Weines die Phantasie der Birchers, und sie lächelten sich verschwörerisch zu, so als wären sie dem Geheimnis des unbekannten Tropfens auf der Spur.

Kommissar Bircher stand immer noch am Küchenfenster und wartete auf den Fahrer, als sich hinter ihm die Tür öffnete und seine verschlafene Frau barfuß auftauchte.

»Was ist los, hast du Kopfschmerzen?«, drehte sich Bircher besorgt um.

»Nein, obwohl wir die zweite Flasche nicht hätten öffnen dürfen.«

Das war ein nicht seltenes Ritual, sich zu versichern, es zukünftig bei einer Flasche zu belassen. Der Vorsatz hielt in der Regel bis zum nächsten Ärger, den einer der beiden nach Hause brachte und den es zu »verarbeiten« galt. Ein Mangel an Anlässen herrschte nicht.

»Hm, es lag an diesem Weißen aus Ungarn, der hatte zu viel Säure«, monierte Karola.

»Warum besaßen wir noch nie einen einzigen Forumscheck, dann könnten wir uns mal einen kräftigeren Tropfen aus dem Intershopladen in der Friedrichstraße holen, wie unsere Nachbarn, die haben immer den Jacobi 1880 und Asbach Uralt in ihrer Schrankwand zu stehen.«

»Ja, der ist ja auch nicht Major bei der Volkspolizei, sondern Arzt an der Charité, dem schenken das die Patienten. Oder kannst du dir vorstellen, dass sich jemand, den ich eingebuchtet habe, mit einer Flasche Uralt bedankt?«, fragte Karl. »So, und nun muss ich auf die Pirsch, da liegt eine Tote und wartet auf mich«, fügte er lakonisch hinzu.

Karola kramte im Wohnzimmer zwischen den Weingläsern und ihren Weindokumenten auf der Suche nach Zigaretten, als sie hinter sich noch die resignierte Stimme ihres Mannes hörte:

»Nicht schon so früh, warte doch wenigstens bis zum Frühstück!« Ohne Regung griff sich Karola die Packung Semper aus der Aktentasche ihres Mannes und marschierte zum Balkon.

»Wir haben doch vereinbart, dass ich die Zigaretten für dich aufbewahre. Zum Zweck deiner Suchtbehandlung, oder!?«, rief er ihr vorwurfsvoll hinterher.

Unbeeindruckt öffnete Karola die Balkontür und trat ins Freie.

Als er zu ihr auf den Balkon kam, um die Wetterlage zu prüfen, eine alte Gewohnheit aus den Zeiten, da er noch im Dorf lebte und das Heu rechtzeitig vor dem Regen einfahren musste, sah Bircher den Fahrer neben dem Wagen stehen. Er winkte ihm zu und lief zur Garderobe.

»Also, tschüss dann, bis heute Abend!«, rief er, die Türklinke in der Hand, seiner Frau zu und verließ die Wohnung.

Karola drückte die halbe Zigarette aus und begab sich in die Küche. Dort befand sich ihr Büchlein mit den Kreuzworträtseln, eine andere Sucht, der sie sich jeden Tag, bevor sie das Haus verließ, hingab. Nicht nur faszinierte sie der Anblick der kleinen leeren Kästchen, wie sie sich unter dem Druck ihres Bleistiftes allmählich mit Buchstaben füllten, bis sie aneinandergereiht den gesuchten Sinn herstellten, sie begeisterte auch, wie sich aus der Mitte des Buchstabengetümmels, wie eine Erleuchtung, ein neues Wort abzweigte oder sich quer durch die Spalte ein anderes schob, das wiederum den Hinweis für einen neuen Begriff in sich trug, bis schließlich alle Felder durch Worte vernetzt waren.

Karola hatte sich im Studium, schon damals löste sie Kreuzworträtsel, nebenbei mit Kombinatorik beschäftigt. Das Kreuzwortfeld hatte sie Jahre später zum Entsetzen ihres Mannes plötzlich auf die verrückte Idee gebracht, die Zahl der möglichen Buchstabenkombinationen von A bis Z unter der Bedingung zu errechnen, dass auf dem neunzig Kästchen umfassenden Feld derselbe Buchstabe maximal zweimal vorkommt.

Nach einigen Wochen, achtzig Päckchen Semper und zehn verpassten Seminaren beschloss sie, dass die Aufgabenstellung unlösbar sei, und beendete das Projekt.

Aber die Neigung zur Kombinatorik blieb erhalten, neu angestachelt durch Karl, der seiner Frau eines Abends beim Wein erzählte, dass selbst der von ihnen verehrte Komponist Johann Sebastian Bach dem Mythos der Zahlen verfallen gewesen sein soll. So habe er sich mit Hilfe der Zahl Vierzehn in seinen Werken selbst verewigt. Die Buchstaben BACH stehen nämlich im Alphabet an zweiter, erster, dritter und achter Stelle. Addiert man diese Zahlen, so ergibt sich Vierzehn, wie die erste Fuge des »Wohltemperierten Klaviers«, die aus vierzehn Tönen besteht. »Blödsinn«, war alles, was seine Frau dazu sagte.

Dessen ungeachtet suchte das phantasiebegabte und immer auf Entdeckungssuche befindliche Ehepaar gemeinsam nach weiteren Symbolen. Der aus katholischem Elternhaus stammende Bircher fand heraus, dass der Kreuzweg traditionell aus vierzehn Stationen besteht. Die katholische Kirche kennt die vierzehn Nothelfer, vierzehn Heilige, die in bestimmten Notlagen angerufen werden. Ihnen sind zahlreiche Kirchen geweiht, unter ihnen die Wallfahrtskirche Vierzehnheiligen in Oberfranken, nach der auch der umliegende Ort benannt wurde. Der griechischen Göttin Hera dienten vierzehn Gefährtinnen, von denen ihre Botin Iris die bekannteste war. Als sie schließlich nachlasen, dass es vierzehn Frauen seien, von denen die hebräische Bibel sagt, sie wären schön gewesen, gaben sie das Thema wegen mangelnder innerer Logik auf.

»Schließlich wird man mit vierzehn juristisch vom Kind zum Jugendlichen«, murrte Karl und was das solle, man könne ja noch Hunderte Beispiele mystisch aufblähen.

Einen Tag später und nach einer Flasche Meißener Weißwein, den der Nachbar dem Kommissar vor Wochen – da er herauszuhören glaubte, aus welcher Gegend dieser stammte – auf dem Korridor augenzwinkernd mit dem Hinweis in die Hand drückte, dass er es nicht als Einflussnahme auf laufende Ermittlungen verstehen solle, grinste Karola ihrem sichtlich entspannten Gatten zu:

»Ich hab noch was gefunden. Vierundzwanzig – das mag einen an ein einfaches Kreuzspiel beim Skat erinnern – doch Vierundzwanzig ist noch viel mehr. Die Quersumme dieser Zahl ist sechs, und sechs ist zwei mal drei. Und zwei hoch drei ist acht und das mal drei ist schon wieder vierundzwanzig. Immer ist alles vierundzwanzig. Zwei Apostelmannschaften sind vierundzwanzig, vierundzwanzig Päpste sind dreiundzwanzig zu viel, auf dem vierundzwanzigsten nördlichen Längen- und Breitengrad liegt die Kufra-Oase und auf dem vierundzwanzigsten südlichen Längen- und Breitengrad liegt die Kalahari-Wüste. Doch es gibt eine Sache, welche mehr und mehr in Vergessenheit gerät: Heiligabend – immer am vierundzwanzigsten!«

Ihr Mann blickte sie, noch den Geschmack des unverkäuflichen einheimischen Weißweins nachspürend, zweifelnd an.

»Jetzt reicht es mit den Spinnereien, oder ich versetze dich zur Strafe in mein Ermittlungsteam.«

Damit war der Ausflug in die geheime Welt der Zahlen beendet.

Beide ahnten nicht, dass es nur eine vorübergehende Unterbrechung werden sollte. Schreckliche Ereignisse würden sie vor der Weihnachtszeit zwingen, sich erneut mit dem Mythos der Zahlen zu beschäftigen.

2

Bircher drückte auf die Erdgeschosstaste, und während die Kabine nach unten schwebte, sann er darüber nach, was wohl seine Frau bewegte, sich immer wieder mit Zahlenreihen und ihren Auslegungen zu beschäftigen. Na ja, das ist eben ihr Forschergeist, der hinter allen Fakten eine Ursache vermutet, und falls es sie geben sollte, eine Erklärung sucht. Geht mir ja ähnlich, dachte er sich, mit meinem Hang, Ursachen von Handlungen zu ergründen.

Bircher knöpfte sich den weiten Mantel zu und ging langsam, in leicht gebücktem Gang, auf den Wagen zu. Der Mantel schlägt leichte Bauchfalten, stellte er missmutig fest. Seine kulinarischen Neigungen hatten die charakteristischen Verwerfungen hinterlassen, gegerbte schwere Augenränder und mit leichten Flecken besprenkelte Hautpartien, die schlaffe Falten schlugen, besonders nach schwierigen Nächten. Bircher seufzte leicht und beschleunigte seinen Schritt.

»Guten Morgen, Genosse Major!«, begrüßte ihn der Fahrer.

»Morgen, wo geht es hin?«, erwiderte Bircher mit müder Stimme.

»Es geht nach Marzahn in die Flunkerstraße 30«, entgegnete der Fahrer knapp.

»Na, dann man los zur Leichenschau!«, murmelte Bircher.

Der Wartburg Kombi knatterte die Leninallee entlang, stadtauswärts nach Marzahn-Dorf, wie der Stadtteil ungewollt ironisch hieß. Er unterschied sich vom Rest des Bezirks lediglich durch einige ältere Häuser, die man hatte stehen lassen, wahrscheinlich, um von den geplanten öden Häuserschluchten abzulenken.

»Hier muss es sein, Nummer 30«, meldete der Fahrer. »Sie müssen auf die fünfte Etage, Genosse Major«, fügte er hinzu, während sich Bircher leise ächzend aus dem Auto schob.

Vor der Wohnung der Toten stand mit hochrotem Kopf der Abschnittsbevollmächtigte. Wahrscheinlich wurde er noch nie zu einer Toten gerufen. Am Klingelknopf las Bircher den Namen Klaudia Fichtner.

»Also, Genosse, äh, wie ist Ihr Name?«

»Martin, Genosse Kommissar«, meldete der zackig, wie bei einer Parade.

»So, dann berichten Sie mal, was vorgefallen ist!«

»Ich wurde gegen Mitternacht von den Nachbarn geweckt, die mich auf die unklare Situation im Wohnbereich der Bürgerin Fichtner hinwiesen«, begann er umständlich.

»Die Wohnungsnachbarn, also, ich meine die beiden Genossen Marjela, hatten nämlich einen Schlüssel von der Toten und wollten in die Wohnung, nachdem ihnen der volle Briefkasten aufgefallen war. Den leerten sie nämlich immer dann, wenn die Nachbarin unterwegs war. Dieses Mal hatte die junge Frau aber nicht darum gebeten, woraus sie schlossen, dass sie zu Hause sein müsste. Das kam den Genossen Marjela also komisch vor, der volle Briefkasten und so, auch, dass Sie nichts hörten, nicht mal ihre Musik, kriegt man ja sonst alles hier mit, durch die Platte.«

Letztere Bemerkung seines Vortrages, der sich anhörte, als hätte ihn der ABV während der Anfahrt des Kommissars geübt, konnte Bircher aus eigener Erfahrung bestätigen.

»Wir haben dann den Hausmeister geweckt und der hat bestätigt, dass innen ein Schlüssel stecken muss. Ich habe daraufhin angeordnet, das Schloss auszubauen. Vorher habe ich natürlich mehrmals geklingelt. Ja, dann bin ich also allein rein und habe die Frau regungslos im Bett vorgefunden«, beendete der ABV seinen Bericht.

»Gut. Haben Sie etwas angefasst?«, fragte Bircher ruhig.

»Nein, nichts, habe mich nur bis zur Toten begeben, ich bin dann wieder raus zum Genossen Marjela, und von seiner Wohnung aus habe ich die Dienststelle angerufen. Seitdem stehe ich hier vor der Wohnungstür.«

»Sehr gut, alles richtig gemacht«, beruhigte Bircher den sichtlich aufgeregten ABV, der noch immer mit hochrotem Kopf stramm vor ihm stand.

Bircher ging langsam durch die Wohnung, zwei Zimmer, ein fensterloses Bad und eine kleine Küchennische, die über einer Art Tresen mit dem Wohnzimmer verbunden war, fast wie bei ihm zu Hause, stellte er fest. Die Wohnung war einfach und praktisch eingerichtet. Die Tote war offensichtlich in ihren Ansprüchen bescheiden, aber das Wenige war geschmackvoll gewählt. Bircher ging weiter in das Schlafzimmer.

Zugedeckt lag vor ihm, in einem schmalen Bett, eine junge Frau, bis zum Kinn bedeckt mit einem weißen Laken, auf den ersten Blick könnte man meinen, hier schliefe friedlich ein Kind. Bircher beugte sich vornüber und zog vorsichtig die Decke von der Schulter hinunter zu ihren Füßen. Sie trug ein leichtes Nachthemd, das bis knapp über die Oberschenkel reichte, beide Hände ruhten entspannt auf ihrem flachen Bauch. Die Füße waren nach innen gerichtet, als wollten sich ihre beiden großen Zehen spielerisch berühren, aus ihrem ruhigen Gesicht starrten aufgerissene Augen zur Fensterseite, als hätte sie versucht, noch rasch jemandem etwas Wichtiges mitzuteilen.

In der Toten fehlt die Spannung, wie ich sie von plötzlich Verstorbenen kenne, grübelte Bircher. Es sieht fast so aus, als würde der jungen Frau selbst im Tod ihre lässige Anmut nicht verloren gegangen sein. Die scheinbare Harmonie wurde nur durch die nach innen verdrehten Füße, und die irgendwohin nach außen weisenden, leblosen Augen beeinträchtigt.

Als wäre sie kurz vor dem Einschlafen durch die Mitteilung überrascht worden, dass es ihr letzter Schlaf sei, und sich vergeblich bemüht hätte, eine Botschaft zu hinterlassen. Keinerlei Anzeichen von Gewalt.

Inzwischen war die Spurenkommission eingetroffen und Bircher begab sich in das kleine Wohnzimmer mit der angrenzenden Küchendurchreiche, das auch als Esszimmer diente. Auf dem Couchtisch lagen einige Zeitungen, alles machte einen sehr aufgeräumten Eindruck, kein Geschirr, keine Post oder Reste vom Abendessen. Bircher öffnete die Schubladen einer Kommode. Hier lagen, säuberlich geordnet, Briefe, Kontoauszüge, Ansichtskarten und Photoalben, auch ein Blutspendeausweis mit den Abnahmeterminen fand sich in den Unterlagen. Er steckte den Ausweis in seine Jackentasche, um ihn dem Gerichtsmediziner zu zeigen, vielleicht konnte der was damit anfangen.

Bircher blätterte in den Briefen von Freunden und in nichtssagenden Urlaubskarten. Zwei begannen mit der Anrede »Liebe Tochter« und endeten mit »Liebe Grüße, Dein Papa«. Bircher fiel ein, dass er die Nachbarn nicht nach den Eltern befragt hatte.

Er verließ die Wohnung und stieß auf den ABV.

»Haben Sie nach den Eltern oder Verwandten gefragt, die zu benachrichtigen wären?«

»Ja, habe ich gleich erfragt, aber der Familie Marjela war lediglich einige Male ihr Vater flüchtig im Hausflur begegnet. Die Mutter muss wohl schon vor längerer Zeit gestorben sein. Ansonsten lebte Klaudia eher zurückgezogen, für ihr Alter ziemlich ruhig. Keine Partys oder so, wohl auch kein fester Freund. Sie war bei einer Sparkasse beschäftigt.«

»Kam der Vater regelmäßig zu Besuch?«, fragte Bircher Herrn Marjela, der auf der Treppe wartete.

»Eher nicht. Was mir noch einfällt, die Klaudia hatte ein schwaches Herz, die musste irgendwelche Tabletten nehmen.«

»Ja, Genosse Major, das passt, wir haben im Bad ein ziemliches Arsenal an Medikamenten gefunden, das müsste sich dann noch die Gerichtsmedizin ansehen«, fügte der Kollege der Spurenkommission hinzu, den Bircher zwar kannte, an dessen Namen er sich jedoch in diesem Moment nicht erinnerte.

Warum ist denn der Schmidter eigentlich nicht hier?, fragte er sich, der merkt sich doch jedes Detail und kennt das ganze Präsidium beim Namen. Leutnant Schmidter war einer der Mitarbeiter Birchers, und gewöhnlich begleitete er seinen Chef bei Delikten, die eher weniger schwerwiegend erschienen und die er dann eigenständig weiterzubearbeiten hatte.

»Gut, haben Sie etwas festgestellt, dass auf eine Straftat hinweist?«, wandte sich Bircher dem Kollegen der Technik zu und schluckte die Frage nach seinem Namen hinunter, ohnehin gab es hier augenscheinlich nicht mehr viel für ihn zu tun.

»Nein, wir haben keinen Hinweis auf die Anwesenheit dritter Personen und schon gar nicht auf die Anwendung von Gewalt, also keine Spuren eines Kampfes oder einer physischen Auseinandersetzung. Gift oder medikamentöse Einwirkung kann ich nicht ausschließen.«

»So, dann überlassen wir zunächst mal die Tote unserem Gerichtsmediziner, er wird ja gleich eintrudeln«, schloss Bircher das Gespräch und fragte sich, ob die im Präsidium wohl das Nötige veranlasst hätten.

Abgelenkt durch das plötzliche Auftauchen seiner Frau und ihrem unerwarteten Griff zur Zigarette, ein klarer Rückfall zu frühmorgendlicher Stunde, erinnerte er sich nochmals missmutig, hatte er versäumt, vom Auto aus im Präsidium nachzufragen, welche weiteren Maßnahmen eingeleitet worden waren.

Er wandte sich dem Fahrstuhl zu und drückte die Taste, um ins Erdgeschoss zum Einsatzwagen zu fahren, per Funktelefon Kontakt zum Präsidium aufzunehmen und nach dem Gerichtsmediziner zu fragen. Sobald der hier wäre und eine natürliche Todesursache festgestellt hätte, würde er den Sesselfurzern, die ihn hierher getrieben hatten, den Marsch blasen. Außerdem könnte er gleich noch rauskriegen, warum eigentlich nicht einer seiner Mitarbeiter zur friedlich verstorbenen Klaudia gerufen worden war.

Auf dem Weg zum Polizeiwagen stieß er, in Gedanken versunken, beinahe mit Professor Tetsche zusammen.

»Morgen Karl, du löst wohl deine Fälle im Schlaf«, flachste Tetsche und reichte ihm seine Hand, die sich wie ein warmes Brötchen anfühlte.

»Tag Wolfgang, auch schon hier, die Tote wird langsam ungeduldig, will endlich wissen, warum sie uns verlassen musste«, brummte Bircher.

Sie waren fast gleichaltrig und über die Jahre und die Fälle hatte sich zwischen ihnen eine freundschaftliche Beziehung entwickelt. Tetsche hielt sich stets, ähnlich Bircher, etwas nach vorn gebeugt auf den Beinen, und wenn er mit kurzen schnellen Schritten die Straße entlanglief, den Kopf leicht nach unten geneigt, sah man eigentlich nur die Bewegung seiner Beine, während ihm sein Körper scheinbar unbeweglich folgte. In der rechten Hand hielt er gewöhnlich eine Zigarette, die er manchmal zu vergessen schien, erst wenn sich die Glut bereits in den Filter fraß, suchte er schließlich einen Aschenbecher. Auch bei Zetsche hatte der regelmäßige Genuss nach Feierabend seine Spuren hinterlassen, wie nach einem scharfen Wüstensturm kerbten Furchen das Antlitz des Professors. In merkwürdigem Kontrast zu seiner stets hellrötlichen Gesichtsfarbe, die seine Gesichtszüge wie eine auflockernde Patina bedeckte, musterten müde wirkende braune Augen scheinbar gleichgültig die Umgebung. Durch seine wie aufgeblasen wirkenden Wangen zogen sich zwei Kerben, die entlang der Nase steil bis zu den Mundwinkeln verliefen. Er sprach in einem leicht thüringischen Dialekt und neigte stark zum Nuscheln, wobei sich an den Rändern des halb offenen Munds etwas Speichel ansammelte, wie bei einem lechzenden Pudel.

Tetsche arbeitete hauptberuflich am Gerichtsmedizinischen Institut der Charité in Berlin. Von der Neigung her eher ein feinsinniger, empfindsamer Grübler und zögerlicher Mensch, der jede freie Minute an seinem Flügel mit der Einstudierung von Passagen Bachs »Wohltemperiertes Klavier« verbrachte, oder seine Orchideensammlung sortierte, erschien er Außenstehenden alles andere als ein Tatmensch, man würde ihn eher einem Kunstverein zuordnen. Es war einer der vielen Widersprüchlichkeiten seines Charakters, dass ihn im Grunde seiner Seele der Wunsch nach Bestätigung und Autorität umtrieb. Seine bei offiziellen Anlässen häufig abwartende Haltung, seine sich schier endlos hinziehenden Abwägungen, und auch mangelnde Menschenkenntnisse, hatten ihm den ganz großen Aufstieg verwehrt. Wenn es jedoch vor Ort um ein schnelles Fachurteil ging, wartete er mit unerwartetem Tempo und großer Präzision auf.

Bircher und Tetsche standen sich charakterlich eher nahe. Mit Gleichmut beobachteten beide die von Langweile und Monotonie gekennzeichneten Lebensgewohnheiten mancher ihrer Mitmenschen, ohne je ein Wort darüber zu verlieren. Beiden war es im Grunde ihres Herzens egal, was andere trieben, solange sie es auf einem anderen Spielfeld taten. Gelassen beobachteten sie aus dem Augenwinkel die Lage. Auf dem von ihnen zu bestellenden Acker bestimmten sie die Regeln. Mancher Kollege hielt die beiden für überheblich, was nicht zutraf, sie umgaben sich mit einer Aura des diskreten Beobachters, über Gefühle und Mutmaßungen äußerten sie sich nicht – Arroganz, nein, die war ihnen gänzlich fremd.

»Na, hör mal, mitten in der Nacht rufen die mich an und können mir nichts weiter sagen, als dass du schon am Tatort seiest, als wäre das Grund genug, mich zu wecken«, nuschelte Wolfgang und folgte dem Kommissar in das Haus.

»Ja, mein Lieber, kannst sicher gleich zurück zu deinen Sonaten. Es sieht hier nicht nach Mord und Totschlag aus«, erwiderte Bircher mit leichtem Lächeln.

»Macht die Sache dann gänzlich unsinnig, mich hierher zu bestellen. Soll ich vielleicht zukünftig an jeder Beerdigung teilnehmen, ist es das, was ihr vorhabt?«

»Warum nicht, dann aber als Kirchenmusiker, wäre doch was, Genosse Professor.«

Bircher blickte ihn von der Seite an, als sie den Fahrstuhl betraten, und dachte bei sich, ob sich sein Kollege wohl auch am Flügel nicht von seiner qualmenden Zigarette trennen würde. Ihm fiel ein, dass Tetsche, wie auch seine eigene Frau, in der Wohnung nicht rauchen durfte. Tetsches um einige Jahre jüngere Frau, mit ihm in zweiter Ehe verheiratet, würde glatt das Klavier in den Hof schieben. Sie hatte mehrfach gegenüber Bircher angedeutet, dass sie sich wegen der Gesundheit ihres Mannes ernsthafte Sorgen machte. Der skeptische Bircher meinte aus ihren Worten die Sorge herauszuhören, als jung zurückgelassene Witwe den Professorenhaushalt aufgeben zu müssen.

»So, hier wären wir, lass dir die Tote zeigen«, bat ihn Bircher.

»Wie alt ist die Dame, die uns um den Schlaf gebracht hat?«, fragte Tetsche, während er rasch am ABV vorbei in die Wohnung huschte, als erwarte ihn dort eine angenehme Überraschung.

»Um die zwanzig, muss nochmals in den Personalausweis schauen, falls ich ihn finde«, entschuldigte sich Bircher.

Tetsche streifte sich bereits die Handschuhe über und betrachtete die junge Frau, die unverändert den Eindruck erweckte, urplötzlich in den Schlaf versetzt worden zu sein. Er dreht ihren Kopf zur Seite, betrachtete sorgfältig den weißen Hals, streifte dann die Decken ab, um den Körper bis hinab zu den Fußspitzen zu inspizieren. Es dauerte nicht länger als zwei Minuten, bis er sich abrupt aufrichtete und zu Bircher, der hinter ihm stand, murmelte:

»Ja, also auf den ersten Blick keine Fremdeinwirkung von außen, Würgemerkmale oder Ähnliches. Gift, möglich, aber eher unwahrscheinlich. Kann aber ohne Obduktion nichts Endgültiges sagen. Habt ihr Hinweise auf eine Krankheit mit möglicher natürlicher Todesfolge?«

»Nee, wie kommst du darauf? Obwohl, sie hat 'ne halbe Apotheke im Bad.«

»Ich frage, weil die erweiterte Halsvene, und hier«, Tetsche wies auf die Füße der Toten, »diese Wassereinlagerungen an beiden Füßen könnten auf Herzversagen hinweisen.«

»Komm, ich zeige dir die Medikamente!«, rief ihm Bircher zu, der bereits zum Bad ging.

»Ja, die Sammlung deutet klar auf eine Herzerkrankung hin. Betablocker, Calciumantagonisten, Digitalis, hm, könnte sogar eine Kardiomyopathie sein, und die kann im ungünstigsten Fall zum Exitus führen, selbst bei einer so jungen Person«, erklärte Tetsche.

»Endgültiges kann ich dir nach einer Obduktion sagen, wenn du mir die Genehmigung besorgst«, fügte er hinzu und begab sich freundlich nickend, als wäre für ihn die Angelegenheit erledigt, zur Haustür.

»Warte, ich nehme dich mit, den Rest können die Kollegen erledigen. Wann kann ich mit deinem Bericht rechnen?«, fragte Bircher mehr aus Gewohnheit.

»Kriegst du wahrscheinlich morgen gegen neunzehn Uhr, falls ich obduziere«, nuschelte Tetsche, eine Zigarette zwischen den Lippen, nach seinen Streichhölzern kramend.

Die beiden bewegten sich schweigend zum Ausgang. Als sie den Wagen erreichten, befahl Bircher dem Fahrer, ihn mit dem Präsidium zu verbinden. Während der Fahrer den Sprechfunk bediente, fuhr hinter ihnen ein Auto vor.

Bircher drehte sich um und lächelte Tetsche spöttisch zu:

»Na, so was, mein Mitarbeiter, da kommt zum krönenden Abschluss Oberleutnant Angler. Der kennt immer schon den Täter, selbst wenn das Opfer fehlt«, meinte Bircher, sichtlich verärgert über das verspätete Erscheinen seines Stellvertreters.

Aus dem Trabbi kroch Angler, hochgewachsen, mit etwa einem Meter fünfundachtzig überragte er seinen Chef deutlich, mit rotem Kopf, ein Ulbricht-Bärtchen um Kinn und Oberlippe. Angler sah man sein Alter nicht an, und Bircher vermutete, dass der Bart ihm Alter und Autorität verleihen sollte. Angler stand ungerührt vor ihnen, seine selbstbewusste Miene drückte aus: Hier bin ich, stehe zur Verfügung, bereit und fähig, die offenen Fragen zu klären, man soll sich mir nur anvertrauen. Bircher hatte einmal bissig bemerkt, dass er über alle Voraussetzungen eines vorauseilenden Propheten verfüge.

Angler war seit vielen Jahren sein Stellvertreter. Die beiden unterschieden sich in fast jeder Hinsicht, und manch Außenstehender fragte sich mitunter ungläubig, wie sie wohl jeden Tag miteinander auskommen könnten. Wahrscheinlich weil sie von ihren Fähigkeiten so sehr überzeugt waren, dass sie den anderen mitunter nur noch als Bestätigung der eigenen Vollkommenheit benötigten. Während Bircher emotionslos die Besessenheit und filigrane Ermittlungstechnik seines Stellvertreters zur Kenntnis nahm und ähnlich einem aufmerksamen Bahnwärter, der jeden Tag routiniert die Pünktlichkeit der Züge notiert, die Berichte seines Mitarbeiters kommentarlos entgegennahm, hoffte Angler, ungeachtet seines Selbstbewusstseins, immer auf eine Anerkennung seines Fahrdienstleiters.

Angler wurde im Kreis der Kollegen geschätzt. Schließlich war er fleißig und erfolgreich, verfügte zudem über eine Allgemeinbildung, um die ihn mancher im Präsidium heimlich beneidete. Im Unterschied zu Bircher entstammte er einem sogenannten bürgerlichen Elternhaus, jedenfalls konnte er bei der Pflichtfrage im Studienantrag »nach der elterlichen Herkunft« nicht das förderliche »Arbeiter« eintragen.

Sein Vater war ein weltgewandter Arzt, der es liebte, Bücher und Kunst um sich zu scharen, und der höchst selten über seinen Beruf sprach, der ihm eher als notwendiges Übel zur Absicherung seiner Lebensansprüche diente. Als müsste der Sohn die vom lebenslustigen Vater vernachlässigten beruflichen Pflichten kompensieren, bemühte sich Oberleutnant Angler, stets und überall an der Spitze zu sein. Manchmal erweckte er den Eindruck, als säße ihm sein Vater im Nacken, ihn neckend, es doch mal ruhiger angehen zu lassen, was seinen Sohn nur noch mehr antrieb, so als müsste er den Alten abschütteln.

Wenn Angler berichtete, ging er konzentriert wie ein Seiltänzer vor, immer darauf achtend, dass keines seiner vorgebrachten Argumente ins Leere abstürzte. Seine einzige Schwäche bestand darin, dass er sich nicht kurz fassen konnte. Irgendwann schritt Bircher gewöhnlich ein und verkündete mit ironischem Unterton, dass Genosse Angler ausnahmsweise in fast allen Punkten recht hätte, er ihm für die knappen Ausführungen danke und sich nun gestatte, die notwendigen Weisungen zu erteilen, worauf Angler misstrauisch in die Runde blickte. Für die feine Ironie seines Chefs hatte er kein Ohr.

Ein ungleiches Paar: der, bis auf seine gelegentlichen Wutanfälle, bäuerisch behäbige, verschlossene und wortkarge Bircher und sein vor Tatendrang stets berstender Stellvertreter.

»Guten Morgen!«, trompetete Angler in die Nacht.

»Morjen, na Philipp, was treibt dich denn noch hierher, so kurz vor Abschluss unserer Ermittlungen?«, sprach Bircher mehr in sich hinein.

Angler, stramm vor ihm aufgebaut, hatte sehr wohl die Bemerkung aufgeschnappt und trat auch prompt in die Falle.

»Ich wurde hierher befohlen, Anruf vor einer Stunde, leider war die Batterie von meinem Trabbi runter, musste also etwas nachhelfen, tut mir leid, wenn ich nichts zur Aufklärung beitragen konnte«, erwiderte er sichtlich enttäuscht.

»Na, mal sehen, wir müssen ja noch abwarten, was unser Medizinalrat aus der Toten rausholt«, lenkte Bircher ein und begann seinem Mitarbeiter in kurzen Sätzen den Fall zu erläutern. Dann wandte er sich an Tetsche:

»Wolfgang, bevor ich es vergesse, hier ist noch der Blutspendeausweis der Toten, wollte ich dir zeigen, sag mal, können eigentlich Herzkranke so ohne weiteres spenden?«

»Ja, warum nicht, erfolgt doch unter ärztlicher Aufsicht. Sie muss ja nicht literweise Blut lassen. Hm, AB, sehr seltene Blutgruppe«, fügte er eher gleichgültig hinzu, während er den Ausweis an Bircher zurückreichte.

»Du, Philipp, telefonierst dann morgen mit dem Professor und bringst den Fall zu Ende«, rief Bircher Angler zu, fasste Tetsche am Arm und schob ihn zum Auto, wo beide kurz darauf vor dem ihnen verdutzt hinterherschauenden Angler im Fond des Wagens verschwanden. Für Bircher war der Fall erledigt, kein Fremdverschulden, schließlich irrte sich Tetsche nie.

Als Bircher nach Hause kam, war es zum Ausschlafen zu spät und zum Wachbleiben zu früh. Trotzdem schlich er sich in sein Bett, las mit der kleinen Leselampe noch einige Seiten aus der Biographie Albert Einsteins und sank irgendwann, gerade als er sich vorstellen wollte, wie es wäre, auf den Spuren des Genies um Potsdam zu segeln, wie ein Stein im Wasser in den Schlaf.

3

4. Oktober 1975, halb acht Uhr.

Polizeivizepräsident Generalmajor Meier griff zum Telefon und wählte die Privatnummer Birchers. Die beiden kannten sich seit den Zeiten der Polizeischule, als Bircher Meier in der Rolle des Dozenten begegnet war. Meier hatte ihn nie aus den Augen verloren und seinen Werdegang aufmerksam verfolgt.

Auch die Versetzung Birchers nach Berlin hatte er gefördert, nicht ganz ohne Eigennutz, denn jeder aufgeklärte Fall diente seiner Karriere, und die unbestechliche Ermittlungstechnik Birchers hatte sich herumgesprochen. Es gab damals nicht so viele herausragende Köpfe in der Polizei. Die Eigenheiten des introvertierten Kommissars und seine nicht ganz der sozialistischen Schule entsprechenden Verhaltensweisen übersah Meier, wenn auch stirnrunzelnd, geflissentlich. Schließlich hatte man Bircher ja nicht das Amt des Rektors der Polizeiakademie anvertraut.

Im Unterschied zu Bircher war Meier kein Geschöpf des Polizeidienstes, sondern des Apparates. Seine Karriere war in den getäfelten Räumen der Parteiführung sorgfältig geplant worden. Es hieß, einen zuverlässigen und ergebenen Genossen, einen Vertrauten, an geeigneter Stelle zu platzieren. Meier war sich seines Rückhalts und Einflusses bewusst und ließ es seine Umgebung, wenn erforderlich, spüren. Lief es nicht wie gewünscht, wandte er sich mit geschlitzten Augen an seine Genossen, um in stets ruhigem Tonfall zu warnen. In sibyllinischen Wahrsagungen verschlüsselt, rieselte seine Botschaft wie Eiswasser auf die Mitarbeiter, um schließlich mit erkalteter Stimme Ungnade anzudeuten. Immer gepflegt im Auftritt, beherrscht bis zu den Haarwurzeln und konzentriert wie ein Schachgroßmeister, schien ihn eine Aura überirdischer Weisheit zu umgeben, ein perfekter Gesandter seiner Glaubensbrüder.

Bircher nahm den Hörer ab, und als hätte man ihm einen Stromstoß versetzt, saß er hellwach auf dem Stuhlrand. Der ruhige Bariton Meiers erinnerte ihn ein wenig an den eines Richters aus altrömischer Zeit, der regungslos ein Urteil verliest. Meier hatte ihn in den vergangenen fünfzehn Jahren nur dreimal zu Hause angerufen, und immer war der Anlass außerordentlich brisant gewesen.

»Hier ist Horst. Guten Morgen, noch nicht im Dienst?«, versuchte der General zu scherzen.

»Ich weiß, du hast heute frei, aber leider erstreckt sich dein Urlaub nur auf den Morgenkaffee. Du wirst gleich abgeholt.«

»Was verschafft mir die Ehre dieses morgendlichen Aufrufes?«, parierte Bircher, der sich noch bemühte, den Traum der letzten Nacht zu rekonstruieren.

Er war sehr spät eingeschlafen und hatte bis gegen vier Uhr in der Früh wach gelegen. Schließlich holte ihn die Müdigkeit ein und beendete seine Grübeleien. Irgendetwas märchenhaft Anmutendes hatte seinen Schlaf begleitet. Er hatte geträumt, dass man ihn und andere Kinder in einem Schulhof gefangen hielt. Die Lehrer standen auf einer Art Brüstung, von der herab sie den Kindern über Megaphone Befehle erteilten.

In dem Moment, als Bircher sich an den Inhalt der Anweisungen und den weiteren Verlauf der Veranstaltung zu erinnern versuchte, klingelte das Telefon.

»Ein Mord, im Hochhaus, und zwar im Hochhaus am Strausberger Platz.« Meier holte kurz Luft und fuhr fort: »Der Wagen ist bereits unterwegs, in einigen Minuten wirst du abgeholt, wir brauchen volle Truppenstärke.«

»Nun sag mir noch in zwei Sätzen, warum du dich einschalten musstest, ist der Tote eine besondere Person?«

»Es ist eine tote Frau, keine Berühmtheit, aber immerhin die Frau eines Parteifunktionärs aus der Bezirksleitung. Tja, und das Haus, das ist ein Fall für sich. Dort wohnen tatsächlich einige wichtige Personen, auch prominente Persönlichkeiten. Wir wollen deren Namen nicht morgen im Rias hören. Also, zur Besprechung bitte bei mir, wenn du nachher im Präsidium bist. Mach's gut!«, schloss er und legte auf.

Der zivile Polizeiwagen fuhr mit eingeschaltetem Blaulicht die Strecke von Birchers Wohnhaus zum Strausberger Platz, umkurvte den Springbrunnen, bog in die Karl-Marx-Allee ein, überquerte den Mittelstreifen und hielt mit quietschenden Bremsen vor dem hohen Eingangsportal.

»Da sind wir bereits, Genosse Major«, verkündete der Fahrer.

»Na, was sollte denn diese Tour um den Springbrunnen, sind doch nicht auf dem Sachsenring, zurück gehe ich zu Fuß«, raunzte Bircher.

»Entschuldigung, Genosse Major, ist ein brandneuer Lada, Viertakter, 65 PS, geht doch ab wie die Post, äh, meine, wie die Feuerwehr«, stotterte der Polizist.

»Schon gut, pflege ihn schön und übe künftig ohne mich«, ächzte Bircher und stieg aus.

Vor dem Hauseingang standen seine Mitarbeiter Angler und Schmidter, und für einen Moment überlegte Bircher, wann er wohl zum letzten Mal mit der gesamten Abteilung der Mordkommission am Tatort erschienen war. Muss ja ziemlich brisant sein, wenn Meier persönlich zum Ausrücken bläst. Wahrscheinlich gab es Weisungen von weiter oben, dachte sich Bircher, als er seinen Kollegen entgegen trat.

Schmidter war erst vor zwei Jahren in die Mordkommission versetzt worden, nachdem er fast zehn Jahre bei der Zollfahndung gearbeitet hatte. Er war, wie Angler, hoch aufgeschossen, aber von schlankerer Statur und in seinem Auftreten deutlich bedächtiger. Selbst wenn sich um ihn herum alle anderen in hitzigen Debatten aufzureiben drohten, blieb er gelassen und wartete geduldig, bis er um seine Meinung gebeten wurde. Die trug er dann langsam vor, jedes Wort abwägend, seine Gesprächspartner aufmerksam musternd, darauf bedacht, vorschnelle Schlüsse zu vermeiden. Er liebte es, die Fakten akribisch zu sortieren, wesentliche Merkmale eines Falles herauszuarbeiten, Tatabläufe gedanklich zu rekonstruieren und verschiedene Lösungsvarianten vorzutragen. Die Schlussfolgerungen überließ er seinen Vorgesetzten. Man musste ihn schon drängen, bevor er seine eigene Meinung darlegte. Dann blickte er freundlich durch seine randlose Brille, so, als würde er ergründen wollen, ob man tatsächlich seine Meinung erfragen wollte oder ob es nicht reichen würde, wenn er ihnen die Fakten liefere.

Da war sein Kollege Angler aus anderem Holz geschnitzt. Es drängte ihn stets in die erste Reihe, nach vorn, an die Rampe, wie einen klein gewachsenen Schauspieler, der fürchtete, auf der Bühne übersehen zu werden.

Bircher schätzte Schmidters Umsicht und Zurückhaltung, der Umgang mit ihm war weniger anstrengend, geradezu wohltuend für sein Gemüt, besonders wenn ihn die rastlosen Aktivitäten Anglers vom stillen Grübeln abhielten.

»Guten Morgen, Karl!« Angler hatte sich vor ihm aufgestellt. Bircher musterte ihn mit müden Augen wie einen auf Lob hoffenden Schüler.

»Tag, du hast sicher bereits die Tote beerdigt und den Täter überführt«, grinste er ihn an.

Angler kniff für einen Moment irritiert die Augen zusammen, um sogleich ungerührt fortzufahren:

»Karl, ich bin kurz vor dir eingetroffen und habe vom ABV erfahren, dass es sich bei der Toten um eine Frau Gundel Thule handelt, die auf der vierten Etage wohnte. Seit 1961.«

»So, dann gehen wir mal«, erwiderte trocken Bircher und winkte Schmidter freundlich zu, der ihm die Tür zum Hochhaus öffnete. Sie betraten eine geräumige Halle, die mit ihrer marmornen Mittelsäule und den rechtsseitig über die gesamte Wandfläche angebrachten freskenartigen Zeichnungen nach Motiven des

Berliner Volksmalers Zille eher an ein Theatervestibül oder einen Museumseingang als an den Hausflur eines Mietshauses erinnerte. Die Illustrationen waren durch Zitate aus Gassenhauern unterlegt, wie »Das ist die Berliner Luft Luft Luft, die ist von besonderem Duft Duft Duft« oder »Am Wochenende woll'n wir beide segeln gehen …«, und sollten wohl das Glücksgefühl dieser auserwählten Hausgemeinschaft widerspiegeln.

Man konnte den Eindruck gewinnen, als hätten die Erbauer geplant, den Mietern einen Saal mit dem Ambiente eines Konzerthauses einzuräumen, wo sie sich sonntags zum gemeinsamen Singen einzufinden hätten. Die vornehme Ausstrahlung wurde durch die linksseitig eingebaute Portiersloge verstärkt, wobei der Portier, der sich allem Anschein nach nicht mehr im Dienst befand, wie ein Kartenverkäufer durch eine Glasscheibe vom Publikum getrennt worden war.

Bevor man zu den beiden Fahrstühlen gelangte, musste man zwei mächtige, aus verzinktem Eisen gefertigte und kunstvoll verglaste Flügeltüren aufstoßen, die das Eingangsportal vom Treppenaufgang trennten. Es war augenscheinlich, dass man sich hier nicht in einem gewöhnlichen Wohnhaus der Republik befand.

Bircher erinnerte sich an bissige Kommentare des Westens, wie sie höhnten, dass in der Stalinallee nur ausgewählte Würdenträger des Sozialismus durch die Eingangsportale schritten, wie einst die Pharaonen in ihre Tempel.

Tatsächlich wirkte das Ganze auf Bircher wie eine Verheißung vom besseren Leben. Diese Pracht ist mit der Tristesse meines Plattenbaus nicht zu vergleichen, sinnierte Bircher, als er Schmidter in den Fahrstuhl folgte. Die beiden Türen schlossen gerade, als Angler heranstürmte und einen Fuß in den Spalt schob. Der Aufzug verharrte stotternd und Angler quetschte sich hinein.

»Also, welche Etage?«, wandte sich Bircher an Schmidter.

»Die vierte, das ist die unterste Wohnetage, darunter befindet sich das Kinderkaufhaus«, klärte Angler sie auf.

Bircher nickte nur kurz und schaute aus den Augenwinkeln hinüber zu Schmidter, der ungerührt an der Fahrstuhltür lehnte.

Der Aufzug hielt, und sie betraten einen kleinen Vorraum, der in eine geräumige rechteckige Diele überging, von der aus fünf Wohnungen abzweigten.

»Mensch, ist das hier poliert, so stelle ich mir die Marmorfußböden der Moskauer U-Bahnhöfe vor«, staunte Angler, der die glänzenden Böden betrachtete, als wäre er soeben von der Rolltreppe einer Moskauer Metrostation gestiegen.

»Da sehen wir jede Spur, es sei denn, hier sind Filzlatschen Pflicht«, setzte Bircher trocken hinzu.

Trat man in die Diele ein, befanden sich jeweils zwei Wohnungen rechts und links an der Stirnseite, die fünfte lag auf der Längsseite des geräumigen Korridors, der eher einem überdachten Innenhof glich.

»Genosse Major, ich habe die Mitbewohner gebeten, ihre Türen zu schließen und sich für Auskünfte zur Verfügung zu halten«, rapportierte ein junger Polizist, der vor einer geöffneten Wohnungstür stand.

»In Ordnung, wir finden uns zurecht«, erwiderte Bircher und betrat mit seinen Kollegen langsam die Wohnung. Er hatte von der Karl-Marx-Allee einiges gelesen und wusste, dass es sich hier um außergewöhnlich großzügig angelegte Quartiere handelte, die anderswo in der Republik nicht gebaut worden waren. Sie befanden sich zunächst in einer geräumigen Diele, von der aus die Zimmer in alle Richtungen abgingen. Nobel, nobel, dachte Bircher, als er das Parkett musterte, das sachte unter seinen Füßen schwang und ihn an bestimmte Fernsehsendungen erinnerte, die er sich bisweilen mit Karola anschaute, wenn ihre Recherchen nach französischen Weingütern sie nicht ohne Staunen in entfernte Landschlösser führten.

»Die Tote liegt im Schlafzimmer, hinten rechts«, unterbrach ein Mitarbeiter der Spurenkommission seine Gedanken.

Die drei Kommissare folgten ihrem Kollegen durch einen Korridor mit eingebauten Kleiderschränken, dem sich eine Toilette und ein separates Bad mit großer Wanne anschloss, bei deren Anblick Bircher wiederum leichter Neid erfasste. Vom Bad gelangte man in das Schlafzimmer, das am Ende der Wohnung lag und von einem weiteren Korridor aus über ein Durchgangszimmer erreicht wurde.

Wie praktisch, dachte Bircher, würde ich mit der Zeitung in der Badewanne liegen, könnte Karola heimlich ins Schlafzimmer schleichen, um in meinem Nachttisch nach Zigaretten zu stöbern. Immer noch überrascht von der Großzügigkeit der Räumlichkeiten, näherte er sich allmählich der Leiche.

Das Schlafzimmer wurde, wie alle anderen Räume, von einer breiten, bis zum Parkett reichenden Fensterfront beherrscht, die den Raum noch geräumiger und vornehmer erschienen ließ. Auf dem breiten Bett lag eine bleiche Frau von etwa vierzig Jahren, nur mit einem kurzen Nachthemd bekleidet, den Kopf unnatürlich verrenkt. Wie eine Gans, die vom Bauer gerade ins Jenseits befördert wurde, schoss es Bircher unwillkürlich durch den Kopf.

Erstaunt sah er neben dem Bett Professor Tetsche stehen, den er eigentlich erst später erwartet hatte. Tetsche lief in seinem raschen Trippelschritt auf Bircher zu und zog ihn am Ärmel zur Seite.

»Guten Morgen, Wolfgang, seit wann bist du vor mir am Tatort, wohnst du jetzt auch hier im Haus, als ›Verdienter Arzt des Volkes‹?«, flachste Bircher und schüttelte ihm kräftig die Hand.

»Nee, alles wohl ungewöhnlich diesmal, die oberste Instanz hat mich herbefohlen«, nuschelte Wolfgang.

»Der Minister, oder wer?«, stellte sich Bircher ahnungslos.

»Der Polizeivizepräsident, genauer Generalmajor Meier höchstpersönlich.«

»Aha, mich auch, muss wohl alle persönlich abkommandiert haben, na ja, kann ja nicht schaden, wenn die Kollegen vor mir hier sind, so stehe ich nicht alleine vor den Opfern.«

»Welche Opfer?«

»Die Familie zum Beispiel, du herzloser Leichenbeschauer.«

»Besteht in unserem Fall nach Lage der Dinge nur aus der Toten und dem Hinterbliebenen, Genossen Thule, seines Zeichens Sekretär der Bezirksleitung«, klärte ihn Tetsche auf.

»Aha, deshalb der Großeinsatz.«

»Ja, die Tote dort ist seine Gattin, Frau Gundel Thule, als Ärztin im Regierungskrankenhaus beschäftigt, nun gewesen. Hat so manche bedeutende Herzrhythmusstörung behandelt«, murmelte Tetsche in sich hinein.

Bircher wurde endgültig klar, dass ihn ein besonderer Fall erwartete, und er war froh, Tetsche in dieser frühen Phase neben sich zu haben. So sparten sie Zeit, schließlich erwartete Meier schnellstmöglich den ersten Lagebericht.

Während Tetsche fortfuhr, die Tote zu untersuchen, wandte sich Bircher vor der Tür an seinen Stellvertreter:

»Wie wurde man denn auf den Fall aufmerksam, war ihr Mann verreist, die beiden bewohnen doch gemeinsam die Wohnung, oder?«

»Ihr Mann, Gerhard Thule, ist auf einer Dienstreise in Moskau, die Genossen versuchen, ihn dort zu erreichen. Frau Thule war wegen der Tätigkeit ihres Mannes häufiger allein. Sie war mit ihrer Nachbarin, Frau Alexandra Welling, eng befreundet.«

»Ist das die Schriftstellerin?«, unterbrach ihn Bircher.

»Ja, sie wohnt nebenan, wurde vom ABV kurz befragt«, fuhr Angler fort. »Also, Frau Welling hat berichtet, dass sich die beiden für halb acht, die ›Aktuelle Kamera‹ begann gerade, vor der Wohnungstür für halb neun verabredet hatten. Frau Thule habe sie eingeladen. Sie trafen sich regelmäßig abwechselnd in ihren Wohnungen, in der Regel kam jedoch Frau Wellig zu Frau Thule, wenn diese allein war. Jedenfalls klingelte Frau Welling gegen halb neun, Frau Thule öffnete die Tür und sie waren bis gegen halb zwölf zusammen. Frau Thule musste am nächsten Tag erst mittags in die Klinik. Sie trennten sich kurz vor Mitternacht. Frau Welling hat die Neigung, nachts lange aufzubleiben. Sie schreibt dann bis in die frühen Morgenstunden, eine Angewohnheit, die sie sich nach dem Tod ihres Mannes vor einigen Jahren angeeignet hat. Gegen halb eins bemerkte sie, dass sie ihren Kalender bei Frau Thule vergessen hatte. Wahrscheinlich hatten sie etwas vereinbaren wollen. Da es zu spät war, nahm sie sich vor, gleich vor dem Frühstück zu klingeln. Da musste Frau Thule zu Hause sein, da sie ja bis mittags frei hatte, sagte sich Frau Welling. Jedenfalls klingelte sie gegen halb neun mehrfach. Erstaunt, keine Antwort zu erhalten, lauschte sie an der Tür und beschloss dann, auf der Station im Krankenhaus nachzufragen. Die bestätigten, dass man Frau Thule erst gegen dreizehn Uhr erwartet würde. Daraufhin klingelte sie nochmals. Wie gesagt, die waren sehr eng befreundet und kannten ihre Gewohnheiten. Frau Welling beschlich allmählich ein Gefühl der Unruhe. Als sich nichts rührte, beschloss Frau Welling, die Tür zu öffnen. Beide hatten jeweils einen Schlüssel für die andere Wohnung, da ja besonders Genosse Thule viel unterwegs war, eben auch praktisch. Als es ihr langsam zu mulmig wurde, benachrichtigte Frau Welling den Genossen Jäger, der hier das Hausbuch führt. Die beiden fanden dann die Leiche. Jäger rief im Präsidium an und weiß Gott noch wo, schließlich hat der ja nicht die Nummer von Meier.«

»Was macht Jäger beruflich?«, unterbrach ihn Bircher.

»Genosse Jäger ist ein alter verdienter Genosse. Er war viele Jahre Erster Sekretär der Kreisleitung Treptow. Ist nun Rentner. Er wohnt seit 1956 im Haus und, wie gesagt, er hält seit Jahren das Meldebuch und ist auch Leiter der Hausgemeinschaft. Soweit ich das in der Kürze der Zeit erfahren habe, ist er die Seele des Hauses. Kümmert sich um Hausgemeinschaftsfeiern, Reparaturen, Arbeitseinsätze und wenn nötig stellt er sich auch mal abends als Kinderaufsicht zur Verfügung. Der kennt also das Haus in und auswendig«, berichtete Angler im Jargon eines Kaderreferenten.

Bircher nickte nur, wohl ahnend, über welchen Kanal der Hausgemeinschaftsleiter Meier so schnell informieren konnte. Er beschloss, Jäger als Ersten zu befragen.

»So, lass uns Professor Tetsche nach seiner ersten Diagnose fragen«, winkte Bircher seine Kollegen in das Schlafzimmer.

Tetsche stand immer noch am Bett und machte sich in einem schwarzen abgegriffenen Heftchen Notizen. Solange Bircher ihn kannte, trug Tetsche dieses Heftchen bei sich. Auf den Vorschlag, dass es doch einfacher sei, den Bericht zu diktieren, hatte ihn Tetsche nuschelnd korrigiert: ja, aber nicht für Raucher. Es war aber nicht das Rauchen, das störte, sondern die gelegentlichen Hustenanfälle, die ihn aus dem Rhythmus warfen. Die Sekretärin hatte ihn darauf hinweisen müssen, dass sie Textpassagen vermissen würde oder seinem Bericht nicht folgen konnte. Es war nicht nur der Husten, sondern auch das Nuscheln, das ein Schreiben vom Band zur Herausforderung werden ließ. Nachdem seine Sekretärin auf Nachfragen einige Male die Antwort erhielt, sie möge einfach genauer hinhören, verkniff sie sich weitere Bemerkungen und fügte an den entsprechenden Passagen Pünktchen im Text ein. Ungerührt füllte Tetsche dann die Lücken auf, bis er eines Tages beschloss, ganz auf das ihm lästige Gerät zu verzichten, woraufhin er seiner Sekretärin einfach die Notizen mit der Anweisung reichte, sie möge das in eine »prosaische Form« gießen. Die war anfangs entsetzt und versuchte ihn mit dem Hinweis, dass sie nur eine Schreibkraft sei, von seinem Vorhaben abzubringen. Tetsche murmelte ihr tröstend zu, dass nach den ersten fünfzig Toten kaum Neues auf sie zukommen würde. Nach anfänglichen Missverständnissen bei der Zuordnung des Textes zu Personen und einigen Fehlinterpretationen bei Niederschrift seiner gekritzelten Aufzeichnungen hatte sie es schließlich in den fünfzehn Jahren ihrer Zusammenarbeit gelernt, fast druckfertige Manuskripte auf den Tisch zu legen. Grinsend pflegt er ihr zu sagen, dass sie seine Gedanken, einem Hofdichter gleich, in Worte kleiden würde.

»So, Wolfgang, kannst du schon etwas Genaueres sagen?«

Anstelle einer Antwort winkte er die Kommissare heran und schlug die Bettdecke, die einen Arm der Toten verborgen hatte, zur Seite.

Unwillkürlich zuckte Bircher zusammen. Angler und Schmidter, die hinter ihm standen, traten wie auf Befehl einen Schritt zurück.

An der rechten Hand fehlten der Zeigefinger und der Ringfinger. In einer kleinen Blutlache hoben sich die weißen leblosen Gliedmaßen scharf vom Betttuch ab. Als würden sie darauf warten, ihren Platz wieder einnehmen zu dürfen, ruhten sie neben dem leblosen Körper. Neben der rechten Hand, am amputierten Ringfinger, glänzte, wie weggeworfen, das Gold des Eheringes. Der Mörder hatte die Finger mit Bedacht unter der Decke versteckt, als hätte er eine Überraschung vorbereitet. »Welche Botschaft beinhaltet diese Verstümmelung?«, fragte sich Bircher, als er Tetsche anblickte, der auf der anderen Seite des Bettes stand.

»Die Frau wurde erwürgt und zwar höchstwahrscheinlich ohne Strang – oder Drosselwerkzeug, also mit den blanken Händen. Du siehst hier«, er nickte Bircher zu, näher zu treten, »petechiale Blutungen in den Konjunktiven und Lidhäuten, auch im Gesicht und in den Mundschleimhäuten«, wobei er mit einer kleinen Stablampe die Mundhöhle der Toten ableuchtete. »Das beweist, dass zum Zeitpunkt des Todes eine starke Blutstauung in den Gefäßbezirken des Kopfes auftrat. Diese Stauungsblutungen sind typisch, darüber sieht man hier am Hals fleckenförmige Hämatome, klarer äußerer Befund bei gewaltsam herbeigeführtem Erstickungstod. Die Zeit für die Entstehung von petechialen Blutungen liegt zwischen Sekunden und Minuten. Für eine endgültige Festlegung muss ich in der Klinik noch eine Asphyxie oder Asphyxia, also Herzkreislaufversagen mit Atemlähmung, ausschließen.«

Bircher und seine Kollegen folgten dem Vortrag wie Studenten ihrem Dozenten. Tetsches erste Analysen erwiesen sich so gut wie immer als richtig.

»Kannst du etwas zur Tatzeit sagen?«, fragte Bircher, der sich im Zimmer umsah.

»Du siehst hier die bläulichen Totenflecken, die sich etwa dreißig Minuten nach Eintritt des Todes an der Unterseite des Körpers nachweisen lassen. Innerhalb der ersten zwölf Stunden laufen diese Flecken stetig ineinander. Bei Zimmertemperatur sind die nach etwa ein bis zwei Stunden an den Augenlidern, Kaumuskeln und kleinen Gelenken zu beobachten, danach am Hals, Nacken und danach weiter den Körper abwärts, ja, und nach sechs bis zwölf Stunden sind sie voll ausgeprägt«, dozierte Tetsche vor den Kommissaren, die seinen Hang zur Belehrung kannten und regungslos über sich ergehen ließen.

»So, mein Lieber, das könnte also bedeuteten, dass sie vor zwei bis vier Stunden erwürgt worden ist«, versuchte Bircher einen Tipp, weil er glaubte, bläuliche Flecken am Nacken gesehen zu haben.

»Hm, könnte so gewesen sein«, nuschelte Tetsche abwesend, der die Unterbrechung missbilligend zum Anlass nahm, zu seinem Mantel zu greifen. »Ich kann dann gehen, sehe ja Frau Thule nachher auf meinen Tisch«, verabschiedete er sich gleichmütig, als würde es um einen Termin zum Mittagessen gehen.

»Warte doch mal, du hast nichts zu den Fingern gesagt, die sind doch wohl nicht versehentlich beim Würgen abgefallen«, hielt ihn Bircher zurück. Er kannte seinen Freund und Kollegen nur zu gut und ahnte, dass der nur auf diese Frage gewartet hatte.

»Freut mich, dass ihr den Zeigefinger, obwohl nicht erhoben, im Gedächtnis behalten habt, ebenso den verlassenen Ring, Symbolik der ehelichen Geschlossenheit«, sprach Tetsche in die Runde.

Ihm war die Reaktion der Polizisten nicht entgangen, wie sie sich zuerst erschrocken abgewandt hatten, bis auf Bircher, der sich nichts hatte anmerken lassen.

»Dazu kann ich zum jetzigen Zeitpunkt nicht viel mehr sagen, als ihr gesehen habt, also, dass sie brutal mit einem Schnitt abgetrennt wurden, wahrscheinlich mit einem sehr scharfen Gegenstand. Wann das geschah, kann ich nicht sagen, schon gar nicht, warum. Es sieht auf den ersten Blick wie ein Ritual aus. Nur so eine Ahnung, vielleicht wollte der Mörder ein Symbol setzen, etwas in diese Richtung« , sinnierte Tetsche, die Tote betrachtend.

»Sie meinen, die Finger könnten als Hinweis auf einen weiteren Mord verstanden werden?«, schaltete sich Schmidter vorsichtig in das Gespräch ein.

»Bin kein Psychologe, ja, das müsst ihr rauskriegen: Warum hinterlässt der Täter zwei Finger, aber sonst keine weiteren Verstümmelungen, keine Zeichen sexueller Gewalt, keine Verwüstungen im Raum oder Ähnliches, was auf ungehemmte Zerstörungswut hinweisen würde?«, fragte Tetsche, der offensichtlich das Thema nicht weiter vertiefen wollte und sich wieder zur Tür wandte.

»Dazu passt, dass nichts auf Diebstahl hinweist«, pflichtete Angler bei.

Bircher löste sich vom Anblick der Toten und folgte Tetsche zur Wohnungstür.

»Wolfgang, gegen Mittag ruft mich bestimmt Horst Meier an. Das schlägt hier Wellen, die klatschen bis an die Mauern des ›Städtchens‹, wie du dir vorstellen kannst. Ich wurde bereits gebeten, den Fall streng vertraulich zu behandeln. Also, achte bitte darauf, dass alles unter deiner Kontrolle bleibt und keiner quatscht«, flüsterte Bircher ihm zu.

»Keine Sorge, ich sorge dafür, dass niemand mit Frau Thule redet«, griente Tetsche, den nach langen Jahren seiner Tätigkeit in der Gerichtsmedizin nichts mehr zu überraschen schien. Er schlug Bircher zum Abschied auf die Schulter, trippelte zur Ausgangstür und verschwand im Fahrstuhl.

Bircher stand einen Moment grübelnd in der geräumigen Diele. Jeder Anschein unnötiger Hektik, Nervosität oder Betriebsamkeit musste vermieden werden. Besonders Angler sollte ich darauf hinweisen, dachte er. Bircher überschlug in Gedanken, dass bei acht bewohnten Etagen und fünf Wohnungen pro Etage etwa vierzig Familien im Hochhaus wohnten, vielleicht bis zu einhundert Menschen. Alle Familien müssen befragt werden, in jeder Familie wird sich jemand finden, der seine Sorgen mit Freunden oder Verwandten teilen möchte, mancher will nur aus Wichtigtuerei über den Vorfall sprechen oder kann schlicht der Versuchung nicht widerstehen, sein Wissen, seine Zweifel und seine Angst mit jemandem zu teilen. Es ist fast unmöglich, das Geschehen geheim zu halten, jedenfalls nicht im Umkreis des Hochhauses, schlussfolgerte Bircher. Wir können den Bewohnern nicht alle Ventile schließen, sie müssen Druck ablassen, um ihren Alltag zu bewältigen. Ich werde zunächst mal mit Angler und Schmidter sprechen, beschloss Bircher und betrat die Wohnung.

»Genosse Schmidter, Philipp!«, winkte er seine Mitarbeiter zu sich.

»Wir gehen hier behutsam vor, also wir unterlassen alles, was Panikstimmung auslösen könnte. Wir teilen uns auf, ich spreche mit Frau Welling, du, Philipp, mit Jäger, der das Hausbuch führt und als Erster mit Frau Welling die Wohnung betrat, und Sie, Genosse Schmidter, befragen die anderen Bewohner der Etage. Weisen Sie freundlich darauf hin, dass es in unser aller Interesse ist, das Geschehen«, Bircher vermied den Ausdruck Mord, »diskret zu behandeln. Haben wir eine Information, wann Genosse Thule aus Moskau eintrifft?«

»Bisher nicht, er wurde aber durch die Bezirksleitung informiert«, erwiderte Angler. »Das hat mir Manuela berichtet.«

Manuela Riescher war die Sekretärin der Mordkommission, Seele des Büros von Bircher und gewöhnlich bestens über alles, was einen laufenden Fall betraf, informiert. Ihrer Neugierde entging so gut wie nichts. Gelegentlich musste Bircher sie ermahnen, sich etwas zurückzuhalten. Dann legte sie wie ein kleines Mädchen zwei Finger über ihre zusammengepressten Lippen und versicherte ihm, dass sie selbstverständlich nie mit irgendjemanden, außer ihm, reden würde, worauf Bircher hilflos lächelnd die Augen nach oben verdrehte.

4

»Gut, dann beginnen wir mal!«, verabschiedete Bircher seine Kollegen und klingelte an der Wohnungstür von Frau Welling. Es rührte sich nichts, und Bircher überlegte bereits, ob sie überhaupt ansprechbar wäre, als sich langsam die Tür öffnete und eine ältere Frau ängstlich durch den Spalt blinzelte.

»Entschuldigen Sie die Störung, ich bin von der Polizei, Frau Welling?«, stellte sich Bircher ruhig vor.

»Ich bin die Haushaltshilfe. Frau Welling ist aber hier, soll ich Sie benachrichtigen?«, entgegnete die sichtlich verstörte Frau, während sie weiterhin die Tür halb geschlossen hielt.

»Ja, bitte fragen Sie Frau Welling, ob ich sie kurz sprechen dürfte. Ich leite die Ermittlungen im Fall Frau Thule, mein Name ist Bircher«, fügte er noch hinzu, und wie zur Bestätigung zog er seinen Polizeiausweis aus der Seitentasche seines Sakkos.

»Einen Moment bitte«, murmelte die Haushälterin, die Tür anlehnend, und schlurfte langsam zurück in die Wohnung.

Kurz darauf hörte er energische Schritte, die auf dem Parkett einen Ton erzeugten, als würde jemand auf der Trommel den Takt schlagen. Vor ihm öffnete sich die Tür und er blickte in die graublauen Augen einer sorgfältig gekleideten, gut aussehenden Frau um die fünfzig. Es war ihr auf den ersten Blick anzusehen, dass sie nie einen Gast empfangen würde, ohne vorher Make-up und Frisur zu prüfen, geschweige denn, sich in Pantoffeln, wie es in den Haushalten inzwischen üblich war, vor Fremden zu zeigen.

Sie sah nicht aus wie eine Autorin von Kinderbüchern. Bircher schwebte da eher eine mollige Frau mit Lesebrille, Pferdeschwanz und Strickpullover vor, die sich freundlich lächelnd in bequemen Sandaletten aus einem Schaukelstuhl erhebt, um mit dem gewissen gleichförmigen Lächeln, das gleichzeitig alle Gefühle verbirgt und stetige Zuversicht versprüht, den Gast zu begrüßen.

Hier aber stand eine elegante Frau in Pumps und perfekt sitzendem Kostüm vor ihm, die es offensichtlich gewohnt war, beachtet zu werden. Sie trug eine randlose Brille, die dem ebenmäßigen Gesicht die Würde einer Akademikerin verlieh. Nichts wies darauf hin, dass sie vor einer Stunde durch eine schreckliche Nachricht aus ihrem geordneten Leben gerissen worden war. Und unwillkürlich fragte sich Bircher, ob sie ihn wirklich als den Polizisten wahrnahm, der den Mord an ihrer engen Freundin aufzuklären hatte.

»Guten Morgen, bitte treten Sie näher, ich bin Frau Welling«, begrüßte ihn die Schriftstellerin, kerzengerade vor ihm stehend. Sie betonte die Silben sehr deutlich, als prüfte sie den Klang ihrer Stimme, wie er sich zwischen dem glänzenden Parkett und den weißen Wänden der Diele verlor.

»Danke, mein Name ist Bircher und ich leite die zuständige Mordkommission. Ich muss Sie dringend sprechen, da Sie die Tote wohl am Abend vor dem Verbrechen gesehen haben«, erklärte der Kommissar und folgte Frau Welling, die wortlos vor ihm durch die Diele schritt, eine gläserne Schiebetür auseinanderzog und ihm, wie eine Saaldienerin im Kino, mit einer flüchtigen Armbewegung einen Sessel zuwies. Sie ließ sich wortlos ihm gegenüber in einen breiten Ledersessel sinken und schaute ihm fast vorwurfsvoll in die Augen, als würde sie auf eine Erklärung für das fürchterliche Geschehen warten. In ihrem Blick lag stummes Entsetzen und tiefe Ungläubigkeit, wie beim Zuschauen eines unglaublichen Krimis.

»Frau Welling, der Genosse Jäger hat uns davon berichtet, wie Sie ihn baten, Sie in die Wohnung von Frau Thule zu begleiten, weil Sie es sich nicht erklären konnten, warum Frau Thule auf ihr Klingeln und Anrufen nicht reagierte, ist das so gewesen?«, fragte Bircher so behutsam wie möglich.

»Ja, es war so, wie Jäger es erzählte«, bemerkte sie, den Genossen weglassend.

Überraschend ruhig und konzentriert, fast emotionslos berichtete sie dann, wie sie und Frau Thule den letzten Abend gemeinsam bei einem Glas Wein verbracht hatten. Frau Thule war wie immer, wenn sie sich trafen, aufgeräumt und froh, den Abend nicht allein verbringen zu müssen. »Häufig genug musste sie ja wegen der endlosen Dienstreisen ihres Mannes auf seine Anwesenheit verzichten, manchmal auch kurzfristig, da rief sie mich dann gegen Abend an und fragte, ob ich schon ausgebucht wäre«, bemerkte Frau Welling trocken, als würde sie über einen Dienstplan im Krankenhaus referieren.

Bircher hatte den Eindruck, dass sie sich für Genossen Thule nicht sonderlich erwärmen konnte.

»Wie war das Verhältnis zwischen den beiden?«, fragte Bircher unvermittelt.

Sichtlich unangenehm berührt, verzog sich ihr Gesicht etwas, als würde sie neben einem schlecht riechenden Menschen sitzen, und blickte mit hochgezogenen Augenbrauen über Bircher hinweg in die aufgeräumte Diele, wie auf der Suche nach einem angenehmeren Ort.

»Was tut das zur Sache? Ich habe mich nie für die Ehen meiner Freunde interessiert, es sei denn, ich war mit beiden Partnern befreundet, dann ist das unvermeidlich«, beschied sie ihm salomonisch. »Wie Sie ja sicherlich bereits in Erfahrung gebracht haben, lebe ich seit dem Tod meines Mannes Alex allein und Gundel, also Frau Thule, war eine meiner besten Freundinnen«, fügte sie, als wäre das Thema somit erledigt, bestimmt hinzu.

»Es geht um Mord, und ich muss auch nach Dingen fragen, die Ihnen als unangenehm erscheinen mögen«, versuchte es Bircher diplomatisch, um sogleich unverblümt fortzufahren: »Führte Frau Thule nach Ihrer Ansicht eine glückliche Ehe und hatte Frau Thule, neben Ihnen, andere Freundinnen, oder auch Freunde, die Sie regelmäßig besuchten?«

Frau Welling blickte ihn leicht herablassend an, um nach einigem Zögern, nicht ohne einen leicht drohenden Unterton, zu bemerken:

»Ich kenne nur eine Freundin, die regelmäßig bei ihr war, und die sitzt vor Ihnen. Ansonsten gibt es ja genug Leute hier im Haus, die Ihnen das Privatleben der Thules näherbringen könnten.«

Birchers Augen verengten sich hinter seiner Hornbrille, ein untrügliches Zeichen aufziehender Ungeduld, die sich darin bemerkbar machte, dass er noch langsamer sprach. Wie seine Mutter früher auf dem Hof das rohe Fleisch durch den Wolf quetschte, presste er dann die Sätze durch seinen halb geschlossenen Mund. Eigentlich war er von Natur aus ein geduldiger Mensch, der es gewohnt war, sich bei seinen Beobachtungen Zeit zu lassen. Eine Eigenschaft, die man brauchte, um als Biologe zu arbeiten. Schon als Kind hatte er Stunden damit zugebracht, sich alles, was er vor der Haustür im Wald fand, ausgiebig zu betrachten. Er trocknete Gräser, Pilze oder Käfer, um sie seinem Biologielehrer zu zeigen. Der besaß ein Mikroskop und erklärte ihm Struktur und Aufbau seiner Sammlerstücke. Zu Hause las er dann das Gehörte nach und notierte neben seinen Fundstücken, die er in Schulheften aufbewahrte, seine Kenntnisse. Wie ein Restaurator untersuchte der kleine Bircher seine Funde, ihn zog jedes Detail magisch an, und es beschäftigte ihn wie ein ungelöstes Rätsel. Oberflächlichkeit war ihm zuwider.

So hatte ihn einmal tagelang die Frage beschäftigt, warum der Regen nicht die Blätter der Eiche, die vor seinem Haus stand und unter die er sich versuchsweise eine halbe Stunde stellte, durchdringen konnte. Schließlich seien die Blätter nicht aus Gummi, sie sind zerbrechlich, lassen sich wie Papier zerpflücken und fallen im Herbst wie tot vom Baum, belagerte er seine Eltern hartnäckig, die nur hilflos mit den Achseln zuckten. Als er seinen Biologielehrer mit dem Problem konfrontierte, wich der zunächst auch aus. Am folgenden Tag nahm er Karl zur Seite und zeigte ihm eine Skizze vom Aufbau eines Blattes. Für Karl sah es aus, als hätte jemand wie bei einer Laubsägearbeit im polytechnischen Unterricht das Blatt in einzelne Schichten zerlegt, es war ihm schleierhaft, wie es möglich sei, so dünne Scheiben herzustellen. Der Lehrer beruhigte ihn mit der Feststellung, dass er das später im Physikunterricht erklärt bekäme. Jetzt wolle er ihm nur demonstrieren, dass die Außenseite jedes Blatts mit einer Zellschicht versehen sei, die man Epidermis nennt. Wie bei einer Zeltplane besitze sie eine wasserundurchlässige Wachsschicht, und die schütze die Pflanze davor, zu viel Feuchtigkeit nach außen abzugeben. Umgekehrt fließe bei Regen einen Zeitlang das Wasser vom Blatt ab, wie von einem Zeltdach. Die Erklärung hatte Karl sehr beeindruckt und ihn in seinem Wunsch bestärkt, zu studieren, um die Natur besser zu verstehen.

Bircher betrachtete Frau Welling. Unangenehme Fragen oder störende Einflüsse schienen wie bei bestimmten Pflanzen von einer Art Ölschicht abgefangen zu werden, sie drangen nicht zu ihr vor. Nichts sollte den Seelenfrieden beeinträchtigen. Ihre ganze Erscheinung erinnerte ihn an eine in die Jahre gekommene Filmdiva, die es sich angewöhnt hatte, ihr eigenes Leben wie hinter einer Bühnenrolle zu verbergen. Selbst den Verlust der Freundin schien sie eher als schmerzlichen, geradezu ungeheuerlichen Eingriff in ihren Lebensrhythmus und nicht als den tragischen Tod eines nahestehenden Menschen aufzufassen. Vielleicht sollten die ironisch vorgetragene Reserviertheit, ihr Sarkasmus und die leichte Abgehobenheit, wenn sie sich mit einem fast blasierten Lächeln zu einer Antwort herabließ, die erwünschte Distanz herstellen.

Bircher entschloss sich zu einem Angriff auf das Bollwerk, das die Kinderbuchautorin zu umgeben schien.

»Wissen Sie, wir fragen uns natürlich, warum der Mörder ausgerechnet Frau Thule ausgewählt hat, schließlich hätte ihr Mann zu Hause sein können. Frau Thule besaß den Schlüssel zu Ihrer Wohnung, so haben Sie es Genossen Jäger gesagt, stimmt das?«

»Ja, sie hat meinen und ich habe ihren.«

»Nun, ich möchte prüfen, ob sich Ihr Schlüssel noch in Thules Wohnung befindet. Könnten Sie mich begleiten, um mir behilflich zu sein, den Schlüssel zu finden?«, beendete Bircher seine bedächtig vorgetragene Bitte. »Frau Thule befindet sich bereits in der Gerichtsmedizin«, fügte er noch hinzu.

Frau Welling blickte ratlos auf die schöne Biedermeieranrichte in der Diele, auf dem ein silbernes Teeservice blitzte, das aussah, als würde es jeden Tag poliert werden. Ihre Augen wanderten über die zwei kleinen Sessel neben der Anrichte, sie hob ihren Blick und musterte das gewaltige Ölgemälde über der Vitrine, das eine Schafherde, weidend in der Senke eines offenen Waldes, darstellte. Merkwürdig fremd hingen die Schafe über dem Salon. Man hätte die Herde eher in einer Dorfschenke in Thüringen vermutet, vielleicht hat es ihr ja ein treuer Leser gewidmet, überlegte Bircher, als er das Bild aus dem Augenwinkel betrachtete. Es war ein märkischer Laubwald im Herbstlicht der untergehenden Sonne. Die Sonne war nicht zu sehen, nur ihr abnehmendes flaches Licht, das die Räume zwischen den Bäumen auffüllte, erinnerte an den hereinbrechenden Abend. Während der Wald im Dämmerlicht seine Konturen verlor, hoben sich die Schafe wie Figuren im Scheinwerferlicht vom satten Grün der Wiese ab. Bald würde der Schatten des Waldes über die Herde hereinbrechen und die Tiere mit seinem schwarzen Schleier umhüllen. Bircher wusste nicht, ob er es mit Kitsch oder kunstvoller Bildkomposition zu tun hatte. Leider war es nicht der Moment, um mit Frau Welling seine Eindrücke zu teilen.

Seine Gastgeberin schien ebenfalls irgendwo mit ihren Gedanken unterwegs zu sein. So wie sie an Bircher vorbei auf die Vitrine starrte, könnte man meinen, dass sie ihn vergessen hatte. Es sah aus, als würde sie über die Folgen eines unglücklichen Verlusts sinnieren. Wie jemand, der noch nicht weiß, was die Zukunft bereithält. Vielleicht fürchtete sie, dass die wohltuenden Attribute ihres Wohlstandes, wie Kulissen beim Bühnenwechsel, unter ihren Füßen hinweggleiten könnten, dass sich bald ein Gefühl der Verlassenheit einstellen könnte, jetzt oder spätestens wenn sie die Schwelle zur Wohnung ihrer Freundin überschreiten würde. Selbst ihre fein justierten Abwehrmechanismen würden dem Erinnerungsdruck nicht standhalten. Wie ein leichter Schlaganfall hatte der Mord ihren auf Stetigkeit und Kontrolle gepolten Lebenslauf erschüttert. Und nun bat sie auch noch der Kommissar, in der vom Tod geweihten Wohnung der Freundin einen Schlüsselbund zu suchen.

»Gut, gehen wir«, sprach sie mit tonloser Stimme und erhob sich schwerfällig.

Sie verließen ihre Wohnung, traten nach links und schon standen sie in dem kleinen Korridor, der hinter der Eingangstür der Familie Thule rechtwinklig abbog und in die Diele mündete. Davor zweigte noch ein kleiner Abstellraum ab. Vor diesem verharrte Frau Welling und wies auf die Tür.

»Hier befindet sich ein Schlüsselbrett, da bewahrte sie«, unwillkürlich vermied sie die Tote beim Namen zu nennen, »auch meinen Schlüssel auf.«

Bircher betrat den Raum und entdeckte hinter der Tür ein Schlüsselbrett. Er nickte Frau Welling zu.

»Ist das hier das Schlüsselbrett?«

»Ja, ich kenne jedenfalls nur dieses.«

»Es ist leer, bis auf diesen einen Schlüssel.«

Bircher winkte einen seiner Kollegen von der Spurenkommission zu sich und in den Raum zeigend fragte er ruhig:

»Habt ihr den Raum aufgenommen?«

»Ja, wir haben sämtliche Räume durchsucht und nehmen jetzt

noch einige Spuren auf, wahrscheinlich nichts Verwertbares, der Täter trug offenbar Handschuhe.«

»Habt ihr auch das Schlüsselbrett nach Spuren untersucht?«

»Hm, nein, sollen wir das nachholen?«, entgegnete betreten der junge Polizist.

»Ja.«

Der Täter musste sich bestens auskennen, ging es Bircher durch den Kopf, wenn er die Kaltblütigkeit besaß, auch noch die Schlüssel an sich zu nehmen.

Frau Welling stand derweilen stumm und blass, wie eine auf den Einsatz wartende Darstellerin, auf dem Korridor.

»Das heißt, der Mörder ist im Besitz meines Haustürschlüssels«, flüsterte sie kaum vernehmbar.

»Wissen Sie, welche Schlüssel sich am Brett befanden?«, überhörte Bircher ihre Sorge und drehte sich freundlich zu Frau Welling, die plötzlich am Ende ihrer Kräfte zu sein schien.

»Vor einiger Zeit sah ich das Brett, als wir hier im Schrank nach Schuhen suchten. Da waren ein Paar Haustür- und Kellerschlüssel und andere, die ich nicht zuordnen konnte, soweit ich mich erinnere.«

»Sie können gleich zurück in ihre Wohnung. Frau Welling, sagen Sie mir bitte nur noch, wo genau Sie beide den Abend verbrachten?«

»Zunächst waren wir eine Stunde in der Küche, sind dann ins Wohnzimmer gegangen, das sich dort links hinter der Glastür befindet«, wies sie mit angewinkeltem Arm müde in Richtung Diele.

»Danke, Sie können jetzt gehen, kann ich noch irgendetwas für Sie tun?«

»Ja, vielleicht den Mörder, oder wenigstens meinen Schlüssel, finden«, murmelte sie resigniert.

Bircher blickte in ihre Augen, für einen Moment irritiert über den ironischen Unterton, der sie anscheinend nie verließ. Eine eindrucksvolle Persönlichkeit, setzte er für sich hinzu.

»Unsere Techniker müssen noch heute Frau Wellings Türschloss austauschen, Philipp, bitte kümmere dich darum«, wandte er sich an Angler, der seit einigen Minuten neben Frau Welling stand.

»Das konnte sich der Mörder doch denken, warum nimmt er eigentlich die Schlüssel mit?«, warf Frau Welling ein.

»Vielleicht waren es auch die anderen Schlüssel, die ihn interessierten, schließlich kann er doch nicht wissen, welcher zu ihnen gehört, der hat ja wohl alle eingesteckt«, versuchte Bircher sie zu beruhigen.

»Wer weiß, er hatte ja Zeit genug, das auszuprobieren, heute Nacht. Ist ja wohl auch mit einem Schlüssel reingekommen, wenn ich Sie richtig verstanden habe«, widersprach sie, schwach auf die unversehrte Tür zeigend, als würde sie darüber nachdenken, warum der Mörder nicht bei ihr eingetreten war.

»Wir müssen das alles noch kriminaltechnisch auswerten«, wiegelte Bircher ab und führte sie behutsam aus der Wohnung.

Bircher winkte Angler zu sich, gemeinsam verließen sie die Diele und begaben sich in einen stillen Winkel vor den Fahrstühlen. Inzwischen hatte die Polizei den Zugang über das Treppenhaus zur vierten Etage abgesperrt. In die Fahrstühle hatte Angler zwei Polizisten beordert, die kontrollierten, dass außer den Bewohnern niemand die Etage betrat.

»Also, was sagt Genosse Jäger, in Kurzfassung«, bat ihn Bircher.

»Jäger führt das Hausmeldebuch seit 1956 und ist auch Vorsitzender der Hausgemeinschaftsleitung. Bekanntlich ein ehemaliger Sekretär der Kreisleitung, der gerne das Haus wie eine Parteiorganisation führen möchte und gleichzeitig die Bewohner wie die eigene Familie behandelt. Na ja, du weißt ja, möchte alles sehen, hören und kontrollieren.«

»Erklärt wohl, warum und wie das Präsidium noch vor uns unterrichtet war«, seufzte Bircher.

»Er hat mir erzählt, dass Frau Thule beruflich wie privat sehr aktiv war, ja, sollte wohl 'ne Anspielung sein. Bekanntlich ist sie, äh, war sie, im Regierungskrankenhaus in der Abteilung für Innere Medizin als Oberärztin angestellt. Ihre Spezialstrecke ist wohl die Kardiologie. Sie habe mal erwähnt, dass sie es viel mit Bluthochdruck und Herzrhythmusstörungen zu tun habe. ›Kein Wunder, bei der Verantwortung, die unsere Genossen zu tragen haben‹, unterstrich Jäger. Ein ziemlicher Wichtigtuer, der Jäger. Der hätte liebendgerne mehr von den Patienten der Thule erfahren. Im Wohnhaus war sie nicht gerade sehr beliebt, galt als etwas hochnäsig und muss wohl sehr darauf bedacht gewesen sein, sich als was Besonderes auszuweisen. Hat den Jäger wohl gewurmt, dass sie sich am Leben seiner Hausgemeinschaft, na ja, Gartenpflege am Sonnabend, Kegeln am Freitag und Sitzung der Gemeinschaft am Montag, kaum beteiligte. Da verwies sie dann auf ihre Dienste im Krankenhaus. Der einzige enge Kontakt war der zu Frau Welling.«

»Ja, ja, die scheinen wohl ähnliche Anlagen zu haben, kann mir Welling auch nicht beim Reinigen der Vorgärten vorstellen«, sagte Bircher, der selbst alles tat, um seiner eigenen Hausgemeinschaft aus dem Weg zu gehen, wenn auch aus anderen Gründen. Schließlich wussten alle, wo er arbeitete und würden zu gern mehr davon erfahren.

»Die Tote hat sich übrigens selbst nicht gerade schmeichelhaft über ihr Privatleben geäußert. Muss da Spannungen in der Ehe gegeben haben. Hat mal verlauten lassen, dass ihr Mann es an, wie soll ich es sagen, hm, also, der hatte wohl nicht genug Zeit oder Lust für seine Ehepflichten aufgebracht. Na ja, so ähnlich hat es Jäger ausgedrückt.«

»Wie, das tratscht seine Frau herum?«

»Die Information hat Jäger von der Reinigungskraft, und die hat es eben aufgeschnappt, als sich die beiden Nachbarinnen alleine fühlten.«

»So, Genosse Jäger kennt also selbst die Hausangestellten, hat sein Ohr wohl überall, schade, dass er nicht unterm Bett lag, gestern Nacht«, ätzte Bircher.

»Jäger ist nicht bekannt, ob es Beziehungen zu anderen Männern gab, hat er jemanden zu ihr kommen sehen?« fragte Bircher. Angler schüttelte verneinend den Kopf.

»Ihr Mann, Genosse Thule, ist ebenfalls kein Kind von Traurigkeit, wenn es nach Genossen Jäger geht. Hat mich etwas überrascht, dass er sich auch über Genosse Thule auslässt. Als ich ihn fragte, woher er das denn nähme und was das mit dem Fall zu tun haben könnte, stotterte er etwas von allgemeinen Eindrücken. Genosse Thule habe immer, wenn er dann überhaupt mal an einer Hausversammlung teilnahm, mit den Frauen geschäkert.«

»Oh, Mensch, das ist doch Schrott. Hat der Jäger irgendetwas Konkretes zu berichten? Hat er Fremde gesehen, ist ihm an den Schlössern was aufgefallen, waren die Türen nachts immer abgeschlossen und so weiter?«, murrte Bircher.

»Nein, eigentlich nichts Verwertbares. Der redet gerne über Frau Thule. Meint, dass sie die Sorte Mensch ist, die immer auf den eigenen Vorteil aus wäre, alles beherrschen wollte und trotz aller Erfolge einen unglücklichen Eindruck hinterließ, halt wie jemand, den ein unerfüllter Wunsch quälte. Eine Egoistin, die, falls es vorteilhaft war, wenig Rücksicht nahm. So in etwa kann man seine Äußerungen zusammenfassen.«

»Na, da hat sich Genosse Jäger ja ausführlich mit dem Seelenleben der Ärztin beschäftigt. Vielleicht fühlte er sich nicht ernst genommen in seiner Funktion als Leiter der Hausgemeinschaft.«

Angler nickte zustimmend:

»Frau Thule verkehrte jedenfalls mit niemandem im Haus, Frau Welling ausgenommen. Ihr Mann scheint umgänglicher zu sein. Übrigens hat Manuela durchgegeben, dass er heute Abend in Berlin landen wird.«

»Mal hören, was die Nachbarn uns sagen können, wo ist Schmidter?«, beendete Bircher das Gespräch und verließ die Wohnung. Inzwischen waren die Mitarbeiter der Spurenkommission abgezogen, vor der verschlossenen Tür stand ein Polizist.

Bircher lehnte an der marmornen Dielenwand, er spürte die Kälte des Steins im Rücken, sein Blick glitt prüfend über die grauen Wände, und plötzlich wusste er, woran ihn die Diele erinnerte: Es war das Mausoleum in Moskau mit seinem roten Granit, das Grabmal Lenins, das er einmal als Mitglied einer Volkspolizeidelegation besucht hatte. Ihm war von seiner Reise weniger das Mausoleum als der Rote Platz in Erinnerung geblieben, besonders das Glockenspiel des Spasski-Turms, der eigentlich Erlöserturm heißt, wie man ihnen erklärte. Der Name verband sich in Birchers Kopf mit dem Gefühl der Erleichterung, wie nach einem aufgeklärten Fall. Damals hatte er zu Hause gescherzt, dass man nach Aufklärung jedes Falles das Glockenspiel wie eine Fanfare im Büro ertönen lassen sollte.

Er versuchte sich vorzustellen, wie es wohl wäre, würde er jeden Abend den Fahrstuhl verlassen, die Tür hinter sich schließen, diesen eleganten Raum mit seiner leblosen Eleganz vor sich sehen, der den Eintretenden wie eine Schleuse umfängt, die man möglichst rasch verlassen möchte. Die Kälte der fensterlosen Halle erzeugte eine gewisse Beklemmung, fast wie beim Betreten eines Krematoriums. Ein Ort, der geeignet erschien für eine Bestattung. Was mochte sich der Architekt dabei gedacht haben, als er den Wohnungen diese tempelähnliche Halle vorlagerte, der für eine museale Atmosphäre nur noch einige bronzene Statuen fehlten. Vielleicht sollte der Mieter nicht gleichgültig aus dem Aufzug in die Wohnung treten, sondern wie beim Durchschreiten eines Festsaals, wenn man beklommen vor Freude nach seinem Platz Ausschau hält, von einem feierlichen Gefühl der Dankbarkeit und Ehrfurcht erfasst werden. In Birchers Phantasie lief ein Film ab, die Türen verschmolzen allmählich mit dem Marmor der Wände, aus der Diele entstand im Zeitlupentempo ein undurchdringlicher Sarkophag, in dessen Mitte er sich langsam um seine Achse drehte, im spiegelnden Marmor sein Sterben verfolgte, im leeren Raum allmählich zur Mumie kristallisierte.

Er schüttelte kräftig den Kopf, als müsste er etwas abschütteln, und grinste leicht verlegen. Wenn der berühmte Stadtarchitekt wüsste, was er in seinem Bauwerk fühlte, würde er ihn wohl für verrückt erklären.

»Genosse Major, ich habe alle Bewohner der Etage, soweit sie zu Hause sind, befragt«, schallte die Stimme Schmidters durch die Halle.

»Gut, sagen Sie mal, wie viele Eingänge und Ausgänge hat das Gebäude eigentlich, wurde das geprüft?«

»Ja, habe ich gemacht. Also, unabhängig vom Haupteingang kann das Hochhaus über den Dachgarten auf der achten Etage betreten werden. Der verbindet das Hochhaus mit den anliegenden Gebäuden am Strausberger Platz, bis vor zur Lichtenberger Straße. Der Täter hätte vier Möglichkeiten, um durch einen der Hauseingänge zwischen Lichtenberger und Hochhaus auf den Dachgarten und die achte Etage zu gelangen. Früher gab es im Hochhaus noch das Kindercafé, auf der zwölften und dreizehnten Etage, das war über dem Kinderkaufhaus, aber auch vom Wohnhaus, also vom Treppenaufgang aus, für die Mieter sozusagen in Hausschuhen erreichbar. Der Zugang ist jetzt geschlossen.«

Bircher unterbrach ihn. »Der Täter könnte also durch den Eingang das Hochhaus betreten, im Fahrstuhl auf die Achte fahren und von dort über den Dachgarten in Richtung Strausberger Platz verschwinden. Gut, fahren Sie fort.«

»Ja«, sagte Schmidter, »ich befragte zunächst die Familie Forn. Es war nur Frau Forn zu Hause, ihr Mann arbeitet im Elektroapparatewerk in Treptow, der Sohn ist Kraftfahrer und häufig nachts auf seinem Bus. Auch diese Nacht, übrigens. Die Frau hat nichts gesehen oder gehört. Sie wollte sich zu Frau Thule nicht weiter äußern, mir scheint, als würden die sich nicht sonderlich nahestehen. Sie merkte nur an, dass Frau Thule viel allein gewesen wäre, was schon eigenartig sei, schließlich war sie eine attraktive Frau. Aber fremde Männer hätte sie nie gesehen. Ihren Sohn, einen Arbeiter, hatte Frau Thule mal zum Café eingeladen. Na, dem ist der Schreck in die Glieder gefahren, meinte Frau Forn.«

»Hm, das hat sie so gesagt?«, wunderte sich Angler.

»Ja, ist eine Berlinerin, die sind so offen«, klärte ihn Schmidter auf. »Und, ist der hingegangen?«, fragte Bircher.

»Hab ich auch gefragt. Wusste sie nicht«, antwortete Schmidter.

»Scheint ja hier viel Klatsch zu geben, zumindest was unsere Tote betrifft. Wir müssen uns im Krankenhaus umhören, vielleicht erfahren wir dort mehr über ihr Privatleben. Dann wenden wir uns mal den nächsten Nachbarn zu«, forderte Bircher Schmidter auf.

»Bleibt Familie Lange, da war niemand, müssen wir abends versuchen. Die beiden Söhne gehen noch zur Schule.«

»Gut, lasst uns jetzt das Gebäude besichtigen, bevor ich ins Präsidium fahre und auf den Bericht von Tetsche warte, dann muss ich zum Rapport«, beendete Bircher das kurze Gespräch mit seinen Kollegen und wandte sich zum Fahrstuhl.

»Wir beginnen mit dem Dachgarten.«

Die drei Kommissare quetschten sich in den Fahrstuhl, Angler schloss die Flügeltür, drückte auf acht und schon ruckelten sie nach oben. Als sie ausstiegen, betraten sie eine rechteckige Diele, die der in der vierten Etage zum Verwechseln ähnelte. Nur eine zusätzliche Tür, die zum Balkon führte, unterschied die Etagen. Die Tür zum Dachgarten war unverschlossen, das einfache Schloss unversehrt. Der vordere Teil des Dachgartens war wie ein Balkon gestaltet und grenzte direkt an zwei Wohnungen, eine Einzimmerwohnung auf der Längsseite der Diele und eine weitere, gelegen wie die der Familie Thule. Von den Balkonen aus konnte man sowohl in die Wohnung blicken als auch bequem über den Fenstersims hinaussteigen.

Bircher schaute auf den Springbrunnen, der in der Mitte des Platzes die Einfahrt in die Karl-Marx-Allee markierte und den aus der Gegenrichtung kommenden Autofahrern signalisierte, dass sie gleich den letzten Teil der Allee und damit den nahe liegenden Alexanderplatz erreichen würden. Als er sich um einhundertachtzig Grad drehte, sah er das Dach des Ostbahnhofes und die Neubauten, die sich langsam zur Jannowitzbrücke ausbreiteten. Er schlenderte die Terrasse entlang bis zu ihrem Ende, beugte sich über die Brüstung und erspähte die Lichtenberger Straße, die in Richtung Nordosten zum Lenindenkmal führte.

Dahinter konnte man den Friedrichshain sehen. Bircher erinnerte sich an die wenigen freien Wochenenden, wenn sie sich aufrafften, um zum Park loszuziehen, zum Schluss auf ein Glas Wein im Café am Märchenspringbrunnen einzukehren, wo Karola leicht schnaufend vor Ungeduld nach ihren Zigaretten suchte, die sie wieder einmal in der Wohnung vergessen hatte.

Wie viele Möglichkeiten boten sich dem Verbrecher, in das Haus zu gehen oder das Haus unbemerkt zu verlassen, grübelte Bircher, eine Rechenaufgabe für Karola. Wie sollte man dieses Objekt aus fünf Häusern und einem halben Dutzend Zugängen diskret bewachen, meine Leute schaffen das nicht, setzte er in Gedanken hinzu. Ihn überfiel für einen Moment ein Gefühl der Ratlosigkeit angesichts der brutalen, fast sadistisch anmutenden Weise eines Verbrechens an diesem exklusiven Ort. Fast schien es, als wäre es dem Täter wichtig gewesen, sein blutiges Denkmal hier, direkt im aufblühenden Zentrum der Hauptstadt, zu setzen.

Ein Wahnsinniger? Frau Thule als Zufallsopfer seines Rausches? Warum in diesem belebten Haus?

Der Täter musste alles exakt geplant haben und mit den Örtlichkeiten vertraut gewesen sein, nur so hatte er sich freien Zutritt verschaffen können, resümierte er.

»Philipp, wir müssen uns das Hausbuch ansehen, und zwar von Beginn an, also ab 1954 oder 1955, lass es dir von Jäger geben!« rief er Angler zu, der sich, sichtlich angetan von den beeindruckenden Aussichten immer wieder über die Mauern der Plattform beugte, um, wie bei einem Hubschrauberrundflug, die Stadt aus der Vogelperspektive zu betrachten.

»Ja, in Ordnung, das ist ja hier fast wie auf dem Fernsehturm, auf halber Höhe sozusagen.«

»Nur dass dort niemand wohnt», erwiderte trocken sein Chef.

»Ich habe mir sämtliche Haustüren, im Parterre und hier oben angesehen, da ist nichts zu entdecken, was auf Beschädigung hinweist. Die Spurenleute sind jetzt dran«, keuchte Schmidter mit hochrotem Kopf, der plötzlich vor ihnen stand und aussah, als hätte er gerade sämtliche Hausaufgänge abgelaufen.

»Sind Sie in der kurzen Zeit alle Treppen hoch und runter?«, wunderte sich Bircher.

»Vier mal acht Etagen, zweiunddreißig, das mal zwei, gleich vierundsechzig Etagen, wäre fast die Besteigung des Fernsehturms«, präzisierte Angler, seinen Kollegen beifällig musternd.

»Ja, aber jetzt interessiert mich mehr die Zahl zwei«, brummte Bircher und hob vielsagend seinen rechten Zeige- und Ringfinger in die Luft, »ich fahre jetzt ins Präsidium, danach zu Professor Tetsche, ihr schaut euch noch den ehemaligen Zugang zum Kindercafé und die Kellerräume an. Wir treffen uns dann um vierzehn Uhr bei mir.«

5

Bircher hatte sich doch direkt zu Tetsche in die Gerichtsmedizin fahren lassen. Auf der kurzen Fahrt ging er die wenigen Anhaltspunkte zum Tatablauf durch und kam erneut zu der vagen Schlussfolgerung, dass der Täter in irgendeiner Weise mit dem Hochhaus vertraut sein musste, dass der Mord an Frau Thule, wie auch die Abtrennung der Finger, kaltblütig geplant worden war und dass es keine Hinweise oder Spuren zum Täter gab.

Mit leichten Sorgen sah er dem Gespräch beim Polizeivizepräsidenten entgegen. Die führenden Mitarbeiter der Sicherheitsapparate würden sich mit dieser dürftigen Sachlage kaum zufriedengeben, da wird es gewaltigen Druck aus verschiedenen Richtungen geben, besonders von einigen, die den Täter am liebsten per Parteibeschluss bestimmen lassen würden. Na ja, was soll es, Meier wird sich hoffentlich vor uns stellen, jedenfalls solange eine Aussicht auf Erfolg besteht, sagte er sich, als der Wagen am ehrwürdigen Institut für Gerichtsmedizin hielt. Muss unbedingt Tetsche fragen, ob ihm schon mal ein Fall mit abgetrennten Gliedmaßen untergekommen ist, fiel ihm noch ein, bevor er die mächtige Eingangstür aufstieß. Tetsche saß rauchend hinter seinem Schreibtisch, die Glut hatte fast den Filter erreicht, und im Raum stank es wie in einem schmorendem Abfallkübel. Ungerührt blickte Tetsche zum Kommissar hinüber, die vom ständigen Nikotinzufuhr gefärbten gelblichen Zähne bildeten einen merkwürdigen Kontrast zum Rosarot der schlaff aufgeblähten Wangen, zwischen denen seine braune Augen freundlich den Kommissar begrüßten, gleichsam abwesend wie einladend wies er auf einen Stuhl vor sich.

»Mach mal das Fenster auf, stinkt ja hier schlimmer als in der Pathologie«, brummelte Bircher.

»Womit wir beim Thema wären, Frau Thule ist eindeutig erwürgt worden, ohne Zweifel«, nuschelte Tetsche, während er langsam zum Fenster schritt und auf dem Weg den Zigarettenstummel im Aschenbecher versenkte.

»Die inneren Befunde, wie Stauungsblutungen an den serösen Häuten, Halsweichteilblutungen, Kehlkopf- und Zungenbeinbrüche und die petechialen Blutungen entsprechen den äußeren Befunden, die ich am Tatort beschrieben habe. Der Tod ist zwischen zwei und vier Uhr morgens eingetreten. Den schriftlichen Bericht erhältst du in einer Stunde.«

»Wie wurden die Finger abgetrennt?«

»Mit einem scharfen Messer, einer Art Hirschfänger wahrscheinlich, wie man ihn zur Jagd benutzt, übrigens nicht hundertprozentig fachgerecht ausgeführt, wenn ich das so ausdrücken darf, eher mit Brachialgewalt, aber immerhin, ist technisch auch nicht so einfach«, bemerkte er in einem Ton, als würde er das Tranchieren einer Gans beschreiben.

»Was, meinst du, trieb den Mörder zu dieser Operation?«

»Hm, musst du eher einen Psychologen konsultieren. Vielleicht ein Hinweis auf etwas, was ihn umtreibt. Zeige- und Ringfinger ausgerechnet. Vielleicht ein Wahnsinniger, der sich an Erinnerungen abarbeitet, vielleicht ist er schizophren, kann da auch nur spekulieren.«

»Sind dir in deiner Laufbahn schon mal mutwillig abgetrennte Gliedmaßen untergekommen?«, versuchte es Bircher nochmals.

Tetsche griff nach der nächsten Zigarette und schloss das Fenster, wie Bircher aufstöhnend beobachtete. Wenigstens raucht meine Karola nicht im Zimmer, dachte er sich, während Tetsche ihn, in Gedanken versunken, aus seiner Dunstglocke anstarrte, damit beschäftigt, seine unzähligen Fälle zu rekapitulieren. Schließlich, kaum hörbar, nuschelte er zwischen seinen feuchten Lippen, die er gerade so weit geöffnet hielt, dass seine Zigarette hineinpasste:

»Hm, ich erinnere mich an einen Fall, war wohl Anfang der fünfziger Jahre hier in Berlin. Ich wurde in eine Wohnung gerufen, es waren die Nachbarn, die von den Schreien eines von Schmerzen halb toten Mannes alarmiert wurden. Die holten den ABV und der dann uns, na ja, wie üblich. Als ich ankam, grinste mich dein Vorgänger im Amt an und wies auf den Teppich. Da lag das Glied eines Mannes.«

»Äh, was, meinst du wirklich seinen Pimmel?«

»So kann man es auch ausdrücken, Genosse Major.«

»Ja und, was hat das mit unserem Fall zu tun?«

»Immerhin ein fehlendes Gliedmaß, du hattest nach abgetrennten Körperteilen gefragt.«

»Und, weißt du etwas über den Grund der Kastration?« Bircher blickte ihn leicht grinsend an.

»Soweit ich es mitbekam, für mich gab es ja in diesem Fall nicht viel zu tun, hatte es der schwanzlose Held ziemlich wild getrieben, also seine Frau permanent betrogen. An diesem bewussten Tag erwischte sie ihn in flagranti. Nachdem die Geliebte es gerade noch schaffte, aus dem Schlafzimmer und der Wohnung zu flüchten, schloss sie ihren Mann im ehelichen Schlafzimmer ein. Da saß er nun in der Falle. Irgendwann ist der eingeschlafen und dann kam unsere Metzgerin«, schloss er sarkastisch.

»Sühne und Rache.«

»Ja, aber im Unterschied zu Frau Thule blieb er am Leben, und die Latte kann man auch wieder befestigen, ich weiß allerdings nicht, ob das in diesem Fall erfolgte«, beschloss Tetsche das Gespräch, bewegte sich in seiner Tabakwolke in Richtung Tür, griff seinen Kittel vom Garderobenständer und verabschiedete Bircher: »Ich muss in die Vorlesung, halt mich auf dem Laufenden.«

Bircher stieg ins Auto und befahl dem Fahrer, ihn ins Präsidium zu fahren, aber ohne zu rasen. Aus dem Fenster sah Bircher die Volkpolizisten vor der Ständigen Vertretung der BRD patrouillieren. Seit einigen Jahren befand sich die Einrichtung mitten im Herzen der Hauptstadt, an einer der verkehrsreichsten Kreuzungen der Stadt. »Warum ausgerechnet hier?«, fragte sich so mancher Bürger. Vielleicht weil die Grenzübergänge in der Friedrichstraße nicht weit entfernt waren oder die Charité mit ihren vielen Ärzten, auf die es der Gegner abgesehen hatte, überlegte Bircher, als er das rechteckige graue Gebäude aus dem Gesichtswinkel verlor. Sie verließen die Hannoversche und überquerten die Kreuzung zwischen Oranienburger und Friedrichstraße, um weiter geradeaus die nach Osten führende Wilhelm-Pieck-Straße entlangzufahren.

Immer wenn er die Wilhelm-Pieck-Straße kreuzte, überfielen Bircher Erinnerungen an die ersten Jahre seiner Schulzeit. Pieck war der erste Präsident, und seinen Namen trägt die Pionierrepublik der Pionierorganisation des Landes, der jedes Schulkind angehörte. Seine Eltern hatten ihn eher lustlos bei den Pionieren angemeldet. Sie hatten durch die Kriegsjahre den Glauben an jede Art staatlich organisierter Kollektivität verloren, beruhigten sich dann aber mit der Erklärung, dass es sich hierbei eher um eine Kinderspieltruppe handeln würde. Der kleine Bircher war begeistert, schließlich waren seine besten Freunde dabei, und in der Uniform fühlte man sich wie Teil eines Trupps. Karl gefiel auch das blaue Halstuch, das sich wie ein Stück Himmel vom seinem schneeweißen Hemd abhob. Als sie einmal abends in der einbrechenden Dunkelheit zu einem Fußmarsch durch den Wald ansetzten, fielen ihm die sowjetischen Partisanen ein, er verengte seine Augen zu einem Schlitz und versuchte böse in die Nacht zu blicken. Die Veranstaltungen in der Pioniergruppe besuchte er mit diesem unbestimmten Zugehörigkeitsgefühl, wie er es manchmal verspürte, wenn sie sich mit den Kumpels beim Fußball abklatschten. Er war jetzt Teil einer verschworenen Truppe, die sich geschworen hatte, gemeinsam durch dick und dünn zu gehen.

Bircher grinste kurz, als er daran dachte, dass sie sich als Kinder schworen, für ein gerechtes Leben in einer friedlichen Welt zu kämpfen. Vierzig Jahre später hatte er es nur noch mit Schwerverbrechern zu tun. Friedliche Welt, na ja, er kannte keinen Mörder, der während der Tat an die Gesellschaftsordnung, in der er lebte, gedacht hätte. Alle handelten aus ihren Gefühlen heraus, oder was sie dafür hielten. So wird es auch im Hochhausmord, wie er den Fall bei sich nannte, sein. Liebe, Verzweiflung, Rache oder, wie Tetsche andeutete, ein Riss im dünnen Gewand, das die Seele vor den Unwuchten der Welt schützen soll, bis sich ein fremdes Wesen einnistet und wie ein wühlender Maulwurf Gräben aufreißt, solange bis alles außer Bahnen gerät und das Seelengebäude zusammenstürzen lässt. Dann können, wie bei einem allergischen Schock, gefährliche Reaktionen auftreten.

Bircher riss sich aus seinen Gedanken. Sie hatten die Rosa-

Luxemburg-Straße erreicht. Sie schnitt sich kurz vor dem Alexanderplatz mit der Karl-Liebknecht-Straße. Man könnte fast meinen, die Stadtplaner hätten sinnbildlich für die fast gleichzeitig ermordeten Arbeiterführer ein Kreuz in den Asphalt legen wollen.

Der Wagen hielt vor dem langgestreckten grauen Gebäude des Polizeipräsidiums, das schon vor dem Krieg eine Verwaltung beherbergte. Bircher zückte noch im Gehen seinen Dienstausweis und eilte mit angewinkeltem Arm am Wachposten vorbei. Der hatte kaum Zeit zum Salutieren, als Bircher an ihm vorbei zum Aufzug hastete. Er bestieg den Paternoster, der sich wie ein Karussell träge durch das Gebäude drehte, seine Fahrgäste, wie in einer Loskammer, auf die Etagen verteilend.

Bircher eilte in sein Büro, um vor dem Treffen mit seinem Chef die letzten Neuigkeiten zu erfahren.

Im Vorzimmer saß seine Sekretärin Manuela Riescher, ihre kurzen stämmigen Beine ruhten auf einem Hocker unter dem Schreibtisch, während sie mit zwei Fingern auf die Tastatur ihrer Schreibmaschine hämmerte und gleichzeitig den Text vor sich her murmelte, als müsste sie das Geschriebene auswendig lernen. Frau Riescher hatte den Drang, ihre Umgebung an allem, was sie tat, teilnehmen zu lassen, nicht nur kommentierte sie unentwegt ihre eigenen Tätigkeiten, sondern ebenso die aller anderen Mitarbeiter. Ungeachtet ihrer geradezu kindlichen Neugierde – es war eine der schärfsten Strafen, wenn Bircher sie bei einem Telefonat bat, die Tür zu schließen – war sie stets konzentriert bei der Sache, und es unterliefen ihr so gut wie nie gravierende Fehler. Über alles, was es an Tratsch in der Abteilung gab, war sie natürlich bestens informiert, Bircher nannte sie »meine Etagenverantwortliche« oder auch das »Herz der Truppe«. Ausgestattet mit der Hilfsbereitschaft einer Samariterin war sie aus dem Kommissariat so wenig wegzudenken wie ihr Vorgesetzter Bircher, dem sie seit Beginn seiner Tätigkeit treu wie eine Ordensschwester diente.

Ähnlich wie ihr Chef war auch sie durch Zufall bei der Polizei gelandet. Sie hatte in einem Baubetrieb als Dispatcherin gearbeitet, was ihrer Neigung entsprach, im Zentrum des Geschehens zu stehen. Danach wechselte sie in ein Außenhandelsunternehmen der Republik, wo sie im Kontor für Nachrichtentechnik Anlagen importierte. Einen Teil davon fand sie später bei der Polizei vor, was sie gegenüber den Mitarbeitern zur Bemerkung veranlasste, dass sie das ihr zu verdanken hätten.

Klein von Wuchs, mit feuerrot wehenden Haaren und stets strahlendem Gesicht, stampfte sie nun seit mehr als zehn Jahren auf Beinen, die wie Säulen aus ihrem strammen Hintern ragten, gutgelaunt und deutlich vernehmbar über die Korridore, immer den Eindruck hinterlassend, dass es ohne sie nicht so laufen würde, in ihrer Mordkommission.

Als sie noch jünger war, Mikrophone, Lautsprecher, Studiotechnik für den Fernsehfunk oder auch Abhörtechnik für andere Einrichtungen im westlichen Ausland einkaufte, hatte sie keine Einwände, mal nach Feierabend ein Ventil zu öffnen. Auf das Gleichgewicht komme es an, wie in kommunizierenden Röhren, bemerkte sie augenzwinkernd.

»Was gibt's Neues von der Front?«, grüßte Bircher und schritt in sein Zimmer.

»Der Bericht von Tetsche wurde rübergebracht. Genosse Meier erwartet dich in seinem Büro, ja, was noch, Schmidter hat mit Herrn Müller gesprochen, der das Hausbuch stellvertretend führt, der preist Frau Thule nicht gerade als heilige Jungfrau«, konnte sie sich, zungenschnalzend, nicht verkneifen anzumerken.

»Ist das alles?«

»Ach ja, und heute gegen einundzwanzig Uhr trifft Genosse Gerhard Thule in Berlin-Schönefeld ein. Sollte ihn jemand empfangen?«, fragte sie in einem Ton, als würde er zu einem Festakt einfliegen.

»Ruf bitte sein Sekretariat in der BL an und stelle durch, dass ich vor seiner Wohnung auf ihn warten werde. Ja, und Angler soll auch dort sein. Dann mach Einzeltermine für mich, Angler und Schmidter mit allen Bewohnern von der vierten bis siebten Etage. Noch was, das Hausbuch brauche ich hier im Büro, sag das Schmidter, ich gehe jetzt zu Genosse Meier, wir sehen uns anschließend alle hier bei mir.«

»Soll ich dabei sein?«, fragte erwartungsvoll seine Sekretärin.

»Wenn du willst, hab nichts dagegen, aber sorge für einen guten Kaffee«, schmunzelte er, winkte ihr kurz zu und verließ sein Büro. Bircher ging den langen Korridor entlang, der sich wie eine Stadionbahn durch das Gebäude wand, um schließlich am offenen Fahrstuhlschacht auf den Paternoster zu warten, der ihn auf die oberste Etage hob, auf die Chefetage, wie es im Haus hieß. Als er auf der fünften Etage aus der Kabine sprang, sich vorstellend, dass er, würde er den Ausstieg verpassen, in wenigen Sekunden kopfüber, wie ein Kosmonaut, wieder auf die fünfte Etage hinabschweben könnte, stand plötzlich seine Sekretärin vor ihm.

»Manuela, was machst du hier, bist du vom Himmel gefallen?«

»Nein, aber die Treppen hochgestürzt, du hast den Bericht von der Gerichtsmedizin liegen lassen«, keuchte sie atemlos, ihm die Mappe entgegenstreckend.

»Ach, wenn ich dich nicht hätte, müsste ich dich erfinden. Hast du ihn bereits gelesen?«

»Also, was denkst du denn«, empörte sie sich halbherzig und bemerkte im gleichen Atemzug, dass der Tod so eingetreten sei, wie es Professor Tetsche bereits vor Ort festgestellt hatte, es gäbe keine Spuren einer Vergewaltigung.

»Na also, wie gesagt, wenn du nicht wärest …«, bemerkte Bircher trocken und marschierte auf dem gepolsterten Läufer zum Büro seines Vorgesetzten.

Die Sekretärin des Polizeivizepräsidenten empfing ihn im geräumigen Sekretariat und bot ihm den Besucherstuhl an. Bircher mochte es gar nicht, wenn er in einem Vorzimmer auf seinen Auftritt warten musste. Die Situation erinnerte ihn an seine Schulzeit, an seine wilden Jahre, wenn der Schulleiter ihn zur Strafpredigt einbestellte und er im Vorzimmer unschlüssig auf dem Schemel hockte, unter dem vielsagenden, leicht resignierenden Blick der Sekretärin, der ihm bedeuten sollte, dass er es sich und allen anderen nun wirklich unnütz schwer machte.

Während sein Blick den unvermeidlichen Bürodruck von van Gogh streifte, kurz am Kalender des VEB Automobilwerkes Eisenach verharrte, weiterwanderte zu den gut sortierten Familienphotos auf dem geräumigen Schreibtisch und schließlich für einen Moment am Farbphoto des abwesend lächelnden Staatsoberhauptes hängenblieb, öffnete sich eine mit dunklem Leder gepolsterte Tür.

»Guten Tag, Karl, komm bitte rein«, empfing ihn Vizepräsident Meier. Sein Gesicht hatte den besonderen Ausdruck eines Menschen, der ständig sehr viel mehr weiß, als er preisgeben darf. Hinter der Maske eines angedeuteten Lächelns, von dem man nicht wusste, wem es galt, ob es sich gerade im Entstehen oder bereits im Erlöschen befand, oder gar, wie nach einem Kurzschluss, plötzlich verschwinden könnte, sah man in kühl blickende Augen, die ihr Gegenüber wie eine Figur auf einem Bildschirm musterten, als würden sie die Gedanken des anderen abspeichern und an eine Computerzentrale, verborgen hinter der hohen machtbewussten Stirn, weiterleiten, zur Ableitung der stets systemkonformen Schlüsse. Meier war ein intelligenter und effizienter Mann des Apparates, ihm treu ergeben, der seine Verfügungsgewalt eitel ausübte und sich dabei gerne als scharfsinniger und gebildeter Mensch gab, wahrscheinlich hätte er auch Präsident der Akademie der Wissenschaften werden können. Hinter konzilianten Umgangsformen verbarg sich der wachsame Berufspolitiker, stets bereit, seine Funktion mit Härte zu verteidigen.

Bircher machte sich keine Illusionen, als er den holzgetäfelten Raum betrat. Alle wollten die Sache schnell vom Hals haben. Am Konferenztisch saß ein junger Mann, den Bircher nicht kannte und den er als Mitarbeiter des ZK, oder eines anderen Sicherheitsorgans der Republik, einordnete.

»Das ist Genosse Schwieler vom ZK«, stellte ihn Meier kurz vor. Hm, dachte Bircher, erwartet hatte er eigentlich jemand aus dem Ministerium des Innern, denn in Fällen wie diesen war von denen immer einer dabei.

Bircher und Schwieler begrüßten sich mit kurzem Händedruck, woraufhin Meier an der Stirnfront des Tisches Platz nahm und Bircher auf den Stuhl neben sich wies. Hinter Meier grinste, wie ein Fernsehmoderator, der Generalsekretär aus dem farblosen Bilderrahmen. Die schwere Täfelung an den Wänden verlieh dem Raum eine gewisse Festlichkeit, wie bei einem Gottesdienst in seiner frühen Kindheit auf dem Lande, dachte sich Bircher, damals, als er an den Sonntagen dem Orgelspieler assistierte.

»So, dann fangen wir mal an, Karl, kläre uns bitte über den aktuellen Stand der Ermittlung auf«, eröffnete der General die Besprechung. Bircher straffte sich und berichtete in ruhigem Ton.

»Frau Thule, Ärztin im Regierungskrankenhaus, wurde in der vergangenen Nacht, zwischen zwei und vier Uhr morgens, in ihrer Wohnung ermordet. Tod durch Erwürgen, der Bericht vom Gerichtsmediziner Professor Tetsche liegt vor. Ihr wurden post mortem von der rechten Hand Zeige- und Ringfinger mit einem Schneidewerkzeug abgetrennt. Ring lag neben dem Finger. Sexualverkehr liegt nicht vor. Der Mörder gelangte ungehindert in die Wohnung, entweder mit einem eigenen Schlüssel oder weil ihm das Opfer selbst öffnete. Der Mörder hinterließ keine Spuren. Es wurde nach erstem Anschein nichts entwendet, auch nichts beschädigt. Die Befragungen der Bewohner haben bisher keinerlei Hinweise erbracht. Ein Motiv ist bisher nicht erkennbar. Genossen Thule kann ich erst abends befragen, er ist noch in Moskau«, schloss er knapp.

»Was können die abgetrennten Finger bedeuten, sieht ja wie

ein Ritual aus«, murmelte besorgt Schwieler, dem das offenbar überhaupt nicht in sein Weltbild passte.

»Auch dazu können wir derzeit nur spekulieren, es ist rätselhaft, ist mir in meiner Laufbahn bisher nicht begegnet.«

»Karl, wie wird weiter vorgegangen und was können wir veranlassen?«, fragte, mit einem kurzen Blick auf Schwieler, der Vizepräsident.

»Wir müssen systematisch alle Bewohner befragen, das sind an die hundert Bürger. Das Hausbuch gibt uns auch über frühere Bewohner Auskunft. Es kann nicht ausgeschlossen werden, dass der Täter unter den früheren Bewohnern zu suchen ist und er deshalb wusste, wie man in das Haus gelangt. Wir werden also die Ermittlungen auf einen ziemlich großen Personenkreis ausweiten müssen. Wird nicht einfach sein, Panik zu vermeiden.«

»Die Presse darf nichts erfahren, totale Nachrichtensperre, im Haus wohnen nicht unbedeutende Bürger. Die zuständigen Organe werden durch uns unterrichtet, das Haus ist so weit wie möglich abzuschirmen«, meldete sich Schwieler zu Wort.

»Ich muss hinzufügen, dass das Gebäude über den Dachgarten mit mehreren Eingängen, sozusagen Nebeneingängen, verbunden ist«, bemerkte Bircher skeptisch.

»Wir müssen so schnell wie möglich mit den Bewohnern sprechen. Vielleicht sollten wir sie zu einer Hausversammlung einladen, dann sparen wir Zeit«, dachte Meier laut nach.

Der Gedanke, dass sich die schrecklichen Vorkommnisse nicht geheim halten ließen und über die Republikgrenzen hinaus verbreiten könnten, bereitete ihm mindestens so viel Unbehagen, wie die Tat selbst.

Schwieler fragte bislang nichts zu den Ermittlungen, das Thema überließ er den anderen. Plötzlich begann er im Referententon mit sorgenvoller Miene vorzutragen, welche Beben ein weiteres Verbrechen auslösen würde, es sei kaum vorstellbar, träfe es beim nächsten Mal einen Nationalpreisträger, einen Helden der

Arbeit oder ein Opfer des antifaschistischen Widerstandskampfes, schließlich wohnten im Hochhaus Träger aller verfügbaren Orden und Ehrenzeichen der Republik. Es klang, als wäre es ein glücklicher Zufall, dass es bisher nur eine Ärztin erwischt hatte.

Bircher hatte unbewegt zugehört. Nachdem der Genosse mit einem scharfen Nicken in Richtung Bircher verstummte, sagte er: »Ich denke, wir sollten die Bewohner einzeln befragen und entsprechend informieren. Die Genossen Müller und Jäger, die das Hausbuch führen, können uns sicherlich unterstützen. Eine große Versammlung birgt das Risiko in sich, dass wir mit zu vielen offenen Fragen konfrontiert werden, die wir gegenwärtig nicht beantworten können, und dann schaukelt sich die Stimmung schnell hoch und wir könnten in die Defensive geraten. Außerdem erfahren wir im Einzelgespräch Dinge, die in der Menge untergehen könnten.«

»Ganz Ihrer Meinung«, nickte Schwieler anerkennend, als hätte Bircher dessen eigene Schlussfolgerungen vorgetragen.

»Also verständigen wir uns darauf, dass nichts nach außen dringen darf. Können wir uns auf Müller und Jäger verlassen?«, beendete Meier das Thema.

Bircher blickte zu Schwieler, als hätte der alle Personalakten im Kopf und schwieg ratlos.

»Wird in den nächsten Stunden abgeklärt«, verkündete Schwieler im Kommandoton.

»Karl, wie können wir dich noch unterstützen?«, übernahm der Vizepräsident erneut das Wort.

»Jetzt sind erstmal meine Leute am Zuge«, versuchte Bircher vorsichtig weitere Fragen zu blockieren, da er nicht ohne Grund die Einmischung anderer Dienste befürchtete. »Heute und morgen befragen wir die Bewohner der Etagen vier bis sieben. Wir prüfen zunächst, ob der Täter jemanden aus dem Haus kannte und sich so Zugang zum Haus verschaffte. Wir sehen uns die Einträge des Hausbuches an, bis ins Jahr 1954 zurück, suchen frühere Bewohner und deren eventuelle Kontakte zum Haus. Wir tauschen vorsichtshalber einige Schlösser aus. Na ja, und dann die routinemäßigen kriminaltechnischen Untersuchungen, die in ein bis zwei Tagen abgeschlossen sein sollten. Wie gesagt, bislang fehlt uns jedwede Spur. Der Täter ist sehr vorsichtig vorgegangen«, schloss Bircher leicht seufzend, als müsste er sich für die Umsicht des Verbrechers rechtfertigen.

»Gut, dann halte mich bitte täglich auf dem Laufenden«, schloss Meier die Besprechung, blickte fragend zu Schwieler hinüber, der kurz zustimmend nickte, worauf sich Bircher verabschiedete und den Raum verließ. Er eilte zum Paternoster und begab sich in sein Büro.

»Wie zu erwarten, großes Interesse auf allen Ebenen«, begrüßte Bircher seine Kollegen und winkte sie in in den Raum.

»Karl, einen Moment, hier ist die Liste der ersten Termine mit den Bewohnern der vierten bis sechsten Etage«, drängelte sich Manuela zwischen den Kommissaren hindurch zu seinem Schreibtisch.

»Na prima, wie viele sind es?«

»Heute ab sechzehn Uhr habe ich neun Termine vereinbart, den mit Genossen Thule ausgenommen, und dann morgen nochmals zwölf. Die Einteilung machst du ja selbst, nehme ich an«, trompetete seine Sekretärin in die Runde.

»Gut, dann organisiere bitte für die nächsten Tage weitere Befragungen der Mietparteien«, verabschiedete er Manuela und wandte sich an seine Kollegen.

»Es ist jetzt Viertel vier, also haben wir nicht viel Zeit. Wir teilen uns auf, ich nehme die sechste, da wohnt der, wie hieß der gleich, der das Hausbuch führt?«

»Das ist Genosse Jäger.«

»Danke, Philipp, du nimmst die vierte und Genosse Schmidter die fünfte. Weist alle darauf hin, dass wir angehalten sind, die

Ereignisse mit größtmöglicher Diskretion zu behandeln. Ja, das haben mir Meier und der Genosse aus dem ZK ans Herz gelegt. Die Bürger möchten also bitte, im eigenen Interesse, möglichst nichts nach außen tragen, auch nicht an Verwandte, Freunde und so weiter. Na ja, sonst könnten wir uns noch im Westfernsehen wiederfinden, hm. So, zur Sache, die übliche Vorgehensweise, fragt besonders nach möglichen Freunden oder Verwandten, die regelmäßig zu Besuch kommen, auch in früheren Jahren. Auf geht's, wir treffen uns morgen früh acht Uhr bei mir. Ach so, den Genossen Thule übernehmen Angler und ich.«

Gemeinsam verließen sie das Präsidium und fuhren die kurze Strecke im Dienstwagen Birchers zum Strausberger Platz. Sie verabredeten sich für neunzehn Uhr auf der vierten Etage. Wer zuerst fertig sei, sollte auf die anderen warten. Gemeinsam stiegen sie in den Fahrstuhl. Die Tür öffnete sich auf der vierten Etage, Bircher nickte seinem Kollegen kurz zu und trat in den Korridor, wo er leicht gebeugt nach dem Türschild der Familie Jäger Ausschau hielt.

»Guten Tag, Genosse Jäger, wir haben uns ja bereits bekannt gemacht. Haben Sie etwas Zeit für mich?«, begrüßte Bircher seinen ersten Gesprächspartner, der ihn ohne Umschweife sofort in seine Wohnung gewinkt hatte.

»Na klar, so viel Sie wollen. Schreckliche Sache und das in unserem Haus, unglaublich, bin fassungslos, werde Sie natürlich unterstützen, wo ich kann«, eilfertig hob Jäger beide Arme, als hätte er schon hinter der Tür auf seinen Einsatz gewartet.

Bircher folgte Jäger. Der war um die sechzig Jahre und von drahtiger Statur. Seine kurzen schwarzen Haare sowie die lebhafte Gestik und seine flinke Art, dem Kommissar voranzueilen, verliehen ihm aber etwas Jungenhaftes. Er neigt ein wenig zu der Art von Geschwätzigkeit, die Männer seines Alters sich aneignen, die den ganzen Tag zu Hause verbringen, ging es Bircher durch den

Kopf. Auch gut, lass ich ihn reden, beschloss er, als sie sich an den Tisch in der offenen Küche setzten.

Die bis zum Fußboden reichenden Fenster öffneten den Blick auf den Strausberger Platz, die ihn einfassenden Häuserblöcke und das gegenüberstehende Zwillingshochhaus. Wie ein Feierabendangebot grüßten von dort die drei Restaurants, einschließlich Tanzcafé und Bar. Bircher kannte nur die Broilergaststätte im Erdgeschoss, das in der ersten Etage liegende Tanzcafé sowie den populären Barbetrieb auf den zwei obersten Etagen, der zwölften und dreizehnten. Die kannte er aber nur vom Hörensagen. Dort spielte ebenfalls jeden Abend eine Kapelle zum Tanz auf. Zu populären Schlagern wirbelten festlich gekleidete Paare über die polierte Tanzfläche, die Frauen in glänzend weißen Blusen und Neugierde erweckenden Miniröcken, die Männer in grauen Anzügen und kurz gebundenen Krawatten, die ihnen wie Wimpel vor den Bäuchen flatterten.

»Ich geh von Nordpol zum Südpol zu Fuß …«, der Ohrwurm von Amiga aus dem Jahr 1973, schallte hinunter auf die Gehwege und der Refrain »für einen Kuss von dir …« verlor sich in den Häuserschluchten wie der Schall einer Bahnhofsdurchsage. In den Pausen hörte man die Stimme des Conferenciers, der mit zweideutigen Scherzen die Stimmung hochhalten sollte. Die Leute waren unbeschwert, und Feiern gehörten zum Lebensrhythmus wie pünktliche Gehaltszahlungen oder ein Platz für die Kleinen im Kindergarten. Schließlich lebte man in einem Staat, der sich mit scheinbar unendlicher Fürsorge um die Sicherheit seiner ihm anvertrauten Menschen kümmerte. Man musste sich um den nächsten Tag nicht sorgen, das Leben schien in einer Endlosschleife zu verlaufen. Da kam schon mal Langeweile auf und das Verlangen, außerhalb der vorgegebenen Route nach Neuem zu suchen. So wurde jeder Anlass genutzt, um eine Feier auszurichten und davon gab es etliche. Frauentag, Männertag, Erster Mai, Hausgemeinschaftstreffen, Brigadeabende der sozialistischen Arbeit, Tag der Republik, Betriebsausflug, jeder Geburtstag eines Kollektivmitglieds, abendliche Besäufnisse unter betagten Kampfgruppenangehörigen nach dem Einsatz für die Republik oder schlicht die vielen Aktivistenmedaillen und anderen Auszeichnungen, die es zu begießen galt. Fast im Wochentakt gab es etwas zu verkünden, um sich aus dem drögen Trott des Alltags zu lösen. So auch im besonders populären Hochhaus am Strausberger Platz mit seinen variantenreichen Verlockungen.

Wie Halbwüchsige, die der ständigen Aufsicht ihrer Eltern überdrüssig waren und heimlich das Weite suchten, genossen die Erwachsenen auf verschiedenen Etagen den Rausch der Freiheit. Zu später Stunde schließlich, nach einigen Flaschen Stierblut und doppelten Wodkas, wenn sie wie unter einem Gefühl der Schwerelosigkeit mit dem Fahrstuhl auf der zwölften Etage landeten, fand das Vergnügen seinen krönenden Abschluss. An der Bar wurde nachgeladen, bevor es über eine Art Wendeltreppe hinaufging zur Tanzfläche in die Spitze des Hochhauses. Auf der letzten Etappe des Ausfluges begrüßte sie die Fontäne des kreisförmig angelegten Springbrunnens wie die Statue einer Zielankunft. Die Musik von Bands wie Puhdys, Karat oder Kreis dröhnte im Raum und durchpflügte einem Mühlrad gleich den dampfgeschwängerten Raum.

Zu später Stunde, Mitternacht war längst vorüber, vibrierte die Luft wie unter einer Hochspannungsleitung, wenn im obersten Stockwerk des Hochhauses der einpeitschende Rhythmus von ABBA den Puls auf Höchstleistung trieb. In gefährlicher Nähe zur Fontäne wirbelten die Tanzpaare mit verzückten Gesichtern um den Brunnen, einige rissen wie im Fernsehballett abwechselnd ein Bein in die Luft, als wollten sie einige Wassertropfen auffangen. Ein falscher Schritt, ein aus der Balance geratener Schwung und man drohte an die flache Einfassung des Beckens zu geraten und ins Wasser zu stürzen. Von dort würde man, wie ein Schiffbrüchiger, vom wachsamen Personal in den Fahrstuhl verfrachtet werden. Bircher hatte von seiner Frau gehört, dass es tatsächlich zu derartigen »Unfällen« gekommen sei.

Bircher riss sich aus seinen Gedanken und wandte sich an Jäger. Der hatte ihn beobachtet, als würde er seine Gedanken lesen müssen.

»Ja, also, was können Sie mir zur Toten sagen, hatte sie hier Probleme im Haus, gar Feinde, mit wem verkehrte sie, gab es jemals irgendwelche Zwischenfälle, die mich interessieren könnten, schließlich wohnen Sie, wenn ich das richtig verstanden habe, seit den fünfziger Jahren hier?«

»Ja, seit 1956, nicht einer der ersten, aber immerhin«, betonte Jäger, stolz wie ein preisgekrönter Jubilar. »Ich kenne die Genossin Thule nicht näher. Sie war ja als Ärztin im Regierungskrankenhaus stark eingespannt, auch durch die Schichtarbeit, sie konnte an unseren Hausgemeinschaftsversammlungen kaum teilnehmen, leider auch nicht an unseren sonstigen Veranstaltungen«, fügte er vorsichtig tadelnd hinzu, ohne die Art der weiteren Ereignisse zu bezeichnen. »Auch ihr Mann ist in verantwortungsvoller Position tätig, meine Güte, weiß er überhaupt schon Bescheid, ich habe ihn noch gar nicht gesehen, wo ist er denn?«, fragte Jäger neugierig.

»Er kommt heute von einer Dienstreise zurück, wir erwarten ihn am späteren Abend, er ist aber informiert worden.«

Jäger nickte eilfertig, um gleich wieder das Wort zu ergreifen.

»Ah ja, nun, also die Genossin Thule – wie soll ich es ausdrücken, schließlich ist sie gerade ermordet worden, die war nicht sonderlich beliebt im Haus. Sie hielt sich abseits, bis auf die Freundschaft mit Frau Welling. Ich war ein einziges Mal in ihrer Wohnung, da ging es um die Beflaggung unseres Hauses am 1. Mai. Sie wissen ja, es ist hier vorgeschrieben, wer welche Fahne anbringt, weil unser Haus an der Aufmarschstrecke steht, und ausgerechnet Thules haben das fast jedes Jahr vergessen. Bin ich halt hin und habe meine Hilfe angeboten. Sie hat mich dann auch gebeten, ihr beim Anbringen der Fahnen zu helfen. Ihr war die

Republikfahne zugeteilt worden«, fügte er nachdenklich hinzu. Es war fast so, als würde ein Zeremonienmeister über seine Arbeit berichten.

»Seit wann wohnen Thules hier?«, fragte Bircher.

»Seit zehn Jahren etwa, müsste ich mal im Hausbuch nachsehen. Da hat mich übrigens ein Genosse angerufen und mir mitgeteilt, dass es abgeholt wird. Ist aber noch hier. Möchten Sie es sehen?«

»Nicht nötig, ich nehme es dann mit und sehe es in Ruhe durch. Danach komme ich sicher nochmals auf Sie zu.«

»So, ja, was soll ich Ihnen noch erzählen. Es gibt natürlich die Gerüchteküche. Ich weiß nicht, ob Sie das interessiert, aber angeblich ist ja in solchen Fällen alles von Belang, oder?«, blickte er ratsuchend am Kommissar vorbei, so, als müsste er auf der weißen Tapete die Lösung einer schweren Entscheidung nachlesen.

»Worum handelt es sich?«, erwiderte Bircher, ohne eine Miene zu verziehen.

»Ja, sie war viel allein, schließlich war ihr Mann häufig unterwegs und, na, wie das so ist, die sieht ja, äh, Entschuldigung, sah, ganz gut aus, es wird so getratscht, angeblich war sie einem Flirt nicht abgeneigt«, verhaspelte sich Jäger in seinem Mitteilungseifer.

»Gibt es was Konkretes, wurde sie mit anderen Männern gesehen?«, ging Bircher direkt aufs Ziel los.

»Nee, nicht dass ich es wüsste, es wurde eben so dahingesagt. Sie hatte es angeblich mal auf den jungen Brander abgesehen, aber der ist ja selbst verheiratet«, unterbrach er sich, so, als würde dieser Umstand das Gerücht ad absurdum führen.

»Wissen Sie, Genosse Kommissar, die Frau Thule hat ja nun wirklich selbst zu den Gerüchten beigetragen«, fuhr er sogleich fort, wie um sich zu rechtfertigen.

»Die hat doch einmal – das war bei einer unserer Hausgemeinschaftsfeiern, ich kann mich gut erinnern, weil sie in all den Jahren nur zweimal dabei war, sich ihr Mann dann wohl jedes Mal auf einer Dienstreise befand und sie sich vielleicht allein zu Hause langweilte – also, da hat sie sich nicht gerade begeistert über ihre Ehe geäußert und das in der großen Runde. Na ja, wir hatten alle einen gepichelt.«

»So, und haben Sie selbst was gehört?«

»Ich habe selbst nichts gehört, man hat es mir erzählt, also der Genosse Müller saß neben ihr und der Brander natürlich, vielleicht sollte der es mitbekommen.«

Bircher blickte ihn stumm an. Er versuchte sich vorzustellen, was Jäger so aufgesaugt haben könnte, in all den Jahren, die er im Hochhaus verbracht hatte, als Bewohner und Rentner und Leiter der Wohngemeinschaft und wer weiß, in welcher Funktion noch. Bircher hielt überhaupt nichts davon, wenn man ihn mit Gerüchten, Verdächtigungen oder Unterstellungen beschäftigte. Es war ihm regelrecht peinlich, sich notgedrungen mit dem privaten Umfeld von Personen beschäftigen zu müssen. Selbst dann reduzierte er seine Recherchen und Befragungen auf das, was unmittelbar mit dem Fall zusammenhängen könnte. Sicher war sein Gesprächspartner einmal ein höchst aktiver Genosse gewesen, einer, der sich für die Übernahme jeder Aufgabe bereiterklärte, selbst dann, wenn er nicht übersehen konnte, was auf ihn zukommen würde. Hauptsache immer vorn dabei sein und erfolgreich dienen, ohne von Zweifeln geplagt zu werden.

»Na ja, wer quatscht nicht schon mal so daher, wenn es an einem Tag nicht so läuft, kommt in jeder Ehe vor«, versuchte Bircher das Thema zu wechseln.

»Ich dachte ja nur, dass der Täter vielleicht in dieser Richtung zu suchen sein könnte. Also, ich hatte Sie vorhin so verstanden, ein Geliebter oder so käme auch in Frage, allerdings hier in unserem Haus, wie denn das, würde wohl auffallen«, begann er sich zu verhaspeln, und eine leichte Röte überzog sein Gesicht, als hätte man ihn bei einem falschen Gedanken ertappt.

»Ja, wohl wahr«, half ihm Bircher nicht ohne Ironie aus der

Klemme, bevor er fortfuhr. »So, gibt es sonst jemanden im Haus, mit dem Frau Thule verkehrte, außer mit ihrer Nachbarin Frau Welling? Jemand, der vielleicht früher einmal hier wohnte. Und könnten wir uns das Hausbuch doch mal kurz ansehen, ich möchte wissen, wer in den letzten zehn Jahren ausgezogen ist?«

Jäger erhob sich aus seinem Hellerau-Sessel, um zur Schrankwand zu gehen, die blank poliert wie eine Billardkugel die gesamte Länge des Raumes einnahm. Er öffnete eine der Schubladen und entnahm ein unscheinbares Heftchen.

»Wissen Sie, Genosse Kommissar, wer hier einmal einzieht, der bleibt für lange Zeit, es sei denn, man verlässt Berlin oder stirbt, schließlich wohnt man ja im schönsten Gebäude Berlins, nicht wahr? Kann mich gar nicht erinnern, wann der letzte Mieter ausgezogen ist, also blättern wir mal zurück, bis ins Jahr 1960, einverstanden?«

Bircher beugte sich über das Heft, in dem auf jeder Seite die Namen der Hausbewohner, ihre Personalausweisnummern und der Termin ihres Einzugs oder Auszugs eingetragen waren.

»Ja, wie Sie sehen, es tut sich wenig, keine Bewegung«, bemerkte Jäger in militärischer Kürze, der langsam Seite um Seite zurückblätterte.

»Ah, hier, das war 1961, da ist der Sohn von den Baumanns ausgezogen, Martin Baumann, der ist ab nach dem Westen. War ein ziemlicher Schock für Professor Herold Baumann, seinen berühmten Vater. Der Martin ist nicht nur getürmt, der hat auch noch geklaut, irgendwas Wertvolles aus dem Hausrat seiner Eltern. Liegt lange zurück, inzwischen haben sich alle vertragen, und der darf auch zu Besuch einreisen, kommt ab und an hierher, und seine Eltern melden ihn an, wie es sich gehört. Ist eigentlich ein netter Kerl.«

»Also ist jeder seiner Aufenthalte registriert?«, unterbrach ihn Bircher.

»Selbstverständlich, ganz nach Vorschrift.«

Bircher nahm das Heftchen und blätterte weiter zurück, interessiert die prominenten Namen der Bewohner vor den Augen, einige kannte er aus Presse und Fernsehen: den bekannten Architekten, den Volkskammerabgeordneten und Wissenschaftler, den berühmten Arzt, einen Minister, die Schauspielerin aus der Distel. Wie begegnen die sich wohl auf den Versammlungen? Die wollen doch sicher ihre Ruhe haben, dachte sich Bircher, und dann jetzt dieser Mord, der muss ihnen wie ein Erdbeben in der Müritz vorkommen.

»Hier steht, dass Martin Baumann in diesem Jahr am 27. September zu Besuch war und erst am 30. September wieder ausgereist ist. Wie geht denn das? Bürger aus Westberlin dürfen doch nicht länger als achtundvierzig Stunden bei uns bleiben?«, wunderte sich Bircher.

»Gibt eben Ausnahmen, wie die für Professor Baumann, der hat die Genehmigungen von ganz oben bekommen, ist eben Nationalpreisträger und hoch angesehen. Der ruft bei Genossen Abend an, Sie wissen doch, und schon darf Martin rein.«

Bircher schob das Heftlein zu Jäger zurück, und der durchblätterte es mit hochgezogenen Augenbrauen, als würde er seine Kontoauszüge kontrollieren.

»Hier habe ich noch was, der Bürger Böhme, der ist 1965 ausgezogen, gleich nach Weihnachten, am 28. Dezember. Sogar das Geburtsdatum steht hier, demnach war er fünfunddreißig. Ist wohl der einzige Mieter, der das Haus verlassen hat. Ja, das war es schon. Sie möchten das Heft ja mitnehmen, nicht wahr?«

»Ja, wir brauchen es, vielen Dank, das wär's für heute«, verabschiedete sich unvermittelt Bircher, den das Hausbuch plötzlich mehr als die Kommentare seines Verwalters interessierte.

»Also, wenn ich Ihnen helfen kann, bin ich selbstverständlich jederzeit für Sie da, oder kann ich jetzt noch etwas tun, außer die Augen offen zu halten?«, murmelte er im Ton eines Verschwörers im Rücken Birchers, der auf dem Weg zur Tür war.

»Wir melden uns bei Ihnen, sobald sich Fragen ergeben, vorerst nochmals herzlichen Dank und bis dann. Ach so, hätte ich beinahe vergessen, wir werden alle Eingangstürschlösser, auch am Dachgarten, austauschen. Bitte benachrichtigen Sie die Mieter formlos, Schlüssel kriegen Sie von meinen Mitarbeitern. Auf Wiedersehen.«

Bircher eilte zur schweren Tür, die zum Treppenflur führte, der im Vergleich zur weitläufigen hellen Diele bedrückend eng und dunkel erschien. Er beugte sich erst über das Geländer hinunter in den Schacht, drehte anschließend den Kopf nach oben, sein Blick folgte dem Geländer, das sich wie die Hülle einer langen Röhre aufwärtswand, irgendwo in der Höhe der letzten Etagen verlor es sich wie in einem Tunnel. Bircher versuchte sich vorzustellen, wie es wäre, wenn man über die Treppen in die elfte Etage gelangen müsste, nachts, und alle paar Etagen das Licht ausginge und hinter jeder Etageneingangstür der Mörder stehen könnte. Aber Frau Thule hatte sicher immer den Fahrstuhl benutzt. Sie wurde in ihrer Wohnung vom Mörder überrascht, nicht im Aufzug oder im Flur.

Bircher ging langsam die Stufen hinab, bis er die Eingangstür zur vierten Etage erreichte. Er drehte sich um und ging noch einmal den Weg zurück. Das Licht erlosch auf halber Strecke zwischen der vierten und fünften Etage. Es war so dunkel, dass er seine Füße, die den Stufenabsatz suchten, nicht sah. Eine unheimliche Stille umhüllte den Treppenflur wie einen Käfig.

»Verflucht, wo ist der Schalter?«, fragte er sich und stieg vorsichtig weiter die Treppe hinauf. Kurz vor dem Eingang zur fünften Etage erspähte er endlich den schwach glimmenden Lichtschalter neben der Etagentür. Aha, also Pech, wenn's einen zwischen den Etagen trifft, resümierte er, drückte den Schalter und setzte seinen Aufstieg fort. Kurz vor Erreichen des siebten Stockwerks erlosch das Licht erneut. Bircher stand auf halbem Absatz und schnaufte leise. Fast hätte ich es geschafft, stellte er enttäuscht fest und legte seine Hand auf das Geländer, um sich wie ein Blinder am Lauf des Holzes nach oben zu tasten. Als er den Schalter erspähte und wieder klar sehen konnte, legte er eine Denkpause ein. Bis zur elften hatte er mindestens noch viermal die automatische Treppenbeleuchtung zu überwinden. Er sagte zu sich: Achtung, gleich wird's wieder dunkel, dann drücke ich sofort und gehe ganz gemächlich los, bis auf den nächsten Flur, warte dort darauf, bis das Licht ausgeht, drücke erneut das Knöpfchen und steige weiter ohne Hast nach oben. Dreimal Pause, dann bin ich oben auf der elften. Hm, setzte er seine Gedanken fort, die andere schnellere Variante: Ich drücke und überwinde im Eilzugtempo, in einem Satz sozusagen, gleichzeitig zwei Etagen und trickse so die Automatik aus. Dann käme ich mit nur einer Pause auf die Neunte. Mit Sicherheit würde der Täter diese oder eine ähnliche Gangart wählen, vielleicht schafft man sogar drei Stockwerke in einem Ritt. Diesen Test werde ich gegebenenfalls Angler überlassen, beschloss er in der Finsternis des Treppenschachtes. Er schaltete erneut das Licht an und erklomm behäbig die Stufen bis zur achten Etage.

Nach einiger Zeit befand sich Bircher auf einem Gang, der oberhalb der letzten bewohnten Etage abzweigte und seinen Aufstieg unterbrach. Der Gang verlief für einige Schritte geradeaus, bevor er im rechten Winkel abzweigte und nach einigen Metern vor einer verschlossenen Tür endete. Er musste sich jetzt auf der Höhe des zwölften Stockwerkes befinden, wo früher das Kindercafé seine kleinen Gäste empfangen hatte. Es könnte der Eingang zum Café sein, dachte Bircher und schaute sich vorsichtshalber nach dem nächsten Lichtschalter um. Wahrscheinlich eine Art Hintereingang, nur erreichbar für die Hausbewohner. Die Tür war mit einem simplen Schloss versehen, stellte Bircher stirnrunzelnd fest. Hier reicht ein Dietrich, um reinzuspazieren. Ich werde die Techniker befragen. Das Café könnte eine weitere Fluchtoption bieten, falls es über einen zweiten Ausgang verfügte, von dem aus man in das Kinderkaufhaus gehen könnte. Das wäre allerdings nur der Eingang zu einem weiteren, seit Jahren stillgelegten Fahrstuhl, denn zwischen Café und Kaufhaus lagen die Wohnetagen, und die waren nur im Aufzug zu überbrücken.

Grübelnd betrachtete Bircher die verschlossene Tür, seine linke Hand ruhte auf dem Lichtschalter. Es wäre geradezu ein ingenieurtechnisches Meisterwerk, würde sich der Täter des Nachts, nach vollzogener Tat, ins Kindercafé begeben, um von dort über einen außer Betrieb gesetzten Aufzug ins Kinderkaufhaus zu gelangen, wo er gemütlich die Ladeneröffnung abwartet, um sich im Menschenstrom aufzulösen, während wir die Aufgänge zum Dachgarten überwachen. Etwas zu abenteuerlich, diese Annahme, ermahnte sich Bircher, aber es muss überprüft werden, beschloss er, während er langsam den Flur entlang zurück zu den Treppen ging. Kurz bevor der Korridor in den Aufgang mündete, bemerkte Bircher rechts vor sich etwas, das wie ein Zugang zu einem Abstellraum aussah. Er blieb überrascht stehen und betrachtete nachdenklich die geschlossene Holztür, die er bei seiner Suche nach dem Caféeingang zunächst übersehen hatte. In diesem Moment erlosch erneut das Licht und Bircher stöhnte leise auf. Warum besitze ich eigentlich eine kleine Taschenlampe, wenn sie immer in meinem Schreibtisch liegt, fluchte er in sich hinein. Starr wie ein Wachmann wartete er darauf, dass sich seine Augen der pechschwarzen Umgebung anpassten.

Plötzlich hörte er aus der Richtung des Treppenaufgangs ein Geräusch sich nähernder Schritte. Er wollte sich gerade zurück in den Gang begeben, um den Lichtschalter zu ertasten, als schlagartig die Korridorlampen aufleuchteten. Etwas geblendet vom Licht verharrte er kurz, um dann schnell um die Ecke zum Ende des Flurs zu gehen und sich neben den Lichtschalter zu stellen. Mal sehen, wer sich noch für diese Sackgasse interessiert, sagte er sich und lauschte den näher kommenden Schritten. Bircher lehnte sich an die Wand und erwartete gespannt den Besucher, der jeden Augenblick in den Flur einbiegen musste. Kurz darauf war es wieder so stockdunkel, als hätte ihm jemand einen Sack über den Kopf gestülpt.

Bircher hielt seine Hand über den Lichtdruckschalter, ohne ihn zu betätigen. Er starrte in den schwarzen Raum vor sich und hörte Stimmen. Es waren mehrere, die miteinander sprachen. Bircher versuchte etwas zu verstehen, eine Stimme kam ihm bekannt vor. Er wollte dem Spuk gerade durch den Druck seiner rechten Hand beenden, als ihn der Strahl einer Taschenlampe erfasste. Er blinzelte wie ein erschreckter Autofahrer, der unerwartet vom Scheinwerfer eines entgegenkommenden Fahrzeugs geblendet wird, wollte unwillkürlich nach seiner Pistole tasten, die aber neben seiner Taschenlampe im Büro lag, und drückte gleichzeitig den Lichtschalter.

So schnell, wie ihn der Lichtstrahl getroffen hatte, verließ er ihn und irrte auf dem Boden umher. Gleichzeitig hörte er Schmidter rufen:

»Oh, entschuldigen Sie, Genosse Major, ich konnte nicht wissen, dass Sie hier im Flur stehen.«

Bircher atmete leicht auf und sagte ungerührt:

»Nein, konnten Sie nicht. Was machen Sie hier?«

»Sie hatten befohlen, uns die obersten Stockwerke anzusehen. Bin hier mit dem Techniker.«

Der blickte verlegen hinter Schmidter hervor und grüßte Bircher.

»Schon gut. Lassen Sie uns mal zuerst den kleinen Raum vorne links ansehen. Die Tür ist verschlossen, aber Sie werden sie ja aufkriegen.« Er zeigte auf den jungen Mann.

Es war so, wie es Bircher vermutet hatte. Die Tür ließ sich mühelos mit einem einfachen Dietrich öffnen. Der Raum war leer. Vielleicht hatte er einmal als Abstellkammer gedient, an der Decke baumelte eine Glühbirne. Bircher schaute sich langsam um. Der Fußboden war aus grauem Beton, vielleicht früher einmal mit einem Teppichboden bedeckt, die Wände kahl und von einem verblichenen Weiß. Bircher drehte sich noch mal um die eigene

Achse und musterte aufmerksam erst die Wände und dann nochmals den Fußboden. Schließlich sprach er in den Raum hinein:

»Fällt Ihnen was auf?«

Schmidter schaute auf den Techniker, als würde er glauben, dass der gemeint sei. Der Mann räusperte sich und wies mit seinem Dietrich auf die Wände.

»Ziemlich sauber hier. Immerhin wurde das Café bereits vor mehr als zehn Jahren geschlossen, oder?«

»Richtig. Und vor allem der Fußboden. Ich sehe keinen Dreck, nicht mal Staub. Gewöhnlich sehen ungenutzte Räume anders aus. Oder, was meinen Sie, Genosse Schmidter?«

Der hatte die Glühlampe im Visier. Langsam umkreiste er sie, als würde er einen wertvollen Kronleuchter betrachten.

»Ja, Genosse Major. Das ist ein wenig merkwürdig, wie es hier aussieht. Ich frage mich, ob es diese Glühlampe da oben vor zwanzig Jahren schon gab und wenn nicht, warum sie ausgetauscht wurde.«

Die drei blickten auf Kommando gleichzeitig nach oben. Wie sie in dem verlassenen rechteckigen Raum mit seinen für das Hochhaus typisch hohen Wänden im Halbkreis standen, die Köpfe im Nacken, hätte man meinen können, sie würden einen seltenen Himmelskörper beobachten. Für einen Moment herrschte eine Stille wie im Observatorium. Schließlich verließ Bircher den Raum und winkte Schmidter zu sich.

»Prüfen Sie das mit der Lampe und lassen Sie den Techniker den Raum zentimetergenau untersuchen. Schauen Sie sich den Fahrstuhl an, mit dem man vom Eingang des Kinderkaufhauses ins Café gelangte. Na ja, und alles andere. Ich gehe wieder runter. Bis später.«

Bircher fuhr in die sechste und erkundigte sich bei Jäger nach dem Raum vor dem Kindercafé. Als hätte er etwas Wichtiges übersehen, zuckte Jäger bedauernd mit den Achseln. Er war seit Ewigkeiten nicht mehr da oben gewesen. Selbst als das Café noch existierte, habe er es nur einmal vom Hausflur aus besucht. Es war ihm peinlich gewesen, sozusagen über den Hintereingang einzutreten, deshalb sei er immer vom Kaufhaus aus mit dem Fahrstuhl hochgefahren. Selbstverständlich würde er Genossen Müller nach diesem Zimmer fragen.

Bircher ließ es dabei bewenden und klingelte bei der Familie Klage, die die Wohnung neben Jägers bewohnte. Herr Klage war, wie die Ermordete, Mediziner, vielleicht kannten sie sich.

Auf sein Klingeln öffnete ein etwa fünfzigjähriger Mann die Tür. Aus einem runden, vielleicht von reichlichem Biergenuss leicht aufgedunsenen Gesicht musterten ihn aufmerksam zwei graugrüne Augen.

»Sind Sie mein Gast von der Polizei?«

»So ist es, Major Bircher, ich bin wohl angemeldet.«

»So kann man es sagen, kein unerwarteter Besuch«, griente Klage. Klage ging voran und bat den Kommissar in das Wohnzimmer, das zur Hälfte von einem schwarzen Flügel eingenommen wurde. Es stank intensiv nach Zigarettenqualm, Bircher bemerkte überall Aschenbecher. Klage ließ sich in einen großen Sessel fallen, die Armlehnen reichten ihm jetzt fast bis an die Schulter. Mit der rechten Hand angelte er sich eine Zigarette vom Beistelltisch, dem Kommissar die Semper-Schachtel hinhaltend.

»Möchten Sie?«

»Nein, bin Nichtraucher.«

»Gut, dann leben Sie länger und sterben gesünder, vielleicht ein Bier?«

»Danke, ein Gläschen verschmähe ich nicht, aber zu früh für mich, bin noch 'ne Weile unterwegs.«

»Na ja, ich hatte heute Frühschicht. Meine Frau lässt sich entschuldigen. Sie ist noch im Dienst, so wie Sie, aber im Krankenhaus, als Krankenschwester.«

»Darf ich nach Ihrer Tätigkeit fragen? Sie sind Arzt, soweit ich informiert bin, oder Pianist?«, lächelte Bircher verhalten.

»Ich bin Röntgenarzt, sehe die Menschen quasi von innen, soweit es die Knochen und andere Teile betrifft. So, und abends tausche ich ganz gerne die Röntgenaufnahme gegen das Notenblatt ein. Früher war ich mal Chirurg, dann haben meine Bandscheiben versagt und ich habe mich umschulen lassen. Nun sage ich meinen Kollegen, was sie reparieren sollen, und meinen Händen vertraue ich nur noch die Tasten an. Die quälen mich allerdings mehr als meine Patienten.« Klage schlürfte genüsslich etwas von seinem Bier und zündete sich die nächste Zigarette an. Offenbar genoss er den Besuch und wartete gelassen auf die Fragen des Kommissars. Es war, als würde Bircher in der Sprechstunde eines gütigen Hausarztes sitzen, der sich geduldig die Klagen seiner Patienten anhört, während er gleichzeitig in Gedanken die Partitur einer Klaviersonate durchgeht.

»Frau Thule wurde ermordet, wie Sie wahrscheinlich bereits wissen. Kannten Sie sich, Sie sind ja Kollegen?«

»Wie ist sie verstorben?«

Überrascht blickte Bircher auf den im Sessel versunkenen Arzt.

»Interessiert mich als Mediziner, rein fachlich, bin ja schließlich, so kann man es doch sagen, anwesend gewesen. Als Arzt bin ich mit dem Tod vertraut, mindestens mit dem natürlichen. Vielleicht hätte ich helfen können.«

Bircher war sich nicht sicher, ob er das ernst meinte. Klage ragte inzwischen wie eine Puppe aus dem Polster hervor und sog an seiner Zigarette.

»Also, Frau Thule wurde zwischen Mitternacht und drei Uhr morgens in ihrer Wohnung, zwei Etagen tiefer, erdrosselt. Ich vermute mal, dass Sie das in Ihrem Schlaf nicht beeinflussen konnte«, klärte Bircher ihn ungerührt auf.

»Ich arbeite in einer gewöhnlichen Poliklinik, Frau Thule im Regierungskrankenhaus, als Internistin. Übrigens, kennen Sie den, also den Unterschied zwischen einem Internisten, Gynäkologen und Chirurgen?«

Verblüfft starrte Bircher auf den Arzt, der ihn aus seiner Mulde anlächelte.

»Eigentlich schon, aber vielleicht erfahre ich gleich einen neuen Aspekt.«

»Also, drei Ärzte gehen zur Entenjagd. Es soll eine Art Wettschießen stattfinden. Sie stellen sich nebeneinander am Ufer auf, jeder mit seiner Flinte. Sie erwarten die Enten, die auf das Signal des Jagdleiters aus dem Schilf aufsteigen werden. Die ersten Enten streben zum Himmel und die Ärzte feuern los. Was meinen Sie, wer trifft am häufigsten, wer gewinnt wohl?« Bircher blickte auf seinen grinsenden Gastgeber und hob unwissend die Schulter.

»Also, zuerst zum Gynäkologen. Er hört das Signal, und erschrocken steckt er seinen Taschenspiegel ein, in dem er gerade noch seine Frisur prüfte. Wie er die Waffe hebt, ist es zu spät, die Enten sind aus seinem Blickfeld verschwunden. Zur gleichen Zeit blickt der Internist in Gedanken versunken in den Himmel und grübelt darüber nach, auf welche der Enten er nachher zielen sollte. Das Signal ertönt, immer noch zweifelnd schaut er nach oben und hebt die Waffe, die Enten sind bereits am Horizont. Der Chirurg steht wie ein Scharfschütze neben ihm am See. Der Jagdleiter gibt ihm das Zeichen, die Enten hängen noch flach über dem Wasser, da hat er sein Kaliber schon leer geschossen. Zwei Enten fallen leblos herunter.«

Bircher griente in sich hinein: »Chirurgen ziehen schnell.«

»Stimmt. Ein Internist aus dem Regierungskrankenhaus war bei der Jagd nicht dabei, der hätte allerdings erst auf die Genehmigung des Direktors warten müssen.«

Bircher konnte sich ein kurzes Auflachen nicht verkneifen. Klage war ihm in seiner trockenen, unpathetischen Art nicht unsympathisch. Dem schien es ziemlich egal zu sein, was seine Mitbürger von ihm dachten.

»Dann können Sie mir sicher verraten, wie lange ein Chirurg braucht, um zwei Finger einer Hand abzutrennen?«

»Von einem Lebendigen?«

»Hm, von einem Toten.«

»Na, so können wir schon mal auf die Narkoseprozedur verzichten und sparen dreißig Minuten«, ging der Arzt ungerührt die Arbeitsgänge durch. »Also, ein gutes Importskalpell vorausgesetzt, müssten zwei Minuten reichen, hängt vom weiteren Verwendungszweck der Finger ab.«

Es klang, als würde er für einen Moment den Nutzen abgetrennter Gliedmaßen durchgehen.

»Ich verstehe, Chirurgen sind tatsächlich nicht die langsamsten«, sagte Bircher mehr zu sich.

»Kommt darauf an, bei manchen dauert es auch länger, hängt vom vorangegangenen Abend ab.«

Bircher versuchte zu erraten, ob der Arzt seinen besonderen Humor an ihm testete, und wechselte das Thema.

»Also, ich schätze mal, dass Sie mit Frau Thule nicht gerade in engerem Kontakt standen.«

»Wohl wahr, ich bin ihr vielleicht zwei oder dreimal im Aufzug begegnet. Da sind wir uns, bildlich gesprochen, kurz näher gekommen. Sie war freundlich, aber nicht herzlich. Das hilft Ihnen wohl nicht weiter. Nein, ich kann nichts zu der Kollegin sagen. Meine Frau interessiert sich mehr für die Mitbürger. Vielleicht weiß sie etwas Genaueres. Also, mir war – tut mir leid, post mortem soll man ja nur Gutes sagen – Frau Thule nicht sonderlich sympathisch.« Durch den Nebel des Zigarettenrauches drang die abschließende Diagnose eher gleichgültig herüber.

Bircher erhob sich leicht, um das Gespräch zu beenden, und nickte Klage zu.

»Nun gut, belassen wir es zunächst mal dabei. Sie stehen mit Ihrer Einschätzung nicht allein. Ich mache mich dann auf den Weg. Wünsche noch einen angenehmen Feierabend«, verabschiedete sich Bircher.

»Danke und Waidmanns Heil, oder wie heißt es bei Ihnen?«

»Waidmanns Dank, fürs Erste.«

Bircher betrat die hell erleuchtete Halle und studierte die Namensschilder. Manuela hatte die Mieter über seinen Besuch informiert. Er beschloss, seine Befragungen bei der Familie gleich nebenan fortzusetzen, und klingelte.

»Guten Tag, Major Bircher von der Kriminalpolizei, sind Sie Frau Aljanov?«

»Ja, Sie wurden uns angekündigt, bitte treten Sie näher!«, antwortete eine etwa dreißigjährige Frau. Sie lächelte ihm freundlich zu und hob die Hände, wie um anzudeuten, dass sie ohnehin nicht würde helfen können, aber notgedrungen zur Verfügung zu stehen hatte.

Das hübsche Gesicht war von dunkelbraunen Haaren umhüllt, die Stimme neutral und distanziert, wie die eines erfahrenen Pädagogen.

Aus der Wohnung schallte eine Stimme.

»Wer ist da, Tanja?«

»Die Polizei, kommst du?«

In die Diele trat ein korpulenter Mann, wie seine Frau nachlässig gekleidet. Ein Hemd umspannte den kräftigen Bauch und fiel über die Jeans. Beide schienen wenig Wert auf Äußerlichkeiten zu legen. Wachsame dunkelbraune Augen musterten den Kommissar aus einem vollen Gesicht. Er griente in sich hinein, als würde er bereits wissen, was man von ihm erwartete.

»Guten Tag, bitte hier herein, setzen Sie sich doch«, lud ihn der Hausherr ein. Bircher hörte den unverwechselbaren russischen Akzent, diese vergebliche Mühe, im Singsang der heimatlichen Sprachmelodie den Zischlaut »ch« durch das fremde »h« zu ersetzen. »Sie sind aus der Sowjetunion?«

»Ja, ich komme ursprünglich aus Baku, habe in Leningrad studiert und dort meine Frau kennengelernt.«

»Darf ich fragen, wo Sie beschäftigt sind?«, wandte sich Bircher gleichzeitig an beide Eheleute.

»Ich bin Sprachwissenschaftlerin, arbeite aber an der Staatsbibliothek, mein Mann ist an der Humboldt-Universität beschäftigt. Er ist Wissenschaftler, Biologe«, fügte sie hinzu. Es klang, als würde sie einen wertvollen Gegenstand beschreiben.

Ihr Mann grinste die ganze Zeit verschwörerisch, als hätten sie gerade ein großes Los gezogen. »Ich erforsche Ionenkanäle. Also, wie geladene Teilchen durch Zellwände geschleust werden, welche Maschinen das bewerkstelligen und weshalb sie für das Leben erforderlich sind«, erläuterte der Gatte ungefragt seine Tätigkeit.

»Hm, klingt sehr geheimnisvoll für mich«, bemerkte Bircher zurückhaltend.

»Sehen Sie, so geheimnisvoll wie Ihre Fälle. Beide sind wir hinter Geheimnissen her«, entgegnete Herr Aljanov mit verständnisvollem Lächeln.

Bircher räusperte sich und kam direkt zur Sache.

»Sie haben ja sicherlich vom Mord an Frau Thule auf der vierten Etage gehört. Kannten Sie die Ermordete persönlich?«

Beide blickten sich kurz an, das Lächeln des Gatten war einem besorgten und verständnisvollen Blick gewichen, wie um seiner Frau bedeuten zu wollen, siehst du, es ist doch so, dass alles möglich ist, selbst hier, in diesem bedeutenden Haus.

»Nein, wir kannten Frau Thule nicht, wenn Sie darunter verstehen, ob wir uns persönlich begegnet sind, also privat«, präzisierte in leicht dozierendem Ton Frau Aljanov. Als würde sie die nächste Antwort vorbereiten, blickte sie ernst auf den Couchtisch.

»Wissen Sie,«, fuhr ihr Mann im Plauderton fort, »wir kennen eigentlich in diesem Haus nur die Familie Baumann etwas besser. Also, genauer gesagt, deren Kinder. Die sind ganz unterhaltsam und lustig. Und da ist natürlich Professor Baumann, ein außergewöhnlicher Mann. Die anderen sieht man vielleicht im Fahrstuhl oder auf einer Versammlung, wenn man aufgefordert wird teilzunehmen. Unsere Freunde wohnen nicht hier«, wobei er mit dem Daumen hinter sich zur Tür zeigte.

Es klang, als müssten sich die anderen Bewohner nur mehr anstrengen, dann kämen auch sie unter den Schirm ihrer wohlwollenden Aufmerksamkeit. Frau Aljanov lächelte schwach in den Raum, es schien, als hätte man sie in einer wichtigen Angelegenheit gestört, zu der sie so rasch wie möglich zurückzukehren wünschte.

»Wie ist es denn eigentlich geschehen, ja, also wann und warum?«, erinnerte sich ihr Mann an den Zweck des Besuches.

»Frau Thule wurde erwürgt. In ihrem Bett, in der vergangenen Nacht.«

»Oh, schrecklich und das hier im Hochhaus, unglaublich, wie fürchterlich!«, flüsterte seine Frau, plötzlich ins Gespräch zurückgekehrt.

Sie malte sich wohl aus, was das für sie bedeuten könnte. Mitfühlend, als benötigte sie seinen Schutz, beugte sich ihr Mann mit ernster Miene über den Couchtisch, wobei er mit dem Ärmel einige Brotreste vom Tisch fegte, und legte seine Hand beruhigend auf ihre Schulter, so wie ein Arzt bei der Übermittlung eines ernsten Befundes. Sie tätschelte seine ruhende Hand, lächelte ihm dankbar zu und lehnte sich in das Polster, nun außerhalb der Reichweite seines Armes.

»Das war ja wohl ein Verrückter, der es auf die attraktive Thule abgesehen hatte, deren Mann, das wissen wir ja alle, ständig im Auftrag seiner Genossen unterwegs ist«, resümierte herablassend ihr Gatte, der sich wieder in seine halb liegende Sitzposition begeben hatte.

Lächelnd fügte er hinzu: »Aus diesem Haus kann der Täter nicht kommen, wir sind schließlich, vielleicht uns ausgenommen, handverlesene Mieter.«

»Warum schließen Sie sich aus?«

»Weil wir als Nachmieter der Eltern meiner Frau hier einziehen durften, allerdings erst, nachdem sich meine Frau vor zwei Jahren als Untermieterin eingetragen hatte. Schließlich half dann auf dem Wohnungsamt noch mein Pass als Sowjetbürger, vielleicht, nicht ganz auszuschließen«, verlor er sich in seiner Analyse.

»Also, mein Lieber, dein Pass hat dir noch nie geholfen, und unsere Nachbarn sind auch nicht alle Staatsfunktionäre«, mischte sich seine Frau plötzlich energisch ein.

»Ne, sie sind aber Ärzte und keine Naturwissenschaftler. Du weißt doch, wer gebraucht wird, jetzt fehlt der Republik mit Frau Thule ein weiterer Mediziner«, konterte mit leicht erhobener Stimme ihr Mann, wie bei einem Scherz kurz auflachend.

»Also, mich interessiert einzig und allein, ob Sie etwas Zweckdienliches zur Aufklärung beitragen können«, seufzte Bircher. Er hatte den Eindruck, das Ehepaar habe seine Anwesenheit vergessen.

»Wie bereits gesagt, uns beschäftigen die Mitbewohner nicht, obwohl man hier sicherlich ausreichend Gelegenheit hätte, soziologische Untersuchungen durchzuführen, schließlich versammeln sich im Haus nicht nur mehrere Generationen, sondern auch unterschiedliche Berufsgruppen«, fuhr die Gastgeberin unbeeindruckt fort. Ein leicht sarkastisches Lächeln überzog das Gesicht ihres Ehemanns, der dabei war, irgendeinen Brotkrümel auf der Tischplatte mit dem Zeigefinger aufzulesen.

Frau Aljanov ging in diesem Moment offenbar die Ironie des Gatten ab. Sie schien darum bemüht, den Mord in größere gesellschaftspolitische Zusammenhänge einzuordnen. Herr Aljanov hatte inzwischen den Krümel mit der flachen Hand vom Tisch gefegt, richtete sich ein wenig auf und setzte zu einer Erklärung an.

»Na, alles, was ich weiß, oder genauer ausgedrückt, aufgeschnappt habe, ist das Interesse unserer verehrten Frau Thule, die ja, wie bereits gesagt, gut aussieht, äh, Verzeihung, aussah, am männlichen Geschlecht. Aber das ist sicher nur Gerede. Vielleicht hatte sie ja einen Geliebten. Verbirgt sich nicht hinter fast jedem Mord als Motiv die Liebe oder das Geld? Letzteres spielt ja in unserem Leben nicht die bestimmende Rolle, bleibt demnach die Leidenschaft.«

Sein ironisches Lächeln hing wie angeklebt in seinem Gesicht. Bircher betrachtete das Paar, das tatsächlich nicht so recht in die Wohngemeinschaft zu passen schien. Die beiden vermittelten eher den Eindruck, zufällig hineingeraten zu sein, wie zwei Soziologen, die zu Studienzwecken in das Hochhaus delegiert worden waren.

»Haben Sie Personen bemerkt, die nicht zum Haus gehörten, und Ihnen auffielen?«, fragte Bircher automatisch.

»Nein, ist dir was aufgefallen?«, wandte sich Herr Aljanov an seine Frau.

»Ich habe nichts bemerkt, wir kennen ja nur die Baumanns und ein wenig die beiden Langes, eigentlich kenne ich nur Frau Lange, o Gott, die wohnen ja auch auf der vierten Etage. Hoffentlich kommen sie mit der Situation zurecht, sollten wir sie nicht anrufen, schließlich ist doch Rena Lange ziemlich sensibel und leicht zu überfordern?«, blickte sie fragend zu ihrem Mann, der abwesend nickte und den offenbar mit Frau Lange wenig verband.

»Ist eigentlich die Tür zum Dachgarten auf der achten Etage immer geöffnet, hat jeder Mieter einen Schlüssel?«, wechselte Bircher unvermittelt das Thema. Als hätte man sie gerade nach dem Schlüssel zum Paradies gefragt, blickten beide entgeistert auf den Kommissar. »Also, wir beide haben den Dachgarten noch nie betreten, keine Ahnung, da hängen einige ihre Wäsche auf, was sollen wir dort?«

Als würde sich über ihren Köpfen etwas Anstößiges ereignen, drehten Herr und Frau Aljanov die Augen zur Decke.

»Na ja, immerhin kann man bei schönem Wetter die Aussicht genießen«, warf der Kommissar ein.

Das Ehepaar blickte ihn irritiert an, offenbar erschien ihnen diese Vorstellung als ziemlich abwegig.

»Ich möchte mich gerne um Frau Lange kümmern. Sie braucht doch sicher meine Hilfe, ich möchte sehen, wie sie mit der Situation zurechtkommt, also, wenn ich jetzt gehen dürfte«, murmelte Frau Aljanov plötzlich im Ton einer Psychotherapeutin.

»Du kannst ja gleich runtergehen und mal klingeln, soll ich mitkommen?«, fragte ihr Mann teilnahmslos.

»Nein, musst du nicht, ich kann das schon alleine. Du kannst ruhig weiter arbeiten.«

Bircher betrachtete die beiden und fragte sich, ob sie wohl erneut den Grund seiner Anwesenheit vergessen haben könnten. Sie schienen in diesem Moment auf irgendwelchen Wegen der Selbstfindung unterwegs zu sein. Vielleicht versuchten sie gerade, sich in jemand anderem zu spiegeln, sich in einer fremden Persönlichkeit zu ergründen, sich in ein Zwiegespräch mit ihrem Schatten zu begeben. Sie hingen dann ihren Sätzen wie dem Schall eines hinausgerufenen Wortes nach, wie um zu prüfen, ob es wirklich stimmte, was sie gerade gesagt hatten. Er seufzte leise und stellte resigniert fest, dass den Befragungen im Haus bisher wenig zu entnehmen war. Er beschloss, das Gespräch zu beenden. Hier würde er nichts Nennenswertes erfahren.

Als hätte der Gastgeber seine Gedanken erraten und beschlossen, dem Kommissar sein wirkliches Interesse zu bekunden, schob er plötzlich den Oberkörper nach vorn, wobei er sich listig lächelnd über den flachen Tisch beugte. Dabei verschob sich sein ansehnlicher Bauch nach oben und bildete mit dem Kinn eine Ebene, er sah nun von oben aus wie ein Mensch beim Sackhüpfen.

»Aber sagen Sie uns doch bitte noch, falls Sie das dürfen, wie ist es möglich, dass da nachts jemand mir nichts dir nichts in die Wohnung treten konnte, das ist doch eigentlich nur zu erklären, wenn der Täter die Tote kannte, sie ihm also öffnete?«

»Sie vergessen eine weitere Möglichkeit, der Mörder besaß einen eigenen Schlüssel.«

»Kann schon sein. Sie können also nicht ausschließen, dass es jemand geben könnte, der sich Schlüssel verschafft, um in fremde Wohnungen einzudringen?«

»Ja, ich kann das nicht ausschließen, ebenso wenig wie die Möglichkeit, dass er das Türschloss knackte, selbst aber in keinerlei persönlichen Beziehung zur Toten stand.«

»Dann können Sie auch nicht wissen, ob der Mörder vielleicht noch anderen Schlüssel besitzt?«, trompetete triumphierend Herr Aljanov, sich vor Aufregung in der fremden Sprache verheddernd. Erschrocken ruckte Frau Aljanov ihren Kopf zur Seite, als würde sie ein Insekt belästigen und schaute fast vorwurfsvoll auf ihren Mann hinunter, der nach wie vor halb liegend den Tisch bis zur Mitte bedeckte und den Kommissar von unten wie einen Gegner vor dem Ringkampf musterte. Herr Aljanov spürte den Blick seiner Frau im Rücken und richtete sich prompt auf, wobei sein Hemd, mit dem er den Tisch fast leer gefegt hatte, nach oben rutschte und den dicht beharrten Bauch freilegte. Um Verständnis bittend, schielte er zu seiner Frau, die ihn irritiert musterte.

»Was sagst du da, Alexander, du machst mir Angst! Wir wohnen doch nicht im Wilden Westen, dieser Mord ist doch ganz sicherlich die Einzeltat eines Verrückten oder eines Kranken, der schnell gefasst wird, der vielleicht selbst Hilfe benötigt, es gibt schließlich überall Menschen mit seelischen Störungen.«

Erwartungsvoll blickte Frau Aljanov hinüber zum Kommissar, der sich bereits halb erhoben hatte und nun wieder zurück auf seinen Sessel sank. Er verzog keine Miene, nickte nur behutsam beiden zu, wie um ihnen zu sagen, dass er sie und ihre Sorgen ernst nehmen würde. Er unternahm jedoch keine Anstalten, auf die Bemerkungen der beiden Aljanovs einzugehen.

»Glauben Sie mir, wir werden alles veranlassen, um Sie und alle anderen Bewohner zu schützen. Verhalten Sie sich ruhig, halten Sie die Augen offen und vertrauen Sie uns. Ich danke Ihnen für Ihr Entgegenkommen, muss mich jetzt verabschieden«, schloss er abrupt, sich endgültig zum Abschied erhebend.

Herr Aljanov schob sich, verblüfft über den unerwartet schnellen Gesprächsabschluss, aus dem Sessel, blickte verstohlen auf seine Frau, wie um sie zu fragen, ob sie den Kommissar einfach so gehen lassen sollten. Sie blickte an ihm vorbei, nickte dem Kommissar wortlos zu, der ihr die Hand reichte.

»Machen Sie sich keine unnötigen Sorgen«, wiederholte Bircher, reichte Herrn Aljanov die Hand, der unentschlossen im Sessel verharrte und wahrscheinlich auf eine Fortsetzung der Unterhaltung gehofft hatte, und bewegte sich zum Ausgang.

»Also, dann alles Gute!«, hörte Bircher ihn hinter sich her rufen, es klang, als würde man jemanden auf die Reise schicken.

Bircher seufzte wie nach einem glimpflichen Zahnarzttermin tief auf. Es reichte erstmal, beschloss er, und verließ eilig das Hochhaus in Richtung Mokka-Milch-Eisbar. Hinter ihm lagen die Befragungen von Frau Welling, Herrn Jäger, Herrn Klage und der Familie Aljanov. Ein interessanter Ausschnitt aus dem Leben der Wohngemeinschaft, die sich da nicht ganz zufällig zusammengefunden hatte. Keinem aus dem Kreis der Mieter war die Wohnungszuweisung zufällig ins Haus geflattert. Das waren durchweg Bürger, die sich auf ihre Weise um den Staat verdient gemacht hatten. Der wiederum hatte sich erkenntlich gezeigt und die Leistung mit dem Einzug in eine der komfortablen Wohnungen honoriert. Bircher hätte zu gerne mehr darüber gewusst, wie die Auswahl zustande gekommen war. Frau Welling war vielleicht durch den Kulturbund oder den Schriftstellerverband vorgeschlagen worden. Als Kinderbuchautorin passte sie zum Gebäude. Klingt plausibel, wenn im Haus des Kindes die Schriftstellerin Welling wohnt. Man könnte sich spaßend streiten, ob das Haus für sie oder sie für das Haus erschaffen wurde. Oder die schöne Wohnung als Trost für ein Leben ohne eigene Kinder. Vielleicht muss sie deshalb Kinderbücher verfassen. Es gab so viele bekanntere Schriftsteller als Frau Welling, die nicht den Zuschlag erhalten hatten. Na ja, sie war mit einem recht wichtigen Schriftsteller der Republik verheiratet gewesen, was das Gewicht des Namens Welling nicht unerheblich verstärkt haben dürfte. Der Mietvertrag kam sozusagen einer posthumen Ehrung gleich, resümierte Bircher grinsend.

Dann war da Genosse Jäger. Klarer Fall, der war einer der sogenannten »Aktivisten der ersten Stunde« und den hatte halt die Lostrommel hervorgezaubert. Allerdings auch nicht ganz zufällig, wenn man bedenkt, wer die wenigen Lose eingefüllt hatte. Da wurde schon darauf geachtet, keine Nieten zu ziehen. Der Jäger, darin bestand kein Zweifel, würde jedenfalls bis zu seinem Lebensende der Lotterie danken, die ihm dieses Heim beschert hatte, wenn sie es denn gäbe. Er selbst betrachtete es als alles andere als zufällig, hier zu wohnen. Schließlich wurde seine stetige Hingabe an den Staat belohnt. So, wie andere einen Orden für ihre Treue erhielten, bekam er einen Wohnungsschlüssel in die Hand gedrückt. Den betrachtete er wie einen Reisegutschein, den man anlässlich der goldenen Hochzeit geschenkt bekommt.

Ganz anders Herr Klage. Wenn im Haus drei Ärzte wohnten, so war auch das sicher nicht unbeabsichtigt geschehen. Es schien, als wüsste Klage nicht, womit er sich die Ehre verdient hatte, Mitglied dieser Hausgemeinschaft geworden zu sein. Es war ihm im Grunde seines Herzens auch egal. Irgendwann einmal hatte er vielleicht einen Antrag auf Zuteilung von Wohnraum, wie es hieß, an den Rat des Stadtbezirkes abgeschickt. Vielleicht kannte ihn dort jemand, der ihn schätzte und brauchte, oder es war tatsächlich ein glückliches Aufeinandertreffen verschiedener Umstände, die ihm den Einzug ermöglichten. Wie auch immer, in die Liste der Kandidaten für einen Mietvertrag im Hochhaus war auch er nicht zufällig geraten. Bircher hatte inzwischen die Milchbar betreten und sich für einen Tisch auf der Empore entschlossen. Er blickte hinunter auf die Karl-Marx-Allee und musste schmunzeln, als er an das Ehepaar Aljanov dachte. Diese beiden merkwürdig versonnen mit sich beschäftigten Menschen, waren die Einzigen, von denen er glaubte, dass sie tatsächlich nicht verstanden, warum sie in dem Luxus leben durften. An denen schien das Geschehen wie ein Bühnenstück vorbeizuziehen. Das Publikum und seine Erwartungen waren ihnen gleichgültig, ebenso die Hausgemeinschaft.

Bircher schüttelte unwillkürlich den Kopf. Nein, niemand der Befragten konnte ihm bisher weiterhelfen. Er ließ versonnen seinen Blick durch das Geländer nach unten gleiten, und ihm fiel plötzlich ein, was seit dem frühen Morgen wie ein verloren gegangener Gedanke in ihm rumorte. Es war ein merkwürdiger Traum, in dem sich einige Figuren auf einer Empore, ähnlich der in der Milchbar befanden. Wie ein Film lief plötzlich vor seinen Augen der Traum ab: Im Mittelpunkt stand ein abendliches Kinderfest, das in einem großen Hof stattfand, der, wie in einem arabischen Palast, von hohen Mauern umgeben war. Die Mauern wurden von Balkonen unterbrochen, an den Balustraden flatterten Wimpel im Wind, es sah aus wie auf einem Schulsportfest. Die Wimpel trugen keinerlei Symbole oder Zeichnungen, sie waren nur mit Nummern versehen. Hinter jeder Nummer stand in kleinen Buchstaben der Name eines Schülers, wie auf dem Trikot einer Fußballmannschaft. Beim genauen Hinsehen erkannte man, dass die Wimpel noch mit kleinen farblosen Luftballons versehen waren. Damit sich die Wimpel nicht von selbst in die Luft erhoben, waren sie über Schnüre an kleinen Haken in der Erde befestigt.

Der Innenhof war also umgeben von flatternden Wimpeln, die dem Ganzen das Aussehen einer mittelalterlichen Burg gaben. Im Innenhof standen die uniformierten Schulkinder. Alle, egal ob Mädchen oder Junge, trugen Hosen und Hosenträger aus Leder. Ein quer über die Brust verlaufender Lederriemen verband wie ein Balken die zwei Träger, und darauf stand eine Nummer. Die gleiche wie auf dem Wimpel des Kindes. So war jedes Kind durch eine Zahl gekennzeichnet.

Sonst trugen sie nichts auf der Haut. Von oben betrachtet konnte man meinen, kleingewachsene Ritter beim Sammeln zur Schlacht zu sehen. Statt einer Lanze war jedoch jedes Kind mit einem riesigen ovalen farblosen Luftballon ausgerüstet, der die Nummer des Kindes trug und an einer langen Leine im Boden direkt neben den Füßen des Kindes verankert war und so wie ein parkendes Luftschiff über ihren Köpfen schwebte.

Von der hoch liegenden Mauer betrachtet, schien es, als würden die Luftballons ein schuppenartiges Dach bilden, ähnlich dem Panzer einer riesigen Schildkröte, der den Blick auf den darunterliegenden Körper verdeckte. Unter diesem Dach befanden sich auch Angler und einige seiner Freunde sowie Karls heimliche Freundin Vroni. Ab und zu zerrten Windstöße an den Schnüren und ließen die Ballons wie Plastikkugeln aneinanderstoßen, wobei sie merkwürdige Geräusche erzeugten. Mitunter klang es wie das dumpfe Schlagen von Trommeln im afrikanischen Busch, aber manchmal auch wie das aufreizende Quietschen aneinander sich reibender Eierverpackungen aus Plastik. Karl hasste dieses spröde angeraute Material, er konnte es nicht berühren, ohne das Gefühl eines elektrischen Schlages zu verspüren. Auf den Balkonen standen die Lehrer. Jeder hatte ein Megaphon in der Hand. Damit brüllten sie Anweisungen in den Hof, die bei den Schülern ankamen, als würden Musiker eines tausendköpfigen Orchesters vor der Aufführung ihre Instrumente stimmen. Sie befahlen ihnen, welche Position sie einzunehmen hätten, nämlich neben dem Luftballon mit der Nummer ihres Hosenträgers. Alle Lehrer, auch die Lehrerinnen, trugen kurze weiße Turnhosen, die an ihren Hintern, Busen und Bäuchen klebten, und dazu Sporthemden, auf denen die Aufschrift »Himmelstürmer« prangte. Unter der affenähnlichen Brüllerei des Lehrerkollegiums hatte nach einer Weile jedes Kind den ihm zugeteilten Ballon gefunden und hielt die Leine in der Händen.

Kurz darauf trat eine gespenstische Ruhe ein, als wären die Kinder durch den Krach betäubt und die Lehrer vom Brüllen erschöpft vom Hof gezogen. In der Friedhofsstille ertönte aus einem der Megaphone ein neues Kommando, es war wohl der Turnlehrer oder der

Lehrer für Staatsbürgerkunde. Karl konnte die Megaphonstimme keinem der Lehrer zuordnen: »So, jetzt beginnt das Spiel. Jeder von euch muss seinen Ballon genau auf die Höhe bringen, die wir auf eine Tafel schreiben. Zusätzlich zeigt die Messlatte vor euch die vorgeschriebene Höhe.« Daraufhin ließ er vor den Kindern eine riesige Schiefertafel, die an einem Seil baumelte, in den Hof sinken, auf der, bis auf die Überschrift »Himmelstürmer«, nichts stand. Gleich daneben wurde die Messlatte abgesenkt, auf der ein roter Keil nach oben und unten verschoben werden konnte, um die geforderte Höhe für den Luftballon zu markieren. Karl war es schleierhaft, wie er seinen Ballon auf die vorgeschriebene Position bringen sollte, wenn um ihn herum alle anderen das gleiche versuchten und dabei die riesigen, über ihm schwebenden Luftschiffe den Blick auf die Latte und die Schiefertafel versperrten.

Der vermutete Turnlehrer, oder war es der für Staatsbürgerkunde, fuhr fort: »Es ist verboten, die Leinen zu lösen, denn dann würde sich der Ballon in die Luft erheben und das Spiel wäre für den Betroffenen verloren. Wer weiterhin nach einer bestimmten Zeit, die wir hier oben stoppen, seinen Ballon nicht auf das angezeigte Höhenmaß gebracht hat, muss ihn gegen einen leeren eintauschen und diesen aufblasen. Kann er ihn nicht aufblasen, scheidet er aus und bleibt für zehn Wochen ohne Heimgang im Hort. So, das wäre es, alles klar, los geht's. Alle in Stellung gehen, Leine fassen, nicht ziehen, erst auf Markierung warten und jetzt: Auf die Plätze – fertig – looos!«

Vor Karl senkten sich die Schiefertafel und die Messlatte in den Hof. Auf halber Höhe, gerade so, dass er seinen Kopf noch in den Nacken drücken konnte, erkannte er den roten Keil. Was auf der Tafel stand, war nicht zu entziffern, selbst wenn er es hätte lesen können, es wäre ihm unmöglich gewesen, zu erkennen, wann sein Ballon im Hofraum die geforderte Höhe erreicht haben würde. Um sich herum sah er nur Luftballons in unterschiedlicher Höhe durch den Hof schweben. Es war wieder einmal eine völlig blöde Schulaufgabe, so dachte er einen kurzen Augenblick, bevor er die Leine vorsichtig durch seine Finger gleiten ließ. Als er glaubte, seinen Ballon, der vor ihm wie ein Luftschiff emporstieg, auf die richtige Höhe gebracht zu haben, hielt er inne. Der Markierungskeil auf der Messlatte war nicht zu sehen.

»Stopp!«, brüllte plötzlich eine andere schrille Frauenstimme durch das Megaphon. Das war wohl die Biologielehrerin. Die konnte er überhaupt nicht ausstehen, weil sie hässlich war und ständig den Eindruck machte, dass ihr die Schüler eigentlich lästig waren.

»Nummer vier, sieben, neun und vierunddreißig auf den Hauptbalkon kommen! Das ist dort drüben, wo gerade erst Tafel und Latte abgesenkt wurden. Dort erhaltet ihr eure leeren Ballons zum Aufblasen.«

Der Balkon war riesig und von vorn nur durch eine einzige, sehr flache Einfassung vom Hof getrennt. So konnte man ihn, aus der Perspektive der Kinder, nicht einsehen. Karl sah, dass seine Schulkameraden mit den Nummern vier, sieben, neun und vierunddreißig gebückt, mit roten Gesichtern, aufgerissenen Augen und geblähten Wangen versuchten, die leeren Ballons mit Luft zu füllen. Es schien schier unmöglich, dem schlaffen Gummi Form zu verleihen. Einige fielen nach einer Weile in Ohnmacht und wurden von unbekannten Menschen, die ebenso wie die Lehrer weiße Kleidung trugen, auf Tragen weggeschafft. Es blieb keine Zeit, das verzweifelte Pusten seiner Kameraden auf dem Balkon zu verfolgen, da bereits wieder das Kommando über den Hof schrillte: »Auf die Plätze – fertig – looos!«

Erneut wurden nach dem Stopp-Befehl Nummern aufgerufen, und die Verlierer mussten sich auf den Weg zum Balkon machen, um mit Gesichtern, wie vom Ertrinken bedroht, in die Ballons zu pusten. Es erschien Karl wie ein Wunder, dass er sich noch immer mit seinen Freunden unten im Burghof befand. Es begann bereits dunkel zu werden, alle waren erschöpft und verzweifelt und wünschten sich nur noch, anstelle der Leinen und Luftballons, Speere in den Händen zu halten, um sie nach oben in die weißen Turnhemden ihrer Peiniger zu schleudern. Als sich Karl wieder einmal bemühte, die befohlenen Höhenmaße zu erzielen, sah er im Augenwinkel Vroni, die Nummer dreizehn, merkwürdig lässig am Ballon stehen. Karl vergötterte Vroni, alles an ihr schien ihm geheimnisvoll und einzigartig. Sie ließ ihn gewähren, wenn er sie einmal zu lange anstarrte. Huldvoll und erhaben wie eine Göttin, die aus einem goldenen Rahmen an ihm vorbei die Welt mustert, erschien sie ihm dann. Als sie jetzt seinen Blick spürte, nickte sie ihm aufmunternd zu und winkte wie zum Abschied mit der freien Hand in seine Richtung. Gleichzeitig ging sie leicht in die Beuge, für einen Moment konnte er nur den braunen Haarschopf sehen. Kurz darauf tauchte sie wieder auf, machte jedoch keine Anstalten, dem Befehl zu folgen und ihren Ballon auf Höhenmaß zu bringen. Karl verstand nicht, warum sie es riskierte, ausgemustert zu werden, und versuchte vergeblich, ihr Warnzeichen zu geben, die sie entweder nicht sah oder absichtlich ignorierte. Mit einem spöttischen Lächeln um den hübschen Mund blickte sie scheinbar regungslos auf ihren Luftballon. Die linke Hand, das konnte Karl nur erahnen, hielt sie nach unten ausgestreckt flach an ihren Oberschenkel gepresst.

Es dauerte nicht lange, bis die neuen Nummern für die Strafkolonie auf dem Balkon aufgerufen wurden, und Karl beschlich ein klammes Gefühl, dass die Dreizehn dabei sein könnte und dass ihre stolze Trägerin ganz sicher nicht im Traum daran dachte, sich dort oben in die Kniebeuge zu begeben, um ihre schönen Lippen an ein Gummiventil zu pressen und sich unter den Blicken der Lehrer demütigen zu lassen. Wie er noch mit Vronis Schicksal haderte, schallte auch schon aus dem Megaphon DREIZEHN in den Hof. Karl versuchte auf Vronis Gesicht eine Reaktion auf die bevorstehende Lektion zu erkennen. Erst sah er sie noch gerade stehen, mit unbeweglicher Miene den Luftballon haltend, doch sobald sich die

Schallwelle des aus dem Lautsprecher röhrenden Rufes, der sich im Abendlicht wie ein Befehl Tarzans an seine Buschaffen anhörte, an den Mauern gebrochen und aufgelöst hatte, geschah etwas so Unerwartetes, dass selbst ein Tarzan vom Baum gefallen wäre. Vroni warf plötzlich blitzschnell, geradezu ruckartig, ihren Kopf in den Nacken, bückte sich gleichzeitig, jetzt war nur noch ihr nach oben ausgestreckter rechter Arm erkennbar. In diesem Moment sah sie wie eine Kunstschwimmerin aus, die unter Wasser eine Figur zeichnet und dabei ihr Bein, wie einen Segelmast, in die Luft streckt. Für Sekunden sah Karl sie zum letzten Mal am Boden, bevor sie wie von einer Kanone abgefeuert, lachend am Band ihres Luftballons hängend, im Raketentempo in den Abendhimmel entschwebte. Ungläubig beobachtete Karl, wie am Firmament Ballon und Vroni zu einer leuchtenden Gestalt verschmolzen, die sich kurz darauf als Sternschnuppe in der unendlichen Galaxie auflöste.

Karl sann noch darüber nach, ob sie wie die Liebesgöttin Venus, die schönste aller Göttinnen, ihm zukünftig ihre warmen Strahlen in die graue Schule senden würde, da klingelte das Telefon und rief ihn zum Tatort.

Bircher schüttelte ungläubig den Kopf und rührte mit dem Löffel in der leeren Kaffeetasse. War es möglich, dass ihm der Traum das Verschwinden der nächsten Frau ankündigte? Er verließ die Milchbar und eilte zurück in das Hochhaus.

Bircher stand auf der blank gewienerten Diele und überlegte, ob er seine Befragung fortsetzen sollte. Eine Mietpartei, so hatte er festgestellt, war eigentlich noch aufzusuchen. Oder sollte er sich bei seinen Genossen nach ihren Erkenntnissen erkundigen?

Er bemerkte, wie sich in seinem Rücken eine Tür öffnete und eine kräftige Stimme mit dem unverwechselbaren Akzent der Ostseeküstenbewohner herüberrief:

»Wollen Sie zu mir, sind Sie ein Mitarbeiter der Volkspolizei?«

»Ja, dann sind Sie Frau Alt?«

»So ist es, Sabine Alt, treten Sie näher.«

Vor Bircher stand eine kräftige Frau um die fünfzig, die leichte Fülle verdeckte ein luftiges elegantes Kleid, das ein passender Seidenschal ergänzte. Die strohblonde, sorgfältig geschnittene Pagenfrisur verlieh dem blassen Gesicht, ungeachtet der Spuren, die die Jahre hinterlassen hatten, eine merkwürdig jugendliche Facette. An beiden Händen trug sie Schmuck, wahrscheinlich in den kleinen Läden fernöstlicher Nachbarn erworben, um in der Heimat als Unikat zu bestechen. Alles an Frau Alt schien sorgfältig ausgewählt, ihre flachen Schuhe waren farblich auf das Kleid abgestimmt.

Die Frau hat offenbar ausreichend Zeit für sich und erinnert ein wenig an Frau Welling, überlegte Bircher, als er hinter ihr die geräumige Diele betrat. Von hier aus verzweigten sich die Räume, geradezu ging es in die Küche, links in einen verschlossenen Raum, wahrscheinlich das Schlafzimmer, daneben rechts durch die geöffneten Glastüren sah er das Wohnzimmer und gegenüber ein Bad. Eingangstür und Diele trennte kein Korridor. Bircher musterte die Wohnung und zollte dem Architekten stille Anerkennung. Tja, dachte er sich trotz all dem Ärger, hier würde ich auch gerne wohnen.

»So, was möchten Sie mich fragen?«, eröffnete Frau Alt das Gespräch in einem Ton, als hätte sie gerade ein Verkehrspolizist angehalten. Leicht lächelnd blickte sie zu ihm herüber. Wahrscheinlich lebte sie allein und freute sich über die unerwartete Abwechslung, dachte Bircher und holte Luft.

»Sie wissen sicherlich Bescheid, meine Kollegen und ich müssen alle Hausbewohner befragen. Soweit ich weiß, wohnen Sie hier allein?«

»Hm, da wissen Sie ja schon einiges von mir«, bemerkte Frau Alt spöttisch, wobei sie die Lippen wie ein Teenager spitzte.

»Das steht im Hausbuch, bedurfte also keiner großen Mühe.«

»Ja, ich bin alleinstehend, ohne Kinder und arbeite als Kinderärztin in Berlin-Buch.«

»Es wimmelt ja hier nur so von Ärzten. Sie sind nun schon der dritte Arzt, der mir begegnet.«

»Ja, wir sind drei, genauer gesagt, noch zwei, meine Wenigkeit und der Kollege Klage, die Psychologin gegenüber mal nicht eingerechnet. Der Mord an Frau Thule ist hoffentlich nicht der Beginn einer Arztserie«, fügte sie sarkastisch hinzu.

Die Frau mit dem trockenen Küstenhumor, dachte sich Bircher, der nur mühsam ein leichtes Lächeln unterdrückte.

»Hoffe doch nicht, dass wir es mit einem Ärztemotiv zu tun haben, obwohl, würde uns die Arbeit erleichtern«, rutschte es Bircher heraus, abwiegelnd hob er sofort beide Hände. »Sie entschuldigen bitte, das ist natürlich Unsinn, nichts deutet darauf hin, dass es der Täter auf Mediziner abgesehen hätte.«

»Schon gut, Sie müssten dann, statt auf elf, nur noch auf einer Etage Wache beziehen. Vorausgesetzt, der Täter kommt uns wieder besuchen«, fuhr sie ungerührt fort.

»Also, Frau Doktor, nun genug der bizarren Annahmen. Halten wir uns besser an die Fakten. Frau Thule wurde heute Nacht ermordet, wir wissen nicht weshalb, nicht von wem und ob wir es mit einem Serientäter zu tun haben, das wissen schon gar nicht«, erwiderte Bircher, wohlweislich die abgetrennten Finger unerwähnt lassend.

»Also, kurz gesagt, Sie tappen im Dunkeln«, fügte Frau Alt trocken hinzu. Bircher reagierte nicht, sondern fuhr fort:

»Kannten Sie Frau Thule?«

»Natürlich, schließlich wohnen wir im selben Haus, aber ich kannte sie vor allem beruflich, wir sind Kollegen und haben uns gelegentlich unterstützt.«

»Aha und wie? Doktor Thule ist doch Internistin gewesen.«

»Sie hat mich bei schwierigen Fällen zu Konsilien ins Regierungskrankenhaus gerufen, auf die Kinderstation. Kinder von Staatsfunktionären werden bis zum achtzehnten Lebensjahr mit betreut.«

»Zeugt von großem Vertrauen in Ihre ärztliche Kunst.«

»Vielleicht, bin nämlich nicht nur kinder-, sondern auch parteilos. Die Ehre, den Nachwuchs zu behandeln, verdankte ich wohl vor allem Frau Thule.«

»Na ja, nicht nur, Sie werden ja wohl vor allem Ihr Handwerk beherrschen.«

Frau Alt lächelte schwach und blickte ihn abwartend an. Sie ließ sich zu keinem weiteren Kommentar oder Scherz verleiten, schaute ihn nur fragend an.

»Und, wie schätzen Sie Doktor Thule persönlich ein, mal abgesehen von ihrer fachlichen Leistung. War sie eine angenehme Kollegin?«, versuchte Bircher einen neuen Anlauf.

»Privat haben wir nicht verkehrt. Sie war schon eine starke Persönlichkeit, auch in ihren Ansprüchen.«

»Welche meinen Sie damit?«

»Na, wie Frauen an der Seite erfolgreicher Männer so sind, etwas eitel, verwöhnt, manchmal mit der Neigung, noch etwas besser als der Gatte sein zu wollen. Es hatte zumindest manchmal den Anschein«, wiegelte sie ab, als wäre ihr eine Indiskretion unterlaufen.

»Hatte sie keine näheren Freunde im Arbeitskollektiv?«

»Ich glaube nicht. Sie war nicht gerade übermäßig beliebt, wie es eben manchmal der Fall ist bei ehrgeizigen und fordernden Menschen. Nein, ich kenne keine Freunde. Da müssen Sie bitte auf der Station nachfragen.«

»Und privat, ich meine, haben Sie sich nie über andere Dinge als Ihre Fälle unterhalten?«, versuchte es Bircher erneut.

»Na ja, Frau Thule hat schon manchmal durchblicken lassen, dass ihr Mann etwas häufiger als andere Ehegatten unterwegs sei, dienstlich eben. Sie sah ja gut aus und war sich auch dessen bewusst. Welche Frau zeigt das nicht gerne«, sagte sie, ein schwaches Lächeln andeutend.

Bircher beschloss, zielstrebiger fortzufahren: »Hatte Frau Thule mal eine Affäre? Oder glauben Sie, dass das für sie ausgeschlossen war? Ich muss das fragen, weil wir den Täter zunächst im Bekanntenkreis von Frau Thule vermuten müssen.«

»Keine Ahnung. Wie gesagt, wir waren keine Freunde und wären sicher auch keine geworden. Dazu sind wir zu unterschiedlich.«

Es klang wie eine behutsame Distanzierung. Bircher hakte nach.

»War Frau Thule eher eine Person, die ihr Ziel direkt, oder sagen wir mal, unverblümt ins Visier nahm, ohne große Rücksichten darauf zu nehmen, was andere dachten?«

Frau Alt wiegte vorsichtig ihren Kopf hin und her, ohne dass sich ein Haar bewegte. Vorsichtig musterte sie Bircher, bevor sie sich äußerte.

»Sie neigte tatsächlich zur offenen Sprache, auch bei Themen, die ich eher für mich behalten würde. Sie war eben impulsiv, manchmal sogar unbeherrscht. Das konnte verletzend wirken. Mir gegenüber verhielt sie sich immer korrekt«, beendete sie etwas hastig diese Meinungsäußerung, dabei unwillig in den Raum blickend, als würde sie einen Ausweg aus dem Gespräch suchen. Sie wollte sich keine Blöße geben und weder dem Kommissar noch ihrer ehemaligen Kollegin zunahetreten.

»Können Sie etwas konkreter werden?«

Bircher ließ nicht locker. Die anfängliche Gelassenheit der Kinderärztin war einer merklichen Unsicherheit gewichen. Frau Alt sorgte sich offenbar, in ein unübersichtliches Kampfgebiet hineinmanövriert zu werden, vielleicht sogar, mit unbedachten Äußerungen ihren attraktiven Nebenjob im Regierungskrankenhaus zu gefährden. Sie war eindeutig darauf bedacht, sich nicht in private Angelegenheiten ihrer verstorbenen Kollegin hineinziehen zu lassen.

Jetzt allerdings stand sie vor dem Dilemma weder zu wissen, was der Kommissar bereits wusste, ob er ihr gar eine Falle stellen würde, noch sich vorstellen zu können, welche ihrer Äußerungen ihr eines Tages auf die Füße fallen könnte. Daher hatte sie beschlossen, sich so weit wie möglich zurückzuhalten.

Bircher nickte ihr noch einmal aufmunternd zu wie ein Zuhörer, der die Fortsetzung des Vortrages erwartet. Schließlich raffte sich seine Gastgeberin auf:

»Ich habe keine Ahnung von irgendwelchen Affären. Es wird immer Gerüchte geben, darauf gebe ich nichts. Ich kann Ihnen wirklich nicht weiterhelfen«, versuchte sie dem dunklen Gesprächskorridor zu entkommen.

Bircher blickte sie ungerührt an und schwieg. So saßen sie sich einen Moment schweigsam gegenüber. Frau Alt, heimlich hoffend, dass er sich vom Hofe stehlen möge, und der Kommissar, der sich sicher war, dass sie mehr wusste, als sie preisgab, und der sie zappeln ließ wie einen Prüfling, der auf sein Zeugnis wartet.

Bircher schaute auf seine Uhr. In zwei Stunden musste er mit Genossen Thule sprechen. Frau Alt blickte angestrengt an ihm vorbei, wie bei einem Besucher, den man versehentlich eingeladen hatte und auf irgendeine Weise rasch wieder loswerden will.

»Ich muss jetzt gehen«, befreite er sie von der Qual und nahm sich vor, bald wiederzukommen. Fast gleichzeitig erhoben sich beide. Frau Alt, ihren Kopf schief zur Schulter neigend, erschöpft wie nach einer Operation, fragte mit einem müden Lächeln im Mundwinkel:

»Ich habe Sie doch hoffentlich nicht enttäuscht, ich muss das alles erst einmal verarbeiten und vielleicht fällt mir noch etwas ein, wie erreiche ich Sie denn?«

Bircher nickte kurz. Nun hatte sie sich doch noch zu einem Angebot durchgerungen, schließlich war es nicht klar, wie sich die Sache entwickeln würde.

»Sie erreichen mich unter der Nummer des Präsidiums der Volkspolizei oder im Notfall unter 110«, verabschiedete er sich mit einem höflichen Nicken. Frau Alt reichte ihm zögernd die

Hand, wobei die Armringe klimperten. Dann war Bircher wieder auf der großen Diele, die ihm wie ein Festplatz anmutete, es fehlte nur noch eine Fahnenstange zum Flaggenhissen.

Er schritt zu den Fahrstühlen, beide befanden sich in dem offenen Gang, der die Diele mit den Aufzügen verband. Während er auf den Aufzug wartete, fiel sein Blick auf die in der Wand eingelassenen Müllschlucker. Auch etwas, was in meinem Haus fehlt, dachte er, beugte sich zu dem vorn angebrachten kreisrunden Griff – etwa so wie Arbeiter es vor einem Hochofen tun, wenn sie die Schmelze prüfen –, mit dem man einen gusseisernen Deckel so lange drehen musste, bis der Ansatz des Trichters nach oben zeigte. Nun drückte man den Griff zu sich herunter und konnte den Boden des Müllschluckers sehen, in den hinein der Abfall befördert wurde. Dann schloss man den Deckel und drehte den Trichter einhundertachtzig Grad um seine Achse, worauf der Müll mit mächtigem Getöse in die Tiefe stürzte. Bircher starrte gebannt in die Trichterröhre. Hier ließe sich alles anonym entsorgen, rekapitulierte er, versonnen in die Öffnung starrend.

Er hörte, wie der Fahrstuhl hielt, und schaute hinauf, vor ihm tauchte Angler auf, sein Kopf berührte fast die Decke.

»Wohin fahren wir?«, begrüßte ihn Bircher und stieg ein.

»Nach unten. Habe mir gerade die obersten Etagen angesehen, also die Tür zum Kindercafé ist verschlossen, da kommt man nicht mehr durch. Bleibt die Verbindung zum Dachgarten. Wir sollten noch den Genossen Jäger fragen, wie es sich tatsächlich mit dem Durchgang zum Dachcafé verhält«, berichtete Angler.

Der Fahrstuhl hielt auf der vierten Etage.

»Weißt du, wo Schmidter ist?«, wandte sich Bircher an Angler, der unschlüssig um sich sah.

»Müsste hier auf der Etage sein, wir hatten verabredet, auf dich zu warten, wegen des Termins nach neun bei Thule.«

Bircher lehnte sich an die kalte Marmorwand und betrachtete teilnahmslos seine Schuhspitzen, während Angler unruhig auf und ab schritt. Schließlich stieß er sich von der Wand ab und sagte: »Gut, es ist noch eine Stunde Zeit bis zum Gespräch mit Thule. Warte du hier auf Schmidter. Ich bin in der Kneipe gegenüber im Haus Berlin. Wir treffen uns dann dort, ich lade euch ein«, fügte er der Form halber hinzu, während er sich bereits zum Fahrstuhl begab.

Die Broilergaststätte im Haus Berlin war im Bezirk wegen ihrer Atmosphäre beliebt. Hier konnte man ohne Bestellung an einem der Stehtische ein Bier trinken oder sich einen der blank polierten Holztische aussuchen und Heringssalat, Broiler oder Gulasch bestellen. Auch die adretten Kellnerinnen unterschieden sich von manchen ihrer Kolleginnen in den Restaurants entlang der Karl-Marx-Allee, sie waren von ungezwungener Freundlichkeit, nichts zu spüren von der gelegentlich anzutreffenden Hochnäsigkeit.

Während im benachbarten Restaurant *Moskau* der Garderobier scheinheilig nach einer Tischreservierung fragte, ohne die man, selbst wenn der Saal mit leeren Tischen glänzte, umdrehen konnte, war die Broilergaststätte offen für alle, und wer keinen Tisch abbekam, suchte sich einen Stehtisch am Fenster. Wie jetzt die Kommissare, die sich auf ihre Hocker gehievt hatten und auf das Bier und die Fragen ihres Chefs warteten.

»Prost«, sagte Bircher.

»Danke«, erwiderten seine Kollegen, nahmen einen Schluck und wischten sich fast gleichzeitig den Schaum von der Oberlippe.

»So, Philipp, fang mal an, was hast du zu berichten?«

»Ich habe mit Genossen Forn gesprochen. Forn hat einen Sohn, der ist Kraftfahrer und wohnt bei ihm. Der Sohn war aber unterwegs. Er ist Busfahrer. Forn arbeitet im EAW, ist dort hauptamtlicher Parteisekretär. Eigentlich konnte er mir nichts Nennenswertes sagen. Habe nichts gehört und nichts gesehen, na ja, und zu Frau Thule hat er sich eher verhalten geäußert.«

»Vielleicht traut er sich nicht, Genosse Thule ist schließlich in der Bezirksleitung Sekretär für Wirtschaft«, wagte Schmidter einen Hinweis.

»Ja, da könnten Sie recht haben. Was ist mit dem Sohn, wie alt ist der?«, fragte Bircher.

»Anfang dreißig etwa, ich kann ihn erst morgen befragen, er hat Spätschicht.«

»Gut, mach das, aber wahrscheinlich kommt da auch nichts weiter raus«, murrte Bircher in sein Bierglas.

»Na ja, ähnlich sieht es bei den Langes aus«, fuhr Angler fort.

»Er ist als Psychologe bei Bergmann Borsig beschäftigt, untersucht dort die Arbeitsbedingungen, prüft, ob alle in guter Stimmung sind und was man tun muss, damit sie es werden. Soviel ich verstanden habe, geht es auch um die Ausgestaltung der Räume und Werkhallen, also das Wechselspiel zwischen Arbeitswelt und Mensch.«

Bircher blickte fragend auf seinen Mitarbeiter, als würde er herausfinden wollen, ob er das ernst meinte, während Angler konzentriert in seinem Notizblock blätterte und einige Zettelchen prüfte.

»Hm, ist das alles über Lange? Also, der hat auch nichts gesehen, gehört und schon gar nicht beobachtet?«, fragte Bircher.

»Tut mir leid, Karl, er, also der René Lange ist ein sehr vorsichtiger Zeitgenosse und zudem etwas umständlich. Man braucht schon einige Geduld, um ihn zum Sprechen zu bringen, und wenn er dann redet, dann ist es nicht einfach zu verstehen, was er einem sagen will. Das Einzige, was ich raushörte, war 'ne Bemerkung, die darauf schließen ließ, dass Frau Doktor Thule von seiner Tätigkeit nicht viel hielt.«

»Na, das reicht wohl nicht als Motiv«, grunzte Bircher in sein Bierglas. »Und was ist mit Frau Lange?«

»Nicht viel anders. Die war allerdings ziemlich von der Rolle. Hat ihn mehrfach unterbrochen, so, als müsste sie ihm vorwerfen, dass er das alles nicht ernst genug nehmen würde. Man hätte ja auch sie, also Frau Lange umbringen können, hätte er wohl gar nicht bemerkt, so wie er schläft. Vielleicht ist sie beim nächsten Mal dran, ob er denn schon das Schloss ausgewechselt hätte, ob er nicht sofort im Schlafzimmer von innen einen Riegel anbringen könnte, sie würde gleich morgen zu ihren Eltern ziehen. Also in dem Stil ging es weiter. Mann, ich kann dir sagen«, beendete Angler achselzuckend seinen Vortrag.

»Die Frau scheint leicht erregbar zu sein«, murmelte Schmidter.

»Kann man wohl sagen, hat sich aber den passenden Mann ausgesucht«, grinste Bircher, »und womit beschäftigt sich Frau Lange sonst noch?«

»Sie arbeitet im Bezirksamt Friedrichshain.«

»Na ja, wenig Erhellendes«, beschloss Bircher diesen Teil, als hätte er genug gehört, und wandte sich mit dem Glas in der Hand Schmidter zu.

»Haben Sie ähnlich dramatische Neuigkeiten zu vermelden?«

»Ich habe die meiste Zeit mit Genossen Bert Müller verbracht. Der ist stellvertretender Hausgemeinschaftsvorsitzender und pflegt das Hausbuch, wenn Jäger abwesend ist. Also, Müller war gut vorbereitet. Er machte mich darauf aufmerksam, dass der Sohn von Forn, der Gerd, vor zwei Jahren ziemlich in der Klemme saß. Er stand unter Verdacht, 1973, während der Weltfestspiele in Berlin, ein Mädchen aus der kubanischen Delegation vergewaltigt zu haben. Der Fall wurde nie aufgeklärt.«

»Woher weiß das Müller?«, unterbrach ihn Bircher. »Kann ich nicht sagen, aber der kennt offensichtlich seine Mieter ganz gut und scheint sich für alle zu interessieren«, fügte Schmidter nüchtern hinzu.

»Aha, verstehe. Und weiß von der Sache sonst noch jemand im Haus?«

»Habe ich auch gefragt. Müller meint, eher nicht, der junge Forn wohnt unbehelligt im Haus. Vielleicht hat sich der alte Forn stark gemacht, na ja, das liegt wohl nahe. Ich werde morgen bei der Dienststelle nachfragen.«

»Ja, unbedingt. Was noch?«

»Da gibt es noch einen Sohn von Baumann, Martin Baumann.«

»Ja, ich weiß, ein Republikflüchtiger, hat mir Jäger gesagt.«

»Der Müller behauptet, den Martin Baumann kurz vor dreiundzwanzig Uhr auf der elften Etage gesehen zu haben. Er stieg gerade in den Fahrstuhl ein. Seine Eltern wohnen allerdings auf der siebten.«

»Und, was machte der umtriebige Müller dort, der wohnt doch auf der fünften Etage?«

»Er verließ gerade seinen Kumpel, den Herrn Brander.«

»Hm, ist sich Müller sicher?«, hakte Bircher nach.

»Doch, ziemlich, sagt er, aber wie gesagt, der Baumann war dabei, die Fahrstuhltür zu schließen, er sah ihn nur für einen Moment von der Seite.«

»Gut, das muss geprüft werden, kriegen Sie bei der Grenze raus, wann der Baumann an dem Tag ausreiste. Übrigens, haben Sie ihn gefragt, ob der nächtliche Besuch im Hausbuch vermerkt ist?«

»Natürlich, er steht wie vorgeschrieben unter der Rubrik ›Besucher‹«, antwortete Schmidter.

»Merkwürdig, der müsste doch bis Mitternacht zurück nach Westberlin, hm, was sonst noch?«, wunderte sich Bircher.

»Müller hat sich natürlich auch über Thule und einige andere ausgelassen. Müller macht übrigens auf mich einen zwiespältigen Eindruck. Wie soll ich es ausdrücken, als müsste er ständig etwas verbergen. Wie jemand mit schlechtem Gewissen. Mir ist er, offen gesagt, nicht sehr sympathisch, aber was soll's, er ist über die Hausgemeinschaft bestens informiert.«

Der letzte Satz klang eher abfällig. Bircher kannte Schmidters Abneigung gegenüber Personen mit ausgeprägter Neugierde für die Nachbarn. Zwischen ihnen herrschte eine stillschweigende Übereinkunft, dass diese Genossen zwar einzubeziehen waren, aber auf Distanz gehalten werden sollten, so wie man schlechte Luft in der Kneipe ertragen muss, wenn man ein Bier trinken will.

»Also was ist dem Genossen Müller noch an Frau Thule aufgefallen?«, griff Bircher den Gesprächsfaden wieder auf.

»Nicht viel Gutes, außer dass sie natürlich eine hervorragende Ärztin und zuverlässige Genossin gewesen sei. Ansonsten eigennützig, eitel, launisch und, auch das konnte sich Müller nicht verkneifen, einem Flirt nicht abgeneigt.«

»Letzteres haben wir mehrfach gehört, muss wohl was dran sein«, unterbrach ihn Bircher.

»Ja, klar, die Langes haben das auch angedeutet, das hatte ich vorhin nicht erwähnt«, ergänzte Angler, mit seinem Büchlein wedelnd.

»Wir müssen uns das Umfeld der Toten genau ansehen«, seufzte Bircher, dem bei dem Gedanken, ausgerechnet im Regierungskrankenhaus das Liebesleben der Toten recherchieren zu müssen, leicht mulmig wurde. Das würde er Angler überlassen. Ihm fiel noch etwas ein, das sie bisher nicht angesprochen hatten. Offenbar hatte es sein Mitarbeiter vergessen. Er runzelte die Stirn.

»Gibt es noch etwas, bevor ich Genossen Thule aufsuche? Wollten Sie mir noch was berichten, Genosse Schmidter?«

Birchers Augen musterten ihn ironisch. Plötzlich fasste sich Schmidter an die Stirn, als hätte er etwas Wichtiges vergessen.

»Entschuldigung. Natürlich, der Raum vor dem Kindercafé. Die Technik hat sofort nach irgendwelchen Spuren gesucht. Negativ. Wenn da jemand gewesen sein sollte, so hat er keine Spuren hinterlassen. Auf dem Betonboden wäre es auch nicht so schwierig, unbemerkt zu bleiben. Reicht aus, sich die Schuhe vor dem Betreten auszuziehen und sicherheitshalber vor dem Verlassen mit einem feuchten Tuch über den Boden zu gehen. Auch das Schloss scheint unbenutzt zu sein. Ist ein primitives Zimmerschloss und mit jedem Dietrich einfach zu öffnen. Aber die Glühbirne. Der Techniker hat die rausgeschraubt und ist sofort zur Warschauer Straße ins Glühlampenwerk gefahren. Die haben uns versichert, dass es diesen Typ in den sechziger Jahren nicht gegeben hat. Die stammt aus einer Produktion, die erst Anfang der siebziger Jahre aufgenommen wurde. In welchem Jahr genau, ist schwer zu sagen. Es müsste also jemand im Raum gewesen sein, und derjenige hat vielleicht auch die neue Glühbirne eingeschraubt.«

»Na also, das ist doch mal was. Jäger habe ich nach dem Raum gefragt. Der kannte ihn nicht. Fragen Sie mal vorsichtig herum, ohne offenzulegen, was uns an dem Raum interessiert«, beendete Bircher die Runde.

Es war allen klar, dass der Mörder den Raum als eine Art Wartezimmer genutzt haben könnte. Ideal, um zuerst zu einer günstigen Zeit ins Haus zu gelangen und spätnachts wie ein Geist aus dem Abstellraum in die Wohnetagen abzusteigen. Da würden ihre Nachtposten auf der Straße sich die Beine in den Bauch stehen können. So würden sie ihn nie fassen. Aber vielleicht, falls es so wäre, ist dem Täter in seinem Unterschlupf bei dem Wunsch nach gutem Licht ein simpler Fehler unterlaufen.

Bircher nickte allen zu, es war Zeit aufzubrechen. Er bezahlte, gab ein gutes Trinkgeld, steckte sich einen Pfefferminzdrops in den Mund und verließ mit seinen Kollegen die Gaststätte.

Während Angler und Schmidter die unumgänglichen Befragungen fortsetzten, beschloss Bircher, noch einige Minuten an der frischen Luft zu verbringen. So zögerte er seinen Besuch bei Thule noch etwas heraus. Er überquerte die Allee vor dem Strausberger Platz und hörte das aufschießende Wasser des Springbrunnens wie einen Wasserfall in die Tiefe stürzen. Statt in Richtung des Hochhauses zu gehen, wandte er sich nach Osten und spazierte gemächlich um den Platz. Hinter einer kleinen Grünanlage konnte man einen Kinderwagenladen sehen, der in Berlin ziemlich bekannt war. Nachdem sich der Staat das Kinderkriegen wie ein Aufbauprojekt zu eigen gemacht hatte und es mit billigen Krediten, Wohnungszuweisungen, Kindergeld, neuen Kindergärten und Frauenförderungsprogrammen nach Kräften unterstützte, erfuhr auch die etwas abgelegene Verkaufsstelle einen regen Aufschwung.

Gleich daneben befand sich ein Musikladen. Den kannte er aus der Zeit, als er noch hoffte, sich das Gitarrespielen beibringen zu können. Dort wurden nämlich neben neuen auch gebrauchte Instrumente verkauft. Damals war Bircher gerade in der Stadt angekommen, und sein Gehalt erlaubte ihm keine großen Sprünge. Er blieb einen Moment stehen und erinnerte sich an das Gespräch mit der jungen Verkäuferin. Sie wollte ihn unbedingt überreden, sich einen Gitarrenlehrer zu nehmen. Er hatte Mühe, ihr plausibel zu machen, dass ihm seine Tätigkeit, deren Art er verschwieg, eine regelmäßige und pünktliche Unterrichtsteilnahme kaum erlauben würde. Die Verkäuferin wollte ihm diese Begründung nicht abnehmen. Sie lachte und sagte, das sei doch nur eine Ausrede. Schließlich hätte doch jeder Bürger einen geregelten Tagesablauf. Er wäre einfach zu bequem, ließ sie durchblicken. Er war schließlich mit der Bemerkung, alles nochmals zu überdenken, ohne Gitarre abgezogen.

Na ja, auch daraus ist nichts geworden, resümierte Bircher und setzte seinen Spaziergang fort. Er passierte die Sparkasse, nicht ohne noch einen kurzen Blick auf den gegenüberliegenden Friseur zu werfen. Auch dieses Geschäft kannte er von innen. Hier war er einmal zum Haareschneiden gewesen, auf dem Weg vom Präsidium nach Hause. Der großgewachsene, schlaksige Friseur – er war um die fünfzig oder älter – hatte die Angewohnheit, beim Frisieren an seiner Zigarette zu ziehen. Jedesmal, wenn der Haarschneider einen kräftigen Zug beendet hatte, die Zigarette am Rande des Waschtisches in einem Aschenbecher ablegte und sich wieder seinem Kunden zuwandte, spürte Bircher den unangenehmen Zigarettendunst im Nacken. Er war froh, als er auf der Straße stand, und auf dem Weg nach Hause kam es ihm vor, als hätte er gerade einen Kneipenbesuch hinter sich gebracht. Da war er nie wieder hingegangen.

Bircher beschloss, noch bis zur Andreasstraße vorzugehen und dann umzukehren. Er wollte unbedingt einen Blick in den Reformladen neben dem Eingang zur U-Bahn werfen. Das Geschäft befand sich gleich ein Haus weiter hinter einem Lebensmittelladen. Im Reformladen gab es zwar wegen der Verpflichtung, mit seinem besonderen Angebot einer gesunden Lebensweise zu dienen, in der Regel keinen Alkohol – eigentlich für Birchers ein Ausschlusskriterium –, dafür aber besondere Säfte und, am wichtigsten, immer die Produkte der VEB Tempo Lebensmittelhersteller. Ein Geheimtipp unter Kennern von Engpässen waren die halben Flaschen Rotkäppchensekt. Eine bedeutende Ausnahme von der Regel. Nicht die kleinen Flaschen, obwohl es auch die nicht überall gab, waren das Aufregende, es war die Sorte. Es handelte sich nämlich um einen Diabetikersekt, und der musste nach Vorschrift »trocken« sein. Er war der ungewollte Erfolgsschlager des VEB Tempo, denn unter der Marke Rotkäppchen war der Sekt nur »halbtrocken« und »süß« zu haben. Wer es weniger süßlich wollte, musste Diabetiker oder ein Kenner der Reformläden sein. Bircher spähte durch das Schaufenster in die Auslagen. Er stellte fest, dass seine geliebten Tempoerbsen, Tempobohnen und Tempolinsen vorhanden waren. Er war besonders auf die Linsen aus und beschloss, bei der nächsten Gelegenheit den Fahrer zu bitten, mal anzuhalten. Linseneintopf mit Schweinefleisch und einem Schuss Essig sei eine Delikatesse, pflegte er zu sagen, wenn er den Eintopf in der Kantine kritisch beäugte.

Bircher wandte den Blick wieder auf die Straße und beschleunigte das Tempo. Vor ihm lagen noch zwei berühmte Einkaufsstätten, die er nicht auslassen wollte. Wann habe ich schon mal Gelegenheit, hier vorbeizuschauen, dachte er sich. Einen Mord wird es in der Gegend nicht so schnell wieder geben, fügte er in Gedanken hinzu, als er den Molkereiladen passierte. Hier, das wusste er von seinen jüngeren Kollegen, die Kinder hatten, gab es fast immer unverderbliche H-Milch zu kaufen. Er blinzelte kurz ins Schaufenster und sah tatsächlich die unverwechselbaren hellblauen Tetraedertüten mit dem aufgedrucktem »H«.

»Na also, wer sagt's denn«, murmelte er, prüfte erneut die Uhrzeit und marschierte forsch weiter, um zum Schluss noch an einem seiner Lieblingsläden stehen zu bleiben. Vor ihm, an der Ecke zur Andreasstraße, an dem Abschnitt der Karl-Marx-Allee, wo der Fußgängerweg eine kleine Kolonnade bildete, weil sich über ihm ein Teil des Wohngebäudes erstreckte, befand sich der bulgarische Spezialitätenladen. Nirgendwo, außer hier in der Hauptstadt, konnte man Himbeeren, Schafskäse, Letscho oder unterschiedliche Konfitüren im Glas kaufen. Bircher schnalzte unwillkürlich mit der Zunge, als er die Auslagen im Schaufenster studierte. Er nahm sich vor, so bald wie möglich wieder einmal Letscho und Schafskäse zu kaufen, seine Lieblingsvorspeise, passend zum Lindenblättrigen. Er riss sich aus seinen Gedanken an ein schönes Essen, hüstelte leicht verlegen und eilte zurück zum Hochhaus.

Auf Birchers Klingeln öffnete eine junge Frau. Er hatte Herrn Thule erwartet, stattdessen blickte er in ein blasses verängstigtes Mädchengesicht. Die junge Frau trug Jeans und einen weißen Pullover, ihr Gesicht war ungeschminkt. Die braunen Haare waren kurz geschnitten, das schmale Gesicht erinnerte ein wenig an Frau Thule. Ihr war die leichte Verwunderung des Kommissars nicht entgangen, mit müdem Lächeln begrüßte sie ihn:

»Sie sind sicher von der Polizei, mein Vater hat mich bereits unterrichtet. Ich heiße Karin Lang, ich bin die Tochter von Frau Thule.«

»Entschuldigen Sie, aber ich wusste bis gerade eben nicht, dass Frau Thule eine Tochter hatte.«

»Ich entstamme der ersten Ehe meiner Mutter mit Herrn Steffen Lang, bin also die Stieftochter von Herrn Thule«, klärte sie

Bircher familientechnisch auf, beim letzten Halbsatz gleichmütig hinter sich in die Wohnung weisend.

»Sie wohnen nicht hier?«

»Nein, ich komme so gut wie nie hierher«, sagte sie abweisend.

In diesem Moment tauchte hinter ihr im Türrahmen die Gestalt eines wuchtigen Mannes auf, wie ein Vorhang verdunkelte sie hinter sich den Raum. Schlohweiße Haare glänzten über einem bleichen Gesicht, das wahrscheinlich in besseren Zeiten die sanfte Röte eines Genussmenschen auszeichnete. Er winkte dem Kommissar zu, gleichzeitig schritt er ihm entgegen und hielt ihm seine Pranke entgegen:

»Ich bin Thule, Sie sind Major Bircher«, stellte er, gewohnt für andere zu sprechen, gleichzeitig sich und seinen Gast vor.

»So ist es, ich möchte Ihnen, Genosse Thule, mein tiefes Beileid aussprechen. Ich weiß, keine Worte können Ihnen helfen. Glauben Sie mir, wir werden alles tun, um das Verbrechen aufzuklären und den Täter zu fassen.«

Innerlich atmete Bircher auf, der für ihn schwierigste Gesprächsabschnitt war beendet. Thule stand teilnahmslos vor ihm, als hätte er den Kommissar und seinen Vers bereits wieder vergessen und würde das Beileid des nächsten Kondolenzbesuchers erwarten. Seine Stieftochter hatte sich aus dem Zimmer geschlichen. Unschlüssig sah sich Bircher um, scheinbar hatte sich seit seinem letzten Besuch nichts verändert. Warum sollte es auch, es war ja außer seinen Leuten niemand hier gewesen.

Herr Thule erwachte langsam aus seiner Starre, drehte ab zur Sofaecke, wo er leise keuchend in das Polster sackte, um gleichzeitig Bircher wie einen Mitarbeiter heranzuwinken.

»Was können Sie mir sagen, Genosse Major?«

»Leider nur so viel, dass es sich um einen Täter, höchstwahrscheinlich keine Täterin, handelt, der unbemerkt in der vergangenen Nacht zwischen vierundzwanzig und drei Uhr die Wohnung betrat und Ihre Frau im Schlaf erdrosselte.«

Den abgetrennten Finger ersparte er sich.

»Warum hat man meiner Frau die Finger entfernt?«

Die Frage kam unerwartet und klang, als würde Thule sich beim Arzt über eine überflüssige Behandlung beschweren.

»Wir wissen es nicht, und ich gebe zu, dieser Umstand bereitet uns erhebliche Kopfschmerzen. Könnte man als Warnung verstehen oder als Hinweis auf irgendein Motiv, vielleicht ist der Täter auch ein Psychopath, alles nur Vermutungen, es kann sogar sein, dass der Mörder unsere Ermittlungen in eine falsche Richtung lenken will.«

»Wie konnte der Täter wissen, dass ich verreist war?«, unterbrach ihn Thule.

»Auch dafür haben wir noch keine Erklärung. Wusste hier im Haus jemand von Ihrer Dienstreise?«

»Niemand, außer Frau Welling, unsere Nachbarin und Freundin.«

»Wir haben Sie befragt. Sie war gestern bis gegen dreiundzwanzig Uhr hier bei Ihrer Frau.«

Thule blickte erschrocken hoch, sein Gesichtsausdruck schwankte zwischen Entsetzen und Trauer, vielleicht auch Unglauben darüber, dass ausgerechnet die alleinlebende Freundin von nebenan am Leben war, während seine behütete Frau ermordet wurde.

Bircher beobachtete den in sich zusammengesunkenen Mann, der sich redlich bemühte, seine Fassung zu bewahren. Er schien dem Gespräch nur phasenweise zu folgen.

»Gibt es im Bekannten- oder im Kollegenkreis Ihrer Frau noch jemand, dem sie näherstand, mit dem sie sich austauschte, der vielleicht zufällig von Ihrer Dienstreise erfahren konnte? Die Person muss ja nicht zwangsläufig etwas mit der Tat zu tun haben«, insistierte Bircher.

»Kann ich mir überhaupt nicht vorstellen. Meine Frau würde nie über meine dienstlichen Verpflichtungen reden, mit niemandem. Wie gesagt, Frau Welling ausgenommen. Die steht jedoch außerhalb jeglichen Zweifels«, unterstrich er tonlos.

»Darf ich Sie nach dem Vater Ihrer Stieftochter fragen?«, versuchte Bircher seine Frage so behutsam wie möglich zu stellen. Er schwankte zwischen dem Drang, endlich einen verwertbaren Hinweis zu erhalten, und der Rücksicht auf Thule, der am Ende seiner Kräfte zu sein schien.

»Herr Steffen Lang, seines Zeichens ein mehr oder weniger erfolgloser Akademiker, Biologe, forscht und lebt seit Jahren in Jena. Sucht nach dem, was die Zelle zusammenhält, brotlose Kunst, die wir da bezahlen. Ich bin ihm nur einmal begegnet.«

Es klang, als wäre ihm bereits dieses eine Mal zu viel gewesen. Bircher beschloss, dieses Thema zunächst nicht weiter zu vertiefen.

»Und Ihre Tochter, wohnt sie in Berlin?«

»Nein, sie studiert Kunstgeschichte in Jena.«

»Aha, da sieht sie ihren Vater ja ab und zu.«

»Nein, eher sieht sie ihn ab und zu nicht, die wohnen nämlich zusammen. Das Verhältnis zwischen Karin und ihrer Mutter ist, äh, war, leider nicht so, wie man es sich wünscht. Ja, die Karin kommt selten hierher. Sie ist eine sehr verschlossene Person, ähnlich ihrem Erzeuger.« Sich selbst erwähnte er nicht.

Offenbar gehörte Karin nicht zu seinen Herzensangelegenheiten. Der Mann hatte sich bei dem Thema Lang kurz aus seiner Lethargie geredet, jetzt saß Thule wieder, wie ein zu Unrecht verurteilter Mann, verzweifelt vor sich hin starrend, in seinem braunen Ledersessel.

Der Verlust seiner Frau, die Umstände, wie sie aus seinem geordneten Leben entfernt wurde, ihm brutal entrissen wurde, heimtückisch in seiner Abwesenheit, ohne dass er, wie gewohnt, eingreifen konnte, musste ihn unendlich schmerzen. Nichts von seiner Macht hatte er einsetzen können, um ihr Leben zu retten, was seinem Leid eine geradezu demütigende Note verlieh. In seinem Funktionärsleben hatte Thule gelernt, mit Emotionen umzugehen. Zu rasch wurde Gefühl als Schwäche ausgelegt. Und schwach war er noch nie geworden, selbst in seinen Niederlagen fehlte es ihm nicht an der Energie, die Revanche zu planen. Angesichts der Todesumstände seiner Frau war Revanche jedoch ausgeschlossen, er war dem Geschehen machtlos ausgeliefert und musste hilflos dem Lauf der Dinge folgen.

Das Telefon klingelte, er rief nach Karin, aber die antwortete nicht, stattdessen läutete es weiter. Thule hievte sich ächzend aus dem Ledersessel und ging in die Diele. Bircher hörte ihn mit jemandem sprechen, ohne etwas zu verstehen. Nach einigen Minuten kam er zurück und ließ sich in den Sessel fallen, dem Kommissar zunickend.

»Das war mein Sohn Klaus, aus meiner ersten Ehe. Meine Frau und ich haben leider keine gemeinsamen Kinder«, murmelte er mit einem Anflug von Bedauern.

»Wohnt er in Berlin, damit er Ihnen ein wenig helfen kann?«, fragte Bircher.

»Nein, der ist in Moskau beschäftigt. Er ist quasi im Geiste ein Kollege von Ihnen, ohne Uniform.«

»Ja, verstehe.«

»Meiner Frau stand er nahe wie ein eigener Sohn.«

Bircher nahm die Worte auf und rekonstruierte in Gedanken den Familienstammbaum mit seinen schicksalhaften Verästelungen. Karin war offenbar ein Ast mit einiger Entfernung zum Stamm der Mutter und des Stiefvaters. Sie würden sich morgen mal gleich in Jena nach dem weltfremden Forscher erkundigen, nahm er sich vor. »Und die beiden Kinder, ich meine Karin und Ihr Sohn Klaus, verkehren die untereinander?«

»Die können sich nicht riechen. Karin ist eifersüchtig auf meinen Sohn, ich darf nicht einmal den Namen erwähnen. Na ja, und Karins Vater, also der Herr Lang, der passt nicht gerade in meine Familie, in keiner Weise«, fügte er hinzu, und es klang wie ein Hausverbot für den Jenenser Biologen.

»Wann ist Karin zu Ihnen gekommen?«

»Sie meinen jetzt, also heute, na kurz vor Ihnen, ich hatte sie noch aus Moskau angerufen.«

»Darf ich Sie noch fragen, ob Ihnen irgendetwas merkwürdig vorkam in letzter Zeit, Telefonate, Post, vielleicht auch Ihrem Chauffeur, wenn er unten wartete. Alles könnte von Belang sein.«

»Nein, nichts. Kann aber noch meinen Chauffeur fragen. Ich gehe gegen acht aus dem Haus und komme in der Regel gegen neunzehn Uhr zurück, zwei- bis dreimal die Woche wird es später. Nein, ich verstehe das alles nicht, es muss ein Irrer sein, vielleicht sollte man alle Anstalten anrufen, ob jemand fehlt.«

»Das werden wir tun«, beruhigte ihn Bircher und stellte fest, dass in Thule erneut sein Reflex der Weisungshoheit zu erwachen schien.

»Was gedenken Sie zu tun, um hier im Haus Panik zu vermeiden?«, fragte Thule mit Nachdruck in der Stimme.

»Zunächst haben wir mit den Genossen Jäger und Müller vereinbart, keine Hausversammlung durchzuführen. Bringt beim derzeitigen Ermittlungsstand nichts. Stattdessen werden wir mit jedem Bürger einzeln sprechen und um Diskretion bitten. In die Presse kommt selbstverständlich gar nichts. Wir werden die Schlösser in den Eingangstüren auswechseln und das Haus wird, so weit wie möglich, unbemerkt bewacht, was nicht ganz einfach ist, wenn wir jedes Aufsehen vermeiden wollen.«

»Ja, verstehe, sicher keine leichte Aufgabe«, bemerkte mit Kennerblick Birchers Gegenüber.

Während des ganzen Gesprächs war von seiner Tochter Karin nichts zu sehen. Sie schien das Ganze nicht sonderlich zu interessieren, und für einen Moment fragte sich Bircher, ob sie vielleicht im Nachbarraum in einem Kunstbuch blättern würde.

»Darf ich noch ein oder zwei Fragen an Ihre Tochter richten?«

»Selbstverständlich. Karin, kommst du bitte mal!«, schrie er in die Diele, ohne sich zu rühren.

Die Tochter schlich langsam zu ihnen, den Kopf gesenkt, wie ein Kind, das sich eine Strafe abholt.

»Entschuldigen Sie bitte, Fräulein Thule …«

»Ich heiße Karin Lang«, unterbrach sie ihn. Im Vergleich zur Körpersprache klang das ziemlich energisch, worauf Bircher entschuldigend beide Hände hob.

»Also Fräulein Lang, Sie wohnen in Jena und sind, wie ich erfahren habe, eher selten hier. Heute sind Sie direkt aus Jena nach Berlin gefahren, nicht wahr?«

»Ja, ich habe mich in den Zug gesetzt, nachdem mir Gerhard«, sie nannte ihren Stiefvater wie einen Bekannten beim Vornamen, »die Nachricht telefonisch überbrachte und mich bat, unverzüglich nach Berlin zu kommen.« Es klang merkwürdig gestelzt, ein wenig so, als würde sie von einem fremden Ereignis berichten.

»Und, Ihr Vater, Herr Lang, ist in Jena?«

»Ja, wo sonst, ich habe Prüfungen und wohne zurzeit bei ihm. Heute früh war er jedenfalls noch in seiner Wohnung, als wir frühstückten, und ist dann, wie immer, pünktlich zur Arbeit gefahren.«

Es klang etwas schnippisch, als müsste sie ihren Vater dafür verteidigen, dass er jeden Tag arbeitete.

»Und gestern waren Sie auch bei Ihrem Vater?«, hakte Bircher nach. Karin Lang verzog ihr Gesicht, als hätte sie Zahnweh.

»Ich habe Prüfungen, drei Wochen lang, und ich wohne, wie gesagt, bei meinem Vater. Er ist eine riesige Hilfe für mich«, schloss sie, nicht ohne mit dem letzten Satz eine unmissverständliche Nachricht an ihre Berliner Familie zu senden.

Bircher reichte es. Hier war nichts mehr zu machen.

»Gut, das wäre es für heute. Ich danke Ihnen sehr, dass ich Sie sprechen durfte, leider musste ich Sie belästigen«, bemerkte er ruhig, jetzt froh, bald zu Hause sein zu können.

»Keine Ursache, Genosse Bircher, ich stehe jederzeit zur Verfügung«, verabschiedete sich Thule mit festem Händedruck.

Karin Lang hatte bereits geräuschlos das Zimmer verlassen.

»Grüßen Sie bitte Ihre Tochter und viel Erfolg bei den Prüfungen!«, verabschiedete sich Bircher.

Bircher beschloss, den Treppenflur zu benutzen. Er wusste nun, wo sich der Lichtschalter befand und drückte den runden weißen Knopf. So schnell er konnte, stieg er die Stufen hinab. Zwischen der vierten Etage und dem Eingang befanden sich keine Wohnungen. Unter ihm lag nur der Treppenaufgang. Er war gespannt, wann wohl das Treppenlicht erlöschen würde. Aber er schaffte es bis zum untersten Treppenabsatz, von dem aus er in den festlich anmutenden Eingangsbereich des Hochhauses blicken konnte. Links waren die Wandmalereien zu sehen.

In diesem Moment erlosch das Licht. Vorsichtig tastete er sich am Geländer entlang die letzten Stufen hinab, bis er im Erdgeschoss vor den Fahrstühlen stand. Bircher wurde klar, dass der Mörder den Weg zwischen Parterre und viertem Stock nie und nimmer nehmen würde. Das Risiko, zwischen einer der Etagen, egal ob mit oder ohne Licht, gesehen zu werden, war viel zu groß. Es blieb der Fahrstuhl, bis zur vierten Etage konnte niemand zusteigen, oder aber der Dachgarten, der genug Möglichkeiten bot, um sich zu verstecken und in einem günstigen Moment das Wohnhaus zu betreten.

Bircher verließ das Gebäude und winkte dem Fahrer zu, der ihm entgegenschritt.

»Für heute Feierabend, Genosse Major?«

»So ist es, lass uns fahren.«

6

Bircher dachte an seine Frau und daran, welchen Wein sie abends öffnen würden und wie sie ihn bedrängen würde, ihr etwas von seinem Fall zu erzählen. Sie würde ihm atemlos zuhören und sich anschließend in Hypothesen ergehen. Und ihr zuhörend würde er allmählich eine Erleichterung spüren. Die Spannung würde nachlassen und sich eine beruhigende Distanz zum Tage einstellen.

Später würden sie sich triumphierend, wie nach einem gewonnenen Matchball, das Glas entgegenhalten und schnüffelnd versuchen, den Geschmack der Traube zu erraten.

Bircher schloss auf und betrat seine Wohnung.

»Hallo Karola, wo steckst du?«

Er stand im Korridor, warf seinen Mantel auf den Haken und folgte dem Ton des Fernsehers.

»Einen ganz kleinen Moment, es ist gerade so spannend«, tönte seine Frau aus dem Sessel, ließ die Beine vom Couchtisch fallen, sprang auf und küsste ihn flüchtig auf den Mund.

»Was siehst du da?«

»›Derrick‹, ist gleich zu Ende.«

»Geht es etwas leiser, du weißt doch.«

»Ha, ha, die Sendung sieht gerade die ganze Republik.«

»Meinetwegen, ich habe genug mit meinen eigenen Leichen zu tun, welchen Wein gibt es heute?«

Karola reagierte nicht. Beim Krimi war sie nicht ansprechbar, egal, ob auf dem Bildschirm, im Kino oder mit dem Buch, Verbrechen fesselten sie. Karl sagte ihr gelegentlich, sie solle doch mit ihm tauschen, ihr Hobby zum Beruf machen. Als Kunsthistorikerin wäre sie unterfordert, er hingegen fühle sich manchmal überfordert. So wie im gegenwärtigen Fall. Er dachte an den nächsten Anruf Meiers, es gab wieder nichts zu berichten. Schlechte Stimmung würde sich langsam breitmachen in den oberen Etagen, wo man befürchtete, dass die Sache nicht mehr lange unter der Decke zu halten sein würde. Den Rest konnte er sich ausmalen, Mord bei uns, wo selbst ein Ladendiebstahl Aufsehen erregt, und dann noch im Hochhaus, fast wie eine Vergewaltigung im *Städtchen* in Wandlitz.

»Also, welchen Wein nun, einen Weißen?«

»Ja, ja, mach nur!«

Er ging zur Küche und blickte stolz auf das selbstgezimmerte Weinregal. Er hatte es aus gespundeten Brettern errichtet, es war einer der extrem seltenen Augenblicke gewesen, wo er seinen Fahrer um einen Gefallen gebeten hatte. Er möge ihm doch bei der Beschaffung des wertvollen Rohstoffs behilflich sein. Mehrmals die Woche erinnerte er sich daran, wie ihm eines Abends der Chauffeur, verschmitzt grinsend, das Paket Bretter vor die Wohnungstür gestellt hatte.

Exakt in die Ecke der sechs Quadratmeter großen Kammer gesetzt, lichtgeschützt, kühl gelagert und bequem einsehbar stand die Sammlung vor ihm, die Flaschenhälse sorgfältig nach vorn gereckt, so als würde jede Flasche darum bitten, entnommen, geöffnet und beschnüffelt zu werden. Birchers hatten ihr Weinrefugium nach Ländern geordnet, was dem Angebot entsprechend nicht sonderlich schwierig war. Oben lagen die Importe aus Ungarn, darunter die aus Bulgarien, daneben die aus der eigenen Republik (das waren die Raritäten aus Meißen und aus der Saale-Unstrut-Gegend, denen sie sich nur mit den Augen näherten, um einen sehr feierlichen Anlass abzuwarten) und, aus der Reihe fallend, aber der guten Optik wegen, noch einiges Hochprozentige aus Polen, der UdSSR und der eigenen Republik.

Bircher entschied sich für einen Blaustängler, schon das Etikett mit dem Abzug des blauen Balatons verbesserte seine Stimmung merklich.

Er angelte sich etwas Käse und Schinken aus dem Kühlschrank, ein kleines Pilsner als Aperitif, stellte zwei einfache Weingläser auf den Küchentisch und öffnete die Flasche mit seinem Lieblingskorkenzieher, dem mit dem einfachen hellen Fichtenholzgriff. Im Wohnzimmer verstummte der Fernseher, zufrieden genehmigte er sich einen kräftigen Schluck aus der Bierflasche.

»So, erzähl mal von dem neuen Fall, was ist geschehen?«, drängelte sich Karola zwischen Fenster und Küchentisch, wie ein Mädchen in der Märchenstunde im Schneidersitz vor ihm auf dem Stuhl hockend.

»Wie findest du den Wein, ich rieche eigentlich nichts außer etwas Pfirsich, oder ist es Aprikose? Farbe könnte etwas kräftiger sein, na ja, da unten ist es vielleicht nicht warm genug«, brabbelte Karl Bircher in sein Glas, das er sich wie ein Kranker beim Inhalieren einer Pulmotinlösung unter die Nase klemmte. Seine schwere Brille schlug gegen das Glas, es erzeugte den Klang wie bei der Verkündung eines Trinkspruches.

»Hm, Pfirsich eher nicht. Warum heißt der eigentlich Blaustängler?«, fragte Karola.

»Soweit ich weiß, leitet sich der Name von den blau gefärbten Blattstielen der Rebsorte ab, soll ungewöhnlich kleine Blätter haben. Kommt übrigens ursprünglich aus Italien, aus Venetien. Haben schon die alten Römer angebaut.«

»Woher weißt du das?«

»Reiner Zufall, hatte mal im Haus der Ungarischen Kultur zu tun, und da lagen Zeitschriften über regionale Weine aus.«

»Na dann, prost, ist schon spät und bitte, sag doch noch was zu den Ermittlungen.«

Bircher seufzte und begann seiner Frau ausführlich über die Geschehnisse im Hochhaus zu erzählen. Während er sprach, konnte er noch einmal alle Fakten durchgehen. Und weil Karola eine aufmerksame, genau und logisch denkende Gesprächspartnerin war, machte sie ihn manchmal auf Ungereimtheiten aufmerksam. Nur selten ließ er aus Gründen der Geheimhaltung einige Fakten weg, manchmal auch, weil er sich nicht sicher war, ob die Dinge wirklich so waren, wie er sie glaubte wiedergeben zu müssen. Karola hegte mitunter den Verdacht, dass er etwas verkürzte oder wegließ und fragte dann so lange, bis Bircher resignierend den Rest preisgab.

»Weißt du, was ich mich frage?«, sagte Karola, während sie nach ihren Zigaretten griff und zum Balkon stampfte.

»Nee, vielleicht erfahre ich es ja, falls du vom Qualmen zurückkommst«, ärgerte sich Karl, der verloren in der Küche saß. Er seufzte resignierend und folgte ihr auf den Balkon.

»Nehmen wir mal an, der Mörder ist über den Dachgarten in das Haus gekommen, weil ihm das als der sicherste Weg erschien. Warum geht er dann das Risiko ein, von der achten – da sind doch die Dachgärten – bis runter in die vierte Etage zu fahren oder zu laufen, um den Mord zu begehen? Es wäre doch einfacher, von unten ins Haus zu marschieren und hochzulaufen. Vom Erdgeschoss in die vierte fährt doch jeder mit dem Fahrstuhl, während den Treppenaufgang kaum jemand benutzt, oder?«

»Vielleicht. Er könnte auch vom ersten Treppenabsatz aus die Eingangshalle beobachten, prüfen, ob es vor dem Fahrstuhl leer ist und dann schnell einsteigen, bis zur vierten kann niemand zusteigen, der Aufzug hält nicht. Schließlich könnte der Täter auch aus dem Hause stammen, dann erübrigen sich unsere Pfadfinderanalysen«, unterbrach sie Bircher.

»Das Haus ist doch so rein wie ein OP-Saal«, wandte Karola ein.

»Vielleicht, vielleicht auch nicht«, murmelte Bircher, der neben ihr über die Brüstung des Balkons in die leere Nacht schaute. »Wenn der Mörder einen Schlüssel von der Wohnung hatte, na ja, warum sollte er nicht auch welche von den Eingangstüren haben. Merkwürdig, nebenan wohnt eine Freundin, alleinstehend, die blieb unversehrt. Warum hat er die Verheiratete gewählt?«, dachte er laut nach und bemerkte gleichzeitig, dass ihn die Schlüsselfrage nicht weiterbrachte.

»Tatsächlich sonderbar. Und wenn es doch kein Zufall ist, dass der Mord auf der ersten bewohnbaren Etage erfolgte?«, sprach Karola in ihren Zigarettenrauch, den leicht verblüfften Gatten von der Seite anschielend. Er kannte ihre Vorliebe für Zahlenmystik.

»Das wäre die schlimmste Variante, ein vorsätzlich geplanter Mord, dem weitere folgen könnten«, ergänzte Karl trocken.

»Und ein Mörder, der sein erstes Opfer auf der ersten bewohnten Etage suchte«, sprach Karola leise, »entweder ging es ihm um Frau Thule, warum auch immer, oder um die Etagen, quasi von unten nach oben, oder beides.«

»Alles wüste Spekulationen! Du tust ja so, als hätten wir es bereits mit einer Serie zu tun. Wenn der Mörder es auf Frau Thule oder ein Opfer auf der vierten Etage abgesehen hatte, wenn er die Tat also genau geplant hatte, dann ist eher anzunehmen, dass er vom Erdgeschoss hochkam. Wenn der Mörder aus dem Haus stammt, ist es wurscht, er hätte im Nachthemd bei der kecken Frau Thule einmarschieren können. Also, wie er ins Haus gekommen ist, das bringt uns nicht weiter. Wir brauchen mehr Fakten aus dem Umfeld der Familie Thule und«, hier legte Bircher eine Pause ein, »wenn der nur ein Opfer suchte und zwar auf der ersten Wohnetage, warum dann ausgerechnet Frau Thule, mit einem Funktionär an der Seite, warum nicht die alleinstehende Frau Welling? Ergibt doch keinen Sinn, ausgenommen, es war ein gezielter Mordanschlag, oder?«

»Was ist mit dem Ex-Mann von Frau Thule, also dem Vater der Karin, der in Jena wohnt?«

»Herr Lang, der war mit seiner Tochter in Jena in ihrer Wohnung.«

»Also, sie könnten sich wechselseitig Deckung geben.«

»Kann man so sehen«, erwiderte ihr Mann nachdenklich, »nun lass uns zurück zum Balaton gehen.«

»Ja, aber das Interessanteste kommt zum Schluss, wie im guten Krimi.«

»Bin ganz Ohr, Frau Kommissarin«, grinste Bircher.

»Zwei Finger, Zeige- und Ringfinger. Diese zusätzliche Verstümmelung, das wirkt auf mich wie ein Signal, so eine Art Fanal, oder eine Ankündigung. Und ausgerechnet der Ehering, das ist doch kein Zufall!«

»Ja, ja, hier sind die beiden Finger, die euch den Weg weisen. In unserem Fall gleichzeitig in zwei Richtungen, der Ringfinger als Hinweis auf des Täters abhandengekommene Gattin. Oder hat sie ihn gar betrogen? Und jetzt rächt er sich, indem er verheiratete Frauen erwürgt, und der Zeigefinger, der ist sozusagen als Stinkefinger gedacht, den er uns zeigen will.«

»Karl, tu doch nicht so, du weißt doch selbst, dass das ungewöhnlich ist. Oder hast du Ähnliches schon mal erlebt?«

»Nee, leider nicht. Sonst wüsste ich vielleicht, wo die Lösung liegen könnte.«

»Mensch, vierte Etage, das erste bewohnte Stockwerk im Hochhaus, eine verheiratete Frau, zwei fehlende Finger, die einsame Frau in der Nachbarwohnung interessiert ihn nicht, wenn das alles nichts bedeutet«, beharrte Karola.

»Bitte, jetzt keine weitere Zahlensymbolik, dann lösen wir lieber gemeinsam ein Kreuzworträtsel.«

Karola nahm die Ironie nicht zur Kenntnis. Auch Bircher beschäftigten die abgetrennten Finger, jedoch eher in Hinblick auf das Täterprofil. Vielleicht doch ein psychisch gestörter Gewaltverbrecher, wie es Tetsche andeutete. Der Mord als unausweichliche Handlung eines bis zur Zerrissenheit angespannten Menschen. Die Mordtat soll seine Qualen lindern, sie reicht ihm aber nicht. Er braucht noch eine zusätzliche, quasi symbolische Tat, um dem Druck zu entrinnen, wie der Zweig des Jägers, den er nach dem finalen Schuss als Trophäe in die Wunde steckt.

»Also, Karola, was willst du sagen?«

»Angenommen, der brauchte noch einen letzten Kick, da hätte doch ein Finger genügt, warum macht er sich die Mühe mit zwei? Der musste doch nach dem Mord so schnell wie möglich den Tatort verlassen.«

»Ja, warum zwei, das ist tatsächlich merkwürdig. Vielleicht wollte er sogar noch mehr und wurde gestört.«

»Nee, ich denke, der hat sich was dabei gedacht. Weißt du, was zwei bedeutet, zahlengeschichtlich in der Mythologie? Die Zwei war schon in syrischen und sassanidischen Motiven verbreitet und deutet die Zweiheit als Dualität, oft in manichäischer Betonung auf den Dualismus zwischen Gut und Böse. Die Zwei ist die erste Mehrheit und daher die erste wirkliche Zahl.«

»Das ist sehr interessant und ich bewundere dich, mir sagt es aber nichts im Hinblick auf unseren Täter. Aus dir spricht die Historikerin, aus mir der Kriminalist, der Spurensucher.«

»Eben, es kann ja eine Spur sein«, fuhr sie, einmal in Fahrt gekommen, fort.

»Paarungen und Gegenüberstellungen sind in der christlichen Kunst symmetrische, aber auch symbolische Ausdrucksmittel. Du kennst ja diese berühmten Zweiheiten, also Adam und Eva, Kain und Abel, Moses und Aaron, Altes und Neues Testament, Seele und Leib, aktives und kontemplatives Leben. Und nicht zu vergessen der Drachen mit den zwei Köpfen, der auf unfassliche, den Menschen übergreifende Mächte hinweisen soll.«

Nicht ohne Bewunderung folgte Bircher der Erklärung seiner Frau, allerdings ohne dass ihm dabei ein Licht aufgegangen wäre.

»Hm, was soll ich mir als Leitmotiv für unseren Täter auswählen? Ein akademisch ausgebildeter Mörder, die Testamente und Adam und Eva im Hinterkopf, vielleicht noch den Drachen mit zwei Köpfen im Sinn. Unser Täter hat zwar nur einen Schädel, dafür aber die Kaltblütigkeit, in aller Ruhe mit zwei Schnitten zwei Finger abzutrennen«, versuchte Bircher das Thema zu beenden, wobei sein Blick fragend zum Weinregal wanderte.

»Warum nicht, gibt doch genug Beispiele dafür, wie Verrückte, von Wahnvorstellungen getrieben, absurde Verbrechen begehen.« Karola nickte heftig vor sich hin, von ihrer Hypothese nicht ablassend.

»Aha, also nochmals, ein Täter mit abgeschlossenem Studium der Geschichte, Religion und Anatomie, der jetzt planmäßig seine theoretischen Kenntnisse in der Praxis anwendet.«

Karola sah ihn wie einen unbelehrbaren Neunmalklugen an.

»Pah, wirst schon sehen, dass hinter dem Ablauf ein Plan

steckt. Na ja, lassen wir es, wo ist denn eigentlich die Weinflasche?«

Früh um sieben Uhr dreißig hatten sich alle im Konferenzzimmer der Abteilung versammelt, einschließlich Manuela, die das Protokoll schrieb.

»Also, der Reihe nach, Philipp, hattest du Gelegenheit mit Herrn Lang in Jena zu sprechen?«

»Ja, gestern Abend. Ist ein verschlossener Typ, aus dem kriegt man kaum zwei Sätze raus.«

»Ganz der Vater von Karin«, unterbrach ihn Bircher.

»Er arbeitet dort am Akademieinstitut, ist allgemein beliebt. Gilt im Beruf als fleißig und ehrgeizig, aber nur mäßig erfolgreich. Die messen das ja an den Publikationen wie bei uns an den aufgeklärten Fällen, und Lang befindet sich im Mittelfeld. Kümmert sich rührend um seine Tochter. Von seiner geschiedenen Frau will er offensichtlich nichts wissen, sobald die Rede darauf kam, verstummte er. Ich habe nur heraushören können, dass Karin sehr darunter gelitten haben soll, dass ihre Mutter Herrn Lang wegen Thule verließ. Er war zu Hause, vorgestern, das kann allerdings nur seine Tochter bestätigen. Im Haus pflegt er keine Kontakte, Freunde kennen wir bislang auch nicht.« Angler blätterte eifrig in seinen Notizen.

»Soll ich fortfahren?«

»Ja, was hast du noch?«

»Als du bei Thule warst, bin ich noch ins Regierungskrankenhaus gefahren. Habe dort mit dem Chefarzt und dem Parteisekretär gesprochen. Frau Thule hatte ein Verhältnis.«

»Was, das sagst du erst jetzt!«, platzte es aus Bircher heraus.

Stolz blickte Angler in die Runde, die Überraschung war gelungen.

»Ja, also davon hatte einzig ihr Chef Wind bekommen. Sie wurde vom Leiter des Labors, einem gewissen Joseph Scheidel, beglückt.«

Im Hintergrund kicherte Manuela verständnisvoll. Bircher blickte nachdenklich in die Runde.

»Wer wusste noch von der Freizeitbeschäftigung der Genossin Thule, außer ihrem Chef?«

»Angeblich niemand. Er selbst hat sie zufällig überrascht, nicht im Krankenhaus. In einem Hotel an der Müritz.«

»Hm, da war er ganz zufällig auch zugegen und hat den beiden seinen Segen gegeben und schöne Ferien gewünscht?«, setzte Bircher ironisch nach.

»Ne, viel besser, er war ebenfalls nicht allein. Auch in Begleitung, aber nicht mit seiner Frau.«

Bircher und Schmidter blickten sich einigermaßen verblüfft an, dann sahen sie misstrauisch zu ihrem Kollegen hinüber, wie um seine Glaubwürdigkeit zu prüfen. Selbst Manuela war verstummt.

»Wie? Alle vier haben sich rein zufällig dort getroffen? Und das erzählt dir so einfach mal der Chefarzt?«, fragte Bircher.

»Ja, der ist inzwischen geschieden.«

»Aha, turbulente Zustände in der Scharnhorststraße. Und wem hat der Chefarzt davon noch berichtet?«

»Er sagt, niemandem. Er hätte es damals seinem Laborleiter versprochen, er hält sich daran wie an sein ärztliches Schweigegelübde. Im Übrigen ist er zwar geschieden, aber auch nicht mehr mit der Frau von der Müritz liiert. Die arbeitet im Übrigen auch in der Klinik, und die Ehebrecher hatten sich verständigt, sozusagen im Interesse des guten Arbeitsklimas, Stillschweigen zu bewahren.«

»Na wie edel«, grunzte Bircher leise.

»Und, haben Sie mit dem Scheidel schon reden können?«, konnte sich Manuela nicht länger beherrschen.

»Wann denn, heute Nacht?«

Bircher wandte sich unwirsch zu seiner Sekretärin, die sich eilfertig ihren Zeigefinger vor die Lippen hielt.

»Ich werde ihn aufsuchen. Melde mich diskret an, Manuela. Sag nur, dass es um ein persönliches Gespräch geht, erwähne die Mordkommission nicht«, legte Bircher fest. »Was hast du noch an Überraschungen auf Lager, Philipp?«

»Das wäre es«, beendete Angler nicht ohne Stolz seinen Auftritt.

»Was haben Sie zu berichten, Genosse Schmidter?«, wandte sich Bircher nun an den Kollegen.

»Interessant waren meine Gespräche mit Müller, ich habe ihn nochmals aufgesucht, weil mir nicht aus dem Kopf ging, dass der Sohn von Baumann regelmäßig im Haus ist. Der kann nach Herzenslust einreisen, obwohl vorbestraft. Das ist aktenkundig. Wer weiß, was den hierher treibt. Ich habe dann gestern Abend im Hausbuch geprüft, wann er im Haus war und die Eintragungen mit den Grenzern abgeglichen. Alle Termine, bis auf einen, stimmen überein: Am 4. Oktober ist er nachmittags eingereist und am fünften, früh um sechs Uhr dreißig, wieder ausgereist. Im Hausbuch steht davon nichts.«

Bircher blickte stumm in die Runde. Er wusste, dass er Martin Baumann ohne einen zwingenden Grund – und der musste nicht nur ihn, sondern auch einige andere Dienststellen überzeugen – nicht vernehmen konnte. Er konnte ihn auch nicht beschatten lassen, ohne Gefahr zu laufen, sich selbst Ärger einzuhandeln. Schließlich drehte es sich um den Sohn einer sehr bekannten Persönlichkeit, eines berühmten Architekten, dem viele Türen offenstanden. Der Umstand, dass er zur Tatzeit im Hochhaus war, davon aber im Hausbuch nichts vermerkt wurde, war für einen Anfangsverdacht unzureichend. Er hatte schließlich korrekt die Adresse seiner Eltern angegeben. Bircher beschloss, Baumanns aufzusuchen.

»Manuela, bitte melde mich bei Professor Baumann an, heute achtzehn Uhr, wenn möglich, auch früher.«

Manuela verließ hüftschwingend die Runde, mit einem Blick,

als wäre diese durch ihren Abgang geschwächt worden. Kurz darauf steckte sie ihren roten Schopf in die halb geöffnete Tür, rollte mit den Augen, Bircher anzeigend, dass er draußen verlangt würde.

»Was gibt es denn noch?«

»Der Genosse General ist in der Leitung.«

»Ihr könnt ja inzwischen überlegen, wer nach Jena fährt«, rief er im Hinausgehen den beiden Kollegen zu. Angler überlegte nicht lange, sondern blickte Schmidter auffordernd an.

»Kannst du das übernehmen?«, fragte Angler kleinlaut.

»Du hast ihn bereits telefonisch befragt, ist es nicht sinnvoll, dass du an der Sache dran bleibst?«

»Ich habe Kinder.«

»Bin auch verheiratet, wenn auch erst seit einem halben Jahr.«

»Eben, deshalb. Du fährst.«

Schmidter wagte nicht zu widersprechen. Angler konnte reichlich aufbrausend sein.

»Ich würde mir zu gerne den Westberliner Filius der Familie Baumann vorknöpfen: seine Alibis und wo er war, in der Nacht zum fünften. Ist doch verdächtig, dass er nicht, wie sonst immer, bei seinen Eltern übernachtet hat«, wechselte Schmidter das Thema.

»Heute Abend wissen wir mehr, wenn Karl Professor Baumann befragt hat«, murmelte Angler.

Bircher kehrte in den Raum zurück. Er sah zerknirscht in die Runde, wie nach einem schlechten Traum. Sein Blick bedeutete den anderen, dass ihr Vorgesetzter vom Stand der Dinge nicht gerade angetan war.

»Also, wo waren wir stehengeblieben, ja, Jena, wer macht das?«

»Genosse Schmidter würde das gerne übernehmen.«

Der nickte wie nach der Ablehnung eines Urlaubsantrages.

»So, was die Baumanns betrifft, das erledige ich selbst. Du schaust dir nochmals ganz genau das Hausbuch an, bis zurück zu den ersten Eintragungen. Es liegt bei Manuela. Vielleicht haben wir etwas übersehen. Mich interessiert besonders, ob noch jemand ausgezogen ist«, wies Bircher Angler an.

»Genosse Schmidter, Sie nehmen meinen Wagen, ohne Fahrer, und rufen mich abends an.«

Angler blickte scheinbar gelangweilt auf die Tischplatte und stellte sich vor, wie Schmidter gleich triumphierend den Lada des Chefs besteigen würde. Mist! Hätte er das geahnt: schöne Abwechslung, mit hundertdreißig gen Süden für 'ne harmlose Befragung anstelle Bürodienst zu schieben und im Trabbi durch Berlin zu gurken.

»Ich fahre jetzt zu Scheidel ins Krankenhaus, der hat Dienst bis morgen früh und kann nicht weg. Danach komme ich ins Büro. Philipp, du bist bis dahin mit dem Hausbuch fertig, wir fahren anschließend gemeinsam zu Professor Baumann. Gute Fahrt!«, rief er Schmidter zu und eilte hinaus.

Das Regierungskrankenhaus war ein mächtiger Bau aus der Nazizeit, in dem, soweit sich Bircher erinnerte, einmal das Ministerium für Wirtschaft beherbergt gewesen war. Es erinnerte ihn ein wenig an das Haus der Ministerien in der Leipziger Straße, das von der äußeren Fassade her schlichter wirkte und sehr viel größer aussah und ebenfalls im Dritten Reich als Verwaltungsgebäude gedient hatte. Er hatte einige Male dort zu tun, und jedes Mal, wenn er durch den Eingang schritt, überlegte er kurz, ob man das Haus nicht besser als Filmkulisse benutzen sollte. Ein alter Genosse hatte ihm mal fast verlegen gestanden, dass er das Gefühl nicht los würde, es könnte sich vielleicht noch irgendwo ein Nazi verstecken.

Bircher ging zur Anmeldung, die sich rechts hinter den Eingangstüren befand. Nachdem er sich ausgewiesen hatte – Manuela hatte ihn mit der Bitte um Stillschweigen angekündigt –, stieg er einige Stufen hinauf, zu einer Art Empfangshalle, in der sich eine Garderobe, einige Sessel und mehrere Tische befanden. Hätte man nicht gewusst, dass es sich um ein Krankenhaus handelte, wäre man sich wie in einem Hotel vorgekommen. Bircher folgte den Schildern entlang ausgedehnter Korridore, die ihm so menschenleer wie nach einer Evakuierung vorkamen. Auf einer Seite reihten sich die verschlossenen Krankenzimmer aneinander, auf der anderen gab die Fensterfront den Blick auf einen begrünten Innenhof frei, der, wie ein Gefängnishof, von allen Seiten durch hohe Mauern begrenzt war. Der Ausblick auf den kleinen Park hatte etwas Beruhigendes, Einladendes, es war, als würden die Patienten zum Auftanken eine Oase betreten, in der sie geschützt wie in einer Burg ein Gefühl der Geborgenheit genießen können. Das Labor befand sich im Untergeschoss. Im Unterschied zu den hotelähnlichen Zuständen darüber herrschte hier die Tristesse der technischen Infrastruktur eines großen Krankenhauses. Bircher sah Schilder für Heizung, Wäscherei, Küche, Pathologie und schließlich auch eines, das die Abteilung Klinische Chemie anzeigte. Hinter einem Tresen, an dem das Untersuchungsmaterial abgeladen wurde, wartete ein sportlich aussehender Mann. Am Kittel heftete sein Namensschild: Dr. Scheidel, Leiter Laboratorium. Er öffnete eine Tür und reichte ihm unbefangen, so wie man einen guten Bekannten begrüßt, die Hand.

»Scheidel. Und Sie sind Genosse Bircher?«, begrüßte er ihn ruhig.

»Ja, so ist es.«

Scheidel führte ihn in sein kleines Büro, schloss die Tür und atmete, wie nach einer gelungenen Übung, leicht auf.

»Sie sind allein gekommen?«, fragte er vorsichtig.

»Ja, keine Sorge, außer dem Wachschutz weiß niemand etwas von meinem Besuch.«

»Na ja, wissen Sie, in einer Klinik, in der man sich Tag und Nacht aufhält, kann nichts geheim bleiben.«

Wohl wahr, dachte sich Bircher.

»Lassen Sie uns gleich zur Sache kommen. Bedauere, Ihnen sagen zu müssen, dass in der vergangenen Nacht Frau Doktor Thule ermordet wurde.«

Scheidel riss ruckartig den Kopf nach hinten, als würde er einem Schlag ausweichen müssen, gleich darauf federte sein Oberkörper nach vorn, und Bircher befürchtete schon, dass er auf ihn fallen würde. Aber Seidel fing sich und nahm Haltung an, wie zum Verhör. Die Mitteilung hatte ihn ganz offensichtlich überrascht.

»Ich habe lediglich gehört, Sie sei unerwartet verstorben.«

»Unerwartet, so könnte man es auch umschreiben. Hm, ja, wir haben die Krankenhausleitung gebeten, nichts von einem Mord verlauten zu lassen. Ich muss Sie bitten, sich ebenfalls strikt daran zu halten. Zu niemandem ein Wort über das Verbrechen.«

»Unglaublich, ich habe noch nie von einem Mord gehört, ich meine, hier bei uns in Berlin. Dachte bis eben, das gibt es gar nicht.«

»Nun ja, was würde es bringen, wenn unsere Presse oder der Rundfunk darüber berichten würden. Nichts, außer noch mehr Ärger und natürlich Unruhe in unserer Bevölkerung.«

»Hm, ja, ja.«

»Wir wissen, dass Sie ein Verhältnis mit Frau Thule hatten. Sie stehen jedoch nicht unter Verdacht. In der betroffenen Nacht hatten Sie ja Dienst. Ich bin auch nicht gekommen, um Sie zu Ihrem Seitensprung zu befragen, mich interessiert, ob Frau Thule eventuell noch andere Affären hatte, von denen wir nichts wissen.«

»Ich bin nicht verheiratet«, kam Scheidel zunächst mal zum Seitensprung zurück, »es war ein kurzes Verhältnis, zwei Monate, dann beschlossen wir, es zu beenden, ganz friedlich. Na ja, auch, weil wir fürchteten, dass was durchsickern könnte.«

»Ist es ja dann auch, an der Müritz.«

»Oh, das wissen Sie auch schon.«

»Ja. Aber, wie gesagt, ich bin nicht von der Ethikkommission.«

»Nun, dann verstehen Sie ja, warum wir, Gundel und ich, unter diesen Bedingungen beschlossen hatten, Schluss zu machen.«

Es klang recht unpathetisch aus dem Mund des gut aussehenden Laborchefs, wie er das Ende seiner kurzen Liebesbeziehung beschrieb, und es zeugte von einer gewissen Routine.

»Und Frau Thule? Hatte die auch keine Probleme mit dem Abbruch Ihrer Beziehung?«

»Nein, ich glaube eher, dass sie erleichtert war. Diese Heimlichtuerei hatte sie ziemlich belastet, vor allem, sich ständig verstellen zu müssen, ihrem Mann was vorzuspielen. Ich hatte das Problem ja nicht.«

»Ja, verstehe«, bemerkte Bircher gleichgültig.

»Hm. Sie war schon mal geschieden und wollte unter keinen Umständen eine weitere gescheiterte Ehe.«

»Immerhin, es wird erzählt, dass sie dem anderen Geschlecht durchaus zugetan war«, wandte Bircher ein.

»Ich muss Ihnen da noch was sagen«, holte Scheidel aus, etwas verlegen um sich blickend, wie um sich Hilfe zu suchen.

»Bin ganz Ohr«, schaute Bircher ihn unbeweglich an, im herabfallenden Neonlicht blitzten leicht seine Brillengläser, er kniff die Augen zusammen, so dass sie fast hinter dem Wulst seiner Tränensäcke verschwanden.

»Also, ich kannte Frau Thule schon länger, seit der Zeit nach ihrer Scheidung, als sie eine Zeitlang alleine lebte. Da waren wir schon einmal zusammen, wie das eben so passieren kann, wir sind uns hier in der Klinik wiederbegegnet.«

»Eine Art Rückfall, kam das bei ihr häufiger vor?«, fragte Bircher mit sarkastischem Unterton.

»Nein, Gundel war sicher niemand, der permanent auf Abenteuer aus war. Klar, sie wollte schon gefallen, sie war eitel und sah sich auch gerne im Mittelpunkt, aber liebestoll oder so, nee, ganz sicher nicht. Da war sie zu vorsichtig, auch zu ängstlich.«

»Oder zu berechnend.«

»Impulsiv war sie eher nicht, einem momentanen Gefühl mal nachgebend, vielleicht, aber auch nur in Gedanken. Ich kenne keinen einzigen weiteren Seitensprung.«

»Woher wollen Sie das wissen?«

»Wir befinden uns im Regierungskrankenhaus. Fragen Sie ihre Mitarbeiter, beruflich wollte sie sicher immer nach oben, privat hatte sie sich für die Genügsamkeit entschieden, daran änderte auch unsere Beziehung nichts. Letztendlich waren ihr die Familie und der berufliche Aufstieg wichtiger als alles andere.«

Bircher ließ es bei der Einschätzung bewenden. Sie deckte sich mit den Aussagen einiger Mieter des Hochhauses, niemand wusste etwas von Abenteuern zu berichten. Es gab keinerlei Hinweise auf außereheliche Beziehungen. Ihre nächste Freundin und Nachbarin, Frau Welling, hatte ebenfalls alle Vermutungen als böswillige Unterstellungen energisch zurückgewiesen. Im Gegenteil, sie ließ durchblicken, dass ihre Freundin von Leidenschaften nicht viel hielt, ausgenommen denen, die ihrem beruflichen Aufstieg dienten. Ausschweifende Vergnügungen, Männerverschleiß oder unerfüllte Erwartungen irgendwelcher Liebhaber hatten sie also eher nicht in die Hände rachsüchtiger Männer getrieben. Und damit entfielen, wie Bircher sich bedauernd eingestand, die üblichen Tatmotive. Das machte die Angelegenheit nicht leichter.

Bircher musterte unter der Neonleuchte nachdenklich sein Gegenüber, der ihn abwartend anschaute und, das war Bircher nicht entgangen, kein Wort über seine Mitwisserschaft an der Affäre des Chefarztes verloren hatte, und versuchte, den Charakter von Frau Thule weiter auszuleuchten. Es zeichnete sich das Bild einer zwar erfolgreichen, aber auch bemitleidenswerten Frau ab, die wie auf einem Laufsteg durchs Leben stakste, Beifall erheischend, sich an beruflichen Erfolgen berauschend, aber offensichtlich für niemanden tiefere persönliche Gefühle hegte. Sollte sie jemals zu einem uneigennützigen Gefühl fähig gewesen sein, so war es ihr irgendwann abhandengekommen, wie eine kurze

Leidenschaft, die plötzlich versiegt. Selbst die einzige Tochter lief neben ihr wie eine Internatsschülerin durchs Leben. Aus Leidenschaft heraus wurde man Frau Thule wegen wohl eher nicht zum Mörder, schlussfolgerte Bircher. Selbst der angeblich einzige Liebhaber in ihrem Leben erweckte nicht den Eindruck, als hätte sie in seinem Herzen bleibende Spuren hinterlassen. Er wirkte gefasst und schien mehr mit seinem Ruf als dem tragischen Schicksal von Frau Thule beschäftigt zu sein.

»Ich habe vorläufig keine weiteren Fragen. Ich danke Ihnen erstmal für das offene Gespräch«, beendete Bircher die Unterhaltung. Sein Gegenüber räusperte sich verlegen.

»Es bleibt doch alles unter uns, wissen Sie, man hat mir nämlich die Leitung des Labors nur kommissarisch übertragen, bin auch noch als Genosse in der Kandidatenzeit.«

»Na, sind Sie sich denn sicher, dass wirklich niemand weiter von Ihrem Verhältnis weiß?«

Scheidel blickte nachdenklich auf Bircher, ihm schien plötzlich noch etwas eingefallen zu sein.

»Da ist noch jemand, der von der Sache wissen könnte«, murmelte er.

»Ja, wer bitte?«

»Einmal, vor einigen Wochen, da hatte Frau Thule Nachtdienst, und wir hatten uns verabredet. Also, ich sollte mal nach zehn Uhr abends, wenn es ruhig ist, vorbeikommen, zu ihr auf die Station, sie wäre allein. Ich kam also zu ihr ins Arztzimmer mit einem kleinen Blumenstrauß. Ich wusste, dass sie sich darüber freuen würde, bin also hineingestürmt. Und da saß plötzlich eine Frau, sie muss auch eine Ärztin gewesen sein. Gundel stellte sie mir als Frau Doktor Alt vor. Hm, das war ziemlich peinlich. Die Kollegin Alt war wohl wegen eines Kindes kurzfristig zu uns gerufen worden. Gundel hatte keine Chance, mich vorher zu warnen. Na ja, ich bin dann mit irgendeiner Ausrede abgezogen, aber ich vermute, dass die Frau Alt den Braten gerochen hat, so wie sie lächelte. Und Gundel hat auch nichts getan, um die Situation zu retten. Sie hat mir dann gesagt, sie würden sich kennen, es ginge schon alles in Ordnung.«

Bircher nickte nur und dachte sich seinen Teil. Da hat mich also mein Gefühl nicht getäuscht, die diskrete Frau Alt, die angeblich von keinen Seitensprüngen je gehört hatte.

»Machen Sie sich mal keine Sorgen, Genosse Scheidel. Und, Tipp eines alten Kommissars: Hände weg von Kolleginnen, erst recht von leitenden, aus der eigenen Einrichtung.«

Bircher lächelte ihm aufmunternd zu und machte sich auf den Weg zurück zum Empfang, wo der Wachhabende ihm diskret seinen Personalausweis aushändigte. Er verließ das ehrwürdige Regierungskrankenhaus und fuhr zurück in das Polizeipräsidium.

»Sei so gut und mach mir einen Tee und dann hol mir Schmidter!«, begrüßte Bircher Manuela und eilte in sein Büro.

»Du kannst zwischen achtzehn und zwanzig Uhr Professor Baumann zu Hause aufsuchen. Soll ich den Termin bestätigen?«, rief ihm seine Sekretärin nach.

»Ja, mach das, und vorher will ich den jungen Forn, Gerd heißt der wohl, sprechen. Ruf ihn gleich an, der soll versuchen, seine Schicht zu verschieben. Wenn nicht, muss er morgen aufs Präsidium kommen.«

Schmidter hatte inzwischen mit der ihm eigenen Akribie das Hausbuch durchforstet. Ergänzende Telefonate waren notwendig gewesen, um bis in das Jahr 1955 zurück alle Bewohner des Hochhauses zu erfassen. Müller, der 1955 einzog und Jäger, der seit 1956 Mieter war, dienten ihm als auskunftsfreudige Zeitgenossen. Mehr durch Zufall hatte Jäger von Müller die Hausbucheintragungen zu einer Zeit übernommen, als dieser im Krankenhaus lag. Jäger schaffte es dann, die Funktion zu behalten, die ihm als Frührentner ein wenig Abwechslung und eine gewisse Befriedigung seiner Neugierde verschaffte.

»Dieses Haus hat eine merkwürdige Statik«, begann Schmidter seinen Bericht, »wer einmal eingezogen war, blieb drin, so, wie man einen Balken im Fachwerk nicht entfernen darf, damit das Haus nicht einstürzt, verharren die Bewohner zeitlebens auf ihren Etagen. Da ist wirklich seit 1955 nur ein einziger Mieter ausgezogen, im Jahr 1965 der Herr Siegmund Böhme.«

»Wann ist der eingezogen?«

»Da haben wir ein kleines Problem, die Aufzeichnungen im Hausbuch beginnen 1955 und da wird er nicht vermerkt, es fehlen allerdings zwei Jahre, 1953 und 1954.«

»Hm, was sagen Jäger und Müller dazu?«

Bircher kraulte sich unwillig den Nacken, er mochte keine Ungenauigkeiten.

»Also, Jäger verweist auf Müller, der ja vor ihm zuständig war. Habe ihn daraufhin angerufen. Der sagt, dass Böhme 1953 eingezogen ist, obwohl kein Eintrag zu Böhme vorliegt. Das formlose Hausbuch wurde 1955 durch ein offizielles, amtlich vorgegebenes ersetzt. Er versucht sich zu erinnern, wo das erste Hausbuch geblieben ist. Es könnte beim Rat liegen.«

»Dann soll Manuela dort nachfragen, der Vollständigkeit halber«, sagte Bircher.

»Ja, ich kümmere mich darum, nochmals zu Böhme. Der hatte wohl Probleme unterschiedlicher Art. Erst ist er 1956, nach der Konterrevolution in Ungarn, aus der Partei ausgetreten, dann verließ er, nicht ganz aus freien Stücken, 1965 die schöne Wohnung im Hochhaus, angeblich auch, weil er mit den Nachbarn nicht zurechtkam. Vielleicht konnte er auch die Miete nicht bezahlen, denn seine Karriere als Biologe an der Akademie war kurz nach 1956 angeblich im Eimer. Genaues wissen Müller und Jäger jedoch nicht.«

»Bringt uns alles nicht weiter, wie es scheint.«

»Na ja, viel Allgemeines. Böhme war Junggeselle, introvertiert und unangenehm, bisschen schmierig, unaufrichtig, so hat ihn Müller in Erinnerung. Er holte sich regelmäßig Frauen in die Wohnung, zu ausgiebigen Feiern, was nicht gerade zum Lebensstil des Hauses und seiner Mieter passte. Halt der Typ, mit dem die anderen kein Bier trinken wollten.«

Bircher griff zum Telefon und bat Manuela zu sich.

»Hör mal, bevor wir es vergessen, bitte versuche das Verbleiben des Hausbuches für die Jahre 1953 bis 1955 zu klären, ruf beim Rat an und frage nach, was aus einem gewissen Böhme, Siegmund, wohnte bis 1965 im Hochhaus, geworden ist. Anschrift etc. …«

Bircher nickte Angler zu, der seit einigen Minuten in seinen Notizen blätterte und jetzt weiter berichtete:

»Zu Martin Baumann, der 1961 Haus und Republik verließ. Ich habe mit den zuständigen Genossen telefoniert. Der ist ihnen als trinkfester Besucher einiger Nachtbars bekannt. Verkehrt im Operncafé und *Café Moskau*, auch im Prenzlauer Berg, im Restaurant *Offenbachs Stuben* und in verschiedenen anderen Kneipen. Er ist ledig und schmeißt mit Geld um sich. Unterhält auch ganz gute Beziehungen zu Künstlerkreisen. Der Mann sollte beobachtet werden, sein Alibi ist nicht wasserdicht.«

»Nun, ich rede nachher mit den Eltern«, dämpfte Bircher den Elan seines Mitarbeiters.

»Bin noch nicht am Ende«, sagte Angler und wedelte leicht mit seinem Notizheft, »da gibt es noch den Sohn der Forns, Gerd. Er wurde tatsächlich von einer jungen Frau, einer Kubanerin übrigens«, er betonte die Herkunft wie eine besondere Begebenheit, »während der Weltfestspiele der Jugend in Berlin wegen Vergewaltigung angezeigt. Damals ging es verhältnismäßig hoch her, wissen wir ja. Also, das Mädchen hat zu Protokoll gegeben, dass Gerd Forn ihr nach einem Konzert, es war eine Solidaritätsveranstaltung für Allende und Chile, im Volkspark Friedrichshain aufgelauert hätte. Sie hatte im Getümmel den Anschluss an ihre Gruppe verloren und war orientierungslos durch das Gelände gestreift.«

»Aha«, kam es wenig überzeugend aus Birchers Richtung.

»Die Akten sagen, dass er sie in ein Gebüsch zerrte, mit einem Messer bedrohte und vergewaltigte. Merkwürdig ist allerdings, dass sie ihn erst zwei Tagen später anzeigte. Eine gerichtsmedizinische Untersuchung lehnte sie ab.«

»So, und was sagte Forn aus?«

»Er schwor, dass er sie noch nie gesehen hätte und unschuldig sei. Pech für ihn, denn sie legte Photos vor, die ihn an ihrer Seite zeigten. Die Photos geben aber keinen Aufschluss darüber, ob er da zufällig stand oder es auf sie abgesehen hatte. Der wurde von unseren Kollegen heftig in die Mangel genommen, aber es war ihm nichts nachzuweisen. Die kubanische Seite hat das Mädchen dann nach Hause geschickt. Ich vermute, dass niemand die Feststimmung verderben wollte, vielleicht sind den Kubanern auch Zweifel an den Aussagen ihres Delegationsmitgliedes gekommen, keine Ahnung. Der Forn arbeitet seitdem als Busfahrer, damals war er noch Student.«

Beide verfielen in ein Schweigen, wie es sich bei einer gewissen Stufe der Ratlosigkeit ausbreitet. In die Stille trompetete Manuela durch den Türspalt, dass Gerd Forn zu Hause warten würde. Dann, nach einer kurzen Pause, fragte sie Bircher mit aufgerissenen Augen, ob er eigentlich wüsste, dass die Baumanns acht Kinder besäßen. Bircher zuckte gleichmütig mit den Achseln, nickte nur und machte sich mit Angler auf den Weg zu Professor Baumann.

Auf das Klingeln Birchers hin öffnete ihm eine hochgewachsene, schlanke Frau. Mit schlichter Eleganz, charmant lächelnd wie eine Diva, die sich auf ihren Auftritt freut, hob sie zur Begrüßung beide Arme.

»Mein Mann erwartet Sie in seinem Arbeitszimmer«, begrüßte Frau Baumann Bircher und Angler wie alte Bekannte. Hinter ihr hörte man Gekicher und Geflüster wie in einer Schulklasse, die darauf wartet, dass jeden Moment der Lehrer den Raum betritt.

Als Bircher in die Wohnung trat, sah er einige Mädchen, die sich in den Türrahmen neugierig die Hälse verrenkten, offensichtlich angehalten, in ihren Zimmern zu bleiben.

Bircher und Angler hatten bereits einige Wohnungen im Hochhaus gesehen, diese jedoch fiel aus dem Rahmen. Als sie in der obligatorischen Diele standen, erblickten sie rechts neben sich, spiegelbildlich angeordnet, eine weitere Diele. Von dieser gingen Zimmer ab, aus denen wie in einer Theaterkulisse Mädchen aller Altersgruppen den Besuch bestaunten.

Immerhin beherbergte das Hochhaus neben Kaufhaus und Kindercafé auch ein Kindertheater, dachte Bircher flüchtig, als er die Kinderschar bestaunte und sich an Manuelas Hinweis erinnerte.

»Ab da in eure Zimmer!«, befahl eher gleichgültig Frau Baumann.

Erst jetzt erkannten die Kommissare, dass hier zwei Wohnungen zu einer vereinigt worden waren, daher die zwei nebeneinanderliegenden Dielen.

Bircher erinnerte sich an die Bemerkung Manuelas über die Kinderschar der Baumanns. Da hätte offensichtlich selbst die geräumigste Wohnung im Haus nicht genug Auslauf geboten.

Die Männer folgten der Hausherrin nach links, bis sie wie eine Besucherin vor einer Tür verharrte und anklopfte.

Eine schnarrende Stimme rief: »Ja, herein!«, worauf sie den Kommissaren ein Zeichen gab, einzutreten.

Im hinteren Teil des Raumes saß Professor Baumann hinter einem gewaltigen Schreibtisch. Er thronte regelrecht auf einem Podest, der das Zimmer durchschnitt und von dem aus der Architekt hinunter auf die Stadt blickte, auf sein Berlin, dessen Antlitz er maßgeblich mitgestaltete und das von hier oben seinem prüfenden Blick ausgesetzt war, so, als würde er sich jeden Moment vergewissern wollen, dass sich seine Phantasien im Stadtbild widerspiegelten.

Unter seinen Augen bahnte sich die Karl-Marx-Allee ihren Weg nach Osten und mündete in das Frankfurter Tor mit seinen zwei Turmhochhäusern und den Gontardschen Kuppeln, die an die Zerstörung des Deutschen und des Französischen Doms am Berliner Gendarmenmarkt im Zweiten Weltkrieg erinnern sollten.

Auf Baumanns gewaltigem Schreibtisch breitete sich eine Unmenge von Zeichnungen aus, wahrscheinlich Entwürfe zu neuen Wohnbezirken.

Bircher hätte gerne gewusst, ob der Professor weitere solcher Prachtbauten wie das Hochhaus bauen würde. Vielleicht könnte er dann eines Tages in den Genuss einer dieser großzügigen Wohnungen kommen, mit polierten Parkettböden und Fensterwänden. Karola würde das Rauchen einschränken, da die Wohnungen über keine Balkone verfügten, oder müsste den Dachgarten besteigen. Professor Baumann erhob sich, zwischen Zeige- und Mittelfinger der linken Hand hielt er eine Zigarre, die stark zitterte, genauer: Es schien, als würde sie mit dem Takt seiner Hand vibrieren, gleichermaßen um sein Handgelenk rotieren, einen Winkel von fünfundvierzig Grad beschreibend. Die Zigarre wippte hoch und runter, wie eine Schranke mit Wackelkontakt. Nur mit Mühe konnte Bircher seinen Blick von der schwebenden Zigarre wenden und fragte sich, wann wohl die Asche durch das Zimmer fliegen würde. Als der Professor von seinem Podest stieg, stellte Bircher überrascht fest, dass er gut eineinhalb Köpfe kleiner als seine Frau war, jedoch deutlich breiter. Seine Nasenspitze reichte gerade bis zum ausladenden Busen der Gattin, die ihm wie eine Empfangsdame entgegengetreten war.

Die rechte Hand ausstreckend begrüßte er jovial die beiden Kommissare, dabei wedelte die Zigarre in gefährlicher Nähe des Oberschenkels seiner Frau. Zu viert standen sie im Halbkreis vor seinem Podium, wie zum Empfang einer Auszeichnung.

»Was möchten Sie von mir wissen?«, kam Herr Baumann ohne Umschweife zur Sache.

»Nun, es geht um Frau Doktor Thule«, eröffnete Bircher das Gespräch.

»Ja, schrecklich, habe das so nebenbei aufgeschnappt, offiziell wurden wir ja bisher nicht informiert. Nun erfahren wir gleich alles. Hm, schon merkwürdig, dass nicht ihr Mann ermordet wurde. Männer haben doch mehr Feinde, oder?«, krächzte Baumann verhalten grinsend in die Runde, ohne Herrn Thule beim Namen zu nennen. »Soweit ich informiert bin, also, ich lese leidenschaftlich gern Krimis, müssen ja mehr Männer als Frauen dran glauben. Sie wissen es sicher besser. Nach meinem Eindruck scheint es daran zu liegen, dass Frauen zurückhaltender sind und, wichtiger, dass sie von Natur aus mit besseren Charakteranlagen ausgestattet wurden«, tönte sein schnarrendes Organ in die Runde. Seine Frau lächelte nachsichtig.

»Also, Herold«, es hörte sich an, als würde sie ihre Kinder zum Essen ermahnen, »die Kommissare haben sicher wenig Zeit, sollten wir uns nicht setzen. Darf ich Ihnen einen Tee anbieten?«, wandte sich Frau Baumann an die Kommissare.

Angler, dem das alles schon zu lange dauerte und der gespannt war, seine Fragen loszuwerden, schüttelte verneinend den Kopf. Bircher nickte ihr freundlich zu, worauf Frau Baumann den Raum verließ, um gleich darauf zurückzukommen.

Angler blickte fragend zu Bircher, um seine erste Frage zu stellen. Der nickte ihm zu.

»Vielleicht darf ich beginnen. Sie wissen, dass wir alle Bewohner befragen müssen«, eröffnete Angler die Befragung.

»Ich war mit meiner Frau Irene im Bett, die ganze Nacht, wie die letzten dreißig Jahre, stimmt's Irene?«, unterbrach ihn der Professor, seiner Frau einen verhalten lüsternden Blick zuwerfend.

»Ja, ja, niemand zweifelt daran, dass du hier und nicht bei Frau Thule übernachtet hast«, erwiderte sie freundlich, während Angler die Stirn runzelte.

»Na, Gott bewahre!«, krähte der Professor, als würde man ihn zum Handstand zwingen wollen.

Angler schluckte zweimal, bevor er erneut ansetzte:

»Genosse Professor, selbstverständlich glauben wir Ihnen, wir sind aber eigentlich hier, um uns über Ihren Sohn zu unterhalten«, worauf er erneut prompt unterbrochen wurde, jetzt von Frau Baumann.

»Welcher Sohn, wir haben drei davon«, erläuterte sie ihm die Familienverhältnisse, freundlich wie eine gutgelaunte Verkäuferin.

»Es geht um Ihren Sohn Martin, der 1961 die Republik verließ und sie seit etwa zehn Jahren wieder regelmäßig besucht. Wann war er das letzte Mal hier?«

Professor Baumann blies eine Ladung Qualm in die Runde und blickte deutlich ernster zu Angler hinauf.

»Junger Mann, lieber Genosse, äh, Entschuldigung, Genosse Angler, ja, also, wenn man so viele Kinder aufzuziehen hat wie wir, also fast in Kompaniestärke, dann kommt es schon mal vor, dass eines aus Reih und Glied tritt, so ist das eben ...«, beendete er seinen Diskurs, die eigentliche Frage von Angler ignorierend.

»Werter Genosse Professor, wir ermitteln in einem Mordfall, bitte sagen Sie uns nur, wann Ihr Sohn diese Wohnung zum letzten Mal betreten hat.« Angler blickte starr, seinen Kugelschreiber auf den Block setzend, auf den Hausherrn hinunter.

»Ich weiß es nicht, wir haben acht Kinder und die haben einen Haufen Freunde. Da drüben im Kinderabteil geht es zu wie im Schulinternat. Ich habe keine Zeit, mich darum zu kümmern. Vor meinen Arbeitszimmern verläuft die Staatsgrenze, hier dürfen die nur nach Anmeldung und mit Besuchserlaubnis herein, fragen Sie meine Frau!«, klärte ihn Baumann ungerührt auf.

»Können Sie sich denn vielleicht erinnern, wann Sie Ihren Sohn zum letzten Mal sahen?«, wandte sich Angler etwas gereizt an Frau Baumann.

Die runzelte leicht die Stirn.

»Warten Sie mal eine Sekunde, ich glaube, das war am 4. Oktober, ich geh mal nach vorne und frage die Kinder.«

Kurz nachdem sie das Zimmer verlassen hatte, klopfte es und eine ältere Frau, offensichtlich die Hausangestellte, kam mit dem Tee. Professor Baumann nahm ihr das Tablett ab, wies die beiden Kommissare mit einem Nicken an, in der Sofaecke Platz zu nehmen, und begann einzuschenken.

»Sie auch?«, wandte er sich, die Kanne in der ruhigen rechten Hand haltend, an Angler, der dankend ablehnte.

»Aber Sie?«, drehte er sich zu Bircher und füllte, ohne eine Antwort abzuwarten, das Glas, wobei er gleichzeitig kurz zur Tür schielte, als seine Frau den Raum betrat und sich zu ihnen setzte.

»Hier bin ich wieder, ja, wie gesagt, Martin war am vierten hier, abends gegen neunzehn Uhr, aber nur für eine halbe Stunde, ich selbst habe ihn deshalb kaum gesehen. Später, als ich ihn sprechen wollte, war er bereits wieder weg, und er hat auch nicht, wie sonst üblich, bei uns übernachtet.«

Die beiden Kommissare blickten in die Runde, das könnte erklären, warum es für den fraglichen Zeitraum keinen Eintrag im Hausbuch gab. Da er erst am nächsten Morgen ausgereist war, musste er demnach woanders übernachtet haben.

»Können Sie uns sagen, wo er bleibt, wenn er nicht bei Ihnen schläft. Er ist nämlich erst am Morgen des fünften ausgereist«, schaltete sich Bircher in das Gespräch ein.

Das Ehepaar blickte sich ratlos an. Es war offensichtlich, dass sie sich eine derartige Frage noch nie gestellt hatten, vielleicht gab es keinen Anlass oder es interessierte sie einfach nicht, was der Sohn während seiner Besuche trieb. Der Professor schüttelte nur unwillig den Kopf, wie nach einer überflüssigen Frage.

»Ich weiß nicht, wo er sich sonst noch aufhält. Ist ein erwachsener Mann«, wehrte Frau Baumann ab, wobei sie hilflos beide Arme hob. »Vielleicht wissen seine Geschwister mehr, soll ich sie rufen?«

»Nein, wir können Ihren Sohn direkt befragen, falls er sich dazu bereiterklärt. Besitzt er eine Einreiseerlaubnis für vierundzwanzig Stunden, muss er bei der Einreise angeben, wo er die Nacht verbringt«, klärte Angler die nun sichtlich nachdenklichen Eltern auf.

»Na, das ist doch alles schnell zu klären. Sie brauchen doch lediglich bei der Grenze anzurufen, und schon sagen Ihnen die Genossen, bei wem er geschlafen hat«, versuchte der Professor die Sache zu einem raschen Ende zu bringen.

»Ja. Sie verstehen aber, dass es uns merkwürdig erscheinen muss, dass Ihr Sohn entgegen seiner Gewohnheit ausgerechnet am 4. Oktober, in der Mordnacht, nicht bei Ihnen geblieben ist«, insistierte Angler, das Ehepaar scharf fixierend.

Na und, unser Sohn ist erwachsen und schläft, wo es ihm passt, schien ihm der Blick der beiden Baumanns zu bedeuten.

Bircher musterte weiterhin schweigend das Ehepaar. Der Professor schien ihren Besuch am liebsten beenden zu wollen, offensichtlich war er zur Einsicht gelangt, dass Unterhaltsames nicht mehr zu erwarten war. Seine Frau wartete, wie eine geübte Gesellschafterin, mit Gleichmut auf das Ende des Gespräches.

»Frau Thule wurde in der Nacht vom 4. zum 5. Oktober in ihrer eigenen Wohnung getötet. Wir müssen wissen, wo sich jeder der Mieter zu dieser Zeit befand, auch Ihr Sohn, der sich hier als Besucher aufhielt.«

Angler hatte jede Silbe betont, er sprach jetzt wie ein Nachrichtensprecher, der gerade das Ableben einer bedeutenden Persönlichkeit mitzuteilen hat.

Überrascht registrierte Bircher, dass des Professors Zigarre für einen Moment ihre Achterbahnfahrt eingestellt hatte, so, als hätte jemand den Strom abgestellt. Das Ehepaar schaute unwillig, mit einem Ausdruck der Überraschung und Empörung, auf die Kommissare.

»Wollen Sie andeuten, dass Martin irgendwie in die Sache

verwickelt ist?«, fragte Frau Baumann vorsichtig, wobei sich ihre Stimmlage zum ersten Mal um eine Nuance nach oben verschob.

Angler reckte sich in seinem Sessel, es sah aus, als würde er vor einer wichtigen Sportübung sein Kreuz durchdrücken. Bircher ergriff rasch das Wort.

»Wir bitten Sie lediglich darum, uns zu helfen, den Aufenthaltsort Ihres Sohnes für diesem Abend zu bestimmen.«

Der Professor und seine Zigarre waren zum gewohnten Rhythmus zurückgekehrt. Er blinzelte Angler an, offensichtlich endgültig entschlossen, ihn rasch loszuwerden.

»Meine Frau und ich haben Ihnen alles gesagt, was wir wissen. Ich muss jetzt weiterarbeiten, es sei denn, dass Sie neue Fragen stellen«, schnarrte er provozierend in Richtung Angler, sich demonstrativ aus dem Sessel erhebend.

»Wir wollen Sie nicht weiter von der Arbeit abhalten«, schaltete sich abermals Bircher ein, der kurz auf die ausgebreiteten Zeichnungen blickte, »wir gehen gleich. Eine letzte Frage: Hat Ihr Sohn Schlüssel für die Wohnung und den Hauseingang?«

»Ja, hat er«, antwortete Frau Baumann.

»Danke, dann sind wir am Ende für heute«, verabschiedete sich Bircher.

»Gut, Irene, begleitest du die Genossen?«, bat er seine Frau im Ton eines Vorgesetzten, nickte Bircher kurz zu und begab sich grußlos auf sein Podium.

Frau Baumann, immer noch maskenhaft lächelnd, begleitete die beiden zum Ausgang. Die Kinder waren verschwunden.

»Entschuldigen Sie meinen Mann, er muss einige Projekte dringend zum Abschluss bringen, ist so schon ziemlich nervös und das ist jetzt noch fast zu viel für ihn.«

So kann man Arroganz auch umschreiben, dachte sich Bircher, der, wie um sein Verständnis auszudrücken, die Handflächen beider Arme nach oben gerichtet, vor ihr stand. Er wollte keinen unnützen Ärger, schließlich würden sie sich nochmals treffen. Bircher reichte Frau Baumann freundlich die Hand und verließ die internatsähnliche Wohnung. Angler folgte ihm mürrisch, sie stiegen in den Aufzug, der sie in die vierte Etage beförderte.

»Ja, Genosse Forn, das ist ein trauriger Anlass, der uns hierher führt«, eröffnete Bircher das Gespräch. Sie saßen dem Vater von Gerd Forn gegenüber. Der musste jeden Augenblick vom Dienst nach Hause kommen.

»Unglaublich, ausgerechnet in unserem Haus. Ich kann das nicht fassen. Stellen Sie sich vor, wenn sich die Angelegenheit herumspricht, im Westen, ein gefundenes Fressen für die Springerpresse. Wie die das ausschlachten würden!«, sprach aus ihm ganz der Berufsfunktionär.

»Nun, wir versuchen unsere Ermittlungen so diskret wie möglich durchzuführen«, beschwichtigte ihn Bircher, der sich entschlossen hatte, noch vor Eintreffen des jungen Forns die Ereignisse während der Weltfestspiele anzusprechen.

»Sagen Sie, was ist damals eigentlich vorgefallen, aus Ihrer Sicht, als man Ihren Sohn der Vergewaltigung verdächtigte? Hat Ihr Sohn die Angelegenheit verarbeitet?«, ging er direkt aufs Ziel los.

Herr Forn rutschte unruhig in seinem Stuhl hin und her, von der Frage sichtlich überrascht. Fast flehentlich blickte er den Kommissar an, sein Blick verriet die Angst, an diese Zeit erinnert zu werden und darüber auch noch sprechen zu müssen.

»Es war eine heimtückische Attacke auf meinen Sohn. Warum dieses Mädchen das getan hat, ich weiß es nicht. Vielleicht wollte sie den Verdacht von einem anderen Jungen, mit dem sie was hatte, ablenken. Schließlich standen ja gerade die Kubaner in ihrer Delegation unter strengster Bewachung. War ja schon verwunderlich, wie sie da plötzlich nach Hause fliegen musste, oder? Ich glaube meinem Sohn. Der ist harmlos und tut keiner Fliege etwas zu Leide.«

Wie ein Referat hatte er den Text abgespult. Angler holte etwas Luft und blinzelte zu Bircher, der ihm zunickte.

»Das Ganze hat doch Ihrem Sohn trotz alledem die Entwicklung vermasselt, oder? Er wurde ja einige Wochen befragt. Die Weigerung der kubanischen Seite, das Mädchen in der Frauenklinik untersuchen zu lassen, hat ihn schließlich entlastet, oder anders ausgedrückt, ihn von weiteren Verhören verschont, war es so?«

Das Gesicht Forns war leicht gerötet. Er blickte empört und hilfesuchend zu Bircher.

»Also, was soll das, sind Sie hierher gekommen, um uns mit dieser alten Geschichte zu quälen, an der, ich wiederhole es noch mal, nichts, aber auch gar nichts dran ist. Da steht nicht mal was in seiner Kaderakte«, fügte er mit schneidender Stimme hinzu, als wäre es der endgültige Freispruch.

Angler schaute ihn unverdrossen an, als würde er noch die Antwort auf seine Frage erwarten.

»Mein Mitarbeiter, Genosse Angler, fragt lediglich nach der Zeit danach, nach dem Zwischenfall, wie es ihm so ergangen ist«, wiederholte Bircher etwas geschmeidiger die Frage seines Mitarbeiters.

»Schlecht. Bleibt ja immer etwas hängen. Und dass die Püppi aus Kuba plötzlich weg war, wurde von einigen wie ein Schuldeingeständnis interpretiert. Als hätte sie sich geschämt, weiter in der Stadt zu bleiben, vielleicht sogar, ihrem angeblichen Peiniger noch einmal begegnen zu müssen.«

Das klang nicht nach Völkerfreundschaft, da war eine gehörige Portion von Hass herauszuhören, wie bei einem Vater, der das Unrecht, das seinem geliebten Sohn zugefügt wurde, nicht verwinden konnte. Freundschaft zu Kuba hin oder her, es ging um privates Leid, das seiner Familie durch eine hergelaufene Schönheit zugefügt worden war. So sah es der alte Forn.

Bircher nickte regungslos, es war nicht festzustellen, ob aus

Mitgefühl oder weil er zu erkennen geben wollte, dass er ihm noch zuhöre.

»Wie ich weiß, wohnt Ihr Sohn bei Ihnen, hat er Freunde oder eine Freundin?«, fragte Bircher betont ruhig.

»Er wohnt mit mir und meiner Frau. Sie ist heute Mittag für einige Zeit zu ihrer Mutter nach Cottbus gefahren. Der alten Dame geht es nicht gut. Aber zurück zu Gerd, also meine Frau und ich fänden es schon schön, wenn er mal abends was unternehmen würde. Ist aber nicht, hockt immer in seinem Zimmer«, murmelte er mit trostloser Stimme, um dann in etwas festerem Ton fortzufahren, »er ist nach den Weltfestspielen Busfahrer geworden. Hat er sich wahrscheinlich ausgesucht, um nachts nicht wach zu liegen. Und eine Freundin, nicht dass ich wüsste, der meidet seitdem jede Frau. Ist kein Thema für ihn. Ich hatte gehofft, dass er mal eine Familie gründen würde. Sieht nicht so aus, es ist ein Jammer, er war ja schon vor dieser Sache ein verschlossener Junge, aber jetzt erst. Also, Frauen, das Thema darf man nicht ansprechen, die sollen ihm vom Halse bleiben und so. Ist schon richtig scheiße!«, platzte es plötzlich aus ihm heraus.

Die Kommissare hörten die Haustür ins Schloss fallen und gleich darauf betrat ein hoch aufgeschossener kräftiger Mann das Zimmer. Er sah etwas übermüdet aus, mit der kreidigen Blässe eines Menschen im Gesicht, der die Tage ohne viel Bewegung in geschlossenen Räumen verbringt.

»Guten Abend«, grüßte Gerd Forn in die Runde und setzte sich etwas abseits auf einen Stuhl.

»Guten Abend, mein Name ist Bircher und das hier ist Oberleutnant Angler, wir ermitteln im Mordfall Thule. Wir befragen zurzeit alle Bewohner«, wobei er das Wort alle besonders betonte, »und möchten auch Sie und Ihren Vater um Mitarbeit bitten. Haben Sie irgendetwas bemerkt? Sie sind ja Nachbarn von Frau Thule.«

Vater und Sohn blickten sich fragend an, der Sohn wartete

darauf, dass sein Vater beginnen würde und zuckte nur leicht mit den Achseln.

»Ich habe nichts bemerkt. Frau Thule und wir wohnen zwar nebeneinander, haben aber keinen privaten Kontakt. Sie ist Ärztin, ihre Freundin ist Frau Welling, die Schriftstellerin von gegenüber«, schilderte Herr Forn senior die Nachbarschaftsverhältnisse.

»Wie sieht es bei Ihnen aus?«, wandte sich Bircher an Gerd Forn.

»Hatte die letzten Wochen bis abends um acht Schicht, komme dann gegen neun nach Hause«, antwortete er tonlos.

»Und, ich nehme an, Ihnen ist in den vergangenen Wochen, wenn Sie abends von der Schicht kamen, nie eine fremde Person begegnet oder jemand, der das Haus beobachtete oder sich auffällig benahm?« Bircher blickte den jungen Mann freundlich aufmunternd an.

»Nee, ich kannte Frau Thule nur vom Guten-Tag-Sagen, wie auch sonst, bin Busfahrer. Die hat doch nicht mal mit meinem Vater geredet.«

Angler, der schon einige Male tief Luft geholt hatte, drückte sich, als Zeichen seiner wachsenden Ungeduld, leicht aus dem Stuhl und blickte erwartungsvoll zu Bircher hinüber, der ihm stillschweigend sein Einverständnis erteilte. Auf die beiden Forns würde nun der unangenehmere Teil der Unterhaltung zukommen. Bircher bezog die Beobachterposition. Angler richtete sich auf und stellte seine erste Frage: »Herr Forn, wann endete Ihre Schicht auf dem Bus am 4. Oktober?«

»Äh, das war ein Dienstag, hm, wie die ganze Woche, um zwanzig Uhr, habe ich doch bereits gesagt.«

»Danach sind Sie direkt nach Hause gefahren, ohne Umweg?«

»Ja, ich habe meinen Bus in den Bahnhof geschoben, Kasse gemacht und bin nach Hause gefahren.«

»Gut, dann waren Sie gegen neun zu Hause und haben wahrscheinlich ferngesehen?«

»Ja, hab ich.«

»Zusammen mit Ihren Eltern, hier im Wohnzimmer?«

Angler schaute Gerd Forn an, die Augen wie immer, wenn er in Angriffslaune war, etwas aufgerissen, als könnte er die Antwort nicht erwarten. In diesem Augenblick mischte sich sein Vater ein, dem die schroffe Art Anglers nicht zu behagen schien.

»Mein Sohn hat seinen eigenen Fernseher, da vorne in seinem Zimmer«, wies er mit ausgestrecktem Arm hinter sich in die Diele.

»Und wo schlafen Sie und ihre Frau, Genosse Forn?«, fuhr Angler im Stil eines Kreuzverhörs fort.

»Da hinten, auf der anderen Seite der Diele, hinter dem Korridor, wo auch das Bad ist.«

Angler reckte sich noch etwas mehr, und eine leichte Röte überzog sein Gesicht. Bircher wusste, worauf sein Kollege hinauswollte, und ließ ihn gewähren. Er kannte seinen Kollegen, immer dann, wenn er ein schlagendes Argument vorzubringen glaubte, veränderten sich bei ihm Haltung, Gesichtsfärbung und Tonlage. Die Stimme wurde dann eine Idee schärfer, ein ätzend belehrender Ton klang mit.

»Gehen Sie früher schlafen oder verbringen Sie die Abende gemeinsam?«

»Nein, wir essen gemeinsam zu Abend, falls es Gerds Schicht erlaubt, na und dann sehen wir ein wenig fern, zusammen. Meine Frau und ich gehen gewöhnlich bald ins Bett, wir sind ja Frühaufsteher.«

»Und, am 4. Oktober, sind Sie auch wie gewöhnlich früher ins Bett gegangen?«

»Ja, sicher«, antwortete der alte Forn, den Kommissar vorsichtig musternd.

Er ahnte irgendeine Falle, die man ihm stellen wollte, konnte sich jedoch noch nicht orientieren. Wie bei plötzlicher Dunkelheit kniff er die Augen zusammen. Angler nickte und fuhr fort.

»Sie werden mir zustimmen, dass Sie unter diesen Umständen unmöglich, wirklich unmöglich, wissen können, ob Ihr Sohn die Nacht ausschließlich hier verbrachte, oder, nachdem Sie sich in ihr Schlafzimmer zurückgezogen hatten, nicht doch noch die Wohnung verließ.«

Anglers starrer Blick durchbohrte den erschrockenen Vater. Der blickte hilflos in die Runde. Sein Sohn stierte regungslos, als würde ihn das alles nicht mehr interessieren, auf die blank polierte Tischplatte. Anzeichen von Gleichgültigkeit, Hohn, Schicksalsergebenheit und Verachtung spiegelten sich abwechselnd auf seinem Gesicht.

Bircher beobachtete Vater und Sohn. Ihn erfasste ein leichtes Mitleid. Es war ein wenig so, als würde man einem Ehepaar gegenübersitzen, das nur noch sich selbst und seine Sorgen hat und sich, jede Veränderung fürchtend, aneinanderklammert, erschöpft die Zeit vorüberziehen lässt in der Hoffnung, dass alles so bleiben möge.

Der Mord an ihrer Nachbarin hatte sie erbarmungslos an eine Affäre erinnert, von der sie glaubten, sie längst verdrängt zu haben. Wie eine Zwinge presste sie die Angst zusammen, sich erneut peinlichen Befragungen stellen zu müssen. Vernehmungen, denen der junge Forn nicht gewachsen schien.

Birchers Blick wandte sich dem Vater zu, dem es die Sprache verschlagen hatte. Man sah ihm an, wie sich seine Gedanken orientierungslos im Kreis drehten, nach einem Argument suchend, das seinen Sohn von weiteren Fragen befreien könnte. Ihm fiel nichts ein, also schwieg er zunächst einmal. Vielleicht zweifelte er sogar für einen Moment an seinem Sohn, der es ihm seit Jahren immer schwerer machte, an seinem Leben teilzuhaben.

Für Angler war die Sache erledigt, er hatte sich inzwischen wieder auf dem Stuhl zurückgelehnt und wartete darauf, was sein Chef tun würde. Sein Blick drückte Genugtuung aus, der Sohn saß in der Klemme, ohne Alibi für die Tatzeit. Bircher stand plötzlich auf, sein Blick senkte sich langsam zu Gerd Forn und leicht nuschelnd, im Tonfall eines gutmütig sächselnden Stimmenimitators, redete er ihn leise an:

»Nun machen Sie sich mal keine unnützen Sorgen. Sie sind nicht der Einzige im Haus, dem es schwerfallen dürfte, ein zweifelsfreies Alibi vorzuweisen. Es liegt nichts gegen Sie vor. Das hier ist eine Routinebefragung, kein Verhör. Was die Vorwürfe während der Weltfestspiele 1973 betrifft, so sind die ja wohl aus der Welt. Also, belassen wir es mal heute dabei.«

Angler hatte sich bereits in Richtung Wohnzimmertür bewegt, wo er auf Bircher wartete. Forn senior begleitete sie stumm zum Ausgang. Sein Sohn verharrte unbewegt auf seinem Stuhl, Bircher nickte ihm von der Tür aus kurz zu. Die zwei Forns blieben mit ihren Sorgen zurück, die Kommissare verließen das Haus.

Neun Uhr, 8. Oktober 1975.

Angler und Schmidter hatten sich zur Morgenandacht, wie sie die Routinebesprechung bezeichneten, in Birchers Arbeitszimmer eingefunden. Angler kam mit seiner Teetasse, in der anderen Hand hielt er sein Notizheft, der Rucksack baumelte über seiner Schulter. Er sah wie ein Tourist aus, der sich im Café nach einem freien Stuhl umschaut.

Angler hasste Krawatten und Anzüge, er bevorzugte legere Kleidung, einfarbige dunkelblaue Hose, helles Hemd und Pullover. Ließ die Pflicht einen offenen Hemdkragen nicht zu, überraschte er gelegentlich mit einem Stück aus dem Orient oder fernen Osten. Im Oberhemd mit geschlossenem kleinen Stehkragen erinnerte er dann ein wenig an den Direktor des Zirkus Busch, wenn er in der Manege sein Publikum begrüßte.

Er pflegte zu sagen, dass die Befreiung von der Uniform eine Entschädigung für die vielen Überstunden sei, die er zu schieben hätte. Eine andere Angewohnheit war seine Vorliebe für die Verwendung diverser Zettelchen, die er, von woher auch immer, herbeizauberte. Selbst auf Zeitungsresten, Bierdeckeln, Servietten oder sonstigen Schnipseln, die er in seiner Nähe fand, hinterließ er seine Anmerkungen. Es kam durchaus vor, dass er, in seinem

Rucksack wühlend, ein verblichenes Stück Papier zu Tage förderte, um eine vor Jahren geschriebene Notiz vorzulesen. Der Rucksack war Archiv und unablässiger Begleiter. Da er eine geradezu besessene Leidenschaft für die öffentlichen Transportmittel empfand – selbst zu spätester Stunde, wenn alle anderen nach einem Taxi Ausschau hielten, bemerkte er in seiner klaren Diktion, dass man noch die vorletzte Bahn schaffen könnte, ohne das Geld für ein Taxi zu verschwenden –, war er irgendwann in seinem Leben nach akribischer Prüfung aller Aktentaschen zur Einsicht gelangt, dass nur der Rucksack seinen Anforderungen einer autofreien Fortbewegung gerecht wurde. So stünden ihm jederzeit Arme und Hände zur freien Verfügung.

Penibel pflegte er seine Gewohnheiten und ließ alle anderen daran teilhaben. Gerne dozierte er über die Vorzüge einer U-Bahn, eines Leinenrucksacks oder einer Bahnlinie, unterließ es jedoch, andere zu bereden, es ihm gleich zu tun. Wenn er auf Reisen ging – und er liebte es andere Länder zu besuchen, studierte er als Erstes nach seiner Ankunft die örtlichen Verkehrsmittel. In Moskau hatte er einmal, aus Sparsamkeit oder Neugierde, das blieb offen, ein selbst unter Russen beargwöhntes Sammeltaxi benutzt. Er erzählte, wie er eingequetscht auf der hintersten Sitzreihe sein Fahrgeld nach vorn durchreichte und nach einer ganzen Weile die scheinbar gleiche Summe über viele Hände wieder bei ihm landete. Er hielt einigermaßen erstaunt die Scheine fest und glaubte an ein Versehen. Eine runde Nachbarin klärte ihn schließlich wortreich, die dicken Finger vor seiner Nase bewegend, über den Fahrpreis von fünfzig Kopeken auf. Angler sprach kein Russisch und verstand wie viele andere Schulabsolventen der Republik auch nach sechs Jahren Unterricht so gut wie kein Wort. Seine Reise im Sammeltaxi führte ihn wider Willen in ein entlegenes Vorstadtgebiet der Hauptstadt. Er hatte in seinem Eifer übersehen, dass eine Ansage der Stationen nicht zum Service gehörte. Man musste eben wissen, wo das Taxi gerade war, oder man landete an der Endstation. Angler bezahlte noch einmal und fuhr mit dem gleichen lärmenden Kleinbus zurück ins Zentrum. Stolz klärte er seine Kollegen auf, dass er für einen einzigen Rubel drei Stunden in Moskau unterwegs war.

Neben Rucksack und Zettelwirtschaft pflegte er eine weitere Eigenart, die Vorliebe, sehr spät zu Bett zu gehen. Bei Feiern der Letzte zu sein, um am nächsten Tage demonstrativ als Erster im Büro zu erscheinen, war Ehrensache. Ebenso seine Sparsamkeit. Ginge es nach ihm, wäre jeder Umschlag der Hauspost mindestens dreimal zu verwenden und jedes Hotelzimmer durch wenigstens drei Gäste zu belegen.

Mit einem Lächeln in den Augenwinkeln beobachtete Schmidter, wie Angler in seinem Rucksack kramte, als würde sich dort sein gesamter Hausrat befinden. Schließlich fischte Angler einen Fetzen Papier heraus, es war anscheinend ein Zeitungsrand, glättete ihn sorgfältig und blickte danach, wie jemand, der den Beginn der Vorstellung kaum erwarten kann, in die Runde.

Bircher hatte das Hausbuch vor sich liegen und noch einige andere Akten. Sonst, wie üblich, kein Block, kein Stift, nichts, was darauf hindeuten würde, dass er sich Notizen machen wollte. Er hasste es, während eines Gespräches zu schreiben, und pflegte zu bemerken, dass man nicht gleichzeitig schreiben und beobachten könne.

»So, beginnen wir mit Martin Baumann. Haben Sie etwas über seinen Verbleib in der Nacht zum 5. Oktober erfahren?«, drehte er sich zu Schmidter.

»Baumann ist abends zehn nach sechs über die Friedrichstraße eingereist. Das passt mit seinem Auftauchen in der elterlichen Wohnung gegen neunzehn Uhr zusammen. Dann verlaufen sich zunächst seine Spuren. Ich habe, den Hinweisen der Genossen folgend, einige unserer bekannten Bars abtelefoniert. Ein Treffer, er wurde in der Nachtbar des *Café Moskau* gesehen und zwar gegen Mitternacht, vielleicht auch etwas später. Dort kennt man ihn. Die Bar ist ja auch nicht weit entfernt vom Hochhaus. Es war die Nacht ziemlich voll, und der Barkeeper konnte mir nicht sagen, wann Baumann gegangen war. Er ist sich aber sicher, dass Baumann in Begleitung eines etwa fünfzigjährigen Mannes war. Er würde ihn wiedererkennen. Wo er den Rest der Nacht bis zur Ausreise um sechs in der Früh zubrachte, weiß ich nicht.«

Bircher räusperte sich und schlug mit der flachen Hand leicht auf die Tischplatte.

»Ich möchte, dass Sie, Genosse Schmidter, die Genossen von der Grenze bitten, uns sofort anzurufen, wenn Baumann wieder einreist. Egal zu welcher Uhrzeit. Dann werden wir versuchen, ihn zu beschatten. Mal sehen, was er so treibt. Nächster Punkt: Hausbücher. Ich habe die mehrmals durchgesehen. Neben dem jungen Baumann ist also nur Böhme ausgezogen, und zwar 1965.«

»Ja«, warf Angler ein, auf seinen Zeitungsfetzen blickend.

»Hm, was hast du da?«, brabbelte Bircher.

»Habe Jäger nochmals zu Böhme befragt«, begann er, den Papierfetzen wie die Gewinnzahlen auf einem Lottoschein hochhaltend, »der hatte doch größere politische Schwierigkeiten, erst 1956 nach Ungarn und dann 1961. Er ist 1957 aus der Partei ausgetreten und wurde von der Akademie in Berlin-Buch in das Institut für Wirbeltierforschung nach Friedrichsfelde versetzt. Seitdem untersucht er dort Schlangen, Eidechsen, na ja, eben Tiere.«

»Auf welcher Etage hatte er vormals gewohnt?«, fragte Bircher.

»Auf der zehnten, von 1953 bis 1965.«

»Gut, den Böhme musst du aufsuchen. Der könnte das Hochhaus in bitterer Erinnerung haben.« Bircher blätterte wieder im Hausbuch und bemerkte halb zu sich: »Nun, Böhmes politische Vergangenheit mag historisch interessant sein, aktuell wichtiger ist der Umstand, dass er das Haus kennt. Wir wissen immer noch nichts über die Zeit vor 1956. Frag Manuela, was sie erreicht hat. Wir müssen das abklären.«

Während er weiter das Hausbuch studierte, resümierte er in

Gedanken die Lage. Die war alles andere als ermutigend. Die Spurensicherung hatte nichts von Wert entdecken können. Die Mieter waren im wahrsten Sinne des Wortes »aus bestem Hause«.

Und ein Republikflüchtiger muss kein Verbrecher sein. Martin Baumann hatte keine Kontakte zu der Toten und war nie auffällig geworden, in all den Jahren, die er seine Familie besuchte.

Sie hatten nichts, gar nichts an Fakten in der Hand, was ihnen einen Hinweis auf Motiv oder Täter hätte geben können. Immer wieder waren es die zwei abgetrennten Finger, die Bircher beschäftigten, ihn ähnlich der Prüfungsangst am Abend vor einer Klassenarbeit, damals in der Grundschule, beunruhigten. Er war sich sicher, dass der Täter damit eine Botschaft verband, für sich selbst oder seine Verfolger. Wer weiß, vielleicht verbarg sich hinter dieser Verstümmelung tatsächlich ein Plan, wie es Karola vermutete.

»Sagt mal, was haltet ihr von den amputierten Fingern? Was meint ihr dazu?«, wandte sich Bircher mit leicht geneigtem Kopf an seine Mitarbeiter.

»Ich bin der Auffassung, dass nur die Psyche eines Irren eine derartige Tat erklärt. Erst der abgetrennte Finger erfüllt ihn mit Befriedigung, wie bei einem Alkoholiker, der erst kurz vor dem Koma mit dem Saufen aufhört«, sagte Angler.

»Hm, vielleicht«, murmelte Bircher hinter seinem Schreibtisch.

»Ich meine«, fuhr Angler kühl fort, »dass er uns sagen will: Seht her, mit der Frau bin ich fertig, erst jetzt, nachdem die Finger ab sind. Die Erdrosselung war notwendig, aber nicht ausreichend.«

»Hm, ja«, warf Bircher ein, »warum konnte er nicht innehalten? Ist er ein Sadist, ist er hinter Fingern her, wie ein Sammler, oder ist das alles Teil eines Planes. Und Sie, Genosse Schmidter, was meinen Sie?«

Schmidter hatte ruhig zugehört und beifällig genickt. Die Hände wie zum Gebet verschränkt, blickte er auf seine Finger, als würden sie ein Geheimnis verbergen.

»Ich neige zu der Auffassung, dass wir es mit einem Triebtäter zu tun haben. Die Auswahl des Opfers wäre eher zufällig, es liegt ihm allein am Töten. Nicht die Person, die sich hinter dem Opfer verbirgt, treibt ihn an, sondern allein das Ausleben seiner Sucht, eben ein Sadist.«

»Sie meinen also, dass der Mord nichts mit Frau Thule selbst zu tun hat. Sie ist quasi zufällig gestorben, so dass es möglicherweise weitere derartige Opfer geben wird«, fasste Bircher zusammen.

»Beides ist möglich: Zufall, insofern es die Person betrifft, und Vorbestimmung, was Geschlecht, Wohnort und andere Parameter angeht«, ergänzte Schmidter sachlich wie jemand aus dem Meldeamt.

»Deshalb finden wir vielleicht im direkten Umfeld der Toten keinen Hinweis auf ein Motiv. Wenn die Hypothese stimmt, dann wäre die Tote nur Mittel zum Zweck und der besteht in der Befriedigung seiner Mordlust. Vielleicht verliert das nächste Opfer wieder zwei Finger«, sprach Angler eher zu sich selbst.

»Und die vierte Etage? Auch Zufall? Und warum Frau Thule, nicht die allein stehende Frau Welling? Merkwürdig«, sagte Bircher und kratzte sich nachdenklich am Kinn. »Hm, auf der elften, das ist die oberste Mieteretage, da wohnt zum Beispiel Frau Nielen, ebenfalls allein«, fuhr er fort, das Hausbuch durchblätternd, »entweder hatte es der Mörder doch auf Frau Thule abgesehen und wusste, dass sie an diesem Tag allein war, dann hätte er allerdings die Familienplanungen der Thules kennen müssen. Oder aber, er hatte die Wohnung zufällig ausgewählt. Oder es ging ihm nur um die Wohnung, nicht um die Bewohner, wobei wir auch wieder bei so einer Art von Symbolik wären«, seufzte Bircher, der bemerkte, dass sie sich mit ihren Argumenten im Kreis drehten.

»Halte ich eher für unwahrscheinlich, die letzte Variante«, warf Angler ein.

»Oder er hatte eben nur den Schlüssel zu dieser einen Wohnung«, sagte Schmidter.

»Oder einen Generalschlüssel, damit kommt man überall rein«, ergänzte Angler.

Bircher schlug verschiedene Aktendeckel auf, den Bericht der Kriminaltechnik und der Spurenkommission, Protokolle der Befragungen im Hochhaus, Gutachten der Gerichtsmedizin und schließlich ganz hinten die Liste der Termine.

»Los, wir müssen die Befragungen fortsetzen«, beendete er die Diskussion, »also, Manuela hat alles vorbereitet. Ich nehme die siebente, Philipp, du machst die achte und neunte und Genosse Schmidter die letzten beiden. Und noch was, wir müssen im Haus über Aushänge informieren, dass uns jeder Verlust eines Schlüssels unverzüglich zu melden ist, egal wann verloren, kann auch ein Jahr oder länger zurückliegen. Kümmere dich darum, Philipp. So, das wär's, wir müssen los.«

Die Kommissare hatten sich im Hochhaus verteilt.

Zum Mittag hatten sie sich in der Broilergaststätte im Haus Berlin verabredet. Als der Fahrstuhl im Parterre hielt, verließ Professor Baumann die Kabine. Bircher hatte ihn bereits am Zigarrenrauch erkannt. Der schwere Duft war auf der Fahrt nach unten aus der Kabine entwichen, war sozusagen vorauseilend in den Schacht gedrungen und hatte sich bis ins Erdgeschoss ausgebreitet, wo er dem wartenden Bircher in die Nase stieg. Baumann schielte den Kommissar von schräg unten an, als würde er überlegen, ob er ihm schon einmal begegnet war. In der zitternden Hand baumelte die qualmende Zigarre. Der Professor verzog seinen Mund zur Andeutung eines Begrüßungslächelns, so, wie man jemanden begrüßt, von dem man vermutet, ihm schon einmal begegnet zu sein, aber nicht genau weiß, wo und weshalb, und leider keine Möglichkeit hat, auszuweichen. Unter seinem rechten Arm klemmte eine lange Papierrolle, wahrscheinlich wichtige Skizzen für das neue Berlin, dachte sich Bircher, der für einen Moment stutzte und überlegte, wie der Professor mit seiner schwer zu kontrollierenden Zigarre in der Hand die Fahrstuhltür geöffnet haben könnte.

Bircher registrierte die Unsicherheit des Professors und stellte sich ihm freundlich lächelnd in den Weg.

»Entschuldigen Sie bitte, Genosse Professor, vorgestern hatte ich eine wichtige Frage vergessen, bitte nur eine Minute, dann muss ich Sie nicht extra zu Hause belästigen.«

Professor Baumann schob leicht verstört darüber, dass man ihm den Weg abschnitt, den Kopf in den Nacken, um sein Gegenüber besser taxieren zu können. Plötzlich grinste er Bircher an und nickte ihm auffordenrd zu. Ihm war offensichtlich ein Licht aufgegangen. »Äh, ja, Genosse Major.« Bircher bemerkte, dass Baumann sich an seinen Dienstgrad erinnerte.

»Was kann ich für Sie tun, sind Sie dem Täter auf der Spur, wie lange noch muss ich meine Frau im Schlafzimmer einschließen?«, tönte seine ächzend schnarrende Stimme durch das Eingangsportal.

»Leider kann ich Ihnen da keine Entwarnung geben, wir sind noch nicht viel weitergekommen. Ein wichtiger Punkt betrifft die Art und Weise, wie der Täter in das Haus und die Wohnung gelangt ist. In diesem Zusammenhang müssen wir klären, wer außer den Mietern einen Schlüssel für das Haus besitzt. Konkret an Sie: Ihr Sohn Martin, der Sie regelmäßig besucht, besitzt doch einen Haustürschlüssel. Hat er den noch?«

»Keine Ahnung, da müssen Sie meine Frau fragen. Weiß ich wirklich nicht, ist das denn von Belang? Verdächtigen Sie den etwa, der kann doch nicht mal ein Huhn anfassen oder 'ne Mücke erschlagen.«

»Es könnte ja sein, dass er den Schlüssel weitergegeben hat oder er ihm entwendet wurde oder dass er ihm verloren ging. Dann müssten wir der Sache nachgehen.«

»Ja, wie gesagt, fahren Sie doch hoch, da können Sie meine

Frau befragen. Aber nicht im Schlafzimmer«, feixte er mit dem Kommissar und eilte zur Haustür.

Bircher stieg in den Fahrstuhl, dem Architekten kopfschüttelnd hinterherblickend. Er beschloss, das Angebot des Professors anzunehmen und drückte den kleinen Knopf neben der Ziffer sieben. Als er den Fahrstuhl verließ und um die Ecke bog, sah er Frau Baumann, die gerade ihren Schlüssel aus der Handtasche zog, um die Tür hinter sich zu schließen.

»Hallo, Frau Baumann, einen kleinen Moment bitte!«, rief er ihr zu, worauf sie sich fragend umdrehte.

»Guten Tag, Genosse Bircher, was gibt es?«

»Ich habe es gerade Ihrem Mann erklärt. Der verwies mich an Sie. Wir müssen alle Hausbewohner fragen, ob Sie einen Schlüssel vermissen, natürlich auch alle Kinder, auch die, die nicht mehr bei den Eltern wohnen, wie zum Beispiel Ihr Sohn Martin. Hat er seinen Schlüssel wirklich noch?«

»Ja, hat er wohl noch, denke ich, für das Haus und die Wohnung. Wie gesagt, haben wir ihm schon vor einiger Zeit gegeben, damit er nicht vergisst, wo er herkommt«, kam prompt die Antwort, wobei sie den leeren Mülleimer wie eine Handtasche schlenkerte.

»Sie sind sich ganz sicher, dass er den Schlüssel noch besitzt?«

»Meine Töchter hatten doch bestätigt, dass er am vierten in der Wohnung war. Ob mit eigenem Schlüssel, weiß ich nicht.«

»Gut, dann noch einen schönen Tag!«, verabschiedete sich Bircher und suchte nach dem Wohnungsschild auf den Namen Essorg.

Er hatte sich Frau Lena Essorg ausgesucht, weil sie nach seinen Informationen eine der Ersten war, die in das Hochhaus eingezogen war. Nach dem Tod ihres Mannes, eines angesehenen Ingenieurs, lebte sie allein mit ihrem Sohn in der geräumigen Fünfzimmerwohnung. Sie musste etwa sechzig Jahre alt sein, ihr Sohn Mitte zwanzig.

Bircher wurde die Tür von einer gut aussehenden älteren Dame geöffnet, deren silberne Haare, sorgfältig frisiert, im Halblicht des Korridors wie Lametta am Weihnachtsbaum leuchteten.

Frau Essorg trug ein blaues Kleid, das locker über die fülligen Hüften fiel. Sie kniff die Augen leicht zusammen, wie es Kurzsichtige häufig tun, wenn sie sich konzentrieren, um etwas besser zu erkennen. Die Kurzsichtigkeit verlieh ihrem Gesicht eine strenge Note, etwas Rechthaberisches und Misstrauisches, wie bei Personen, die nur mit Mühe Widerspruch ertragen und es gewohnt sind, das letzte Wort zu haben. Gleichzeitig ging eine gewisse Eleganz, eine spürbare Vornehmheit von ihr aus, sie erinnerte Bircher ein wenig an Frau Welling. Die beiden verband sicher die Gabe, auf freundliche, aber bestimmte Weise Distanz zu halten, so wie man bestimmte Personen elegant zu einem entfernteren Platz an der Tafel dirigiert.

»Guten Morgen, ich vermute, Sie sind der Polizist, der mir angekündigt wurde«, begrüßte ihn Frau Essorg ohne Umschweife.

»So ist es, Major Bircher, darf ich Sie kurz sprechen?«

»Servus, treten Sie näher, junger Mann, wir haben Sie erwartet«, winkte sie ihn im Plauderton herein und trat zur Seite. Der weiche Klang ihrer Stimme milderte den Eindruck der Strenge. Bircher tippte auf Süddeutschland oder Österreich als Herkunftsland.

Als Bircher die Wohnung betrat, sah er im hinteren Teil des Korridors einen jungen Mann stehen, der ihm wie einem alten Bekannten zunickte.

»Das ist mein Sohn Werner«, stellte ihn Frau Essorg vor, »er wohnt bei mir, bis er eine eigene Wohnung gefunden hat. Werner hat gerade sein Chemiestudium im Ausland beendet.«

Stolz blickte sie zu ihrem Sohn hinüber, der nachsichtig lächelte und unschlüssig schien, ob er sich nicht besser verziehen sollte.

»Er braucht nicht dabei zu sein, nicht wahr?«, wandte sie sich halb an ihn und den Kommissar.

»Nein, ich glaube nicht, es sei denn, er kannte Frau Thule.«

»Nee, nie getroffen. Bin ja selten hier. Aus dem Haus kenne ich nur die Töchter von Baumann«, wobei er sich ein Grinsen nicht verkneifen konnte, »Ja, und den Nachbarssohn der Frau Thule, also den Gerd.«

»Aha, na vielleicht haben Sie nachher noch eine Minute für mich.«

»Klar, stehe zu Diensten, bin in meiner Bude.«

Frau Essorg zuckte entschuldigend die Schultern und ging festen Schritts durch die Diele in das Wohnzimmer. Eine Wand war vollkommen mit schweren Bücherregalen zugestellt, schräg vor dem Fenster standen zwei bequeme Sessel und eine Couch, dazwischen ein geräumiger flacher Tisch, auf dem verschiedene Bücher und Zeitschriften lagen. Bircher bemerkte auch englische Titel.

Wie üblich versuchte er, ein erstes Psychogramm seiner Gastgeberin zu entwerfen. Diese setzte sich ihm gegenüber, hinter den ungewöhnlich dicken Brillengläsern blickten graublaue Augen starr in seine Richtung. Ihm war nicht ganz klar, ob sie ihn sorgfältig musterte oder gar nicht genau erkannte und durch die Neigung ihres Kopfes seine Anwesenheit zu orten versuchte, sozusagen Witterung aufnahm. Ihre Sehschwäche, die sie rührend zu verbergen suchte, war offensichtlich. Ihre vollen Lippen waren abwehrend gespitzt, wie zu einem Einspruch bereit. Eine Frau, die es gewohnt war, sich eine Meinung zu bilden und diese als endgültig abzuspeichern. Der strenge und auf einen Hang zur Rechthaberei deutende Gesichtsausdruck wurde durch ihre elegante Erscheinung gemildert, sie wirkte wie eine Dame, die einen gutbürgerlichen Salon führt. Wahrscheinlich war sie es zeitlebens gewohnt gewesen, im Dienstwagen ihres Mannes zu Hausfrauenterminen gefahren zu werden. Bircher wusste, dass Herr Essorg in führenden Positionen der Regierung tätig gewesen war. Jetzt bohrte der Schmerz doppelt in der noch offenen Wunde, der Verlust des Mannes, mit dem sie ein Leben lang zusammen war und danach die Aberkennung der zur Gewohnheit gewordenen Privilegien und Bequemlichkeiten.

Als sich Bircher über die Familie Essorg informierte, erinnerte er sich daran, wie sich einmal die Witwe eines hohen Staatsfunktionärs bitter bei ihm beklagte, dass wenige Tage, nachdem ihr Gatte mit einem feierlichen Staatsakt zu Grabe getragen worden war, ein dunkel gekleideter Mann erschien – zunächst dachte sie, jemand hätte die Kondolenz verpasst oder sie mit der Witwe eines anderen Beigesetzten verwechselt – und von ihr die Orden ihres Mannes, sozusagen posthum, zurückverlangte. Der feierlich gekleidete Angestellte des Ministeriums der Finanzen, als der er sich auswies, hatte die Aufgabe, nach dem Verscheiden der Geehrten deren Ehrenzeichen einzusammeln. Da die höchsten Orden auch ein materieller Wert auszeichnete, schließlich waren sie aus massivem Gold gefertigt, sollten sie in den Staatshaushalt zurückgeführt werden. Selbst post mortem erwiesen die Ordensträger ihrer geliebten Republik einen Dienst. So musste die konsternierte Witwe mit ansehen, wie der Angestellte mit dem, was ihr Gatte als höchste Würdigung seines Wirkens angesehen hatte, achselzuckend davonzog. Vielleicht wurden die Ehrenzeichen ja auch für Kandidaten in der Warteschleife benötigt.

Frau Essorg könnte es ähnlich ergangen sein, ging es Bircher durch den Sinn.

»So, Genosse Kommissar, womit kann ich dienen?«

»Sie wissen ja bereits, dass ich die Ermittlungen im Fall Thule leite. Wir müssen alle Bewohner befragen, ob sie uns zweckdienliche Hinweise geben können«, spulte Bircher seinen Vers herunter.

Er konnte keinerlei Reaktion bei seiner Gastgeberin feststellen, sie nickte lediglich, wie zum Zeichen ihrer Billigung.

»Ich kannte Frau Thule nur aus dem Krankenhaus. Sie hat

zeitweise meinen Mann behandelt. Er wurde häufig wegen seines Herzens stationär behandelt.«

Als würde sie sich plötzlich an ihre Krankenbesuche erinnern, verstummte sie und blickte versonnen auf die gläserne Tischplatte. Bircher wartete, dass sie fortfahren würde, aber Frau Essorg unternahm keine Anstalten, weiterzusprechen.

»Hm, entschuldigen Sie bitte, falls ich Ihnen zu nahe treten sollte, aber so weit ich weiß, ist Ihr Gatte erst kürzlich verstorben. Wurde er bis zum Schluss von Frau Thule behandelt?«

»Ja, und nein. Erst war er bei ihr, dann auch bei anderen Ärzten zur Behandlung seiner Herzrhythmusstörungen. Er bestand darauf, dass man ihn ins Krankenhaus einwies, obwohl das eigentlich nicht unbedingt erforderlich war, so habe ich das jedenfalls verstanden. Na ja, meinem Mann hat es gutgetan. Er litt später auch an kleinen Gedächtnisstörungen, mit der Orientierung haperte es manchmal ein wenig, er hat sich einige Male verlaufen und nicht mehr gewusst, wo er sich befand und wie er nach Hause kommen sollte«, seufzte sie in Erinnerung an gewisse Situationen. Dabei nahm ihr Gesicht wieder den Ausdruck einer gewissen Unnachsichtigkeit und Empörung an, als hätte man ihr ein Unrecht zugefügt, dass sie nicht verwinden konnte. »Schließlich hat man ihn in eine psychiatrische Spezialklinik überwiesen und dort ist er vor zwei Monaten verstorben, an Herzschwäche, hieß es. Ich glaube, diese Klinik war ein Fehler«, fügte sie kalt hinzu.

Ihr Leben war sicherlich durch eherne Prinzipien geprägt, die sie wie Leitplanken in der Spur ihrer Überzeugungen hielten, stellte Bircher stirnrunzelnd fest.

»Und welchen Eindruck hatten Sie von Frau Thule als betreuende Ärztin?«

»Was soll ich sagen, sie war sachlich und korrekt, eher kurz angebunden, sie bemühte sich schon um meinen Mann. Vielleicht war sie ein wenig gehemmt, weil wir Nachbarn waren. Ich habe sie vielleicht zwei oder dreimal gesehen. Sie ließ durchblicken, dass mein Mann nicht so krank sei, wie er es sich ausmalte. Sie müssen wissen, dass er eine gewisse Veranlagung zu Übertreibungen hatte, wenn es um seine Gesundheit ging. Ein Beweis mehr dafür, dass diese Verlegung mehr als überflüssig war«, sagte sie kühl.

»Und wann haben Sie Frau Thule zuletzt gesehen?«

»Das war kurz bevor man meinen Mann in diese Klinik überwies. Damit hatte Frau Thule aber nichts zu tun, versicherte sie mir. Also, so vor etwa drei Monaten. Wie ist denn Frau Thule verstorben?«, wechselte sie plötzlich, unter Vermeidung des Mordbegriffes, das Thema.

»Sie wurde erwürgt.«

»Wie bitte, einfach so in ihrer Wohnung erwürgt?«, fragte sie ungerührt, das letzte Wort silbenweise betonend.

»Ja. Sie wurde auch noch an den Händen verstümmelt«, umschrieb Bircher die Amputationen.

»Erwürgt, hm, also ein Täter, keine Frau. Und was genau hat er mit den Händen getan?«, fragte sie, als würde es sich um die Handlung eines Krimis handeln. Dabei schaute sie unverändert regungslos in seine Richtung, nichts ließ erkennen, wieweit sie der Mord berührte. Bircher verstand, dass man mit dieser Frau direkt und unverblümt reden konnte.

»Der Mörder scheint von ziemlicher Brutalität zu sein, die Art, wie er der Toten zwei Finger abschnitt – wir gehen davon aus, dass Frau Thule bereits tot war, als er sie massakrierte –, lässt darauf schließen, dass er von einem triebhaften Hass beherrscht wird. Worauf auch immer, wir können nur spekulieren«, deutete Bircher weitere Details an.

Frau Essorg rührte sich nicht, blickte in den Raum, als müsste sie eine Lücke im Kreuzworträtsel füllen. Es war schon beeindruckend, mit welcher Beherrschung sie seinen Schilderungen folgte.

»O je, die arme Frau Thule. Warum eigentlich gerade sie, sie hatte doch nichts zu befürchten«, sagte sie mit einer Spur von Anteilnahme, »und überhaupt, woher wusste der Mörder, dass sie alleine war?«

»Richtige Frage, ich habe darauf noch keine Antworten. Wie schätzen Sie die Persönlichkeit von Frau Thule ein, ich meine, ihren Charakter. Hatte sie Hobbys, besondere Vorlieben, Freunde im Haus?«, tastete sich Bircher weiter voran.

»Ich sagte ja, ich kannte sie nur als Ärztin. Sicher war sie eine Person, die ernst genommen werden wollte, auch nicht frei von Eitelkeiten. Darauf bedacht, die Zügel in den Händen zu behalten, ließ sie sich sicher nicht gerne reinreden, im Beruf. Wahrscheinlich war sie auch nicht zimperlich, wenn es darum ging, eigene Ansprüche durchzusetzen. Aber, das sind eher oberflächliche Eindrücke von mir, die man so hat, wenn man jemanden gelegentlich beobachtet.«

»Und privat, hatte sie Freunde im Haus?«

»Keine Ahnung, ich selbst kenne kaum jemanden im Haus, ausgenommen die Baumanns. Bin ja fast blind, da geht man kaum noch raus. Am stärksten beeindruckt mich die Tatsache, dass eine solche Tat hier möglich ist.«

»Warum nicht? Ist ein großes Haus mit vielen Eingängen, und wie wir beide wissen, wohnen hier durchaus auch bekannte Bürger, vielleicht mehr als anderswo. Die können auch Feinde haben, wiederum mehr als in anderen Häusern.«

»Na, fabelhaft, wollen Sie darauf hinweisen, dass der Täter ein Feind von Frau Thule war? Das glaube ich nicht, dann doch eher ein Feind ihres Mannes. Aber der lebt«, fügte sie sarkastisch hinzu.

Bircher schwieg und griff nach seinem Mantel, um sich zu verabschieden. Er glaubte nicht daran, von Frau Essorg wirklich nützliche Hinweise erhalten zu können. Sicher war sie eine eindrucksvolle Persönlichkeit, aber davon gab es anscheinend mehrere im Haus, und alle hielten das Verbrechen wahrscheinlich für einen Zufall, der sich unverständlicherweise in ihr Haus verirrt hatte.

Frau Essorg bemerkte, dass der Kommissar Anstalten unternahm, sich zu verabschieden.

»Noch einen Moment. Wissen Sie, ich habe ja einige Jahre mit meinem Mann in England in der Emigration gelebt. Mein Mann war ein leidenschaftlicher Krimileser. Ich selbst habe in meinem Leben einiges an Leid und Brutalität erlebt. Aber einen Mord in unserem Haus, das hielt ich für vollkommen ausgeschlossen. Ich kann mir das nur so erklären, dass es jemand war, der unser Haus hasst.«

In ihrer Stimme klang ein fast naiver Hauch von Überraschung und Unglauben durch, als hätten sich geheimnisvolle Wesen heimlich in ihrem Haus eingenistet.

»Ja, Frau Essorg, auch das prüfen wir. Da Sie seit Eröffnung des Hochhauses hier wohnen, können Sie sich vielleicht an Mieter erinnern, die vor 1956 ausgezogen sind? Die Angaben im Hausbuch für diesen Zeitraum sind unvollständig.«

Frau Essorg kramte angestrengt in ihrem Gedächtnis. Ihre Lippen schoben sich noch etwas weiter nach vorn, es sah aus, als würde sie jeden Moment ein Liedchen pfeifen. Schweigend beobachtete Bircher, wie sie, in Gedanken versunken, die Jahre und ihre Menschen an sich vorbeiziehen ließ. Er war sich sicher, dass sie alles im Gedächtnis behielt, was ihr wichtig war. Nicht so wie manch anderer Zeitgenosse, der Belastendes, wie einen schlechten Traum, aus seinen Erinnerungen tilgt.

»Ja, Genosse Bircher, da war zum Beispiel dieser unsympathische Böhme oder Böhmer oder Böhm, weiß nicht mehr genau, wie der hieß. Der wohnte auf der zehnten oder elften Etage. So ein undurchsichtiger, wie soll ich sagen, hinterlistiger Typ. War nicht auf unserer Seite, Sie verstehen. Na ja, der ist dann ausgezogen. Es gab immer Gerüchte, auch wegen seiner Frauengeschichten.«

»So, war der nicht verheiratet?«

»Nein, nur hinter jedem Rock her. Ich kann mich erinnern, wie er prahlend von seinen Eroberungen berichtete. Wie ein Jäger bei der Treibjagd. Ein Glück, dass der wegzog!« Es klang, als wäre sie noch heute über den Abgang dieses Nestbeschmutzers erleichtert.

»Sehr gut, den haben wir tatsächlich auf unserer Liste, der Mann heißt Böhme, erinnern Sie sich an noch jemanden?«

Frau Essorg konnte einen Anflug von Stolz nicht unterdrücken, wie nach einem Klassenlob blickte sie zu ihm hinüber, um gleich darauf in eine weitere Konzentrationsphase zu versinken. Einige Augenblicke war es so ruhig, dass man nur den auf- und abschwellenden Lärmpegel des Straßenverkehrs, tief unter ihnen, wahrnahm. Sie schien mitten in ihrer Reise in die Vergangenheit zu sein, bei der Begegnung mit zuverlässigen, gut erzogenen Menschen, vielleicht auch mit einigen Rüpeln, mit unsympathischen Mitbewohnern, mit den Genossinnen und Genossen auf den Versammlungen, vielleicht befragte sie auch gerade ihren Mann, wie sie den Raum ihrer Erinnerungen abschritt.

»Mutti, kann ich mal stören?«, riss sie plötzlich ihr Sohn, der von der Küche aus unbemerkt das Wohnzimmer betreten hatte, aus der Zeitenreise. Enttäuscht über die Ablenkung blinzelte sie missbilligend zu ihrem Sohn hinüber, der sich unaufgefordert auf ihre Sessellehne fläzte.

»Werner, bitte nicht auf die Lehnen, sie können doch brechen. Was gibt es denn?«

»Wollte doch nur ein wenig zuhören, schließlich geschieht ein Verbrechen in meiner Nähe nicht alle Tage.«

»Ja, mein Sohn. Das will ich hoffen, dann setz dich bitte in den Sessel, ich versuche gerade, mich zu erinnern, wer alles hier wohnte. Auch früher, als du noch ein Kind gewesen bist. Der Genosse Major muss das wissen.«

»Hm, vielleicht kann ich ja helfen.«

Frau Essorg versank erneut in ihren Gedanken, während Werner Essorg gelangweilt in den Zeitungen blätterte, dem Kommissar ab und zu einen Blick zuwerfend, der zu sagen schien: Sie sehen, wie sie sich bemüht, da muss man warten. Schließlich hob Frau Essorg, so als würde sie ihre Meditation plötzlich abbrechen müssen, energisch den Kopf und blickte, wieder mit diesem leicht besserwisserischen Ausdruck um die gespitzten Lippen, auf Bircher oder dahin, wo sie ihn vermutete.

»Ich kann mich da noch an den Sohn von Irene erinnern, der unsere Republik 1961 verließ, als Republikflüchtiger.« Es klang wie ein Richterspruch.

»Na klar, weiß ich ja sogar. Der hat doch noch das elterliche Silberbesteck mitgehen lassen, sozusagen als Mitgift für den Start im goldenen Westen«, tönte ihr Sohn dazwischen.

»Nur sicherheitshalber, Sie meinen den Sohn der Irene Baumann?«, unterbrach der Kommissar.

»Ja. Frau Baumann hat das fürchterlich, schrecklich, sage ich Ihnen, mitgenommen. Ich hatte damals versucht, sie zu trösten. Der eigene Sohn, unverzeihlich, was er seiner Familie angetan hat. Und dem Staat, der ihn hochgepäppelt hat«, fügte sie streng an.

»Ha und jetzt fliegt er hier regelmäßig ein und haut auf den Putz mit seiner Westmark, die er drüben verdient und hier umrubelt, um ein paar Mädels im *Café Moskau* zu beeindrucken, als sei er der Schah von Persien«, höhnte der Sohn.

»Na horch mal, woher weißt du denn, was der Martin nachts treibt?«, wunderte sich, den Kopf zu ihm gehoben, seine Mutter.

»Ich habe ihn dort einmal gesehen, als ich mit Gerd nach dem letzten Tanz im ersten Stock noch ein wenig in die Unterwelt abtauchte, unten in die Nachtbar, Mama. Schön im Keller, rote Ledersofas, Schummerlicht. Nur zu teuer ist es, jedenfalls für uns Studenten.«

»Können Sie sich an weitere Mieter erinnern, noch vor 1961?«, wandte sich Bircher wieder an Frau Essorg.

»Ja, ich war noch nicht fertig«, es klang leicht tadelnd.

»Es gab noch eine Person oder Familie, an die ich mich erinnere. Es war, ich glaube, um 1954 herum, vielleicht auch 1955, ja, es muss 1954 oder 1955 gewesen sein, das war nur kurze Zeit nach der Einweihung des Hauses des Kindes, also da war die Sache mit der Familie Richter. Da starb die Frau Richter, ganz unverhofft, sie war noch sehr jung. Hat uns alle sehr berührt, nicht nur, weil sie eine reizende junge Frau war, sondern auch, weil sie ihren Mann mit der kleinen Tochter allein zurückließ.«

»Richter hieß er«, vergewisserte sich Bircher.

»Ja, und der Genosse Richter, ein angenehmer, gut erzogener junger Mann, ist dann später, ich glaube das war noch 1955, ausgezogen.«

»Und was hat Richter beruflich gemacht?«

»Ja, der war Bauingenieur, hat wichtige Baustellen geleitet. Genosse Baumann meinte, dass er sehr tüchtig sei. Ja, eine sehr traurige Angelegenheit.«

»Und wurde bekannt, woran die Frau Richter so früh versterben musste?«

»Irgendeine schwere Krankheit, etwas mit dem Kreislauf. Aber das weiß ich nicht genau.«

»Na, das ist 'ne ganze Menge, woran Sie sich erinnern, Genossin Essorg, beeindruckendes Gedächtnis.«

»Alte Partisanenschule, nicht Mama?«, funkte der Junior dazwischen.

»Da hast du gar nicht so unrecht«, murmelte die Mutter sichtlich geschmeichelt.

»Wissen Sie, Genosse Bircher, das wird Sie vielleicht nicht interessieren, aber mein Gedächtnis, besonders das für Personen, wurde tatsächlich früh geschult, da war ich noch sehr jung.«

»Aha, wie macht man das, vielleicht hilft mir Ihre Methode, denn meines könnte besser sein«, seufzte Bircher, ihr verschmitzt zulächelnd.

»Eher nicht. Ich war nämlich Kurier im Kampf gegen Hitler. Habe die Verbindung zwischen unserer Wiener Gruppe und der jugoslawischen Zentrale aufrechterhalten. Das funktionierte nur mit

Decknamen, die man auswendig lernen musste, einschließlich der Echtnamen«, klärte sie den sichtlich beeindruckten Kommissar auf.

»Daher ihr angenehmer Dialekt, so haben wir das also auch aufgeklärt«, schmunzelte Bircher.

»Danke, wenn nur mein Sohn nicht so berlinern würde. Wie grausig, diese liederliche Sprache, hier in Berlin. Übrigens, fällt mir gerade ein, Familie Battes wohnt auch seit 1955 hier. Dem Mann ist inzwischen die Frau weggelaufen«, sagte sie teilnahmslos in ihrem weichen Singsang. Es klang, als würde ein österreichischer Tourist die Stadt wegen ihrer Unzulänglichkeiten im Nahverkehr ablehnen.

»Nun, mehr habe ich nicht zu berichten. Wirklich helfen konnte ich Ihnen wohl eh nicht«, beendete sie das Gespräch.

Bircher beschloss, zunächst die Angaben zur Person Richter zu überprüfen. Er fuhr im Fahrstuhl in das Erdgeschoss und rief von seinem Auto aus Manuela an. Sie solle beim Meldeamt nachfragen. Danach begab er sich zurück in das Wohnhaus, fuhr aber nicht in die siebte Etage, wo die Familie Raiher auf ihn wartete, sondern in die sechste, um nochmals bei Jäger zu klingeln. Vielleicht habe ich Glück und treffe ihn an, dachte er. Es kam ihm merkwürdig vor, dass Jäger den Todesfall in der Familie Richter nicht erwähnt hatte. Eigentlich müsste er davon gehört haben, wenn er seit 1954 das Hausbuch führte.

Bircher hatte Glück. Jäger öffnete ihm, sichtlich erfreut, erneut gebraucht zu werden.

»Ja, Genosse Jäger, ich komme gerade von Frau Essorg. Sie hat mir von einer Familie Richter erzählt. Die soll hier bereits 1953 gewohnt haben. Und eine Familie Battes, seit 1954 oder 1955. Sie scheinen so was wie die Urmieter zu sein. Nachdem Frau Richter überraschend starb, ist ihr Mann allerdings 1955 wieder ausgezogen. Haben Sie davon etwas gehört?«

»Nein, den Namen kenne ich nicht. Allerdings bin ich ja erst 1956 eingezogen, Müllers aber 1955.«

»Hm, dann habe ich Sie mit Genossen Müller verwechselt, wir müssen das Hausbuch für die Zeit von 1953 bis 1956 finden. Aber ich kann das auch aus dem Melderegister erfahren. Morgen wissen wir Bescheid. Also, nichts für ungut.«

»Auf welcher Etage sollten Richters gewohnt haben?«

»Gute Frage, habe ich vergessen zu fragen, Mist!«

»Soll ich die Genossin Essorg schnell anrufen und nachfragen?«, bot sich Jäger an.

»Ja, bitte, das wäre hilfreich.«

Jäger stolzierte zur Diele, von wo aus Bircher ihn telefonieren hörte, um gleich darauf mit einem selbstzufriedenen Lächeln zu verkünden: »Alles klar, Genossin Essorg meint, dass müsste die Zehnte gewesen sein, vielleicht aber auch die Elfte. Nicht darunter, da ist sie sich sicher.«

»Aha, also in der Nähe des Herrn Böhme, der 1965 auszog. Den müssen wir auch noch befragen, vielleicht kannten die sich.«

»Also, soweit ich das überschaue, haben wir auf der Elften und Zwölften niemanden, der dort bereits 1953 eingezogen wäre. Überhaupt, Mitte des Jahres 1953 lebten hier noch relativ wenige Mieter. Da hatten wir es ja mit dem konterrevolutionären Aufstand zu tun, die Umzüge verzögerten sich. Die meisten zogen 1954 und '55 ein.«

»Hm, für Sie kommt wahrscheinlich ein Täter aus dem Kreis Ihrer Hausgemeinschaft nicht in Frage, nehme ich mal an«, wechselte Bircher abrupt das Thema. Es klang eher wie eine Feststellung.

Er blickte gedankenverloren an Jäger vorbei in den Raum, als würde er keine Antwort erwarten. Jäger zog die Augenbrauen hoch, sein Gesicht drückte Solidarität mit seinen Mietern aus.

Mit bestimmter Stimme hob er an: »Wenn Sie mich so fragen, ich halte es für unwahrscheinlich, dass jemand aus unserem Kreis einen Mord begehen könnte. Die Wohnungseinweisung für dieses Haus bekommt man doch nicht nur für gute Leistungen. Wer hier einzieht, hat sich um unseren Staat verdient gemacht, ich meine, sich durch überragende Leistungen und durch Treue zu unserer Sache ausgezeichnet. Nein, ich kann mir keinen vorstellen, der aus dem Kreis der Hauptmieter in Betracht käme, ich meine damit den Kreis der älteren Bewohner. Aber es verkehrten schließlich auch Verwandte und Freunde im Haus. Wer weiß denn, wer alles einen Schlüssel zum Haus besitzt, wie soll man sich erklären, dass der Mörder unbemerkt eindringen konnte.«

Es klang wie eine Ansprache, was Jäger im Ton eines Referenten darbot.

»Ja, der letztere Umstand bereitet uns einiges Kopfzerbrechen, wie kann man die unversehrten Türschlösser erklären?«, seufzte Bircher.

»Sie haben doch inzwischen die Schlüssel ausgetauscht, oder?«, fragte Jäger mit besorgtem Unterton.

»Ja, aber wir können nicht einfach mal so sämtliche Wohnungsschlüssel austauschen, da kämen wir ja locker auf über hundert Schlüssel. Die Eingangstüren unten und zum Dachgarten haben neue Schlösser.«

»Na ja, wenn's tatsächlich jemand aus dem Mieterkreis wäre, dann würde das auch nicht helfen«, bemerkte Jäger, sich nun selbst widersprechend.

»Haben Sie nicht ganz unrecht. Gut, also genug spekuliert. Ich muss weiter. Will noch kurz mit den Familien Raiher und Schwimmer reden.«

»Sind beides auch sehr anständige Bürger. Absolut zuverlässig. Aber klar, Sie müssen ja alle befragen«, wiegelte Jäger ab.

Bircher schaute auf die Uhr, es war halb zwölf. Die charmant starrsinnige Wienerin mit dem guten Gedächtnis hatte ihm einige Zeit genommen, aber auch wichtige Hinweise gegeben. Wer ist Richter und was hat es mit dem Herrn Böhme auf sich, den Frau Essorg wohl gefressen zu haben scheint. Böhme muss ich mir, so rasch es geht, vorknöpfen, beschloss Bircher, als er zum Fahrstuhl ging. Als sich die Fahrstuhltür öffnete, trat ihm sein Fahrer entgegen.

»Genosse Major, ich soll Ihnen ausrichten, dass ein Richter in diesem Haus nicht gemeldet war. Das wurde mir über Funk durchgesagt, von der Genossin Riescher. Und dass Sie Herrn Böhme ausfindig gemacht hat.«

»Ist das alles?«

»Ja, Genosse Major, mehr wurde nicht durchgegeben.«

Bircher beschloss, zu Fuß auf die siebte Etage zu gehen. Böhme würde er heute Abend aufsuchen. Der würde vielleicht in der Sache Richter weiterhelfen. Wahrscheinlich hatte Manuela immer noch kein Hausbuch von 1953, die Informationen zu Böhme kamen von der Meldestelle. Die Angaben waren nicht sicher, damals konnte man durchaus im Hochhaus gemeldet gewesen sein, ohne dort zu wohnen. Manuela hätte auch nach anderen Mietern fragen sollen. Es muss doch möglich sein, herauszufinden, wer zwischen 1953 und 1955 im Haus wohnte. Bircher nahm sich vor, sie später über Funk zu fragen und dann zu entscheiden, wie sie weiter vorgehen sollten. Seine Zweifel, aus den Befragungen der Mieter Nützliches über den Tathergang zu erfahren, nahmen ständig zu. Außer den üblichen Nachreden, Gerüchten, privaten Ansichten oder Spekulationen würden er und seine Mitarbeiter nicht viel in Erfahrung bringen. Wie immer in solchen Situationen verließ sich Bircher auf seinen Instinkt, und der riet ihm, sich zunächst auf Martin Baumann, Böhme, den jungen Forn und Richter zu konzentrieren.

An die bisherigen Befragungen denkend, stieg Bircher unlustig die Treppe hinauf, die sich wendelförmig um den Schacht zog, der sich wie ein Schornstein senkrecht durch das Gebäude bohrte. Auf der siebten Etage verließ er den Treppenaufgang, um für einen Augenblick vor dem Namensschild Schwimmer zu verharren, unschlüssig darüber, wer ihm weniger Verdruss bereiten würde, Raiher oder Schwimmer. Er versuchte sich zu erinnern, was ihm Manuela zu den Bürgern, wie sie die Mieter nannte, aufgeschrieben hatte. Die Notizen lagen in seinem Büro. Egal, dachte er sich,

Schwimmer klingt nach schwimmen und das beschreibt das Stadium meiner Ermittlungen.

»Ziehen wir uns also die Familie Schwimmer zu Gemüte!«, murmelte er in sich hinein und drückte auf den Klingelknopf. Ein Mann, etwa so groß wie Bircher, öffnete die schwere hölzerne Wohnungstür und begrüßte ihn in einer Lautstärke, die bis in die obersten Etagen schallte.

»Ich bin der Schwimmer, kommen Sie rein, bin allein, meine Frau muss arbeiten«, trompetete er in die Vorhalle, wo sich sein Tenor wie in einem Konzertsaal ausbreitete. Es schien Bircher, als würde in seinem Kopf eine Melodie mit dem Wort »aaarbeiten, aaarbeiten« nachhallen.

Das wird anstrengend, dachte sich der lärmempfindliche Kommissar, als er dem Hausherrn folgte. Der schnaufte etwas, als müsste er bergauf laufen. Plattfüße, Übergewicht mit Neigung zur Kurzatmigkeit, stellte Bircher in seinem Rücken fest. Er sah an Schwimmer eine schwere Kette hängen, zwischen rechter Hosentasche und Gürtel, wie man sie früher zur Befestigung schöner Taschenuhren verwendete, oder war es nur eine Schlüsselkette, überlegte Bircher kurz. Schwimmers Kopf krönte eine Halbglatze, die seine Stirn deutlich höher erscheinen ließ.

»Ja, Herr Major, oder wie ruft man Sie, äh, keine Ahnung, sagen Sie mir bitte, was es Neues gibt, hoffentlich keine neue Tote, haha, Entschuldigung, aber seitdem die Ärztin von uns gegangen wurde, ist man sich ja nicht mehr sicher, oder vielleicht doch, bin ja ein Mann, welch ein unverdientes Glück!«, tönte es stakkatoartig aus ihm, wie Trompetenstöße drang der Klang seiner Stimme durch die Wohnung.

Der Mann hat keine Ladehemmungen oder steht unter Dauerdruck und muss Dampf ablassen, schlussfolgerte Bircher.

»Wissen Sie eigentlich, Herr …, wie darf ich Sie begrüßen«, nahm er erneut zu einer Begrüßung Anlauf.

»Bircher, Major Bircher.«

»Ja, also, Herr Major Bircher, Genosse darf ich nicht sagen, bin ja keiner, ich hatte noch nie die Gelegenheit, mit der Kriminalpolizei zu verkehren, ausgenommen im Bett, also, nicht, wie Sie denken, mit 'ner Kommissarin vor der Flinte, hähhä, nee, ich meine natürlich in meinen Kriminalromanen, ja also, was kann ich zur Aufklärung beitragen?«, wechselte er unverhofft in einen dienstlichen Ton und setzte ein angestrengt nachdenkliches Gesicht auf, wie ein Schüler, der zur Ordnung aufgerufen wurde.

»Seit wann wohnen Sie hier?«

»Seit 1961, kurz nach unserer Grenzschließung, da wurden bekanntlich einige Wohnungen frei. Ich war damals schon als Buchhalter bei Berlin-Chemie beschäftigt. Hatte einen Wohnungsantrag zu laufen, wir sind ja zu viert, meine zwei Söhne und meine Frau, und das brachte uns einen gewissen Stellungsvorteil. Na ja, jedenfalls bin ich bis heute meinem Betrieb dafür dankbar, dass er sich so ins Zeug für uns gelegt hat, bin ihm auch immer treu geblieben, nun schon bald zwanzig Jahre.«

»Dann kannten Sie vielleicht auch einen Herrn Böhme?«

»Flüchtig, aber ich kann mich erinnern. Der passte eigentlich gar nicht in das Milieu, sozusagen. Ich eigentlich auch nicht, bin ja nicht einmal Aktivist, aber immerhin Mitglied der Kampfgruppe«, verfiel er erneut in seinen Plauderton, »und der Böhme, das war diese Art von Mensch, die im Gespräch jeden Blickkontakt vermeidet, aus Furcht, man könnte in den Augen seine wahren Gedanken ablesen.«

»Hm, kennen Sie einen gewissen Richter?«

»Soll der auch hier gewohnt haben?«

»Ja, ziemlich von Anfang an.«

»Nee, Richter, nie gehört. Bin mir ganz sicher, wenn überhaupt, dann hat der vor meiner Zeit hier gelebt. Bin ja Buchhalter, habe berufsbedingt ein gutes Gedächtnis.«

Als Bircher einen Moment darüber grübelte, ob er das Gespräch bereits wieder beenden sollte, klingelte es an der Haustür.

Schwimmer erhob sich mit einem entschuldigenden Achselzucken und ging in die Diele. Er öffnete, und Bircher hörte Stimmengemurmel. Kurz darauf kam Schwimmer zurück, hinter ihm Angler mit einem Heftchen in der Hand.

»Hier ist jemand, der Sie sprechen möchte, Herr Bircher, ich lasse Sie kurz allein«, verabschiedete sich Schwimmer in Richtung Küche.

»Also, ich habe gerade das alte Hausbuch erhalten, das wollte ich dir, bevor du die Befragungen fortsetzt, nicht vorenthalten. Es beginnt im Jahr 1953, also in der Zeit, die uns fehlt.«

»Schau mal schnell nach, ob ein Richter vorkommt!«

Angler blätterte und studierte die Namen, die handschriftlich vom damaligen Verantwortlichen eingetragen worden waren. Er runzelte die Stirn und durchforstete nochmals mit ausgestrecktem Zeigefinger Spalte für Spalte.

»Nein, taucht nicht auf, hier gibt's für die Jahre 1953 bis 1955 nur vier Einträge, Böhme, Rental, Battes und Fichtner.«

»Hm. Rental, der wohnt noch hier. Kannst du den gleich mal aufsuchen und nach Richter und Fichtner fragen. Wir sehen uns dann in der Kneipe.«

Schwimmer kehrte zurück und setzte sich zu Bircher.

»Kann ich noch was für Sie tun?«

»Ja, wissen Sie, wir versuchen herauszubekommen, wer hier früher wohnte, konkret, vor 1956. Danach hat sich in der Mieterschaft nicht viel verändert. Die polizeilichen Melderegister aus der damaligen Zeit erfassen nicht unbedingt alle Bürger, die tatsächlich zum damaligen Zeitpunkt hier wohnten. Wir hatten ja beispielsweise Pendler, die arbeiteten in Westberlin, wohnten aber bei uns, und die wurden nicht lückenlos erfasst. In der Verwaltung lief damals auch nicht alles perfekt. Ja, schwierig, nach fünfundzwanzig Jahren zu bestimmen, wer sich wann und wo aufgehalten hat.«

»Das verstehe ich, aber was hat das mit dem Fall zu tun? Glauben Sie, dass sich der Täter hier vor zwanzig Jahren geschworen hat, Frau Thule, die damals noch gar nicht hier wohnte, eines Tages ins Jenseits zu befördern und kürzlich, im Jahr 1975, beschloss, den Schwur einzulösen?«, meinte Schwimmer ironisch.

»Nein, so war es eher nicht. Wir können aber nicht ausschließen, dass es ein gezielter Mord war, die Auswahl des Opfers also nicht zufällig erfolgte, dass der Täter das Haus bestens kannte – schließlich ist er ungestört in ihre Wohnung gelangt – und dass zwangsläufig alle gegenwärtigen und ehemaligen Mieter für die Tat in Frage kommen, theoretisch. Und deshalb bin ich auch hier bei Ihnen«, antwortete Bircher ungerührt.

»Na ja, das steht doch alles im Hausbuch. Da müssen Sie Herrn Jäger fragen. Der macht das mit Hingabe, verfügt über das notwendige Interesse für diese Tätigkeit.«

Leicht pikiert, als würde er schlechtes Essen beschreiben, kamen die letzten Worte über seine Lippen. Sicher waren Genosse Jäger und er keine Brüder im Geiste. Die Geringschätzung war Schwimmer ins Gesicht geschrieben.

Grinsend fügte er hinzu: »Ich glaube kaum, dass sich jeder, der hier zu Besuch herkommt, bei Jäger anmeldet. Das nehmen doch viele nicht ernst, schließlich kommen die Leute nicht ins Hotel. Warum sollte ich meine Verwandten aus Dresden, wenn die sich hier für zwei Nächte einquartieren, vorher zu Jäger und seinem Heftchen schicken.«

»Weil es das Gesetz so vorschreibt«, entgegnete Bircher kühl.

»Ja sicher, werde mich zukünftig daran halten, scheint ja in unserem Haus notwendig zu sein«, sagte Schwimmer trocken.

»Sagen Ihnen die Namen Rental und Fichtner etwas?«

»Rental wohnt hier, habe ich mal auf einer Hausversammlung getroffen. Auch so ein eifriger Mieter, der am liebsten jedes Wochenende zum Vorgartenaufräumen aufrufen würde und abends bei jedem von uns das Licht ausknipsen möchte«, brach es verächtlich aus ihm heraus.

»Was haben Sie gegen Herrn Rental?«

»Schon gut, ist eben nicht meine Kragenweite, diese Art Zeitgenossen. Mir hat es gereicht, wie er uns zweimal ermahnt hat, die Beflaggungsvorschriften zu den Feiertagen einzuhalten. Wir hatten mal vergessen, die Republikfahne am Küchenfenster anzubinden, wie es festgelegt wurde. Unser Haus steht ja bei den Demonstrationen fast quer vor den Tribünen. Wir müssen unsere Fahnen deshalb nach Plan hissen. Jedenfalls kam der und bot sich eifrig an, es für uns zu tun. Wahrscheinlich wollte er mal unsere Wohnung inspizieren, damit er zu Hause was zu erzählen hat ...«, murmelte er fast unhörbar in seiner schnoddrigen Art.

»Na ja, das interessiert mich weniger. Und Fichtner, kennen Sie den?«

»Nein, nie gehört. Hier im Haus verkehre ich, glauben Sie es mir, wirklich nur mit meiner Frau«, antwortete er jovial schmunzelnd.

»Also, nichts für ungut. Dann werde ich Sie mal in Ruhe lassen. Passen Sie auf Ihre Schlüssel auf!«, vergaß er nicht hinzuzufügen, bevor er sich von Schwimmer verabschiedete.

Schweigend warteten Angler und Schmidter auf ihren Chef. Sie hatten einen schönen Stehtisch am Fenster ergattert, von dem aus man den Springbrunnen des Strausberger Platzes beobachten konnte. Die Wasserfontänen schossen rhythmisch steil in den Himmel, verdeckten für einen Moment einige der Autos, die den Brunnen umkreisten, um plötzlich in die Tiefe zu fallen, bevor sich das Schauspiel wiederholte. Als wären sie vom monotonen Rauschen des Wasserfalls betört, blickten die beiden wie zwei Touristen andächtig zum Brunnen. Hinter dem Wasserschleier sahen sie die Umrisse der westlich gelegenen Häuser, die den Platz wie ein Ring umschlossen. Vielleicht war der Täter irgendwo dort über die Dachgärten in das Hochhaus eingestiegen. Der zweitaktbetriebene Autoverkehr knatterte an ihrem Fenster vorbei. Menschen flanierten, gegenüber befand sich ein Babyausstatter, der nach den großzügigen Unterstützungen, die der eigentlich klamme Staat den Jungvermählten angedeihen ließ, guten Zulauf hatte. Ganz zu schweigen vom Kinderkaufhaus, das sogar über eine Rolltreppe verfügte und von Nuckelflasche bis Kinderfahrrad alles im Angebot hatte, was man über die Jahre des Heranwachsens seines Nachwuchses benötigte.

Einige der Passanten, viele in den beliebten grauen Anoraks, manche wie Basarverkäufer ihre Gelenktasche übermütig schwenkend, schlenderten zur Mokka-Milch-Eisbar, die flach und breit wie ein Schlund zum Eintreten einlud, bevor man, gleich nebenan, das Kino International besuchen konnte, in dem zwei parallel liegende Treppen hinauf zu einer geräumigen Empore mit Café führten, das vollkommen verglast den Blick auf das Restaurant *Moskau* gegenüber freigab. Am Tresen konnte man noch einen Eierlikör, einen Weinbrand aus Wilthen oder einen Mokka trinken, bevor einen der Saal mit seinen roten Polstersesseln umschloss, man sich genüsslich im Plüsch niederließ und auf das Erlöschen der prunkvollen Kronleuchter wartete, worauf der Zauber der Bilder einsetzte und man allmählich im Kosmos der Illusionen versank.

Schmidter erinnerte sich, wie seine Mutter, Trägerin der Medaille des Antifaschistischen Widerstandskampfes, ihn zur Premiere des DEFA-Films *For Eyes Only* eingeladen hatte, einem beeindruckenden Streifen über die Abwehrarbeit der bewaffneten Organe der Republik, und mit welcher Bewunderung sie zusammen deren Arbeit verfolgt hatten und er sich insgeheim wünschte, ähnlich tapfer seinem Heimatland dienen zu können. Wie er sich vorstellte, wie er eines Tages, nach geheimer Mission, unerkannt an der Bar im *Café Moskau* stünde, ganz erfüllt von seiner Mission, die ihm niemand anmerkte, ihm nicht angesehen werden durfte – wie er dann also, so lässig wie der Barkeeper vor ihm, am Hocker lehnen und seinen Wodka Cola schlürfen und mit vorrückender Stunde die Melancholie in sich aufsteigen spüren würde, in einer Weise, wie es nur einsame Helden erfuhren, die sehr große Geheimnisse zu verbergen haben, die sie berufsbedingt mit niemanden teilen konnten und die sie deshalb so selbstlos einsam und verlassen machten. Nach dem Kino lud ihn die Mutter in die Milchbar nebenan ein. Das Gebäude bestand aus zwei Etagen, wobei die obere eigentlich wie eine Aussichtsplattform wirkte, von der aus man die einströmenden Besucher, besonders die Besucherinnen, gut beobachten konnte. Unten, vor dem langläufigen Tresen, mit den in gläsernen Vitrinen schmachtenden Kuchen, saßen vergnügte Menschen aller Altersgruppen, vor sich aufgetürmte rosarote oder dunkelbraune Eisbecher, manche mit Eierlikör beträufelt, oder Torten, schnittig wie kleine Schlachtschiffe, blickten durch die bis zum Boden reichenden Fenster auf die Passanten und ließen die Zeit an sich vorbeiziehen, sich dem Lauf der Dinge hingebend.

Schmidter zuckte zusammen, als ihm jemand plötzlich auf die Schulter klopfte:

»Mahlzeit, was gibt es zu berichten?«, tönte Bircher.

»Oh, haben Sie mich erschreckt, ja, also, soll ich gleich beginnen?«

»Nachdem Sie sich vom Überfall erholt haben, Philipp, erzähl du zuerst.«

Angler stand steif am Biertisch und begrüßte seinen Chef.

»Tag, Genosse Major, melde mich zum Rapport.«

»Rühren und drei Bier bestellen!«, grinste Bircher, »Philipp, schieß los!«

»Wie gesagt, wir haben jetzt das Hausbuch aus den frühen fünfziger Jahren, es dürfte aber kaum vollständig sein. Damals wurde das nicht so genau wie heute genommen. Also, neben den uns bekannten Mietern tauchen hier die Namen Fichtner und Eck auf. Eck ist verstorben, bleibt Fichtner, ein unbeschriebenes Blatt. Gestern hatte ich noch Böhme in seinem Büro besucht. Der ist tatsächlich so, wie er uns beschrieben wurde. Ein introvertierter, unzufriedener Zeitgenosse, der seine Stunden in diesem Akademieinstitut für Wirbeltierforschung absitzt. Der kann dir nicht in die Augen schauen, als müsste er ständig etwas verbergen, irrt sein Blick durch den Raum. Er hat bestätigt, was wir bereits wissen, dass er 1965 ausgezogen ist. Er gab an, seitdem das Haus nie wieder betreten zu haben. Er wüsste nicht, was aus den Mitbewohnern geworden ist und wolle auch niemanden sehen. Scheint mit dem Haus unangenehme Erinnerungen zu verbinden. Ich hatte ihn nach einem Richter gefragt, den kennt er nicht. Böhme hat für die Tatzeit angegeben, mit seiner Freundin zusammen gewesen zu sein. Frau Thule sei er auch nie begegnet. Hm, den Namen Fichtner habe ich selbst gerade zum ersten Mal gehört«, beendete er seinen Bericht.

»Vielleicht hat Frau Essorg Richter mit Fichtner verwechselt«, bemerkte Schmidter.

»Genau. Sie könnten recht haben!«, rief Bircher aus und kratzte sich den Schädel, »ja, verdammt, woher kenne ich den Namen Fichtner, der ist mir doch schon mal untergekommen, los Philipp, kram in deinen Notizen.«

»Ich glaube, dass ist der Name der toten jungen Frau, die wir vor ein paar Monaten gefunden hatten, die mit dem kranken Herzen«, erinnerte sich Schmidter.

Bircher nickte ihm anerkennend zu.

»So ein Zufall. Frau Essorg erzählte mir nämlich von einer Frau, die sehr jung an einem Kreislaufversagen verstarb, 1954 oder 1955. Sie hieß Fichtner und hinterließ einen jungen Witwer mit einem Baby. Die beiden sind dann ausgezogen.«

»Donnerwetter, ich laufe mal zum Auto und rufe den Böhme an, den Fichtner müsste der doch kennen, die wohnten ja nebeneinander auf der zehnten Etage«, rief Schmidter aus, bereits auf dem Weg zum Ausgang.

Bircher war sich jetzt sicher, dass die Genossin Essorg, trotz ihres kampferprobten Gedächtnisses, die Namen durcheinandergebracht hatte. Er musste leicht schmunzeln, wie er sich vorstellte, dass sie den Vorwurf mit gespitztem Mund vehement zurückweisen würde. Bei Gelegenheit würde er bei ihr klingeln.

Schmidter kam eilig zum Tisch zurück und kletterte auf seinen Schemel.

»Treffer. Böhme kennt Fichtner, die waren tatsächlich Nachbarn, und er bestätigte auch die Aussage von Frau Essorg über den frühen Tod von Frau Fichtner. Er wiederholte, dass er seit seinem Auszug mit niemandem aus dem Haus Kontakt hatte und dass er überhaupt nicht verstehen könne, was man von ihm wolle. Na ja, der Mann ist schlecht drauf.«

»Manuela soll die Koordinaten von Fichtner erfragen. Dann suchen wir ihn sofort auf. Was gibt es sonst noch, Genosse Schmidter?«, fragte Bircher.

»Ich habe versucht, die Wege des Martin Baumann zu verfolgen. Der ist also am 4. Oktober eingereist, war bekanntlich abends gegen neunzehn Uhr kurz bei seiner Familie, ist nachts in der Bar des *Café Moskau* gesehen worden – niemand weiß bisher, mit wem – und danach erst wieder am folgenden Morgen um sechs Uhr vierzig mit seinem Auto an der Sektorengrenze vorgefahren. Hat also kein Alibi für die Tatzeit.«

»Und der hat einen Schlüssel für das Haus. Was ist mit den anderen Etagen, also der achten und neunten?«, wandte sich Bircher an seine Kollegen.

»Ich hatte mir vorgenommen, jetzt die Befragungen auf der neunten fortsetzen«, erklärte Schmidter.

»Ich war bei den Familien Lang und Bommer«, fügte Angler hinzu, »hat nichts Neues erbracht. Nach Fichtner konnte ich ja noch nicht fragen.«

Bircher winkte ab, nahm einen tiefen Schluck Pilsner und erhob sich.

»Wir wissen zu wenig, das steht zumindest fest. Ich fahre jetzt ins Büro und von dort zu Fichtner. Er und Böhme sind die einzigen, die ausgezogen sind, zumindest nach heutigem Stand. Manuela prüft das bei den Meldestellen. Ihr macht im Haus weiter. Wir sehen uns dann alle morgen zur Frühbesprechung.«

Bircher befand sich in einer Altbauwohnung im Hinterhaus eines schäbigen Hauses in der Bornholmer Straße, nicht weit entfernt von der lärmenden Kreuzung, von der aus man links oder rechts in die Schönhauser Allee abbiegen konnte oder weiter geradeaus, westwärts, zum Grenzübergang Bornholmer Straße gelangte. Dort stand die Mauer und dahinter lag der Westen mit dem Bezirk Wedding. Vor Bircher saß Fichtner, klein und untersetzt, mit einem fest vor sich ragenden Bauch und einem von tiefen Mundfalten durchzogenen rötlichen Gesicht, einem Weinbrandtrinker ähnlich. Vom linken Mundwinkel bis hinab zum Hals entstellte ihn ein regelmäßiges Zucken, als wäre er gezielten Stromstößen ausgesetzt, die ihn unerwartet und gewaltsam daran hinderten, seinen Kopf nach rechts zu wenden. Sobald die sekundenlange Erschütterung verflogen war und sich seine Gesichtszüge normalisierten, richtete er seinen massigen Schädel wieder auf Bircher und fixierte ihn scharf, als hätte er nichts von einem Krampf bemerkt. Der Mann war jede Sekunde hochkonzentriert und offensichtlich gewohnt, schnell und ausdauernd einem Gespräch zu folgen. Bircher fragte sich, was ihn wohl in diese winzige Wohnung verschlagen hatte. Obwohl nur aus einem Zimmer, einer geräumigen Küche mit angrenzender Kammer und einer Toilette mit nachträglich eingebauter Duschtrasse versehen, war sie mit sicherem Geschmack anheimelnd eingerichtet. Die Atmosphäre der Behaglichkeit stand in merkwürdigem Widerspruch zu dem angespannt wirkenden Hausherrn. Der hatte ihn, sichtlich überrascht, zunächst gebeten, einen Moment vor der Tür zu warten. Bircher hörte, wie es im Wohnzimmer rumorte. Wahrscheinlich räumte er auf oder zog sich um. Schließlich bat er Bircher hinein, und sie standen sich für einen Moment gegenüber. Bircher überragte ihn fast um Haupteshöhe, und Fichtner hatte es plötzlich eilig, ihm einen Sessel anzubieten, wie um den unvorteilhaften Größenunterschied auszugleichen.

Fichtner lehnte sich zurück und kam ohne Umschweife zum Thema.

»Was führt Sie hierher?«, eröffnete er brüsk das Gespräch.

Der Unwille, in seiner Wohnung einen Polizisten zu empfangen, war ihm vom Gesicht abzulesen. Die Frage wurde von einem weiteren Stromschlag begleitet, Bircher fürchtete fast, er könnte seinem Gegenüber das Genick ausrenken. Sobald der Anfall abgeebbt war, blickte er dem Kommissar kühl in die Augen, neugierig und leicht gereizt, aber nicht nervös.

»Sie entschuldigen bitte diesen Überfall. Es handelt sich um eine Routinebefragung sämtlicher Bewohner des Haus des Kindes am Strausberger Platz, gegenwärtiger wie früherer. In diesem Haus wurde eine Bürgerin ermordet, und ich leite die Ermittlungen.«

»Verstehe, aber ich habe das Haus seit 1955 nicht mehr betreten. Was sollte ich damit zu tun haben?«

»Ich bin nicht hier, weil ich Sie verdächtige, aber es scheint, als würde sich der Täter im Haus gut auskennen. Wir müssen also davon ausgehen, dass der Täter direkt oder indirekt mit dem Haus in Beziehung steht oder stand«, erklärte Bircher etwas umständlich seine Vorgehensweise.

»Wer wurde getötet?«

»Eine Frau Thule. Sie wohnte auf der vierten Etage.«

»Hm, an den Namen kann ich mich nicht erinnern. Wohnte die bereits 1953 im Haus?«

»Nein, soweit ich weiß.«

»Ja, fürchterlich, ein Mord, kann man sich bei uns«, wobei er beide Arme gleichzeitig leicht anhob, als würde er plötzlich etwas vor sich sehen, »überhaupt nicht vorstellen, noch dazu in diesem Haus. Sitzt da nicht sogar ein Portier?«

»Nein, schon lange nicht mehr. Sie sind wann ausgezogen?«

»Das war 1955«, sagte er emotionslos.

Besonders gesprächig trat Herr Fichtner nicht auf, dachte sich Bircher. Keine Silbe zu viel, als würde er seine Worte abzählen. Ein trauriger Witwer, der nichts von seinen Gefühlen preisgibt. Nüchtern, verschlossen und kühl distanziert.

»Warum haben Sie das doch sehr komfortable Haus verlassen und sind hierher gezogen?«

»Weil meine Frau völlig unerwartet starb. Ich hielt es nicht mehr aus in der Wohnung, mit all den Erinnerungen und mit meiner Tochter, die gerade ein Jahr alt war und von allen Seiten bemitleidet wurde. Es war unerträglich.«

»Ja, kann ich nachvollziehen. Woran ist Ihre Frau so plötzlich verstorben, war sie längere Zeit krank?«

»Hm, wenn ich das wüsste. Ja, und Nein. Die Ärzte meinten, sie würde an einer schweren Herzerkrankung leiden. Meine Frau und ich bemerkten nichts davon. Sicher, sie war manchmal, wie man so sagt, etwas kurzatmig, wenn wir die Treppen hinaufstiegen. Da haben wir so unsere Scherze gemacht, dass wir mal Sport treiben sollten …«

Fichtner blickte an Bircher vorbei, als würde er einen Punkt an der Wand fixieren.

»Wurde Ihre Frau nicht behandelt?«

»Wir sind nie zum Arzt gegangen, waren schließlich noch jung und hatten genug anderes zu tun. Da hört man nicht so in sich hinein. Ich als Bauingenieur war von früh bis spätabends auf den Baustellen unterwegs. Meine Frau war Lehrerin, hat aber mit Beginn der Schwangerschaft nicht mehr gearbeitet. War ihr zu anstrengend.«

»Und, Ihre Tochter, lebt sie auch in Berlin?«, fragte Bircher im Ton des Ahnungslosen.

»Lebte, Klaudia ist kürzlich verstorben.«

Nun aschfahl im Gesicht, blickte Fichtner auf den Fußboden.

Bircher rutschte unwohl auf seinem Sessel umher. Vor ihm

stand plötzlich das Bild der jungen Frau in ihrer Einzimmerwohnung, die scheinbar sanft aus dem Leben geschieden war. Es musste gerade mal ein paar Monate her sein. Er fühlte so was wie Scham, wie jemand, der eine Falle versteckt, sein Opfer seelenruhig dorthin führt, wartet, bis sie zuschnappt, um sich anschließend überrascht zu zeigen. Aber was hätte er denn tun sollen? Etwa den armen Mann fragen, ob seine Tochter noch lebt? Um dann eventuell zu hören, ob er noch ganz bei Trost sei?

Schweigend saßen sie sich gegenüber. Bircher verkniff sich die nächsten Fragen, wo Fichtner in der Tatnacht gewesen war, woran Klaudia verstorben sei und wen er noch kannte, aus dem Hochhaus. Fichtner machte keine Anstalten, von sich aus das Gespräch fortzuführen. Als hätte er die Anwesenheit des Kommissars vergessen, blickten seine Augen apathisch in den Raum. Sein Körper schien von einer Art Lähmung befallen, die Gesichtszüge waren eingefroren, selbst die Krämpfe schienen wie unter Eis erstarrt. Bircher versuchte sich vorzustellen, was in ihm vorgehen würde, stünde er plötzlich so einsam im Leben wie sein Gegenüber. Wie lebt man weiter, nach zwei unbarmherzigen Schicksalsschlägen, erst das unerwartete Ableben der Frau, dann der noch schmerzhaftere Verlust der einzigen Tochter. Bereits die Vorstellung des halben Unglücks ließ ihn erschaudern.

»Es muss schrecklich für Sie sein. Verstehen Sie mich bitte richtig, ich musste Ihnen die Fragen stellen«, nahm er den Gesprächsfaden wieder auf.

»Ich mache Ihnen keinen Vorwurf. Stellen Sie Ihre Fragen.«

»Ja, das ist schon merkwürdig, aber höchstwahrscheinlich war ich am Todestag Ihrer Tochter in der Wohnung. Das muss im Juli gewesen sein?«

»Ja, sie ist am 10. Juli verstorben.«

»Bei einer unklaren Todesursache werden wir gerufen. Da keine Fremdeinwirkung vorgelegen hatte, wurde ich dann nicht mehr benötigt und habe deshalb bis gerade eben nicht mehr an diesen Tag gedacht. Meine Güte, eigentlich hätte ich darauf kommen können«, murmelte Bircher.

»Wie sollten Sie von uns beiden wissen, schließlich hat meine Tochter nichts mit den Ereignissen im Hochhaus zu tun.«

»Wussten Sie von den gesundheitlichen Problemen Ihrer Tochter?«, fragte Bircher vorsichtig.

»Sie hatte immer schon leichte Herzprobleme, das war natürlich bekannt. Man hatte sich als Vater daran gewöhnt, also, dass sie nicht kerngesund war, aber so richtig ernst hatte ich das nicht genommen. Schließlich war sie in der Regel gut drauf. Nun, vielleicht wissen Sie das ja bereits, sie wurde mit meinem Einverständnis obduziert. Ich wollte auch nicht mit der Ungewissheit leben, etwas übersehen zu haben, vielleicht sogar Schuld zu sein. Nun, jedenfalls kam dabei heraus, dass sie an einer schweren Krankheit litt, nennt sich hypertrophische Kardiomyopathie.«

»Hm, tut mir leid, wie gesagt, ich war nicht mehr involviert. Und keiner der Ärzte hatte einen Verdacht, schließlich war sie ja in Behandlung, vermute ich?«

»Das habe ich auch die Ärzte gefragt, sie war ja auch Blutspenderin wie ich und wurde regelmäßig untersucht. Die haben nichts feststellen können. Jetzt weiß ich, warum.«

»Ja, und weshalb?«

»Ich habe mir das erklären lassen. Die meisten Patienten bemerken nur eine allgemeine Leistungsminderung, Atembeschwerden, vielleicht auch mal Herzschmerzen, wie wenn man sich besonders aufregt. Herzrhythmusstörungen oder Schwindel sollen auch vorkommen. Im schlimmsten Fall treten bei einer plötzlichen Belastung schwere Herzrhythmusstörungen auf, die können zum Herzstillstand führen. Und niemand war in dem Moment zugegen, meine Tochter lebte allein.«

»Und haben Sie eine Idee, welcher Art von Belastung Ihre Tochter so plötzlich ausgesetzt war?«

»Nein, keine Ahnung«, antwortete Fichtner schroff.

Beide versanken erneut im Schweigen. Bircher machte sich Vorwürfe, nicht genauer nachgedacht zu haben, als der Name Fichtner fiel. Er erinnerte sich jetzt an den Bericht von Tetsche zum Tod der Klaudia Fichtner, in dem ausgeführt wurde, dass die junge Frau an einer seltenen Herzerkrankung gestorben war. Keinerlei Fremdeinwirkung. Eigentlich hatte er sich von seinem Besuch nähere Informationen über Böhme erhofft. Nun saß er vor Fichtner und sann darüber nach, wie er in dieser Lage sein eigentliches Anliegen vorbringen sollte. Bircher räusperte sich und beugte sich vorsichtig nach vorn, Herrn Fichtner zurückhaltend anlächelnd.

»Hm, ja, gestatten Sie noch eine letzte Frage. Zu der Zeit, als Sie im Hochhaus wohnten, hatten Sie da einen Nachbarn mit dem Namen Böhme?«

»Ja, ein widerlicher Typ«, platzte es, für seine Verhältnisse recht unverblümt, aus Fichtner heraus, »ein Versager!«

»So, so, können Sie das erklären?«

»Der hat doch nie irgendetwas hingekriegt. Wissenschaftler wollte er sein, dass ich nicht lache. Der saß den ganzen Tag vor einem Messgerät, ein Infrarotspektroskop, glaube ich, wie vor einem Spielautomaten, hat Sonderdrucke gelesen, Zigaretten geraucht und auf den Feierabend gewartet. Ich habe ihn mal gefragt, was er so macht, ob er was entdeckt oder publiziert hat, bin ja selbst Ingenieur und glaubte, der könnte mir was Interessantes erzählen. Nichts, ein Parasit, der sich von unserem Staat aushalten lässt«, beendete er verächtlich seine Einschätzung.

»Wissen Sie, was aus ihm geworden ist?«

»Keine Ahnung. Als ich auszog, war der noch dort. Habe ihn nicht wiedergetroffen, er war übrigens hinter jedem Rock her.«

»Er lebte allein?«

»Kann man so nicht sagen. Er war zwar nicht verheiratet, aber Frauen hat er genug empfangen. Seinen Weibern begegnete man ab und zu auf unserem Etagenkorridor«, sagte er abfällig.

»Und, Parasit, was meinen Sie damit?«, hakte Bircher nach.

»Böhme konnte niemandem ins Gesicht blicken. Jede Frage wurde ausweichend beantwortet, als könnte eine klare Antwort sein wahres Wesen verraten. Aber selbst löcherte er einen manchmal mit seinen Fragen, die immer auf das Private zielten. Ich kann mich nicht erinnern, dass wir jemals über berufliche Dinge redeten. Wenn ich dann mal ein bisschen bohrte, um zu erfahren, was er da in der Akademie so erforscht, dann winkte er ab, als lohne es sich nicht, darüber ein Wort zu verlieren. Wozu geht der überhaupt dorthin, habe ich mich manchmal gefragt. Wissen *Sie* zufällig, was aus dem geworden ist?«, fragte er eher gelangweilt.

»Der arbeitet immer noch als Wissenschaftler, jetzt im Institut für Wirbeltierforschung der Akademie.«

»Ha, da passt der ja hin. Kann er Skelette angrinsen.«

»Na ja, der ist übrigens auch ausgezogen, 1965.«

»So, warum das, der wäre doch nie freiwillig gegangen, hat man ihn rausgeschmissen?«

»Fast. Böhme hatte 1961 Probleme, als es darum ging, unsere Staatsgrenze zu sichern. Da hat er nicht unsere Positionen bezogen. Genaueres weiß ich nicht, unfreiwillig musste er dann auch noch sein, wie hieß das Ding, na, dieses Messgerät, das Sie erwähnten, hinter sich lassen und damit auch seine wissenschaftliche Karriere. Soweit es die überhaupt gab, wenn ich Ihrer Einschätzung folge.«

»Na also, hat es ihn dann doch noch erwischt. Ein politisches Bekenntnis zu unserem Staat war ihm schon damals nicht abzuringen. Da traf man sich einige Male auf der Hausversammlung. Böhme saß gewöhnlich fett in der Ecke und schwieg wie ein Protokollant«, höhnte Fichtner, »habe ihn nie wiedergesehen.«

Bircher reichte es. Er gab Fichtner ein abwiegelndes Handzeichen, als würde er ihm raten, sich nicht aufzuregen, und erhob sich aus seinem Sessel, um den Besuch zu beenden.

»Also, Herr Fichtner, ich muss jetzt gehen. Eine schwere Zeit für sie. Hoffentlich kommen Sie einigermaßen hindurch. Alles Gute. Vielleicht melden wir uns noch mal. Wie erreiche ich Sie?«

»Hier habe ich kein Telefon. Zur Not im Büro.«

»Würden Sie mir die Nummer geben?«

Fichtner suchte nach einem Zettel, fand schließlich einen Notizblock, riss ein Blatt aus und notierte die Telefonnummer. Bircher neigte unwillkürlich den Kopf, um die in Schräglage notierten Zahlen zu überfliegen. Er nickte Fichtner zu, faltete den Zettel und erhob sich.

Beide gingen die wenigen Schritte zur Wohnungstür. Fichtner reichte ihm die Hand. Wortlos öffnete er die Tür, und Bircher verließ grußlos die Wohnung.

7

Der 4. November 1975, Spätherbst in Berlin. Das bedeutete Abschied von der Sonne, gedämpftes Licht und eine bedrückende Enge, die sich unter dem tristen Himmel in der Hauptstadt der Republik ausbreitete. Das Grau des bröckelnden Putzes entlang der trostlosen Häuserfassaden auf den Alleen, die schnurgerade vom Alexanderplatz nach Norden führten, harmonierten mit dem fahlen Herbstdunst über den Dächern der Stadt.

Wie unter einer farblosen Haube liefen die Menschen in ihren graublauen Trenchcoats zwischen den Häuserblöcken, manche, als würden sie über sich einen Lichtschacht suchen, einen anderen Himmel, blau und freundlich, einladend, wie nach einem verlorenen Sommertraum Ausschau haltend. In der Greifswalder Straße sahen die Häuser merkwürdig unvollständig aus, bis zur Höhe der zweiten Etage waren sie renoviert worden, hell gestrichene Mauern reihten sich aneinander und gaben der Straße ein freundliches Aussehen. Sobald man jedoch seinen Blick an den Fassaden nach oben wandern ließ, verlor sich die bescheidene Pracht und abrupt wurde der allgegenwärtige bröckelnde Altputz sichtbar. Die zwischen Wandlitz und Berlin im Fond ihrer schwarzen Limousinen pendelnden Partei- und Staatslenker erfreuten sich an den frischen Fassaden, der Rest, die Tristesse ab zweitem Obergeschoss blieb ihren Augen, gleich einer unangenehmen Nachricht, verborgen.

Angler fuhr im Trabbi langsam die Gardinenallee, wie sie wegen der Staatslimousinen vom Volksmund bezeichnet wurde, entlang in Richtung Alexanderplatz. Er mochte die Allee, weil sie schnurgerade aus dem alten, dem Verfall preisgegebenen Teil der Stadt in die Neubausiedlungen im Zentrum führte und so, ungewollt, im Zeitraffer Vergangenheit und Zukunft vor Augen führte. Angler war zwar Polizist, jedoch hinderte ihn sein berufsbedingt kritischer Verstand daran, über Missstände hinwegzusehen. Er wohnte – wie auch sein Kollege Schmidter – im Prenzlauer Berg in einer Altbauwohnung mit Ofenheizung. Sein Antrag auf Einbau einer Gasheizung lag seit einiger Zeit bei den Behörden. Neidisch schaute er in die Mollstraße mit ihren gekachelten Neubauten, wo hinter blanken Wänden Zentralheizungen surrten und dachte an die klappernden Kohleeimer, die er mit Einbruch des Herbstes bald wieder täglich drei Etagen hochschleppen musste.

Na ja, dafür muss ich nicht auch noch am Wochenende Vorgärten harken und fremder Leute Dreck wegräumen. Um mein Haus herum gibt's nur Stein, dachte er sich, als er an der Kreuzung auf Grün wartete. Vor ihm lag eine lange Nacht. Die Genossen der Grenze hatten ihn vor einigen Minuten informiert, dass Martin Baumann eingetroffen war und sie ihn mit einer etwas längeren Kontrolle aufhalten würden. Es war vereinbart, dass Angler ihn bis Mitternacht beobachtete, danach würde Schmidter übernehmen.

Bircher hatte darauf bestanden, die Observation in die eigenen Hände zu nehmen, obwohl Personenüberwachungen ohne akuten Tatverdacht, und der lag nicht vor, eigentlich anderen Sicherheitsorganen vorbehalten waren. So könne man die Sache zunächst mal unter der Decke halten, schließlich hieß es, Aufsehen zu vermeiden, argumentierte Bircher. Sein Instinkt hatte ihm geraten, Baumann bei seinen nächsten Besuchen »zu begleiten«, wie er sich galant ausdrückte. Angler stellte seinen Wagen in einer Nebenstraße ab, lief kurz zum Kommandeur, um ihm seine Ankunft mitzuteilen, setzte sich wieder ins Auto und wartete auf Baumann, der jeden Moment mit seinem weißen Volkswagen auftauchen würde. Es war kurz vor acht Uhr abends.

Bircher hatte den Fernseher nach der »Aktuellen Kamera« ausgeschaltet und auf dem Couchtisch einige Akten ausgebreitet. Seit dem Mord an Frau Thule waren fast vier Wochen vergangen. Polizeivizepräsident Meier rief einmal wöchentlich zum Rapport. Bircher hatte wenig Erhellendes zu berichten, was Meier stirnrunzelnd zur Kenntnis nahm. Noch unterdrückte er jedwede Kritik und bemühte sich um Geduld.

Bircher, Angler und Schmidter hatten mittlerweile nahezu alle Bewohner befragt. Niemandem war ein Motiv für die Tat nachzuweisen, fast alle konnten ein Alibi vorweisen. Bis auf Martin Baumann, Böhme, Battes und den jungen Forn. Die Indizien, um eine Untersuchungshaft zu veranlassen, reichten nicht aus. Gerd Forn, immerhin der Sohn eines bewährten Parteifunktionärs, Martin Baumann, republikflüchtiger Sohn eines berühmten Stadtarchitekten, oder Böhme, der vor dreißig Jahren im Hochhaus gewohnt hatte und den niemand leiden konnte, oder der im Beruf untadelige Battes, zu keinem der ungleichen Vier führte eine Spur, die das Eingreifen der Staatsanwaltschaft hätte rechtfertigen können. Aus dem Quartett ragte Böhme heraus, als unglaubwürdigster Kandidat. Seine charakterlichen Defizite, seine abschätzige Haltung gegenüber dem weiblichen Geschlecht, seine beruflichen Misserfolge und seine politische Unzuverlässigkeit, der unfreiwillige Auszug aus dem Hochhaus, alles erweckte Misstrauen, mehr aber auch nicht. Bircher fiel sein letztes Gespräch mit Frau Essorg ein, als er sie mit der Mitteilung überraschte, dass Richter nicht Richter, sondern Fichtner sei und sie sich da wohl geirrt hätte. Sie blickte ihn beleidigt an, fast so, als würde er ihre Zuverlässigkeit in Frage stellen, und verwies nachdrücklich und mit besonders deutlich gespitzten Lippen darauf, dass sie Richter »oder so ähnlich« gesagt hätte und dass ja wohl der Kern ihrer Information ihn auf die Spur der Fichtners gelenkt hätte.

Ja, hatte er gesagt, er sei ihr zu Dank verpflichtet und deshalb nochmals vorbeigekommen, um ihr das ausdrücklich zu vermitteln. Sie könne ihn jederzeit anrufen, wenn ihr noch etwas einfiele. Sie hätte ihm ja bereits einen guten Dienst erwiesen, fügte er hinzu. Selbstverständlich würde sie sich sofort melden, entgegnete Frau Essorg, und es klang, als hätte sie soeben einen wichtigen Parteiauftrag übernommen.

Plötzlich stand Karola neben ihm und riss ihn aus seinen Gedanken: »Diesen oder jenen?«

Abwechselnd hielt sie vor seiner Nase zwei Flaschen in die Höhe.

»Halt mal still!«

»Das ist ein Pinot Noir aus Bulgarien und der hier, das ist der Lindenblättrige aus Ungarn«, klärte sie ihn auf.

»Äh, nehmen wir einen Weißen oder einen Roten?«

»Vielleicht den Weißen, mein Schatz, leicht und fruchtig, gut bekömmlich.«

»So, dann mal zu, leicht bekömmliche Kost kriege ich ja eher selten«, scherzte er.

»Gut, den Weißen lege ich mal kurz in das Tiefkühlfach, dann spüren wir die Säure nicht so, wenn Sie uns den Rachen reibt.«

»Wo hast du diese Weisheit her, obwohl, theoretisch möglich, schließlich löst sich bei tieferen Temperaturen die Säure schlechter und dann schmeckt er weicher, oder ist das Quatsch?«

»Nee, glaube ich nicht. Mit ein bisschen Phantasie wirst du in wenigen Minuten glauben, einen französischen Chablis, Jahrgang 1965, zu schlürfen.«

»So, so, dann mach hin, stell die Uhr vor.«

Karola verschwand. Dann hörte er sie in der Küche rumoren.

»Was macht eigentlich dein Fall mit der ermordeten Frau, die mit der verstümmelten Hand?«, rief sie ihm zu. In den letzten Tagen hatte er über die Angelegenheit kein Wort verloren. Seine Schweigsamkeit ließ nichts Gutes vermuten.

»Wir kommen nicht voran, keine Spuren, keine wirklich Verdächtigen, keine Motive. Und dann noch dieses Umfeld, ausgerechnet in diesem Hochhaus. Das einzig Positive, so Meier, sei, dass nichts in die Westpresse durchgesickert ist, na ja, eigentlich nicht meine Hauptsorge.«

Karola kauerte inzwischen neben ihm auf dem Sofa und schnüffelte am Wein.

»Den Chablis kann ich nicht erkennen. Wie soll der schmecken?«, murrte sie enttäuscht.

»Ja, theoretisch wohl ein wenig wie ein Chardonnay, schließlich ist Chablis mit ihm verwandt, ist wohl der beste Wein dieser Rebsorte. Und der Lindenblättrige ist ein entfernter Abkömmling des Chardonnay, womit sich der Weinkreis schließen würde. Aber der hier im Glas hat nichts mit Chablis tun.«

»Schade. Stattdessen sagst du mir, was es mit den abgetrennten Fingern auf sich hat.«

»Merkwürdiger Gesprächswechsel. Die Finger deuten auf einen besessenen Täter hin, vielleicht von einer Art Wahnvorstellung getrieben, meint Tetsche.«

»Zwei Finger als Zeichen für ein Ritual?«

»Kann man so sagen.«

In diesem Moment klingelte das Telefon. Bircher ging gemächlich, sein Glas mit sich tragend, in den Korridor.

»Hallo, hier Bircher.«

»Ich bin es, Philipp, rufe dich aus der Nachtbar des *Café Moskau* an.«

»So, ist Baumann dort?«

»Ja. Bin ihm hierher gefolgt, es ist gerammelt voll. Also, warum ich anrufe, er sitzt hier mit Böhme an der Bar.«

»Was? Sag das noch mal!« Beinahe wäre Bircher das Glas aus der Hand gerutscht.

»Kommt noch besser«, fuhr Angler fast flüsternd fort, »der Baumann hat ihm was rübergeschoben. Leider konnte ich nicht erkennen, worum es sich handelt. Wahrscheinlich ein Briefumschlag.«

»Die sind also miteinander bekannt, und Böhme hat das verschwiegen. Schließlich haben wir ihn nach seinen Bekanntschaften im Haus befragt. Bleib dran. Wir sprechen uns morgen im Büro.«

Nachdenklich ging Bircher zurück ins Wohnzimmer und blickte abwesend zur Couch, von der aus seine Frau ihn neugierig musterte. Bircher durchschritt schweigend den Raum, fünf Schritte in jede Richtung, das Weinglas schien er vergessen zu haben, bedenklich schaukelte es in seiner Hand. Schließlich blieb er stehen, schaute in sein Glas, als wäre es ihm gerade gereicht worden, und nahm einen langen Schluck.

»Hm, schmeckt wie der Name klingt. Eben ein Lindenblatt im Herbst, erschöpft, wenig Kontur, kurz bevor es vom Baum fällt.«

»Oh, hattest du einen Dichter in der Leitung?«

»Nee, Angler aus der Nachtbar des *Café Moskau*.«

»Was macht der da, kann er das bezahlen?«, fragte sie ganz praktisch.

»Außer Spesen nichts gewesen? Nicht bei Angler«, grinste er ihr zu.

»Nun, mein Poet, sag endlich, was Sache ist oder ich fälle die Linde alleine.«

»Der hat dort einen unserer ehemaligen Mieter aus dem Hochhaus gesichtet. Einen gewissen Böhme, der wohnte vor etwa fünfundzwanzig Jahren im Hochhaus, wollte, oder genauer, musste 1965 wieder ausziehen.«

»Ja, und? Ist es verboten dort zu sein?«

»Natürlich nicht. Der sitzt allerdings nicht allein an der Bar, sondern mit Martin Baumann, der zahlt die Zeche. Böhme wurde vor Jahren wegen politischer Schwierigkeiten auf ein Nebengleis der Wissenschaft geparkt, in der Forschungsstelle für Wirbeltiere, oder so ähnlich, in Friedrichsfelde. Da verdienst du nicht den Kognak fürs *Café Moskau*.«

»Meinst du etwa den Baumann, den Architekten?«

»Nee, aber seinen Sohn. Der ist 1961 nach Westberlin getürmt. Kommt aber regelmäßig seine Eltern besuchen. Die wohnen im Hochhaus.«

»Ach, so ein Zufall, vielleicht ist das die erste Spur, oder?«

»Vielleicht. Allerdings weist nichts darauf hin, dass Böhme die Ermordete kannte. Martin Baumann, ja, der könnte sie kennen und dem fehlt auch ein Alibi für die Tatzeit. Für Böhme sagt die Freundin aus. Alles eher vage.«

»Aber wenn Baumann mit Böhme verkehrt, dann hat sich Böhme vielleicht auf diesem Wege Zugang zum Haus verschafft. Du betonst doch, dass sich der Täter, wenn er nicht aus der Hausgemeinschaft stammen sollte, auf irgendeine Weise Zugang zum Haus verschafft haben muss, oder?«

»Ja, wie der Täter ins Haus und in die Wohnung von Frau Thule kommen konnte, ist unklar. So, genug der Fragerei, gib mir was vom Lindenbaum, bevor ich schlafen gehe«, beendete er das Thema. Bircher hatte ein leichtes Jagdfieber erfasst, das ihn wach hielt. Ein Buch über das Leben Bismarcks lag auf seinem Bauch. Für einen Moment erinnerte er sich an die überlieferten Schlafstörungen des großen Preußen. Seufzend rollte er sich auf die Seite. Seinen Blick auf Karola gerichtet, nahm er sich vor, Böhme am nächsten Morgen vorzuladen. Er konnte sein tiefes Misstrauen gegenüber Böhme nicht abschütteln. Obwohl gewöhnt, sich nicht durch Stimmungen beeinflussen zu lassen und nur den Fakten zu vertrauen, besaß Bircher sehr wohl ein ausgeprägtes Gespür dafür, wann er seinen Intuitionen folgen konnte. Er hielt zwar nichts von Sensualismus, aber sehr wohl einiges von seinem Instinkt. Als er sich in der Jugend mit biologischen Gesetzen beschäftigte und tagelang akribisch an der experimentellen Lösung eines Problems tüftelte, ohne der Lösung näherzukommen, half ihm sein Instinkt – oder etwas, dass er dafür hielt – einige Male, seine Unentschlossenheit und Zweifel zu überwinden. Irgendeine leise Stimme in ihm ließ sich vernehmen und raunte ihm zu, seinem Gefühl zu folgen und sich für die wahrscheinlichste Variante zu entscheiden. Das klappte tatsächlich, häufig genug, zu seinem eigenen Erstaunen. Ähnlich verhielt es sich mit Böhme und Baumann. Sie waren Teile eines Rätsels. Er spürte den Drang, seine Recherchen an ihnen auszurichten.

Erleichtert über diese Entscheidung ließ er sich in den Schlaf gleiten.

8

Der 5. November, früh am Morgen.

»Wach auf, das Telefon läutet Sturm!«, hörte er jemanden aus der Ferne rufen. Es musste seine Mutter sein, die ihn zum Melken in den Stall beorderte. Wenn er schulfrei hatte, musste er auf dem Hof helfen. Stall ausmisten, die Kühe und Hühner füttern und gelegentlich auch zu früher Stunde seiner Mutter zur Hand gehen. Das Morgengrauen übte einen geheimnisvollen Einfluss auf ihn aus, die kurze Zeitspanne, wenn die Sonne, noch unsichtbar hinter dem Horizont, als Vorbote des anbrechenden Tages ihr Licht in den Hof schickte, wenn der scharfe Geruch von Stallmist durch die schweren Tore in den Hof drang, wenn die reine Morgenluft ihm diese Strenge nahm, sich eine Dunstglocke aus süßsaurem Felddung über das Gehöft stülpte und Karl in der Nase kitzelte. Da stand er dann schlaftrunken auf dem Hof und rieb sich die Augen, unschlüssig um sich blickend, als hätte er die Orientierung verloren, bis die sanfte Stimme seiner Mutter ihm zurief, nicht im Stehen einzuschlafen. »Karl, Angler ist am Telefon!«

»Wie spät ist es?«

»Gleich sechs, komm her, ich will dann weiterschlafen.«

Bircher krabbelte schlaftrunken aus dem Bett und versuchte vergeblich, seinen Traum zu rekonstruieren, war irgendetwas vom Lande, blitzte kurz die Erinnerung auf, bevor er zum Hörer griff.

»Karl, der Wagen ist unterwegs. Wir haben eine Tote, im Hochhaus«, informierte ihn Angler mit tonloser Stimme.

»Ist es heute Nacht geschehen?«

»Ja, wahrscheinlich heute früh. Ich bin gegen Mitternacht nach Hause gefahren. Der Diensthabende hat mich vor wenigen Minuten angerufen. Ich weiß auch nicht mehr, habe die Technik informiert, ebenso Tetsche.«

»Also, dann bis gleich.«

Bircher war klar, dass sie es ab sofort mit einem Serientäter zu tun hatten. Die schlimmste aller Möglichkeiten war zur Gewissheit geworden. Ein irrer Mörder im Haus des Kindes und die Polizei ratlos! Er musste Meier informieren, suchte sein Notizbuch und wählte zum ersten Mal, seit er die Mordkommission leitete, nachts die Privatnummer des Polizeivizepräsidenten. Ihm schwante nichts Gutes, Meier liebte keine Überraschungen, schon gar nicht von der Art, wie sie ihm Bircher früh um fünf zu überbringen hatte. Bircher seufzte und lauschte dem gleichmäßigen Tonsignal des Telefons. Wahrscheinlich hat mein Chef einen tieferen Schlaf als ich, resümierte er. Meine Neuronen verhalten sich manchmal wie aufgescheuchte Bienen, die wie von Sinnen in ihrem engen Nest umherrasen, als würden sie einen Ausgang suchen, um sich vom Druck der Enge zu befreien. So könnte es sein, in meinem Kopf, sinnierte Bircher und versuchte sich zu erinnern, wie es war, wenn er nach einem kurzen Tiefschlaf in eine längere seichte Phasen des Dahindämmerns hineinglitt, als würde man auf einer Wolke schweben, das Leben unter sich vorbeiziehen sehen.

Ja, ja, vielleicht sollte ich zurück in meinen alten Beruf als Biologielehrer, fiel ihm noch ein, bevor das Tuten an seinem Ohr verstummte.

»Hallo, Meier am Apparat«, meldete sich mit fester Dienststimme sein Vorgesetzter. Es klang, als hätte sein Vorzimmer soeben ein Gespräch durchgestellt.

»Guten Morgen, Karl Bircher hier, ich muss dich stören. Soeben wurde ich über einen weiteren Mord im Haus des Kindes unterrichtet.«

»Mensch Karl«, unterbrach ihn Meier augenblicklich, »du weißt, was das bedeutet. Jetzt stehen wir buchstäblich mit dem Rücken an der Wand. Wir haben ja noch den ersten Mord an der Backe, welch eine Scheiße, ruf mich an, wenn du im Büro bist«, stöhnte sein Chef, jede Zurückhaltung aufgebend.

»Ja. Es war fast zu befürchten, dass wir es mit einem Serientäter zu tun haben könnten. Also, ich mach mich auf den Weg«, versuchte Bircher das Telefonat zu beenden.

»Warte, heute ist der 5. November, äh«, bemerkte Meier, als würde das irgendwas bedeuten, »ich komme auch hin, warte auf mich vor dem Hauseingang.«

»In Ordnung, dann bis gleich«, entgegnete verdutzt Bircher.

Noch nie hatte sich Meier an einem Tatort sehen lassen. Es war ein ungeschriebenes Gesetz, dass sich der Präsident nicht unmittelbar in die Ermittlungen einschaltete. Wie sonst sollte man objektiv den Fortgang einschätzen. Wenn es galt, aus der Distanz heraus die Reißleine zu ziehen. Na ja, dachte sich Bircher, in diesem Fall ist eben alles anders. Mir soll es nur recht sein. Erleichtert die Berichterstattung.

Vor dem portalähnlichen Eingang zum Hochhaus sah Bircher bereits einige Polizisten stehen.

»Prima«, murmelte Bircher, »auffälliger geht es kaum.«

General Meier war nicht zu sehen, dafür aber Angler und Schmidter. Warum sind die wieder vor mir hier?, wunderte sich Bircher.

»Guten Morgen, Karl«, grüßte Angler, »offensichtlich wurden wir alle drei gleichzeitig alarmiert, aufmerksamer Diensthabender.«

»Sieht so aus, erscheint auch notwendig. Gleich kommt noch jemand zur Unterstützung, wir warten hier«, knurrte Bircher, seinen Mitarbeitern die Hand reichend.

»So, wer denn? Genossen Tetsche habe ich gebeten, schon mal nach oben zu fahren, zum Tatort.«

»General Meier kommt. Wer ist die Tote?«

»Weiß ich nicht, eine Frau auf der sechsten Etage.«

Bircher durchzuckte eine schlimme Ahnung, aber er nickte nur kurz.

»Da kommt der Genosse General.« Angler wies mit dem Daumen zur Fahrbahn, wo in diesem Moment Meier aus einem schwarzen Lada stieg. Die drei Kommissare brachen ihr Gespräch ab und nahmen Haltung an. Wie sie da blass und mit verschlossenen Mienen vor dem Tor standen, erweckten sie den Eindruck einer zur Kondolenz angereisten Abordnung.

Bircher ließ sich die Anspannung nicht anmerken, scheinbar stoisch sah er den Dingen entgegen. Angler wippte ganz leicht in den Knien, als wartete er ungeduldig auf das Kommando zum Abmarsch. Schmidter stand unbeweglich wie ein Zinnsoldat und ließ keinerlei Regung erkennen.

»Guten Morgen, Genossen!«, begrüßte sie Meier im Ton eines Morgenappells und reichte jedem die Hand.

»Guten Morgen, Genosse General!«, antworteten die drei nacheinander.

»Also, dann lasst uns gehen. Karl, wo geht's lang?«

»Wir fahren mit dem Fahrstuhl auf die sechste Etage«, erläuterte Bircher, als sie die Eingangshalle durchschritten, wobei Meier einen interessierten Blick auf die Wandmalereien rechts von sich warf. Anscheinend war er zum ersten Mal in dem Haus. Aufmerksam musterte er den Eingang zum Mietshaus.

»Sieht aus wie eine Hotellobby«, konnte er sich nicht verkneifen, Bircher zuzuraunen.

»Ging mir auch so, als ich zum ersten Mal hier war. Hier ist der Aufzug.«

»Sollen wir den zweiten nehmen?«, erkundigte sich vorsichtig Schmidter.

»Wird schon gehen, los, alle rein!«, befahl Meier mit kurzem Kopfnicken, den sein Einsatz sichtlich anstachelte.

Die drei Polizisten quetschten sich, bemüht, dem General nicht zu nahe zu kommen, etwas unbeholfen in den Fahrstuhl, und Angler drückte über die Schulter von Schmidter hinweg den Knopf für die sechste Etage. Schweigsam fuhren sie nach oben und verließen den Fahrstuhl. Bircher zeigte auf die Wohnungstür, wo ein Posten Wache stand. Sie traten ein, geführt von Bircher, der, mit den Räumlichkeiten vertraut, voranging, gefolgt von General Meier. Der sah sich wie bei einer Wohnungsbesichtigung interessiert um, ihm folgten in gebührendem Abstand Angler und Schmidter.

Bircher sah den Rücken von Tetsche und marschierte schnurstracks in seine Richtung. Der nahm keine Notiz von ihm. Über das Bett gebeugt, nuschelte Tetsche irgendetwas in sein Aufnahmegerät. Vor ihm lag Frau Alt. Bircher ließ seine Augen über die Tote gleiten. Unglaublich, er sah sie noch vor sich sitzen, selbstsicher und auf eine gewisse Art unnahbar. Ihre vornehme Beherrschtheit, die kühle Distanz, die sie umgab, ihre Ironie, mit der sie Frau Thule beschrieben hatte, wie sie vorsichtig andeutete, dass sie mit ihr nicht gerade auf einer Wellenlänge lag und sie lediglich dienstlich miteinander zu tun hatten. Nun wurde ausgerechnet sie zum Opfer, die einzige Person, bei der ein direkter Bezug zu Frau Thule hergestellt werden konnte, abgesehen von Frau Welling.

»Guten Morgen, Wolfgang. Genosse General Meier möchte sich selbst einen Eindruck verschaffen«, sagte Bircher, worauf sich Tetsche erstaunt aufrichtete und dem General wie einem unerwarteten Gast die Hand reichte.

Als er sich zu Meier wandte, gab er den Blick auf die Tote frei, und augenblicklich wusste Bircher, dass es sich um denselben Täter handeln musste. Er blickte stumm auf Angler, der ernst nickte und die Backen aufblies, als wollte er sagen, siehst du, nun haben wir den Salat.

»Also, die Frau wurde höchstwahrscheinlich erwürgt und ihr wurden Zeige- und Ringfinger abgetrennt, exakt wie beim ersten Fall. Alles deutet darauf hin, dass der Täter die Frau überraschte. Es gibt keinen Hinweis auf einen Kampf, er könnte sie im Schlaf überrascht haben.«

»Wer hat die Tote entdeckt?«, fragte Bircher.

»Der Genosse Jäger hat berichtet, dass Herr Klage, der auf der Etage wohnt, um halb sechs seine Wohnung verließ. Er ist Arzt und war auf dem Weg zum Frühdienst. Dem erschien die offene Tür merkwürdig. Er hat dann Jäger geweckt, und die beiden beschlossen, hineinzugehen. Na ja, Jäger hat dann sofort die Zentrale informiert.«

»Unglaublich, da bringt jemand eine Frau um, geht durch die Tür, lässt sie offen stehen, als würde er uns sagen wollen, seht mal her, hier gibt's was zu sehen, und verlässt das Haus wie ein Besucher«, murmelte der General, sichtbar beeindruckt von dem, was sich vor seinen Augen ausbreitete.

Bircher schaute auf die Tote, die ihn noch vor wenigen Wochen elegant begrüßt hatte. Jetzt lag sie erdrosselt vor ihm, den

Kopf leicht verdreht, der rechte Arm lag flach auf dem Betttuch. Bircher suchte die rechte Hand und sah wie zwei abgelegte Utensilien Zeige- und Ringfinger auf dem Laken liegen.

Bircher winkte Angler und Schmidter zu sich, während Meier mit Tetsche sprach.

»Philipp, du fährst bitte sofort zu Böhme, solange er noch zu Haus ist. Wo waren er und Martin Baumann die vergangene Nacht? Das muss sofort geklärt werden. Und, was haben die beiden miteinander zu tun, seit wann treffen die sich und so weiter? Wenn nötig, bring ihn aufs Präsidium.«

»Ich nehme besser einen Genossen von der Bereitschaft mit, oder?«

»Ja, mach das und Sie, Genosse Schmidter, klären, wann Baumann die Grenze passiert hat. Später gehen Sie in die Nachtbar vom *Café Moskau* und befragen die Kellner, die Garderobiere und alle anderen, die Dienst hatten. Dazwischen befragen wir die Mieter.«

Bircher schickte seine Mitarbeiter aus der Wohnung und griff sich den Leiter der Spurenkommission.

»Habt ihr etwas Verwertbares gefunden?«, wandte er sich an seinen Kollegen.

»Bisher nichts, was Ihnen weiterhelfen würde. Keine Spuren, auch nicht an der Tür. Der Täter musste einen Wohnungsschlüssel haben, oder er wurde von der Ermordeten hereingelassen.«

»Hm, ganz ähnlich wie im Fall Thule.«

»Verdammt ähnlich, ich fresse einen Bären, wenn es nicht derselbe Täter ist.«

Bircher nickte und ging zurück zum Schlafzimmer.

Dass beide Frauen im Schlafanzug nachts die Türen öffneten, ohne zu wissen, wen sie einließen, erschien ausgeschlossen. Entweder kannten sie den Täter oder der Mörder verschaffte sich unbemerkt Zugang. Anderenfalls hätten sie irgendwelche Schleifspuren, Hinweise auf Gegenwehr oder Ähnliches finden müssen. Nichts dergleichen lag vor.

»Also Karl, ich fahre ins Büro, muss den Minister informieren«, hörte er neben sich Meier, der ihn am Ärmel zur Seite zog. »Was soll ich ihm sagen, haben wir es mit einem Wahnsinnigen, einem Geistesgestörten zu tun, mit einem Triebtäter? Kann ja auch bei uns vorkommen.«

»Ja, möglich«, sagte Bircher tonlos.

»Lass uns zunächst mal bei der Sprachregelung bleiben, dass wir es mit der Tat eines Irren zu tun haben, also keinem rational handelnden Täter, der gezielt Ärztinnen umbringt«, resümierte im Ton einer Festlegung Meier.

Bircher war klar, worauf Meier hinauswollte. Besser die Hypothese von einem geistesgestörten Mörder, als die von einem gerissenen Verbrecher, der die Polizei narrt. Damit wird er nicht weit kommen, dachte sich Bircher, als er Meier nachdenklich hinterherblickte. Ich werde mal die Forns aufsuchen.

Gleich müsste sich die Tür öffnen, es war nicht einmal sieben Uhr in der Frühe. Böhme, nach seinem Ausflug in die Nachtbar, lag sicher im Tiefschlaf. Angler drückte ungerührt die Klingel auf Dauerton. Neben ihm stand ein Polizist in Uniform, das Ohr an die Tür gepresst. Plötzlich hob er die Hand, wie um anzudeuten, dass sich etwas hinter der Tür bewegte, als würde jemand zur Tür schleichen, vielleicht um durch das Schlüsselloch zu spähen, einen Spion gab es nicht. Angler nahm die Hand vom Klingelknopf und rief laut, der Polizist an der Tür zuckte zusammen, in die Stille des Hausflurs:

»Machen Sie bitte auf, Herr Böhme, hier ist Oberleutnant Angler von der Kriminalpolizei. Ich muss Sie sprechen.«

Zunächst rührte sich nichts, der Volkspolizist presste erneut sein Ohr an das Holz der Eingangstür, drehte seinen Kopf nach oben und flüsterte Angler zu:

»Da bewegt sich jemand hinter der Tür, möchte ich wetten, soll ich mal gegen die Türe schlagen?«

»Warten wir noch einen Moment!«, hielt ihn Angler zurück.

Es dauerte nicht lange, bis sich endlich der Schlüssel im Schloss drehte, und Böhme tauchte auf, mit verquollenen Augen und einem Gesicht voll Wut und Empörung.

»Warum müssen Sie mich mitten in der Nacht rausklingeln und das halbe Haus aufwecken!«, herrschte er die Polizisten an.

»Das werde ich Ihnen gleich erklären, wenn Sie mich reinlassen. Oder sollen die anderen Mieter mithören?«, entgegnete gelassen Angler.

Böhme blinzelte ihn abwägend an.

»Kommen Sie und gehen Sie bitte dort in die Küche, meine Freundin schläft noch«, winkte Böhme die beiden herein.

Angler ging in die Küche und gab seinem Kollegen ein Zeichen, an der Wohnungstür zu warten.

»Was ist los, sieht ja wie eine Hausdurchsuchung aus, dürfen Sie das, hier so reinmarschieren?«, blaffte Böhme vor sich hin, ohne Angler anzusehen.

»Wir haben geklingelt, Sie haben uns geöffnet, wo ist das Problem?«, entgegnete Angler gleichbleibend ruhig.

»Aha.«

»Sie sprachen kürzlich mit meinem Kollegen, es ging um den Tod der Frau Thule. Sie hatten betont, seit 1965, als Sie aus dem Hochhaus am Strausberger Platz ausgezogen sind, keine Kontakte zu Bewohnern dieses Hauses mehr unterhalten zu haben. Sie haben tatsächlich keinen der Mieter je wieder gesehen, ist das so?«

»Kann mich nicht genau erinnern, mit wem ich gesprochen habe.«

»Mit Genossen Leutnant Schmidter, in Ihrem Büro und danach nochmals am Telefon, ist doch nicht so lange her, als dass sich jemand wie Sie, ein Wissenschaftler, nicht mehr daran erinnern könnte«, konterte Angler trocken.

»Ach so, ja, klar, wegen dieser Sache im Haus des Kindes, erinnere mich und, worum geht es jetzt?«

»Zunächst mal, wo waren Sie heute Nacht?«

Die Frage traf ihn unverhofft, ein schiefes Grinsen schob sich in sein Gesicht und verlieh ihm den Ausdruck von Unsicherheit und Misstrauen, als hätte er etwas zu verheimlichen.

»Also, nochmals, wo waren Sie heute Nacht, genauer zwischen Mitternacht und sechs Uhr früh, daran werden Sie sich wohl doch noch erinnern können?«

»Ich war erst was trinken und dann ab drei Uhr früh hier im Bett. Fragen Sie meine Freundin.«

»Aha, waren Sie die ganze Nacht allein, beim Eben-mal-etwas-Trinken?« Angler blickte ihn scharf an und trommelte sachte mit Daumen und kleinem Finger auf den Küchentisch.

»Ich war allein, in der Nachtbar im *Café Moskau*, fragen Sie den Barkeeper.«

»Donnerwetter, da hatten Sie wohl einen besonderen Anlass. Darf ich fragen, wie Sie, bei Ihrem Gehalt, eine ganze Nacht in der Bar verbringen können?«

»Entschuldigung, das darf ich doch wohl, oder ist das auch schon meldepflichtig, wenn man die Wohnung in Richtung Bar verlässt. Soll ich beim nächsten Mal dem ABV Bescheid geben? Und überhaupt, was geht das die Polizei an, was ich mit meinem Geld anfange?«, schnauzte Böhme, der seine Wut nur mühsam unterdrücken konnte.

»Nee, aber Sie sollten den ABV, sollten Sie tatsächlich mit ihm sprechen, nicht belügen.«

Angler verspürte wenig Lust, dieses Ratespiel noch länger fortzusetzen. Er würde ihm noch eine Chance geben und ihn dann für acht Uhr in das Präsidium bestellen. Da hätte er gerade noch Zeit, seiner Freundin, falls es sie tatsächlich gab, mitzuteilen, dass sie alleine frühstücken musste.

»Also, versuchen wir eine Zusammenfassung: Sie haben gestern spontan beschlossen, die Nacht an der Bar zu verbringen, weil Ihnen danach war. Da saßen Sie allein bis früh um drei und tranken vor sich hin. Haben Sie noch die Rechnung?«

»Nee, schmeiß ich gleich weg, muss meine Freundin nicht sehen.«

»Klar. Also, Sie kommen bitte heute um acht zu mir ins Präsidium. Dort werden Sie erklären, warum Sie uns belügen. Sie waren nicht allein in der Nachtbar. Sie waren in Begleitung des Westberliner Bürgers Herrn Martin Baumann, den Sie angeblich seit 1965 nicht mehr gesehen haben.«

Angler erhob sich abrupt und marschierte zur Tür, wo der Polizist auf ihn wartete. Aus dem Augenwinkel bemerkte er, wie die Maske überheblicher Dreistigkeit, die Böhme gerade noch vor sich her trug, verschwand und ein anderes Gesicht erschien. Etwas ratlos sah er nun aus, als er dem Kommissar konsterniert hinterherblickte.

»Seien Sie pünktlich!«, rief Angler ihm zu, bevor die Tür ins Schloss fiel.

Bircher stand nachdenklich vor der Tür Forns. Er überlegte, wie er vorgehen sollte. Gerd Forn hatte bei ihm einen labilen Eindruck hinterlassen, und es erschien ratsam, vorsichtig vorzugehen. Bircher hatte nur zu gut in Erinnerung, wie der junge Mann nach dem ersten Mord, als sein Alibi wackelte, apathisch, geradezu teilnahmslos auf die heraufziehende Gefahr reagierte, wie der redliche Vater alles versuchte, seinem schweigenden Sohn Rückendeckung zu geben. Gerd Forn blieb verdächtig, nicht zuletzt wegen der ungeklärten Umstände der Vergewaltigung der jungen Kubanerin. Beide Morde wurden nachts begangen, als Forn allein mit seinem Bus unterwegs war. Wer kann ausschließen, dass er seine Ruhezeiten für ein Verbrechen nutzte? Trotz der frühen Stunde öffnete ihm der alte Forn, als würde er gleich ins Büro fahren. Im frisch gebügelten Hemd und gestreifter Krawatte sah er eher wie ein Hoteldirektor aus, den ehemaligen Parteisekretär eines Berliner Industriebetriebes stellte man sich anders vor.

»Oh, guten Morgen, Genosse Major, was ist passiert?«, empfing ihn Forn, dem seine Lebenserfahrung zuraunte, dass der Kommissar mit schlechten Nachrichten vor der Tür stand. Der blickte Forn abwägend an, als würde er prüfen, ob der Hausherr für das Gespräch bereit wäre.

»Bitte um Entschuldigung, dass ich so früh hereinplatze, darf ich Sie kurz sprechen?«, begrüßte ihn Bircher mit freundlichem Lächeln.

Forn wich zur Seite, und beide gingen in das Wohnzimmer.

»Genosse Forn, wir haben einen weiteren Mord zu beklagen, Frau Alt wurde erdrosselt. Heute Nacht, zwischen Mitternacht und fünf Uhr früh. Wieder müssen wir alle Bewohner befragen, wo sie sich zur Tatzeit aufgehalten haben.«

»Meinen Sie damit auch mich?«, platzte Forn heraus, die Empörung nahm ihm fast den Atem.

»Nun ja, auch Ihren Sohn. Sie wissen, dass wir bei unserem letzten Gespräch nicht gerade glücklich über einige Angaben waren. Es blieb ja offen, ob Ihr Sohn in der fraglichen Nacht ohne Unterbrechung zu Hause gewesen war.«

»Hm, seitdem waren Sie nicht mehr hier, ich dachte, die Angelegenheit hätte sich erledigt.«

»Kann sie nicht, solange wir den Täter nicht kennen, das verstehen Sie sicher. Also, ist Ihr Sohn zu Hause?«

»Ja, er schläft. Hatte Nachtschicht und da kommt er erst gegen fünf Uhr nach Hause.«

»Vielleicht ist er ja noch wach, dann kann ich gleich meine Fragen stellen, so müsste er nicht ins Präsidium. Schauen Sie bitte nach!«

»Ja, gleich. Mir werden Sie es ja sicher abnehmen, dass ich heute Nacht meine Wohnung nicht verlassen habe. Einen Zeugen habe ich nicht. So wie damals.« Trotzig, als hätte man ihn beleidigt, klang die Antwort.

»Ja, in Ordnung, Genosse Forn«, entgegnete Bircher ruhig.

Forn nickte und schlurfte aus dem Zimmer. Sicherlich empfand Forn das Ganze als Demütigung, schließlich war seine Glaubwürdigkeit unantastbar, schon von Berufs wegen.

Bircher hörte Stimmengewirr, vielleicht hatte der alte Forn seinen Sohn geweckt, um ihm die Fahrt ins Präsidium zu ersparen. Kurz darauf betraten beide das Wohnzimmer, Gerd Forn hielt sich nur mühsam auf den Beinen, wahrscheinlich war er nicht nur aus dem tiefsten Schlaf gerissen worden, sondern wie damals wieder in eine Art Schockzustand verfallen, als ihm sein Vater über den Grund des frühmorgendlichen Besuchs unterrichtete.

»Guten Morgen, könnten Sie mir ein paar Fragen beantworten, auch wenn Sie gerade von der Nachtschicht kommen?«, begann Bircher vorsichtig.

»Äh, was wollen Sie denn?«, entgegnete fast flüsternd Gerd Forn, der eingeschüchtert vor ihm stand.

»Nun setzen Sie sich erstmal, ist 'ne Routinebefragung, das hat Ihnen ja sicher bereits Ihr Vater gesagt.«

Bircher betrachtete den jungen Forn, der nicht gerade den Typ des robusten Busfahrers verkörperte, der in jeder Lage Ruhe und Besonnenheit ausstrahlt und zur Not auch mal einen Fahrgast zur Räson bringt. Bircher versuchte sich die Verwandlung des lahmen Forn in ein entfesseltes Monster vorzustellen. Es gelang ihm nicht, er konnte sich ihn nicht einmal als Raufbold ausmalen, aber was bedeutete das schon, schob er seine Gedanken zur Seite. Er hatte in seinem Beruf zu viele Gesetzesbrecher kennengelernt, die auf den ersten Blick kein Wässerchen zu trüben schienen.

»So, erzählen Sie mir bitte möglichst genau den zeitlichen Ablauf Ihrer Nachtschicht!«, forderte Bircher Gerd Forn zum Sprechen auf.

»Mein Dienst begann wie üblich um neunzehn Uhr und ging bis früh um fünf, mit den Pausen. Dann ist Übergabe, und danach fahre ich nach Hause. Dann schaffe ich es, bis sechs im Bett zu sein.«

»Wie oft haben Sie Pausen und wo?«

»Na, immer nach einer Schleife, also an der Endhaltestelle. Nachts kommt man manchmal etwas schneller durch, ich muss mich aber nach dem Fahrplan richten und bis zur vorgeschriebenen Abfahrtszeit warten.«

»Wo ist Ihre Endhaltestelle?«

»Am Ostbahnhof, da starte ich auch.«

Hm, das ist keine fünf Minuten von hier, dachte sich Bircher und hakte nach: »Und wann ungefähr waren diese Pausen, müssen Sie die dokumentieren?«

»Na klar, ist alles im Fahrtenbuch erfasst. Ich hatte um zwei und halb vier ein bisschen Zeit. Bin dann im Ostbahnhof auf die Toilette gegangen, ja, mehr war nicht, diese Nacht«, schloss er, für seine Verhältnisse ziemlich bestimmt.

»Gut, eine letzte Frage noch, wie lange dauerten die Pausen?«

»Äh, weiß ich nicht mehr so genau, die erste war kurz, vielleicht zehn Minuten, die zweite länger, ungefähr fünfzehn Minuten. Hatte kaum Fahrgäste, na ja, dann brettert man die Strecke eben runter und hält nur kurz«, bemerkte er fast entschuldigend.

Bircher lehnte sich zurück und nickte Gerd Forn zu. Er hatte nicht an das Fahrtenbuch gedacht. Ziemlich klare Sache, sein Alibi zu prüfen, falls die Tatzeit eingegrenzt werden kann.

»Kann mein Sohn nun gehen?« Forn senior hatte die ganze Zeit keinen Ton von sich gegeben, obwohl ihm sein Unbehagen auf dem Gesicht geschrieben stand.

»Ja, das war es schon. Ich hoffe, dass Sie wieder einschlafen können. Soll ja manchmal nicht ganz einfach sein, bei Leuten, die viel Schicht arbeiten müssen, nicht?«

»Hm, wird schon klappen. Dann also tschüss«, murmelte der Sohn zum Abschied und schlurfte in sein Schlafzimmer.

»Ja, auf Wiedersehen, ich gehe dann auch«, wandte sich Bircher an den Vater und erhob sich zum Abschied.

»Ich hoffe, dass Ihnen das reicht. Wissen Sie« und hier stockte Herr Forn, sichtlich bemüht, die passenden Worte zu finden,

»mein Sohn hat sich seit den Vorwürfen damals, während der Weltfestspiele, sehr verändert. Ich weiß nicht mehr, was er denkt, mit wem er befreundet ist und wo er seine Zeit verbringt. Er ist entsetzlich verschlossen. Schleppt da was mit sich herum und lässt mich nicht an sich heran. Ich kann doch nichts dafür, was hätte ich denn noch tun können, damals!«, platzte es fast schuldbewusst aus ihm heraus, als hätte er seinen Sohn im Stich gelassen.

»Es wird sich schon alles regeln. Das Fahrtenbuch ist ja wie ein sicherer Zeuge.«

Es klang nicht überzeugend, wie Bircher das aussprach, die Hand an der Türklinke.

Bircher verließ die Wohnung, unschlüssig, ob er in das Präsidium fahren oder Jäger aufsuchen sollte, der die Tote zusammen mit Klage entdeckt hatte. Klage war wahrscheinlich im Dienst, so entschloss er sich, bei Jäger zu läuten. Der schien auf ihn gewartet zu haben, denn es dauerte keine halbe Minute, da stand er vor ihm und reichte ihm wie bei einer Beileidsbekundung stumm die Hand.

»Guten Morgen, Genosse Jäger. So, wir haben eine zweite Leiche«, eröffnete Bircher unverblümt das Gespräch, »und ich möchte Sie bitten, mir nochmals genau den Hergang zu erzählen, also, alle Details.«

»Also, Klage klingelte bei mir gegen halb sechs in der Früh. Er hatte sich über die geöffnete Tür gewundert, zunächst nahm er an, dass Frau Alt nur mal kurz rausgegangen wäre, zum Müllschlucker oder Briefkasten. Kam ihm aber merkwürdig vor, Frau Alt war eher nicht die Person, die mal so einfach früh um sechs die Wohnung verlässt und dann auch noch die Tür offen stehen lässt. Klage stand dann für einen Moment unschlüssig auf dem Korridor, bevor er sich entschloss, in die offene Wohnung nach Frau Alt zu rufen. Er wartete eine Weile, rief noch mal nach ihr und schlich sich dann rein. Na ja, der Rest ist klar, er klingelte Sturm bei mir, wir sind beide zurück und fanden sie tot im Bett. Sind sofort wieder raus, Klage wollte erst noch ihre Halsschlagader tasten, habe ihm geraten, besser nichts anzufassen. Bestand ja kein Zweifel, dass sie tot war«, verstummte er.

Beide schwiegen, Bircher konnte sich lebhaft vorstellen, wie Jäger zumute war. Ein zweiter Mord in seinem unbescholtenen Haus, in diesem Prachtbau, von Bürgern bewohnt, die seit Jahrzehnten ihr Hochhaus als Sinnbild des gemeinsamen Erfolges pflegen, es bei jedem Anlass hingebungsvoll mit Republikfahnen schmücken, wenn alljährlich unter ihren Fenstern die Kampfgruppen und andere bewaffnete Organe zum 1. Mai aufmarschieren, in ihrem Schlepptau die Werktätigen, die aus den oberen Etagen wie bummelnde Stadttouristen aussahen, die sich in Sichtweite des Hochhauses der Tribüne näherten, auf der sie von der wie angeschraubt wirkenden Staatsführung huldvoll gegrüßt wurden: Die zögernden oder eifrig Winkenden, die kurz darauf wie ein aufgeschreckter Hornissenschwarm in alle Richtungen auseinanderschwärmten, um den nachrückenden Massen Platz zu machen. Jäger verfolgte immer vom offenen Fenster den Verlauf der Kundgebung, stramm wie ein Soldat stand er zwischen den geöffneten Türfenstern, stützte sich mit beiden Armen auf das schmiedeeiserne Geländer, als wäre es ein Rednerpult, summte die Melodien der nach oben schallenden Kampflieder mit und blickte stolz nach unten, voller Stolz über seinen Staat, dem er alles zu verdanken hatte. Nun stand er vor dem Kommissar und verstand seine Welt nicht mehr.

»Hm, Genosse Jäger, als Sie hineingingen, ist Ihnen da irgendetwas aufgefallen, standen die Möbel alle an ihren üblichen Plätzen, war die Tür zum Schlafzimmer offen oder geschlossen, gab es Anzeichen einer Auseinandersetzung?«, holte ihn der Kommissar in die triste Wirklichkeit zurück.

»Wie gesagt, wir sind rein und haben im Korridor nach ihr gerufen. Es blieb still. Wir haben vielleicht 'ne halbe Minute unschlüssig in der Diele gestanden. Alles sah aufgeräumt aus. Dann haben wir vom Korridor in die Küche und in das Wohnzimmer geschielt, da war ebenso alles unauffällig, die Türen standen offen. Klage sagte: ›Hm, bleiben nur noch das Schlafzimmer und Bad.‹ Wir haben erneut nach ihr gerufen, und da niemand antwortete, sind wir ins Schlafzimmer, da war uns schon etwas mulmig zumute. Ich kann mich beim besten Willen nicht erinnern, ob die Schlafzimmertür geschlossen war«, entschuldigend hob er die Schultern.

»Wie sah das Schlafzimmer aus, also, ich meine, sahen Sie irgendwelche Spuren einer Auseinandersetzung, umgekippte Lampen, zerwühltes Bett oder so?«

»Nee, also daran kann ich mich erinnern, es sah alles genau so aus wie vorhin, als ich Ihren Kollegen, den Arzt, in die Wohnung begleitete. Das war es ja, was die Sache so unheimlich machte. Ringsherum die Ordnung und in der Mitte die Leiche von Frau Alt.«

Ungewohnt vorsichtig, fast gehaucht, kamen die letzten Worte über seine Lippen.

Bircher nickte ihm zu. Sie musste im Schlaf überrascht worden sein, wie im ersten Fall. Scheint ein Wiederholungstäter zu sein, wäre der erste Doppelmörder in meiner Laufbahn, resümierte Bircher.

Als hätte Jäger seine Gedanken gelesen, wandte er sich an den Kommissar:

»Was mache ich jetzt, hier kann die Panik ausbrechen, sollte man das Haus nicht evakuieren, die Leute werden mir doch die Tür einrennen, jetzt, da alle ahnen, dass der erste Mord nicht zufällig bei uns geschah.«

»Nun mal sachte, evakuieren, hier ist doch nicht die Cholera ausgebrochen. Überlegen Sie, lieber Genosse Jäger, was geschähe, wenn wir das Haus räumten? Das würde den Fall nicht lösen, eine Räumung, es sähe ja wie eine Kapitulation aus, als würden wir dem Mörder anzeigen, hier ist es uns zu gefährlich geworden, wir kriegen dich nicht und der Wahnsinnige denkt sich: Na also, bin unschlagbar! Und dann macht er woanders weiter. Nee, das löst unser Problem nicht.«

»Mag ja sein, aber was können wir tun, damit die Sache nicht aus dem Ruder läuft, wie vermeiden wir 'ne Art Aufruhr? Vor jede Tür einen Wachposten stellen, geht ja wohl nicht, das Haus bewachen, ohne dass die feindliche Springerpresse von der Sache Wind bekommt, kompliziert, überhaupt, ist doch nur noch 'ne Frage der Zeit, bis unsere Gegner von den Morden erfahren«, hier stockte Jäger erschrocken, als hätte er gerade ein noch nie gesprochenes Wort in den Mund genommen, es wie eine heiße Kartoffel zwischen den Wangen hin- und hergeschoben, bevor er stockend fortfuhr: »Ja, also, stellen Sie sich vor, wenn die Westpresse anrückt und unser Haus belagert, fürchterlich!«

Der Gedanke, dass die Verbrechen politisch ausgeschlachtet werden könnten, sogar eine makabre Aufwertung erfahren würden, verschlug ihm die Sprache. Ratlos starrte er Bircher an, der ihn geduldig reden ließ.

»Ich werde eine Parteiversammlung einberufen«, sagte Jäger plötzlich in einem Tonfall, als hätte er die Lösung seines Problems gefunden. Bircher räusperte sich vernehmlich.

»Also, lieber Genosse Jäger, dazu würde ich nicht raten. Wie beim ersten Fall, so können wir leider auch jetzt nichts verkünden, was zur Beruhigung der Lage beitragen würde. Im Gegenteil, die fruchtlose Diskussion würde uns relativ hilflos aussehen lassen. Nein, in Einzelgesprächen können wir besser auf die Bürger einwirken«, griff Bircher Jägers Sorgen auf.

Der nickte resignierend. Still saßen beide in der Diele, Bircher schaute auf die Wanduhr, und Jäger zupfte an der faltenlosen Tischdecke, als müsste er die aufgestickten Blümchen sortieren. Bircher versuchte die Spannung zu lösen, er erhob sich ruckartig, tippte Jäger aufmunternd auf die Schulter und verabschiedete sich mit der Bemerkung: »Verlieren Sie nicht die Nerven, wir kriegen diesen Halunken, bewahren Sie Ruhe, auch nach außen. Ich melde mich.«

Er begab sich zur Wohnungstür, den ratlosen Genossen Jäger hinter sich lassend.

9

Bircher erreichte sein Büro gerade rechtzeitig, um zu beobachten, wie Böhme den Korridor entlangschritt. Den Kopf leicht geneigt, studierte er die Namensschilder und verharrte, als Bircher plötzlich vor ihm stand.

»Guten Morgen, Herr Böhme. Sie sind hier richtig. Kommen Sie mit.«

»Guten Tag, wird das hier eine Vernehmung oder ein Verhör? Das habe ich nicht so richtig verstanden, was Ihr Kollege vorhat«, murrte Böhme leise vor sich hin, dem Kommissar folgend.

»Werden Sie gleich hören, hier hinein, bitte«, zeigte er auf eine Tür ohne Namensschild. »Warten Sie einen Augenblick, bin gleich zurück!«, fügte er hinzu und verließ den kahlen Raum, ohne auf eine Antwort zu warten.

Böhme stand unschlüssig vor dem rechteckigen Tisch, während Bircher zwei Türen weiter sein Büro betrat.

»Guten Morgen, Manuela, ist Angler im Haus?«

»Ja, er wartet auf dich. Das ist ja schrecklich, was ich gehört habe, unglaublich, noch eine Ermordete, dazu wieder im Kinderkaufhaus«, ließ sie ihrer Erregung freien Lauf, wobei sie das Wort Kinder besonders betonte, »da kommt ja einiges auf uns zu, nicht?« Erwartungsvoll baute sie sich vor Bircher auf und blickte ihm mitfühlend wie eine nahe Verwandte bei einem Trauerfall in die Augen.

»Manuela, nicht im Kinderkaufhaus, im Mietshaus, so, und nun ruf Angler her, husch, husch«, sagte er milde und schob sie sachte zur Tür.

Enttäuscht zog sie davon, nicht ohne ihm vorher von der Türschwelle zuzurufen: »Übrigens, Baumann ist erst früh um sechs zurück nach Westberlin, muss also für die letzte Nacht ein Alibi liefern.«

Bircher nickte ihr zu und ließ sich in seinen Stuhl fallen. Er warf noch einmal einen Blick in den Bericht Tetsches und las, dass der Tod von Frau Alt zwischen zwei und vier in der Früh eingetreten war, wie bei Frau Thule.

Gleich würden sie Böhme auseinandernehmen. Der verschweigt etwas. Ausgeschlossen, dass er sich zufällig mit einem Westberliner trifft, der vor Jahrzehnten sein Wohnungsnachbar war. Verkehrt Baumann in einer Art heimlichem Freundesnetz noch mit anderen Mietern des Hochhauses, wenn ja, wozu? Bircher seufzte und wollte gerade nach Manuela rufen, als jemand an seine Tür klopfte.

»Ja, Manuela, komm rein?«

»Ich bin's, dein Sekretariat war leer«, sagte Angler.

»Auch gut, im Vernehmungsraum wartet Böhme auf uns. Gibt's noch was zu berichten, bevor wir beginnen?«

»Eigentlich nicht, ich habe ihn nicht näher befragt. Was seinen Kontakt zu Martin Baumann betrifft, so hat er mich angelogen. Erst nachdem ich ihm eröffnete, dass sie beide gesehen wurden, gab er den Kontakt zu.«

»Gut, lass uns gehen. Mal sehen, was er noch alles verschweigt.«

Als sie den Vernehmungsraum betraten, erhob sich Böhme langsam und setzte anstelle eines Grußes sein schiefes Grinsen auf: »Darf man hier rauchen?«

»Darf man hier nicht«, wies ihn Angler kühl zurecht.

»Aha, also ein Verhör unter verschärften Bedingungen«, ätzte Böhme in Richtung Angler.

»Das ist kein Verhör, sondern eine Befragung, zu der wir Sie eingeladen haben, und Sie sind freundlicherweise unserer Bitte nachgekommen. Geraucht wird in unseren Räumen grundsätzlich nicht, so, nun zur Sache: Sie haben Baumann zufällig getroffen, oder sehen Sie sich regelmäßig?«, formulierte Bircher teilnahmslos seine erste Frage.

Böhme blickte ernst und stockte mit der Antwort. Offenbar vermutete er eine Fangfrage und suchte Zeit zu gewinnen. Bircher und Angler saßen vor ihm und warteten unbewegt auf eine Antwort. Da Angler noch keine Gelegenheit hatte, mit den Angestellten der Nachtbar zu sprechen, fehlten den Kommissaren wichtige Informationen über mögliche weitere Besuche Böhmes, und so lag der mit seiner Vermutung nicht ganz falsch.

»Ich gehe davon aus, dass es nicht verboten ist, sich mit einem ehemaligen Freund zu treffen, egal, ob der hier oder im Westen wohnt?«, fragte Böhme zurück.

»Ja, solange einer der Freunde nicht in ein Ermittlungsverfahren verwickelt ist, geht uns das wenig an«, bemerkte Bircher kühl. »Hier ermitteln wir wegen Mordes an zwei Frauen, und Sie haben uns, genauer meinen Mitarbeiter Genossen Angler, bereits einmal belogen. Nun müssen wir Sie etwas genauer befragen. Sie schulden uns zwei Antworten: Zufällig oder nicht und warum haben Sie gelogen, als Sie das erste Mal danach befragt wurden?«

»Nun gut, wie Sie bereits wissen, wohnten wir in früheren Jahren im selben Haus, ich auf der zehnten Etage, Martin Baumann auf der siebten. Ich war damals dreiundzwanzig oder vierundzwanzig. Martin war da vielleicht zwölf oder dreizehn Jahre alt. Er besuchte mich manchmal, ich war nicht verheiratet, hatte keine Kinder und Zeit für ihn. Er kam auch, das war ein wichtiger Grund, um sich in Mathe und Physik helfen zu lassen. Ja, und dann ist er abgehauen, 1961.«

Angler räusperte sich, und Bircher nickte ihm zu.

»Wann und zu welchem Anlass haben Sie ihn wiedergesehen?«

»Kein Anlass, er hat mich vor einigen Jahren aufgestöbert. Wann, weiß ich wirklich nicht mehr genau, muss mindestens sieben oder acht Jahre her sein. Er hatte mich damals angerufen.«

»Und warum konnten Sie uns das nicht gleich sagen?«, fragte Bircher.

»Weil ich bereits genug Ärger hatte, gelte ja als politisch unzuverlässig. Ich wäre doch gleich verdächtigt worden, meine Flucht zu planen, oder sonst irgendetwas. Ist aber nicht so, sonst wäre ich nicht noch hier, nach so vielen Jahren.«

»Zurück zur gestrigen Nacht. Wann sind Sie nach Hause gegangen?«, fuhr Bircher fort.

»Habe ich Ihrem Kollegen doch gesagt, gegen zwei Uhr dreißig bin ich ab nach Hause, wo ich 'ne halbe Stunde später eintraf«, antwortete Böhme, offenbar erleichtert, dass seine Erklärung kommentarlos aufgenommen wurde, wodurch er zur gewohnten Arroganz zurückfand.

»Und Herr Baumann, ist der mit Ihnen gegangen?«

»Nein, der war noch beschäftigt«, erwiderte er mit einem gewissen Grinsen im Gesicht.

»Sie wissen also nicht, wie lange Baumann noch dort war?«

»Nee, wie sollte ich auch, hatte heute bekanntlich noch keine Gelegenheit, mit ihm zu reden«, spöttelte Böhme, der Oberwasser spürte.

»Na, dann erzählen Sie uns mal, was Sie so alles mit Herrn Baumann verbindet, außer dem Bartresen?«

»Verstehe nicht, was Sie meinen«, schnaufte Böhme, der inzwischen auf dem Stuhl lümmelte, als wäre es sein Fernsehsessel.

Die Kommissare visierten ihn wie eine Zielscheibe. Böhme richtete sich etwas auf, und sein Blick irrte durch den Raum, unfähig, einem der Kommissare in die Augen zu schauen. Die Mundwinkel zogen sich erneut in die Breite, es war kein Lächeln, eher ein hinterhältiges Grinsen, das die untere Gesichtshälfte einnahm, während seine Augen fast leblos zur Seite blickten.

»Wir haben nicht unendlich viel Zeit«, ermahnte ihn Angler.

»Meine Kontakte zu Martin? Nichts Besonderes. Er gab mir ab und zu was zu lesen, Fachliteratur, hat mich auch mal an der Bar eingeladen, wenn es einen Anlass gab. Wir verstehen uns eben gut, und Martin kommt gerne rüber. Hat ja seine Kindheit hier verbracht und eine große Familie, an der er hängt.«

»Hm, haben Sie auch Kontakt zu seiner Familie?«

»Nein. Ich war nie wieder im Hochhaus. Martin und ich hatten vereinbart, über unsere Treffen mit niemandem zu reden. Man weiß ja nicht, wie es ausgelegt wird«, setzte er um sich blickend hinzu.

»So, mit niemandem. Und wie häufig treffen Sie sich?«, nahm Bircher das Gespräch wieder auf. »Regelmäßig einmal im Monat, wie verabreden Sie sich, per Telefon oder Brief?«

»Er ruft mich unregelmäßig im Betrieb an, zu Hause habe ich kein Telefon, aber in der Regel verabreden wir uns gleich für das nächste Mal.«

»Wann war das letzte Mal?«

»Vor zwei Wochen, da sind wir zusammen in der *Haifischbar* in der Friedrichstraße gewesen.«

»Und, am 4. Oktober, waren Sie da zufällig auch zusammen?«

»Oh, Mann, wie soll ich das noch wissen. Keine Ahnung, führe doch kein Buch über unsere Treffen. Weiß ich wirklich nicht mehr. Was war denn Besonderes am 4. Oktober?«

»An diesem Tag wurde Frau Thule im Hochhaus ermordet, bereits vergessen?«, fragte Bircher einen Ton schärfer.

»Oh, nein, natürlich nicht. Pardon, klar, wurde ich ja befragt. Ne, da war ich zu Hause, hatte doch meine Freundin bestätigt.«

»Eben, wie gestern, da waren Sie auch zu Hause, ab drei Uhr früh, mit Ihrer Freundin, oder?«

»Ja, Sie können sie ja fragen.«

Bircher ersparte sich den Kommentar und fasste kurz für sich zusammen: Zwei Morde, beide Male ist Böhme auf Kneipentour. Einzige Zeugin für beide Tatzeiten ist seine Freundin. Wir können ihm nichts nachweisen, im Hochhaus hat ihn niemand gesehen, Kontakte zu den beiden Frauen sind ihm nicht nachzuweisen. Es gibt keinen Hinweis auf ein Motiv. Wir müssen weiter sein Umfeld analysieren und die Mieter nach ihm befragen, vielleicht wurde er ja doch im Haus gesehen. Vorläufig können wir ihn nicht länger festhalten, schloss er.

»Sie können gehen. Wenn Sie Herrn Baumann sehen sollten, so richten Sie ihm aus, dass wir ihn gerne einmal sprechen würden«, bemerkte er wie beiläufig und öffnete dem verdutzten Böhme die Tür zum Flur.

»Warum hast du ihn plötzlich gehen lassen?«, fragte Angler erstaunt.

»Wir haben keine prüfbaren Fakten. Er hilft uns mehr, wenn er draußen ist. Veranlasse sofort seine permanente Observierung. Und Sie, Genosse Schmidter« – der war dem kurzen Gespräch wortlos gefolgt – »Sie setzen die Befragungen im Hochhaus auf der zehnten Etage fort, vielleicht hat doch jemand den Böhme gesehen. Und kriegen Sie bitte über die Eltern von Martin Baumann raus, ob die uns benachrichtigen würden, wenn ihr Filius auftaucht. Dann reden wir mit ihm, ganz unverbindlich, nur mit seiner Zustimmung. Manuela soll die Grenzwachen weiter um Unterstützung bitten.«

»Gut, ich gehe dann auch ins Hochhaus, auf die achte Etage?«, fragte Angler.

»Ja, mach das, leben ’ne Menge Rentner im Haus, ihr solltet also ein paar Mieter antreffen. Ich werde mir das persönliche Umfeld des Böhme nochmals ansehen, Arbeit, Wohnung und so. Wir treffen uns hier um neunzehn Uhr zum Rapport«, beendete Bircher die Zusammenkunft.

»Ach so, wurden eigentlich die Schlösser nach dem ersten Mord alle ausgetauscht?«, fragte Angler.

»Ja, habe ich geprüft, Haustür und Dachgartentür haben neue Schlösser«, bestätigte Schmidter.

Manuela hatte für Bircher ein Gespräch mit dem Leiter der Kaderabteilung der Forschungsstelle für Wirbeltiere, Genossen Bernhard, arrangiert.

Bircher wies den Fahrer an, gemächlich nach Friedrichsfelde zu fahren, wo sich am Rande des Tierparks die Forschungsstelle befand. Die Fahrt verschaffte Bircher etwas Zeit, sich auf das Gespräch über Böhme vorzubereiten. Der Wagen rollte die Karl-Marx-Allee entlang, hinter dem Frankfurter Tor veränderte sich das Straßenbild so abrupt, dass man meinen konnte, sich in einer anderen Stadt zu befinden. Bircher erinnerte sich an die Erklärungen seiner Frau, als sie vor einiger Zeit die Allee hinaus nach Buckow fuhren. Es fiel ihnen auf, in welchem scharfen Kontrast die an den Zuckerbäckerstil erinnernden Fassaden groß dimensionierter Wohnblöcke zu der Tristesse heruntergekommener Altbauten der Vorkriegszeit standen, als hätte jemand den Bauherren über Nacht den Geldhahn zugedreht. Hinter dem Frankfurter Tor erinnerte nichts mehr an das sogenannte historische Erbe, auf das sich die Erbauer der Stalinallee gerne beriefen, als sie die Fassaden ihrer breiten Prachtstraße mit Stilelementen des Berliner Klassizismus, der mehr als hundertundzwanzig Jahre zurücklag, schmückten. Angesichts der politischen Gegenwart hatten die Städteplaner merkwürdig anmutende Bezüge auf antike Stilelemente eingebaut: dorische oder ionische Säulen, Ziergiebel mit Architrav oder Fries. Man konnte meinen, hier führte der Wunsch die Hand, dass der Sozialismus wie die Antike von ewigem Bestand sein würde.

Birchers Gedanken schweiften von seinem Fall ab, er freute sich auf den Abend, der ihm so weit entfernt erschien wie seine Kindheit, sein Blick verlor sich irgendwo zwischen den Altbauten. Er spürte noch wie ihm eine unsichtbare Hand die Augenlider schloss, bevor das sanfte Schaukeln seines Lada ihn in den Schlaf wiegte.

»Genosse Major, hier ist der Eingang zum Institut«, hörte er seinen Fahrer aus der Ferne rufen.

»Uch, bin wohl eingenickt. Gut, ich denke, dass ich in einer

Stunde fertig bin, bis dann also«, verabschiedete sich Bircher und stampfte zum Eingang.

Der Kaderleiter hatte den Pförtner diskret über seinen Gast informiert, was diesen wohl veranlasste, den Weg zur Kaderabteilung im Flüsterton zu beschreiben. Bircher blinzelte in Laborräume, er sah Menschen in weißen Kitteln auf Hockern vor langen braunen Kacheltischen sitzen, die ihn an seine Kinderzeit erinnerten, wenn er sich zum Melken vor den mächtigen Eutern seiner Kühe auf einen kleinen Holzschemel niederließ und erstaunt den Strahl der Milch verfolgte. Tiere konnte Bircher nicht entdecken, wahrscheinlich hatte der Institutsname keinen direkten Bezug zum Inhalt der Arbeit oder sollte nur das Forschungsziel andeuten. Manche Labore waren fast leer und sahen wie für eine Ausstellung präpariert aus, in anderen sah er einige Leute an der Fensterfront zwischen großen Blumentöpfen sitzen, vor sich eine Zeitschrift. Sie notierten sich etwas, mit der freien Hand umfassten sie den Griff ihres Kaffeebechers wie eine Hantel. Insgesamt eine betuliche, fast idyllische Atmosphäre, dachte sich Bircher, und ein wenig wehmütig fiel ihm sein Biologielabor mit dem kleinen Umkehrmikroskop ein, in das hinein er damals blickte, um nach den Geheimnissen der Pflanzenwelt zu suchen, und das ihn die Welt um sich herum vergessen ließ. Ja, so ist das, dachte Bircher, jetzt muss ich am Abend meinen Rüssel in die Weinflasche stecken, um mal nicht an das Rätselhafte in der menschlichen Natur zu denken.

Genosse Bernhard begrüßte ihn in seinem blitzblank aufgeräumten Arbeitszimmer mit jovialer Freundlichkeit. Ein gedrungener Mann um die fünfzig, etwas von einem Büromief ging von ihm aus, passend zur fahlen Gesichtsfarbe, wahrscheinlich starker Raucher, resümierte Bircher rasch. Kann mir gut vorstellen, wie er im Trainingsanzug mit dem Logo des BFC Dynamo allabendlich sieben Uhr dreißig die »Aktuelle« einschaltet. Seine Sprache verriet eine thüringische, vielleicht auch erzgebirgische Herkunft.

»Was kann ich für Sie tun, in welcher Angelegenheit möchten

Sie mich sprechen, Genosse Bircher?«, eröffnete Bernhard die Unterhaltung, »ihre Sekretärin hat mir nichts weiter gesagt«, fügte er leicht bedauernd hinzu.

Der liebt keine unvorbereiteten Gespräche, dachte sich Bircher.

»Wir ermitteln in einem Mordfall. Dabei sind wir auf einen Ihrer Angestellten gestoßen, Herrn Böhme. Er hat sich uns gegenüber ein paar Ungereimtheiten geleistet. Was können Sie zu seiner Person sagen?«

»Ach ja, der Böhme, ein Eigenbrötler, politisch weder Fisch noch Fleisch. Hält sich von allem fern. Fachlich wohl nicht schlecht, aber auch keine Leuchte der Wissenschaft. Na ja, Sie wissen schon, einer, der sich mitschleppen lässt«, beendete er seine knappe Einschätzung.

»Uns interessieren vor allem seine charakterlichen Eigenschaften. Ist er ehrlich, zuverlässig, offen, kameradschaftlich?«

Der Kaderleiter musste leicht auflachen.

»Nichts von alldem, eher von allem das Gegenteil«, bemerkte er trocken. »Sie wissen sicher, dass er die Stelle als wissenschaftlicher Assistent hier nicht freiwillig antrat. Ich musste ihn auf Weisung der Akademieleitung übernehmen. Ein Mitarbeiter, um den sich niemand reißt. Hier ist die Lage übersichtlicher als in anderen größeren Instituten, die haben dort genug eigene Probleme.«

»Verstehe. Hat er Freunde unter den Kollegen, was sagt man über ihn, soll ja mal ein Weiberheld gewesen sein. Wie verbringt er seine Freizeit, ist er mal aufgefallen? Uns interessiert jedes Detail.«

»Tja, Freunde, nee, nicht dass ich wüsste. Der ist ein Einzelgänger. Frauengeschichten sind mir auch nicht bekannt, obwohl, er treibt sich wohl gerne in Bars herum. Der ist weder in der DSF noch in der Gewerkschaft. Er verbreitet keine gegnerischen Auffassungen, das will ich nicht behaupten, liegt aber auch nicht auf unserer Linie, meidet das Kollektiv, ist ein Außenseiter.«

»Wie hoch ist sein Monatsgehalt?«

»Moment, muss ich nachfragen.«

Er griff zum Telefon und erkundigte sich bei einem Sachbearbeiter, den Hörer am Ohr haltend.

»Hm, gut, das reicht«, erwiderte er und legt den Hörer auf.

»Brutto 645 Mark, seit Beginn, und mehr wird's auch nicht werden«, fügte er herablassend hinzu.

»Nicht sehr viel, um nachts den Kavalier zu spielen. Hat er vielleicht noch irgendwelche anderen Einkünfte?«

»Nicht dass ich wüsste. Seine Eltern leben nicht mehr und seine Freundin, die bei ihm wohnt, ist Verkäuferin.«

Bircher sann über das Gehörte nach. Vielleicht steckte ihm Baumann etwas Geld zu, aber wieso sollte er das tun?

»Womit beschäftigt sich Böhme hier? Wer ist sein unmittelbarer Vorgesetzter, hat es Sinn, ihn zu befragen, also, ist der zuverlässig, kann man ihm vertrauen?«

»Böhme forscht über Fledermäuse, hm, ja, machen wir hier auch, ob Sie es glauben oder nicht, es geht wohl um Hormone, wie die die Fortpflanzung steuern, etwas in der Richtung ...«, versuchte Bernhard das Betätigungsfeld zu umschreiben.

»Donnerwetter, Fledermäuse, ich hätte gedacht, Sie beschäftigen sich hier mit größeren Säugetieren wie Affen, Giraffen, Elefanten, eben die Gattungen, die man nebenan im Tierpark sieht. Aber Fledermäuse, na ja, passt ja vielleicht zu Böhme. Fledermäuse sind bekanntlich nachtaktive Tiere«, lächelte Bircher.

»Sie kennen sich aus, Genosse Major«, schmeichelte Bernhard.

»Tja, war mal Biologielehrer.«

»Aha!«, war alles, was Bernhard einfiel. Die Neugierde zu wissen, wie es Bircher in die Mordkommission verschlagen hatte, war ihm vom Gesicht abzulesen. »So, was noch, der Böhme hatte mal eine Ausbildung als Chemieingenieur durchlaufen, kennt sich ein wenig in der Synthesechemie aus, und das nützt den Kollegen von der Hormonforschung, wenn ich das richtig verstanden habe«, erklärte Bernhard.

»Und wer ist sein Vorgesetzter?«

»Der Leiter der Arbeitsgruppe ist Doktor Diderich, auch parteilos. Kann ich Ihnen nicht empfehlen, das ist eine ziemliche Plaudertasche. Bin mir auch nicht sicher, ob der Ihnen wirklich seine ehrliche Meinung sagen würde.«

Bircher wechselte plötzlich das Thema, die finanziellen Gebaren Böhmes beschäftigten ihn mehr als seine Studien über die Fledermaus und ihren Hormonhaushalt.

»Sagen Sie, Genosse Bernhard, Sie müssten doch Böhmes Sparkassenkonto kennen, falls Sie ihm das Gehalt überweisen?«, fragte Bircher listig.

»Ja, klar, hm, darf ich das?«, druckste Bernhard herum.

»Sie dürfen. Böhme hat uns belogen, als wir ihn nach Kontakten zu gegenwärtigen oder ehemaligen Bewohnern des Hochhauses befragten. Es stellte sich nun heraus, dass er die Nacht, als der Mord geschah, mit einem Republikflüchtigen, der früher im Hochhaus wohnte, verbrachte. Allerdings nicht bis zur Tatzeit, da hatte er bereits die Bar verlassen, allein. Behandeln Sie diese Informationen streng vertraulich.«

»Alles klar, selbstverständlich, ich gehe mal rasch in die Buchhaltung«, beeilte sich Bernhard zu versichern, »bin sofort zurück.«

»Moment, entschuldigen Sie, darf ich mal kurz Ihr Telefon benutzen, um meine Dienststelle anzurufen?«

»Selbstredend, so viel Sie wollen, Null vorwählen, bitte!«, rief er Bircher von der Tür aus zu und verließ den Raum.

»Manuela, hör zu, ruf bei Professor Baumann zu Hause an und erfahre, ob ich gegen Mittag vorbeischauen kann. Ich muss dringend einen der beiden Eltern sprechen, bevor Martin Baumann wieder einreist. Und zweitens, versuche herauszukriegen, wo die Freundin von Böhme arbeitet. Sie ist Verkäuferin, vielleicht weiß es die Meldestelle oder der ABV.«

»Die Meldestelle, die sollen das wissen?«

»Manuela, das sollst du doch rauskriegen, danach ruf mich

über Funk im Auto an, tschüss!« Ohne seiner Sekretärin einen weiteren Kommentar zu gestatten, legte er auf.

In diesem Moment klopfte jemand an der Tür, unschlüssig wartete Bircher einen Moment, bevor er sich mit einem fragenden »Ja, bitte« meldete.

Bernhard betrat den Raum, worauf der erstaunte Bircher freundlich bemerkte: »Vornehm in der Akademie, Sie klopfen bei sich selbst an?«

»Na ja, ich dachte, Sie würden besser ungestört reden wollen«, erklärte Bernhard und reichte ihm einen Zettel mit den Kontoangaben und dem Gehaltsauszug des letzten Monats.

»Prima, vielen Dank. Ja, was könnte mich noch interessieren?«, überlegte Bircher laut.

»Na ja, vielleicht Angaben zu seiner früheren Arbeitsstelle, habe ich Ihnen gleich mitgebracht, steht hier alles in seiner Kaderakte«, erwiderte Bernhard, als hätte er auf die Frage gewartet.

Bircher blätterte den Ordner durch, der fein geordnet alle Stationen des Berufsweges wiedergab. Er überflog die Beurteilung seiner Vorgesetzten, Aktennotizen über wissenschaftliche Expertisen, an denen er beteiligt war (die günstig ausfielen), Gesprächsprotokolle von Aussprachen in seinem Arbeitskollektiv (warum lehnte er Mitgliedschaften in Organisationen der Republik ab, oder wie er versuchte, seine Teilnahme am Kampf um den Titel »Kollektiv der sozialistischen Arbeit« zu verhindern), Anträge auf Gehaltserhöhungen (kam nur einmal vor, wurde abgelehnt), ein ziemlich unverfrorenes Schreiben Böhmes, in dem er einen Urlaubsplatz im FDGB-Heim an der Ostsee verlangte (wurde natürlich – wegen seiner Nichtmitgliedschaft – bereits in der Gewerkschaftsleitung abgeschmettert, offizielle Begründung, er sei kinderlos und nicht verheiratet), ein alter Antrag Böhmes an die Kaderabteilung, sich für ihn bei der Kommunalen Wohnungsverwaltung einzusetzen (wurde ausweichend beantwortet) und anderes mehr, insgesamt nichts, was Bircher wirklich interessierte.

»Können Sie mir etwas über eventuelle Hobbys sagen, gibt es denn niemand, mit dem er auch privat verkehrte?«

»Das weiß ich nicht, Sie müssen wissen, wir haben zweihundertundsechzig Angestellte. Wäre Böhme nicht politisch auffällig, wüsste ich noch weniger von ihm«, bemerkte er eher beiläufig.

»Was meinen Sie damit?«, hakte Bircher nach, während Bernhard herumdruckste, seine Bemerkung wahrscheinlich bereits bedauerte.

»Na ja, Sie verstehen, dass jemand, der so unverhohlen zeigt, dass er nicht unseren Standpunkt teilt, also sich nicht klar zu unserer Sache bekennt, der also nicht ›zu uns gehören‹ will, na, so was bleibt nicht verborgen. Da hatten sich schon einige Genossen vor Ihnen für ihn interessiert«, versuchte er die sich interessierende Dienststelle zu umschreiben.

»Ja, ja, verstehe.«

Denen waren natürlich Böhmes Kneipentouren mit dem Westberliner Baumann nicht entgangen, setzte Bircher still hinzu. Wahrscheinlich auch nicht die spendierfreudige Lebensart, die so gar nicht mit seinem Einkommen korrespondiert. Bircher blickte nachdenklich auf die Kontonummer von Böhme.

»Sagen Sie, haben Ihre Mitarbeiter vielleicht auch die Adresse der Sparkassenfiliale?«

»Kriegen wir raus, einen Moment, bin gleich wieder hier«, antwortete Bernhard, ihm jetzt vertraulich wie einem guten Bekannten zunickend, und verschwand in sein Sekretariat.

Bircher schaute ihm nachdenklich hinterher. Sicher ein Leiter, der beobachtet, geduldig zuhört, aber dem anderen seine Gedanken, geschweige denn seine Schlussfolgerungen, nicht so schnell offenbart, einer, der wie auf vermintem Gelände stets Vorsicht walten lässt, immer nach der Maxime lebt: Erfolgreich ist, wer weniger Fehler macht. Sicher ein erfahrener Kaderleiter, schlussfolgerte Bircher.

Bernhard kehrte nach wenigen Augenblicken zurück, nicht

ohne anzuklopfen, wie Bircher schmunzelnd feststellte. Er reichte ihm die Anschrift der Filiale, die sich in der Schönhauser Allee befand, unweit des S-Bahnhofes. Bircher beschloss, sofort zu der Sparkasse zu fahren.

Er verabschiedete sich und eilte zu seinem Wagen. Über Funk rief er Manuela an. Bei Ermittlungen, die Bircher, Schmidter und Angler gemeinsam führten, galt die Regel, alle relevanten Informationen unverzüglich an das Sekretariat zu leiten, wo sie jeder von ihnen abrufen konnte. Angler zog es allerdings vor, Bircher direkt zu informieren. Bei allem Vertrauen zu Manuela beunruhigte ihn ihre Redseligkeit, zu Unrecht befürchtete er, dass irgendjemand etwas erfahren könnte. Der Fahrer reichte ihm das Funktelefon, und er hörte Manuela vergnügt in den Hörer trompeten:

»Hallo, Karl, hier bin ich«, und ohne abzuwarten, fuhr sie fort, »also, Schmidter hat die Eltern von Martin Baumann angerufen, die sind ziemlich nervös und wollen dich gerne persönlich sprechen, sind beide zwischen eins und halb drei zu Hause. Und um vier bittet dich der General zu sich. Von Angler habe ich nichts gehört«, beendete sie ihren Bericht.

»Danke, ich war im Institut, wo Böhme arbeitet, habe noch einen Termin, bevor ich zu Professor Baumann fahre, komme dann ins Büro, also gegen zwei, oder halb drei.«

»Alles unter Kontrolle, bis nachher.«

»Vorwärts!«, wandte er sich an den Fahrer und reichte ihm die Adresse der Sparkasse.

»Mit Signal?«

»Nein, ist nur ein Besuch, schön nach der Straßenverkehrsordnung.«

»Zu Befehl«, seufzte der Fahrer, steuerte den Wagen in Richtung Lichtenberg, um in die Frankfurter Allee einzubiegen.

Am Frankfurter Tor verließen sie die Allee, um auf die Dimitroffstraße zu gelangen, kreuzten die Greifswalder Straße und kurz darauf die Prenzlauer Allee und zwei Kilometer vor sich die letzte der drei vom Alexanderplatz nach Nordosten abzweigenden Magistralen, die beliebte Schönhauser Allee. Der Fahrer bog ab und beschleunigte den Wagen auf den letzten Metern, bevor sie mit quietschenden Rädern vor der Sparkasse am U-Bahnhof Dimitroffstraße anhielten.

Als hätten sie eine aufwendige Verfolgungsjagd beendet, meldete der Fahrer: »Hier ist es, Genosse Major.«

Er kann es nicht lassen, dachte sich Bircher, runzelte leicht die Stirn, stieg kopfnickend aus und betrat die Sparkasse. Vor dem einzigen geöffneten Schalter hatte sich eine beachtliche Schlange gebildet. Bircher suchte nach einer Tür zu einem der hinteren Räume. Würde er sich an die Angestellte wenden, käme es unweigerlich zu einem ziemlichen Krach in der Reihe. Schließlich erspähte er eine Tür mit der Aufschrift »Eintritt verboten«, die er, ohne anzuklopfen, öffnete. Er befand sich in einem geräumigen Büro, vor sich zwei Schreibtische, hinter denen sich, wie auf Befehl, die Köpfe der Mitarbeiterinnen zu ihm drehten. Aus einer Ecke, durch eine Blumenbank abgetrennt von den anderen Tischen, schallte ihm eine energische Stimme entgegen: »Wat issen nu los, können Se nich lesen oder soll det 'n Überfall sein? Hier haben Se nischt zu suchen.«

Ungerührt lächelte Bircher den Frauen zu und zückte seinen Dienstausweis: »Keine Angst, kein Überfall, aber immerhin die Polizei. Ich bin Major Bircher von der Kriminalpolizei und muss Ihre Filialleiterin sprechen, ist sie im Haus?«

»Oh, Polizei, Kriminalpolizei, ist was bei uns passiert?«, wechselte die Frau aus der Blumenecke ins Hochdeutsche, während sie Bircher mit ausladenden Schritten entgegenkam, um seinen Ausweis zu betrachten.

»Darf ich den mal näher sehen?«, wies sie mit ausgestrecktem Finger auf seinen Dienstausweis.

»Gerne, bitte.«

Bircher hielt ihn ihr kurz vor die Augen, wobei er die Bezeichnung seiner Abteilung mit dem Finger verdeckte, sie musterte das

Dokument wie einen seltenen Geldschein, bevor er ihn rasch wieder einsteckte.

»Also, kann ich nun Ihre Chefin sprechen?«

»Ja, klar, einen Moment!«, antwortete die Wortführerin und verschwand in einem Nebenraum, aus dem sie ihm kurz darauf zuwinkte.

Bircher durchquerte den Raum und betrat das Büro der Filialleiterin.

»Guten Tag, mein Name ist Letsief, was führt Sie hierher?«

Vor ihm stand eine etwa fünfunddreißigjährige, sehr gepflegte Frau in einem hellen Büro. Die kurz geschnittenen Haare verliehen ihrem Gesicht etwas Jugendliches, Aufgewecktes, sie strahlte eine einnehmende Frische aus, wie jemand, der nach einem gesunden Mittagsschlaf gutgelaunt einen Gast empfängt. Vom Mief eines genervten Schalterbeamten war hier wahrlich nichts zu spüren. Aus graugrünen Augen musterte sie Bircher, während sie ihm einen Sessel an einem kleinen Tisch anbot. Sie setzte sich zu ihm und schlug ihre schlanken langen Beine übereinander. Freundlich aufmunternd, als wäre er es, dem sie die Scheu nehmen müsste, lächelte sie ihm zu, wobei sich um ihre mandelförmigen Augen kleine Fältchen bildeten. Sie trug ein graugrünes Kostüm, darunter eine weiße Bluse. Nichts wies darauf hin, dass hier eine Filialleiterin vor ihm saß. Wüsste er es nicht besser, hätte er angenommen, mit der Direktorin eines Interhotels oder eines großen Warenhauses zu sprechen. Die makellos manikürten Finger lagen wie zwei aus Elfenbein geschnitzte Figuren gelassen auf ihrem Schoß. Bircher betrachtete sie aus dem Augenwinkel und spürte eine Ruhe, wie sie nur Menschen eigen ist, die mit sich im Reinen sind, mit einer Seele so makellos wie ihre weiße Bluse.

»Nun, darf ich Ihnen einen Kaffee anbieten oder möchten Sie sich erstmal hier umschauen?«, riss ihn Frau Letsief mit leicht zweifelndem Ton aus seinen Betrachtungen.

»Ach, entschuldigen Sie, war einen Moment noch bei meinem

vorherigen Besuch, dem Leiter der Kaderabteilung des Instituts für Wirbeltierforschung.«

Frau Letsief entfuhr ein leichtes Aha, als hätte ihr jemand etwas Ungewöhnliches mitgeteilt.

»Dort arbeitet nämlich ein gewisser Herr Böhme. Der hat bei Ihnen ein Konto und das interessiert uns.«

»Ja, und darf ich wissen, warum? Es herrscht ja auch bei uns so was wie ein Bankgeheimnis«, wandte sie vorsichtig ein.

»Ja, selbstverständlich. Wir ermitteln in einem, genauer, in zwei Fällen, und Böhme könnte eine gewisse Rolle spielen.«

»Wie heißt der Mann mit vollem Namen?«

Bircher reichte ihr die Notiz mit den Kontoangaben, worauf sich Frau Letsief wortlos erhob und ohne Hast zur Tür schritt, um eine ihrer Mitarbeiterinnen zu sich zu rufen. Sie besprachen leise das Anliegen des Kommissars, wobei Bircher bemerkte, das Frau Letsief mit keiner Silbe die näheren Umstände erwähnte, die Bircher ihr anvertraut hatte. Die Kollegin verließ das Zimmer, gleich darauf klopfte es, und die Frau, die ihn im unverwechselbaren Berlinerisch begrüßt hatte, schob wortlos ein Tablett mit Kaffee auf den Couchtisch.

»Einen kleinen Moment noch, wir drucken Ihnen die Kontobewegungen der letzten drei Monate aus. Mit Milch?«, fragte Frau Letsief, während sie gleichzeitig Kaffee einschenkte.

»Danke, sehr freundlich, wahrscheinlich brauche ich Ihre Hilfe beim Lesen der Kontobelege, ist nicht gerade meine Stärke, der Umgang mit Finanzen«, bemerkte Bircher, der sich dabei ertappte, wie er anerkennend den schmalen Ehering betrachtete, der perfekt zu ihren schlanken Händen passte.

Bin eben ein Polizist, entschuldigte er sich selbst, gewohnt, alles zu beobachten. Kurz darauf erhob sich Frau Letsief und nahm von ihrer Kollegin eine lange Zahlenliste entgegen. Neugierig beugte sich Bircher über den flachen Tisch, worauf Frau Letsief das Blatt über den Tisch schob. In langen Reihen standen fein säuberlich untereinander, nach Datum geordnet, die Geldein- und -ausgänge des Kontoinhabers Böhme. Bircher fand schnell die Einträge der wiederkehrenden Gehaltsübertragungen, Abbuchungen für die Miete, Strom und Wasser, Auszahlungen, die er direkt am Schalter vornahm, nichts Auffälliges. Resigniert schob er das Papier zu Frau Letsief:

»Sehen Sie Einzahlungen, außer den Gehaltsüberweisungen?«, fragte er.

Sie beugte sich über die Liste, und ihr schmaler Zeigefinger strich behutsam wie das Skalpell eines Chirurgen über die Zahlenkolonnen. Bircher verfolgte gebannt das fein manikürte Nagelbett und nahm sich vor, abends Karola zu fragen, wie es wohl möglich ist, dass das Papier, das diese Frau den ganzen Tag in den Händen hält, so gar keine Spuren auf ihren Fingern hinterlässt. Während er wartete, fiel ihm ein, gelesen zu haben, dass britische Butler die Morgenzeitungen ihrer Herrschaft mit einem Bügeleisen bearbeiten. So wird die feuchte Druckerschwärze neutralisiert. Vielleicht kennt sie das Verfahren.

»Hier haben wir systematische Einzahlungen, jedesmal zweihundert Mark, schauen Sie mal bitte!«, holte die Direktorin ihn aus seinem Gedankenlabyrinth zurück in die Buchhaltung und tippte, recht energisch, mit ihrem schönen Zeigefinger auf das Papier. Bircher rückte etwas näher, wobei er feststellte, dass Frau Letsief ohne Parfüm auskam und folgte gespannt dem Lauf des Fingers über die Zahlenkolonnen. An jeder Position, die die Zahl Zweihundert auswies, klopfte ihr Zeigefinger auf das Papier, als sollte er Bircher ermahnen, sich die Stelle einzuprägen. Bircher hatte schnell begriffen, dass die Zahlungseingänge einmal in jedem Monat erfolgten.

»Scheint ein Treffer zu sein«, resümierte er leise, »können Sie rauskriegen, ob das überwiesen wurde, zum Beispiel per Dauerauftrag, oder ob jemand das Geld hier direkt einzahlt?«

»Falls bei uns eingezahlt wird, so haben wir den vom Kunden ausgefüllten Einzahlungsbeleg in unseren Akten, aber nicht seinen Namen, sondern nur den Namen des Begünstigten. Wird die Summe per Einzugsermächtigung durch uns von dem Konto eines Auftraggebers abgebucht, so haben wir die entsprechende Vollmacht mit den Personalangaben. Schließlich, falls jemand das Geld von einem Konto, auch seinem eigenen, persönlich an uns überweist, haben wir seine Kontonummer, manchmal auch den Namen des Kontoinhabers«, dozierte sie flüssig über die Varianten.

»Die erste Möglichkeit würde mir am wenigsten passen«, bemerkte Bircher.

»Gut, dann gehe ich mal raus und versuche das Rätsel zu lösen.«

Frau Letsief nickte ihm verständnisvoll zu, griff sich die Liste und verschwand im Nachbarraum, während Bircher ihr interessiert hinterherblickte. Er musterte den Raum, ihm abgewandt standen einige Bilder auf ihrem Schreibtisch, wahrscheinlich die Familie. Bircher verkniff es sich, einen Blick auf die Photos zu werfen. An den Wänden zwei Landschaftsdrucke, er bemerkte gerade noch, dass das eigentlich unvermeidliche Porträt des Staats- und Parteiführers fehlte, da öffnete sich bereits wieder die Tür und ihn anlächelnd, als wollte sie ihm alles Gute wünschen, trat Frau Letsief ein.

»Variante eins, Genosse Kommissar«, vermeldete sie, wobei sie die Bezeichnung Kommissar wie ein Schulkind langsam auf jeder Silbe betonte. Es klang, als würde sie sich gerade ein neues Wort aneignen.

Bircher musste unwillkürlich lächeln, tatsächlich klang die Anrede aus ihrem Mund merkwürdig kindlich.

»Na, prima, was war noch mal Variante eins?«

»Jemand hat die Einzahlungen hier bei uns am Schalter persönlich vorgenommen.«

»Donnerwetter, nun sagen Sie mir nur noch, wer das ist, und

dann sind Sie mich los!«, platzte es aus Bircher heraus, der sich unwillkürlich aus seinem Sessel herausgewuchtet hatte.

»Genosse Kommissar, wie gesagt, das weiß ich nicht, auf dem Beleg steht nur die Angabe zum Zahlungsempfänger. Die erste Einzahlung datiert übrigens von 1965.«

Bircher schaute überrascht auf sie, dann die Akten in ihrer Hand. Schließlich heftete sich sein Blick wieder auf die ungerührt vor ihm stehende Frau Letsief, und wie um Zeit zu gewinnen, murmelte er:

»Wie, seit 1965 und nicht mal 'ne Unterschrift?«

»Nein, die gibt's, kann man aber nicht entziffern«, reichte sie ihm die Unterlagen und rutschte mit dem Sessel näher heran, »hier schauen Sie sich die Einzahlungsbelege an: Auf das Konto von Böhme wurde immer der Betrag in Höhe von zweihundert Mark eingezahlt, im März, im April, im Mai, dann am 7. Juli diesen Jahres, danach gibt es keine weiteren Überweisungen.«

Bircher nahm sich die Belege und studierte die Unterschrift. Es war ein unleserliches Gekrakel, ähnlich der Arztunterschrift auf einem Rezept. Selbst der Anfangsbuchstabe des Namens war nicht zu entziffern, konnte ein W, ein B oder sonstwas sein, fluchte Bircher in sich hinein. Die Belege waren sorgfältig ausgefüllt, die Schrift sah wie die eines Linkshänders aus, überlegte Bircher.

»Können Sie mir das alles kopieren?«

»Das sind bereits Kopien, können Sie behalten.«

»Eine letzte Frage, können wir sicherheitshalber Ihre Kolleginnen fragen, ob sie sich an jemand erinnern, der diese Einzahlungen vornimmt?«

»Na, wissen Sie, was hier los ist? Sie haben es ja vorhin gesehen, als Sie reinkamen, und das war noch harmlos. Die Frauen schauen kaum hoch, es sei denn, es gibt irgendwelche Fragen oder Diskussionen. Aber gut, bitte, wollen Sie das machen, dann bitte ich die Kolleginnen kurz herein oder soll ich Sie selbst befragen?«

»Ist besser, Sie machen das. Wir sollten Unruhe vermeiden,

versuchen Sie es als Lappalie darzustellen, also, 'ne Art Routineabfrage wegen einer Devisensache oder so. Sagen Sie Ihren Kolleginnen, dass Sie Ihnen sofort Meldung erstatten, sollte der Unbekannte wieder auftauchen.«

»In Ordnung, verstehe. Aber das kann ich nicht gleich erledigen, soll ich Sie später anrufen?«

»Ja, hier ist mein Telefon«, schob er ihr seine Karte zu.

»Oh, Sie sind Leiter der Mordkommission!«, entfuhr es ihr, wobei sie das letzte Wort fast so aussprach, als würde sie es buchstabieren, »das haben Sie mir gar nicht gesagt.«

»Das muss hier auch niemand weiter wissen, besser so. Also, vielen Dank, Sie haben mir sehr geholfen. Das sind interessante Informationen. Ich warte dann auf Ihren Anruf, vielleicht haben wir ja Glück«, schloss Bircher und reichte ihr zum Abschied die Hand.

»Auf Wiedersehen, ich bringe Sie noch zur Tür.«

10

Bircher verließ die Sparkasse, stieg in den Wagen und ließ sich mit Manuela verbinden.

»Bestelle für morgen um neun Uhr Böhme zur Vernehmung ein, er hat zu erscheinen, klar?«

»Ja, wird erledigt.«

Jetzt haben wir wenigstens einen ersten konkreten Hinweis darauf, wie sich Böhme seine Kneipentouren finanziert haben könnte, grübelte Bircher, als sie sich dem Strausberger Platz näherten. Ob wohl Baumann selbst der unbekannte Einzahler ist? Quatsch, warum sollte er, der müsste sich ja als Westberliner ausweisen, außerdem kann er ihm das Geld direkt in die Hand drücken.

»Wer ist der Spender?«, grübelte Bircher und blätterte nochmals in den Zahlungsbelegen. Nun, wir werden Böhme morgen direkt befragen. Er kann die Aussage verweigern, schließlich ist es keine strafbare Handlung, wenn jemand auf sein Konto Geld einzahlt. Wenn er sich querstellt, bringt er sich weiter unter Verdacht, er wird uns was erzählen müssen, vermutete Bircher.

Sie erreichten den Strausberger Platz, der Fahrer hielt den Wagen hinter dem Haus, wo es weniger auffiele, bemerkte er nicht ohne Stolz.

Oben auf der siebten Etage klingelte Bircher bei Baumanns. Nach einer Weile, Bircher wollte es gerade noch mal versuchen, wurde die Tür geöffnet.

»Guten Tag, wer sind Sie?«, fragte ängstlich ein junges Mädchen und versuchte unbeholfen, die Tür für einen schmalen Spalt freizugeben.

»Ich bin von der Polizei und mit deinen Eltern verabredet.«

»Mammi!«, rief die Kleine, so laut sie konnte, in die geräumige Wohnung, aus der die Stimme Frau Baumanns wie aus einem Tunnel schallte:

»Ich komme schon, meine Kleine, es ist sicher Herr Bircher.«

Die Kleine rührte sich nicht vom Fleck und blickte misstrauisch zu Bircher hinauf, der ihr freundlich zunickte:

»Keine Angst, wir warten gemeinsam, bis deine Mama hier ist.« Bircher vernahm Frau Baumanns energischen Schritt und gleich darauf stand sie in der Tür.

»Guten Tag, Genosse Bircher, bitte treten Sie näher, meine Tochter bewacht die Wohnung, nicht wahr, mein Schatz?« Sie umfasste die schmalen Schultern des Mädchens und drückte es leicht an sich. »Ja, und nun lass uns für einen Moment allein.«

Bircher trat ein und wandte sich ortskundig nach links in die elterliche Wohnhälfte, während die Tochter, ihnen wie zum Abschied zuwinkend, nach rechts in das Kinderreich abbog.

»Mein Mann wartet auf uns in der Küche. Wenn es Ihnen recht ist, können wir einen Kaffee zusammen trinken«, lud sie ihn ein und marschierte voran, bis ans Ende der Wohnung. Es war eine wohnliche Küche, die aus zwei Räumen bestand, der eigentlichen Küche mit dem Herd und einer anliegenden Abstellkammer sowie einem Speisezimmer mit Blick auf das gegenüberliegende Schwesternhochhaus. Die beiden Räume konnte man, je nach Belieben, durch einen Vorhang trennen oder zu einer Wohnküche vereinen.

»Guten Tag, Genosse Major«, schnarrte ihm die vertraute Stimme entgegen. Wie aus einem Truppenlautsprecher, dachte sich Bircher. Herr Baumann saß am Fenster und hielt die Zeitung in der ruhigen Hand, in der anderen wedelte die unvermeidliche Zigarre. »Ja, also, bitte setzen Sie sich, nehmen Sie eine Tasse Kaffee, äh, um es kurz zu machen, unser Sohn Martin hat uns angerufen, heute früh. Der beichtete, dass er unseren Wohnungsschlüssel verloren hat. Dieser Trottel, entschuldigen Sie den Ausdruck, ist ja noch milde!«, wobei er mit seiner Zigarre fuchtelte, die am Ende seines kreisenden Arms beinahe die Küchengardine streifte.

»Also, das kann doch passieren, er hat es uns sofort gesagt«, versuchte Frau Baumann abzuwiegeln.

»In jedem Fall ist es richtig, dass Sie mich informieren. Wann hat er den Verlust bemerkt?«, beruhigte Bircher die beiden.

Beide schauten sich ratlos an.

»Ich weiß es nicht, du?«, fragte der Professor seine Frau.

»Ich habe ihn so verstanden, dass er es heute Morgen bemerkt hat. Wann er ihn tatsächlich verloren hat, weiß ich nicht«, versuchte Frau Baumann eine Lageanalyse.

»Wissen Sie, wo er heute Nacht, also vom 4. auf den 5. November, war?«, fragte Bircher, beide abwechselnd musternd.

»Nee, ich habe es aufgegeben, Martin zu fragen, was er in seiner freien Zeit treibt«, erwiderte schroff der gereizte Professor, wobei er seine Frau ansah, als wäre sie für derartige Auskünfte zuständig.

»Leider spricht Martin nicht viel über sein Privatleben, warum auch, ist ja lange volljährig. Und, wissen Sie, die Freizeitbeschäftigungen meiner fünf Töchter sind mir auch wichtiger«, fügte sie trocken hinzu.

»Hat er erwähnt, ob er Sie bald besuchen will, ohne Schlüssel muss er sich ja nun anmelden?«

»Ja, morgen«, antwortete Frau Baumann, was bei ihrem Mann so etwas wie ein ächzendes Wiehern hervorrief.

»Na, dann können Sie ihn ja mal fragen, seit wann er den Schlüssel vermisst und wo er nach dem Besuch der Bar im *Café Moskau* war«, wurde Bircher etwas deutlicher.

Der Professor senkte bedrohlich den Kopf nach vorn, seine Zigarre wie einen Leuchtstab vor sich haltend, knurrte er Bircher an, dabei die Dienstgrade verwechselnd: »Genosse Oberst, Sie glauben doch nicht, dass mein Sohn, diese Flasche, damit etwas zu tun hat und, das steht doch wohl außer Zweifel, der hat unsere Schlüssel verbummelt, nicht den der Wohnungstür von Frau Alt!«

»Das habe ich auch nicht behauptet. Tatsache ist, dass der Täter das Haus mit einem Schlüssel betreten haben könnte und ich nehme mal an, dass Ihr Sohn neben dem Wohnungsschlüssel auch einen für die Haustür besaß, beide sind verschwunden.«

Die Baumanns schauten betreten aus dem Fenster, hinab auf die Autos, die unter ihnen aus dem Kreisverkehr in die Allee einbogen, man hörte es bis hier oben, wie die Zweitaktmotoren beschleunigten. Beide schwiegen für einen Moment, bis sich Frau Baumann entschloss eine für sie wichtige Frage zu stellen:

»Sie meinen also, dass unser Sohn an dem Verbrechen beteiligt gewesen sein könnte, weil er seinen Schlüssel verlor und damit sozusagen einem Mörder nichtsahnend die Tür öffnete, ihn einließ, nichtsahnend, dass er damit zum Mittäter werden könnte?«

»Das haben Sie ziemlich treffend ausgedrückt. Wie Sie wissen, haben wir aus gutem Grund alle Mieter gebeten, auf ihre Schlüssel zu achten«, antwortete Bircher, blickte abwechselnd auf das Ehepaar, um hinzuzufügen: »Und Ihr Sohn sollte in seinem eigenen Interesse ein Alibi für die Tatzeit vorlegen.«

Herr Baumann sagte nichts, ihm dämmerte allmählich, was an Vorwürfen auf ihn zukäme, würde sich der Schlüssel nicht wieder anfinden. Der berühmte Architekt überlässt seinem in Westberlin lebenden Sohn, der bekanntermaßen ein ausschweifendes Leben führt, die Schlüssel zu dem Haus, in dem sich eine fürchterliche Verbrechensserie abzuzeichnen beginnt. Ein Haus mit bekannten Gesichtern, viele mit guten Kontakten, bis in die Spitze. Nicht abzusehen, wie ihn seine Gegner ins Visier nehmen würden, seine Neider und Konkurrenten, die nur darauf warteten, ihm auf seinem Weg in noch bedeutendere Ämter ein Bein zu stellen. Schlimm genug, dass man ihm damals nur den Nationalpreis dritter Klasse verliehen hatte. Er konnte ihn nicht ablehnen, war der Verleihung aber wegen einer gefährlichen Viruserkrankung, die ihm ein guter Freund verständnisvoll bestätigt hatte, ferngeblieben. Nach der Vollendung seiner Allee hatte er gute Aussichten, den Preis noch einmal zu erhalten, diesmal in der höchsten Kategorie. Und nun dieses Dilemma, das ihm vielleicht Würdigung und Schaffensfreude nimmt. Es gab noch unendlich viel zu bauen, in der Hauptstadt, seine Allee, wie er sie liebevoll nannte, sollte nur eine Etappe auf dem Weg zu einem Stadtbild sein, dessen Antlitz unverkennbar seinen Namen tragen sollte. Seine Gedanken schweiften über unvollendete Projektstudien und blieben bei den ausstehenden Entscheidungen auf höchster Ebene hängen.

Dass sein Sohn damals türmte, das hatte er noch erklären können, schließlich war der sehr jung damals und niemand aus seiner Kinderschar war an dieser unseligen Tat beteiligt gewesen. Sein Sohn Martin hatte der Republik aus Dummheit den Rücken gekehrt, eines seiner acht Kinder war ausgeschert, aber nicht aus politischen Motiven, sondern aus Blödheit, wegen eines lächerlich anmutenden Diebstahls, nicht am Volkseigentum hatte er sich vergangen, er hatte seine Eltern beklaut, vielleicht weil er sich ungerecht behandelt fühlte, vielleicht auch, weil er selbst in einem seiner plötzlichen Wutausbrüche, ausgelöst durch einen weiteren lächerlichen Fehltritt seines Sohnes, wieder einmal gedroht hatte, ihn rauszuschmeißen, wie schon einige Male zuvor, wenn der Sohn seine Erwartungen enttäuscht hatte.

Das konnte er damals erklären, und man ließ es auf sich beruhen. In dem gegenwärtigen Fall würde es anders ablaufen, es ging um Mord im bekanntesten Wohnhaus der Republik, auch noch in einem von ihm entworfenen, aus dem heraus jetzt eine Mordkommission ihre Berichte an die Zentrale schicken wird. In einem steht, dass man seinen Sohn verdächtigt.

»Ich werde meinen Sohn morgen eigenhändig zu Ihnen ins Büro bringen, er soll Ihnen Rede und Antwort stehen. Ich sorge dafür!«, presste er wutschnaufend seine Entscheidung heraus.

Bircher blickte ihn aus zugekniffenen Augen ruhig an, wandte dann seinen Kopf zu Frau Baumann, die mit einem spöttischen Lächeln in den Mundwinkeln die vorbeifahrenden Autos zu zählen schien, und nickte schließlich dem Professor zu.

»Sie wissen, dass ich einen Bürger der BRD nicht einfach so vorladen kann, schon gar nicht, wenn keine Straftat vorliegt, keine Gefahr im Verzug ist und auch niemand Anzeige erstattet hat.«

»Ja, ja, schon verstanden, mein Sohn möchte selbst mit Ihnen reden, kooperieren, dafür sorge ich, das ist doch gestattet, oder?«

»Sicher, also dann treffen wir uns morgen um sechzehn Uhr, aber nicht im Präsidium, sondern hier bei Ihnen«, entgegnete Bircher in einem Ton, der Widerspruch ausschloss.

»Ja, wir werden hier sein.«

Der Professor reichte ihm schweigend die Hand. Frau Baumann stand bereits in der Küchentür, um ihn zur Tür zu begleiten.

»Auf Wiedersehen«, sagte er.

Bircher stand schon vor der Eingangstür, als sie anmerkte: »Martin ist ein Schlawiner, unser Sorgenkind, mehr aber auch nicht.«

Bircher nickte ihr zu und ging zum Fahrstuhl. Auf ihn wartete der Rapport vor General Meier.

Schmidter beschloss als Erste Frau Nielen aufzusuchen. Nach seinen Unterlagen war sie, wie Frau Alt, alleinstehend und nicht berufstätig. Er bereitete sich innerlich auf die Begegnung vor. Sie könnte zu Hause sein und sich zum tausendsten Mal die Frage stellen, wer schützt mich hier eigentlich, wenn es so weitergeht? Sie könnte ihm überrascht die Tür öffnen, ihn vorwurfsvoll mustern, als wollte sie ihm sagen, das sind also Sie, der diese Verbrechen nicht verhindern konnte, unser Freund und Helfer, der, wenn man ihn in höchster Not braucht, nicht anwesend ist. Wahrscheinlich höchst unruhig, nervös, vielleicht aggressiv, würde sie ihm entgegentreten, diese Situationen kannte Schmidter und er würde sich wie immer bemühen, ruhig, aufmerksam und geduldig zu bleiben. So wie es seine Art war.

Er läutete und als Erstes nahm er ein Geräusch wahr, es hörte sich an, als würden Metallgegenstände aneinanderschlagen, etwa so wie auf einer Weide, wenn mit Glöckchen behängte Schafherden unterwegs sind. Die Tür öffnete sich und vor ihm stand eine Frau um die vierzig, ihre sehr rotbraunen, bis zum Nacken fallenden Haare, wahrscheinlich gefärbt, umrahmten ein ebenes Gesicht, aus den dunkelbraunen Augen strahlte ein geübtes Lächeln, wobei die rot gezogenen Lippen sich öffneten und den Blick auf makellos weiße Zahnreihen freigaben. Die Frau war nicht nur attraktiv, sie war ausgesprochen hübsch. Ihre Kleidung war von lässiger Eleganz, über die schwarzen Hosen fiel in gleicher Farbe ein feiner Pullover, sicher alles aus Exquisitläden, und über dem linken Handgelenk reihten sich wie bei Jongleuren ein halbes Dutzend goldener Armringe aneinander, zwischen denen heraus eine goldene Uhr blitzte. Die sorgfältig manikürten Fingernägel glänzten tiefrot, im feinen Kontrast zu dem schweren Gold, das beide Hände zierte.

Ganz anders als erwartet, schoss es Schmidter verwundert durch den Kopf. Eine Dame, die mit erlesenem Geschmack die Aufmerksamkeit auf sich lenkt und ungeachtet des auffälligen Schmucks etwas Mädchenhaftes, sehr Natürliches verbreitet. Eine imposante Erscheinung, stellte Schmidter fest.

»Guten Morgen, ich bin Leutnant Schmidter von der Mordkommission. Hätten Sie einige Minuten Zeit für mich?«

»Natürlich, ich bin Frau Nielen, treten Sie näher!«, lud Sie ihn ruhig ein.

Ihre Stimme passte zur Erscheinung, fest und dunkel und gewohnt, sich präzise und deutlich zu artikulieren.

Sie trat zur Seite und ließ ihn in die Diele kommen. Sein Blick fiel auf eine mächtige Vitrine, hinter deren Glastüren sich, wie im Museum, Sammlungen schöner Porzellanservices aneinanderreihten. Er erspähte einen kleinen runden Tisch, auf dem ein halbes Dutzend schwerer Kristallkaraffen stand, bevor Frau Nielen ihn in das Wohnzimmer bat.

Sie ließ sich geschmeidig auf dem Sofa nieder, winkte ihn lässig auf einen Sessel und griff zu der Zigarettenschachtel.

»Rauchen Sie?«

»Nein, danke.«

»Aber einen Schluck Kaffee! Ich habe gerade welchen aufgebrüht«, erwiderte sie und, ohne seine Antwort abzuwarten, ging sie in die Küche. Ihr Schritt, ausladend wie bei einem Marsch, stand in merkwürdigem Gegensatz zur eleganten Aufmachung. Man hätte eher eine verhalten daherkommende Gangart erwartet. Interessiert blickte ihr Schmidter nach, sich unwillkürlich fragend, warum eine so attraktive Frau allein lebt.

»So, dann schießen Sie mal los!«, begann sie forsch, nachdem sie sich mit den Kaffeetassen gegenübersaßen, ihre Aufforderung in den Rauch der Zigarette verpackend.

»Wie Sie wissen, haben wir ein zweites Opfer, Frau Alt, zu beklagen. Der Täter ist bisher nicht gefasst. Besonders die Tatsache, dass er scheinbar ungehindert in das Haus und die Wohnung eindringen konnte, gibt uns einige Rätsel auf.«

Hier unterbrach ihn Frau Nielen und wie sie den linken Arm leicht anhob, rutschten die Ringe klimpernd zum Ellbogen. Schmidter verfolgte den Lauf des Goldes wie einen Zaubertrick.

»Man hat uns doch gesagt, dass die Schlösser ausgewechselt wurden. Wie konnte der Täter denn das Haus betreten?«

»Das ist eine der Fragen. Deshalb befragen wir jeden Bewohner nach seinen Schlüsseln.«

»Na ja, wissen Sie, unsere Schlösser, die kann man doch leicht öffnen«, stellte Frau Nielen herablassend fest.

Bemerkenswert, griente Schmidter in sich hinein, ging aber auf die Bemerkung nicht ein.

»Hm, dass Frau Alt getötet wurde, ist für mich besonders furchterregend. Schließlich lebte sie allein, wie ich. Erst die vierte, dann die sechste Etage, vielleicht arbeitet der sich über die achte hinauf bis zu mir, auf die elfte. Sie hätten demnach noch etwas Zeit, ihn vor seinem Eintreffen zu fangen.« Schnippisch rundete sie ihre vollen Lippen und blies eine neue Wolke zu ihm hinüber.

»Nun, zurzeit deutet wenig daraufhin, dass der Täter einen derartigen Plan verfolgt«, wiegelte Schmidter nicht gerade überzeugend ab.

»Sie meinen also, dass die beiden Morde auf der vierten und sechsten Etage rein zufällig geschehen sind?«

»Das kann man so nicht behaupten, dafür gleicht sich der Tatablauf zu sehr«, musste Schmidter eingestehen.

»Na also, dann stellen Sie doch einen Polizisten vor meine Tür, soll ich mir selbst einen Personenschutz besorgen, vielleicht ein paar Kameraden von der Kampfgruppe oder der freiwilligen Feuerwehr?«

Sie blickte leicht spöttisch zu ihm hinüber und zog seelenruhig an ihrer Zigarette. Schmidter war sich nicht sicher, wie ernst es Frau Nielen mit ihrem Vorschlag meinte.

»Verstehen Sie uns bitte, wir können nicht vor jede Tür einen Volkspolizisten stellen, das wäre ja ein Aufgebot wie bei einer Maidemonstration. Und außerdem, wer garantiert uns, dass der Täter nicht ins Nachbarhaus ausweicht?«, versuchte Schmidter seine charmante Gastgeberin von ihren Ideen abzubringen. Wer weiß, mit wem sie das Gespräch auswertet, mahnte er sich zur Vorsicht.

»Na, prima, Sie schließen nicht mal aus, dass das Verbrechen nicht nur etagenweise, sondern sogar häuserweise voranschreiten könnte. Sie scheinen meiner Theorie, dass hier ein Triebtäter«, sie dehnte den Begriff wie ein sehr selten verwandtes Wort, »durch die Gegend zieht, nicht für so abwegig zu halten. Ich habe Sie doch eben richtig verstanden, ein Grund mehr, uns zu bewachen. Ist doch sonst kein Problem bei uns, ich meine, der Schutz von Personen und Eigentum?«

Sie blickte ihn aus ihren kreisrunden braunen Augen herausfordernd an, als hätte sie ihn gerade beim Schach mattgesetzt.

»Liebe Frau Nielen«, seufzte Schmidter schwach, »gegenwärtig können wir leider fast nichts außer Acht lassen. Aber, ein Großaufgebot von Volkspolizisten rund um den Strausberger Platz, das kriegen wir nicht durch, schon aus politischen Gründen«, bemerkte er mit einem um Verständnis bittenden Blick, der ihr bedeuten sollte, dass »man sich« sehr wohl um alles Gedanken machen würde.

»Na also«, sagte sie trocken, es klang wie ein abschließendes Urteil. Für sie war die Sache offenbar klar. »Man«, das hieß also, die Führung hält einen Schutz des Hauses für undurchführbar. Ihr Blick drückte aus, was sie davon hielt.

»Sagen Sie, Frau Nielen, kennen Sie einen Herrn Böhme?«, versuchte Schmidter das Gespräch in eine neue Bahn zu lenken.

Sie tippte nachdenklich auf ihre Zigarette und schüttelte langsam verneinend den Kopf.

»Herr Böhme, nein, nicht dass ich wüsste.«

»Fichtner, sagt Ihnen der Name etwas?«

»Fichtner, Fichtner, hm, nein, genauso wenig. Was hat es mit den beiden auf sich?«

»Die haben hier früher einmal gewohnt, sind dann ausgezogen, könnten aber noch einen Bezug zum Wohnhaus haben«, umschrieb Schmidter sein Interesse.

»Hm, verstehe, ja. Also, die beiden müssen vor meiner Zeit hier gewohnt haben. Hier wohnen so viele Leute, es ist ein Kommen und Gehen, man begegnet sich vielleicht im Fahrstuhl, bei mancher Person wüsste ich nicht einmal, ob sie hier tatsächlich wohnt«, sagte sie schnell und deutlich, gewohnt, sich präzise auszudrücken.

»Aber die Leute auf Ihrer Etage kennen Sie doch wohl?,« insistierte Schmidter.

»Na ja, vom Sehen. Die Branders, die sind ganz nett, aber, wie ich bereits sagte, privat verkehre ich nicht mit ihnen. Na ja, die Baumanns, mit denen kann man reden, die Familie ist ja auch nicht zu übersehen, aber die wohnen auf der siebten Etage«, lächelte sie schelmisch.

»Sie leben allein hier, entschuldigen Sie die direkte Frage, es gibt niemand, der Sie regelmäßig besucht, einen Schlüssel für Ihre Wohnung besitzt?«

»Niemand. Ich wohne allein hier und niemand hat einen Schlüssel.«

»Und Sie waren auch zur Tatzeit allein in Ihrer Wohnung.«

»Ja, ich war allein.«

»Darf ich fragen, was Sie beruflich tun?«

»Ich betreue Kunstsammlungen, Ausstellungen, organisiere Vernissagen.«

Schmidter blickte für einen Augenblick ungläubig drein.

»Ich betreue auch noch den Nachlass meiner Eltern. Die hatten Kunst gesammelt«, klärte sie den erstaunten Schmidter in einem Ton auf, als würde sie ihm ein Kinoprogramm erläutern. Er war in seinem Leben bisher nur Werktätigen begegnet, die jeden

Tag zur festgelegten Zeit am gleichen Ort antreten, um die ihnen zugewiesene Arbeit zu verrichten. Hier begegnete er einer Frau, bei der allem Anschein nach die Arbeit dem Zeitvertreib diente. Na ja, gab er sich zu bedenken, in diesem Haus wimmelt es von besonderen Bürgern. Schmidter gab sich mit der Antwort zufrieden und wusste nicht recht, was er noch fragen sollte. Frau Nielen erweckte auch nicht den Anschein, als wäre ihr an einer Fortsetzung der Unterhaltung gelegen, nachdem ihr Wunsch auf Personenschutz auf Ablehnung gestoßen war. Details des Hergangs des Verbrechens schienen sie auch nicht sonderlich zu interessieren, das war Vergangenheit, da konnte man nichts mehr ändern, ganz im Gegensatz zur Zukunft. Aber dazu war alles gesagt. Sie hatte registriert, dass sich der Kommissar nicht klarer äußern würde, also welchen Zweck sollte das Gespräch noch erfüllen. Und eine Unterhaltung ohne Ziel und Abschluss war ihr die Zeit nicht wert. Diese Haltung brachte sie deutlich zum Ausdruck, was Schmidter intuitiv spürte und ihn in Verlegenheit brachte. Er hatte ja tatsächlich nichts Nennenswertes mitzuteilen. So entschied er sich für den Rückzug.

»Gut, das wäre es dann erstmal. Wir halten Sie auf dem Laufenden. Vielen Dank für den Kaffee. Und die Schlösser werden wir noch mal überprüfen. Auf Wiedersehen, Frau Nielen.«

»Auf Wiedersehen Herr Schmidter, hoffentlich sind Sie erfolgreich, in naher Zukunft«, sagte sie und blickte strahlend wie eine Operndiva vor einem namenlosen Publikum durch ihn hindurch, als wäre er aus Glas.

Er verließ die Wohnung und hielt vor der Tür unwillkürlich inne, dem abnehmenden Klang der Armreifen lauschend. Schmidter war ein nüchtern analysierender Polizist, der bei seinen Ermittlungen eigene Emotionen nicht zuließ. Obwohl zutiefst davon überzeugt, dass letztendlich nur Spuren, Fakten und Motive den Täter überführen, hatte er von Bircher gelernt, sich von den auftretenden Personen eine Art Psychogramm zu erstellen.

Bircher hatte ihm einmal gesagt, dass das Geheimnis einer Vernehmung in dem Unausgesprochenen liegt, in dem, was scheinbar verschwiegen wird. In den Antworten, die halbherzig klingen und etwas, wie im Nebel, verhüllen. Er solle immer versuchen, wie nach einer Theatervorstellung, die Figuren zu analysieren. Es sei die Kunst des guten Kriminalisten, sich in des Täters Gedankenwelt zu stehlen, um seine Verstecke, in denen er die Wahrheit, oder das, was er dafür hält, verbirgt, aufzuspüren und, gewissermaßen mit dem ausgestreckten Arm, darauf zu zeigen: Hier, das hast du uns vorenthalten, sag, warum und welche weiteren Geheimnisse lagern in den Höhlen deines Kopfes?

Er musste sich eingestehen, dass Frau Nielen ihm einen gewissen Respekt einflößte. Vielleicht haben wir es tatsächlich mit einem Täter zu tun, der planmäßig das Labyrinth seiner kranken Seele auf der Suche nach dem nächsten Brandherd abschreitet, wie um ihn zu löschen. Wie die Feuerwehr in einem brennenden Gebäude etagenweise vorgeht, so mordet der Täter nach einem in seinem kranken Hirn gestanzten »Stockwerkprinzip«. Er dachte an Frau Nielen und ihr charmantes Lächeln, hinter dem sich eine kühl abschätzende Person verbarg. Sie wusste sicher, wie sie ihr Handeln nach eigenem Nutzen auszurichten hatte. Frau Nielen als Regisseurin, die sich ihre Darsteller nach größtmöglichem Nutzen auswählt. Das Leben als Schaubühne, mit ihr als Dramaturgin und Konsumentin. Eine gewisse Wesensähnlichkeit zu Frau Alt war unübersehbar.

Dass sie Böhme nicht kannte, wollte er ihr nicht abnehmen. In ihrer ersten Reaktion auf seine Frage hatte sie einen Hauch von Überraschung offenbart, sich aber sofort wieder unter Gewalt. Er glaubte ihr in diesem Punkt nicht. Als Bircher seine Eindrücke über Frau Alt zusammenfasste, beschrieb er sie als einsame Frau ohne Familie, ohne tiefe Bindungen, als eine Dame, die mitunter Nähe sucht, sie dann aber nicht sehr lange ertragen kann, auch nicht die Bindung zu einem anderen Menschen und die daraus entstehenden Verpflichtungen. Ihr Schicksal war es, sich die anderen nützlich zu machen. Beziehungen zu Menschen werden einem Zweck untergeordnet. Es sind Bedürfnisse zu befriedigen: Abwechslung, Gesellschaft, vorübergehendes Entrinnen aus dem Alleinsein. Vielleicht verband Frau Nielen mit der Toten eine Art Seelenverwandtschaft. Schmidter erinnerte sich an Frau Thule, wie einige der Befragten ihre kühle Distanziertheit beschrieben, ihre berechnende Vorgehensweise.

Drei Frauen, zwei Morde. Sind sie sich tatsächlich in ihrem Wesen ähnlich und könnte sich darin ein Motiv verbergen?

Bircher betrat sein Büro, nickte Manuela kurz zu und schritt geradewegs in sein Zimmer, wobei er ihr zurief:

»Hast du erfahren, wo Böhmes Freundin arbeitet?«

»Natürlich, in der Schönhauser Allee, Adresse liegt auf deinem Tisch. Frag nicht, wie«, fügte sie schnippisch hinzu, »und Herr Böhme erscheint morgen früh um neun. War mächtig angesäuert.«

»Nicht zu Unrecht. Ich gehe jetzt zur Lagebesprechung zum General.«

»Wollte dir noch was zeigen«, rief ihm seine Sekretärin nach.

»Ja, später.«

Bircher nahm sich einige Notizen, die Manuela für ihn bereitgelegt hatte, schloss die Tür und eilte zum Paternoster. Wie bei der vorangegangenen Besprechung war neben General Meier der Vertreter der Abteilung Sicherheit anwesend, der sich andeutungsweise aus seinem Stuhl schraubte, um Bircher über den Tisch gebeugt grußlos die Hand zu reichen, ansonsten regungslos darauf wartete, dass Meier die Initiative ergriff.

Meier bat Bircher, die Ereignisse zusammenzufassen und den Stand der Ermittlungen darzulegen. Während Bircher berichtete, nickte Meier ihm einige Male zu. Der Genosse aus der Sicherheitsabteilung schwieg, als folgte er einer Nachrichtensendung.

Als Bircher mit den Worten abschloss, »dass wir nach wie vor keine konkrete Spur verfolgen«, breitete sich im Kabinett eine bedrückende Stille aus. Bircher fühlte sich wie in einer Prüfung, wenn die Kommission, enttäuscht über das unbefriedigende Abschneiden ihres Favoriten, in ratloses Schweigen verfiel.

»Tja«, durchbrach Meier die Stille und wandte sich an den Parteifunktionär, »willst du beginnen?«

Der ruckte etwas im Stuhl herum, als würde er die zur Situation passende Haltung suchen, und richtete schließlich seine graublauen Augen auf Bircher.

»Wir haben also die Bürger Martin Baumann, Böhme und den jungen Forn, die sich in Widersprüche verwickeln und in näherer Betrachtung sind. Ansonsten keine Spuren, kein Motiv«, fasste er gewohnheitsmäßig das Gehörte nochmals wie ein Protokoll zusammen.

»Ja, so ist es«, pflichtete Bircher ihm ruhig bei.

»Welche Schritte haben Sie eingeleitet, um die Bewohner zu schützen, den Zugang zum Haus zu erschweren, kurz, das Objekt zu bewachen?«, fuhr der Genosse fort.

»Wir haben alle Hausschlösser austauschen lassen. Nicht die Schlösser der Wohnungen, das wäre ein ziemlicher Aufwand. Ich bin der Ansicht, dass es unsere Absicht, Panik zu vermeiden, konterkarieren würde.«

Meier hob die Hand, worauf Bircher innehielt und seinen Chef fragend anblickte.

»Ich möchte hinzufügen«, hier schaute Meier den Genossen aus dem zentralen Apparat an, »dass die Schlösser, die wir über unseren Handel erhalten können, die üblichen Standardschlösser sind. Mehr ist nicht drin«, schloss er trocken und nickte Bircher zu, fortzufahren.

»Ein anderes Problem ist die Objektsicherung. Wenn die ohne Aufhebens erfolgen soll, und das war der Befehl, dann geht das nur mit Einschränkungen. Auf dem Dachgarten haben wir jede

Nacht zwischen null und fünf Uhr zwei Leute, unmittelbar vor dem Hauseingang kann ich keine Leute hinstellen, ohne dass es auffällt. Der Eingang ist aus Richtung Alexanderplatz frei einsehbar, Streifen laufen regelmäßig zwischen dem Eingang zum Kinderkaufhaus und Wohnblock. Es wäre wünschenswert, das Objekt durch mehr Kräfte diskret und weitläufiger abzusichern«, erklärte Bircher.

»Der Täter ist eher durch den Straßeneingang als über den Dachgarten ins Haus gelangt, oder?«, bemerkte der Genosse, ohne auf Birchers Anliegen einzugehen.

»Eine Wahrscheinlichkeit. Vielleicht hat er ja einen Schlüssel«, bemerkte Bircher, ohne Martin Baumann und seinen verloren gegangenen Schlüssel zu erwähnen.

»Wir könnten eine Wohnung anmieten, schräg gegenüber dem Eingang, dann hätten wir den Eingang Tag und Nacht im Visier. Ich werde das bei den Sicherheitsorganen prüfen lassen, kann aber nichts garantieren«, bemerkte der Genosse aus dem Apparat, worauf Meier nur beipflichtend nickte. Diese Maßnahme lag nicht in seiner Macht.

Bircher war mit seinen Gedanken bei Baumann und seinem verschwundenen Schlüssel. Vielleicht hat ihn Böhme.

»Ja, und Baumann und Böhme, die müssen unter Beobachtung gestellt werden«, bemerkte Meier. »Hast du das veranlasst?«

»Nein, noch fehlen mir dafür die zwingenden Gründe, aber, wie vorhin bemerkt, ich habe Böhme für morgen früh vorgeladen und Baumanns Sohn sehe ich heute Nachmittag, danach wollte ich entscheiden, mit deiner Genehmigung, im Fall Baumann, meine ich.«

»In Ordnung«, erwiderte Meier, der einen kurzen Blick zu seinem Besucher warf. Der nickte zustimmend.

»Mit dem ganzen Fall hat sich das Sekretariat befasst«, ergriff erneut der Gast das Wort, wobei er das Wort Sekretariat langsam, mit deutlicher Betonung, aussprach, es war nicht klar, ob als Warnung oder Ehrerbietung gemeint, »die Genossen möchten auf keinen Fall, dass die gegnerische Presse Wind von der Sache bekommt. Die würden das ja so darstellen, als wären wir nicht in der Lage, unsere Bürger vor einem wahnsinnigen Einzeltäter zu schützen. Ganz zu schweigen von den Verleumdungen, die sie verbreiten würden, also, ich meine, dass die Tat«, er vermied das Wort Mord, als würde es auf einer Zensurliste stehen, »gegen besonders verdienstvolle Bürger gerichtet sein könnte. Der Auftrag lautet: Schnell und unbemerkt den Täter fassen.«

Er nickte kurz und heftig, wie um sich selbst gegenüber seine Entschlossenheit zu unterstreichen. Bircher hatte seinen Worten gelauscht und wartete auf Meiers Reaktion. Der nickte lediglich beipflichtend, als wollte er bedeuten, siehst du, nun sind wir schon auf der Tagungsordnung der obersten Gremien, streng dich an. Du trägst die Verantwortung. Bircher dachte einen Augenblick daran, auch zu schweigen, entschloss sich dann aber, noch einmal die Frage des Einsatzes weiterer Sicherungskräfte zu stellen. Sicherheitshalber. Er argumentierte, man könnte das Haus natürlich abriegeln, der Täter wäre dann alarmiert und zu größter Vorsicht gezwungen. Vielleicht würde er aber auch nervös werden und Fehler begehen. Vielleicht würde er sich, zumindest vorübergehend, zurückziehen. Schließlich könnte er auch in einem anderen Haus fortfahren.

»Alles möglich«, sagte Bircher tonlos und fragte vorsichtig, sich an den führenden Genossen wendend: »Also, ich habe Sie richtig verstanden, dass Maßnahmen für eine verstärkte und direkte Bewachung des Hauses nicht wünschenswert sind?«

»Ja. Solche Maßnahmen könnten dazu führen, dass die feindliche Propaganda von der Sache Wind bekommt und ihre Schmutzkübel über uns ausschüttet, sozusagen über das Haus des Kindes. Also, nochmals, die politische Bedeutung der Ermittlung muss allen Beteiligten zu jeder Zeit bewusst sein. Bitte achten Sie darauf, Genosse Bircher.«

»Ja, selbstverständlich, habe verstanden«, erwiderte Bircher und stellte für sich fest, dass der Genosse aus dem Parteiapparat für die Außenwirkung des Falls zuständig war, für die übergeordneten Gesichtspunkte und dass er von einem möglichen späteren Vorwurf, das Haus nicht ausreichend bewacht zu haben, befreit war. Wenigstens aus dieser Ecke weniger Druck, stellte er für sich fest.

»Dann können wir für heute die Besprechung beenden«, meldete sich Generalmajor Meier zu Wort, offenbar der Ansicht, dass alles Nötige gesagt war.

Alle erhoben sich von ihren Stühlen.

»Viel Erfolg, Genosse Bircher!«, verabschiedete ihn der Genosse aus der Zentrale. In Birchers Ohren klang es wie ein Befehl.

»Ich werde mein Möglichstes tun«, erwiderte er, wobei die Mienen seiner Vorgesetzten nicht verrieten, ob die lapidare Antwort ihren Erwartungen entsprach.

II

Es war kurz vor siebzehn Uhr. Bircher stand grübelnd auf dem blank gewienerten Marmorfußboden vor dem Fahrstuhl, der ihn auf die neunte Etage des Hochhauses gehoben hatte. Er versuchte, sich zu erinnern, woran ihn der flache, etwa fünfundzwanzig Quadratmeter große Raum erinnerte, von dem aus fünf Wohnungen abzweigten.

Ihm fiel eine Reise nach Moskau ein, es war eine Art Auszeichnung aus Anlass seines zehnjährigen Berufsjubiläums als Kommissar in der Berliner Kriminalpolizei. Ein unverzichtbarer Bestandteil des Programms war der Besuch des Mausoleums auf dem Roten Platz. Bircher hätte sich gerne vor diesem Programmpunkt gedrückt. Allein die schier endlos erscheinende Schlange der Wartenden war ihm Grund genug, aber auch die Aussicht, eine Mumie betrachten zu müssen, reizte ihn nicht. Er hatte genug Leichen zu betrachten. Zudem hatte er überhaupt keine Ader für jedwede Art von Heldenverehrung, ob die Vorbilder nun lebendiger oder toter Natur waren. Für ihn waren diese Rituale eine religiöse Verblendung. Außerdem hasste er jede Art von Pathos. Er konnte sich zwar begeistern, aber nur, wenn ihm sein eigener Verstand signalisierte, dass der Anlass außergewöhnlich, bewunderungswürdig oder erstrebenswert sei. Seine Überzeugungen trieben ihn genug an, äußere Kraftbeschleuniger hielt er für überflüssig. Er pflegte zu sagen, dass alles aus einem selbst heraus entstehen müsse. Eine Haltung, die nicht immer gebilligt wurde, vor allem von jenen nicht, deren Aufgabe es war, Überzeugungen einzupflanzen. So war das Mausoleum für ihn ein verzichtbarer Tagesordnungspunkt. Leider war es unmöglich, sich aus der Reisegruppe abzuseilen, so ließ er es über sich ergehen.

In diesem Moment, wie sein Blick über die Haustüren glitt, fiel ihm das Eingangsportal der Leninschen Aufbewahrungsstätte ein, der halbdunkle Raum aus Marmor und Granit, einem Sarkophag gleich. Und diese tödliche Stille, nur unterbrochen durch das Schluchzen einer russischen Großmutter, deren runzliges Gesicht unter dem bunten Kopftuch aussah, als wäre es aus dem Rahmen eines Porträts des alten Repin gestiegen.

Es wird Zeit, ermahnte sich Bircher und klingelte bei der Familie Rund. Seine Notizen sagten ihm, dass hier ein Physiker wohnte, der in der Verwaltung der Akademie der Wissenschaften arbeitete. Sicher ein aufmerksamer und analytisch handelnder Bürger. Die Tür öffnete ihm ein kräftiger Mann, der offenbar gerade nach Hause gekommen war. Er trug einen einfachen Anzug ohne Krawatte, in der Hand hielt er noch seinen Schal, den er gerade ablegen wollte. Die braunen Schuhe glänzten wie ein Schokoriegel.

»Guten Tag, was möchten Sie?«, fragte er mit dem unverwechselbaren Dialekt aus Birchers Heimat. Der weiche Klang seiner Stimme passte zu den braunen Augen, die er leicht zusammenkniff, als würde er Witterung aufnehmen, sie blitzten schelmisch wie bei jemandem, der zum Scherzen neigt.

»Ich bin von der Kriminalpolizei, Major Bircher. Im Zusammenhang mit dem Verbrechen an Frau Alt befragen wir alle Bewohner. Haben Sie etwas Zeit für mich?«

»Ja, freilich, kommen Sie rein. Meine Frau ist aber noch nicht hier«, erwähnte er, als wäre es ein Fehler, ihn allein anzutreffen.

»Kein Problem.«

»Wir haben natürlich davon gehört, fürchterlich. Meine Frau traut sich kaum noch vor die Tür und will am liebsten nach Hause zu ihren Eltern fahren. Wir kommen aus Frauenwald in Thüringen.«

»Da sind wir ja Landsleute, ich bin in Thüringen aufgewachsen. Kommen Sie zurecht in der großen Stadt?«

»Ich schon.«

»Ja, also Herr Rund, haben Sie etwas bemerkt, was uns weiterhelfen könnte?«, fragte Bircher automatisch.

»Frau Alt kannte ich nicht persönlich. Sie wohnte ja drei Etagen unter uns, da sieht man sich kaum. Nein, ich weiß wirklich nichts zu berichten. Wie ist denn der Täter in das Haus gelangt?«

»Wir wissen es noch nicht.«

»Ist wahrscheinlich auch nicht so wichtig. Die Kreuzbartschlösser kann ja jeder, der am polytechnischen Unterricht teilgenommen hat, überwinden.«

»Hm, Sie scheinen sich ja auszukennen«, sagte Bircher anerkennend.

»Ich bin vom Beruf Physiker und Heimbastler. Mache fast alles allein im Haushalt«, erwiderte Herr Rund nicht ohne Stolz, als würde er tatsächlich zwei Berufe ausüben.

»Na gratuliere, mir fehlen das Geschick und wohl auch die Muße«, log Bircher etwas, dem jede handwerkliche Neigung abging.

Er nahm sich vor, Schmidter nach diesem Kreuzschloss zu fragen, der fummelte auch so leidenschaftlich an seiner Wohnungseinrichtung herum und müsste wissen, ob hier was übersehen wurde.

»Ja, Zeit braucht man natürlich, aber auch Geduld und Interesse am Handwerk. Ich arbeite in der Stabsabteilung Kontrolle beim Generalsekretär der Akademie, da habe ich es ja nur mit Papieren zu tun.« Es klang wie eine Erklärung für sein zeitaufwendiges Hobby. Wie um die allgemeine Bedeutung seiner Fähigkeiten zu unterlegen, fuhr er fort: »Also, hier auf der Etage werde ich schon häufiger von den Nachbarn gefragt, die kleinen Reparaturen erledige ich dann selbst für sie«, merkte Herr Rund nicht ohne Genugtuung an, ganz im Ton des Mitarbeiters eines großen Apparates, »aber grundsätzlich obliegt es natürlich dem Genossen Jäger, sich um die Anliegen der Mieter zu kümmern. Er leitet die Aufträge an die Wohnungsverwaltung und die schicken jemanden oder auch nicht, na ja, Sie wissen schon, manchmal mahlen die Mühlen etwas langsam und dann komm ich doch wieder zum Zuge.«

Bircher nickte kurz.

»Sie wohnen auf der neunten Etage, können Sie eigentlich von Ihrer Wohnung aus auf den Dachgarten schauen?«, fragte Bircher den nun etwas verdutzt dreinblickenden Genossen Rund, der lieber noch etwas von seiner Hobbybastelei preisgegeben hätte.

»Ja, kommen Sie bitte mit in das Schlafzimmer, ich zeige Ihnen die Aussicht.«

Bircher folgte seinem Gastgeber, der forsch die Tür zum Schlafzimmer öffnete. Bircher kam es so vor, als würde ihm das Zimmermädchen eines Hotels sein Zimmer vorführen. Bei Runds sah es aus, als wäre seit langem kein Gast mehr eingekehrt. Die gewölbten Daunenbetten lagen straff gespannt und faltenfrei nebeneinander und erinnerten an zwei umgekippte Schlauchboote, am oberen Ende begrenzt durch eine sorgfältig arrangierte Kissenpyramide. Bircher zählte unwillkürlich nach, es waren auf jeder Betthälfte drei Kissen aufgetürmt, die ebenso unberührt anmuteten wie der Rest des Bettes. Jedes Kissen stand straff und mit einer Kerbe in der Mitte versehen auf seinem Platz, sie wirkten wie gesichtslose Attrappen von Hasenohren, die leblos in den Raum blicken. Auf der gegenüberliegenden Seite glänzte eine Schrankwand, wahrscheinlich aus Hellerau. Die Monotonie der Fläche wurde durch einige scheinbar zufällig eingefügte, Regalfächer aufgelockert. Da standen goldgerahmte Photos, die das Ehepaar Rund auf ihren Urlaubsreisen zeigten, vor dem Panorama der Ostsee wie ein frisch verliebtes Paar, sich gegenübersitzend auf einer Kutschfahrt und mit aufgerissenen Augen verzückt von einem Felsvorsprung in die Tiefe starrend, wahrscheinlich im Elbsandsteingebirge. Bircher sah auch geschnitzte Pyramiden, die auf den Winter warteten, braune Vasen aus den einschlägigen Töpfereien, eine Matrjoschka aus dem Bruderland und ein Spielzeugtrabant aus weißem Sprelacart. Auch eine große Puppe im thüringischen Trachtenkostüm erspähte Bircher, bevor ihm Rund zurief:

»Hier, Genosse Kommissar, sehen Sie, schräg unter uns befindet sich der Dachgarten«, und, die Gedanken des Kommissars erratend, »nur die Eingangstür, die können wir von hier nicht einsehen, sie liegt im toten Winkel.«

Bircher stellte sich neben Herrn Rund und spähte hinaus. Ein oder zwei Wohnungen befanden sich auf einer Ebene mit dem Dachgarten, aus den Fenstern könnten die Mieter sowohl auf den Betonboden des Dachgartens steigen wie umgekehrt mühelos in die Wohnungen schauen. Von diesen Wohnungen aus wäre der Zugang zum Dachgarten mühelos zu bewachen.

»Kennen Sie die Mieter der Wohnungen am Dachgarten?«, fragte Bircher und zeigte mit ausgestrecktem Arm auf die Fenster neben dem Eingang.

»In der Mittelwohnung wohnt Herr Battes, bis vor kurzem noch zusammen mit seiner Frau, die scheint aber Ende September ausgezogen zu sein. Die wohnten seit 1955 hier. Schade.«

Es klang, als würde er beschreiben, wie jemand seinen Zug verpasste. Herr Rund streckte sich aus dem Fenster und verdrehte den Kopf. Wie ein Förster vom Hochstand beobachtete er gespannt die Wohnstube der Familie Battes. Mit einer gewissen Genugtuung auf dem Gesicht drehte er sich aus dem Fensterrahmen und bemerkte über die Schulter gewandt: »Battes ist zu Hause. Hm, so früh.«

Der Mann schien Bescheid zu wissen, dachte sich Bircher, der nun ebenfalls versuchte, in die Wohnung zu schielen, was aus dem spitzen Winkel nicht ganz e infach war und dem fülligen Bircher einiges an Verrenkung abforderte. Was er sah, waren nichts als Gardinen.

»Ich sehe niemanden«, sagte er zu Rund, der jetzt schräg hinter Bircher stand.

»Die Gardinen haben sich bewegt und zwar die beiden linken, die zur Küche gehören«, klärte ihn Rund auf, wobei er versuchte, seinen Kopf an Bircher vorbei durch das Fenster zu zwängen. Es war offensichtlich, dass er genau wusste, welche Gardine zu welchem Raum gehörte.

»Die Küche grenzt allerdings nicht an den Dachgarten, lediglich das Schlafzimmer, von uns aus gesehen, da rechts neben der Küche, das mit den dunklen Gardinen. Sehen Sie, jetzt öffnet jemand das Küchenfenster«, flüsterte Rund, der es inzwischen geschafft hatte, sich in den Fensterrahmen zu schieben. Bircher nickte wortlos und wand sich behutsam aus der körperlichen Nähe seines Gastgebers, der ihn zwischen sich und dem Fensterflügel eingeklemmt hatte. Nachdem Bircher gebührenden Abstand gewonnen hatte, musterte er Rund nachdenklich, der jetzt wie ein Habicht vor dem Sturzflug schräg nach unten blickte, als wollte er seine Beute hypnotisieren. Vielleicht hatte den Mann irgendwann einmal dort unten etwas in seinen Bann geschlagen, und wie im Kino wartete Rund auf die Fortsetzung. Bircher verließ langsam das Schlafzimmer, auf den Fersen folgte Rund. Es war eine günstige Gelegenheit, jetzt gleich Battes einen unangemeldeten Besuch abzustatten.

»Ich gehe dann mal rasch bei Herrn Battes vorbei und verschaffe mir einen Eindruck. Zunächst vielen Dank!«, verabschiedete sich Bircher von Rund, der zusammenzuckte, als hätte man ihn jäh aus seinem Traum gerissen.

»Äh, natürlich, Sie haben es sicher eilig. Sie müssen eine Etage runter gehen, dann die Mittelwohnung. Wenn Sie mich brauchen, so läuten Sie einfach!«, rief er Bircher etwas enttäuscht über den unerwarteten Aufbruch hinterher.

Bircher eilte durch die Marmorhalle zum Treppenaufgang, wobei er fast mit Angler zusammenstieß, der vornübergebeugt ein Namensschild studierte.

»Philipp, warst du schon bei Battes?«

Angler schreckte hoch, als wäre ein Geist aus dem dunklen Treppenaufgang hervorgetreten.

»Wo kommst du denn plötzlich her, hattest du nicht Rapport beim General?«

»Schon vorbei. War gerade bei Herrn Rund. Wohnt eine Etage höher. Der guckt gerne in die Wohnstuben seiner Mitbewohner. Hat mich auf die Lage der Wohnung von Herrn Battes hingewiesen, dessen Schlafzimmer direkt zum Dachgarten gerichtet ist. Wollte ich mir jetzt ansehen. Kommst du mit?«

»Ja, klar, der wohnt in der Mittelwohnung.« Angler zeigte auf die Tür in der Mitte der Diele. »Der Battes soll ein schwieriges Kaliber sein, also, nach allem, was ich so von Genossen Jäger gehört habe.«

»Warum?«

»Ein Eigenbrödler, verschlossen, misstrauisch, lässt so leicht niemand an sich heran. Meidet die Hausgemeinschaft, will seine Ruhe haben. Parteilos. Arbeitet als Chemiker in Adlershof. Seine Frau ist das ganze Gegenteil. Haut gerne auf die Pauke, so drückte es Jäger aus, eine Neunmalkluge, aber sonst ganz nett. Die soll ihm allerdings abhandengekommen sein.«

»Wie das?«

»Wohnt nicht mehr hier, hat sich aber nicht bei Jäger abgemeldet, was den natürlich empört.«

»Warum?«

»Na wegen der Austragung aus dem Hausbuch, ist wie im Hotel, einchecken und auschecken. Die ist formal noch hier gemeldet.«

»Hm, na lass uns mal sehen.«

Die beiden stellten sich vor die Tür von Battes, und Angler drückte auf den Klingelknopf. Kurz darauf hörten sie Schritte, also stimmten Runds Beobachtungen, stellte Bircher fest. Die Tür öffnete ein etwa ein Meter fünfundachtzig großer Mann, um die fünfzig Jahre alt. Er trug ein hellblaues Hemd, der oberste Knopf war geöffnet, wahrscheinlich hatte er gerade seine Krawatte abgelegt. Die abgetragenen Filzlatschen zeigten den nahenden Feierabend an. Battes Gesicht verriet einiges, tiefe Furchen schlugen rötliche Schneisen in die tiefhängenden Augenlider, die sich zu den Wangenknochen hin wellenförmig ausbreiteten, bis sie allmählich ihre Konturen verloren. Der Mann hatte wohl mehr als einmal nachts wach gelegen, wohl mit einigen Flaschen Bier, wie der kegelförmige Bauch verriet. Die blauen Augen ruhten kühl auf den Besuchern. Keinerlei Gefühlsregung ließ seine Gedanken erkennen. Er stand ernst und wortlos vor ihnen und wartete darauf, dass die beiden sich äußerten. Schließlich habe ich sie nicht eingeladen, also was wollen Sie – schien seine Haltung auszudrücken.

»Guten Tag, entschuldigen Sie bitte unseren unangemeldeten Besuch. Wir sind von der Kriminalpolizei, mein Name ist Major Bircher, das ist mein Kollege Oberleutnant Angler. Haben Sie einen Augenblick Zeit?«

Herr Battes nickte fast unmerklich und reichte ihnen die Hand. »Guten Tag, kommen Sie herein.«

Sein Händedruck verriet ein gehöriges Maß an Energie. Eher die Pranken eines Zimmermanns als die eines Chemikers, dachte Bircher. Hoch aufgerichtet ging er vor ihnen mit raschen Schritten durch die winzige Diele, die, wie im Hochhaus üblich, die übrigen Räume vom Eingangsbereich trennte. Erstaunt glitt Birchers Blick über mehrere identische Globen, die verteilt auf einer kleinen Anrichte und einem Regal standen. Es waren die handelsüblichen Ausgaben aus Plastik mit den Ansichten der Erde und ihren Ländern, Grenzen und Landschaften. Alle waren in das gleiche Aluminiumgestell eingepasst, dessen Bügel die Erdkugel wie Flügel umfassten, zwischen denen sich der Planet wie in einem Laufrad drehen ließ. Die drei Globen unterschieden sich voneinander lediglich durch verschieden gefärbte Fähnchen, die auf den Kontinenten verteilt angebracht waren und Bircher an die Schlachtaufstellungen erinnerten, die er im Völkerkundemuseum gesehen hatte, als Karola ihm den Dreißigjährigen Krieg anhand der Plastikheere erläuterte, die ähnlich Spielzeugeisenbahnen naturgetreu auf großen Tischen nachgebildet waren. Die winzigen Kopien der Soldaten, ihrer Truppen und der Landschaften, besonders der bunten Flaggen der Kampfeinheiten, hatten bei Bircher einen ähnlich verspielten Eindruck hinterlassen wie die Globen vor ihm.

Angler warf Bircher einen vielsagenden Blick zu: Siehst du, der Jäger hat es ja angekündigt, der ist merkwürdig. Sie folgten Battes in die Küche, wo sie sich an einen runden Tisch setzten. Vor Battes stand eine halb leere Flasche Berliner Pilsner.

»Nehmen Sie auch ein Bier?«, fragte er wie bei einem Skatabend übergangslos die Kommissare.

Angler hatte den Mund schon geöffnet, als er rechtzeitig Birchers abweisenden Blick auffing.

»Vielen Dank, Herr Battes, anderes Mal, wir wollen Sie nicht lange aufhalten«, wehrte Bircher ab.

Als würde er sein Bedauern über eine falsche Entscheidung ausdrücken, zuckte Battes leicht mit den Schultern. Etwas anderes bot er nicht an, die Sache war damit für ihn erledigt.

Bircher beugte sich leicht nach vorn und legte beide Arme ausgestreckt vor sich auf den Tisch, eine Angewohnheit, die ankündigte, dass er gleich eine Bitte vortragen würde. Angler hatte verstanden und verhielt sich still. Ebenso Battes, der ungeniert einen kräftigen Zug aus der Flasche nahm.

»Herr Battes, Sie wissen von den Morden hier im Haus. Unter anderem bereitet uns die Frage Kopfzerbrechen, wie der Täter, gehen wir mal von einer männlichen Person aus, in das Haus gelangen konnte. Eine der Möglichkeiten wäre ein Einstieg vom Dachgarten her«, wies Bircher in Richtung Küchenfenster.

Battes erste Reaktion bestand darin, dass er noch einmal die Flasche ansetzte, einen kleineren Schluck nahm, die Flasche sorgfältig wie ein leicht zerbrechliches Schmuckstück zurück auf den Tisch stellte und sich mit dem Handrücken automatisch über den Mund wischte, wobei hinter seiner Pranke ein leichter Rülpser ertönte. Er murmelte so was wie »Entschuldigung«, um sich schließlich, direkt an Bircher gewandt, zu einem ersten längeren Satz aufzuraffen:

»Von unserem, äh, also meinem Schlafzimmer, kann man, wenn man so groß ist wie ich, bequem einsteigen oder auch aussteigen, vom Zimmer auf den Dachgarten oder umgekehrt. Ist wohl von den Erbauern nicht bedacht worden, dass in unserem Palast Sicherheit 'ne Rolle spielen könnte. Das Betreten Unbefugter, wie es so schön heißt, war nicht eingeplant. Komisch, dabei wohnen hier so viele Leute, die diesbezüglich über große Erfahrungen verfügen.«

Die letzte Bemerkung entlockte ihm ein leichtes Lächeln, es war nicht einmal hämisch, wie er seine Mundwinkel in die Breite zog, eher amüsierte er sich über die Situation. Angler warf Bircher einen fragenden Blick zu, der darauf nur nickte.

»Haben Sie sich einmal gefragt, ob der Täter an Ihrem Zimmer vorbeigeschlichen, die Tür zum Treppenaufgang geöffnet haben und unerkannt im Haus verschwunden sein könnte?«

»Nein, habe ich nicht. Bin ja keine Frau, demnach nicht gefährdet«, erwiderte ungerührt Battes.

Angler verstummte für einen Moment, überrascht von so viel Kaltschnäuzigkeit.

»Wohnen Sie nicht mit Ihrer Frau hier, jedenfalls steht es so im Hausbuch?«, schaltete sich Bircher ein.

»Hausbuch!«, schnaubte Battes verächtlich. »Wem dient denn das, doch wohl nicht den Mietern!«, fügte er trocken hinzu.

»Könnten Sie bitte auf unsere Frage antworten!«, meldete sich Angler zurück.

»Meine Frau wohnt nicht mehr hier. Wenn Sie es genau wissen wollen, vor genau neununddreißig Tagen, am 28. September lag hier, auf diesem Tisch – es war abends um achtzehn Uhr, ich kam gerade nach Hause – ein Zettel. Darauf stand, in der Handschrift der Frau: ›Ich gehe.‹ Weiter nichts. Seitdem hat sie sich nicht wieder gemeldet, auch nicht bei ihrer Tochter. Zwanzig Jahre haben wir hier zusammen gewohnt, seit 1955.«

Er griff zur Bierflasche und setzte sie regungslos an, die beiden Kommissare sahen wie Theaterbesucher aus. Angler hatte als Zeichen seiner Anteilnahme, oder war es Neugierde, den Hals gereckt und sich leicht nach vorn gebeugt, als befürchtete er, etwas zu verpassen. Bircher versuchte sich vorzustellen, wie es wäre, würde ihm etwas Vergleichbares widerfahren, und kam zum Schluss, dass es am ehesten einer seelischen Hinrichtung gleichkäme. Angler hatte zur Position eines leitenden Ermittlers zurückgefunden und fragte so sanft, wie es seine Natur hergab:

»Ja, also, haben Sie nicht nach ihr gesucht? Schließlich haben Sie doch Jahre zusammengelebt, gemeinsam eine Tochter aufgezogen. Da setzt man doch alle Hebel in Bewegung. Vielleicht liegt dem Ganzen ja ein Missverständnis zugrunde, man kann doch nicht einfach verschwinden, bei uns«, bemerkte er leicht tadelnd, als würde die Republik nicht mehr die volle Einwohnerzahl erreichen.

»Meine Tochter hat auf ihrer Dienststelle angerufen. Die Frau ist da, kommt jeden Tag zur Arbeit. Ich habe die Scheidung eingereicht.« Es klang wie das Urteil auf lebenslänglich. »Aber deshalb sind Sie wohl hoffentlich nicht hier. Sie ist abgehauen, ohne irgendetwas mitzunehmen. Aber sie lebt ja«, fügte er kalt hinzu. Es klang, als bedauerte er, sie nicht unter den Opfern des Hochhauses zu wissen.

Bircher und Angler spürten eine unerbittliche Härte in seinen Worten. Es musste ihn wie ein Keil mitten ins Herz getroffen haben, der demütigende Verlust eines Menschen, mit dem er noch am Morgen nichtsahnend am Kaffeetisch gesessen hatte, vielleicht noch Pläne für den Abend diskutierend. Aus ihm sprach der Wille, es ihr irgendwie heimzuzahlen, sie sozusagen erbarmungslos zu enteignen.

»Ja, und Ihre Tochter, wie trägt sie das?«, fragte Angler vorsichtig.

»Sie hält zu mir«, sagte Battes abweisend.

»Na, da wünschen wir Ihnen die nötige Kraft, um mit dieser Sache fertigzuwerden. Ich möchte nochmals auf meine Frage von vorhin zurückkommen. Ist Ihnen vielleicht doch etwas aufgefallen, zum Beispiel an der Tür zwischen Haus und Terrasse, dass sie offen stand frühmorgens oder dass das Schloss beschädigt wurde oder dass etwas herumlag, was da nicht hingehörte, oder haben Sie mal was vor Ihrem Fenster bemerkt, dass Ihnen ungewöhnlich vorkam ...«, sagte Bircher.

Teilnahmslos, als hätte er seinen Besuch vergessen, starrte Battes aus dem Küchenfenster. Schließlich raffte er sich zu einem »Nein« auf. Es klang wie eine Aufforderung, ihn endlich in Ruhe zu lassen. Battes schienen die Morde nicht zu interessieren und Angst hatte er anscheinend nur, wenn er daran dachte, dass fortan die verfluchte Gattin wie ein böser Geist um ihn schwebte, wenn er allein in seiner kleinen Hochhauswohnung auf Rache sann. Bei ihm konnten die Kommissare nicht landen, es war, als würden sie wie ein Rettungsdienst im Hubschrauber über ihm schweben und vergeblich auf seine Landeerlaubnis warten. Er verabscheute jede Hilfe. Sie könnte ja den Hass lindern, seine einzige Antriebsquelle. Dass seine Frau so klanglos verschwunden war, wie jemand, die nur auf den geeigneten Moment gewartet hatte, sich aus einer Gefangenschaft zu befreien oder eine lang gereifte Entscheidung zu vollziehen, weil es ihr an diesem bewussten Tag endgültig gereicht hatte, weiter an dieser Ehe teilzunehmen, das brachte den Mann um seinen Schlaf. Es war ihm anzusehen, wie er sich quälte. Wahrscheinlich hatte er von dem bedrohlichen Aufruhr an seiner Seite nichts mitbekommen oder es einfach ignoriert, so wie er jetzt die Gefahr im Hochhaus als etwas wegwischte, das ihn nichts anginge, es beträfe ja nur Frauen. Oder weil Morde halt geschehen, von Zeit zu Zeit, so wie Erdbeben oder Vulkanausbrüche auf fernen Kontinenten. Angler war mehrfach fast von seinem Stuhl aufgestanden, ihm dauerte diese leere Konversation schon zu lange. Er wollte endlich zum Punkt kommen, schließlich hatten sie vor dem Besuch ein Ziel vereinbart. Das war aber noch gar nicht erwähnt worden, und Angler beschloss, es nun anzugehen.

»Also, ich habe mit meiner Frage vorhin nicht sagen wollen, dass Sie sich in besonderer Gefahr befinden. Ich wollte lediglich darauf hinweisen, dass Ihre Wohnung an einer Schlüsselposition, im wahrsten Sinne des Wortes, liegt«, umschrieb Angler seine Gedanken.

Er will Battes' Geduld prüfen, ihn aus der Reserve locken, dachte sich Bircher.

»Was möchten Sie mich fragen?«

Mit einem Blick, wachsam wie der eines Wärters, der gewohnt war, auf alles gefasst zu sein, musterte Battes Angler. Obwohl sichtlich zu früh gealtert, machte er in diesem Moment keineswegs einen müden oder gar erschöpften Eindruck. Es schien, als hätte er früher einmal die Kraft und den Willen besessen, niederdrückende Launen durch physische Anstrengungen zu vertreiben. Schlechte Stimmungen nach herben Enttäuschungen, die sein Leben wie einen alten Eisenbahnwaggon durchrüttelten, hatten ihm anscheinend die Lust an Bewegung genommen. Der Wille, sich im Sport zu entlasten, war weg, übrig blieben Konturen eines ehemals durchtrainierten Mannes, ein gewisser Ausdruck von körperlicher Stärke und Energie offenbarten sich in seiner aufrechten Körperhaltung und den leicht angewinkelten kräftigen Armen. Da war noch, abrufbereit, physische Spannung gespeichert.

Angler beugte sich vor.

»Wir prüfen, ob wir den Täter beim Betreten des Hauses fassen können.«

Bircher runzelte die Stirn, ihm schwante nichts Gutes. Angler fuhr unbeirrt fort:

»Vielleicht können Sie uns helfen, schließlich bietet Ihre Wohnung einen idealen Beobachtungspunkt.«

Bircher traute seinen Ohren nicht. Sein Kollege sprach, als hätte er erst in diesem Moment die Wohnung betreten und nichts von dem Mann und seiner Haltung mitbekommen. Auf Battes' Gesicht zeichnete sich so etwas wie eine Gefühlsregung ab. Die leichte Röte seiner Augensäcke breitete sich wie eine Flutwelle in der unteren Gesichtshälfte aus, wo sie der gepresste Mund stoppte. Battes bewegte sich nicht, nur seine rechte Hand tastete nach der Bierflasche, wie um Halt zu suchen. Für einen Moment befürchtete Bircher einen Angriff auf seinen Kollegen, der wie ein wohlmeinender Lehrer auf eine Antwort wartete.

»Wollen Sie sich hier einquartieren, ist das Ihr Anliegen, sind Sie deshalb hier?«, presste Battes seine Frage zwischen schmalen Lippen klanglos heraus.

»Nun, das könnte unseren Ermittlungen dienen«, erwiderte trocken Angler.

»Also, hier können Sie einziehen, wenn ich ausgezogen bin, und das wird bald sein. Ich gehöre nicht zu denen, die Ihre Wohnungen untervermieten, auch nicht den Staatsorganen.«

Die Aussage war eindeutig. Bircher und Angler wechselten einen Blick, der so viel wie »es reicht für heute« ausdrückte.

»War nur eine Frage. Sie hätten sich, den anderen Mietern und uns einen Dienst erweisen können«, beendete Angler seinen Vorstoß.

Bircher erhob sich und nickte Battes mit neutralem Gesicht zu.

Alle drei bewegten sich wortlos zur Diele. Dort verharrte Bircher für einen Moment, bevor er sich nochmals an den Hausherren wandte: »Entschuldigen Sie bitte meine Neugierde, Herr Battes, 'ne private Frage, was bedeuten eigentlich die Flaggen auf Ihren Globen, sind Sie mal zur See gefahren?«

Battes' Gesichtszüge verwandelten sich wie auf Knopfdruck. Als hätte man ihm eine neue Folie aufgezogen, breitete sich ein fast triumphales Grinsen zwischen seinen Ohren aus, wie bei jemanden, dem gerade der Pokal für die erste Weltumsegelung überreicht worden war. Die abweisende Kälte war wie weggeblasen.

»Ich reise für mein Leben gerne in andere Länder, schon immer«, erklärte er, plötzlich in fast leutseligem Tonfall. »Ja, und die Fähnchen sollen, wie in einem Tagebuch, Erinnerungen und Wünsche festhalten.«

Während Angler bereits die Türklinke in der Hand hielt, nickte Bircher Herrn Battes verständnisvoll zu. Der fuhr fort:

»Hier!«, er wies auf den rechts vor ihnen stehenden Globus, »der hat, wie Sie sehen, nur grüne Fähnchen. Das sind die Länder, wo ich bereits einmal oder mehrmals gewesen bin, da gibt's dann unterschiedlich viele grüne Fähnchen, je nachdem.«

»Aha, klar. Das ist hier zum Beispiel die Sowjetunion, mit einer Fahne.«

»So ist es. Da war ich einmal auf einer Schiffsreise, die startete in Moskau und ging nach Leningrad. Ein Fähnchen fürs Bruderland«, grinste er.

»Und der Globus mit den gelben Flaggen?«

»Die signalisieren die nächsten Urlaubsziele, also, hier zum Beispiel, erkennen Sie das Land?«, wandte er sich wie im Geographieunterricht an Bircher, der nachdenklich auf das Fähnchen blickte.

»Na, nicht erraten? Nicht so einfach, ist nämlich die Mongolische Volksrepublik. Da wollen wir, also ich und meine Tochter«, ihr war offensichtlich bereits die freie Stelle als Reisegesellschafterin zugewiesen worden, »auf dem Pferd durch die Wüste reiten, wie Dschingis Khan, und in Jurten unter freiem Himmel kampieren.«

Bircher nickte und überlegte, welchen Wein man da wohl trinken könnte.

»Toll!«, pflichtete er lächelnd bei.

»Ja, und hier, sehen Sie!« Battes drehte die Erde behutsam einige Längengrade weiter um ihre Achse. »Da geht's dann im nächsten oder übernächsten Jahr hin, mit der Transsibirischen Eisenbahn nach China. Falls es klappt, noch nicht ganz klar, wegen der Formalitäten, Zustimmung der Gewerkschaftsleitung und so, na ja, das wissen Sie sicher besser«, fügte er etwas herablassend hinzu.

»Und die roten hier?« Bircher erhöhte das Tempo, da Angler schon mit der Tür in der Hand wedelte. »Sollen die die Volltreffer anzeigen, die Höhepunkte?«

»So kann man es ausdrücken. Das sind gewissermaßen Traumländer, die Leute wie ich, also einfache Bürger – bin kein Reisekader – wohl nie aus der Nähe sehen werden. Aber auf dem Globus darf man sie sich ja wohl angucken«, sagte er tonlos, wobei er seine Pranke auf den Globus legte und dabei Europa verdeckte, das merkwürdigerweise nicht beflaggt war. In diesem Moment sah er wieder wie der verbitterte Zeitgenosse der letzten halben Stunde aus. Bedrückt stand er neben seinem Globus der sehnsüchtigen Ziele, seine Hand ruhte weiterhin unbeweglich über Europa, wahrscheinlich sortierte er in Gedanken die vielen fremden Länder, für ihn so unerreichbar wie seine verschwundene Frau.

»Und warum kein Ziel in Europa?«, fragte Bircher abschließend.

Battes zog seine Hand vom Kontinent.

»Ihr Kollege wartet dort«, beendete er abrupt den Exkurs

durch seine Touristikziele. Plötzlich hielt er auf dem Weg zum Ausgang kurz inne und sagte trocken: »Warum nicht Europa, na alles, was in der Nähe ist, kann man sich für später aufheben, wenn die Knochen anfangen zu knirschen.«

Vielleicht hatte er auch seine Frau auf spätere Jahre oder Ziele vertröstet, dachte Bircher und reichte ihm wortlos die Hand.

»Mann, war das ein komischer Zeitgenosse!«, stöhnte Angler, als sie den Fahrstuhl bestiegen.

»Findest du? Der ist einfach nur todtraurig angesichts der Lage, in die ihn seine Frau manövriert hat, der ist einsam und ratlos.«

Bircher stellte sich vor, wie Battes gerade vor seinem gelb beflaggten Globus steht, wie einen Fluchtweg die nächste Reiseroute planend. Was musste wohl in seiner Tochter vorgehen? Hatte die nicht bemerkt, dass da etwas total aus dem Ruder lief? Und Frau Battes, wie kann die auf ihre einzige Tochter verzichten, sie ihrem Mann wie ein Andenken hinterlassen? Wahrscheinlich hängt die Tochter am Vater und ist somit zu einem Bestandteil des gehassten Wesens geworden. Na ja, grübelte Bircher, in jedem Fall eine ungewöhnliche Ehegeschichte. Als sie den Fahrstuhl auf dem Erdgeschoss verließen, verharrte Bircher vor der Briefkastenreihe.

»Philipp, schau mal in deine Notizen, wann genau hat ihn Frau Battes verlassen?«

Angler zog seinen Notizblock aus der Innentasche seines Sakkos und blätterte in den letzten Seiten.

»Am 28. September hat er sie das letzte Mal beim Frühstück gesehen.«

»Also, ein paar Tage, bevor Frau Thule ermordet wurde«, sagte Bircher, dessen Augen über die Schilder an den Briefkästen glitten, als wollte er etwas einwerfen. Er dachte an die kräftigen Hände und die maßlose Wut von Battes. Wer weiß, was in den gefahren ist, als innerhalb weniger Stunden seine kleine Idylle auseinandergerissen wurde, ihn seine Frau in herzloser Kälte klarmachte, wozu sie fähig sei. Sie hatte ihn mit einer blitzartigen Aktion in seine Schranken verwiesen, hinter denen er, wie ein gefangener Löwe, ohnmächtig vor Wut und Verzweiflung, mit seinem Schicksal hadert. Kann ein solcher Mensch psychopathische Züge annehmen? Warum nicht? Ich muss einen Psychologen konsultieren, dachte Bircher.

»Dann werde ich Battes mal um seine Alibis bitten«, schlussfolgerte Angler.

»Ja, das musst du erledigen. Obwohl ich wenig erwarte, der war sicher mit seiner Tochter zusammen oder saß, auf Rache sinnend, vor seinen Globen.«

»Vielleicht erfahre ich noch etwas von den Etagenbewohnern. Werde die Familie Bommer aufsuchen. Der ist Wissenschaftler und sieht die Dinge sachlich.«

»Hm, könnte sein. Mach das, ist ja noch ein wenig Zeit. Wir treffen uns gegen sieben bei mir«, verabschiedete sich Bircher. »Ich fahre ins Büro.«

12

»Hallo, Manuela, was gibt es Neues?«, begrüßte Bircher seine Sekretärin.

»Du hattest heute Nachmittag keine Zeit, als du zum General musstest. Interessiert es dich denn nicht, wie ich die Freundin von Böhme gefunden habe?«

Erwartungsvoll baute sich Manuela vor ihrem Chef auf. Der kräuselte die Lippen und unterdrückte ein Grinsen.

»Also, gut, gratuliere zum Fahndungserfolg. Aber war doch klar, dass das für dich 'ne kleine Nummer ist.« Bircher nickte nochmals und wandte sich seinem Schreibtisch zu.

»Eben, schau mal her!« Trotzig hielt Manuela zwei Zettel in der Hand, als sollte er erraten, welcher für ihn bestimmt sei.

»Also, sag schon, was hast du entdeckt?«

Manuela kam näher zum Schreibtisch und baute sich in ihrer ganzen Größe von ein Meter fünfundfünfzig breitbeinig vor ihrem Chef auf. Der wusste, was das zu bedeuten hatte. Sie hatte etwas gefunden, das sie eigentlich nicht hätte finden dürfen. Irgendjemanden hatte sie einfach mal so angerufen, ohne Auftrag, versteht sich, oder, vielleicht hatte sie auch Akten gelesen, etwas, das ebenfalls nicht in ihren Aufgabenbereich gehörte, es sei denn, er hätte es ihr aufgetragen. Aber Bircher hatte, bis auf die Telefonate, keine Weisungen erteilt. Der Wert ihrer Zettel sollte die kleinen Abweichungen von der Dienstordnung in Vergessenheit geraten lassen. Das war der Sinn der Inszenierung. Bircher, der diese Nummer kannte, wurde gelegentlich sehr ungemütlich. Sie wollte daher die Sache gleich hinter sich bringen.

»Also, Manuela, mach endlich!«, wiederholte er seine Aufforderung und ließ sich in seinen abgeschabten Bürosessel fallen.

»Du hattest mich ja beauftragt, Böhme vorzuladen und die Adresse seiner Freundin ausfindig zu machen«, begann sie, »und beides habe ich erledigt.«

»Ja, was denn sonst«, brummte Bircher, der den Aktendeckel des Falls »Hochhausmord« aus einer Schublade gezogen hatte.

»Ich hatte leider vergessen, mir die Telefonnummer von Böhme zu notieren, die du mir genannt hattest«, setzte Manuela fort und wies, als wäre es ihr Zeuge, mit der Hand auf die Akte vor Bircher.

»Ich habe dann Genossen Bernhard, den Kaderleiter, angerufen. Dachte mir, von ihm kriege ich die Nummer von Böhme und vielleicht auch von dessen Freundin. Hat aber nicht geklappt, Bernhard ist auf einem Weiterbildungslehrgang.«

Hier stockte sie für einen Moment und strahlte Bircher an, als hätte er ihr gerade ein großes Geschenk überreicht. Der runzelte die Stirn, gespannt darauf, was nun käme.

»Ich konnte dich nicht so schnell erreichen und habe mir also für einen Moment die Akte aus deinem Schreibtisch geholt, nur um die Telefonnummer zu notieren.«

Bircher beugte sich nach vorn und herrschte sie an:

»Du weißt, dass es dir untersagt ist, ohne meine Erlaubnis in meinen Schreibtischfächern zu schnüffeln. Das ist ein Verstoß gegen die Dienstordnung.« Er verstummte so schnell, wie er aufgebraust war und nickte ihr zu: »Komm endlich zur Sache!«

»Ich habe dann zufällig die Telefonnummer von Fichtner gesehen, also die er selbst aufgeschrieben hat, in solchen schrägen Ziffern.« Bircher schaute überrascht auf seine Sekretärin, die sichtlich erleichtert feststellte, dass die gefährlichste Klippe umschifft war.

»Hm, Böhme und seine Freundin waren das Thema«, murrte Bircher, unsicher, worauf es hinauslaufen würde.

»Also, das ist der Einzahlungsbeleg auf das Konto Böhmes. Ich habe mit meiner Handschrift die Zahlen abgeschrieben, wie sie im Original in der Akte stehen. Einmal die Kontonummer, einmal die von Fichtner notierte Telefonnummer. Bitte!«

Manuela reichte ihm die beiden Zettel. »Mann, wie konnte ich das übersehen!«

»Na ja, die Telefonnummer hatte dir der Fichtner vor einiger Zeit gegeben, die lag ganz am Anfang der Akte«, beschwichtigte Manuela.

Bircher zuckte leicht mit den Mundwinkeln. Schnell blätterte er durch die Akte, Manuela war an seine Seite getreten.

»Weiter nach vorn, gleich die dritte Seite«, warf sie ein.

Bircher warf ihr einen mahnenden Blick zu, worauf sie wie eine getadelte Schülerin zurück in den Raum trat. Bircher hatte inzwischen die Originalschriftstücke gefunden und miteinander verglichen. Vor ihm lagen wie Beweisstücke die beiden Zettel seiner Sekretärin. Er klappte die Akte heftig zu und begrub sie unter seinen Händen, als wollte er seinen Fund schützen.

»Wir müssen das noch von einem Sachverständigen prüfen lassen. Bin mir aber sicher, dass beide Zahlenreihen von derselben Person geschrieben wurden. Diese Schieflage der Ziffern ist ja geradezu unverwechselbar. Demnach bezahlte also Fichtner den Böhme. Das ist sehr interessant. Donnerwetter! Die beiden, die angeblich seit Jahrzehnten nichts voneinander gehört haben …«

»Ich könnte gleich morgen früh mit den Belegen zur Gerichtsmedizin fahren, oder?«, tönte Manuela in alter Frische.

»Nein, geh gleich runter zur Kriminaltechnik, zu Banner. Der kennt unseren Graphologen, er möchte das bitte bis morgen früh neun Uhr erledigen. Und krame nie wieder unerlaubt in meinen Sachen!«

Manuela nickte heftig und eilte, mit kurzen Schritten wie im Stakkato hinaus. Ihre kurzen Beine verlangten eine hohe Schrittfrequenz, um auf Tempo zu kommen.

Schmidter stand unschlüssig vor dem Eingang des Restaurants *Moskau*. Es war erst kurz vor sieben und die Nachtbar noch nicht geöffnet. Er war einmal mit seiner Frau anlässlich ihres Hochzeitstages hier gewesen. Sie hatten im Restaurant im Parterre einen Tisch am Fenster bestellen können. Der Ort ist ziemlich berühmt in Berlin, man konnte durchaus einige Prominente antreffen. Neben dem Restaurant befanden sich im Obergeschoss eine kleine Bar mit einem Tresen und ein großes, sehr populäres Tanzcafé, das ziemlich jeden Tag rappelvoll war. Es spielte ein Orchester Melodien von Frank Schöbel, den Puhdys, Karat und anderen Größen der Schlagerbranche, die man, wenn es spät wurde, bis ins Restaurant hören konnte. Als müsste jeder wissen, zu welcher Musik getanzt wurde, sagte eine stark geschminkte Sängerin im Minirock die Titel an. Schmidters Frau, eine zierliche, sehr zurückhaltende Person, war verblüfft, als man ihr den Mantel an der Garderobe abnahm und ein blasiert daherkommender Angestellter im schwarzen Anzug sie zum Tisch begleitete.

Aus dem hellen geräumigen Saal sah man auf der gegenüberliegenden Straßenseite das Kino International und die Milchbar.

Schmidter musste seiner Frau versprechen, am nächsten freien Tag endlich mit ihr ins Kino zu gehen, was er seufzend tat. Er sah eine alte Werbung zum DEFA -Streifen *Der Dritte* mit Jutta Hoffmann. Schmidter musste an die zwei toten Frauen vom Hochhaus nebenan denken. Ihm fiel auf, dass er nur einmal vor etlichen Jahren, es musste 1963 gewesen sein, im Kino Kosmos war. Es wurde der DDR-Film *For Eyes Only* mit der hübschen Eva-Maria Hagen als Agentin und Alfred Müller als Kundschafter gezeigt. Er war damals von der Kaltblütigkeit des Kundschafters stark beeindruckt. Nur der Name des Hauptdarstellers enttäuschte ihn, Müller, das klang wenig verheißend. Was der englische Titel bedeutete, war ihm schleierhaft. Gewöhnlich wurden in der Republik keine englischen Ausdrücke verwendet. Später klärte ihn sein Vater auf, dass der Titel übersetzt »Streng Geheim« bedeutet. Nun verstand er erst recht nicht, warum man das nicht auf Deutsch brachte. Aber der Film war spannend und ließ den Wunsch in ihm aufkommen, ein erfolgreicher Aufklärer zu werden.

Er konnte sich nicht erinnern, was er damals gegessen hatte, wahrscheinlich hingen seine Gedanken wie so oft zwischen den Aktendeckeln fest. Seine Frau hatte sich als Aperitif einen Wermut bestellt, der von dem majestätisch herbeischreitenden Kellner, der wie ein Operndirektor aussah, mit einer ausholenden Bewegung und der Bemerkung: »Hier für die Gattin, eine süße Überraschung«, mit spitzen Fingern auf die weiße Tischdecke gestellt wurde. Die Überraschung bestand aus einer mit Zitronenscheiben bestückten Sektschale, in der eine leicht gelbliche Flüssigkeit sanfte Schlieren erzeugte. »Schmeckt herrlich«, bemerkte seine Frau gleich mehrmals. Schmidters Blick glitt wie damals über die in der Vitrine ausgehängte Speisekarte. Neben den unverzichtbaren Vorspeisen wie Soljanka, Tomatensuppe, Kraftbrühe oder Goulaschsuppe gab es noch Ragout Fin, von dem sich Schmidter kein Bild machen konnte und, natürlich, er musste grinsen, eine Gemüseplatte. Die hatten sie sich nämlich an jenem Abend in der

Erwartung bestellt, mit Köstlichkeiten aus den fernen Sowjetrepubliken überrascht zu werden. Sie waren einigermaßen verblüfft, als auf breitem Teller fein platziert Mohrrübchenscheiben, Erbsen, grüne Bohnen, Porree und Kartoffelbrei gereicht wurde. In diesem Moment fiel ihm wieder ein, was er sich damals bestellt hatte, es war ein Filet Stroganoff. Seine Frau wählte irgendein usbekisches Huhn, das ihren Tisch in eine Knoblauchwolke hüllte.

Schmidter riss sich von der Speisekarte und seinen Erinnerungen los und schritt eilig zu der kleinen geschwungenen Treppe, die hinab in die Bar führte. Es war kurz nach sieben und um diese Zeit menschenleer. In dem fensterlosen Raum roch es nach kaltem Zigarettenrauch, eine Deckenlampe spendete eine Art Dämmerlicht, wahrscheinlich will nicht jeder, der hierher kommt, erkannt werden, dachte Schmidter. In der Mitte des Raumes befand sich eine kleine Tanzfläche, im Hintergrund die Bar. Besonders beeindruckten Schmidter die Sessel aus rotem Leder. Dass sie ausgerechnet in Rot gehalten waren, hielt er nicht für zufällig. Man konnte sich rings um die Tanzfläche einen Sitz suchen und so aus jeder Position das Treiben der Pärchen beobachten.

Aus dem fast dunklen Hintergrund der Bar ertönte plötzlich eine raue Männerstimme: »Hier ist noch nichts los. Kommen Sie gegen acht, dann lohnt es sich vielleicht.«

Schmidter verstand nicht gleich, wen der Mann meinte, und rief in die Ecke, aus der er die Stimme vermutete: »Ich möchte den Chef sprechen, können Sie mal näher treten?«

Erst tauchte ein Schatten an der seitlichen Wand auf, der sich nach wenigen Sekunden als ziemlich stämmiger, um nicht zu sagen beeindruckend großer Mann entpuppte. Im ersten Moment schien es Schmidter, als würde wie im Zirkus jemand auf Stelzen durch die Manege tapsen.

»Was gibt's, heute Nacht was verloren, oder war das Bier sauer?«, drang aus halber Raumhöhe die merkwürdige Baritonstimme. Inzwischen hatte sich vor Schmidter ein Zwei-Meter-Hüne aufgebaut, dessen Erscheinung keine Zweifel an seinem Aufgabenbereich offenließ.

»Ich möchte bitte Ihren Vorgesetzten sprechen, heißt das hier Gaststättenleiter oder Nachtbarleiter? Können Sie ihn bitte rufen?«

»Was wollen Sie?«

Das Ungetüm von Mann stand nun unmittelbar vor Schmidter und blickte wie gelangweilt aus verquollenen Augen zu ihm herunter. Um die Sache abzukürzen, winkelte Schmidter den rechten Arm, um seinen Dienstausweis aus dem Sakko zu ziehen, worauf der Riese unwillkürlich einen halben Schritt zurück trat, wie um die passende Distanz für seine nächste Aktion zu suchen.

»Ich bin Leutnant Schmidter von der Kriminalpolizei«, hielt er den Klappausweis in die Luft.

Als müsste er eine Fährte aufnehmen, spitzte der Recke leicht den Mund und neigte seinen kahlen Schädel nach unten.

»Aha, warum sagen Sie das nicht gleich. Entschuldigung, aber um diese Zeit muss ich hier allein aufpassen. Wir öffnen zwar um sieben, aber das Personal kommt immer erst um halb acht.«

»Aha«, wunderte sich Schmidter, »und Ihr Vorgesetzter, wann erscheint der?«

»Ist im Haus, oben im Café, ich rufe ihn an. Einen Moment, setzen Sie sich bitte!«

Der Ton war von einem Klang wie aus einem künstlichen Kehlkopf, klang aber jetzt etwas zugänglicher. Man könnte meinen, jemand hätte wie im Tonstudio einen Regler nachjustiert.

»Kann ich auch mal kurz telefonieren?«, fragte Schmidter, der sich erinnerte, dass sich im ersten Stock, direkt neben dem Tanzcafé, zwei Telefonzellen befanden. Eine ungewöhnliche, wenn nicht einmalige Einrichtung in der Hauptstadt, die sich die Architekten hatten einfallen lassen. Wahrscheinlich gedacht, die Freundin zu erinnern, wo man sich verabredet hatte, oder, bei vorgerückter Stunde, schon mal die verspätete Heimkehr vorzubereiten.

»Sie können hier das Telefon an der Bar benutzen«, wies der Türsteher mit seinem rechten Arm, der sich wie ein Schlagbaum hob, in Richtung Regal, wo sich die Spirituosen vor einer Spiegelwand aneinanderreihten.

Schmidter hatte gerade seine verspätete Ankunft im Präsidium durchgegeben, als ein Mann mittleren Alters im Türrahmen auftauchte.

»Guten Abend, Rabe mein Name, wie der schwarze Vogel, ich bin der Leiter unserer Nachtbar im *Café Moskau*«, stellte er sich vor, wobei er wie zu einer festlichen Begrüßung eines langersehnten Gastes gleichzeitig beide Arme zur Begrüßung hob. Es sah fast so aus, als würde er Schmidter mit einem Bruderkuss in die Arme schließen wollen. Der ganze Mann schien vorsorglich verkünden zu wollen: Sehen Sie, welch ein Glück, dass Sie mich hier treffen. Ich bin Ihr Garant dafür, dass Sie die Bar bester Dinge verlassen können. Ein Mann, der auf gutes Klima setzt.

Schmidter folgte Rabe in den letzten Winkel der Bar, wo sich ein kleines Sofa und zwei Sessel befanden. Alles in leuchtendem Rot, als sollte im Dämmerlicht des niedrigen Raumes die Position jedes Gastes signalisiert werden. Sie durchquerten die Tanzfläche, über die eine Palette kleiner Lämpchen baumelte, die nachts ihr Licht wie Laserblitze auf die Pärchen warf, so dass die Frauen wie in Aluminiumfolie verpackt glitzerten. Es sah aus, als hätten sich fremde Wesen aus dem Weltraum niedergelassen. Scheinbar körperlos tummelten sie sich wie außerirdische Wesen unter dem künstlichen Sternenzelt. Herr Rabe bat Schmidter auf das Sofa und setzte sich ihm gegenüber auf den kleinen Sessel. Er zückte eine Schachtel Kabinett, fischte sich eine Zigarette heraus, hielt dann aber kurz inne, um sich mit fragendem Blick an Schmidter zu wenden:

»Entschuldigung, rauchen Sie auch?«

»Nein.«

Rabe hob die Schulter und bemerkte resignierend:

»Sie haben es gut. Ich habe unzählige Male versucht, mir die Qualmerei abzugewöhnen, na ja, ist so was wie eine Berufserkrankung, wenn man hier seine Nächte verbringt.«

»Müssen Sie denn jede Nacht hier sein? Ist ja schlimmer als im Schichtbetrieb!«

»Nein, natürlich nicht, aber bis gegen zwei oder drei bin ich gewöhnlich in der Bar, in meinem Büro«, wobei er auf eine Tür schräg hinter der Bar wies, »von dort kann ich meinen Betrieb überblicken.« Er hörte sich an, als müsste er die Produktion an einem Fließband verfolgen.

»Na, dann können Sie mir vielleicht helfen. Wir ermitteln in einem besonderen Fall. Und ich möchte zunächst nur wissen, ob Sie sich an eine der Personen hier erinnern.«

Schmidter legte Photographien von Martin Baumann und Böhme auf den Tisch. Rabe beugte sich nach vorn und studierte aufmerksam die Bilder.

»Wissen Sie, ich habe ein ziemlich gutes bildliches Gedächtnis. Früher, als ich bei der Artillerie diente, da hatten wir abends gewöhnlich 'ne Menge Zeit. Da habe ich alles, was ich tagsüber gesehen habe, aufgezeichnet. Egal was, Berge, Bäume, Menschen, Blumen, natürlich auch Ziele, die wir bei den Übungen angriffen. Also, ich bin kein großer Maler, aber ich kann mir Bilder ganz gut einprägen. Kommt mir jetzt zugute, wenn sich hier mal einer danebenbenimmt, ich erkenne den garantiert auch noch nach drei Jahren wieder. So, also an den hier«, er tippte auf Baumann, »erinnere ich mich genau, ist nicht schwer, der besucht uns öfters. Der ist Westberliner«, fügte er hinzu und blickte fragend auf Schmidter.

»Gut und der andere?«, fragte Schmidter.

»Ja, ich bilde mir ein, dass der auch hier war. Nicht so häufig und allein, aber mit dem da«, wobei er wieder auf Baumann zeigte.

»Darf ich mal meinen Kollegen fragen, der Sie vorhin begrüßt hat?«

»Hm, Ihr Recke vom Dienst, natürlich, zeigen Sie ihm die Photos.«

»Gerd, komm mal her!«, rief er hinüber in Richtung Tresen.

Wie ein Paternoster aus dem Schacht tauchte die Gestalt seines Kollegen hinter dem Tresen auf.

»Ja, Chef, komme«, ertönte es aus dem Hintergrund.

Gerd ging gemächlich über die Tanzfläche, wobei er unwillkürlich den Kopf senkte, um nicht die Lämpchen zu berühren, und stellte sich vor sie, die Hände wie zum Rapport hinter dem Rücken verschränkt.

»Kennst du einen der Männer hier?«, fragte Herr Rabe ohne langes Federlesen seinen Mitarbeiter und reichte ihm die Bilder. Gerd musterte für eine Minute regungslos die Photos in seinen Pranken und reichte sie Herrn Rabe über den Tisch.

»Ja, Chef, kenne ich. Der hier«, er zeigte von oben auf Baumann, dessen Photo Rabe noch in der Hand hielt, »ist häufiger hier und mimt dann den großen Gönner. Schmeißt mit dem Geld um sich, ist ein Westler, der andere«, jetzt beugte sich Gerd über den Tisch und tippte mit seinem Zeigefinger auf den Kopf von Böhme, »der ist auch ein paar Mal hier gewesen, immer mit dem Westler. Der ist von uns, hat nie bezahlt. Das hat immer der andere erledigt.«

Schmidter wies auf den freien Sessel, worauf sich Gerd quer niederließ, um seine Beine neben den flachen Tisch zu stellen.

»Sagen Sie, können Sie sich zufällig erinnern, wann die beiden zum letzten Mal hier waren und vielleicht auch wie lange?«, fragte Schmidter in die Runde.

»Einen Moment bitte, ich schaue mal in meinem Büro nach«, sagte Rabe und erhob sich rasch.

Gerd saß, wie aus Holz geschnitzt, stumm und steif am Tisch. Rabe kam mit einem Zettel zurück, den er Schmidter reichte.

»Hier steht es. Die beiden waren zuletzt am 4. November hier. Der da«, er wies auf Böhme, »ist so gegen halb drei gegangen, kurz darauf auch der andere«, berichtete Rabe.

»Aber das habe ich wohl schon mal jemandem von Ihrer Dienststelle telefonisch durchgegeben«, fügte er hinzu.

Schmidter nickte nur kurz, wie um ihm zu bedeuten, dass alles seine Richtigkeit habe.

»Donnerwetter, Sie haben ja tatsächlich Ihren Laden gut im Auge!«, bemerkte Schmidter anerkennend.

Nach einer kleinen Pause raffte sich Rabe zu einer Bemerkung auf.

»Hm, die Sache ist nämlich so: Die Sicherheitsorgane hatten sich einmal für unseren Gast, den hier aus Westberlin, interessiert. Nichts Großes weiter, ich wurde nur gebeten, ein Auge auf ihn zu werfen. Kommt gelegentlich vor.«

Um Verständnis bittend, blickte er auf Schmidter, wie jemand, der ausdrücken will, dass es harmlos gewesen sei, was von ihm verlangt worden war.

»In Ordnung, ist nicht mein Problem«, murmelte Schmidter. »Haben die Herrschaften nur getrunken, getanzt, sich eben vergnügt oder ist Ihnen noch irgendetwas aufgefallen? Was ist Ihr Eindruck von den beiden, sind das gute Freunde, Kumpel?«

Schmidter blickte der Reihe nach beide an. Gerd wartete ab, was sein Chef sagen würde.

»Also, die sind sicher gut befreundet. Würde mich nicht wundern, wenn die sich schon länger kennen. Aber was Besonderes ist mir nicht in Erinnerung. Dir?« Er drehte sich zu Gerd.

»Noch mal wegen dem 4. November. Da war noch eine Frau dabei. Nicht die ganze Zeit, so etwa von eins bis zwei war sie aber hier. Eine recht attraktive Frau. Also, ich meine, sehr gut gekleidet. Die war noch nie in der Bar. Wäre mir aufgefallen. Schon wegen des Schmucks.«

Schmidter blickte gespannt auf den Mann, der hier offenbar nicht nur die Funktion eines Türstehers ausübte.

»Wie alt ungefähr war die Frau?«

»Ich schätze mal um die vierzig oder darüber. Schwer zu schätzen, bei dieser Art von Damen«, bemerkte er mit Kennerblick, »die war sehr elegant und sicher im Auftreten. Also, nicht so wie manche unserer Besucher, bei denen merkt man sofort, dass es für sie ein ganz großer Auftritt ist, hier zu sein, und den wollen sie nicht vermasseln. Diese Dame bewegte sich, als käme sie gerade mal für einen Kaffee vorbei.«

Schmidter musterte Gerd etwas eingehender. Seine Ausdrucksweise war präzise, zeugte von guter Beobachtungsgabe und einiger Menschenkenntnis. Der Riese bestand nicht nur aus Muskeln.

»Das ist sehr interessant. Sie würden sie also wiedererkennen?«

»Todsicher.«

»Beschreiben Sie die Frau bitte kurz, also Größe, Haarfarbe, Augen und so!«, bat Schmidter.

Gerd kniff die Augen zusammen, als würde er in einem Speicher nach den entsprechenden Merkmalen suchen.

»Etwa ein Meter fünfundsechzig groß, dunkelbraune Haare, so 'ne Art Bubischnitt, Augen, weiß ich nicht genau, jedenfalls nicht blau, schlank, aber nicht dünn, gut gebaut.« An dieser Stelle leuchtete für einen Moment etwas wie Anerkennung aus seinen schmalen Sehschlitzen.

»Sie trug schwarze Hosen und einen langärmeligen schwarzen Pullover. Ja, da war dann eben noch dieser Schmuck, goldfarbene Armreifen über dem Ärmel. Die glitzerten, wenn sie ein Laserstrahl traf.« Er zeigte nach oben auf die Beleuchtung, die in Form einer Kristallkugel über der Tanzfläche schwebte. »Na ja, das merkt man sich eben. Außerdem klimperten die, wenn sie ihren Arm bewegte.«

Donnerwetter, dachte Schmidter, der Typ überrascht mich.

»Und hatten Sie den Eindruck, dass sich die drei bereits kannten, oder trafen sie sich eher zufällig hier?«, fragte Schmidter mit ruhiger Stimme, obwohl ihn eine gewisse Spannung überfallen hatte, wie früher, wenn er nachts mit dem Zoll an der Grenze unterwegs war. Rabe verfolgte das Gespräch gespannt, wobei er Gerd gelegentlich zunickte, wie um ihn zu ermuntern, nicht nachzulassen. Er war sichtlich stolz auf seinen aufmerksamen Mitarbeiter.

Der schüttelte verneinend den Kopf: »Nee, die kannten sich garantiert. Also, in jedem Fall die Frau und der Westberliner, die mussten sich ja anstrengen, sich nicht in die Arme zu fallen.«

»Und der Dritte im Bunde, wie verhielt der sich?«

»Solange die Frau dabei war, saß der meistens schweigend daneben. Schien so, als interessierten ihn die beiden nicht weiter. Der glotzte am liebsten auf die Tanzenden.«

»Ja, wie glotzte er denn?«

»Na, wie diese Typen, die hierher kommen, um 'ne Braut abzuschleppen«, verfiel Gerd unversehens in den Jargon seiner Zunft.

»Sie müssen wissen, unter der Kuppel gibt's manches zu bestaunen, vor allem, wenn Nylonblusen getragen werden. Bei mancher können Sie fast auf die Haut schauen. Ist ja eben der Trick mit dem Laser, wie im Röntgenapparat.« Er wies auf die Kristallkugel und kicherte in einem für seine Größe unerwartet hohen Ton.

Schmidter musterte die Kugel wie ein Mitarbeiter des Amtes für das Mess- und Prüfwesen. Er versuchte sich vorzustellen, was er wohl empfinden würde, wenn er unter den Blicken von Männern wie Böhme mit seiner Frau unter den umherschwirrenden elektrisch geladenen Teilchen tanzen würde. Wahrscheinlich würde er seiner Frau einen Rollkragenpullover empfehlen.

»Haben Sie beobachtet, wie Böhme sich den Frauen näherte, war da etwas auffällig, ist er aufdringlich geworden?«, fragte Schmidter streng.

Rabe blickte ermunternd auf Gerd, der anscheinend nicht nur die Funktion des Verantwortlichen für Ordnung und Sicherheit, sondern auch die des Protokollanten ausfüllte, wie mit einer versteckten Kamera zeichnete er für sich und seinen Chef die Nächte auf.

»Das habe ich so nicht beobachtet. Der war unauffällig. Der Typ des Gastes, der was sehen will und sich seine Gedanken macht. Wie nennt man die gleich, Pharisäer, oder?«, wandte er sich an Rabe.

Der nickte kurz wie bei der Angabe des passenden Begriffes im Quiz. Schmidter notierte sich das Wort in seinem Notizblock, misstrauisch seine Schreibweise beäugend. Er warf einen kurzen Blick auf die ihm gegenüber hängende Wanduhr und erhob sich.

»Also, das sind wichtige Aussagen. Wir werden Sie noch bitten, ein Protokoll zu unterzeichnen. Ist eine Formalität. Wir melden uns bei Ihnen. Bitte bewahren Sie absolutes Stillschweigen über unser Gespräch. Sollte eine der drei Personen, von denen wir sprachen, hier auftauchen, dann rufen Sie unverzüglich diese Nummer an«, er reichte Rabe eine Visitenkarte, »und behalten Sie die Herrschaften unter Beobachtung. Aber unternehmen Sie nichts, was den Anschein eines besonderen Interesses erwecken könnte!«

Angler und Schmidter saßen am Besprechungstisch, Bircher stand hinter seinem Schreibtisch und telefonierte.

Außer »ja«, »gut« und »sehr gut« sagte er nichts. Offenbar berichtete ihm jemand über das Ergebnis einer Untersuchung. Die Zahl Fünf im Kalender vor ihm war unterstrichen. Eine Angewohnheit Birchers, der jeden Morgen als Erstes das gültige Datum unterstrich, als müsste er sich stets von Neuem die Bedeutung jedes einzelnen Wochentages ins Gedächtnis rufen.

Inzwischen war es nach zwanzig Uhr geworden, geduldig warteten seine Mitarbeiter darauf, dass ihr Vorgesetzter die Lagebesprechung eröffnen würde.

Bircher nickte nochmals bedächtig, murmelte so etwas wie »klasse Arbeit, danke dir, bis bald!« und legte den Hörer wie einen zerbrechlichen Gegenstand langsam auf die Telefongabel.

»So, dann fangen wir mal an. Was haben wir bisher ermittelt?«

Er drehte sich um, hinter ihm hing eine Tafel, wie er sie früher in der Schule benutzt hatte. Er liebte es, die Kreide in der Hand zu halten, die gewissermaßen seine Gedanken aufnahm und auf die schwarze Tafel projizierte, auf der sich allmählich weiß auf schwarz alle Fakten aneinanderreihten, bis er mit farbiger Kreide – in der Regel bevorzugte er blau – die Fragen, Hypothesen und Aufgaben aufschrieb.

Wie vor vielen Jahren in der Schulklasse, wenn Bircher vor der Klasse stand und ein naturwissenschaftliches Gesetz ableitete, diskutierte er mit seinen Mitarbeitern regelmäßig die Ermittlungslage und hielt in seiner geraden Schrift fest, was sie für wichtig hielten. Ab und zu griff er zu einem kleinen abgenutzten Schwamm und wischte energisch überflüssige Worte weg, so wie man Krümel von der Tischdecke fegt.

»Wir haben Böhme, Martin Baumann, den jungen Forn und Fichtner.« Hier unterbrach ihn Angler:

»Warum Fichtner?«

»Sag ich gleich.« Bircher sah zuerst auf die untereinandergeschriebenen Namen und dann auf seine Kommissare. »Mit wem noch sind wir im Gespräch, um es mal vorsichtig zu formulieren?«

»Da wäre noch Herr Battes von der achten Etage«, meldete sich Angler.

»Unmittelbar vor dem ersten Mord verlässt ihn seine Frau. Seitdem befindet sich seine Seele im Ausnahmezustand, nicht wahr, Karl?«

»Kann man so sagen«, bestätigte Bircher und schrieb Battes unter Fichtner.

»Ja, und dann sollten wir auch den Namen einer Frau dazusetzen, die in der Nacht vom 4. auf den 5. November gesehen wurde, wie sie mit Böhme und Martin Baumann einträchtig einige Stunden verbrachte«, sagte Schmidter und berichtete über seine Gespräche in der Nachtbar.

Als er die Dame näher beschrieb, besonders ihren Schmuck, setzte Bircher »Nielen« unter den Namen Battes.

»Mehr haben wir nicht«, resümierte Bircher und blickte in die Runde.

»Moment, du hast uns noch nicht verraten, weshalb du Fichtner eingeschlossen hast.«

»Weil seine Schrift mit der auf den Einzahlungsbelegen übereinstimmt. Er hat seit 1965 regelmäßig identische Geldbeträge in Höhe von zweihundert Mark auf das Konto von Böhme überwiesen. Die Schriftidentität hat eben am Telefon der Graphologe bestätigt.«

Seine Kollegen staunten ihn wie Schulkinder an, die von ihrem Lehrer gerade die Entstehung des Lebens erklärt bekommen haben.

»Was hat das denn mit den Mordfällen zu tun? Ist doch nicht verboten, Geld zu überweisen?«, fragte Angler.

»Kann ich noch nicht beantworten. Ebenso wenig, wie die Frage, ob Baumann und Böhme etwas mit den Morden zu tun haben. Fichtner und Böhme haben uns jedenfalls angelogen, als sie aussagten, seit 1955 keinen Kontakt zueinander gehabt zu haben. Warum die Lüge?«

Bircher drehte sich zur Wand, nahm die blaue Kreide, verband die Namen Fichtner und Böhme mit einem halb runden Kreis und notierte daneben: »Wofür bezahlt Fichtner Böhme? Was verbindet die beiden?« Dabei sagte er:

»Und da kommt dann noch Baumann ins Spiel, der mit Böhme befreundet ist. Wiederum hat Böhme gelogen, als er aussagte, Baumann seit 1965 nicht mehr gesehen zu haben.«

Bircher schrieb blau neben Baumann: »Was verbindet Baumann mit Böhme? Wo ist der Hausschlüssel von Baumann? Was hat er mit N zu tun?«

Angler meldete sich.

»Ja, Philipp!«, forderte Bircher ihn zum Reden auf. Als würde er zur Tafel gerufen werden, wippte Angler von seinem Stuhl.

»Könnte es sein, dass Fichtner von Böhme erpresst wurde?«

»Möglich, scheint aber wohl eher kein Motiv für ein Mord an zwei Frauen zu sein. Falls der Täter ein Psychopath ist«, hier wedelte Bircher mit dem Bericht Tetsches, »dann träfe das auf keinen unserer Kandidaten zu, vielleicht in Ansätzen auf Battes.«

Bircher wandte sich wieder seiner Tafel zu und eröffnete neben den Namen mit einer senkrechten Linie eine neue Spalte. Darüber schrieb er mit weißer Kreide schlicht »Aufgaben/Fragen« und darunter:

- Böhme: 6.11., 9 Uhr: straffes Verhör. Erpresst er Fichtner? Alibi für Tatzeit!
- Baumann: 6.11., 16 Uhr Gespräch. Schlüssel? Nacht zum 5.11.? Beziehung zu Frau N.?
- Forn: alte Akte. Fahrtenbuch?
- Fichtner: Vorladung 6.11., 18 Uhr. Was geschah 1965? Akte Tochter.
- Battes: Tochter befragen, Frau aufsuchen.
- Nielen: Baumann, Böhme?

Bircher legte die Kreide in die Schachtel und ging zu seinem Schreibtisch. Er blickte nochmals kurz hinter sich auf die Tafel, runzelte die Stirn und drehte sich schließlich mit einem schiefen Blick, der ausdrückte, wie skeptisch er den Stand der Ermittlungen einschätzte, an seine Kollegen.

»Wie das so da steht, hm, man könnte meinen, wir sind von der Familienberatungsstelle und nicht von der Mordkommission«, schloss Bircher sarkastisch diesen Teil der Beratung.

»Na, sehe ich nicht ganz so, Karl, schließlich haben wir einige interessante Ungereimtheiten aufzuklären. Wäre doch nicht das erste Mal, dass uns Freund Zufall hilft«, versuchte Angler die Stimmung zu heben.

»Wir haben zwei Morde, vielleicht wird gerade der dritte vorbereitet, und keinen Hauch einer Spur. Was ist denn mit der Bewachung, kriegen wir Verstärkung?«, ließ sich Schmidter skeptisch vernehmen.

Bircher berichtete von seinem Rapport beim General und darüber, dass sich sogar die Parteiführung mit dem Fall beschäftigt habe. Mord im Hochhaus auf der Allee, schräg gegenüber dem Ort, wo alljährlich zum Tag der Republik die führenden Genossen auf den Tribünen die Parade unserer Waffeneinheiten abnehmen.

Na ja, der erste Mord am 4. Oktober, den konnte Meier noch einigermaßen unter dem Deckel halten. Unvorstellbar, hätte die feindliche Presse damals von der Sache Wind bekommen. Drei Tage vor dem Feiertag. Die führenden Genossen hatten gerade die Parade abgenommen, standen in hohem Alter seit Stunden auf der Holztribüne und sind gerade auf dem Weg zurück ins Städtchen, zufrieden mit der Bevölkerung und dem Jubel auf der Straße. Gutgelaunte Werktätige waren am Hochhaus vorbeigeschlendert, in dem kurz zuvor eine Genossin, Ärztin im Regierungskrankenhaus, ermordet worden war. Der General musste der Führung mühsam erklären, warum er den Fall erst jetzt durchgestellt hatte. Weil sie dachten, den Fall routinemäßig abzuschließen.

Na ja, nun war der Deckel vom Topf und der Dampf stieg hoch, ganz nach oben. Und die Kriminalpolizei muss sehen, dass der Druck im Kessel nicht weiter ansteigt.

So sieht das aus. Unter allen Umständen soll die gegnerische Presse vom Leibe gehalten werden, schließlich würden die ja, sollten sie Fährte aufnehmen, auch noch den ersten Mord ausgraben.

»Schließlich verhalten sich die Springerjournalisten wie Bluthunde, die ihren Braten riechen«, griff Bircher die Bemerkung des Vertreters des Parteiapparates auf. »Es wird also nichts unternommen, was die Aufmerksamkeit des Gegners wecken könnte«, schloss er seinen Vortrag pflichtgemäß ab.

Angler konnte sich nicht verkneifen einzuwerfen:

»Unser ›Gegner‹ ist der Mörder und unsere Mittel reichen nicht mal für einen sicheren Schutz der Mieter.«

Bircher winkte beruhigend ab, wie um ihm zu bedeuten, dass er ja seine Ansicht teile, man aber nichts machen könne.

Er schloss die Sitzung und sie verabredeten sich für den nächsten Tag um neun Uhr zur Vernehmung von Böhme. Manuela wurde der Auftrag hinterlassen, Fichtner für achtzehn Uhr vorzuladen.

Bircher ließ sich nach Hause fahren. Er hatte es eilig, mit Karola zu sprechen. Das scheinbar systematische Vorgehen des Täters hatte er in der Dienstbesprechung bewusst nicht angesprochen. Zahlen von Fingern und Etagen schwirrten durch Birchers Kopf wie ein durch einen Orkan herausgerissener Pulk herumirrender Neuronen, der verzweifelt nach der Landebahn Ausschau hielt, für den geordneten Sinkflug. Karola wird mir helfen, etwas Ordnung in die Abläufe zu kriegen, die Handschrift des Mörders zu lesen.

Seine Frau kauerte mit untergeschlagenen Beinen auf dem Sofa, neben sich einige wissenschaftliche Artikel und die *Berliner Zeitung* (wegen des Kreuzworträtsels). Im Fernsehen wurde eine Sportveranstaltung übertragen. Es handelte sich wohl um Rhythmische Sportgymnastik, wie Bircher verwundert feststellte. Bisher hatte er an seiner Frau keinerlei Interesse für Sport, schon gar nicht für Gymnastik feststellen können. Karola mied jede Art von Anstrengung, die geistige ausgenommen. Auf dem Bildschirm hüpfte, wie ein aus einem Märchenfilm entstiegenes Wesen, ein dünnes Mädchen mit einem Sprungseil auf einer großen Matte umher. An den beiden Enden des Seils befanden sich Griffe, ähnlich denen zum Festhalten in der Straßenbahn. Aus den Lautsprechern schallte blecherne Musik. Dazu warf das Mädchen das Seil in die Höhe, als würde sie eine Taube in den Himmel schicken, sprang anschließend mit gespreizten Beinen halb hoch eine Art Pirouette, um rechtzeitig, bevor das Seil als Knäuel auf den Boden liegen würde, mit verzückten Augen, wie bei der Entgegennahme eines Geschenks des Himmels, das niederschwebende Seil kunstvoll mit beiden Händen aufzufangen. Sie lief einen weiteren Kreis auf ihrer Matte, um danach erneut das Gerät in die Luft zu schleudern, als würde es sie beim Sprung stören.

Ihm war schleierhaft, warum Karola da hinsah. Schließlich hatte sie sich auch noch nie für Turniertanzen interessiert. Da blickten die Beteiligten ähnlich entrückt in die Kamera, als würden sie gleich in den siebten Himmel entschweben.

»Hallo, Karola, ich bin es!«, rief Bircher ihr im Ton eines Weckrufes zu, »bin da, hast du schon gegessen?«

»Ja. Dein Teller steht im Kühlschrank. Auch der Wein. Mit dem habe ich auf dich gewartet.«

Bircher zog sich im Korridor die Schuhe aus, wobei er aus der Hocke heraus nochmals einen verständnislosen Blick zum Fernseher warf, hing seinen Mantel über den Bügel und ging in die Küche. Zuerst entdeckte er die Weinflasche, wobei über sein Gesicht ein ungläubiges Staunen huschte, als hätte er den falschen Kühlschrank geöffnet, dann strahlte er wie bei einem Lottogewinn und stieß ein ungläubiges »Donnerwetter« ins Weinfach. Wo hatte sie denn den her?, fragte er sich, die Flasche wie ein Neugeborenes mit beiden Armen vorsichtig vor sich haltend. Es war ein französischer Chablis, das vielleicht meistbewunderte Produkt der Chardonnay-Traube, wie Bircher in Gedanken seinen Weinführer zitierte. Donnerwetter, wiederholte er für sich, was für eine Überraschung nach diesem verfluchten Tag! Er ging ins Wohnzimmer, Karola hatte sich hochgerappelt, um ihm entgegenzugehen. Sie umarmten sich kurz mit einem Kuss auf den Mund.

»Du bist mir zwei Erklärungen schuldig«, sagte er im Ton des Ermittlers, »warum siehst du dir dieses Gehopse da an und wie gelangt der westliche Wein in unseren Haushalt?«

»Genosse Major, das Gehopse ist die Weltmeisterschaft für Rhythmische Gymnastik in Sofia. Das kam plötzlich nach den

Nachrichten, wegen der Musik hab ich es laufen lassen. Ist doch drollig, was sich Sportfunktionäre so ausdenken und was unser Fernsehen zur besten Sendezeit anbietet.«

»Hm, mich erinnert es an die Frau im Badeanzug und mit einer Tafel in den Händen, die vor jeder Zirkusnummer durch die Manege scharwenzelt«, bemerkte Bircher.

»Du verstehst nichts von Frauensport, iss lieber.«

»Und was ist mit der Antwort zur Frage zwei?«

»Ja, Kommissar Bircher, das ist der Versuch der Bestechung einer bislang unbescholtenen Wissenschaftlerin unserer Republik. Ich konnte dem Angebot nicht widerstehen. Der Wille war da, der Appetit aber stärker.«

»Verstehe nichts, komme gleich wieder«, brummte Bircher, der aufstand, um seine Teller mit den belegten Broten aus dem Kühlschrank zu holen.

Er öffnete den Kühlschrank, spähte in die Fächer und entdeckte den mit Pergamentpapier abgedeckten Stullenteller. Abends gab es, so war es Bircher aus seiner Kindheit gewöhnt, belegte Brote. Da wurden alle Zutaten auf den Tisch gestellt und jeder langte zu. Bei Karola musste Essen etwas mit Kunst zu tun haben, selbst wenn es nur kunstvoll auszusehen hatte. Er musterte das Arrangement auf dem Teller. Die Brotscheiben hatte sie wie einen aufgeschnittenen runden Kuchen angeordnet. Fein aneinandergeschmiegt lagen Dreiecke aus Schwarzbrot. Jedes anders belegt, er sah harte Wurst (eigentlich eine Salamiart), Leberwurst, Teewurst, Thüringer Rotwurst mit Senf (lag ihm besonders am Herzen), Jagdwurst, feine Teewurst, Emmentaler Käse (aus dem Delikatladen) und zwei Scheibletten, die er wegen ihrer leichten Handhabung mochte. Die Weichkäsescheiben wurden nämlich einzeln in durchsichtiger Folie verschweißt und konnten so nicht aneinanderkleben. Immer mal wieder lobte Bircher den Erfindungsgeist des volkseigenen Betriebes. Geviertelte Tomaten säumten wie ein Rosenkranz den Tellerrand. Über die Wursttorte und die Tomaten hatte Karola etwas fein gehackte Petersilie gestreut. Über seinen Teller gebeugt, schmunzelte Bircher genüsslich.

Er ging zurück ins Wohnzimmer. Karola hatte den Fernseher ausgeschaltet und Musik von Mozart aufgelegt.

»Wunderbar harmonische Platte. Passend zur Musik«, sagte Bircher und setzte sich mit seinem Wurstkuchen zu Karola auf das Sofa.

»Na und, wie ist das nun mit dem Wein? Wer hat dich verführt, ihn anzunehmen? Lass mich mal tippen. Der Leiter vom Intershop in der Friedrichstraße, den kenne ich zufällig, ihm traue ich das zu. Der hat dir die Forumschecks unter der Bedingung gegeben, dass ich seine Stempelkarte bereinigen lasse, was?«

Bircher drehte seinen Teller, so dass vor ihm die feine Teewurst lag.

»Mensch Karl, den kenn ich nicht und wenn ja, wat geht dich denn dessen Pappe an?«, verfiel Karola in den Berliner Jargon.

»Na ja, die Fahrerlaubnis ist dem Mann vielleicht wichtiger als seine Frau. Auf 'ne Pappe kann er unter Umständen länger warten als auf eine neue Frau. Und der Leiter der Mordkommission hat einen langen Arm.«

»Und großen Durst«, fügte Karola hinzu.

Bircher nickte und schielte zur Weinflasche, während er zur harten Wurst wechselte.

»Na ja, so war es also nicht. Dann vermute ich mal, dass du einem faulen Studenten, dessen Eltern die private Fleischerei am Nordbahnhof in zwanzigster Generation betreiben, versprochen hast, ihn trotz Abwesenheit für das nächste halbe Jahr in die Teilnahmeliste der Vorlesung ›Chinesische Kunst 2000 v.u.Z.‹ einzutragen. Jede Eintragung für fünfzig Forumschecks. Stimmt's?«

Bircher hatte sich inzwischen genüsslich die Blutwurststulle vorgenommen und dachte für einen Augenblick, dass es nicht schlecht wäre, tatsächlich so einen Studenten zu kennen.

»Übelste Bestechung und auch noch besonders plump. Also,

wie kann so ein Blödmann wie mein Gatte es so weit geschafft haben?«

»Die anderen sind noch blöder«, grinste Bircher und beendete die Wurststrecke mit dem Dreieck aus Jagdwurst.

»So mein Lieber, ich habe Stunden auf dich gewartet, sozusagen mit dem verführerischen Flaschengeist vor der Nase. Habe ihn nicht entweichen lassen. Bin nicht schwach geworden. Glaubst du, dass ein solch willensstarker Mensch bestechlich sein kann?«

»Natürlich nicht«, sagte Karl und kaute langsam an seiner ersten Scheiblette.

»Danke und nun genug des Blödelns. Du wirst nie darauf kommen, wie du in den Genuss dieses Spitzenweines gekommen bist. Hast ihn eigentlich gar nicht verdient, so wie du hier ermittelst, ohne einen Schimmer von Scharfsinn. Ich will, dass du sofort die Flasche öffnest, oder ich nehme dir den Käse weg.«

»Zu Befehl, aber nun sag schon, wie es war!«, bat Bircher, steckte sich vorsichtshalber das letzte Dreieck in den Mund und ging den Flaschenöffner holen.

Karola studierte wie eine Briefmarkensammlerin mit zugekniffenen Augen das Etikett auf der Flaschenseite.

»Schade, dass ich nicht Französisch spreche.«

»Macht nichts, wir vertrauen dem Hersteller. Blind sozusagen. Also, wie kam die Flasche zu meinem Wursttraum in unseren häuslichen Kühlschrank?«

Karola beobachtete, wie ihr Mann behutsam die Flasche entkorkte. Erst, wenn es kein Zurück mehr gäbe, würde er ihr von den Ermittlungen erzählen. »Hallo, Karola, bin berufsmäßig maßlos neugierig, wie denn nun?«

»Nun gieß doch endlich mal ein und entspanne dich, ich erzähl es dir ja gleich, ist alles andere als aufregend. Für dich eher wie eine Zeitungsnotiz über einen Fahrradunfall.«

Bircher seufzte leicht, leckte sich die Lippen und reichte ihr das Glas. Beide bewegten gleichzeitig vorsichtig ihre Nase über den Wein und schnüffelten wie zwei Hunde, die einer Spur folgen. Schließlich rissen sie ihren Kopf in den Nacken, streckten sich, atmeten wie bei einer Leibesübung aus und hielten sich mit durchgedrücktem Kreuz ihre Gläser wie zum Gruß feierlich entgegen.

»Zum Wohl, Karola!«

»Zum Wohl, Karl!«

Behutsam nahm jeder einen kleinen Schluck, ließ ihn im Mund kreisen und schließlich am Gaumen entlang zur Kehle gleiten. Sie blickten ehrfürchtig auf ihr Glas vor ihnen, wie zwei Menschen, denen gerade etwas widerfahren war, das sie für unmöglich gehalten hatten. Von dem sie zwar wussten, dass es existieren könnte, wie der Mars zum Beispiel, aber das für sie unerreichbar war. Es war ihnen, als würde sich im Glas der zu Materie gewordene Inhalt des Kapitels »Chablis« aus ihrem Nachschlagewerk *Das große Weinbuch. Was Sie über Wein wissen müssen* befinden. Nun ahnten sie, wie schwer es ist, Geschmack in Worte zu kleiden. Fast so, wie mit bloßen Händen Luft einfangen. Vor ihnen schimmerte in zartem strohhellem Gelb das wertvolle Gut aus dem fernen Frankreich. Die Farbe ließ Bircher an die Bilder van Goghs denken, an die wogenden Kornfelder im gleißenden Licht der Provence.

Als Erste meldete sich Karola zurück.

»Also, ich wurde gebeten, als Expertin an einer Verhandlung teilzunehmen. Export von Lagerbeständen aus Museen der Republik, hieß es offiziell. Es handelte sich aber auch um Leihgaben unserer Museen, genauer der Nationalgalerie, an den Louvre in Paris. Saß da eigentlich nur schweigend am Tisch, als 'ne Alibifrau. Der Generaldirektor vom Außenhandel wollte das, für alle Fälle.«

»Vielleicht kannst du ja mal ein Bild begleiten«, unterbrach sie ihr Mann, wobei er zur Flasche schielte.

»Nee, das sicher nie. Dazu erfülle ich nicht alle Kriterien. Jedenfalls, als die Beratung beendet war, die Franzosen dem Generaldirektor ihr Geschenk überreicht hatten und alle auseinandergingen, hielt mich der Direktor plötzlich mit ernstem Gesicht zurück. Bleiben Sie bitte noch einen Moment hier«, murmelte er.

»Bist du in irgendein Fettnäpfchen getreten?«

»Nee. Ich habe zu einigen der Stücke lediglich ein paar Fakten aus der Sicht der Kunsthistorikerin beigesteuert. Fanden die ganz interessant. Also, der Generaldirektor zog plötzlich das Geschenk zu sich heran und öffnete den Karton.«

Hier unterbrach Bircher kurz: »Ihr wart allein im Zimmer?«

»Ja. Der hat plötzlich mit der Bemerkung: ›Für jeden eine, der Rest wird abgeliefert‹, zwei Flaschen aus dem Karton entnommen. Hielt mir die Flasche hin, griente und verabschiedete mich. Ging alles ganz schnell.«

Bircher nickte teilnahmslos. Er kannte in etwa die Gepflogenheiten beim Umgang mit »Westgeschenken«.

»Na, dann danke ich dem Außenhandel für diese Lieferung und hoffe, dass ihr, der Generaldirektor und du, noch viele Sammlungen begleiten möget«, sagte er und langte zum Glas.

»So, und nun erzähle mal, habt ihr endlich eine Spur?«

Bircher streckte sich wohlig auf dem Sofa aus und seufzte. »Nein, haben wir nicht.«

Er blickte mit gekräuselter Stirn in sein Glas, als könnte ihm der Weingeist helfen. Dann raffte er sich auf, stellte das Glas auf den flachen Couchtisch und begann in knappen Sätzen, vor sich hin blickend, ruhig über seine Arbeit zu berichten. Zum Schluss wandte er sich direkt an seine Frau.

»Weißt du, ich muss immer an die Etagenzahl und die abgetrennten Finger denken: 4, 6, 2, 2. Wir haben ja darüber gesprochen und ich habe deine Gedanken nicht für voll genommen. Aber jetzt, klingt doch irgendwie wie ein Morsebericht, wie ein Funkspruch von hoher See. Da steckt vielleicht doch was dahinter, wie bei der Auflösung deiner Kreuzworträtsel. Also du füllst Kästchen aus, mit Buchstaben, bis das Ganze einen Sinn erhält. Der Mörder arbeitet vielleicht ein Zahlenfeld ab.«

»Etwas weit hergeholt, meine Zeitungsrätsel. Aber die Kombination aus geraden Etagennummern und zwei bestimmten Fingern halte ich nicht für zufällig. Die Zahlen erinnern ihn vielleicht an etwas, dessen er sich unbedingt entledigen muss. Jede Tote könnte ein Schritt auf dem Weg zu dieser Selbstbefreiung sein. Wie ein Süchtiger nicht aufhören kann, solange noch ein Tropfen in der Flasche ist.«

Bircher nahm einen kleinen Schluck und goss sich und Karola achselzuckend nach.

Karola kräuselte die Stirn, wie bei der Lösung ihrer Rätsel und sagte:

»Da fällt mir gerade was ein: Die Zahl Zwei zum Beispiel wurde schon in syrischen und sassanidischen Motiven verbreitet, als Bezug zwischen Zweiheit und Dualität. Mit der manichäischen Betonung auf den Dualismus zwischen Gut und Böse.«

Bircher riss seinen Blick vom Weinglas und schaute ungläubig zu seiner Frau.

»Wie das, zwei Finger, ein Guter und ein Böser?«

Karola zuckte ungerührt die Achseln.

»Vielleicht der Ringfinger, der den Mörder an etwas wie Verrat an einer Leidenschaft erinnert und der erhobene gebieterische Zeigefinger, ein Wink der Rache …«

»Das scheint mir zu weit hergeholt«, konstatierte Bircher trocken.

»Mein Guter, du hast nach der Bedeutung von Zahlen gefragt. Die gibt es in der Kulturgeschichte. Ist nicht mein Job, herauszufinden, ob dein Mörder tatsächlich einer Zahlensymbolik erlegen ist, sich einer Zahl oder Zahlenkombination entledigen muss, bevor er Ruhe gibt.«

Bircher nickte. So kann man es auch ausdrücken. So viele Morde, bis sich die Zahlen zu einem Symbol oder Feld zusammenfügen, das den Mörder befreit aufatmen lässt. Werk vollendet! Bircher kratzte sich den Kopf und nickte seiner Frau wie einer Rednerin zu, ihren Vortrag fortzusetzen.

»Na ja, passt zwar nicht zum Fall, aber der Bildung wegen«, griente Karola ihn an: »Zweiheiten haben in der Religionsgeschichte symbolischen Wert. Denk nur an Adam und Eva, Kain und Abel, Moses und Aaron, Altes und Neues Testament oder an Leib und Seele.« Sie griff sich ihr Glas. »Prost, mein Schatz, auf die Seele.«

»Hm, interessant. Könnte ich ja mal meinen Mitarbeitern vortragen. Im Rahmen der sozialistischen Weiterbildung«, sagte Bircher und nahm einen weiteren Schluck.

»Dann erwähne noch den Doppellöwen im Buddhismus oder den Drachen mit zwei Köpfen. Die sollen nämlich auf unfassliche, den Menschen übergreifende Mächte hinweisen.«

»Womit wir wieder beim Thema sind«, fügte Bircher ächzend hinzu, »komm, lass uns ins Bett gehen. Vielleicht kommt mir im Schlaf die Erleuchtung.«

13

Manuela Rieschers Tischkalender zeigte für den 6. November 1975 ein Motiv vom Friedrichsstadtpalast. Es war kurz vor neun Uhr. Gleich würde die Vernehmung von Herrn Böhme beginnen, der sichtlich nervös auf dem Korridor auf und ab lief.

Manuela betrachtete das Gebäude, wobei sie wie bei einer schönen Erinnerung versonnen in sich hineinschmunzelte. Ihr fiel die Brigadefeier vom letzten Jahr ein, die damals auf Vorschlag Anglers auf einer Bowlingbahn stattfand. Der Austragungsort wurde geheim gehalten und erst kurz vorher Bircher mitgeteilt, so dass er es nicht wagte, sich zu entschuldigen. Es war allgemein bekannt, wie er zu Sport und Bier stand. Als Manuela nach einigen Bahnen die erzielten Treffer auf die Anzeigetafel schrieb, machte sie hinter dem Namen des Chefs eine kleine Strichzeichnung, die einen missmutigen Teilnehmer des Frühsports im Kurhotel darstellen sollte. Bircher grinste nur, während die Aufsicht der Bowlingbahn sie ermahnte, doch bitte die Tafel ausschließlich für die Namensnennungen der Kollektive zu verwenden. Manuela verdrehte die Augen, während Bircher verständnislos mit den Achseln zuckte. Wahrscheinlich aus Sicherheitsgründen, flüsterte ihr jemand von der Nachbarbahn zu. Ach ja, seufzte Manuela vor dem Kalender, war das damals ein entspannter Abend. Wie erwartet, gewann Schmidter, bekannt für seine sportlichen Aktivitäten. Sie nahm sich vor, bei der Gewerkschaftsleitung nachzufragen, ob man für die Abteilung Karten für den Palast beantragen könnte. Das wäre eine Überraschung, einmal nicht im Fernsehen das Fernsehballett zu sehen, sondern live, im großen Saal. Würde auch Bircher gefallen, jedenfalls mehr als gebückt der Bowlingkugel nachzuschauen, wie sie wieder mal aus der Spur sprang.

»Guten Morgen«, riss sie Bircher aus den Gedanken, »wie ich sehe, wartet Böhme draußen, also ruf Angler in den Vernehmungsraum.« Bircher eilte in sein Zimmer, nahm sich die Akte »Hochhaus«, hielt kurz inne und drehte sich um.

»Hast du Fichtner erreichen können?«

» Ja, er erscheint bei uns um achtzehn Uhr.«

»Gut, also bis später«, sagte er und verließ sein Büro.

Als er auf den Korridor trat, stand Böhme vor ihm. Bircher kniff leicht die Augen zusammen, als würde ihn ein Zahnschmerz plagen.

»Setzen Sie sich bitte dorthin und warten Sie, bis wir Sie rufen!«, wies er Böhme im Vorbeigehen schroff an.

Böhme bewegte sich leicht nach vorn gebeugt zu einem Stuhl neben der Heizung. Betont langsam und abfällig grinsend, wie um zu bedeuten, dass ihm das alles nichts anhaben könne, lümmelte er sich schräg auf den Stuhl. Er hinterließ nicht den Eindruck eines Akademikers, der tagtäglich konzentriert an der Erforschung des Stoffwechsels der Fledermaus arbeitet. Er wirkte eher wie der Betreiber einer billigen Eckkneipe. Bircher warf einen kurzen Blick zurück auf Böhme, bevor er den Vernehmungsraum betrat. Angler erhob sich und begrüßte ihn.

»Wie gehen wir vor, Karl? Sachte oder feste zur Sache?«

»Letzteres, ich glaube, bei dem erzeugen wir mit Rücksicht das Gegenteil. Der würde das als Schwäche auslegen. Ruf ihn bitte rein!«

Regungslos beobachtete Bircher Böhme. Er ließ sich Zeit, um sein Psychogramm zu erstellen. Grinsend wie ein verschlagener Straßenhändler saß Böhme vor ihnen. Als wäre er darauf aus, einen Kunden übers Ohr zu hauen. Angler scharrte fast unmerklich mit seinen Füßen über den Fußboden. Bircher erkannte das Geräusch, es zeigte an, dass sein Genosse es nicht erwarten konnte, Böhme »auseinanderzunehmen«.

»Also Herr Böhme, Sie arbeiten als Wissenschaftler an der Erkennung der Welt, sind ständig auf der Suche nach der Wahrheit, nicht?«, begann Bircher im Plauderton.

»Ha, die Wahrheit, die existiert nicht, nur das, was wir dafür halten, sagen die Philosophen«, erwiderte pampig wie ein aufmüpfiger Halbwüchsiger sein Gegenüber.

»Ihre Philosophie. Aber wie ist es mit dem Gedächtnis, spielt uns das auch nur eine subjektive Wahrnehmung vor oder gibt das die objektive Realität wieder? Herr Böhme, was meinen Sie als Akademiker?«

Scheinbar interessiert beugte sich Bircher ein wenig nach vorn.

»Wenn man das, was man selbst gesehen, gehört, also erlebt hat, wiedergibt, dann ruft man etwas aus seinem Gedächtnis ab. Subjektiv hält man das für die Wahrheit.« Salomonisch lächelnd, wie nach einer gelösten Quizfrage, lehnte sich Böhme zurück.

»So, dann war demnach Ihre erste Aussage gegenüber Genossen Schmidter, wonach Sie nach Ihrem Auszug aus dem Hochhaus am Strausberger Platz im Jahre 1965 niemanden aus diesem

Haus je wiedergesehen hätten, Ihre subjektive Wahrheit?«, fragte Bircher, ohne seine Augen von Böhme zu lassen.

Der blinzelte leicht wie jemand, den unversehens ein Sonnenstrahl trifft.

»So ist es, was ich gesagt habe, ist das, was mir mein Gedächtnis mitgeteilt hat. Das habe ich Ihrem Kollegen übermittelt.«

Bircher nickte Angler zu.

»Sie scheinen ein grundsätzliches Problem mit dem Gedächtnis oder mit der Wahrheit zu haben, vielleicht auch mit beiden. Sie hatten zunächst vergessen, Genossen Schmidter über Ihren Nachtbarbesuch im *Café Moskau*, in der Nacht zwischen dem 4. und 5. November, zu berichten. Genosse Angler musste am 5. November frühmorgens diesbezüglich Ihr Gedächtnis auffrischen oder das, was Sie dafür halten. Weiter, Sie waren in der betreffenden Nacht nicht allein, sondern mit Herrn Baumann, dem Martin Baumann, den Sie angeblich nach Ihrem Auszug aus dem Hochhaus nie wiedergesehen haben, den Sie 1953 kennenlernten. Wie kann man die Anwesenheit eines Menschen vergessen, mit dem man gerade in der Bar gesessen hat und den man seit zwanzig Jahren kennt? Haben Sie Ihr Gedächtnis darum gebeten, sich selbst zu vergessen?«

Angler hatte scharf und abgehackt gesprochen, wie ein Richter, der das Urteil verkündet. Böhme rutsche auf seinem Stuhl umher, sein massiger Körper schwankte wie ein Pudding auf dem Teller. Bircher entdeckte winzige Schweißtröpfchen auf der bleichen Stirn.

»Äh, ja tut mir leid, den Baumann hatte ich damals ganz vergessen, als Sie mich fragten«, versuchte sich Böhme herauszuwinden, »den treffe ich ab und an in der Bar, ist doch nichts dabei.«

Angler schoss mit seinem Oberkörper nach vorn und fixierte Böhme wie durch ein Zielfernrohr.

»Sie wollen uns also weismachen, dass Ihr Zusammentreffen mit Herrn Baumann rein zufällig erfolgte, Sie keinen regelmäßigen Kontakt mit ihm unterhalten?«

»So kann man den Sachverhalt ausdrücken«, erwiderte Böhme gestelzt.

»Wann sind Sie am 4. November in die Bar gekommen?«, fragte Angler.

»Gegen halb zehn.«

»Da war Baumann schon da?«

»Ja.«

»Dann waren Sie bis gegen halb drei zusammen, nur Sie beide?«

»So war es.«

»Aha, na dann halten wir das als die Ihrer Meinung nach wahrheitsgemäße Aussage im Protokoll fest«, sagte Angler süffisant.

»Ist das denn hier ein offizielles Verhör?«

»Wir befragen Sie im Zusammenhang mit zwei ungeklärten Mordfällen. Damit Ihr Erinnerungsvermögen nicht unnötig belastet wird, halten wir die Befragung als Protokoll fest, das Sie anschließend lesen und unterschreiben werden«, klärte ihn Bircher in ruhigem Ton auf.

»Was hatten Sie mit Baumann zu bereden, versorgt er Sie mit philosophischer Literatur oder Schnaps oder gar mit Devisen?«, ätzte Angler.

»Na hören Sie mal, Geld nie. Der ist doch selbst knapp. Hier im Osten kann er sich ja was leisten, bei dem Wechselkurs. Aber zu lesen hat er mir schon gelegentlich was gegeben. Den *Spiegel* zum Beispiel«, gab er achselzuckend zu.

Angler nickte Bircher zu, der sich an den Umschlag erinnerte.

»Gut, so haben Sie sich bis gegen halb drei zu zweit die Zeit vertrieben, bisschen geredet und getrunken, den Frauen zugeschaut beim Tanzen und sind dann nach Hause gefahren?«, fragte in leutseligem Ton Bircher.

»Ja, deshalb geht man dorthin, um sich die Menschen in ihrer Freizeit anzusehen und sich zu entspannen, allein oder in Gesellschaft«, antwortete mit einem ironischen Grinsen in den Mundwinkeln Böhme.

Bircher und Angler betrachteten den Mann, der ihnen innerhalb weniger Tage mehrfach nur die halbe Wahrheit gesagt hatte. Vielleicht log er dreist so lange, bis die Gegenseite ihm eine Lüge nachweisen würde. Er hatte seinen Kontakt mit Baumann verschwiegen, die Anwesenheit von Frau Nielen in der Bar unerwähnt gelassen und sicher noch einiges andere unterschlagen, von dem er meinte, es könnte durchgehen. Angler beugte sich erneut über den Tisch, dieses Mal stehend, nun Böhme bedrohlich nahe kommend. Böhme blickte zu ihm auf wie zu jemandem, den er nicht erwartet hatte.

»Eine Frau Nielen ist Ihnen ebenso entfallen wie Ihr Kumpel Baumann?«, zischte er ihm seine Frage ins Gesicht.

Für einen Moment entglitten Böhme die Gesichtszüge. Sein Grinsen, das ihn bisher wie die Folge einer Gesichtsoperation begleitet hatte, verschwand plötzlich. Als müsste er gleich einem Schlag Anglers auszuweichen, duckte er sich auf dem Stuhl.

»Werde ich etwa beschattet?«, versuchte es Böhme mit einem Gegenangriff.

»Antworten Sie auf meine Frage!«, herrschte ihn Angler an, immer noch in Armlänge vor Böhmes Gesicht.

»Sie haben nicht nach Frau Nielen gefragt. Was hat sie mit der Sache zu tun, also meiner Bekanntschaft mit Baumann?«

»Hier fragen nicht Sie. Wir haben gefragt, ob Sie allein mit Baumann waren. Ja, haben Sie geantwortet. Das nennt man eine vorsätzliche Lüge oder eine Falschaussage in einer Mordsache«, klärte ihn Angler kalt auf.

Bircher klopfte mit seinem Kugelschreiber auf die Tischplatte und hob dann leicht seinen linken Arm.

»Sie wollen offenbar nicht wahrnehmen, dass wir in zwei Mordfällen ermitteln und Sie spätestens jetzt zum Kreis der Verdächtigen gehören. Mit Ihren Halbwahrheiten, um es mal sachte zu formulieren, manövrieren Sie sich Schritt für Schritt in das Zentrum unserer Ermittlungen. Ich empfehle Ihnen dringend, nichts weiter zu verheimlichen und aufzuhören, uns zu täuschen.«

Bircher hatte wie immer langsam, fast behäbig gesprochen. Wie aus einem undichten Hahn tropften die Worte langsam aus seinen gepressten Lippen. Hinter den schweren Brillengläsern fixierten seine Augen, kalt wie ein Gletscher, Böhme. Birchers Arme lagen immer noch lang ausgestreckt auf dem Tisch, fast erreichten sie Böhmes Tischkante. Es schien, als würden sie auf den Befehl warten, um sich wie Schaufeln eines Baggers anzuheben und Böhme am Kragen über den Tisch zu ziehen.

»Ich gebe zu, dass ich die Anwesenheit von Frau Nielen verschwiegen habe. Sie hat ein Verhältnis zu Baumann, das ich nicht auffliegen lassen wollte. Betrachten Sie das als mildernden Umstand. Nun ist es raus!«

»Aha. Und Sie waren eingeweiht. Warum?«, hakte Angler nach.

»Baumann hat es mir mal erzählt. Ich hatte mich gelegentlich darüber gewundert, dass Martin so oft rüberkam. Schließlich kommt man in seinem Alter für 'ne Weile ohne Eltern oder Geschwister aus. Abgesehen davon, dass er mit dem Alten seine Probleme hat.«

Oder umgekehrt, dachte Bircher. Martin Baumann und Nielen sollen ein Verhältnis haben. Aufschlussreich, dann hat Frau Nielen ihn ungerührt angelogen, als er sie nach ihrem Privatleben fragte. Was verschweigt sie noch? Warum hat sie gelogen? Vielleicht will Böhme Nielen vorschieben, um von sich abzulenken.

Bircher wechselte abrupt das Thema.

»Zu einem Punkt, der uns mehr als das Privatleben von Frau Nielen interessiert, Herr Böhme«, fuhr Bircher gelassen fort, »Sie erhalten regelmäßig Einzahlungen auf Ihrem Konto, monatlich zweihundert Mark. Vielleicht können Sie uns darüber aufklären, woher das Geld stammt?«

Es schien, als würde schlagartig die Luft aus einer Gummipuppe entweichen. Böhme sackte in sich zusammen und seine Gesichtszüge entgleisten wie nach einer schweren Zahnoperation. Entgeistert blickte er auf die Tischkante, vor sich wie zwei Leitplanken die Arme Birchers.

Volltreffer, dachte Bircher und linste hinüber zu Angler, der genüsslich mit dem Stuhl wippte. Böhme rang um Fassung.

»Also, vielleicht geht's zur Abwechslung mal gleich mit der Wahrheit!«, forderte ihn Angler auf, Böhme wie ein Ringrichter nach einem Niederschlag sorgfältig taxierend. Böhme schwieg, als hätte man ihm soeben einen niederschmetternden Urteilsspruch mitgeteilt.

»Also, Herr Böhme, wo kommt das Geld her? Von Herrn Baumann? Wofür bezahlt er? Oder von wem sonst?« Angler war inzwischen aufgestanden und hatte sich hinter Böhme gestellt.

»Fragen Sie Baumann! Mehr habe ich nicht zu sagen. Ich habe nichts mit den Morden zu tun. Lassen Sie mich jetzt gehen!«

Bircher zog langsam seine Arme von der Tischplatte zurück, als würde er eine Schranke öffnen. Er blickte Böhme scharf in die Augen und sagte: »Gut, gehen Sie! Wir sprechen an einem anderen Tag weiter. Ich rate Ihnen dringend zu einer Aussage, innerhalb der nächsten zwei Tage.«

Angler trat einen Schritt zurück, so dass der massige Böhme seinen Stuhl zurückschieben konnte. Böhme erhob sich und ging wortlos zur Tür.

»Sie warten bitte draußen noch einen Augenblick!«, rief Bircher ihm hinterher. Böhme nickte tonlos, ohne sich umzudrehen.

»Warum durfte er plötzlich gehen?«, fragte Angler unwirsch.

»Ich bin mit der Familie Baumann verabredet. Lass uns das Ergebnis abwarten. Erst danach können wir uns ein genaueres Bild machen. Wir können ihn nicht zu lange festhalten. Erinnere dich an die Linie, die Meier vorgegeben hat. Es würde uns nicht helfen, wenn Böhme seinen Freund Baumann aufstachelt, zur Springerpresse zu gehen. Nach dem Motto ›Mord im Hochhaus. Polizei ohne Spur und setzt unschuldigen Wissenschaftler unter Druck, weil er seit Jahren Westbekanntschaft pflegt ...‹ Böhme wäre das zuzutrauen.«

Angler schnaufte etwas und nickte widerwillig. Aus diesem Blickwinkel heraus hatte er die Vorladung nicht gesehen.

»Also, Philipp. Der läuft uns nicht weg. Wir kriegen bald raus, was er uns verschweigen will. Ich bin mir sicher, dass es uns weiterhelfen wird. Ich fahre zu Böhmes Freundin. Wir treffen uns dann im Büro.«

Jedesmal, wenn Bircher die Schönhauser Allee entlangfuhr, erinnerte er sich aus irgendeinem Grund an einen alten DEFA-Film. Vielleicht, weil er so selten ins Kino ging, und wenn es dann mal geschah, war er fast immer beeindruckt. Der Film hieß *Berlin, Ecke Schönhauser* oder so ähnlich. Ist eine halbe Ewigkeit her, dass ich ihn sah, versuchte sich Bircher an das Jahr zu erinnern. Damals lebte er noch auf dem Lande, wie er sein Zuhause in Thüringen bezeichnete. Es war ein politischer Film. Jugendliche und ihre Nähe zu Westberlin spielten eine Rolle. Den antifaschistischen Schutzwall gab es noch nicht. Als Halbwüchsigem hatte ihm besonders ein junges Mädchen gefallen. Ihre dunklen Haare waren zum Pferdeschwanz gebunden und ihre Stirn bedeckte, wie ein kleiner Vorhang, ein waagerecht geschnittener Pony. Seltsam, hatte sich Bircher später öfters gefragt, dass ihm bis zu seinem Kinobesuch nicht aufgefallen war, dass so viele Mädchen, die er kannte und die einen Pferdeschwanz trugen, immer auch einen Pony bevorzugten, selbstverständlich auch umgekehrt. So als würde das eine ohne das andere unmöglich sein, wie die obere und untere Zahnreihe.

Auch als er nach Berlin kam, ging er kaum ins Kino, da die wenigen freien Abende der Oper oder dem Konzert gewidmet wurden. Karola und er liebten die Staatsoper. Schon wenn er den Langhansschen Prachtbau betrat, ergriff ihn eine feierliche Stimmung, eine Spannung, wie damals vor der Jugendweihe, als er sich das nahende Ereignis nicht genau vorstellen konnte und sich dann plötzlich die festliche Atmosphäre im Saal wie ein Fieberschub auf ihn übertrug. Die Jugendweihe war das erste Ereignis, das er als etwas Außergewöhnliches empfunden hatte, wahrscheinlich weil so viele Jugendliche aus dem gleichen Jahrgang zusammentrafen, jedenfalls erschien ihm das der Grund zu sein. Alle erwarteten etwas Aufregendes, Ergreifendes zu erleben, ähnlich den Besuchern in der Oper und tatsächlich, als sich die Emotionen im vollen Saal wie bei einem Sturm auf offener See zu großen Wellen ausbreiteten, konnte sich niemand dem Gefühlsorkan entziehen. Wenn Bircher in der Oper in seinen Sessel sank, der Saal langsam, wie unter einem sternlosen Himmel, im Dunkeln versank und sich eine Ruhe wie vor dem nahenden Sturm ausbreitete, ergriff ihn das alte fiebrige Gefühl seiner Jugendweihe.

»Es wird höchste Zeit«, seufzte Bircher, mit sich selbst im Gespräch, »in diesem Fall voranzukommen, um endlich mal wieder mit Karola in die Oper zu gehen, am besten in die Staatsoper, wenn Mozart gespielt wird.«

Der Wagen hielt und Bircher schreckte aus seinen Träumereien auf. Er überlegte, wie wohl sein unangemeldetes Auftreten auf Böhmes Freundin wirken würde. Böhme hatte keine Gelegenheit gehabt, mit Katja Miera über die letzten Ereignisse zu reden. Angler hatte ihn sofort ins Sekretariat gelotst, wo er auf das Protokoll warten musste.

Das dauerte erfahrungsgemäß einige Zeit, und die brauchte Bircher, um Böhmes Freundin zu überraschen.

Sie arbeitete in einem beliebten Geschäft für Damenmoden in der Nähe des U- und S-Bahnhofes Schönhauser Allee. Bircher kannte den Laden von Erzählungen seiner Frau. Von ihrem Bericht waren ihm nur die vier großen Schaufenster in Erinnerung geblieben, die fein symmetrisch, jeweils zwei links und rechts, eine kleine Treppe einrahmen sollten, über die man den Laden betrat.

Manuela hatte das Treffen im *Café Wien* arrangiert, etwa fünf Minuten Fußweg entfernt von dem Geschäft. Bircher wollte jedes Aufsehen vermeiden. Als er dort eintraf, sah er nur ein junges Mädchen, das in der Ecke saß und unruhig ihre Umgebung musterte. Bircher ging auf sie zu und fragte ohne Umschweife:

»Sind Sie Katja Miera?«

»Ja«, antwortete die junge Frau mit einer für ihre zarte Erscheinung überraschend dunklen Stimme. Angesichts des Alters von Böhme hatte er eine ältere Frau erwartet. Auch eine weniger attraktive.

»Ich bin Major Bircher vom Polizeipräsidium.«

Unwillkürlich vermied er das Wort Mordkommission. Er musterte die junge Frau. Irgendetwas an ihrem Gesicht irritierte ihn. Als würde ihm jemand vorgestellt werden, den er kennen müsste, sich aber nicht erinnerte, woher. Einen Augenblick später erkannte er den Grund seiner Unsicherheit. Frau Miera schaute ihn mit zwei unterschiedlichen Augen an und das im wahrsten Sinn des Wortes, eines war himmelblau, das andere dunkelbraun. Wie um mit einem Farbspiel zu necken, konnte der Betrachter je nach Belieben blau oder braun wählen. Bircher versuchte der jungen Frau in die Augen zu schauen und ertappte sich dabei, wie sein Blick zwischen den Augen wanderte. Wie im Gespräch mit einer Schielenden. Es erforderte einige Übung, die unterschiedlichen Farben außer Acht zu lassen. Bircher war es gewohnt, seinem Gegenüber »direkt in die Augen« zu schauen. Sein Blick folgte den parallel laufenden unsichtbaren Sichtachsen zwischen zwei Augenpaaren. Wenn man bei Frau Miera nicht aufpasste, schienen die Achsen quer zu stehen, sich zu überschneiden.

»So, ich muss in einer halben Stunde wieder im Laden sein«, erinnerte ihn Frau Miera an ihre Anwesenheit.

»Ja, also, ehrlich gesagt, habe ich noch nie einen Menschen mit unterschiedlichen Augenfarben gesehen, sehr interessant.«

»Hm, gibt's auch bei Katzen«, sagte die junge Frau, als wären es ihre nahen Verwandten.

»Aha. Also, dann zur Sache. Ich ermittle in einem schwierigen Fall.« Bircher hatte beschlossen, nur das Notwendigste preiszugeben. »Und in dem kommt auch Ihr Freund, Herr Böhme, vor.«

»So, hat er was angestellt?«, fragte sie ruhig.

»Nichts, soweit ich weiß, aber er macht es uns auch nicht ganz leicht, bestimmte Vorgänge aufzuklären. Also, meine erste Frage: Können Sie sich erinnern, wann Ihr Freund in der Nacht vom 4. auf den 5. November nach Hause kam?«

Als würde sie in einem kleinen Notizbüchlein blättern, kniff Frau Miera leicht die Augen zusammen. Jetzt sahen beide fast dunkelblau aus, jedenfalls schien es Bircher, als sähe er eine neue Farbe.

»Also an den Tag kann ich mich erinnern, weil er sich mit seinem Freund, dem Martin, getroffen hat. Auf der Karl-Marx-Allee im *Café Moskau*. Aber wann er nach Hause kam, nein, weiß ich nicht. Ich bin wie üblich um sieben aufgestanden, da schlief er fest. Er muss ja auch nicht so früh anfangen.«

»Martin? Sie meinen Herrn Baumann aus Westberlin?«, fragte Bircher, um sicherzugehen.

»Ja, die kennen sich wohl schon eine Ewigkeit. Jedenfalls länger, als ich Siegmund kenne, also Herrn Böhme.«

»Kennen Sie auch Herrn Baumann?«

Sie schüttelte energisch den Kopf, als müsste sie eine lästige Mücke vertreiben.

»Nein, ich gehe nie mit. Habe ich meinen Eltern fest versprochen. Keine Westkontakte, kann ich mir nicht erlauben. Na ja, und dann ist Siegmund auch mitunter etwas jähzornig.«

»Was meinen Sie damit?«

Sie druckste etwas herum, wahrscheinlich überlegte sie, wie sie etwas möglichst harmlos ausdrücken könnte. Schließlich sagte sie vorsichtig:

»Gab auch schon mal ’ne Prügelei. Er kann ganz schön zulangen, sieht man ihm auf dem ersten Blick nicht an.«

Jetzt klang etwas von einem mädchenhaften Stolz auf den großen Beschützter durch. Sie unterdrückte jedoch jegliche Regung. Wie ein trotziges Schulmädchen saß sie vor ihm.

»Mein Papa arbeitet im Ministerium«, fügte sie plötzlich hinzu, offenbar als nachgeschobene Erklärung für die Vermeidung des Kontakts zum Westberliner Baumann.

»Darf ich fragen, in welchem?«

»Handel und Versorgung.«

»Ah ja, Sie arbeiten in einem ziemlich bekannten HO-Verkaufsgeschäft«, bemerkte Bircher, ohne eine Miene zu verziehen.

»Eine sehr gute Arbeitsstelle«, pflichtete sie ihm mit leichtem Stolz in der Stimme bei, »aber ist kein Exquisitladen, leider.«

»Gut, meine zweite Frage ist etwas delikater: Ihrem Freund wird jeden Monat, neben seinem Gehalt natürlich, ein bestimmter Geldbetrag überwiesen. Seit vielen Jahren. Das begann, als Sie ihn noch nicht kannten. Uns interessiert, woher kommt das Geld, für welche Leistungen erhält er diese Summen. Kommt ja nicht alle Tage vor, dass jemand regelmäßig eine Einzahlung von zweihundert Mark auf seinem Konto verbuchen kann.«

Freundlich blickte Bircher in das blaue Auge seiner Gesprächspartnerin, sie fragend anlächelnd.

»Wie und darauf will er nicht antworten, verstehe ich das richtig?«

»Ja, Sie verstehen das richtig. Er wurde regelrecht bissig, als wir das Thema ansprachen.«

Frau Miera wiegte sich leicht hin und her, als wollte sie ihre Besorgnis ausdrücken.

»Also, davon höre ich das erste Mal. Wir haben getrennte Konten, teilen uns die Miete und jeder zahlt den gleichen Betrag in die Haushaltskasse. Keine Ahnung, was dahintersteckt. Will damit auch nichts zu tun haben«, sagte sie empört.

Sie reckte ihr Kinn etwas in die Höhe, wobei Bircher glaubte, dass ihr blaues Auge leicht aufzuleuchten schien, während sich das braune verdunkelte. Vielleicht konnte Frau Miera die Farbintensität einstellen wie ein Bühnenbeleuchter. Sie war sichtlich verstimmt. Offensichtlich hatte Herr Böhme seine Geheimnisse sorgfältig vor seiner Freundin verborgen. Welche Frau mag das schon, aus dritter Hand über das merkwürdige Gebaren des Mannes in Kenntnis gesetzt zu werden, dachte sich Bircher. Außerdem wird sich die junge Frau jetzt ausrechnen können, dass sie, bezogen auf ihr Einkommen, deutlich mehr in die Kasse einzahlt. Bircher fragte sich seit einigen Minuten, wie diese junge sympathische Person an den mindestens fünfzehn Jahre älteren unattraktiven Böhme geraten sein könnte. Vielleicht suchte sie in Böhme den fürsorgenden väterlichen Beistand, so was soll es ja geben, hatte er mal gelesen. Diesen Eindruck hinterließ sie eigentlich nicht, wie sie verärgert mit ihren bunten Augen in einen Winkel des Cafés starrte. Vielleicht sann sie gerade auf Rache. Wer weiß, wie oft er ihr schon mal weismachen wollte, dass er ihr dieses oder jenes nicht schenken könne, weil die Akademie ihm einen Hungerlohn zahle. Das würde zu ihm passen. Täuschen und tricksen, um die Unwuchten seines Charakters zu übertünchen. Na ja, den kriegen wir und wenn's wegen unerlaubten Besitzes feindlicher Presseartikel ist. Bircher ertappte sich dabei, wie in ihm ein Mitgefühl mit der kleinen Verkäuferin aufkam. Sachte, sachte, sprach er zu sich und lächelte Frau Miera an.

»Also, Sie müssen sich gar keine Sorgen machen. Ist schließlich nicht Ihr Gatte, und mit seinen Westkontakten haben Sie auch nichts zu tun. Also, das wäre es schon. Ihre Kunden warten. Wenn Ihnen etwas einfällt, dann rufen Sie mich an!«, beendete Bircher das Gespräch und reichte ihr seine Visitenkarte.

Sie blickte ihn an und er nickte dem braunen Auge zu. Ein Ziel, da war er sich nach dieser Unterredung sicher, hatte er erreicht. Im Zweifelsfall würde sich Frau Miera für die Polizei entscheiden.

Schmidter stand währenddessen vor der Eingangstür von Frau Nielen und überdachte die Lage. Ihm war klar, dass er das Gespräch ausnahmsweise im deutlichen Ton angehen musste. Sonst würde er auf Granit beißen. Schließlich ist es nicht verboten, mit einem Westberliner ins Bett zu steigen. Selbst wenn es so wäre, die Mordkommission würde nicht danach fahnden. Darum ging es nicht. Er atmete zweimal tief durch und drückte den Klingelknopf. Das bekannte Klimpern ihrer Armreifen zeigte an, dass er Glück hatte.

»Guten Tag, Herr Schmidter!«, begrüßte sie ihn wie einen alten Bekannten. Schmidter registrierte, dass sie sich seinen Namen eingeprägt hatte. Vielleicht weil sich ein Volkpolizist in der Regel nicht vorstellt.

»Guten Tag, Frau Nielen. Haben Sie noch mal einen Moment Zeit für mich?«

»Ja doch!«

Es klang wie eine Beschwerde, einige Zeit nichts von ihm gehört zu haben. Sie winkte ihn herein und ging mit energischen Schritten voran. In ihren weiten schwarzen Hosen und dem locker über die Hüfte fallenden schwarzen Pullover sah sie wie eine Magierin aus. Ihre ausholenden Schritte standen in merkwürdigem Gegensatz zu ihrer Größe. Es schien, als würde sie ihren eigenen Schritten hinterhereilen.

Sie betraten das Wohnzimmer und Frau Nielen zeigte lässig auf einen der Sessel.

»Fühlen Sie sich wie zu Hause!« Es klang leicht ironisch. »Etwas zu trinken, Herr Schmidter? Nein, na gut.«

Bevor Schmidter die Frage verneinen konnte, hatte sie sich bereits eine Duett aus dem goldfarbenen Etui gefischt und zwischen ihre blendendweißen Zähne geschoben. Schmidter fragte sich für eine Sekunde, wo es wohl solche Etuis zu kaufen gebe, in denen man derart lange Zigaretten unterbringen konnte. Er rauchte nicht, hatte aber die Zigarette an ihrer Länge erkannt. Es gab nur eine Sorte dieser Art und dieses Preises. Na ja, die Frau sammelt ja auch Antiquitäten, schloss er das Thema für sich ab. Frau Nielen hatte inzwischen die ersten Züge inhaliert und saß aufrecht abwartend wie eine Hofdame vor ihm. Ihr Gesicht wirkte entspannt und gelassen, wie nach einem Nickerchen. Es schien zu verkünden: Also da sind Sie, mal sehen, was es Neues an spannender Unterhaltung gibt.

»Frau Nielen, ich falle mal gleich mit der Tür ins Haus.«

Wie eine Bitte, sie nicht weiter auf die Folter zu spannen, hob sie gleichzeitig beide Arme.

»Es handelt sich um die Nacht vom 4. auf den 5. November. Genauer die Zeit zwischen Mitternacht und drei Uhr früh. Erinnern Sie sich, wo Sie da waren?«

Frau Nielen blickte ihn für einen Moment überrascht, dann sehr ernst und schließlich streng wie eine tadelnde Lehrerin an. Sie runzelte leicht die Stirn, vor der die Schwaden des Zigarettenrauchs emporstiegen. Sie schien ihre Reaktion abzuwägen. Ist ja wohl klar, dass es sich um eine Fangfrage handelt, sprach der Verdacht aus ihren Augen. Die wissen irgendetwas.

»Ich bin in der Nacht noch mal ausgegangen. Da rüber«, sie wies aus dem Fenster zum *Café Moskau*, das sich kaum einen Steinwurf von ihrem Haus befand.

»Darf ich Sie fragen, wann und wohin, das Restaurant schließt um zehn Uhr?«

»Also bestimmt nicht ins Tanzcafé auf die erste Etage«, antwortete sie, als hätte sie seine Gedanken gelesen.

Schmidter reagierte nicht. Nickte ihr nur freundlich zu. Sie beugte sich nach vorn zu ihren Zigaretten, wobei sie ihm von unten einen prüfenden Blick zuwarf.

»Na ja, ich war in der Nachtbar, gehe ich manchmal hin, wenn mir die Decke auf den Kopf zu fallen droht. Sind Sie verheiratet?«

»Ja.«

»Na, dann verstehen Sie wahrscheinlich nicht, wovon ich rede.«

Schmidter verzog keine Miene.

»Ja, Sie waren in der Bar und weiter?«, fragte Schmidter ohne Intonation.

»Ist das 'ne Frage oder eine Feststellung?«

»Beides. Also, Frau Nielen, machen Sie es bitte nicht so spannend.«

»Ich habe dort gesessen und ein wenig geplaudert. Mit einem Herrn«, fügte sie vorsichtshalber hinzu, in Gedanken immer noch rätselnd, was dieser wortkarge Polizist wohl wisse.

»So, das hätten wir also. Mit wem haben Sie sich getroffen?«

»Mit Herrn Martin Baumann. Wie sind befreundet, na ja, enger befreundet. Reicht das nun?«

»Und wie lange sind Sie schon enger befreundet?«

»Seit etwa drei Jahren. Haben uns bei seinen Eltern getroffen«, nahm sie mit der Antwort seine nächste Frage vorweg.

»Wann sind Sie nach Hause gegangen?«

»Na, gegen zwei Uhr, wie gesagt.«

»Allein?«

»Ja, Martin hatte mich plötzlich nachts angerufen, wollte mich sehen. Kommt bei ihm schon mal vor, dass er sich zu später Stunde meldet. Ich bin aufgestanden und runtergegangen, aber nicht lange geblieben. Da war nämlich noch ein anderer Mann, ein Bekannter von Martin. Ein unangenehmer Typ. Ich war überrascht, dass Martin mit dem den Abend verbringt. Deshalb bin ich nach Hause gegangen.«

»Und die beiden anderen sind dort geblieben?«

»Jedenfalls nicht mit mir rausgegangen.«

»Und diesen Herrn kennen Sie nicht?«

»Nein, den habe ich noch nie gesehen.«

Frau Nielens Aussage deckte sich mit den Angaben der Mitarbeiter der Nachtbar. Es stand nun fest, dass Nielen und Baumann ein Liebespaar waren. Baumann hatte freien Eingang ins Haus, auch ohne Schlüssel. Schmidter entschied, das Gespräch zu beenden und Frau Nielen über sein weiteres Vorgehen im

Ungewissen zu lassen. Erst einmal sehen, was Baumann zu erzählen hat.

»Danke, Frau Nielen. Für heute sage ich ›auf Wiedersehen‹.«

Nachdenklich hob Frau Nielen ihre Hand zum Abschied und ließ die Armreifen klimpern.

Bircher wurde von der diplomatisch lächelnden Frau Baumann eingelassen. Sie hatte etwas stetig Freundliches an sich. Wie eine Maske lag dieses Schmunzeln um ihren Mund, manchmal breitete es sich etwas aus, jedoch nur selten zu einem herzhaft lauten Lachen. Sie sah aus wie jemand, der morgens freudig die Sonnenstrahlen begrüßt und, wie ein Banner, für den Rest des Tages vor sich her trägt.

»Guten Tag, Genosse Bircher!«, begrüßte sie ihn, etwas zusätzlichen Charme auftragend und reichte ihm ihre kleine kräftige Hand. Sie trug keinen Schmuck, auch keine Ehering. Adrett und praktisch gekleidet in einem Hosenanzug. Als Mutter von acht Kindern gewohnt, jederzeit zupacken zu müssen.

In der Wohnküche saß vor offenem Fenster der Professor. Die unvermeidliche Zigarre rotierte wie ein Propeller in der linken Hand. Er reichte ihm die Rechte und wies lässig auf den Stuhl neben sich. Wie um Verständnis bittend, beugte er sich zu Bircher.

»Also, Genosse Oberst«, er hatte wohl beschlossen, ihn nur als Oberst akzeptieren zu können, »mein Sohn ist nebenan. Ich rufe ihn gleich. Möchte mich kurz abstimmen. Das ist sozusagen ein privates Gespräch. Ich meine, dass mein Sohn nichts unterschreiben oder gar bezeugen muss. Er stellt sich freiwillig für eine Unterredung zur Verfügung, um unsere Organe bei ihren Ermittlungen zu unterstützen. So sehe ich das.«

Der Professor musterte Bircher abwartend aus schmalen Augenschlitzen.

»Ihr Sohn befindet sich in Ihrem Haus. Sie haben ihn eingeladen. Selbstverständlich bin ich hier als Polizist. Nett, wenn sich

Ihr Sohn bei dieser Gelegenheit für ein Gespräch zur Sache bereiterklärt«, sagte Bircher.

Es klang, als würden zwei Verhandlungsseiten vorbereitete Erklärungen abgeben, bevor sie zur Sache kamen.

»Gut, dann soll er mal kommen!«, wandte sich der Professor wie ein Kompaniechef an seine Frau. Seine Stimme erinnerte etwas an die Begrüßung der Soldaten beim Morgenappell vor der Kaserne.

Kurz darauf betrat der Sohn die Küche. Ein stattlicher Mann, etwas füllig, aber nicht beleibt, begrüßte er Bircher mit seitlich geneigtem Kopf. Bircher schaute ihn freundlich interessiert an, als würde er sich sagen: Aha, das sind Sie also. Wie bei seiner Mutter umspielte ein Lächeln ständig seine Mundwinkel. Er war sorgfältig in dunklem Anzug, hellem Hemd und karierter Krawatte gekleidet. Er erinnerte Bircher an einen Handelsvertreter, wie er ihn mal in einer Fernsehserie gesehen hatte. Ständig gute Laune verströmend, ganz der verständnisvolle Berater mit dem offenen Ohr für den Kunden. Dabei gleichzeitig immer den Abschluss im Auge, wie ein Reh, das die Witterung beobachtet.

»Vielen Dank, Herr Baumann, dass Sie sich die Zeit für ein Gespräch nehmen. Wie Sie wissen, sind in diesem Haus zwei fürchterliche Verbrechen begangen worden. Ich sage ganz offen, dass wir für jeden Hinweis dankbar sind. Darf ich Ihnen einige Fragen stellen?«

»Selbstverständlich, Herr Kommissar«, antwortete Martin Baumann charmant lächelnd wie ein Gast bei einer Talkshow.

»Ich möchte darauf hinweisen, dass Sie meine Fragen nicht beantworten müssen. Das ist ein Gespräch auf der Basis völliger Freiwilligkeit.«

»Ja, verstehe. Schießen Sie los!«, sagte fast sanft Martin Baumann.

»Herr Böhme berichtete, dass Sie am 4. November nachts gemeinsam unterwegs waren. Er sagte uns weiterhin, dass Sie, nachdem er gegen halb drei die Bar verlassen hatte, noch geblieben sind. Den Grenzübergang Checkpoint Charlie haben Sie um sechs Uhr in der Früh passiert. Ich muss Sie fragen, wo Sie in der Zeit zwischen halb drei und sechs waren?«

In diesem Moment ließ Herr Professor Baumann ein krächzendes Husten vernehmen. Es hörte sich an, als hätte er sich an einem schlechten Stück Fleisch verschluckt, und ertönte so unerwartet wie eine plötzlich aufheulende Sirene. Nachdem er sich beruhigt hatte, zielten seine Augen starr wie die eines Scharfschützen auf seinen Sohn. Sie schienen dem Filius sagen zu wollen, sprich die Wahrheit oder es knallt. Frau Baumann war ihr Lächeln abhandengekommen und musterte mit besorgtem Blick die Männerrunde. Martin Baumann rutschte wie bei etwas Peinlichem, das ihm widerfahren war, auf seinem Stuhl umher. Dabei griente sein seitlich geneigtes Gesicht, als müsste er sich für irgendetwas entschuldigen.

»Hm, dann muss ich das wohl offenlegen. Ich war bei Frau Nielen. Sie war in der Bar, gab mir den Schlüssel, weil ich meinen, also, den meiner Eltern, nicht finden kann. Ich war bei ihr, so bis gegen halb sechs.«

Als wäre gerade gegenüber das Zwillingshochhaus zusammengestürzt, blickte Herr Professor Baumann in die Runde. Selbst seine Zigarre wirkte wie eingefroren. Ganz offensichtlich hatte er von dieser Affäre weder gewusst noch sie für möglich gehalten. Seiner Frau hingegen war das Lächeln in ihr Gesicht zurückgekehrt. Es schien zu bedeuten: Na, wenn's weiter nichts ist, mit derlei Geschichten sind wir vertraut. Bircher nickte nur und verzog keine Miene. Bevor der Professor seine Sprache zurückfand, stellte er die nächste Frage: »Danke, dann hat sich das ja geklärt. Würden Sie mir noch sagen, seit wann Sie mit Herrn Böhme befreundet sind. Sie sind doch Freunde?«

»Ja, kann man so sagen. Wir kennen uns eigentlich schon seit 1954. Meine Eltern waren gerade mit uns hier eingezogen. Ich war vierzehn Jahre alt. Böhme war Mitte zwanzig. Wir haben uns eigentlich über die Schule kennengelernt«, hier schielte er vorsichtig, wie um nichts Falsches zu sagen, zu seinem Vater hinüber, der an seiner Zigarre hantierte, »ja, also Siegmund hat mir in Mathe und Chemie geholfen.«

Der Vater wackelte verächtlich mit dem Kopf, wie um zu bedeuten, dass es sich um pure Geldverschwendung gehandelt habe.

»So, dann haben Sie 1961 die Republik verlassen. Böhme ist 1965 aus dem Hochhaus ausgezogen. Sind Sie immer in Kontakt geblieben? Wann haben Sie sich wiedergetroffen?«

Martin Baumann blickte unsicher in die Runde. Misstrauisch beäugte er den Kommissar. Offenbar fragte er sich, ob er seinem Freund schaden würde. Bircher erriet seine Gedanken. Es war ihm nur recht, wenn der junge Baumann etwas von seiner Selbstgefälligkeit verlieren würde. Fast unmerklich, so wie man allmählich den Druck auf einen Schraubenzieher erhöht, intensivierte Bircher seinen Ton. Mit nichtssagendem Gesicht erwartete er die Antwort. Der Vater schnaubte etwas. Es klang, als würde sich ein Souffleur melden. Er schien wieder an Fahrt zu gewinnen. Der Sohn kannte wohl die Signale und drehte sich rasch zu Bircher.

»Wir waren eigentlich immer im Kontakt, mal mehr, mal weniger.«

Jetzt drehte der Professor langsam den Kopf zur Seite, seine unverändert lächelnde Frau anblickend, fragte er in gebieterischem Ton:

»Sag mal, wir sprechen hier über diesen Böhme, der damals auf der zehnten Etage wohnte?«

»Ja, Liebling, der muss es wohl sein«, erwiderte sie fürsorglich.

»Aha!«, knurrte zerknirscht Professor Baumann, dem nichts Gutes schwante, und nickte seinem Sohn zu. Der hob, wie um Verständnis bittend, leicht die Schultern.

»Also, getroffen haben wir uns seit 1964 mehr oder weniger regelmäßig. Ich fand es ganz angenehm, wenn Böhme mir über die Republik und seine Arbeit erzählte. Na ja, und außerdem sind wir beide nicht verheiratet, konnten gemeinsam ausgehen, nach Lust und Laune«, fügte er erklärend hinzu.

»Böhme hat Sie nie um etwas gebeten: Bücher, Zeitschriften, was aus dem Intershop? Oder ein bisschen Geld?«

»Warum fragen Sie das eigentlich mich? Das können Sie doch einfacher von Herrn Böhme erfahren. Der ist schließlich Ihr Staatsbürger!«, platzte es aus Martin Baumann heraus.

»Das haben wir bereits getan. Dann werde ich etwas präziser. Böhme erhält monatlich zweihundert Mark aus unbekannter Quelle. Als wir danach fragten, verwies er uns an Sie.«

»Wie, er behauptet, Geld von mir erhalten zu haben?«

»Nicht direkt, er nannte aber in diesem Zusammenhang Ihren Namen«, wich Bircher aus.

»Na, das ist Unsinn. Und, worin besteht das Problem? Kann doch Geld erhalten, sind ja wohl Ostmark.«

»Das ist noch nicht alles. Er verwickelt sich in Lügen, hält uns hin, also kurz gesagt, erschwert die Ermittlungen. Sie waren in der Tatnacht gemeinsam aus, aber, als der Mord geschah, hatten Sie sich bereits getrennt. Für die Tatzeit kann er mit keinem stichhaltigen Alibi dienen. Sie verstehen, dass wir da hellhörig werden.«

»Nochmals, ich habe ihm mal was zu lesen gegeben, aber niemals Geld. Könnte ich mir doch gar nicht leisten.«

Die linke Hand des Professors hatte deutlich an Schwingungen zugenommen. Die Zigarre hüpfte auf und nieder, und Asche fiel auf das Parkett. Er war nahe daran, die Beherrschung zu verlieren. Dass sein Sohn seine Wohnung benutzt haben könnte, um mit einer Freundin der Familie anzubändeln, war noch hinnehmbar. Dass er aber mit einem zwielichtigen Gesellen regelmäßig seine Nächte verbrachte, mit ihm vielleicht sogar irgendwelche Geschäfte abwickelte, das war des Hinnehmbaren zu viel. Das konnte ihm persönlich nicht gleichgültig sein. Seine Miene gab unmissverständlich zu verstehen, dass jetzt sofort alles auf den Tisch gehörte, was seine

Familie und ihn unmittelbar betraf. Die Republikflucht seines Sohnes vor zwanzig Jahren hatte ihn in schwere Bedrängnis gebracht. Nur mühsam war es ihm damals gelungen, die zuständigen Organe für seine Version der Geschehnisse einzunehmen. Sein Sohn wäre ausschließlich seiner Abenteuerlust gefolgt, als er mit dem Silberbesteck der Eltern im Handgepäck den Zug nach Budapest bestieg und von dort nach Österreich verschwand. Es gebe keine politischen Motive, sein Sohn sei eben ein Kindskopf, der seinen Gefühlen nachhechelte. Der sei doch nicht kopf-, sondern schwanzgesteuert, hatte er höhnend in seiner unverblümten Sprache getönt. Ein Hochstapler, der das Leben wie einen Delikatessenladen betrachtete, in dem man sich die besten Häppchen auswählt und anschließend jemand anderen bezahlen lässt. Wahrscheinlich sei wie immer auch ein Mädchen im Spiel gewesen, betonte er abfällig. Andererseits hätte er gleich nach seiner Ankunft in Westberlin versichert, kein schlechtes Wort über die zurückgelassene Heimat zu verlieren. Im Gegenteil, er würde seine Tat eigentlich bereuen und ihn würde bereits das Heimweh plagen und so weiter …

Die Presse hatte schnell das Interesse an ihm verloren.

»Martin, denk jetzt genau nach. Wir haben zwei Morde im Haus. Strenge deinen Grips an: Gibt es irgendetwas zwischen dir und Böhme, dass du uns bislang verschwiegen hast? Es geht jetzt eigentlich weniger um dich als um uns, die wir hier wohnen. Los, denk nach!«, sagte Professor Baumann mit gepresster Stimme.

Nach diesem Appell sprang der Professor plötzlich auf und lief hinaus. Alle blickten sich ratlos an. Frau Baumann zog die Augenbrauen leicht in die Höhe, wie um Ihrem Sohn zur Eile zu raten. Der Sohn starrte zur Tür, hinter der sein Vater verschwunden war. Er runzelte die Stirn und wandte sich seiner Mutter zu. Frau Baumann stand nun ebenfalls auf und verließ den Raum. Bircher blickte ihr hinterher, dann auf Martin Baumann.

»Wollen wir fortfahren oder möchten Sie auf Ihre Eltern warten?«

»Ist schon gut, fragen Sie. Aber nochmals: Er hat von mir kein Geld erhalten. Wenn wir ausgegangen sind, gut, da habe ich manchmal die Rechnung beglichen. In der Regel zahlte aber jeder die Hälfte. Darauf hatten wir uns von Beginn an geeinigt.«

Bircher hatte unbewegt zugehört, mit seinen Gedanken beschäftigt, blickte er zu Baumann. Ihm war etwas eingefallen.

»Herr Baumann, wollte Ihnen Böhme eigentlich nie in den Westen folgen? Wäre doch möglich gewesen, schließlich hat er sich doch hier nie so richtig wohlgefühlt. In seinem Beruf ging es, aus welchen Gründen auch immer, nicht voran. Familie hat er auch nicht. Da liegt diese Frage doch auf der Hand, oder nicht?«

Auf Baumanns Gesicht bildete sich plötzlich so etwas wie Nachdenklichkeit aus. Das Lächeln war verschwunden. Die Stirn kerbte nun eine kleine senkrechte Falte. Wie ein Angler, der seinen Köder nicht aus dem Auge lässt, blickte Martin Baumann auf einen unsichtbaren Punkt im Raum. Aus den Tiefen seines Inneren schien einer Luftblase gleich langsam eine Erinnerung emporzusteigen. Bircher hatte die Veränderung bemerkt und wartete ab. Inmitten der Stille öffnete sich die Tür und der Professor tauchte auf, zum ersten Mal ohne Zigarre, wie Bircher bemerkte. Gleich hinter ihm lächelte die Gattin. Über die Schulter ihres Mannes warf sie Bircher einen kurzen Blick zu. Alles so weit in Ordnung, schien sie ihm mitzuteilen. Alle saßen wieder um den Tisch und beobachteten den jungen Baumann. Es herrschte eine angespannte Stille. Man könnte meinen, eine Runde Wettbesessener verfolgte Martin beim Auslosen der Lottozahlen. Der Hausherr hatte seine Hände ineinander verschränkt auf die Tischplatte gelegt, die ruhige Rechte bedeckte die zitternde Linke. Wie um sie zur Ruhe zu ermahnen, blickte er auf seine Finger. Die Gattin bewahrte ihre gefasste Haltung. Über die Jahre und mit jedem weiteren Kind hatte sie sich gewissermaßen einen immer dichteren Ölmantel umgelegt, aufkommende Wellen perlten an ihm ab. Das Ehepaar hatte offenbar draußen vor der Tür das Verhalten des Sohnes analysiert und war zum Schluss gekommen, dass da noch was in ihm schlummerte und man es besser ans Tageslicht brächte.

Schließlich räusperte sich der Professor, wie jemand der sich zu Wort melden möchte. Sein Sohn blickte leicht besorgt hinüber, während der Vater wie zum Auftakt einer Rede die Hände anhob.

»Martin, wir möchten, dass du weiterhin als Teil unserer Familie hier ein- und ausgehen kannst. Keine Tür in diesem Haus soll vor deiner Nase zugeschlagen werden.«

Bircher fiel dabei sofort Frau Nielen ein.

»Und das wird nur möglich sein, wenn dir unsere Organe, wie bisher, die Einreise in die Republik gestatten. Ich sage dir, sozusagen anstelle von Genossen Bircher, dass über deinem Haupt das Damoklesschwert des endgültigen Einreiseverbots schwebt. Wenn du heute nicht auf freiwilliger Basis über alles, was den Fall betreffen könnte, Auskunft erteilst, könnte es für dich der letzte Besuch gewesen sein.« Es hörte sich wie eine Predigt an, die er im Nachbarraum eingeübt hatte. Wie ein Anwalt, der nach seinem Plädoyer die Schöffen mustert, warf er Bircher einen vielsagenden Blick zu.

Bircher dachte an die politischen Direktiven seiner Vorgesetzten und deutete vorsichtig seine Zustimmung an. Martin Baumann hatte der Beitrag seines Vaters endgültig aus seiner Trance befreit. Er blickte in die Runde, wie um anzukündigen, dass er verstanden hätte und mit von der Partie sei. Er wirkte erleichtert wie nach Erteilung der Absolution, und auf sein Gesicht kehrte das gewohnte Lächeln zurück.

»Herr Bircher«, setzte er langsam an, »ich habe etwas zu erzählen, dass lange zurückliegt. So lange, dass ich glaubte, es vergessen zu haben. Bis vor einigen Minuten. Das müssen Sie mir so abnehmen. Also, es war 1965, vielleicht auch 1964, als sich Siegmund Böhme mit der Frage an mich wandte, ihm zu helfen, einen Bekannten aus der Republik zu schleusen.«

Als würde ein Wachhund anschlagen, ertönte ein lautes Knurren, das seinen Sohn augenblicklich verstummen ließ. Bircher legte seine Hand besänftigend auf des Professors Arm. Der musste sichtlich an sich halten, um nicht über seinen erwachsenen Sohn herzufallen.

»Also, es war folgendermaßen«, fuhr Martin Baumann nach einem abwägenden Blick auf seinen Vater fort. »Böhme hat mir nicht gesagt, wer sein Bekannter sei. Er hat ausdrücklich darauf bestanden, dass ich mich nicht persönlich an der …«, hier unterbrach er sich selbst erneut, »ja, also an der Republikflucht beteiligen müsste. Hätte ich auch nie getan. Aber und das ist aus heutiger Sicht eine Riesenblödheit gewesen, ich habe ihm zugesichert, mich mal umzusehen. Ich war jung und fasste das wie ein Abenteuerspiel auf.«

Wieder ertönte im Raum ein bedrohliches Knirschen und Ächzen. Frau Baumann betrachtete besorgt ihren Gatten, den wohl nur wenige Sätze von einem Kollaps trennten. Wie um ihn zu bitten, ein Mindestmaß an Verständnis aufzubringen, wandte sich sein Sohn mit flehentlichen Augen an ihn. Der Vater starrte auf seine verschränkten Hände, die sich unter der Unwucht der linken wie ein Blasebalg auf- und absenkten.

»Sie haben tatsächlich keine Ahnung, um wen es sich bei dem Republikflüchtigen handelte?«, vergewisserte sich nochmals Bircher.

»Nein, ich schwöre es.«

Der Vater ließ ein höhnisches Auflachen vernehmen.

»Und, wie ging es weiter?«, fragte Bircher, ohne Notiz von dem Professor zu nehmen.

»Ich habe mich um die Kontakte in Westberlin gekümmert. Ah ja, und das könnte der Punkt von vorhin sein, den Sie ansprachen, ich musste einem Mann in Westberlin eine Vorauszahlung machen. Ziemlich viel Geld, fünfzehntausend Westmark. Das wusste Böhme. Es war vereinbart, dass ich das Geld nach der Aktion zurückbekomme.«

»Idiot«, stöhnte der unglückliche Vater.

»Aber dann kam plötzlich alles anders. Böhme sagte kurz vor dem Termin mit der Begründung ab, sein Kumpel hätte es sich anders überlegt. Das war ein Hammer, denn ich hatte bereits gezahlt. Auf der anderen Seite war ich erleichtert, aus der Geschichte raus zu sein, es war mir alles etwas unheimlich, vor allem der Kontakt mit diesem Schlepper, dem ich das Geld geben musste. Der sollte die Person durch die Sektorengrenze schleusen. Mehr wurde mir nicht gesagt. Nun, der Schlepper hatte sein Geld und ich meine Schulden. Die Angelegenheit war insoweit erledigt. Bis auf die Schulden, die Böhme bei mir hatte.«

»Und die zahlt er nun bei Ihnen ab? Und gleichzeitig erhält er selbst zweihundert Mark monatlich? Das passt doch nicht zusammen«, bemerkte Bircher sachlich.

»Eben. Deshalb war ich auch so verwundert, als Sie das vorhin erzählten. Ich habe nämlich von ihm nie eine Mark bekommen. Nachdem die Sache gestorben war, flehte er mich an, mit der Rückzahlung zu warten, bis es ihm besser ginge. Dann wurde er wohl versetzt, nach Friedrichsfelde mit geringerem Gehalt, und zog aus dem Hochhaus aus. Er müsste sich neu einrichten, er sei pleite und so weiter. Also, ich hatte Mitleid mit ihm, na ja, und irgendwie vertraute ich ihm und wollte am liebsten nichts mehr von der Sache hören. Mein Geld verlange ich aber regelmäßig zurück, er meint dann, ich soll ihm vertrauen, das klappe bald.«

In der Küche breitete sich Schweigen aus. Bircher hatte einen Gedanken, der ihm so widersinnig erschien, dass er ihn zunächst in ein Hinterstübchen seines Hirns einschloss. Alle warteten auf ein Wort des Kommissars. Bircher war entschlossen, an diesem Punkt das Gespräch zu beenden. Er hatte es jetzt eilig, seine Hypothese zu prüfen. Was Martin Baumanns Aussichten auf weitere Einreisen in die Hauptstadt der Republik betraf, so wollte er sich dazu nicht äußern. Das war nicht sein Ressort. Baumanns Sohn hatte ein Alibi für die Tatzeit. Sollte sich seine Hypothese als richtig erweisen, könnte man die Akte Martin Baumann schließen.

Plötzlich durchbrach ein kleiner Hustenanfall des Professors die Stille. Birchers Blick kreuzte sich mit dem des Professors, und es schien ihm, als wollte der ihm ein Zeichen geben. Unschlüssig verharrte Bircher auf seinem Stuhl. War das nicht echt?, fragte er sich für einen Moment. Der Hausherr hüstelte noch einmal kurz, erhob sich und stellte fest, dass damit diese Angelegenheit wohl erledigt sei und sich sein Sohn verabschieden könne. Der hatte nur darauf gewartet, die Küche wortlos in Richtung Ausgang zu verlassen. Seine Mutter schritt ihm hinterher, als wollte sie sichergehen, dass ihr Sohn unversehrt den Fahrstuhl erreichte. Bircher schaute den beiden nach und wollte sich gerade ebenfalls verabschieden, als der Professor ihn anknurrte, es klang wie eine versteckte Anweisung:

»Haben Sie noch eine Minute Zeit für mich?«

»Ja, bitte«, antwortete Bircher und nahm erneut Platz.

»Nicht hier, lassen Sie uns in mein Arbeitszimmer gehen.«

Bircher nickte und folgte Herrn Baumann, der mit leicht durchgedrücktem Kreuz vor ihm den Korridor entlanglief, die Tür öffnete, Bircher eine Hand auf die Schulter legte und an sich vorbei in sein Arbeitszimmer schob. Nanu, dachte Bircher, welche zuvorkommende Geste, der will was von mir. Baumann fiel leicht seufzend in einen der Sessel, die Bircher vom ersten Gespräch nach dem Mord an Frau Thule in Erinnerung waren. Bircher nahm gegenüber Platz und blickte ihn fragend an.

»Also, da gibt es noch etwas, dass ich bisher nicht für erwähnenswert gehalten habe. Es liegt ähnlich lange zurück, wie die Dummheit meines Sohnes. Es betrifft«, Baumann versuchte seine Zigarre in Betrieb zu nehmen und schielte auf das wippende Feuerzeug in seiner Hand, »ja, es betrifft nämlich Frau Alt. Ich hatte einmal eine kurze Affäre mit der Dame.«

Er betonte das Wort Dame langsam, ohne eine Spur von Ironie und mit einem unerwartet warmen Unterton, den Bircher bisher so nicht von ihm vernommen hatte. Es klang, als würde er sich verpflichtet sehen, sie als eine ihm gleichzustellende Persönlichkeit zu beschreiben. Baumann neigte den Kopf nach vorn, sein Blick suchte Birchers Verständnis für diesen Fehltritt. Der nahm die Mitteilung ungerührt zur Kenntnis und wartete darauf, dass Baumann weitersprechen würde.

»Äh, es war sehr kurz, wir haben uns vielleicht dreimal bei ihr unter mir, äh, also unter unserer Wohnung, meine ich, getroffen. Das war es dann auch schon. Sie hatte einen Freund damals, den kannte ich aber nicht. Waren sozusagen zwei gleichzeitig ablaufende Seitensprünge. Haben das dann friedlich beendet. Wie gesagt, das war vor vielleicht fünfzehn Jahren. Meine Frau weiß nichts davon. Dabei sollte es auch bleiben. Hm, das ist eine unangenehme Situation, wenn nach dem Sohn nun auch noch der Vater ein Geständnis ablegen muss. So ist das, alles kommt ans Tageslicht, selbst wenn ein Beteiligter unter der Erde liegt.«

Professor Baumann schien die gewohnte Schnoddrigkeit zurückzugewinnen und legte sich aufatmend ins Polster zurück. Offenbar hatte Birchers gleichmütige Reaktion seine Sorgen, dass diese alte Geschichte ihn in irgendeiner Weise belasten könnte, zerstreut.

»Sie können sich nicht erinnern, wer dieser Freund gewesen war? Haben Sie ihn nie gesehen, hier im Haus?«

»Nein, Frau Alt ließ ihn nicht zu sich in die Wohnung. Sie fuhr zu ihm. Sie wollte wohl nicht von ihm überrascht werden. Das war ihre Art, immer alles unter ihrer Kontrolle zu haben. Dass sie mich reinließ, muss wohl daran gelegen haben, dass ich verheiratet war und sie und ich uns einig waren, dass es bei einem kurzen Abenteuer bleiben sollte. Von diesem Freund weiß ich wirklich nichts.«

»Dann belassen wir es dabei. Der Information zu diesem Freund müssen wir nachgehen. Ansonsten behandeln wir Ihr Privatleben vertraulich.«

Mit dem flüchtigen Gedanken, dass dem Haus ein gewisser

Hang zur Abwechslung anheftet, eilte Bircher zu seinem Wagen und telefonierte mit Manuela, um ihr mitzuteilen, wen sie für den nächsten Morgen vorzuladen hätte. Danach bat er sie zu klären, ob General Meier für ihn zu sprechen sei. Sie sollte sobald als möglich zurückrufen. Er würde im Auto warten.

Bircher sagte dem Fahrer, dass er ihn rufen solle, sobald sich Manuela meldete. Er stieg aus und spazierte gemächlich auf dem breiten Bürgersteig der Karl-Marx-Allee, vorbei an den Schaufensterauslagen des Schuhladens und des Kosmetikgeschäfts bis zum *Café Moskau*. Er drehte sich um und gab seinem Fahrer ein Zeichen, dass er in der Nähe bleiben solle. Der hatte sich vorsorglich an die Fahrertür gelehnt und beobachtete seinen Chef. Hinter ihm war die Fensterscheibe heruntergekurbelt, er wartete auf das Läuten des Funktelefons. Bircher winkte ihm nochmals kurz zu und überquerte die Schillingstraße. An der Ecke befand sich das Exquisitgeschäft für Damenmode *Madeleine*. Karolas Geburtstag nahte und wie immer geriet Bircher in Zeitnot. Vielleicht würde er etwas im Schaufenster sehen. Den Gehweg konnte er nicht verlassen, da er im Blickkontakt mit seinem Fahrer bleiben wollte. Birchers Augen schweiften über die ausgestellten Mäntel, Blusen und Röcke. Er sah keine Preisschilder, was die Auswahl erschwerte. Sein Blick blieb an einer weinroten Bluse hängen. Die war schlicht geschnitten, ohne Schnörkel, wie er es mochte, mit langen Ärmeln, einem kleinen aufgesetzten Kragen und einer durchgehenden Knopfleiste. Sieht auf den ersten Blick wie das Frackhemd eines Kapellmeisters aus, dachte er. Auf dem roten Stoff reihten sich gelbgolden gemusterte Knöpfe wie Sonnenblumen untereinander. Bircher fragte sich, warum ihn die Bluse plötzlich an die Trachtenfeste in seinem Dorf erinnerte. Vielleicht wegen der Knöpfe, oder waren es die kleinen Schulterklappen, die sie früher auf dem FDJ-Hemd trugen, in die die Mädchen bei Gelegenheit lässig ein Tuch steckten. Wie er vergeblich nach einem Preisschild Ausschau hielt, hörte er einen kurzen Pfiff, als würde jemand seinen Hund rufen. Es war das Signal seines Fahrers. Bircher hatte ihm einmal in ähnlicher Situation befohlen, einfach zu pfeifen, worauf ihn der Fahrer, wie nach einem schlechten Scherz, ungläubig ansah. Kann ja wohl nicht sein, dass er seinen Vorgesetzten herbeipfeift, schien sein Gesichtsausdruck zu sagen. Bircher hatte nur abgewinkt und gesagt: »Wie sonst, oder wollen wir uns etwa mit dem Martinshorn verständigen?«

Bircher drehte sich um und gab dem Fahrer ein kurzes Handzeichen. Der stand auf dem Bürgersteig, das Funktelefon im offenen Fenster haltend. Bircher eilte zum Auto und hörte Manuelas Stimme. Sie berichtete, dass alle Termine durchgestellt seien und der General auf seinen Anruf warten würde. Manuela gab ihm eine Telefonnummer durch. Bircher setzte sich ins Auto und rief Generalmajor Meier an. Der war sofort am Apparat. Bircher berichtete ihm in knappen Sätzen über die geplante Republikflucht im Jahr 1964. Er nannte den Namen und die Adresse der Person, die nach seiner Vermutung ausgeschleust werden sollte und erwähnte die Verwicklung von Böhme. Wir brauchen von den zuständigen Sicherheitsorganen Aktenauskünfte über die Personen, schloss er.

»Ich bemühe mich, ruf mich gegen neun abends zu Hause an!«, sagte Meier knapp.

»Ich habe die verdächtigte Person für morgen früh vorgeladen. Es eilt also«, antwortete Bircher.

»Ist das eine Spur zum Täter?«

»Sieht nicht direkt danach aus. Ist etwas komplizierter. Kann ich darüber bei der Lageberatung berichten?«

»In Ordnung, also bis heute Abend«, sprach Meier und legte auf. Bircher reichte das Funktelefon an seinen Fahrer. Es war achtzehn Uhr und noch Zeit, einige Mieter zu befragen, stellte er unlustig fest. Ihm schien es mitunter, als müsste er nach einem Kraftfahrer fahnden, der nachts das Hochhaus mit erhöhter Geschwindigkeit passiert hatte. Viele Mieter hatten irgendetwas gehört, jedoch niemand ein Auto, geschweige denn das Nummernschild gesehen. Bircher seufzte leicht: »Was bleibt uns übrig? Es wäre schlimm, würden wir etwas übersehen.«

Ihm fielen die Zahlenkombinationen seiner Frau ein. Demnach müsste man ab sofort die achte Etage überwachen. Aber wie? Es gab auf der kahlen Diele kein Versteck. Auf dem Dachgarten und vor dem Haus, aber wie lange kann die Wache dort unbemerkt bleiben? Eine Woche, einen Monat? Und danach? Wartet der Täter geduldig ab, bis die Wache abgezogen wird?

Man müsste sämtliche Eingänge rund um die Uhr konspirativ bewachen. Aber wie? Ganz abgesehen davon, dass es dafür kein grünes Licht gibt.

Bircher wandte sich dem Hochhaus zu, das stolz wie eine Kathedrale vor ihm emporragte, dahinter wie in einem Schlossgarten der sprudelnde Springbrunnen. Sein Blick glitt die Fensterfront hoch, hinauf zur achten Etage, wo sich der Dachgarten verbarg, dann weiter zu den obersten Etagen, wo sich die Hausfront, wie bei einem Kirchbau, verengte, weiter bis ans Ende, dem ehemaligen Kindercafé, auf der zwölften und dreizehnten Etage. Der verschlossene Bereich, den man sich nochmals genau ansehen sollte, kommentierte Bircher seinen visuellen Rundgang.

Ihm fielen wieder Karolas Geburtstag und die goldgelben Knöpfe ein. Er hielt kurz inne, unsicher, ob er schnell noch einmal zur *Madeleine* laufen sollte. Unter Zeitdruck wurde ihm das Einkaufen erst Recht zur Qual, da er sich ohnehin nur schwer entscheiden konnte. Er betrachtete jeden Kauf wie die Lösung eines Falls. Umtausch oder Rückgabe waren bei der HO ausgeschlossen, leider. Er blickte nochmals prüfend auf das Exquisitgeschäft und beschloss, sich die Bluse an einem anderen Tag anzusehen, schließlich wäre er noch einige Zeit in der Gegend. Jetzt würde er zunächst einmal die Familie Zolb aufsuchen. Herr Zolb war Kameramann beim Dokumentarfilmstudio. Der sollte, schon berufsbedingt, ein wachsames Auge haben, hoffte Bircher. Seine Frau war als Lektorin bei einem Verlag beschäftigt.

Auf Verdacht drückte er Jägers Klingelknopf in der Wechselsprechanlage, währenddessen er einen Blick auf das neue Schloss warf. Das Summen ertönte, klappt bei Jäger immer, dachte sich Bircher und stieß die gusseiserne Haustür auf. Er wollte die Zolbs mit seiner Aufwartung überraschen. Bircher bevorzugte den unangemeldeten Besuch. Er meinte, das sei für die Leute so etwas wie eine erste Prüfung und würde gleich ein wenig von ihrem Charakter preisgeben. Die Tür neben dem schmucklosen Schild »Zolb« wurde von einer jungen Frau geöffnet, hinter ihrem Rücken hörte Bircher einen Mann telefonieren.

»Sie wünschen?«, fragte die Frau mit einer dunklen Stimme, den Kopf leicht geneigt, als würde sie eine Ware prüfen.

»Entschuldigen Sie den unangemeldeten Besuch, ich bin Major Bircher und leite die Ermittlungen im Haus.«

»Sie müssen sich nicht entschuldigen, ist ja Ihre Pflicht«, entgegnete trocken Frau Zolb, die immer noch die Klinke in der Hand hielt.

»Darf ich für einen Moment hereinkommen?«

Frau Zolb nickte und gab ihm den Weg frei.

»Robert, kommst du mal!«, rief sie in die Wohnung.

Ein stattlicher Mann in Jeans und kariertem Hemd betrat die Diele und musterte Bircher aufmerksam.

»Das ist Major Bircher von der Mordkommission«, stellte sie Bircher vor.

Robert Zolb reichte ihm die Hand. Seine Frau stand wie unbeteiligt daneben. Mit dem Auftreten ihres Mannes hatte sie wie auf Knopfdruck die Gesprächsführung abgegeben.

»Ramona, machst du uns bitte einen Kaffee?«, bat er seine Frau, ohne Bircher zu fragen. Sie nickte nur und zog davon.

»Haben Sie etwas dagegen, wenn wir meiner Frau in die Küche folgen?«

»Nein, natürlich nicht«, antwortete Bircher, der eigentlich nach siebzehn Uhr Kaffee vermied.

Er stand etwas verlassen in der Küche, während Frau Zolb drei Becher griff, Kaffee einlöffelte und den Wasserkocher anstellte. Mokka, ist besonders stark, registrierte besorgt Bircher. Er schaute sich ein wenig um.

In der Küche befanden sich nicht die sonst üblichen Möbel. Es gab keine Schrankwand, keine handelsüblichen Tische und Stühle und auch keine Bilder mit Sonnenaufgang oder blühenden Kornfeldern. Stattdessen beherrschte ein Küchenschrank, wie man ihn häufig in alten Bauernhäusern vorfand, den Raum. Hinter den verglasten Fächern sah er blaues Geschirr. An der Front ließen sich mehrere Schübe erkennen. Der Korpus mit den einzelnen Glasfächern saß auf einem Unterschrank. Da der Unterschrank versetzt angebracht war, konnte man einen Teil seiner Auflage als Ablage oder Arbeitsfläche nutzen. Im unteren Teil des Schrankes befanden sich drei Türen. Alles war aus Nussbaum gefertigt, das Stück hinterließ auf Bircher den Eindruck eines Küchensekretärs, falls es so was gab. An der gegenüberliegenden Wand stand ein Vertiko, ebenfalls aus Nussbaum.

Ein runder alter Tisch mit fünf Stühlen und Lehnen aus Korbgeflecht bildete den Raummittelpunkt. Jedes Stück schien sorgfältig ausgewählt. Die Individualität der Bewohner sollte gewissermaßen auch in der Einrichtung ihren Ausdruck finden. Hier wohnten Menschen mit Abstand zum allgemeinen Standard, es herrschte ein gewisser Anspruch auf Unverwechselbarkeit.

»So, setzen Sie sich doch, bitte!«, riss ihn Frau Zolb aus seinen Betrachtungen und rief gleichzeitig in den Korridor: »Robert, kommst du, bitte!«

Sie saßen um den alten Tisch, jeder vor sich einen dampfenden Becher. Es sah aus wie bei einer gemütlichen Kaffeerunde.

»Was möchten Sie wissen?«, wandte sich Herr Zolb an Bircher.

Statt zu fragen, schilderte Bircher den Sachstand. Er erwähnte nicht die abgetrennten Finger. Irgendetwas, vielleicht die angespannt wirkende Nachdenklichkeit von Frau Zolb, die ihm gegenübersaß und ihn regungslos musterte, hielt ihn zurück. Ihr ebenmäßig geschnittenes Gesicht, umrahmt von halblangen rotbraunen Haaren, verriet keine Emotion. Ihre vollen Lippen öffneten sich nur, wenn sich ihr Arm zum Kaffeebecher senkte, ihre kräftigen Finger den Henkel umspannten und ihr schöner Mund vorsichtig etwas von dem heißen Kaffee aufnahm, um sich gleich darauf wieder zu schließen, wie auf einem Gemälde dem Betrachter regungslos zugewandt. Sie saß aufrecht am Tisch, ohne sich zu bewegen. Die schlanken Beine standen kerzengerade nebeneinander. Wie ein Mannequin, sagte sich Bircher. Unter dem Pony schimmerten graugrüne Augen. Manchmal überzog ein Hauch von spöttischem Glanz ihr Gesicht. Offensichtlich eine Person von eiserner Selbstbeherrschung, erzogen, ihre Gefühle zu verbergen. Das muss sehr viel Kraft kosten, sann Bircher für einen Augenblick.

»Hm, was mir als Kameramann, der sich mit Dramaturgie beschäftigt, sofort auffällt, ist der Ablauf. Zwei Personen, die scheinbar außer dem Geschlecht nichts verbindet, zwei Etagen, die außer einem Fahrstuhl und einer Treppe nichts verbindet, nur der Täter, der kann was mit den Personen verbinden. So interpretiere ich Ihre Worte. Es bleiben dem Mörder noch fünf Etagen bis zum Dachstuhl, gewissermaßen.«

»Hm, Robert«, seine Frau deutete ein spöttisches Lächeln an, »meinst du nicht, dass du gerade das Drehbuch zu einem Film entwirfst. Hier ist aber Wirklichkeit.«

»Ich denke, dass es kein Zufall ist, wenn in kurzem Abstand in unserem Haus zwei Frauen ermordet werden. Eine nicht mal alleinlebend, auf der vierten Etage. War ihm wohl das Risiko wert, warum auch immer«, sezierte er das Geschehen für sich.

Zum ersten Mal veränderte seine Frau leicht ihre Haltung, indem sie gleichzeitig beide Beine etwas nach links verschob.

»Willst du andeuten, dass nun die achte Etage an der Reihe wäre?«

Ihr Mann zuckte ratlos mit den Schultern. Bircher verfolgte ruhig das kleine Zwiegespräch. Als wollte Frau Zolb an Birchers Scharfsinn appellieren, wandte sie sich mit einem prüfenden Blick an ihn:

»Wie ist es möglich, dass der Mörder unbemerkt in das Haus gelangen konnte, schließlich musste er zwei Türen öffnen?«

Ihr Mann schüttelte wie nach einer überflüssigen Frage ungläubig den Kopf, unterdrückte jedoch einen Kommentar.

»Kann ich nicht sagen. Da gibt es verschiedene Erklärungen, würde jetzt nicht weiterführen. Also, wir wissen es noch nicht«, antwortete Bircher ausweichend.

Wieder schaltete sich Herr Zolb ein.

»Wissen Sie, bevor ich zum Studium an die Filmhochschule delegiert wurde, habe ich das Handwerk des Schlossers erlernt. Ihre Techniker werden Ihnen bestätigen, dass es ein Leichtes ist, die Schlösser zu knacken.«

In diesem Moment erschien zum ersten Mal so etwas wie eine Gefühlsregung auf dem Gesicht seiner schönen Gattin. Eine Mischung aus Angst und Verwunderung überzog ihr Gesicht wie einen Schatten. Herr Zolb nahm es nicht wahr und fuhr, ganz in seinem Element, fort:

»Bei uns in der Republik gibt es nur die sogenannten Kreuzbartschlösser, dreireihig. Manchmal gibt es auch vierreihige, die sind aber seltener. In unseren Türen befinden sich die dreireihigen. Diese Schlösser lassen sich auf Grund der ungünstigen Toleranzen sehr leicht mit einem sogenannten Kreuzbartpick manipulieren. Noch einfacher ist es, den Beschlag abzuschrauben, der wird immer von außen angebracht, also für jeden passenden Schraubenzieher zugänglich. Mehr als den braucht man nicht. Das Kreuzbartschloss wird nämlich im Einsteckschloss nur durch zwei Schrauben gehalten. Also, die schraubt man raus und schon liegt das komplette Kreuzbartschloss vor einem. Noch einmal rein mit dem Schraubenzieher, halbe Drehung und die Tür ist offen. Als Lehrlinge haben wir mal zum Spaß gewettet, ob man das in einer Minute schafft. Na ja, unser Nachbar, Herr Rund, könnte das bestätigen. Der würde es auch ruckzuck hinkriegen. Verstehen Sie mich richtig, das ist rein technisch gemeint.«

Seine Frau blickte regungslos in ihren Becher, als würde sie im Kaffeegrund die Schrauben ihres Schlosses sehen. Dann seufzte sie leicht und richtete ihre dunklen Augen fragend auf Bircher. Der pflichtete dem Gatten bei:

»Ihr Mann hat im Prinzip recht. Aber wir können nicht auf elf Etagen einbruchssichere Türen einsetzen, leider. Und selbst dann wären wir nicht völlig sicher.«

»Wollen Sie andeuten, dass er aus unserer Mitte kommen könnte?«, fragte Frau Zolb leise.

Bircher reagierte nicht, sondern blickte nur in die Runde.

»Sie haben doch wohl niemanden aus dem Haus im Blick, den Sie verdächtigen?«, hakte sie nach.

»Nein, natürlich nicht. Wie auch, bei fünfzig oder sechzig Mietparteien mit auserwählten Bürgern und bei dem Altersdurchschnitt«, antwortete Herr Zolb vielsagend anstelle Birchers.

Inzwischen schienen Frau Zolbs Gedanken irgendwo in die Ferne auf Reisen gegangen zu sein. Vielleicht dachte sie an ein schönes Haus, weit weg von hier, ohne Kreuzbartschloss. Wie eine schöne Muschel hatte sie sich in ihrer Schale eingeschlossen, sie wollte von dieser schrecklichen Welt nichts mehr hören. Wie sie schweigend vor ihren Kaffeepötten saßen, erinnerte sich Bircher plötzlich an eine der Fernsehsendungen von »Ein Kessel Buntes«. Es wurde gezeigt, wie ein Mann im lilafarbenen Sakko und grünen Hosen, der einen Pferdeschwanz trug, was in der Republik höchst selten vorkam, eine Frau, die in einem Bikini auf einem Tisch lag, hypnotisierte. Es war ein Höhepunkt der Veranstaltung. Die Kamera zoomte auf die Frau, die mit weit aufgerissenen, verklärten

Augen in die Kuppel des Theaters starrte. Vielleicht war sie bereits auf dem Weg ins Jenseits, vielleicht war sie aber auch noch unter den Gästen und erinnerte sich gelassen an den letzten Badeurlaub in Bulgarien. Egal was zutraf, der Hypnotiseur in grünen Hosen zog plötzlich mit einer weit ausholenden Armbewegung ruckartig den Tisch unter seinem Modell hinweg. Ein Aufstöhnen ging durch die Menge. Aber die Frau im Bikini, anstatt zu Boden zu stürzen, schwebte plötzlich schwerelos wie ein sowjetischer Kosmonaut über den Bühnenboden. Totenstille breitete sich aus. Wie ein Schlangenbeschwörer fixierte der Meister sein halbnackt im Raum ruhendes Flugobjekt. Dann wandte er abrupt den Blick ab, hob die Arme zum Himmel und drehte sich halb zum Publikum. In diesem Moment zoomte die Kamera in das Gesicht der Frau im Bikini. Auf der Leinwand sah das Publikum ihre Augen, die leer wie Glaskugeln nach oben gerichtet waren, den Mund umspielte ein verzücktes Lächeln. Sie wirkte wie eine durch Fäden gehaltene Puppe im Kasperletheater. Gleich darauf klatschte ihr Gebieter in die Hände und wie nach Beendigung einer Narkose wich die Starre aus ihrem Blick, als hätte sie einen langen Schlaf beendet. Ihre Glasaugen leuchteten auf wie zwei Glühbirnen, ein Ausdruck von Wohlbehagen überzog ihr Gesicht. Als würde sie vorsichtig aus einer Badewanne steigen, ließ sie ihre Füße auf den Boden gleiten. Einen Moment später stand sie mit erhobenen Armen vor dem Publikum, vollzog einen Knicks und hüpfte anmutig wie eine Fee aus dem Scheinwerferkegel in das Dunkle der Bühne.

Bircher musterte die abwesende Gastgeberin und fragte sich, ob sie es wohl bemerken würde, wenn man vor ihr den Tisch forttragen würde. Als hätte sie seine Gedanken erraten, zuckte sie wie unter einem Klaps leicht zusammen. Sie senkte ihre Augen auf Bircher und sagte mit einem zurückhaltenden Lächeln um die geschwungenen Lippen:

»Die Zahl sechs. Das ist die Zahl der Tage des Schöpfungswerkes. Ein Hinweis auf übermenschliche Kraft. Das Christusmonogramm Chrismon, geformt aus den griechischen Anfangsbuchstaben X oder Chi und dem P oder Rho, bildet ein sechsarmiges Zeichen, es symbolisiert die Macht Christi. Haben Sie, Herr Bircher, vielleicht irgendwelche Symbole am Tatort entdeckt?«

Ihr Mann blickte besorgt auf seine Frau, dann auf Bircher. Der hatte ruhig zugehört, wie abends bei seiner Frau.

»Entschuldige, Ramona, aber wie kommst du jetzt darauf? Was haben die Zahl Sechs und die Macht Christi mit dem Mordfall zu tun, hast du gerade ein christliches Buch zu lektorieren?«, meldete sich unwirsch ihr Gatte zu Wort.

Sie nahm seine Bemerkung nicht zur Kenntnis, ihr Blick ruhte weiterhin abwartend auf Bircher.

»Warum die sechs, Frau Zolb?«, fragte Bircher, wie um Zeit zu gewinnen, er ahnte bereits, woran sie dachte.

»Na, eine Tote auf der sechsten Etage, eine auf der achten und vielleicht noch eine auf der zehnten, macht zusammen vierundzwanzig, eine symbolische Zahl, bekanntermaßen«, rechnete sie nach, als würde sie einen Kassenbon prüfen.

»Willst du uns weismachen, dass der Mörder ein Zahlenfetischist ist, sich beim Töten an Zahlen abarbeitet? Liebling, wir sind hier nicht im Mittelalter oder bei einer spirituellen Veranstaltung. Der Mörder legt Frauen um, wahrscheinlich ein perverser, geistesgestörter Irrer, mit technischem Grundwissen«, fügte er in Erinnerung an seine Schlosserzeit hinzu.

»Ach, Sie werden es nicht glauben, selbst ich, der sich nur von Fakten und Beweisen leiten lassen darf, bin im Zusammenhang mit diesem Fall auf Zahlensymbolik gestoßen«, bemerkte Bircher, nicht ohne ein leichtes Lächeln an Frau Zolb zu senden.

»Allerdings hat Ihre Kombination, liebe Frau Zolb, einen traurigen Mangel. Sie haben die tote Frau Thule von der vierten Etage nicht berücksichtigt, Sie würden demnach auf achtundzwanzig kommen.«

Frau Zolb schüttelte ihre Mireille-Mathieu-Frisur, als würde sie ihren Unwillen über Frau Thule von der vierten ausdrücken. Bircher blickte um den Tisch und breitete als Zeichen seines Aufbruches die Arme leicht auseinander.

»Es war ein interessantes Gespräch. Sobald ich etwas Neues weiß, werde ich mich melden.«

Bevor die beiden zu einer Reaktion fähig waren, hatte Bircher sich erhoben und ihnen die Hand hingestreckt.

Bircher verließ das Haus und hörte gleich darauf einen vorsichtigen Pfeifton. Der Fahrer winkte. Bircher hatte noch Zeit für das Abendessen mit Karola, bevor er Generalmajor Meier anrufen musste. Auf dem Weg zum Auto hörte er Angler seinen Namen rufen. Er drehte sich um und sah, wie Angler ihm von der Haustür aus zuwinkte. Bircher dachte an die Wursttorte im Kühlschrank, blies leicht die Backen auf und postierte sich vor seinen Wagen.

»Entschuldige Karl, einen Moment. Ich komme gerade von Forns. Habe mir den Sohn Gerd nochmals vorgenommen.«

Bircher hob leicht die Augenbrauen. Er kannte die Verhörweise Anglers, die nicht immer seiner eigenen entsprach. Bircher legte Wert darauf, sich höflich und korrekt zu verhalten, egal wer vor ihm saß. Er pflegte zu sagen, dass Emotionen ein Zeichen von Schwäche seien und nur dem Beschuldigten helfen würden.

»Also, was gibt's Eiliges?«, forderte ihn Bircher auf.

»Ich habe mir nochmals alle Akten in Sachen Gerd Forn und Weltfestspiele 1973 bringen lassen. Also, bekanntlich ist das kubanische Mädchen nicht im Krankenhaus untersucht worden. Das entspricht der Aktenlage. Ich habe aber sicherheitshalber nochmals alle gynäkologischen Krankenhäuser in Berlin abgefragt. Es gibt keine Akte eines kubanischen Mädchens. Im Krankenhaus Friedrichshain bin ich selbst gewesen, rein zufällig, weil meine Frau sich dort vorstellen musste. Habe bei der Gelegenheit in der Frauenklinik nachgefragt. Wie erwartet, nichts. Meine Frau und ich waren schon draußen, da fuhr ein Krankenwagen mit Blaulicht vor. Ist ja ein berufsmäßiger Reflex, dass unsereins hinterherschaut. Der fuhr in die ambulante Rettungsstelle, die sich am Haupteingang befindet. Mir kam plötzlich ein Gedanke, total abwegig, dachte ich erst, aber wer weiß schon. Ich bin also dorthin und habe mit dem Leiter alle Unterlagen für den Zeitraum des Jugendfestivals geprüft. Und, Treffer, das Mädchen war tatsächlich in der Rettungsstelle. Nur für eine Stunde. Ich habe hier den Bericht, leichter Schockzustand, kein Zeichen von Vergewaltigung, aber Zeichen von Gewalt an den Oberschenkeln, leichte Schürfwunden und so weiter. Und dann kommt es, hier wörtlich: äußere Befunde am Hals, kleinere fleckförmige Hämatome, Würgemale und so weiter, ist doch merkwürdig?«

Angler hielt Bircher den Bericht hin, der sich nochmals die letzten Sätze durchlas.

»Hm, die Genossen haben anscheinend damals nicht sehr gründlich recherchiert«, sagte Bircher.

»Nun, nachdem die Kubaner die Sache unter dem Deckel halten wollten und das Mädchen nach Hause schickten, gab es keinen Grund für Ermittlungen.«

»Das bedeutet, dass auch keine Spuren aufgenommen worden sind, keine kriminaltechnischen oder gerichtsmedizinischen Untersuchungen durchgeführt und keine Zeugen gesucht worden sind. Keine korrekte Beweisaufnahme.«

»Stimmt, aber es kommt noch ein weiterer Aspekt hinzu. Ich habe anschließend die Genossen befragt, die damals für die Absicherung der Veranstaltung verantwortlich waren. Also den Stab. Die sind daraufhin die Akten über besondere Vorfälle durchgegangen. Merkwürdigerweise gab es damals einen zweiten ähnlichen Vorfall. Da handelte es sich um ein Mädchen aus der polnischen Delegation. Sie hatte sich bei ihrem Delegationsleiter über sexuelle Belästigungen beschwert. Der hat es dem Sicherungsdienst gemeldet, aber nur mündlich. Es wurde als Aktennotiz weitergereicht, bis es in den Akten landete.«

Angler reichte seinem Chef ein weiteres Schriftstück.

Der las den Text: »Am 7. August 1973 bat mich der Delegationsleiter der Gruppe der Delegierten der Volksrepublik Polen, der Genosse Jasulawski, um ein vertrauliches Gespräch. Im Verlauf der Unterhaltung berichtete mir der Genosse über den Versuch eines tätlichen Vergehens an dem Mitglied seiner Delegation, Hanna Galuwa.«

Dann folgte in gestelztem Bürokratendeutsch die Beschreibung einer »körperlichen Annäherung eines Mannes auf dem Weg zwischen Märchenbrunnen und Hans-Beimler-Straße, als das Mädchen den Park am Friedrichshain verlassen wollte.«

Bircher entnahm dem Bericht, dass der Angriff bei Einbruch der Dämmerung erfolgte. Der Täter näherte sich von hinten. Das Mädchen konnte deshalb den Angreifer nicht beschreiben. Vermutliche Größe, um eins achtzig. Er versuchte, sie ins Gebüsch zu zerren, wobei er sie mit beiden Händen am Hals packte. Sie konnte sich befreien, als Stimmen zu hören waren, worauf der Täter flüchtete. Das Mädchen hatte leichte Würgemerkmale am Hals. Schockiert von den Ereignissen, holten ihre Eltern sie am folgenden Tag ab. Die Ermittlungen wurden nach einigen Wochen erfolglos eingestellt.

Bircher klappte den Ordner zu und reichte ihn Angler.

»Gerd Forn ist um die eins achtzig«, bemerkte er trocken, »das ist aber auch alles, was auf ihn hinweist. Und auf einige andere tausend Jungen. So, und was sagte dir Gerd Forn?«

»Zunächst war er mal allein, ohne seinen schützenden Vater«, begann Angler forsch, »und wie üblich verstockt. Ich habe ihn nochmals nach seinem Alibi gefragt, er wiederholte seine frühere Aussage. Allerdings bestand er auf der Richtigstellung der Pausenzeiten. Sie betrugen zu keiner Zeit mehr als fünf Minuten. Sonst hätte er die Endhaltestelle nicht pünktlich erreicht und die festgelegten An- und Abfahrtszeiten an den Haltestellen nicht einhalten können. Na ja, bis auf die Endhaltestelle. Da gab es bis zur nächsten Tour eine Pause von etwa fünfzehn Minuten. Er war in dieser Zeit allein.«

Mit einem Handzeichen unterbrach Bircher seinen Kollegen.

»Diese Zeit reicht für die Tat nicht aus. Das konnte er nicht schaffen. Hat Schmidter anhand der Streckenführung geprüft.«

Angler zog etwas herablassend die Mundwinkel nach unten, als wollte er seine Zweifel zum Ausdruck bringen.

»Egal, ich habe ihn nochmals eindringlich nach den Weltfestspielen, nach seinen damaligen Erlebnissen und seinem Privatleben befragt.«

Bircher stutzte einen Moment.

»Auf meine Frage nach einer Freundin wurde er regelrecht aggressiv. Der war nicht wiederzuerkennen. Hätte nicht viel gefehlt und er wäre über mich hergefallen. Leider kam in diesem Moment sein Vater nach Hause. Ich habe die Unterredung abgebrochen, aber nur vorläufig. Das habe ich ihm unmissverständlich klargemacht.«

Bircher nickte nur und schwieg. Um Forn als Täter zu verdächtigen, müsste sein Alibi erschüttert werden. Schmidter hatte mit der ihm eigenen Akribie sämtliche Fahrtenbücher überprüft und alle Pausenzeiten rekonstruiert. Er war sogar spätabends in den Bus gestiegen und hatte die Strecke als Fahrgast absolviert. Forn stand nach jeder Streckenrunde eine Pause von zehn bis fünfzehn Minuten zu. In einer Liste hatte Schmidter alle Pausen eingetragen und mit den Tatzeiten verglichen, die bei beiden Fällen zwischen zwei und drei Uhr früh lagen. Tatsächlich fielen die Pausen in dieses Zeitfenster. Aber wie sollte er innerhalb von fünfzehn Minuten einen Mord im Hochhaus verüben, etwa zwei Kilometer entfernt von seiner Endhaltestelle? Selbst wenn er alle Schlüssel besessen hätte, erschien das höchst unwahrscheinlich.

»Na ja, Philipp, du kennst ja das Ergebnis von Schmidters Fahranalysen. Schwer, sich vorzustellen, wie er das innerhalb von zehn oder auch fünfzehn Minuten schaffen sollte. Vom Ostbahnhof ins Hochhaus braucht er etwa vier Minuten. Hat er eigentlich ein Fahrzeug? Fahrstuhl hoch, dreißig bis sechzig Sekunden. Mindestens eine Minute für den Abbau der Abdeckplatte, dann Sekunden für das Knacken des Kreuzbartschlosses, eine Minute für den Rückbau der Abdeckplatte nach der Tat. Die Türen waren ja unversehrt. Zurück zu seinem Bus, noch mal vier Minuten. Bleibt für die Vollstreckung des Mordes eine Minute. Hätten die Opfer praktisch hinter der Tür auf ihren Tod warten müssen. So sieht das aus«, referierte Bircher tonlos.

»Hm, mag sein. Kreuzbartschloss? Was ist das?«

»Habe ich gerade von Herrn Zolb auf der neunten Etage gelernt. Der hat Schlosser gelernt und mich aufgeklärt. Hätten uns auch unsere Kriminaltechniker sagen können, dass man die Türen im Haus so einfach und schnell öffnen kann«, brummte Bircher leidenschaftslos und öffnete die Autotür, um einzusteigen.

»Willst du ein Stück mit?«, wandte er sich im Bücken an Angler.

»Nee, ich gehe zurück. Besuche noch Familie Raiher, bis morgen dann!«, verabschiedete sich Angler.

Herr und Frau Bircher saßen vor dem Fernseher und verfolgten die »Aktuelle Kamera«. Es kam nicht häufig vor, dass sie zu dieser Zeit zusammen waren. Der Nachrichtensprecher berichtete von den Erfolgen bei der Verwirklichung des sozialistischen Wohnungsbauprogramms, der Erfüllung und gezielten Überbietung der Planziffern im Braunkohleabbau, der Zurückweisung der feindlichen Propaganda im Zusammenhang mit der Suche nach den Handlangern eines Anschlages auf die Grenzsicherungsanlagen in Treptow, den Erfolgen unserer Leichtathleten bei den Halleneuropameisterschaften in Helsinki, dem Empfang des neuen Botschafters der Mongolischen Volksrepublik durch den Vorsitzenden des Staatsrates und Generalsekretärs sowie von der Einweihung eines neuen Braunkohlegroßraumbaggers. Karola hörte ein vertrautes leichtes Schnarchen an ihrer Seite. Wie üblich schlief ihr Mann vor dem Bildschirm ein, ziemlich unabhängig vom Programm. Er meinte dazu nur, dass es sich nicht lohne, wach zu bleiben, er würde es lieber in der Zeitung lesen. Eine Ausnahme war, merkwürdigerweise, die Übertragung der Veranstaltung »Ein Kessel Buntes« aus dem Friedrichstadtpalast. Selbst Karola konnte nicht ergründen, was daran ihn wach hielt. Vielleicht die Witze der Drei Dialektiker, über die er sich wie ein Kind freute.

Das Schrillen des Telefons schreckte ihn aus seinem Schlummer.

»Karola, wie spät ist es denn?«

»Gleich acht.«

»Hm«, murmelte Bircher, er sah gerade noch die blonde Ansagerin aus dem Bildschirm verschwinden. Er kannte sie von den Interviews mit dem Tierparkdirektor aus Friedrichsfelde, dem kleinen dicklichen Sachsen.

Er schlurfte zum Telefon. Es war Meier. Er müsse gleich zu einer Veranstaltung und wolle ihm nur mitteilen, dass es keine Akte gebe, weder vor noch nach 1961.

Bircher hörte Meier zu, ohne ein Wort zu verlieren. Sie verabschiedeten sich und Bircher kehrte nachdenklich zum Sofa zurück.

»Kannst du weiterschlafen«, lächelte ihm Karola zu.

»Habe ich etwas verpasst von der Welt?«

»Tja, eher nicht.«

»Na, siehst du. Sobald ich schlafe, kehrt Ruhe ein«, sagte er grinsend, »ich gehe ins Bett und lese.«

14

Es war kurz vor neun Uhr. Bircher und Angler saßen im Vernehmungsraum und tauschten die letzten Informationen aus. Die Wache am Eingang war angewiesen, Böhme hochzuschicken.

Die Verbindungstür zu Birchers Büro öffnete sich leicht und Manuelas rotbrauner Wuschelkopf erschien.

»Böhme ist da«, flüsterte sie in verschwörerischem Ton.

»Ja, gut, schick ihn rein und nimm danach dort Platz. Du schreibst das Protokoll.«

Augenblicklich stolzierte sie mit strammen Schritten zur Tür.

»Sie möchten bitte eintreten!«, trompetete sie wie eine Arztschwester, die den nächsten Patienten aufruft, in den Korridor und trat zur Seite.

Böhme schob sich in den Raum, den Oberkörper leicht nach vorn gebeugt, wie um sich vor einem Angriff zu ducken. Auf dem blassen Gesicht lag sein gewohntes hintergründiges Grinsen. Er nickte wortlos in die Runde und blickte unschlüssig zu Bircher. Der wies mit einer Hand auf den freien Stuhl. Leicht schnaubend ließ er sich auf den Stuhl fallen.

»Guten Morgen, Herr Böhme, wir haben Sie noch mal zu uns gebeten, um mit Ihnen einige offen gebliebenen Fragen zu erörtern.«

Böhme blickte an Bircher vorbei auf die gegenüberliegende Wand, als hinge dort ein schiefes Bild, das er nicht mochte.

»Entschuldigen Sie, Herr Bircher, wissen Sie eigentlich, in welche Lage Sie mich bringen, wenn Sie mich laufend hierher zitieren? Ich kann niemandem weismachen, dass ich jede Woche zum Arzt muss. Und überhaupt, es gibt doch nichts zu klären, was mich und die Morde betrifft.«

Bircher hatte ihm mit einer energischen Handbewegung – es schien, als würde er ein Holzscheit spalten – das Wort abgeschnitten.

»Also, erstens: Die Fragen stellen wir hier. Zweitens: Niemand hat behauptet, dass Sie unter Mordverdacht stehen. Drittens: Die Herkunft Ihrer Kontoeingänge wollten Sie nicht offenlegen. Sie verwiesen auf einen Westberliner Bürger. Es besteht der Eingangsverdacht auf Devisenschmuggel. Viertens: Mit Ihrer Arbeitsstelle haben wir gesprochen.«

»Was, warum denn das? Sieht ja aus, als stünde ich unter Verdacht!«, rief Böhme in den Raum.

Bircher runzelte leicht die Stirn. Er mochte keine lauten Stimmen.

»Ja, tatsächlich verdächtigen wir Sie der Unterschlagung von Informationen und der Falschaussage. Also, ich wiederhole meine Frage vom letzten Gespräch: Wo stammen die monatlichen zweihundert Mark her?«

Böhme schnaufte empört und richtete seine Augen erneut auf die Wand hinter Bircher. Offenbar war ihm in der Kürze der Zeit keine plausible Erklärung eingefallen.

Bircher fuhr fort.

»Wir haben uns kürzlich mit dem Ehepaar Baumann unterhalten, im Beisein von Martin Baumann. Der junge Baumann hat zu Protokoll gegeben, dass Sie ihn im Jahr 1965 gebeten haben, bei der Vorbereitung einer Republikflucht mitzuwirken. Er musste dafür im Voraus eine Menge Geld an die Schleuserbande zahlen, sozusagen Vorkasse.«

Böhmes Gesichtsfarbe wechselte von der Leichenblässe in die eines roten Flickenteppichs, der sich vom Hals aufwärts zur Stirn ausbreitete. Gleichzeitig perlten wie an einer Fensterscheibe im Regen winzige Schweißtropfen über seine Stirn. Man konnte meinen, ihn hätte ein überraschender Fieberschub heimgesucht.

»Möchten Sie, dass wir etwas frische Luft hineinlassen?«, fragte Angler mit teilnahmsloser Stimme.

Böhme reagierte nicht. Es war ersichtlich, dass seine Gedanken wie ein Schwarm Heuschrecken durch die Gehirnwindungen rasten.

Unbeweglich musterten Bircher und Angler ihren Gast. Wie zwei Partner bei einer Skatrunde schienen sie darauf zu warten, ihren nächsten Trumpf auszuspielen. Böhme richtete sich schließlich leicht auf und warf erst Bircher, dann Angler einen feindseligen Blick zu.

»Selbst wenn es so wäre, ist das ja wohl verjährt!«, stieß er mit halboffenem Mund heraus.

»Antworten Sie: Haben Sie Geld erhalten, sozusagen eine Vermittlungsgebühr für Ihre Dienste als Kontaktperson zu Schleuserbanden der BRD?«

Angler hatte sich leicht über den Tisch gebeugt.

»Nein, ich habe von Bürgern der Bundesrepublik kein Geld genommen.«

»So, dann nehmen wir diese Aussage ins Protokoll«, nickte Bircher Manuela zu, »und kommen zur nächsten Frage. Wem sollten Sie zur Flucht verhelfen?«

»Weiß ich nicht. Ich wurde von mir unbekannten Leuten aus der Republik, dem Dialekt nach aus Sachsen, angesprochen. Glaube, das war in der *Haifischbar*. Die wollten mir nicht sagen, für wen sie eigentlich arbeiteten. Das Geld war für die Flucht der Person bestimmt, für die sie arbeiteten, und sollte später bei Martin landen. Von irgendwoher wussten die von meiner Freundschaft zu Martin.«

»Aha, so war das also!«, sagte mit versteinerter Miene Bircher.

Böhme nickte, als hätte ihn dieses Geständnis von einer Last befreit.

»Und die haben Ihnen also dann mal einfach so den Batzen Geld gegeben?«

»Ja. Und ich würde sie nie wiedersehen. Ihre Namen haben Sie mir nicht genannt.«

»Und dann haben Sie das Geld auf Ihr eigenes Konto eingezahlt, sozusagen scheibchenweise.«

»Na ja, zu Hause sollte es nicht rumliegen«, wich er aus.

Bircher ließ es dabei bewenden. Angler lächelte herablassend. Sein Gesicht verriet deutlich, was er von dem Mann hielt. Er sagte:

»So, so. Unbekannte Leute geben Ihnen Geld für eine Leistung, die Sie erst noch organisieren sollen, eigentlich nicht Sie, sondern Baumanns Schlepperkolonne. Aber anstatt das Geld an

Baumann weiterzuleiten, stecken Sie es sich ein und vermitteln ihm danach den Auftrag aus Sachsen, ist es so?«

»Hm, nicht ganz. Die ganze Sache wurde kurz darauf abgeblasen, von den Sachsen«, presste Böhme heraus.

»Und Baumann wusste nicht, um wen es sich bei dem potenziellen Republikflüchtigen handelte?«

»Nein, wollte er auch nicht wissen. Er hatte lediglich zum Westberliner Schleuser Kontakt.«

»So, so«, sagte Bircher.

»Dann erzählen wir Ihnen mal Herrn Baumanns Variante: Sie haben kurz vor dem geplanten Termin die Aktion abgeblasen. Weil derjenige, der türmen wollte, seine Meinung plötzlich geändert hatte. Stimmt es so weit?«

»Ja, habe es so ausgerichtet, wie es mir von den Sachsen mitgeteilt wurde.«

»Und Ihre sächsischen Auftraggeber wollten ihr Geld nicht zurück?«

»Schon, aber es war ja sozusagen schon rübergewechselt, habe ich denen gesagt. Erst drohten sie, na, da habe ich ihnen gesagt, sie könnten sich ja an die Volkspolizei wenden.«

Bei so viel Kaltschnäuzigkeit verschlug es selbst den Kommissaren für einen Augenblick die Sprache. Bircher nickte leicht, wie um auszudrücken, dass er ihm zuhöre, aber kein Wort glaube.

»Hm, Baumann sagte weiter aus, dass er Sie bat, ihm das Geld zurückzuerstatten, das er verauslagen musste. Sozusagen das Kopfgeld, das er an die Schlepper für den Fall einer Flucht gezahlt hatte. Ursprünglich war verabredet gewesen, dass er sich die Summe von den Geflüchteten abholt. Daraus wurde ja nun nichts. Das war sein Risiko bei der Sache. Sie können mir doch folgen, nicht wahr?«, fragte Bircher scheinbar teilnahmslos.

Böhme blickte misstrauisch in die Runde, ihm war offensichtlich nicht klar, worauf der Kommissar hinauswollte.

»Ich höre zu«, erwiderte vorsichtig Böhme.

»Nun, das Fluchtvorhaben war geplatzt. Die Westberliner Helfer hatten ihr Geld von Martin Baumann erhalten und dachten nicht daran, es zurückzuerstatten. Hatten es als Aufwand verbucht. Baumann saß in der Tinte, so, als hätte er jemandem ein Auto abgekauft, aber es nie erhalten. Kein Flüchtling, kein Geld. Da wandte er sich wieder an Sie, ihm das Geld zu besorgen. Sie, Herr Böhme, haben Ihrem Freund unter Tränen erklärt, dass Sie mittellos seien. Haben ihn um Aufschub gebeten. Nicht wahr?«, fragte Bircher.

Böhme nickte kurz. Es herrschte eine Ruhe wie im Kino vor der entscheidenden Szene.

»So, und nun erklären Sie uns mal, auch stellvertretend für Herrn Martin Baumann, warum Sie ihn belogen haben? Warum haben Sie Baumann das Märchen vom armen Kumpel aufgetischt, wo Sie doch von Ihren angeblichen Sachsen das Geld für die Weiterleitung an Martin Baumann erhalten hatten? Sie hatten alle ausgetrickst, Ihre angeblichen Auftraggeber aus Sachsen mit der Lüge, das Geld sei bereits nach Westberlin geflossen, Ihren Freund Baumann, dass Sie pleite seien und die Schleuserbande hatten Sie auch nicht am Halse, weil die durch Baumann bereits ausgezahlt worden waren.«

Böhme schwieg. Angler und Bircher warteten. Manuela hob den Kopf von ihrem Stenoblock. Es war halb zehn Uhr.

Bircher erhob sich und winkte Angler zu, ihm zu folgen.

»Sie warten hier, Herr Böhme.«

Die beiden verließen den Raum. Böhme blickte nachdenklich auf die Tür, hinter der sie verschwunden waren. Manuela hatte ihre Hände auf die blank polierte Tischplatte gesenkt und versuchte, ihren Text zu lesen. Sie wusste nicht, was die beiden da draußen berieten. Das schmerzte ein wenig, so wie man von einem Spiel ausgeschlossen wird. Sie saß still auf ihrem Stuhl und kam auf den Gedanken, dass Böhme sie als Geisel nehmen könnte. Was würde ich tun, wenn sich der fette Typ auf mich stürzt? Mich zwingt, ihm zu gehorchen? Werden die Leute eigentlich auf

Messer oder so was untersucht, wenn sie zu uns kommen? Na ja, ich könnte es mit diesem Tritt in den Unterleib versuchen. Das soll ja den stärksten Mann flachlegen. Der hier ist allerdings ziemlich dick, der große Bauch könnte stören, falls er sich zu schnell bückt. Dann steht, also hängt der im Weg. Und mit meinen kurzen Beinen müsste ich ja ziemlich nahe an den Typen herantreten und dann auch noch blitzschnell wie eine Japanerin zutreten. Mit welchem Bein eigentlich?

In diesem Moment öffnete sich die Tür, und die Kommissare traten in den Raum. Sie setzten sich und musterten Böhme wie jemanden, den sie eine Weile nicht gesehen hatten. Schließlich räusperte sich Angler.

»Sie könnten uns jetzt die Wahrheit sagen. Letzte Chance, also los!«

»Ich habe alles gesagt. Was soll ich denn noch sagen? Sie glauben mir ja nichts!«, raunzte Böhme.

»Dann werden wir Sie in Untersuchungshaft nehmen«, sagte Angler. Bircher schlug den Aktendeckel auf und hielt ihm einen Zettel mit Zahlenreihen vor die Augen.

»Ist das Ihre Handschrift?«

»Nein, ich bin kein Linkshänder.«

»Na also, es geht doch mit der Wahrheit«, sagte Angler.

»Das sind Einzahlungsbelege auf Ihr Konto, sehen Sie, jeweils zweihundert Mark. Ab 1965, welch zufälliges Zusammentreffen mit dem Fluchttermin. Kennen Sie die Handschrift auf den Belegen?«

Böhme starrte auf die Belege. Seine Halsadern schwollen an, als würden sie gleich platzen. Erneut begann er zu schwitzen, und sein Gesicht verfärbte sich wie der Himmel im Sonnenuntergang.

»Können Sie sich nicht erinnern? Na, dann wollen wir Ihnen mal auf die Sprünge helfen.«

Bircher griff den Telefonhörer neben sich und wählte drei Ziffern:

»Bringen Sie ihn bitte herein.«

Manuela hob den Kopf und blickte mit halb offenem Mund zur Tür. Es schien, als würde Sie sich jeden Moment die Hände vor das Gesicht halten müssen, so groß schien ihre Anspannung.

Im Türrahmen erschien ein uniformierter Polizist. Er schaute kurz in den Raum, erblickte Bircher, der ihm zunickte, worauf er sich halb drehte und einen stattlichen Mann in das Zimmer eintreten ließ.

Böhme wandte sich scheinbar gleichgültig halb zur Seite, um zu sehen, wer der da kommt. In diesem Moment sahen sich Böhme und der Eintretende direkt in die Augen. Fast gleichzeitig zuckten beide wie unter einem Peitschenhieb zusammen. Böhme drehte sich abrupt zur Seite und versuchte, Fassung zu wahren. In seinem schwammigen Gesicht mahlten die Kiefer wie Mühlräder in sumpfigem Untergrund. Er hatte den Mann so wenig erwartet wie die Aussagen Martin Baumanns. Es gab in diesem Moment keinen Zweifel, dass sich die beiden Männer erkannt hatten. Im Gesicht des hereinkommenden Mannes zuckten die Muskeln wie Blitze am Firmament. Sein rechter Unterkiefer bewegte sich ruckartig nach links und verschob dabei die Kinnpartie, als hätte die Gesichtshälfte ein mächtiger Faustschlag getroffen. Unwillkürlich führte der Mann seine linke Hand an die Wange, als müsste er einen Zahnschmerz lindern. Nach einer Weile ließ das Beben nach. Ihm war es halbwegs gelungen, seine Nervenbahnen in die Schranken zu verweisen. Jetzt konnte man auch seine Augen erkennen. Sie ruhten wie zwei Eiskristalle auf Böhme. In der Stille, die den Raum für ein oder zwei Minuten erfasst hatte, ertönte Birchers monotone Stimme.

»Guten Tag, Herr Fichtner, bitte setzen Sie sich zu uns!«

Bircher zog einen Stuhl an die Stirnseite des Tisches. Fichtner nahm neben Bircher Platz. Der ließ ihn nicht aus den Augen. Fichtner hatte seine kräftigen Hände unter dem Tisch auf die Knie gelegt. Bircher bemerkte, dass sie fast unmerklich zitterten. Ansonsten saß er da wie leblos. Sein Blick war nach unten gerichtet, als könnte er den Anblick Böhmes nicht ertragen. Der rang um seine Fassung und wäre am liebsten im Erdboden versunken. Bircher hatte genug gesehen. Fichtner verachtete Böhme abgrundtief. Das unerwartete Wiedersehen hatte geradezu Hasswellen ausgelöst, die sein Gesicht bis unter die Haarwurzel durchpflügten. Böhme ächzte leicht wie unter einem Joch, während Fichtner seine Hände betrachtete.

»Ich vermute, Herr Fichtner, dass Sie sich trotz der zwanzig Jahre, die seit Ihrem Auszug aus dem Hochhaus vergangen sind, wiedererkannt haben. Einem Dritten im Bunde verdanken wir dieses Zusammentreffen«, sagte Bircher teilnahmslos.

Böhme und Fichtner schwiegen.

»Herr Fichtner, möchten Sie nicht wissen, wer der Dritte ist?«, fragte Bircher ruhig.

Fichtner reagierte nicht, ihm reichte eine Überraschung. Angler schob wie bei einer gymnastischen Übung seine Schultern hin und her.

»Nun, es ist Herr Martin Baumann, Herrn Böhmes alter Kumpel aus Westberlin. Sagt Ihnen der Name etwas?«

»Nein, nie gehört«, antwortete Fichtner in abweisendem Ton.

»Tja, also Herr Böhme hat gerade zu Protokoll gegeben, dass er sich 1965 einer Westberliner Schleuserbande andiente, in Zusammenarbeit mit dem Bürger der BRD, Herrn Martin Baumann. Dieser verhandelte auf Ersuchen des Herrn Böhme mit den Schleppern der Bande. Die willigten ein, die illegale Flucht gegen Vorauszahlung des üblichen Honorars zu organisieren. Herr Baumann streckte den Betrag vor, im Glauben, das Geld von den Republikflüchtigen, wenn sie in Westberlin sind, zurückerstattet zu bekommen. So lautete die Verabredung zwischen den beiden Freunden.«

Wie um zu prüfen, ob seine Ausführungen bis dahin angekommen waren, lehnte sich Bircher für einen Moment zurück und musterte die beiden. Fichtner verzog nach wie vor keine Miene. Selbst die Kinnmuskulatur ruhte scheinbar entspannt in seinem Gesicht. Böhme dagegen schwitzte und sah merklich angegriffen aus.

»So weit, so klar«, fuhr Bircher fort, »plötzlich sagte Böhme das illegale Fluchtvorhaben ab. Seine Auftraggeber, angeblich Bürger aus Sachsen, hätten unerwartet ihren Plan aufgegeben. Das war insofern schlecht für Baumann, als er ja die Bande aus eigener Tasche ausgezahlt hatte. Das sagte er Böhme und bat darum, ihm das Geld zurückzuerstatten. Schließlich sei es nicht seine Schuld, dass die Aktion abgeblasen worden sei. Er kannte ja nicht einmal diese Sachsen. Herr Böhme jammerte und beteuerte, auf dem Schlauch zu stehen. Er könnte augenblicklich das Geld nicht auftreiben. Die Sachsen seien unauffindbar und er selbst so gut wie mittellos. Schuld daran trügen die Drangsalierungen der DDR-Organe, die ihm Beruf und Wohnung genommen hätten.«

Wieder schob Bircher eine Kunstpause ein. Er hatte auf Fichtners Gesicht die Andeutung eines Zuckens erkannt. Aha, dachte er sich und fuhr fort:

»Baumann gab, der guten Freundschaft wegen und wohl auch aus Dummheit, nach. Er sah bis heute keinen Pfennig von Herrn Böhme. Nun ein Sprung in dieses Jahr: Im Zuge unserer Mordermittlungen stießen wir auf das Konto des Herrn Böhme. Es fiel uns auf, dass seit 1965 auf sein Konto monatlich zweihundert Mark eingezahlt wurden. Wir fragten Herrn Böhme, wer denn der Spender sei«, Bircher wandte sich direkt an Fichtner, »aber leider versagte an dieser Stelle sein Gedächtnis. Und jetzt, Herr Fichtner, frage ich Sie, können Sie zu der Sache etwas sagen?«

Bircher hielt ihm die Unterlagen der Sparkasse vor die Augen, wobei er sich zur Seite drehte und Fichtner mit herabgezogenen Mundwinkeln und hochgezogenen Augenbrauen warnend ansah. Für einen Moment herrschte Totenstille.

Dann platzte es aus Fichtner wie aus einem geborstenen Wasserschlauch heraus: »Böhme, du Lump …!«

Bircher klopfte wie ein Lehrer, der um Ruhe bittet, leicht auf die Tischplatte und hob warnend die Hand. So abrupt, wie Fichtner zu fluchen begonnen hatte, verstummte er.

»Genug, Herr Fichtner! Erzählen Sie uns, was Sie wissen! Es reicht! Sie und Böhme haben uns belogen und die Ermittlungen unnötig aufgehalten. Wir nehmen Sie sonst beide wegen Beihilfe zur Republikflucht in Untersuchungshaft. Da haben Sie Zeit, Ihr Gedächtnis aufzufrischen.«

Bircher blickte zu Angler, der aufgestanden war und wie ein Wachposten neben dem Tisch stand.

Fichtners Kiefer zuckte, als müsste er etwas Widerliches ausspucken. Dann begann er zu sprechen:

»Böhme lügt. Es gibt keine Sachsen, die abhauen wollten. Ich hatte ihn um Fluchthilfe gebeten, weil ich wusste, dass er Kontakte zum Westen hatte. Ich meine, über Martin Baumann, den ich für anständig genug hielt, mich nicht zu betrügen. Kurz vor dem Termin habe ich anders entschieden und zwar wegen meiner Tochter. Wie Sie wissen«, hier wandte er sich an Bircher, »litt sie an einer schweren Herzkrankheit. Die Ärzte hatten mich mehrfach darauf hingewiesen, starke Aufregungen von ihr fernzuhalten. Ich war anfangs von der Idee beseelt, alles hinter mir zu lassen. Den frühen Tod meiner Frau, die Probleme auf der Arbeit, die Isolation, in der ich lebte. Ich hatte auch auf eine bessere medizinische Behandlung meiner Tochter gehofft. Die Risiken hatte ich verdrängt. Als der Zeitpunkt näherrückte, wurde mir allmählich bewusst, dass ich das meiner kleinen Tochter nicht zumuten durfte. Ich habe also eines Tages Böhme gesagt, dass er alles abblasen soll. Einige Tage später kam er zu mir mit der Mitteilung, dass er die Fluchthelfer bezahlt hätte. Ich solle ihm deshalb einundzwanzigtausend Ostmark geben, damit er seine Schulden bei Baumann begleichen könne. Anderenfalls, so drohte er, würde er mich anzeigen. Ihm könne ja nichts passieren, da er nicht abhauen wollte, von meinem Plan hingegen wüssten einige Leute. Ich habe also gezahlt, jeden Monat zweihundert Mark.«

Böhme lümmelte auf seinem Stuhl und grinste verächtlich, wie um ihm zu bedeuten, was er doch für ein Idiot sei.

»Haben Sie der Aussage von Herrn Fichtner etwas hinzuzufügen?«, fragte Angler im Rücken Böhmes.

»Nein.«

Bircher stand jetzt ebenfalls auf und ging zur Tür.

»Herr Böhme, Sie können gehen. Alles Weitere ist Sache der zuständigen Organe. Auf Wiedersehen.«

Bevor sich Böhme erhob, schielte er kurz zu Fichtner. Es war der Blick eines Mannes, der auf Rache sann. Angler hatte die Szene beobachtet. Er setzte sich zu Fichtner an den Tisch. Nachdem sich hinter Böhme die Tür geschlossen hatte, stellte sich Bircher in die Mitte des Raumes.

»Herr Fichtner, Sie werden vermutlich ungeschoren davonkommen. Weder Baumann noch Böhme können Sie wirklich belasten und wir haben keine Beweise. Ich habe noch eine letzte Frage: Wie kann man denn in Ihrer Situation monatlich zweihundert Mark aufbringen?«

»Ich bin Blutspender. Sonst ginge es nicht. Bekomme wöchentlich fünfzig Mark.«

»Aha. Lassen Sie uns mal rechnen!«, Bircher gab Angler ein Zeichen.

»Böhme hat sie mit der Rückzahlung von einundzwanzigtausend Mark erpresst. Das bedeutet, äh, wenn wir die Summe durch zweihundert teilen, dann, Moment mal!«, unterbrach er sich und suchte Anglers Blick.

»Klar, Sie müssten 8,75 Jahre lang monatlich zweihundert Mark zahlen. Die Zeit ist demnach seit mehr als einem Jahr rum, da Sie seit 1965 monatlich überweisen«, dozierte Angler, »warum haben Sie sein Konto bis Juli diesen Jahres weiter bedient?«

Für einen Augenblick huschte ein Hauch von Verwunderung über das Gesicht Fichtners, wie nach einem überraschenden Schachzug.

»Böhme verlangte plötzlich noch Zinsen, was sollte ich tun. Hauptsache, dass dann Schluss war!«, antwortete Fichtner.

»Tja, der hat Sie aufs Kreuz gelegt!«, schloss Angler seinen Teil ab.

Bircher war die ganze Zeit im Zimmer auf und ab gegangen. Er hatte während des Gesprächs einige Male abwesend genickt. In seinem Schädel rumorte etwas, als würde irgendwo in seinem Hirn jemand an den Windungen, aus denen sich die Spirale des Zweifels aufbaut, drehen, wie um die Festigkeit des Materials zu prüfen. Er konnte sich von dem Eindruck nicht befreien, dass an dem, was er gerade gehört hatte, etwas brüchig war. Wie jemand, dem eine Telefonnummer nicht einfallen will, seufzte er schließlich leise und kehrte zum Tisch zurück.

»Herr Fichtner, Sie haben uns angelogen. Auf meine Frage zu Ihrem Verhältnis zu Böhme verneinten Sie jeden Kontakt«, Bircher blätterte in den Akten, »hier ist das Zitat: ›… habe ihn nie wiedersehen müssen‹. Warum sagten Sie nicht die Wahrheit? Dafür schulden Sie uns eine Erklärung.«

Fichtner neigte den Kopf.

»Also, das ist doch naheliegend, dass ich mich nicht wegen eines blödsinnigen Vorfalls vor zehn Jahren selbst anzeigen werde. Republikflucht, auch nur eine versuchte, ist ja eine Straftat. Böhme hätte doch alles abgestritten und mich belastet. Konnte ja nicht ahnen, dass Herr Baumann seinen guten Freund Böhme auffliegen lässt.«

Birchers Augen ruhten unbewegt auf Fichtner, dann nahm er seine schwere Hornbrille ab, blickte in die Gläser, wie um zu prüfen, ob sie korrekt im Rahmen sitzen, und setzte sie sich schließlich wieder auf.

»Hast du noch Fragen?«, wandte er sich an Angler, der verneinend den Kopf schüttelte.

»Dann können Sie gehen. Auf Wiedersehen, Herr Fichtner.

Sie werden noch einmal herkommen müssen, um das Protokoll zu unterschreiben.«

Fichtner erhob sich und verließ mit einem kurzen Nicken wortlos das Zimmer.

Als Fichtner und Böhme das Zimmer verlassen hatten, stöhnte Manuela leicht auf. Als hätten sie ihre Anwesenheit vergessen, drehten sich Bircher und Angler überrascht zu ihr.

»Ist was, Manuela?«, fragte Bircher.

»Nein, das war ja 'ne Veranstaltung. Musste mich wirklich sehr beherrschen, ruhig zu bleiben.«

»Tja, ist dir gelungen, haben deine Anwesenheit kaum bemerkt. Das war so bemerkenswert wie selten. Jetzt bis du befreit«, griente ihr Bircher zu.

Manuela griff ihren Stenoblock und stampfte achselzuckend aus dem Raum.

»So, was meinst du, stimmt das alles?«, fragte Angler mit leichtem Zweifel in der Stimme.

»Wird schon so sein, wenn Baumann nicht gelogen hat. Und seine Aussage ist glaubwürdig. Der hat Respekt vor dem Alten und Angst vor einem Einreiseverbot. Dann wäre er vom heimatlichen Brotkorb getrennt. Warum sollte er lügen?«

Angler schwieg und durchquerte mit langen Schritten den Raum, sich dabei den Nacken kraulend.

Sicherheitshalber müssen wir beim Blutspendedienst nachfragen, beschloss Bircher in Gedanken. Nach Fichtners Angaben müsste er dort seit zehn Jahren eine Art Dauergast sein. Ihm fiel die jung verstorbene Klaudia Fichtner ein. Auch sie war Spenderin. Daher also, sagte er sich. Alles so weit klar, was die Einzahlungen betrifft, aber weder von Böhme noch von Fichtner führt der Hauch einer Spur zu unserem Mörder. Bircher runzelte die Stirn, nahm die Brille ab und rieb sich die Nasenwurzel. Trotzdem, es blieb ein unbestimmter Zweifel, der an ihm nagte. Er kam einfach nicht darauf, was ihn an den Aussagen Böhmes irritierte.

»Nun setz dich doch mal, ist doch keine Zelle, die du hier abschreiten musst«, forderte Bircher genervt Angler auf, der wie aufgezogen den Raum durchschritt. Plötzlich erkannte Bircher, was ihn am Verhalten Böhmes störte. Sie hatten ihm die Beihilfe zur Republikflucht nachgewiesen, einen Straftatbestand. Er würde mit weiteren Vorladungen rechnen müssen. Die Angelegenheit würde seinem Betrieb mitgeteilt werden und seine Position im Institut weiter nachhaltig schwächen. Vielleicht würde es sogar zu einer Anklage kommen. Und trotz dieser für ihn höchst unangenehmen Situation blieb er merkwürdig gelassen. Sicher war er beim Aufeinandertreffen mit Fichtner zunächst schockiert, hatte sich dann aber ziemlich rasch in der Hand und ließ den Rest der Vernehmung gefasst über sich ergehen. So reagieren gewöhnlich Vorgeladene, die sich auf eine Befragung einstellen konnten, weil sie ahnen oder sogar wissen, was sie erwartet. Kaum vorstellbar, dass sich Fichtner, Böhme und Baumann so kurzfristig darauf verständigt hatten, ihnen ein grandioses Theater vorzuspielen. Nein, das war Unsinn. Hätten sie tatsächlich die Absicht der Ermittler erkannt und geplant, ihnen zuvorzukommen, wäre ein rasches Geständnis sinnvoller gewesen. Eher könnte Böhme noch mehr Dreck am Stecken haben und war daher erleichtert, als ihm bewusst wurde, dass dieser nicht hochgespült wurde.

»Also, Philipp, den Böhme werden wir nicht aus den Augen lassen. Ich werde das Gefühl nicht los, dass er einiges mehr vor uns verheimlicht. Kontrolliere bitte auch umgehend die Einnahmen Fichtners durch seine Blutspenden!«

»Ja, natürlich. Das mit den Zinsen kam mir merkwürdig vor. Seit wann nimmt man bei uns auf private Schulden Zinsen? Sicher, bei einer Bank, aber zwischen zwei Leuten. Und dann fällt das dem Böhme erst nach zehn Jahren ein?«

Bircher nickte zustimmend und beschloss, sich bei der Kaderleitung in Fichtners Betrieb umzuhören.

Mitte November, über der Hauptstadt der Republik und seinem westlichen Widerpart hingen drohende Wolken. Wie aus einer hoch oben hängenden Gießkanne berieselte grauer Regen die Stadt, vom rotierenden Café des Fernsehturms aus schien es, als würden sich unter dem Wasserschleier alle ostwestlichen Unterschiede auflösen. Dem Dach der gewaltigen Dunstglocke konnte niemand entweichen. Als würde der Himmel die sinnlos zerstrittenen Menschen an die höchste Instanz erinnern, senkte er eine Wolkendecke über ihre Häupter, wie um unter einer gemeinsamen Haube die Menschen zur Eintracht zu bewegen. Wenn man in diesen Tagen aus der Drehkuppel des Fernsehturms durch die beschlagenen Fenster blickte, konnte man meinen, aus der Luke eines Unterseeboots in trübes Gewässer zu starren. Das Leben musste sich zwar irgendwo da draußen abspielen, aber es hielt sich versteckt, dem Blick verborgen, wie ein Fischschwarm im schlammigen Untergrund.

Bircher stand spätnachmittags in seinem Büro und blickte in den Regen. Er hörte das Knattern der Zweitaktmotoren und das Aufpeitschen der Pfützen, wenn die Reifen sie durchpflügten. Geistesabwesend nahm Bircher wahr, wie die Lampen der Autos, bevor sie in den Tunnel unter dem Alexanderplatz eintauchten, scheinbar ferngesteuert aufleuchteten. Der Regendunst war inzwischen so stark, dass Bircher nur schemenhaft die Karosserieumrisse erkennen konnte, scheinbar körperlos verschwanden die Autos unter der Erde. In der Hand hielt er Anglers Bericht über die Besuche Fichtners im Blutspendedienst am Oskar-Ziethen-Krankenhaus in Berlin-Lichtenberg. Tatsächlich spendete Fichtner regelmäßig und hatte nach jeder Blutabnahme Kaffee, eine Bockwurst und fünfzig Mark erhalten. Das hätte gereicht, um Böhme zu bedienen. Fichtners Betrieb, der zu einem großen Wohnungsbaukombinat gehörte, bestätigte, was Bircher vermutete. Fichtner arbeitete dort seit zwanzig Jahren als Ingenieur ohne Leitungsfunktionen, wie es der Kaderleiter formulierte. Ein sehr zurückhaltend auftretender Mitarbeiter, fleißig, zuverlässig, unauffällig. Politisch nicht engagiert, Mitglied im FDGB und der DSF. Es war bekannt, dass er, nachdem seine Frau früh verstorben war, sehr zurückgezogen lebte. Der einzige Mensch, den er ab und an erwähnte, sei seine Tochter gewesen. Er wollte in Ruhe gelassen werden. Niemand wusste, was er in seiner Freizeit unternahm, außer dass er regelmäßig zum Blutspenden ging. Bei Brigadefeiern entschuldigte er sich, aus seinem Kegelklub war er ausgetreten. Also nichts Neues.

Bircher war seit einigen Tagen von einer nagenden Unruhe ergriffen worden. Es fehlten brauchbare Informationen, um die Ermittlungen gezielter voranzutreiben. Manchmal erwischte er sich bei dem abwegigen Gedanken, der Täter möge es doch nochmals versuchen und dabei den entscheidenden Fehler begehen. Absurde Vorstellung, aber leider nicht ganz grundlos.

Die Ermittlungen steckten in einer Sackgasse. Die Kommissare irrten umher, wie Wanderer in der Wüste auf der Suche nach einem Brunnen. Es würde brenzlig werden, wenn sie nicht bald etwas Brauchbares fänden, darüber waren sich alle im Klaren. Inzwischen hatte Meier angedeutet, Bircher weitere Genossen zur Seite stellen zu wollen. Eine Umschreibung dafür, dass er begann, am Erfolg zu zweifeln. Oder eine Maßnahme, um Entschlossenheit nach oben zu demonstrieren. Böhme wurde beobachtet, ohne auffällig geworden zu sein. Bircher hatte auf eigene Faust einen Wachposten für die Zeit zwischen Mitternacht und fünf Uhr früh in das Hochhaus abkommandiert. Er hatte ihm eingeschärft, regelmäßig die achte Etage zu überprüfen. Gerd Forn wurde mehrfach zu den Ereignissen während der Weltfestspiele befragt. Man hatte sogar mit den Genossen in Polen und Kuba Kontakt aufgenommen und sie gebeten, die vermeintlichen Opfer der Attacken nochmals wegen einer Täterbeschreibung zu befragen. Bis heute waren keine Ergebnisse in Berlin eingetroffen. Auch Herr Battes wurde beobachtet. Ein merkwürdiger Kauz, der die Wohnung nach Feierabend nie verließ. Nur seine Tochter besuchte ihn regelmäßig, meistens mit einer Einkaufstüte in der Hand. Wahrscheinlich saß er allein in seinem Zimmer, starrte auf die Globen, sah die Länder, in die seine verschwundene Frau ihn hätte begleiten sollen, und sann auf Rache.

Die eigenwillige Gattin wurde auch befragt. Sie gab zu Protokoll, dass ihr die Ehe zunehmend wie ein Versteck vorgekommen sei. Freilich, ab und an wurde sie mit auf eine Reise genommen, wie ein Reisewecker, den man benötigt. Gesprochen habe ihr Mann wenig. Irgendwann kam sie sich wie eine Fernsehröhre vor, die jeden Abend angeknipst wird, damit sich der andere im Zimmer nicht allein fühlt. Da habe sie dann eines Tages beschlossen, dass es reicht, was soll sie hier, sie wollte gehen, sollte ihr Mann doch mit sich selbst reden und seine Reiseprospekte studieren. Gespräche wären ohnehin sinnlos. Wer spricht schon mit einem Fernsehbild?

Bircher traute Böhme nicht, auch wenn nichts Neues gegen ihn vorlag. Wie erwartet wurde er nicht mehr mit Martin Baumann gesehen, der seit Wochen nicht eingereist war. Wie würde wohl Frau Nielen auf seine Abwesenheit reagieren? Meier hatte auf die Frage, ob Baumann die Grenze passieren dürfe, nur mit den Achseln gezuckt und die Augenbrauen hochgezogen. Das wäre wohl nicht seine Sache, schien er sagen zu wollen. Bircher war es egal, da Baumann aus dem Kreis der Verdächtigen ausgeschieden war. Frau Nielens Hingabe hatte ihm ein hieb- und stichfestes Alibi serviert, wie Angler süffisant bemerkte. Auch der erste Mord war ihm nicht anzulasten, da er zur Tatzeit nicht in der Stadt war.

»Bleiben alle anderen und weitere Unbekannte«, seufzte Bircher und wandte sich seinem Schreibtisch zu.

Es klopfte und gleichzeitig tauchte Schmidters Kopf im Türspalt auf.

»Darf ich Sie einen Moment sprechen?«, fragte er vorsichtig.

»Ja, kommen Sie rein!«, winkte ihn Bircher zu sich an den Schreibtisch.

»Es handelt sich vielleicht um eine Nebensächlichkeit, die mir beim Aktenstudium aufgefallen ist. Herr Fichtner ist ja Blutspender, den Akten liegt eine Kopie seines Spenderausweises bei. Demnach hat er die Blutgruppe A. Dann habe ich zurückgeblättert, wollte nur sehen, ob ich mich in meiner Annahme nicht irre, dass seine verstorbene Tochter Klaudia auch gespendet hatte. Ich hatte das jedoch richtig im Gedächtnis behalten, wir fanden bei ihr den Ausweis und in dem steht ihre Blutgruppe, nämlich AB. Zunächst fiel mir nur ein, dass das eine der ganz seltenen Blutgruppen ist. Na ja, ich war ja letztes Jahr auf einer Schulung über forensische Medizin.«

»Ja, und wo ist das Problem?«, unterbrach ihn Bircher.

»Das Problem ist die Blutgruppe der Mutter von Klaudia. Die lautet nämlich A, so wurde es mir von Professor Tetsche mitgeteilt. Der hat das in den alten Krankenakten gefunden, schließlich war sie schwerkrank, und sie wurden aufbewahrt«, antwortete Schmidter und blickte erwartungsvoll auf seinen Chef.

Der sah etwas ratlos aus, als würde er nicht ganz verstehen, worauf das Ganze hinzielte. Schmidter schwieg wie jemand, der nur noch auf den Einsatzbefehl wartete.

»Tja, also, was hat AB mit unseren Morden zu tun?«, fragte Bircher.

»Also, es ist doch damit eindeutig erwiesen, dass Fichtner nicht der Vater Klaudias sein kann«, entgegnete Schmidter, als wäre diese Schlussfolgerung die einfachste der Welt.

»Aha, vielleicht erklären Sie mir das etwas genauer!« Bircher nickte ihm verständnisvoll zweimal zu, wie um ihn zu ermuntern, seine Entdeckung selbst vorzutragen. Er konnte mit den Buchstaben nicht viel anfangen.

»Ja, Chef, die Klaudia hat AB, deshalb muss entweder der Vater oder die Mutter ein B haben, nur so kann Klaudia das B von einem Elternteil vererbt bekommen haben. Ist aber nicht so, weder die Mutter noch der angebliche Vater tragen das B, beide sind als AA getestet. Vererbungslehre!«

Bircher erinnerte sich an sein Biologiestudium und Mendel und nickte wie selbstverständlich seinem Mitarbeiter zu.

»Sehr gute Arbeit, wirklich!«, murmelte er anerkennend und begann zu grübeln. Wusste Fichtner etwa, dass er nicht der Erzeuger ist, aber warum hat er es dann verschwiegen? Kennt er den richtigen Vater? Hat er uns belogen, wie mit dem Versuch der Republikflucht, als er von seiner Tochter sprach? Bircher blinzelte und ließ einen langen Blick über seinen Mitarbeiter schweifen, als hätte er gerade etwas Neues an ihm entdeckt.

»Donnerwetter, Genosse Schmidter, das ist ja eine Überraschung! Fichtner ist nicht der Vater. Aber tut so, als wäre Klaudia sein Himmelreich. Merkwürdig, sehr merkwürdig!«

Bircher war aufgestanden und an das Fenster getreten. Als würde er sich das Bild der toten Klaudia ins Gedächtnis zurückrufen, schaute er mit zusammengekniffenen Augen in den trüben Nebel. Lag dem Tod der jungen Klaudia doch kein Herzversagen zugrunde, war hier etwa der Beweis für eine verheimlichte Vaterschaft vorsätzlich beiseite geschafft worden? Ziemlich gewagte These, wiegelte Bircher sofort ab. Dafür gab es keinen Hinweis, die Ergebnisse der gerichtsmedizinischen Untersuchungen sprachen eindeutig dagegen. Schließlich wurde angesichts des jugendlichen Alters die Todesursache besonders genau geprüft. Klaudia wurde im Hochhaus geboren, dort wo ihre Mutter verstarb. Danach zog Fichtner aus, mit Klaudia. Wer ist der leibliche Vater? Wir müssen Fichtner nochmals vorladen. Bircher drehte sich zu Schmidter, der darauf wartete, angesprochen zu werden.

»Tja, was halten Sie von Ihrer Enthüllung?«, fragte Bircher.

»Ich denke, dass wir Fichtner mit den Tatsachen konfrontieren sollten. Mal sehen, wie er reagiert. Entweder er kennt den Vater und sagt es uns oder er schweigt. Dann werden wir ihm klarmachen, dass er alles Vertrauen verloren hat. Wir sollten den Druck erhöhen. Schließlich können wir andeuten, dass er in der Sache Republikflucht noch nicht aus dem Schneider ist.«

Bircher war etwas überrascht von der ungewohnten Härte, die in Schmidters Stimme schwang.

»Tja, ist nur leider wieder ein Nebenkriegsschauplatz, ohne erkennbaren Bezug zu unseren Mordermittlungen«, bemerkte er wie an sich selbst gerichtet.

»Jedes unklare Schicksal einer Frau könnte wichtig sein, das hier steht schließlich in Verbindung mit dem Hochhaus«, entgegnete Schmidter.

Bircher schaute ihn an und lächelte zustimmend.

»Na, dann laden Sie Fichtner mal für heute Abend zu uns ein. Keine Silbe über den Anlass«, fügte Bircher noch hinzu, klopfte Schmidter anerkennend auf die Schulter und schob ihn zur Tür.

Fast zur selben Zeit klingelte Angler bei der Familie Raiher auf der siebten Etage. Kurz darauf öffnete sich die Tür einen Spaltbreit, und ein dicker Mann tauchte auf. Wie ein Filzteppich bedeckte eine Igelfrisur seinen Schädel. Das runde Gesicht zeigte keine Regung. Er blickte vorbei an Angler in den Hausflur, als würde er nach weiteren Gästen Ausschau halten. Seine Augen kehrten zu Angler zurück und musterten ihn wie jemanden, der zu einem Vorstellungsgespräch erschienen ist. Schließlich schob er die Tür weiter auf und brummte:

»Wer sind Sie, der hier meine Nachtruhe stört?«

»Oberleutnant Angler von der Kriminalpolizei. Gehen Sie bereits zu Bett? Tut mir leid, ist ja gerade mal halb fünf Uhr nachmittags.«

»Nee, aber ich habe ein Gefühl dafür, wenn ein Besuch schlechte Stimmung hinterlässt, die lange nachwirkt und einem den Nachtschlaf raubt.«

»Danke für das Kompliment. Hängt davon ab. Ich habe nur einige Routinefragen zu den Verbrechen im Haus.«

»Kommen Sie bitte rein. Also, ich wurde ja schon mal befragt, das war im Oktober, nach dem ersten Mord. Dann war da der zweite Mord unten auf der sechsten Etage und ich dachte, jetzt schreitet das Verbrechen voran, die Volkspolizei wird sich bald melden. War aber nicht der Fall. Haben Sie den Täter?«

»Leider nicht, aber jetzt melde ich mich ja zunächst mal.«

Herr Raiher drehte sich zum Korridor und rief ziemlich laut in die Wohnung:

»Maria, kommst du mal bitte, hier ist jemand von der Polizei, ein Oberleutnant Angler!«

Kurz darauf, sie standen immer noch im Korridor zwischen Eingangstür und Diele, tauchte eine beleibte Frau auf, die sich langsam durch die Diele bewegte. Es schien, als trüge sie unter dem blauen Kleid Schaumstoffmatten, wie um sich vor unliebsamen Stößen zu schützen. Ihrem Körper fehlte jegliche Kontur, alles schien nur auf gute Federung ausgelegt zu sein. Wie eine Operndiva ihre Fülle zum Zweck der Resonanzverstärkung mit sich schleppt, hatte sich Frau Raiher scheinbar eine Art Dämmungsschicht zum Schutz vor Zusammenstößen zugelegt. Ihre Frisur war wie aus einer Tortenform gegossen, an den Fingern glänzten knallrote Nägel wie Abstandswarner, und unter dem Kleid leuchteten rote Pumps, die farblich mit dem Gesicht ihres Mannes korrespondierten. Seine Pausbacken glänzten wie Weihnachtsbaumkugeln. Er war einen Kopf kleiner als seine Frau.

Unwillkürlich glitt Anglers Blick über die imposante Erscheinung der Gattin. Mensch, dachte er sich, die könnte einem russischen Märchenfilm entstiegen sein. Frau Raiher reichte ihm die Hand, die sich wie ein frisches Brötchen anfühlte.

»Guten Tag, bitte treten Sie doch näher!«, lud Sie ihn mit ausladender Armbewegung freundlich ein. Die sanfte Stimme harmonierte mit ihrer Erscheinung wie ein Barocksaal mit einem Kammerkonzert. Es schien, als würde er gebeten, die Räumlichkeiten eines Palastes zu besichtigen. Er folgte ihr, hinter ihm schnaufte leise Herr Raiher. Das Wohnzimmer beherrschten eine wuchtige

Couch und drei Sessel, alle in dunklem Leder. Eine Schrankwand aus Eichenholz nahm dem Raum die Tiefe und erweckte in Angler die Erinnerung an englische Kriminalfilme, wenn der Butler den Inspektor in den Salon bat. Es fehlte nur noch der Kamin. Angler fragte sich unwillkürlich, wer wohl in der Republik solche Ledermöbel herstellte. Die Regale waren fast leer, Bücher konnte er nicht entdecken. Nur einen massiven Fernsehapparat, Vasen, goldgerahmte Familienbilder, Kristallgläser, Schnapsflaschen, sogar eine mit echten Whiskey, und allerlei Kitsch, wahrscheinlich auf Urlaubsreisen angesammelt.

An der Stirnseite, gegenüber der Fensterfront, die den Blick auf die Karl-Marx-Allee und den Fernsehturm freigab, hing ein großes Gemälde. Es zeigte eine weidende Kuhherde auf einer grünen Lichtung, vielleicht auch eine Senke, die wie eine grüne Oase aus dem Nichts auftaucht. Der Betrachter sollte wohl den Eindruck gewinnen, als wären die Kühe wie zufällig auf diesen Fleck Wiese geraten. Angler musterte angestrengt das Bild und wunderte sich, dass die Tiere nicht auf einer großen Weide, sondern mitten im dichten Wald standen. Tja, sagte er sich, ein Hochhaus voller Überraschungen.

Der Hausherr hustete leicht und lenkte so Anglers Blick zurück auf die Ledergarnitur. Frau Raiher hatte sich auf der Mitte des Sofas niedergelassen, links und rechts breitete sich ihr Kleid wie eine Wasserfläche aus. Sie saß aufrecht und konzentriert auf der Kante der dunkelbraunen Ledercouch, die Hände nebeneinander in den Schoß gelegt und blickte mit großen dunklen Augen, wie ein Schulmädchen, das auf die erste Prüfungsfrage wartet, erwartungsvoll in die Runde. Ihr Mann fläzte sich in seinem Sessel, die Beine unter dem Couchtisch gestreckt, während sein fleischiger Nacken fast auf der Rückenlehne ruhte. Wahrscheinlich seine allabendliche Stellung.

»Was können wir für Sie tun?«, fragte Herr Raiher.

»Seit wann wohnen Sie hier?«, begann Angler.

»Wir sind hier 1955 eingezogen, kurz vor Weihnachten. Kann mich erinnern, wie wir das erste Mal Heiligabend hier am Fenster standen und den Lärm des Weihnachtsmarktes hörten«, erinnerte sich versonnen Herr Raiher, als würde er den Geschmack eines Bratens beschreiben.

»Können Sie sich an einen Herrn Fichtner erinnern?«, wandte sich Angler übergangslos an beide.

»Fichtner, nein, kenne ich nicht, du Schatz?«, erwiderte Frau Raiher.

»Nein, ich auch nicht.«

»Und ein Herr Böhme, mal was von ihm gehört?«

Angler bemerkte wie Herr Raiher seiner Frau einen kurzen prüfenden Blick zuwarf. Es hatte für den Bruchteil einer Sekunde den Anschein, als würde er ihr etwas raten wollen, sich dann aber eines Besseren besinnen.

»Ja, der wohnte hier. Auf der zehnten Etage. Ist was mit dem?«

Herr Raiher hatte in dem Moment, als er den Namen Böhme hörte, etwas Spannung in seinem Körper aufgebaut. Der Kopf rutschte einen Tick nach vorn und er zog leicht die Beine an, als würde er gleich aufstehen wollen, um der Antwort entgegenzugehen.

»Herr Böhme ist uns in Zusammenhang mit anderen Untersuchungen aufgefallen«, wich Angler aus, »können Sie uns etwas zur Person sagen?«

Wieder blickte Herr Raiher mit einem etwas zweifelnden Gesichtsausdruck zu seiner Frau hinüber, die wie eine Zeremonienmeisterin auf dem Sofa thronte und keine Miene verzog. Sie nickte nur verhalten und sah aus wie jemand, der im Moment nicht in seinen Erinnerungen gestört werden wollte. Dann schaute sie zu Angler, als wollte sie ihm bedeuten, dass sie noch einen Augenblick zur Besinnung brauchte. Herr Raiher betrachtete weiterhin seine Frau wie ein Anwalt seine Mandantin.

»Also, Frau Raiher, möchten Sie etwas sagen oder vielleicht

Sie, Herr Raiher?«, wandte sich Angler der Reihe nach an die beiden. Frau Raiher blies die Backen auf, stieß leicht eine Brise Luft aus und strich dabei gleichzeitig über ihr ausgebreitetes Kleid, wie um ihre Gedanken zu ordnen.

»Herr Böhme, dieser geile Bock, ein fieser Typ!«, stieß sie plötzlich heraus.

Überrascht von der wenig damenhaften Ausdrucksweise hob Angler die Augenbrauen. »Aha.«

»Ja, also, der hatte bekanntlich nicht den besten Ruf im Haus. Von dem ging immer so etwas Unaufrichtiges aus, der verhielt sich wie ein Fallensteller. Man wurde das Gefühl nicht los, dass er einen in eine Grube lockte. So jedenfalls schien es mir.«

Angler wunderte sich zum zweiten Mal. Jetzt hatte wieder die Dame des Hauses gesprochen, wobei er selbst Böhme nicht hätte besser beschreiben können.

»Ja, das ist schon möglich. Wir zweifeln auch an seiner Aufrichtigkeit«, pflichtete Angler ihr vorsichtig bei.

»Aber das ist nur eine Seite seines Charakters. Er war außerdem hinter jedem Rock her und zwar ausschließlich seines Triebes wegen. Nicht etwa weil er einem den Hof machen wollte, ein wenig kokettieren oder so. Nein, der wollte nur …« Als hätte sie sich bei einem ungewöhnlichen Gedanken ertappt, brach sie mitten im Satz ab.

Eine halbe Minute herrschte in der Runde eine Stille wie auf der Kuhweide im Bild über ihnen. Frau Raiher wackelte plötzlich mit beiden Schultern, es sah aus, als müsste sie ein lästiges Insekt abschütteln und wandte sich in vorwurfsvollem Ton an ihren Mann:

»Möchtest du unserem Gast nicht etwas zu trinken anbieten?«

»Ja, klar, einen Weinbrand Edel oder ein Bier gefällig?«, fragte ihr Mann wie ein Wirt, der nur Alkohol ausschenkt.

»Nein danke. Machen Sie sich keine Umstände. Ist denn Herr Böhme durch sein Verhalten im Haus aufgefallen, also haben sich

Frauen beschwert?«, versuchte Angler seine immer noch erregte Gastgeberin zum Thema zurückzulenken.

»Na, was denken Sie!«, nahm ihr der Gatte auf dem Weg in die Küche das Wort ab.

Seine Frau schwieg und strich sich langsam über das Kleid, als würde sich darunter ein Schatz befinden. Sie wartete darauf, dass ihr Mann sich wieder zu ihnen gesellte. Der kam mit einer Flasche Berliner Pilsener und einem Glas zurück. Angler erinnerte das Glas an eine Dienstreise nach Moskau. Damals hatte er auch das berühmte Bolschoi-Theater besucht. In der Pause trank er ein ziemlich fürchterliches Bier, an das er sich nur wegen des mit Gold eingefassten Glases erinnerte. Herr Raiher ließ sich wie nach einem schweren Telefonat mit einem Seufzer in seinen Sessel fallen. Er füllte das Glas bis zum Goldrand und nahm einen langen Schluck, setzte es genüsslich ab, wie jemand, der endlich sein Ziel erreicht hat, und gluckste leicht. Es war ein seltsames Geräusch, ähnlich dem sachten Aufstöhnen eines Patienten nach einer angenehmen Massage. Seine Frau blickte versonnen auf ihre Hände, die sich wieder regungslos in ihrem Schoß befanden. Sie war mit der Prozedur vertraut und wartete geduldig. Er liebte es wahrscheinlich nicht, beim ersten Bier gestört zu werden. Nachdem ihr Mann einen prüfenden Blick auf die Bierflasche geworfen hatte, lehnte er sich wohlig zurück.

»Ja, und willst du Herrn Angler den Grund erzählen, warum wir uns an Böhme so gut erinnern, trotz der vielen Jahre, die seitdem vergangen sind?«

Seine Frau saß wieder steif wie eine Hofdame am Tisch und drehte ihren Kopf langsam zu Angler, wie um zu prüfen, ob er der richtige Adressat sei. Der nickte aufmunternd, worauf Frau Raiher ihre rechte Schulter leicht nach vorn schob. Es schien, als müsste sie vor dem Bericht einen Gang einlegen.

»Das war so: Eines Abends, es war kurz nach zehn, kam ich allein nach Hause und wartete auf den Fahrstuhl. Als er anhielt, bemerkte ich, dass jemand aussteigen wollte. Die Tür wurde geöffnet, und Herr Böhme stand ohne Mantel vor mir. Ich habe mich gefragt, wo er wohl hinwolle. Schließlich war es Herbst und er war nur in Hemd und Hose. Na ja, er grüßte freundlich und bat mich zu warten. Er wolle nur mal zum Briefkasten. Um diese Zeit, wo doch die Post immer morgens kommt. Das habe ich mich aber erst später gefragt. Also wartete ich, bis er wieder einstieg. Er hatte sein übliches Grinsen im Gesicht, wie um sich mit seinem zweiten Ich zu verständigen.«

Sie blickte Angler fragend an. Der ließ seinen Blick auf ihr ruhen und nickte stumm.

»Also, er schloss die Tür von innen und der Fahrstuhl fuhr los. Sie kennen ja diese Art Flügeltüren, die wir hier haben. Wenn man sie versehentlich anstößt, bleibt der Fahrstuhl gleich stehen. Die muss man deshalb immer fest schließen. Ich hatte auf die sieben gedrückt. Kurz bevor wir die vierte Etage erreichten, also die erste Wohnetage, blieben wir plötzlich stehen. Ich sah, dass hinter Böhme die Tür offen stand. Ich sagte ihm, er müsse die Tür andrücken, worauf er nur grinste. Dann ging er auf mich zu und sagte irgendwas von Abwechslung und Spaß. Da begriff ich, was er wollte. Er versuchte mich, tja, hm, um die Hüfte zu fassen. Ich habe ihn weggestoßen, er stieß an die Tür hinter sich, der Fahrstuhl wackelte und ich bin vor Schreck fast gestorben. Plötzlich fuhren wir weiter, wahrscheinlich hatte Böhmes Aufprall die Tür geschlossen. Wir erreichten die vierte Etage. Ich habe ihn angeschrien, ob er wohl verrückt und nicht ganz bei Sinnen sei und gleichzeitig auf der Höhe der Diele rasch die Tür geöffnet. Der Fahrstuhl blieb stehen, ich bin raus und im Treppenflur nach oben gerannt. Hatte Todesangst, drei Etagen lang.« Frau Raiher verstummte und blickte erwartungsvoll auf Angler, dann auf ihren Mann, als wären sie Zeugen, die ihr beipflichten sollten.

Herr Raiher raffte sich etwas auf, runzelte wichtig die Stirn und sagte: »Ich bin nächsten Tag zu Böhme rauf. Der stritt alles ab. Alles Quatsch und so, er wäre meiner Frau nie zu nahe gekommen. Der Fahrstuhl sei unerwartet stehen geblieben und er hätte beide Türen kontrolliert. Weiter nichts. Würde ihm wirklich sehr leid tun, wenn dieser Eindruck entstanden wäre. Na ja, ich habe es darauf beruhen lassen. Was sollte ich auch tun?«

Frau Raiher sah auffordernd zu Angler. Es schien, als wollte sie gerne erfahren, wie er wohl verfahren wäre, hätte jemand seiner Frau an die Wäsche gewollt. Der versuchte, ihren Blick mit einer mitfühlenden Geste zu begegnen. Er stellte sich gerade vor, wie der um einen halben Kopf kleinere Böhme versucht haben sollte, Frau Raiher zu umarmen. Na ja, vielleicht war sie damals noch schlank, dachte er sich, während sein besorgter Blick auf Frau Raiher ruhte. Die stemmte sich plötzlich aus dem Sofa und gewann schnell an Höhe.

Aufrecht neben dem Couchtisch stehend, blickte sie enttäuscht auf die beiden Männer herab. Angler schwieg und linste schräg nach oben. Wahrscheinlich hatte sie eine deutlichere Reaktion erwartet.

»Hm, ich kann nichts gegen Herrn Böhme unternehmen. Das liegt lange zurück und Sie haben nie Anzeige erstattet, oder?«, setzte Angler zu einer Erklärung an.

Das Ehepaar schüttelte verneinend den Kopf.

»Darf ich mich jetzt zurückziehen?«, fragte Frau Raiher in einem leicht pikierten Ton, als wollte sie sich wegen dringender Terminsachen aus einer Sitzung verabschieden.

»Ja, natürlich, Frau Raiher, ich werde Ihre Aussage sicher bei unseren Ermittlungen berücksichtigen, vielen Dank!«, verabschiedete sie Angler.

Ihre roten Pumps erzeugten auf dem Parkett ein metallisches Klappern. Mit rauschendem Kleid verschwand sie in die Diele, hinter sich die Tür schließend.

Angler wandte sich an Herrn Raiher, der die Gelegenheit genutzt hatte, sich nachzuschenken. Er hob das Glas halb hoch, bis der Goldrand eine Ebene mit seinen Augen bildete und betrachtete sein Bier, als müsste er die Farbe oder irgendetwas anderes prüfen. Dann atmete er hörbar aus und nahm einen tiefen Schluck.

»Tja, Herr Angler, wie Sie sehen, ist meine Frau immer noch mit diesem Angriff beschäftigt.«

Angler wiegte wie nach einer komplizierten Entscheidung wichtig mit dem Kopf in Richtung Tür.

»Es war ein Versuch, meine Frau sexuell zu belästigen. Es dauerte damals fast ein Jahr, bevor sie wieder einen Fahrstuhl betrat. Ich oder unser Nachbar Schulbe mussten immer mitfahren. Was glauben Sie, was ich mir anhören durfte!«, seufzte er und blickte Angler mit leidenden Augen vorwurfsvoll an. Offenbar hatte der Zwischenfall nicht nur seine Nachtruhe nachhaltig gestört, schlussfolgerte Angler.

»Was macht Ihre Frau beruflich?«, fragte Angler automatisch, als er sich vorstellte, dass sie vielleicht in einem Haus mit Fahrstuhl arbeitete.

»Meine Frau ist im Hotel- und Gaststättenwesen tätig, kümmert sich um Hygiene und so was, halbtags«, antwortete Raiher gleichgültig.

»Aha. Und Sie, Herr Raiher?«, fragte Angler, wobei er sich auszumalen versuchte, wie Frau Raiher in ihrer Garderobe sanitäre Anlagen inspizierte.

»Ich arbeite im Magistrat, bin dort verantwortlich für die Organisation von Großveranstaltungen. Also, Auftritte von Musikern wie den Puhdys oder Festveranstaltungen zu besonderen Anlässen, Tag unserer Republik zum Beispiel, bin aber auch bei sportlichen Großereignissen gefordert. Wenn beispielsweise die Friedensfahrt in Berlin gestartet wird, dann muss ich dafür sorgen, dass alles störungsfrei über die Bühne geht. Natürlich bin ich auch an der Durchführung von Kongressen beteiligt, klare Sache. Da geht's ja um Planung, Logistik, Sicherheit und so. Ja, manchmal ziemlich anstrengend.«

Während der Erklärung hatte er sich unwillkürlich etwas aufgerichtet und nickte Angler wie einem Gleichgesinnten zu.

»Ja, Herr Raiher.« Angler war in Gedanken noch bei Böhme. »Wissen Sie zufällig, ob sich Böhme auch an andere Frauen herangemacht hat?«

Raiher hatte wieder seine Fernsehzuschauerhaltung eingenommen. Halb liegend fasste er sich an sein wulstiges Kinn und knetete es wie ein Bäcker, der die Konsistenz seines Teiges prüft. Sein Blick wanderte durch den Raum und blieb bei den Kühen hängen. Die Augen halb geschlossen, versuchte er in seinem Gedächtnis eine Spur aufzunehmen.

Plötzlich zog es ihn aus dem Polster und er rief laut, aber nicht unhöflich durch die Wohnung: »Maria, kannst du bitte noch mal reinkommen?«

Es dauerte nicht lange und die Tür öffnete sich.

»Was möchtest du denn gerne?«

Die Frage war im Ton einer Beschwerde gestellt, als ärgerte sie sich über einen Auftrag. Er nahm es nicht zur Kenntnis und winkte ihr näherzutreten.

»Genosse Angler«, er hatte sich für die dienstliche Anrede entschieden, »möchte wissen, ob Böhme vielleicht auch andere Frauen belästigt haben könnte. Hast du jemals was gehört?«

Frau Raiher stand unverändert an der Tür, die Klinke in der Hand. Sie zog die gezupften Augenbrauen in die Höhe und runzelte leicht die Stirn. Mit diesem Blick musterte sie sicher die Banketttische, schoss es Angler durch den Sinn.

»Nein. Es gibt ja immer Gerüchte. Noch heute wird gemunkelt, dass er sich an andere Frauen ranmachte, die über und unter uns wohnten. Aber ich kann mich nicht erinnern, an wen genau. Da wohnt auf der elften übrigens immer noch Frau Nielen. Die muss ihn auch kennen, war immer alleinstehend, und der Böhme wohnte direkt unter ihr. Aber die hätte ihn eher nicht in ihre Nähe gelassen. Vielleicht sollten Sie mal nachfragen. Die hat für so was ein gutes

Gespür«, fügte sie mit dem Versuch eines koketten Lächelns hinzu und drehte sich gleich darauf mit einem leichten Walzerschwung, der ihren Rock wie bei einem Windstoß auffächerte, zur Tür. Sie verströmte tatsächlich die Eleganz einer Protokollchefin des Staatsrates.

»Gute Idee, werde ich machen. Nochmals herzlichen Dank. Also«, drehte sich Angler zu Herrn Raiher, »das war es für heute. Viel Erfolg bei der Organisation der Großveranstaltungen. Ich muss dann mal aufbrechen.«

Raiher ächzte etwas, als er sich aus seiner Liegeposition aufrichtete und die ausgestreckte Hand nahm. Es sah aus, als würde er mit Anglers Hilfe auf die Beine kommen wollen.

Nachdenklich verließ Angler die Wohnung. Er hatte beschlossen, sofort bei Frau Nielen zu klingeln. Er ging hinaus in den Treppenflur und blickte über das Geländer hinunter in den Schacht. Er versuchte sich vorzustellen, wie die füllige Frau Raiher damals die Stufen hochhetzte, immer in Angst, hinter sich Böhmes Atem zu spüren. Die Stufen umsäumten den Aufgang wie eine dunkle Röhre. Sein Blick glitt hinunter, bis er irgendwo in der Tiefe, wo sich der Tunnel scheinbar zu einem Trichter verengte, nur noch ein finsteres Loch wahrnahm. Angler beugte sich zurück, lief die Stufen hinauf bis zur elften Etage, öffnete die Tür zum Foyer und lief quer über den nach Wachs riechenden glänzenden Steinboden zu Frau Nielens Haustür. Er klingelte kurz und trat einen Schritt zurück.

Kurz darauf hörte er hinter der verschlossenen Tür eine energische Stimme fragen: »Wer ist dort bitte?«

»Frau Nielen, das bin ich noch einmal, Oberleutnant Angler, darf ich Sie kurz sprechen?«

Der Schlüssel bewegte sich und Frau Nielens Kopf tauchte auf. Eine Kette hielt die Tür nur einen Spaltbreit offen. Sie erkannte Angler, nahm die Kette aus ihrer Verankerung und schob die Tür zur Seite.

»Treten Sie ein, gibt es was Neues?«

»Eigentlich nicht, eher eine Auskunft, um die ich Sie kurz bitten möchte.«

»Wollen wir uns gleich hier setzen?«, wies sie einladend auf zwei kleine Sessel in der Diele.

Sie setzten sich, wobei Frau Nielens Blick unwillkürlich zurück zum Eingang wanderte, als wäre sie sich nicht sicher, ob die Tür wirklich fest verschlossen sei. Angler konnte sich nicht erinnern, früher eine Türkette gesehen zu haben. Weder bei Frau Nielen noch in einer anderen Wohnung.

»Es geht um Herrn Böhme, der bis 1965 auf der zehnten Etage wohnte und an den Sie sich ja inzwischen erinnert haben. Sie sahen ihn erst kürzlich in der Nachtbar bei Ihrem Rendezvous mit Herrn Baumann.«

Frau Nielen runzelte die Stirn und deutete so etwas wie einen Schmollmund an, verkniff sich aber eine Entgegnung.

»Ich war gerade bei Frau Raiher. Wir sprachen über Böhme, den sie wegen einer Belästigung im Fahrstuhl vor vielen Jahren immer noch in unangenehmer Erinnerung hat.«

»Aha, was hat er denn mit der Guten getan oder versucht zu tun?«, unterbrach ihn Frau Nielen mit spöttischem Unterton.

»Nichts weiter, hat sie im Fahrstuhl etwas bedrängt, wohl unsittlich, aber das ist, wie gesagt, Jahre her.«

»Tja, Frau Raiher zu überwinden, dürfte wohl nicht so ganz einfach sein, schon gar nicht für Böhme. Ist der nicht einen Kopf kleiner und schon damals einige Kilo leichter als sein angebliches Opfer gewesen?«

Es schien nicht so, als würde Frau Raiher zum Kreis ihrer auserwählten Bekannten gehören. Angler tat, als würde er die Spitzen, die Frau Nielen mit Engelsmiene abfeuerte, nicht wahrnehmen.

»Ist es denkbar, dass Böhme mitunter auch Gewalt anwendet, um ein Ziel zu erreichen?«

Frau Nielen schien von der direkten Frage überrascht zu sein, ihr abschätziges Lächeln war verschwunden. Vielleicht dachte sie daran, dass ihr Freund Baumann mit einem Gewaltbereiten verkehrte, der auch sie im Visier haben könnte. Sie griff zu ihrem goldenen Etui und zog langsam eine Duett hervor. Unwillkürlich spitzte sie ihre vollen Lippen, um sich die Zigarette anzuzünden, hielt dann aber inne, die Hand halbhoch haltend, und verzog das Gesicht, als hätte sie auf etwas Scharfes gebissen.

»Verstehe ich Sie jetzt richtig, dass Sie Böhme in der Mordsache verdächtigen?«

Dabei schnellte mit klingelndem Geräusch ihr Arm halb in die Höhe. Angler beobachtete, wie das halbe Dutzend goldener Armreifen klimpernd zu ihrem Ellenbogen rutschten, um sich anschließend, als sie den Arm langsam wieder absenkte, im sanfteren Klang zum Handgelenk zurückzubewegen. Gestik mit Klangkörperbegleitung, dachte Angler. Müsste doch störend sein, sich so behängt zu unterhalten.

»Äh, nein, so weit möchte ich nicht gehen. Wir müssen eben alles abklären, was uns auffällig erscheint. Dazu gehört auch die Aussage von Frau Raiher.«

»Mit anderen Worten, Sie tappen nach wie vor im Dunkeln.«

»Wir sind mitten in den Ermittlungen.«

Frau Nielen zündete sich endlich die Zigarette an. Es schien Angler, als wollte sie ihre Worte sorgfältig abwägen. Sie blickte ihn ruhig an und blies den Rauch kräftig vor sich in den Raum, wie um erstmal Dampf abzulassen.

»Böhme war damals ein geiler Bock, der alles, was sich ihm anbot, flachlegte. Der ist quasi mit aufgestellter Lanze durch die Landschaft gezogen, immer auf der Suche nach einem Opfer. Bildlich gesprochen.«

Angler blickte sie an wie jemand, der glaubte, sich verhört zu haben. Die Verblüffung über die volkstümliche Ausdrucksweise war ihm ins Gesicht geschrieben. Er erinnerte sich an Frau Raihers spitze Bemerkung über Frau Nielen. Die blickte ihn währenddessen an, als hätte sie ihm soeben eine Zugauskunft erteilt. Genüsslich zog sie an ihrer Zigarette und blinzelte den Rauchschwaden nach. Für sie schien das Thema erledigt zu sein.

»Tja, darf ich fragen, ob Ihnen Herr Böhme jemals zu nahe getreten ist?«, fragte Angler betont sachlich.

Frau Nielen blickte ihn herablassend an. Die Frage schien ihr so überflüssig wie die Existenz Böhmes.

»Das hätte er nicht gewagt. Das ist ein Mensch, der unsereins« und hier wies sie auf sich, als wäre sie der Vertreter einer bestimmten Kaste, »meidet. So wie Feiglinge sich eben nur an vermeintlich Schwächeren vergehen oder Klempner nicht mit Pianisten verkehren.«

»Diese Einstufung entspricht nicht gerade einem sozialistischen Menschenbild«, entgegnete leicht ironisch Angler.

»Sicher. Dieses ist ja auch für die Zukunft ausgelegt«, antwortete sie trocken und drückte in dem goldfarbenen Aschenbecher energisch ihre Zigarette aus. Die Geste deutete an, dass für sie die Unterhaltung endgültig beendet sei. Angler nickte kurz und erhob sich.

Sie verabschiedete ihn mit einem »Na, dann viel Glück« und schloss die Tür. Angler hörte die Kette einschnappen.

Bircher las den Bericht Schmidters zur fraglichen Vaterschaft Fichtners und versank in Gedanken. Die Angelegenheit schien klar zu sein, selbst wenn er nicht alle Details verstand. Fichtner schied auf Grund seines »A« als Vater von Klaudia aus. Fehlte nur die Antwort auf die Frage, welcher Mann mit einem »B« Klaudia zeugte. Fichtners Frau starb 1955 kurz nach der Geburt ihrer Tochter. Vielleicht hatte sie nicht mehr die Zeit oder den Mut zu einem Geständnis gehabt. Dann hätte Fichtner immer in dem Glauben gelebt, seine leibliche Tochter großzuziehen. Alle Befragungen bestätigten, dass er seine Tochter nicht nur liebte, sie war der Mittelpunkt seines Lebens, er verehrte sie abgöttisch. Sollte

Fichtner tatsächlich irgendwann einmal den wahren Vater Klaudias kennengelernt haben, so könnte er vielleicht beschlossen haben, seine Existenz vor Klaudia zu verheimlichen. Als Selbstschutz. Der andere hätte zustimmen müssen, vorausgesetzt, er wusste Bescheid. Laut den Aussagen der Nachbarn Klaudias wurde nur Herr Fichtner bei ihr gesehen. Eine andere Möglichkeit wäre, dass sich beide, der leibliche und der scheinbare Vater, kannten und aus welchen Gründen auch immer vereinbart hatten, Fichtner die Rolle des Vaters zu belassen und ihr Geheimnis vor Klaudia zu verbergen. Eine mythisch anmutende Hypothese, etwas zu weit herbeigeholt, dachte Bircher, während er nachdenklich den Aktendeckel schloss. Schmidter hatte alle Varianten akribisch durchdacht und kommentarlos aufgeschrieben. Welche Möglichkeit er selbst favorisierte, war nicht herauszulesen.

Das Telefon klingelte und am anderen Ende meldete sich Angler.

»Bist du im Präsidium?«, fragte Bircher und winkte Manuela herein, die ihm von der Tür aus Zeichen gab.

»Gut, ich brauche dich jetzt nicht. Schmidter und ich befragen gleich Fichtner. Wir sehen uns morgen früh zur Lagebesprechung.«

Bircher legte auf und blickte fragend zu Manuela, die wie ein Zinnsoldat in der Tür stand.

»Herr Fichtner ist angekommen, und Genosse Schmidter sitzt bei mir.«

»Gut, lass Schmidter rein. Fichtner rufen wir selbst auf.«

Schmidter hatte in den letzten Stunden ausführlich mit der Gerichtsmedizin gesprochen. So gerüstet, betrat er Birchers Büro.

»Guten Abend, Genosse Major!«, begrüßte er von der Tür aus seinen Vorgesetzten.

»Kommen Sie rein und setzen Sie sich. Wie wollen wir verfahren, was meinen Sie?«

»Ich denke, egal, was er sagt, wir sollten es prüfen. Dass er nicht der Vater ist, das würde ich ihm als Erstes vorsetzen.«

»Einverstanden. Klare Kante. Holen Sie ihn rein.«

Fichtner sah mitgenommen aus. Sein Gesicht hatte zwar noch den rötlichen Schimmer, von dem man nicht wusste, ob dem Weinbrand oder der guten Durchblutung geschuldet, oder beidem, auch sein Bauchumfang war unverändert. Nur seine Mundfalten hatten sich verändert, wie zwei Furchen hatten sie sich in sein Gesicht eingegraben und liefen schnurgerade von den Nasenflügeln zum Kinn, so dass man darin eine Ein-Pfennig-Münze verbergen könnte.

Ohne sich zu erheben, wies Bircher mit einem Arm auf den freien Stuhl am Besprechungstisch, gegenüber von Schmidter. Der sah kurz auf, nickte ihm gleichmütig zu und blätterte weiter in seinen Akten. Bislang war kein Wort gesprochen worden. Auch Fichtner hatte bis auf ein kurzes »guten Tag«, das er beim Eintreten aus schiefem Mund gepresst hatte, keinen Ton verloren und saß mit überschlagenen Beinen abwartend vor ihnen.

»Wir haben hier noch etwas zu klären, was Ihre Familienverhältnisse betrifft. Es handelt sich um Klaudia.«

Fichtners Hals schwoll merklich an, man konnte geradezu verfolgen, wie ihm das Blut in den Kopf schoss. Er zog seine Hände nach oben und rieb sie aneinander, als würde er gleich zum Schlag ausholen.

»Was geht Sie denn meine verstorbene Tochter an?«, fauchte er Bircher an.

»Es geht hier nicht um Ihre Tochter.«

»Ich verstehe Sie nicht. Sagten Sie nicht gerade Klaudia?«

»Ja, Klaudia schon. Aber seitdem wir uns das letzte Mal gesehen haben, wurde eine gerichtsmedizinische Untersuchung zur Überprüfung der Vaterschaft durchgeführt. Das Ergebnis ist eindeutig. Sie, Herr Fichtner, sind nicht der Vater von Klaudia Fichtner, die am 20. Juli 1975 an Herzversagen verstorben ist. Das steht nach dem Vergleich Ihrer Blutgruppenantigene mit denen Ihrer Frau und Klaudia mit über siebenundneunzigprozentiger Sicherheit fest.«

Schmidter richtete sich unwillkürlich auf. Fichtner schien nicht nur die Beherrschung über seine Gesichtsmuskulatur zu verlieren. Sein Oberkörper bäumte sich auf, er stieß sich mit beiden Händen vom Tisch ab und sprang mit einer Geschwindigkeit auf die Beine, die man ihm nicht zugetraut hätte. Hinter ihm kippte der Stuhl um. Halb nach vorn gebeugt, das Gesicht hassverzerrt, die Halsschlagadern bedenklich angeschwollen, brüllte er wie ein gereizter Stier:

»Was fällt Ihnen ein? Haben Sie mich nicht schon genug gequält? Sind Sie von allen guten Geistern verlassen? Klaudia war alles, was mir wert war. Wie können Sie mich so verleumden, das ist ausgeschlossen, was Sie da behaupten!«

Plötzlich verstummte er, röchelte, als würde ihm jemand gewaltsam den Mund zuhalten, und sank auf seinen Stuhl. Er schwankte wie angetrunken und stierte stumm vor sich auf die Tischplatte. Schmidter blickte, nicht ohne Mitgefühl auf Fichtner. Bircher war klar: Wenn es so wäre, dass er ihnen hier ein makabres Schauspiel aufführen sollte, so müsste er nicht nur mit hohen darstellerischen Qualitäten gesegnet sein, sondern auch über ein gehöriges Maß an Kaltblütigkeit verfügen. Davon aber hatten sie bislang nichts bemerken können. Auch die Befragungen in Fichtners Arbeitskollektiv hatten keinerlei Anhaltspunkte für ein derartig zwielichtiges Verhalten offenbart.

Bircher runzelte die Stirn und unterdrückte sein Misstrauen.

»Also, beruhigen Sie sich, bitte. Wir teilen Ihnen das ja nicht zu unserem Vergnügen mit. Ich kann durchaus Ihre Erschütterung nachvollziehen. Dieses Ergebnis ist uns eher zufällig in die Hände gefallen. Sie hatten uns nämlich bei der letzten Befragung die Auskunft erteilt, dass Sie Blutspender seien. Na ja, das wurde geprüft und uns fiel Ihre Blutgruppe auf, A. Die passt nicht. Als der leibliche Vater Klaudias müssten Sie auch ein B haben. Daran gibt es keinen Zweifel.«

Bircher hatte wie ein Arzt bei der Übermittlung eines unangenehmen Befundes mit monotoner Stimme gesprochen. Fichtner schien sich etwas beruhigt zu haben. Aus seinem Gesicht war jede Farbe gewichen. Blass und regungslos stierte er vor sich auf den Tisch, ab und an vertrieb ein Krampf die Starre aus seinem Antlitz, und ein Hauch von Leben legte sich über seine Züge.

Bircher hob die Brillengläser und rieb sich die Nasenwurzel. Ein Zeichen für Schmidter, dass Gespräch fortzuführen.

Schmidter hüstelte leicht, bevor er vorsichtig seine Frage formulierte: »Sagen Sie, Herr Fichtner, haben Sie eine Ahnung, mit wem Ihre Frau vor zwanzig Jahren ein Verhältnis gehabt haben könnte? Bitte denken Sie einmal nach. Liegt ja sehr lange zurück. Vielleicht jemand aus dem Hochhaus?«

Fichtner reagierte zunächst gar nicht. Es schien, als hätte er die Frage nicht wahrgenommen. Die Kommissare warteten geduldig. Plötzlich zuckte Fichtner wie nach einem Stromschlag zusammen. Er stand auf, um den Raum zu verlassen. Schmidter stellte sich ihm in den Weg.

»Moment mal, wo wollen Sie plötzlich hin? Sind noch nicht fertig, setzen Sie sich, bitte!«, forderte er ihn nachdrücklich auf.

»Ich habe Ihnen nichts zu sagen. Ich glaube Ihnen nicht. Legen Sie mir Beweise vor oder dem Jugendamt. Lassen Sie mich in Ruhe. Ich bin hier freiwillig zu einer Befragung erschienen, nicht zum Verhör. Auf Wiedersehen.«

Bircher war ebenfalls aufgestanden und hatte sich vor die Tür gestellt.

»Sie haben also keine Ahnung, wer der Vater von Klaudia sein könnte?«, fragte er abschließend, schon die Türklinke in der Hand.

»Nein«, zischte ihn Fichtner an, darauf wartend, dass Bircher den Weg freigab. Der öffnete die Tür.

»Auf Wiedersehen, Herr Fichtner. Wir melden uns, wenn wir etwas Neues wissen.«

Bircher atmete hörbar auf und wandte sich an seinen Kollegen. »Na, was sagen Sie zu seiner Reaktion?«

»Tja, schien ja vollkommen schockiert zu sein, der ist von der Rolle. Schwer nachvollziehbar, wie das ist, wenn man nach so vielen Jahren erfährt, die Tochter eines fremden Mannes großgezogen zu haben.«

»Immerhin die Tochter seiner Frau.«

»Schon, aber eben nicht seine leibliche Tochter. Wie sollen wir denn den Vater finden? Ist doch fast unmöglich.«

»Wohl wahr. Und auch nicht unser Bier.«

»Es könnte ja sein, dass einer seiner Mitbewohner aus dem Haus der Vater ist. Da wohnen einige, die vom Alter her in Frage kämen.« Schmidter blätterte in den Akten. »Also, wenn wir mal mit den oberen Etagen beginnen, da wären zum Beispiel Battes, Raiher, Eck, Schulbe.«

»Und Böhme«, fügte Bircher nach einer kurzen Pause trocken hinzu, »der wohnte bis '65 auf derselben Etage, und 1955 wurde Klaudia geboren. Würde passen.«

»Oh! Das wäre ja der Hammer. Würde bedeuten, dass er der Schleuserbande seine eigene Tochter anvertrauen wollte. Kann ich mir nicht vorstellen. Warum sollte er seine Tochter in den Westen schicken und selbst hier bleiben?«

»Drei Möglichkeiten: um keine Alimente zu zahlen. Oder weil er gar nichts von seiner Vaterschaft wusste. Dritte Möglichkeit, er wusste Bescheid, aber das Kind war ihm gleichgültig. Oder sogar ein Ballast, vielleicht wollte er die Angelegenheit auf diese Weise aus der Welt schaffen, soll ja alles vorkommen.«

»Soll ich Böhmes Blutgruppe auch bestimmen lassen?«

»Ja, lassen Sie sich einen unauffälligen Grund einfallen.«

»Kein Problem. Ich wende mich an seinen Betriebsarzt. Wir brauchen ja nur eine Blutprobe.«

»Na, dann machen Sie mal!«, verabschiedete Bircher seinen Mitarbeiter mit einem aufmunternden Lächeln.

15

Im Lauf des 25. November 1975 sollte endlich das Ergebnis des Vaterschaftstests vorliegen. Es war nach einigen Gesprächen gelungen, auch Battes, Raiher, Schulbe und Eck davon zu überzeugen, eine Blutprobe für den Test zur Verfügung zu stellen. Angler wollte unbedingt noch Genossen Thule einbeziehen. Ihm haftete schließlich der Ruf eines Weiberhelden an. Bircher folgte seinem Instinkt und fragte vorher Meier, was er davon hielte. Der hob nur abwehrend beide Hände.

»Bist du verrückt, ohne jeden triftigen Grund, Thule zu unterstellen, dass er vor zwanzig Jahren eine Mitbewohnerin geschwängert hat? Willst du uns das halbe ZK auf den Hals treiben? Habe schon so genug zu tun, jede Woche im Ministerium des Innern und bei der Abteilung Sicherheit im ZK anzutanzen und um Geduld zu flehen. Vergiss es!«

Bircher wartete gespannt auf die Gutachten. Fichtner hatte er seinem Schicksal überlassen. Es war unmöglich, ihn wegen der Vaterschaftssache nochmals vorzuladen. Der Vormittag wurde von Schmidter und Angler genutzt, um weitere Hausmieter zu befragen. Bircher war zum Rapport bei Generalmajor Meier, und Manuela wartete auf den Bericht der Gerichtsmedizin in Sachen Böhme. Gegen eins hatten sich die Kommissare zum Mittagessen verabredet.

Am späten Vormittag saß Schmidter im Arbeitszimmer von Professor Hessel, der an der Philosophischen Fakultät der Humboldt-Universität den Lehrstuhl für Ethik und Logik innehatte. Hessel war ein hochgewachsener Mann, der ihn leicht gebeugt begrüßte. Er hielt eine Zigarette in der linken Hand, und das sollte zum Entsetzen des notorischen Nichtrauchers Schmidter während des gesamten Gespräches so bleiben. Der versuchte verzweifelt, die Zeit zu verkürzen, aber Hessel war offensichtlich von der »Ablenkung«, wie er sich ausdrückte, aufs Angenehmste überrascht und machte keinerlei Anstalten zur Eile. So saß Schmidter mit brennenden Augen in dem Arbeitszimmer des Professors und spürte, wie sich der Tabakrauch allmählich in seiner Kleidung festsetzte und, wie durch ein Gebläse angetrieben, in jede seiner Poren eindrang.

Schmidter dachte mit Ekel daran, dass er für den Rest des Tages wie eine glimmende Räucherkerze stinken würde. Es war ihm unerklärlich, wie ausgerechnet ein Ethiker in diesem Qualm leben konnte.

»Genosse Leutnant, wenn Sie mich nach Herrn Böhme fragen, so kann ich Ihnen nicht viel Erhellendes mitteilen. Von meinem oberflächlichen Eindruck her würde ich sagen, dass er ein introvertierter Mensch war, der seine Befriedigung in der Beobachtung anderer suchte. So lange, bis er eine Schwäche entdeckte, die es ihm erlaubte, sich über sein Opfer zu erheben, gewissermaßen, um so seine eigenen Unzulänglichkeiten zu verbergen.«

»Hm, hat er denn im Haus mit irgendjemand engere Kontakte gepflegt?«

»Weiß ich nicht so genau. Ich glaube mich erinnern zu können, dass er sich mit diesem, wie hieß der noch gleich, Fichte oder so, angefreundet hatte.«

»Sie meinen wahrscheinlich Fichtner?«

»Könnte sein, ist schon lange her. Also, ich bin dem Böhme nur einige Male auf Hausversammlungen begegnet. Der hielt den Kopf immer leicht geneigt und grinste vor sich hin, als würde er uns alle für nutzlose Idioten halten.«

Schmidter nickte und hüstelte wie bei einer Erkältung.

»Ach ja, übrigens, einmal habe ich ihn bei einer kleinen Feier reingelegt. Sein Gegrinse hatte mich zunehmend genervt. Der saß mir nämlich gegenüber und knabberte unaufhörlich an den Keksen. Da habe ich ihm ein Rätsel gestellt. Also, diese Art von Rätseln stelle ich manchmal Schülern, wenn die mich zu Vorträgen einladen. Wollen Sie es hören?«

»Hm, warum nicht?«, antwortete Schmidter und schielte auf seine Uhr.

»Also, das ging so: Der Weihnachtsmann schenkt dir elf Kekse und sagt: Es ist sehr wichtig, dass du sie nicht alle auf einmal isst. Warte mindestens sieben Minuten, bis du einen weiteren Keks isst, sonst bekommst du Bauchschmerzen. Die Frage lautet: Frühestens nach wie viel Minuten hast du alle Kekse aufgegessen?«

Mit listigen Augen musterte der Professor Schmidter, der ungerührt vor ihm saß.

»Fragen Sie jetzt mich oder, sozusagen in Gedanken, Herrn Böhme?«

»Böhme war zu blöd für die Frage. Der lief puterrot an und wurde wütend. Ziemlich überraschend, wie schnell der die Fassung verlor. Ist aufgestanden und einfach abgehauen. Deshalb kann ich mich an die Sache so gut erinnern.«

»Hm, interessant«, antwortete Schmidter, »dabei ist es doch leicht. Den ersten Keks isst er sofort. Für jeden weiteren muss er, zehn Mal, jeweils sieben Minuten warten. In der siebzigsten Minute verschlingt er demnach den letzten Keks.«

»Na, da sieht man mal. Ist eben nicht richtig, was der Volksmund meint, dass unsere Polizisten deshalb zu zweit auftreten, weil sie nur gemeinsam die Anforderungen der Mittleren Reife erfüllen.«

»Danke Ihnen für dieses Kompliment«, entgegnete Schmidter kühl, »das hatte aber nicht viel mit Logik und schon gar nichts mit Ethik zu tun. Kann als Herabsetzung unserer Volkspolizei aufgefasst werden.«

»Nee, woher denn. Ihre Konzentrationsfähigkeit und Intelligenz beweisen doch das Gegenteil, beides fehlte dem Böhme.«

»Nun gut«, sagte Schmidter trocken, »können Sie uns etwas Sachdienliches zu den Verbrechen sagen? Manchmal erinnert man sich an Dinge, die einem ursprünglich als unwesentlich erschienen, später aber, an Bedeutung gewinnen können. Ist Ihnen als Philosoph sicher gegenwärtig?«

»Logiker, bitte. Also die Wissenschaft vom richtigen Schließen, wie Aristoteles unser Fach begründete. Bin kein Deuter, ich interpretiere nicht die Weltgeschichte und schon gar nicht gehöre ich der Zunft der Schwätzer an«, klärte ihn Hessel über sein Fachgebiet auf.

Er sprach deutlich akzentuiert, wie ein Dozent in der Vorlesung. Dabei fixierte er Schmidter, ließ ihn keinen Augenblick aus seinem Blickfeld. Es schien, als wollte er die Wirkung jedes seiner Worte prüfen.

»Gut, Genosse Professor, dann versuchen wir es mit der Logik. Sie wissen, dass wir es mit einer Toten auf der vierten und einer Toten auf der sechsten Etage zu tun haben. Ist Ihnen irgendetwas aufgefallen?«, versuchte es Schmidter mit der Standardfloskel.

»Tja, Genosse Schmidter. Logik ist auch die Lehre von den Prinzipien des richtigen Beweisführens, nicht nur des Denkens. Wenn wahre Voraussetzungen zu einem wahren Schluss führen, dann war die Beziehung zwischen Voraussetzung und Schluss logisch richtig. Wenn ich voraussetze, dass zwischen den Morden auf der vierten und sechsten Etage eine logische Beziehung besteht, dann komme ich zu dem Schluss, dass der nächste Mord wahrscheinlich nicht auf der zehnten Etage erfolgen wird.«

»Aha, sondern auf welcher?«

»Vierte, sechste, achte, zehnte. Also, wir hier auf der siebten überleben. Oder was meinen Sie?«

In diesem Augenblick wurde der Professor von einem heftigen Hustenanfall durchgerüttelt, der sein selbstgefälliges Lachen verstummen ließ. Kaum hatte er zu einer halbwegs normalen Atmung zurückgefunden, sog er wie ein Süchtiger an seiner Zigarette. Es schien eine Ewigkeit zu dauern, bis die Qualmwolke aus Mund und Nase ins Zimmer quoll. Er sah ihr hinterher wie ein Zauberer, der etwas verschwinden lässt.

Schmidter hatte auf das Ende der Hustenattacke gewartet. Ihm war von dem Zigarettenrauch leicht schwindlig. Er beschloss, das Gespräch möglichst bald zu beenden. Schließlich war er nicht hier, um Logikunterricht zu nehmen.

»Nun, Genosse Hessel, wir haben auch daran gedacht. Allerdings sind wir bei unseren Überlegungen bisher nicht davon ausgegangen, dass der Mörder den Gesetzen der Logik folgt.«

»Sondern?«

»Darüber möchte ich nicht spekulieren. Wie gesagt, wir ziehen alles in Betracht.«

»Wie Sie meinen. Auch Wahnsinnige können übrigens logisch handeln. Zumindest können sie ihre Zwangsvorstellungen einer gewissen Logik unterwerfen. Egal wie, ich werde Sie anrufen, sollte er wider jede Logik bei mir auf der siebten Etage zuschlagen.«

Hessel grinste, und Schmidter lehnte sich aus Sorge vor einem erneuten Hustenanfall leicht zurück. Aber Hessel blieb entspannt und hing seinen Gedanken nach. Vielleicht kombinierte er die Etagenzahlen in verschiedenen formallogischen Ansätzen, um seine Hypothese zu vertiefen.

Schmidter nutzte den Moment der Ruhe, um aufzubrechen. Er erhob sich langsam und nickte dabei dem Professor freundlich zu.

»Ich danke Ihnen für das interessante Gespräch. Habe wieder etwas dazugelernt. Logik ist ja auch in meinem Beruf unerlässlich. Also, lassen Sie uns hoffen, dass in diesem Fall die Wissenschaft nicht versagen wird.«

»Wir werden sehen. Aristoteles sagte: ›Wer recht erkennen will, muss zuvor in richtiger Weise gezweifelt haben.‹ Da fällt mir auf, dass Sie gar nicht nach meinem Alibi gefragt haben.«

»Keine Sorge. Wir haben Ihr Alibi überprüft. Beim ersten Mord waren Sie in Moskau, beim zweiten in Leipzig.«

»Donnerwetter! Na dann, auf Wiedersehen, Genosse Schmidter.«

Der hielt für einen Moment inne und drehte sich, halb im Gehen begriffen, nochmals um.

»Der Vollständigkeit halber: Sie sind verheiratet und wohnen hier mit Ihrer Frau?«

»Ja zur ersten, ja zur zweiten Frage.«

»Arbeitet Ihre Frau?«

»Nicht nur das, sie lehrt sogar. Jetzt muss sie gerade eine Vorlesung im Orientalischen Institut an der Uni halten. Danach kommt sie nach Hause. Meistens ist sie nämlich hier, weil sie ein Buch schreibt, über die Islamisierung in Ostasien. Oder so ähnlich, sie ist Asienwissenschaftlerin. Sie verfügt hier wohl über einen gefährdeten Arbeitsplatz, nicht?«

»Wie meinen Sie das?«

»Na, hier ist man doch als Mieter nur sicher, wenn man außer Haus ist, oder?«

»Ihre Frau ist nicht allein. Sie arbeiten doch auch zu Hause.«

»Na, dann können wir ja für uns beide eine Gefahrenzulage beantragen«, witzelte der Professor.

Schmidter ging auf die Bemerkung nicht ein, sondern strebte zum Ausgang. Es war bereits gegen halb eins, er musste sich beeilen.

»Dann viel Erfolg beim Forschen!«, verabschiedete sich Schmidter endgültig, froh, dem Brandherd entwichen zu sein.

Dieser Akademiker verströmt ja geradezu den Eindruck eines von sich restlos überzeugten Mannes, der seine Fähigkeiten mit größter Wonne zur Schau stellt. Bei aller geistigen Brillanz, die er eitel demonstriert, glimmt in seinem Blick ein Schimmer von Vorsicht und höchster Aufmerksamkeit. Wie ein Boxer im Ring, der ständig auf seine Deckung achtet, darauf lauert, einen Treffer zu landen.

Schmidter ging langsam zum Alex. Bircher hatte seine Mitarbeiter zu Mittag in das Haus des Lehrers eingeladen. Man müsse mal raus aus dem Bunker, hatte er seinen Vorschlag lapidar begründet. Schmidter schlenderte am Kino International vorbei. In den Vitrinen hing die Ankündigung des französischen Films *Angst über der Stadt* mit Jean-Paul Belmondo. Hm, seufzte Schmidter, wie treffend, ein paar hundert Meter vom Hochhaus.

Zur selben Zeit saß Angler in der Wohnung der Familie Bommer. Sie bewohnte eine Dreizimmerwohnung auf der achten Etage. Herr Bommer war zufällig zu Hause, weil sein kleiner Sohn erkrankt war. Er war sichtlich überrascht, als Angler bei ihm aufkreuzte. Bommer war ein schlaksiger Mann Mitte dreißig, der ihn freundlich empfing. Ein leicht ironisches Lächeln hing über seinem Gesicht. Es verflüchtigte sich einige Male während der Unterhaltung, kehrte aber nach kurzer Zeit stets wie ein Motiv, das sich nicht wegretuschieren lässt, zurück. Ein gelassener Mensch, der aus sicherer Distanz den Lauf der Dinge verfolgt und sich nur einmischt, solange die Situation überschaubar bleibt. Sein ausgleichendes Wesen hatte etwas Anziehendes. Vielleicht Gewerkschaftsvertrauensmann in seiner Abteilung, dachte Angler. Zu dem geht man ohne Angst, dass jede Sache sofort an die Glocke gehängt wird.

»Also, ich glaube kaum, dass ich Ihnen etwas zu den Mietern sagen kann. Wir wohnen hier seit 1966, da war der Herr Böhme, der Sie interessiert, bereits ausgezogen«, klärte ihn Bommer, der auf und ab ging, nach der ersten Frage auf.

Angler beobachtete den Mann und blinzelte auf seine Ruhlaer Armbanduhr. Es blieben ihm bis zum Mittagessen mit dem Chef noch zwanzig Minuten. Plötzlich blieb Bommer stehen. Angler schaute erwartungsvoll hoch.

»Mir fällt einfach nichts Brauchbares ein. Sicher gibt es in einem so großen Haus auch merkwürdige Menschen, auch mal einen Streit. Aber derlei Nichtigkeiten kann man doch angesichts der Schwere der Verbrechen gar nicht erst erwähnen, das grenzte ja an Verleumdung, nicht wahr?«

»Hm, wie man's nimmt! Ich bin verpflichtet, alle Hinweise neutral zu prüfen und mit öffentlichen Schlussfolgerungen äußerst zurückhaltend umzugehen. Manchmal entsteht aus einzelnen Daten wie durch Zufall ein wertvoller Hinweis.« Angler sprach wie zu einem Polizeischüler. »Ich habe gelesen, dass Sie Lehrer sind«, sagte er übergangslos.

»Ja, ich unterrichte Staatsbürgerkunde, Biologie und Sport, heute springt mal ein Kollege für mich ein.«

»Na, dann wissen Sie ja, wie das ist mit dem Menschenbild. Es steht nicht jedem auf der Stirn geschrieben, wie er tatsächlich denkt. Kleine Verhaltensweisen sagen manchmal mehr aus als große Studien.«

Die Befragung drohte in ein plätscherndes Geplauder überzugehen. Angler räusperte sich, wie um diesen Teil abzuschließen.

»Ja, da haben Sie recht. Wir«, er bezog Angler ein, »können nie sicher sein, alle zu erreichen. Es gibt Menschen, die nur scheinbar auf unserer Seite stehen. Tatsächlich aber verheimlichen sie ihre wirklichen Überzeugungen und Absichten. Dann muss man sie auf die Probe stellen. Setzt voraus, dass man den vermeintlichen Abweichler kennt und ihn von der Verlogenheit der feindlichen Ideologie überzeugt.«

»Ja, sicher«, nickte Angler und kratzte sich verlegen das Kinn. »Kennen Sie die Bürger Thule, Battes und Gerd Forn näher?«

»Äh, Sie würden gerne von mir wissen, wie ich die Bürger einschätze?«

»So kann man es auch ausdrücken.«

»Da muss ich nachdenken.«

»Gut, bitte, denken Sie nach.«

Bommer saß inzwischen wieder auf seinem Stuhl und blickte nachdenklich in den Raum. Lieber hätte er noch ein wenig über die Mühen der sozialistischen Erziehung im Allgemeinen geplaudert. Nun verlangte der Kommissar von ihm, sich über Mitbewohner zu äußern. Seine Miene verriet ein gewisses Unbehagen. Es entsprach nicht seiner Lebensphilosophie, konkrete Auskünfte über Menschen zu erteilen, sich festlegen zu müssen.

»Tja, also, warum denn eigentlich diese drei Genossen, gibt es dazu einen besonderen Anlass?«, versuchte er das Thema zu umgehen.

»Soweit ich informiert bin, sind Battes und Forn keine Parteimitglieder«, antwortete Angler.

»Wie, Genosse Forn ist doch Parteisekretär in Treptow?«, fragte Bommer verwundert.

»Ich spreche von seinem Sohn Gerd.«

»Ach so, den kenne ich gar nicht.«

Es klang wie erleichtert.

»Gut, wie ist es mit den zwei anderen?«

Angler wurde allmählich ungeduldig. Sein Gegenüber war es offensichtlich gewohnt, nur ihm genehme Fragen zu beantworten.

»Die beiden anderen kenne ich von den Hausgemeinschaftsversammlungen. Thule ist ja in der Bezirksleitung. Ich konnte ihn einmal als Redner für unsere Jugendweihefeier gewinnen. Die hatten wir im Kino International abgehalten und der hatte das sehr schön gemacht. Im Mittelpunkt seiner Ansprache stand der Aufbau unserer Hauptstadt, sogar Dias hatte er eingeblendet. Die zeigten, wie unsere Karl-Marx-Allee und die Hochhäuser errichtet wurden. Interessant war auch die Beschreibung der Türme am Frankfurter Tor, also die Kuppeln. Wusste gar nicht, dass da auch Mieter wohnen. Damals war auch Genossin Thule, seine Frau, anwesend. Unfassbar, dass er nun allein ist.«

Für einen Moment schaute er auf das Parkett, als hätte er kurzzeitig den Faden verloren.

»Einige Tage später haben zwei Absolventen einen Antrag auf Aufnahme in unsere Partei gestellt«, bemerkte er ohne Übergang stolz. Wie ein zufriedener Referent nach dem Vortrag lehnte er sich aufatmend zurück.

Angler nickte wortlos und kontrollierte erneut die Zeit. Noch hatte er nichts Neues erfahren. Genosse Bommer würde noch Stunden sprechen, ohne ihm etwas Nützliches mitzuteilen. Ungerührt setzte der auch prompt zur Fortsetzung an.

»Tja, wissen Sie, Genosse Angler, wir haben hier im Haus Bewohner aus unterschiedlichen Schichten unserer Gesellschaft. Nicht nur herausgehobene Persönlichkeiten, wie mancher glauben mag. Nein, auch hervorragende Werktätige, Angestellte und Forscher. Wie soll man da jemand verdächtigen? Ganz abgesehen davon, dass man kaum die Leute auf der eigenen Etage kennt. Weiß auch nicht, woran das liegt. Vielleicht ist jeder froh, hier wohnen zu dürfen, und vergisst vor lauter Glück den Nachbarn.« Bommer kicherte, als hätte er unversehens etwas Lustiges von sich gegeben.

Angler entschloss sich zu einem letzten Versuch.

»Haben Sie denn mitbekommen, dass Herrn Battes Frau ausgezogen ist?«

Bommer setzte abrupt eine sorgenvolle Miene auf. Er blickte auf Angler wie der Lehrer, der kurz zögert, bevor er einem Schüler die Note mitteilt.

»Battes, ja, war nicht zu überhören, wie er tobte.«

»Wie, Sie haben ihn durch zwei Haustüren gehört?«

»Es war am frühen Abend. Ich war bereits zu Hause und korrigierte eine Klassenarbeit. Dann hörte ich ihn schreien, als hätte er den Verstand verloren. Die Fenster waren offen und es schallte über den Dachgarten.«

»Hm und weiter?«

»Ich bin raus und habe geklingelt. Nach allem, was hier passiert ist. Dann war es plötzlich still, als ich vor seiner Tür stand. Habe dann bei Familie Lang geklingelt. Da war aber niemand. In dem Moment öffnete Battes die Tür und schaute wütend in die Diele. Musterte mich wie einen Unbekannten, danach die Diele, als hätte sich dort jemand versteckt.«

»War er normal gekleidet, hatte er irgendetwas in der Hand?«, unterbrach ihn Angler.

»Nein, nichts Auffälliges, nur dieser hasserfüllte Blick, wie er durch mich hindurch sah, das war schon merkwürdig. Ich habe ihn gefragt, ob alles in Ordnung sei. Der hat jedoch, ohne zu antworten, die Tür zugeschlagen.«

»Es war der Tag, an dem seine Frau ihm eine Notiz auf dem Küchentisch hinterließ, auf der stand, dass sie ihn verlassen hat.«

»Habe ich dann auch einige Tage später von Lutz Raiher gehört. An dem Abend hatte ich keine Ahnung. Haben Sie Frau Battes befragt?«

»Ich habe sie aufgesucht. Was wissen Sie sonst noch von Herrn Battes?«

»Wenig, ein Einzelgänger. Einige wenige Male traf ich ihn auf der Hausgemeinschaftsversammlung. Da saß er irgendwo in der Ecke und schwieg. Seine Frau hat nie teilgenommen.«

»Und hat er sich an geselligen Veranstaltungen beteiligt?«

»Nicht dass ich wüsste. Eben ein Eigenbrödler. Sein Namensschild hängt auf unserer Etage, basta. Wie ein Bild an der Wand, das man gelegentlich betrachtet, so sah man sich.«

»Schöner Vergleich«, murmelte Angler und steckte als Zeichen des Aufbruchs sein Notizbüchlein in die Seitentasche.

Bommer war mit seinen Erinnerungen beschäftigt und hatte die Geste nicht bemerkt. Ihn schien noch ein Gedanke zu beschäftigen. Offenbar war er unschlüssig, ob er sprechen sollte. Angler hatte das Zögern beobachtet und blieb sitzen.

»Wissen Sie, da ist noch was Merkwürdiges. Vielleicht gehört es nicht hierher, aber, na ja, es betrifft Herrn Battes.«

»Erzählen Sie nur, manchmal sind Dinge für mich wichtig, die Ihnen nebensächlich erscheinen.«

»Ich kann ja aus einem Zimmer meiner Wohnung auf den Dachgarten sehen. Ich glaube, es war ein Wochenende, ist ein halbes Jahr her, da hörte ich so eine Art Zischen und den leichten Aufprall eines Gegenstandes. Wie etwas Metallisches, das mit hoher Geschwindigkeit auf die Mauer des Dachgartens trifft. Irgendwie hat mich das Geräusch an meine GST-Zeit erinnert, an unsere Schießübungen. Kam mir höchst seltsam vor. Bin dann nach einer Weile rüber zum Dachgarten gegangen, aber nur bis zur Tür. Wie ich von dort auf die Brüstung blickte, war mir sofort klar, dass ich mich nicht geirrt hatte. Hier schoss jemand mit einem Luftgewehr auf Spatzen, die auf der Mauer des Dachgartens spazierten. Ich bin dann einige Schritte weiter rausgegangen, um mir, von der Terrasse aus, die Fensterfronten anzusehen. Ich sah gerade noch, wie Battes den Gewehrlauf aus seinem Fenster zog. Ziemlich blöd und brutal, aus dem Hochhaus auf Spatzen zu schießen. Schließlich könnte es auch einen Menschen erwischen.«

Bommer sah empört auf Angler, der zustimmend nickte.

»Und, haben Sie Battes daraufhin angesprochen?«

Bommer druckste herum, bemüht eine zufriedenstellende Antwort zu finden.

»Tja, ich wollte dann erstmal abwarten, ob sich das wiederholt. Konnte aber nichts mehr feststellen und habe die Angelegenheit auf sich beruhen lassen. Luftgewehre sind ja auch nicht verboten«, fügte er halb entschuldigend hinzu.

»Das schon, aber ihr Gebrauch inmitten eines Wohnbezirkes ist untersagt.«

»Hm, müsste Battes ja wissen.«

Angler dachte an die beiden Battes. Dass ihm die Frau abhandengekommen war, schien wohl mehr als nur einen Grund zu haben. Angler konnte sich nicht vorstellen, dass die eher sanfte Frau Battes den Schießübungen ihres Gatten wohlwollend gegenübergestanden hatte. Wer zum Vergnügen auf Spatzen schießt, ist sicher nicht von zartem Gemüt. Angler nahm sich vor, Battes eingehender zu befragen. Er gab sich einen Ruck und stand auf.

»Also, ich muss jetzt los. Nochmals vielen Dank für die Auskünfte, Genosse Bommer.«

Bircher wollte sich gerade auf den Weg zum Haus des Lehrers begeben, als Manuela ihm einen Umschlag hineinreichte.

»Ich glaube, das ist der Vaterschaftstest«, vertraute sie ihm das Gutachten wie ein Geheimnis an.

Bircher drehte ihr den Rücken zu, öffnete den Umschlag, spitzte die Lippen, überflog den Text und ließ so etwas wie einen kurzen Pfiff ertönen.

»Na, Donnerwetter. In diesem Fall scheint alles möglich!«, murmelte er und steckte den Umschlag in die Jacke.

»Manuela, hier schau her!«, zeigte er ihr die letzte Seite des Berichts. Sie las den Text und blickte ungläubig zu Bircher hinauf.

»Fichtner ist nicht der Vater, das war ja klar, aber dass der der Vater ist, ich fass es nicht!«, murmelte sie.

»Bestelle beide für heute Abend achtzehn Uhr ein. Aber so, dass sie sich nicht sehen können. Zu niemandem ein Wort!«

Bircher eilte wortlos hinaus, seine Mitarbeiter warteten in der Gaststätte. Es war in Berlin nicht sehr bekannt, dass man im Haus des Lehrers am Alexanderplatz durchaus auch gut und preiswert essen konnte. Überhaupt wussten viele Berliner nicht, wen das Haus mit dem anspruchsvollen Namen beherbergte. Man nahm schlicht an, dass es errichtet wurde, um den scheinbar ewig geplagten Lehrern eine Erholungsstätte zu bieten. Eine Art Refugium für verdienstvolle Pädagogen. Tatsächlich jedoch war es ein für jedermann zugängliches Haus, mit zwei Restaurants in den unteren Etagen. In dem kleineren konnte man abends eine Runde Skat spielen oder sich nur auf ein Bier verabreden. Das größere Restaurant fiel zwar deutlich bescheidener als das berühmte *Café Moskau* in der Nachbarschaft aus, allerdings konnte man auch hier, sogar ohne Vorbestellung und Tischeinweisung, recht gut und vor allem preiswert essen.

Die Kommissare waren bereits im Aufbruch, als Bircher seine überraschten Kollegen über das Abstammungsgutachten und die Vorladung Fichtners unterrichtete. Bircher bat Schmidter bei der

Befragung Fichtners anwesend zu sein. Bircher hatte gerade bezahlt, als plötzlich der Kellner zu ihrem Tisch eilte. Es war kurz vor halb drei Uhr.

»Darf ich fragen, wer Major Bircher ist?«, stieß er aufgeregt hervor.

»Das bin ich«, antwortete Bircher, seinen Mantel überstreifend.

»Hier ist ein dringender Anruf von einer Frau Riescher aus dem Polizeipräsidium. Sie muss Sie sofort sprechen. Hört sich sehr dringend an.«

»Gut, wo ist das Telefon?«

»Gleich hinter der Theke dahinten. Der Hörer liegt neben der Kasse.«

Bircher eilte davon, während sich Angler und Schmidter erneut an den Tisch setzten. Sie sahen nur den Rücken ihres Chefs und seine rechte Hand, die den Hörer griff. Einen Moment später legte er auf, drehte sich um und winkte seine Kollegen heran. Ohne zu warten, ging Bircher zum Ausgang. Angler und Schmidter erreichten ihn kurz vor der Treppe.

»Wir haben eine weitere Leiche, wieder im Hochhaus!«, presste er hervor.

Es war noch der 25. November, doch Bircher war durch die Nachricht vom dritten Mord wie eine Rakete aus der Zeitachse geschleudert worden. Ihm schien, als wäre er gezwungen, an einem einzigen Tag die Erlebnisse eines Jahres verarbeiten zu müssen. Im Zeitraffer liefen die Ereignisse wie im Schnelldurchlauf vor seinen Augen ab. Blitzschnell ist man ein Jahr älter, dachte er sich. Und hurtig kann alles vorbei sein, fügte er grimmig hinzu, als er mit seinen Kollegen die Allee in Richtung Strausberger Platz entlangeilte. Manuela hatte ihm lediglich mitgeteilt, dass ein Bewohner des Hochhauses die Mordkommission angerufen und atemlos um Hilfe gebeten hatte. Bei der Person handelte es sich um eine Frau Hessel oder Kessel, soweit Manuela es verstanden hatte. Die Frau würde mit Genossen Jäger vor dem Haus warten. Mehr wusste Bircher nicht. Er hatte Manuela aufgetragen, Professor Tetsche und die Spurenleute zum Haus zu beordern. Sie sollten am Hauseingang auf ihn warten. Ein Streifenwagen sollte das Hochhaus vor Fremden abschirmen. Das hätte sie bereits veranlasst, bemerkte Manuela. Bircher schnaufte leise, ließ die Eigenmächtigkeit aber wortlos durchgehen.

Die drei Kommissare marschierten schweigend am *Café Moskau* vorbei und näherten sich dem Hochhaus. Uniformierte Polizei konnten sie nicht entdecken, auch von Jäger war nichts zu sehen. Allerdings erkannte Bircher einen Streifenwagen auf der hinteren Zufahrtsstraße, die parallel zur Allee entlang der Neubauten bis zur Kongresshalle am Alexanderplatz führte. Vor dem Auto stand ein Volkspolizist, der sich jetzt von seinem Auto löste und ihnen entgegeneilte.

»Hauptwachtmeister Fahrenholz, melde, dass die Genossen innen im Eingangsbereich warten. Sollen uns unauffällig verhalten.«

»In Ordnung, lassen Sie niemand ins Haus, der nicht hier wohnt. Jeder muss sich mit dem Personalausweis ausweisen. Besuchern sagen Sie, dass ein Zutritt aus technischen Gründen vorübergehend nicht möglich ist. Keine Silbe vom Geschehen. Es darf auch niemand das Haus verlassen. Sie warten hier auf weitere Weisungen.«

»Zu Befehl, verstanden!«, antwortete der Polizist und stellte sich breitbeinig vor die Haustür.

»Und stehen Sie nicht vor dem Gebäude wie zur Wachablösung! Sieht ja aus, als würden Sie ein Mahnmal bewachen«, raunte ihm Bircher noch zu, als er am Wachtmeister vorbei das Haus betrat. Jäger hatte die Tür geöffnet, neben ihm stand der ABV und weiter hinten an der Flügeltür, die den Vorraum von dem Fahrstuhlbereich trennte, wartete eine Frau, die Bircher nicht kannte. Er wies vorsichtig mit dem Kopf in Richtung Fahrstuhl und schaute fragend zu seinen Mitarbeitern, die wortlos mit den Achseln zuckten. Jäger hatte die Geste beobachtet und ging auf Bircher zu.

»Guten Tag, Genosse Major, den ABV kennen Sie ja bereits und dort«, er wies mit einer müden Handbewegung hinter sich, »das ist Frau Doktor Hessel. Sie wohnt auf der siebten Etage und hat die Tote entdeckt.«

Bircher fasste sich unwillkürlich mit beiden Händen an die Brille, als müsste er das Gestell gerade rücken, um besser sehen zu können. Mit gerunzelter Stirn wandte er sich an Jäger:

»Sagten Sie ›siebte‹ Etage?«

»Ja, bei der Toten handelt es sich um Frau Maria Raiher, sie wohnt, äh, also wohnte, auf der siebten Etage«, wiederholte Jäger.

Angler, der neben Bircher stand, stöhnte leicht auf: »Mensch, Karl, ich war noch vor einer Woche bei den Raihers. Ich fasse es nicht, am helllichten Tage! Wo ist denn Herr Raiher?«, fragte er in die Runde.

Jäger zuckte ratlos mit den Schultern. Der ABV schwieg. Bircher drehte sich zu Schmidter:

»Fahren Sie sofort zur Dienststelle von Genossen Raiher! Adresse steht in den Akten, nehmen Sie meinen Wagen. Schnell mit Blaulicht! Bevor ihn irgendjemand informiert.«

Schmidter nickte, ohne sich in Bewegung zu setzen. Bircher stutzte und schaute ihn fragend an:

»Was ist denn noch?«

»Sie erinnern sich, dass ich heute zwischen elf und zwölf Uhr dreißig auf der siebten Etage Herrn Professor Hessel befragt habe. Da steht seine Frau. Sie war zu der Zeit, als ich mit Ihrem Mann sprach, in der Uni und hielt eine Vorlesung. Der Täter hätte mir also fast über den Weg laufen können.«

Ungläubig blickte Schmidter in die Runde. Angler nickte und fügte hinzu:

»Und ich war zur gleichen Zeit auf der achten Etage bei Herrn

Bommer. Man hätte uns beide beobachten können, wie wir gegen zwölf Uhr vierzig das Haus verließen.«

Bircher nickte wie abwesend und murmelte: »Ja, nun mal langsam. Lasst uns erstmal feststellen, wann der Mord geschehen ist.«

Bircher war mit seinen Gedanken bei der siebten Etage. Allmählich erfasste er den Tathergang. Der Mörder, und es bestand für ihn kein Zweifel, dass es ein und derselbe Täter war, folgte nicht der Zahlenarithmetik, wie sie ihm bislang vorschwebte. Hatte er hinter den Morden auf den Etagen vier und sechs eine Art geradzahligen Stufenplan vermutet und deshalb die achte Etage im Auge gehabt, so hatte der Mörder heute alle Hypothesen ad absurdum geführt. Keine Spur von einem magischen Zahlenwahn, die den Mörder durch das Hochhaus treibt. Karola würde an ihrer kombinatorischen Gabe zweifeln. Welchem Wahn, wenn es überhaupt einen gab, war der Täter erlegen, wenn er seine Opfer aussuchte? Mordete er vielleicht doch nur aus purer Lust, ohne jeden direkten Bezug zu den Bewohnern des Hochhauses? Einfach deshalb an diesem Ort, weil er ihm so viele Möglichkeiten bot? Auch der Zeitplan hatte sich überraschend geändert. Mitten am Tag, fast zur gleichen Zeit wie die Mitarbeiter der Mordkommission ihre Befragungen durchführten, hatte der Mörder sein Opfer aufgesucht. Vielleicht hatte er von der verschärften Überwachung des Hauses während der Nachtstunden Wind bekommen.

Immer noch standen die Männer in der Eingangshalle vor dem Wandbild mit den beschwingten Motiven aus Zilles Stadtlandschaften. Sie schienen Frau Hessel vergessen zu haben, die regungslos und blass vor den Briefkästen stand. Schmidter löste sich von seinen Kollegen, er wollte sich im Hochhaus umschauen. Eine Tabakwolke schwebte durch die Eingangstür und in ihrem Sog tauchte Professor Tetsche auf. Leicht gebeugt trippelte er Bircher entgegen. Der entsinnte sich wieder Frau Hessels und hielt ihn mit einer abwartenden Handbewegung zurück. Frau Doktor Hessel war eine Dame von stattlicher Statur, korpulent und kräftig, jedoch weder massig noch unförmig. Im Unterschied zu den stämmigen Beinen und breiten Hüften erschien ihr Oberkörper eher zierlich, so dass beim ersten Anblick die Proportionen irritierend unausgewogen wirkten. Den ersten Eindruck glich ein ebenmäßig hübsches Gesicht aus, das von innerer Ruhe und Selbstvertrauen zeugte und ihrer Erscheinung eine gewisse Souveränität und Würde verlieh. Sie trug das schlichte dunkelgraue Kostüm, das sie während ihrer Vorlesung getragen hatte. Als sich die Kommissare näherten, kam sie ihnen mit festen Schritten entgegen, verharrte dann aber vor der Flügeltür, weil Angler sie für Bircher öffnete.

»Guten Tag, Frau Hessel, wir sind von der Kriminalpolizei, ich bin Major Bircher und das ist Oberleutnant Angler.«

»Ja, Sie wollen mich sicher sprechen«, kam sie ohne Umschweife zum Thema.

»Würden Sie uns bitte kurz schildern, was Sie erlebt haben, bevor Sie den Genossen Jäger aufsuchten«, bat Bircher, der sich suchend nach einem Platz umschaute, wo sie ungestört reden könnten.

Sie standen direkt vor den Aufzügen. Bircher zuckte ratlos mit den Achseln und wandte sich an Jäger:

»Könnten wir vielleicht für einen Moment die ehemalige Pförtnerloge benutzen, haben Sie einen Schlüssel?«

»Ja, kein Problem. Da stehen nur ein paar Fahrräder, aber keine Stühle.«

»Geht schon«, nickte ihm Bircher zu und wandte sich wieder an Frau Hessel, »es ist nur für zwei Minuten, einverstanden?«

»Ja, klar, wenn Sie meinen, kein Problem«, antwortete sie, leicht irritiert zu dem Zimmer blickend.

Unter den Blicken der ungeduldigen Kommissare angelte Jäger einen großen Schlüsselbund aus der Hosentasche. Er musterte die einzelnen Schlüssel wie eine Sammlung wichtiger Raritäten, bis er schließlich mit einem erleichternden Seufzer einen primitiv aussehenden Schlüssel mit zwei Fingern anhob und, während die anderen am Bund baumelten, mit Grabesstimme verkündete: »Das muss er sein!«, und ihn ins Schloss schob.

Angler verzog ungeduldig den Mund. Er hielt bereits die Türklinke in der Hand. Der Raum war stockdunkel. Jäger quetschte sich an Angler vorbei, um nach dem Lichtschalter zu tasten. Eine nackte Glühbirne leuchtete auf, und Bircher bat Frau Hessel mit einer Handbewegung in die Kammer. Vor dem Fenster hing ein dunkler Vorhang. Als müssten sie einen Lagerraum inspizieren und wüssten nicht, womit sie anfangen sollten, standen Frau Hessel, Angler, Bircher und Jäger dicht aneinandergedrängt in dem muffigen Abstellraum.

Bircher räusperte sich und warf Jäger einen Blick zu, sie bitte allein zu lassen. Der hatte die Geste missverstanden und wollte die Tür von innen schließen, was Angler veranlasste, Jäger mit einem schrägen Nicken nach draußen zu weisen. Er lächelte ihm freundlich zu.

»Wir sind gleich bei Ihnen.«

»Ja, aber, ich war doch dabei, brauchen Sie mich denn nicht«, stammelte der überrascht.

»Doch, anschließend«, sagte Angler und schloss die Tür vor dem enttäuschten Jäger.

Bircher und Frau Hessel lehnten nebeneinander an dem Pförtnertresen. Frau Hessel zeigte keinerlei Regung. Die Blässe war etwas aus ihrem Gesicht gewichen, und für einen Moment war sogar der Hauch eines Lächelns über ihre Lippen gestreift, wie sie den enttäuschten Genossen Jäger musterte. Bircher bemerkte ein schwaches Parfüm neben sich. Kein unangenehmer Duft, befand er. Wenigstens konnte man ungestört atmen. Bircher mochte stark aufgetragene Marken überhaupt nicht.

»Also, Frau Hessel, was ist vorgefallen?«, fragte Bircher.

»Ich hatte am Vormittag eine Vorlesung zu halten und bin deshalb um neun aus dem Haus gegangen. Ansonsten arbeite ich zu

Hause. Wie auch mein Mann. Ich bin so gegen zwei Uhr wieder hier gewesen. Als ich den Fahrstuhl auf meiner Etage verließ, fiel mir auf, dass die Haustür der Familie Raiher offen stand. Hm, dachte ich, vielleicht ist sie zu Hause. Frau Raiher arbeitet nur halbtags und auch nicht jeden Tag.«

»Haben Sie etwas an der Tür bemerkt, steckte ein Schlüssel?«, warf Bircher ein.

»Hm, weiß ich nicht so genau. Glaube eher nicht, dass da ein Schlüssel steckte.«

»Gut, fahren Sie bitte fort!«, bat Bircher sie.

»Ja, also, ich bin in meine Wohnung gegangen und kurz darauf, vielleicht zwei Minuten später, noch mal raus. Ich hatte vergessen, in den Briefkasten zu sehen.«

»Moment«, unterbrach sie Bircher erneut, »sind Sie irgendjemandem begegnet, als Sie Ihre Wohnung nochmals verließen?«

»Nein, niemandem.«

»Ihre Wohnung hatten Sie verschlossen?«

»Ich habe nur die Tür ins Schloss fallen lassen.«

»Gut«, nickte ihr Bircher zu.

»Tja, als ich also wieder zurückkam, da stand die Tür von Raihers immer noch offen. Mir kam das nun doch merkwürdig vor. Es war so still, wie verlassen wirkte die Wohnung auf mich. Aber warum steht dann die Tür offen, fragte ich mich.«

»Wie spät war es da?«, fragte Angler.

»Na, das müsste so zehn nach zwei gewesen sein. Ich hatte also so ein Gefühl, als würde was nicht stimmen, und bin rüber, um in die Wohnung hinein nach Frau Raiher zu rufen. Als sich niemand meldete, bin ich zu Genossen Jäger gerannt, die Treppe runter. Der war glücklicherweise zu Haus. Den Rest können Sie sich denken. Wir fanden Frau Raiher auf ihrem Bett. Ich konnte nicht hinschauen, bin gleich wieder raus. Wir haben dann die Polizei verständigt. Es ist unbeschreiblich, was läuft hier ab, ein Horror …!«

Frau Hessel verstummte und atmete tief aus. Sie hatte ruhig gesprochen, als würde sie ihren Studenten einen Sachverhalt erklären. Nüchtern und knapp, ohne erkennbare Emotionen. Sie hob beide Arme, wie um ihre Frisur zu richten, ließ sie dann aber hilflos fallen und faltete die Hände vor sich wie zum Gebet. Die Spannung schien von ihr zu fallen. In Anbetracht der Ereignisse wirkte sie erstaunlich gefasst.

»Als Sie früh das Haus verließen, war da die Wohnungstür von Raihers geschlossen?«

»Kann ich nicht sagen. Ich habe nicht darauf geachtet. Müssten Sie nachher meinen Mann fragen, der kommt gegen sechzehn Uhr. Vielleicht war ja um diese Zeit Herr Raiher noch zu Hause. Wurde er überhaupt schon unterrichtet?« Frau Hessel schaute entsetzt auf Bircher, dann auf Angler.

»Wir versuchen, ihn zu erreichen«, wich Angler aus.

Angler und Bircher schauten sich an. Sie hatten den gleichen Gedanken. Der Mörder musste irgendwann zwischen dem frühen Vormittag, nachdem Herr Raiher seine Frau verlassen hatte, und vierzehn Uhr, bevor Frau Hessel die geöffnete Tür auffiel, in die Wohnung eingedrungen sein. Vielleicht sogar zu einer Zeit, als sich die Kommissare im Haus aufhielten. Hatte er gesehen, wie Herr Raiher das Haus verließ? Woher sollte er sonst wissen, dass Frau Raiher mitten am Tage allein zu Hause sein würde? Warum Frau Raiher, warum nicht eine der alleinstehenden Frauen? Warum die siebte Etage?

Bircher raffte sich auf und fasste Frau Hessel behutsam am Ellbogen. »Also, Frau Hessel, nun gehen Sie erstmal zu sich in die Wohnung. Wir werden uns später wegen des Protokolls melden. Versuchen Sie, Ruhe zu finden. Und vielen Dank für Ihre Informationen. Die waren sehr hilfreich, wir können nun die Tatzeit eingrenzen.«

Angler öffnete die Tür und sie verließen den Raum. Frau Hessel ging schnurstracks zum Aufzug und drückte auf den Knopf.

Der Fahrstuhl hielt, sie öffnete die Tür und verschwand in der Kabine. Bircher winkte Tetsche zu, und gemeinsam mit Angler warteten sie auf den zweiten Fahrstuhl, um in die siebte Etage zu fahren.

Bircher sah sofort, dass das Türschloss unversehrt war. Wie in den beiden anderen Fällen deutete nichts auf ein gewaltsames Eindringen hin. Die Diele empfing die Polizisten fein säuberlich aufgeräumt. Angler warf einen Blick auf die Möbel, das Bild mit den verlassenen Kühen im Wald, die ihm jetzt noch seltsamer anmuteten und, durch die offenen Türen, auf die schweren Ledermöbel im Wohnzimmer. Alles sah aus, wie er es in Erinnerung hatte. Eine unheimliche Stille lag über den Räumen. Durch die offene Wohnungstür drang kein Geräusch. Der Polizist stand regungslos am Eingang und musterte den blitzenden Marmorboden.

Direkt neben Raiher wohnte die verwitwete Frau Essorg. Auf der gegenüberliegenden Seite die Familie Baumann sowie in der Einzimmerwohnung auf der Längsseite Herr Schulbe. Bis auf Schulbe waren alle Mieter von den Kommissaren befragt worden. Bircher überlegte, wie es wohl jetzt um die selbstgefällig zur Schau gestellte Schnoddrigkeit des Architekten bestellt sein würde, ob er sich noch von der drohenden Panikstimmung in der Großfamilie abschirmen könnte, allein auf seinem Podest, hinter sich im Rücken seine verzweifelten Töchter, die ihm nicht mehr von der Seite weichen würden. Und Frau Essorg, für die es ein Rätsel sein wird, warum nicht sie, ein eher hilfloses Opfer, ermordet worden war. Weshalb hat der Mörder ausgerechnet sie verschont? Verbirgt sich hinter dieser Frage das Motiv des Mörders? Gibt es etwas, was die drei Opfer gemeinsam haben? Bircher stellte stirnrunzelnd fest, dass sie diesen Aspekt bisher nicht näher untersucht hatten.

»Haben Sie jemand von den Bewohnern der Etage gesehen?«, fragte Bircher im Vorbeigehen den Wachposten, der neben Angler stand.

»Nur die Frau, die die Tote entdeckt hat. Sonst niemanden, Genosse Major.«

»Falls Sie jemanden sehen, rufen Sie uns sofort!«, wies er den Polizisten an.

»Wo befindet sich die Tote?«, wandte sich Bircher an den ABV, der vor der Wohnung wartete.

»Im Schlafzimmer, in der Diele nach rechts und gleich die erste Tür links.«

Es klang wie die Beschreibung bei einem Behördengang.

»Danke, warten Sie hier draußen.«

Angler nickte Bircher zu, als wollte er ihm sagen: Ich kenne mich hier aus, und ging voran. Tetsche stand mit erhobenem Kopf abwartend in der Diele und betrachtete interessiert die verlassenen Kühe. Angler nahm sich vor, Tetsche nach dessen Eindruck zu befragen. Der zuckte mit den Achseln, wie um zu verstehen zu geben, dass er die Aussage des Gemäldes nicht verstand, und drehte sich zu den Kommissaren.

»Also, dann wollen wir mal«, nuschelte er und folgte den beiden in kurzen Schritten.

Im Schlafzimmer bot sich ein Bild der Verwüstung. Offensichtlich war es dem Täter dieses Mal nicht gelungen, sein Opfer im Schlaf zu überraschen. Die beiden Nachttischlampen lagen auf der Erde, auf dem Parkett verteilten sich hingeworfene Kleidungsstücke, und die Gardinen hingen halb abgerissen von der Stange. Wahrscheinlich hatte Frau Raiher versucht, das Fenster zu öffnen, wurde aber daran gehindert und hatte sich an den Stoff geklammert, bis der fast von der Leiste riss. Alle Stühle waren umgekippt und das Bett zerwühlt, es sah aus wie nach einem heftigen Kampf. Frau Raiher hatte sich offensichtlich mit der ganzen Kraft ihres stämmigen Körpers gegen den Eindringling zur Wehr gesetzt. Die Kleiderschränke waren verschlossen, ebenso die Nachtschränke.

Frau Raiher lag wie eine Dekorationspuppe quer über dem Ehebett, bedeckt mit einem Morgenmantel, der ihr bis zur Hüfte gerutscht war und den Blick auf die nackten, überraschend schlanken Beine freigab. Ihre Augen waren zur Decke gerichtet. In ihrem Gesicht widerspiegelte sich noch etwas von dem ungläubigen Entsetzen, das sie heimsuchte, das sie bis zur letzten Sekunde ihres Lebens begleitete, wie sie noch im Todesringen das Schreckliche dieses Augenblicks zu begreifen suchte. Die weit aufgerissenen Augen schienen von ihrem erlöschenden Willen zu berichten, ihrem ohnmächtigen Entsetzen und der Todesangst. Wie gewaltige Schwanenflügel ruhten ihre Arme über dem Deckbett.

»Erwürgt, wie in den Fällen zuvor«, murmelte Tetsche, über das Opfer gebeugt, die Halspartie betrachtend.

»Bis du sicher?«, fragte Bircher mehr automatisch.

Tetsche drehte sich vorwurfsvoll nach hinten.

»Alle Symptome eines gewaltsam herbeigeführten Erstickungstodes, hier die petechialen Blutungen in den Lidhäuten. Da, schau her, die fleckenförmigen Hämatome und die Würgemerkmale. Noch eindeutiger als in den beiden anderen Fällen«, sprach er mehr zu sich als zu den Anwesenden.

Es klang, als würde er nach langen Experimenten endlich einen Fortschritt feststellen können. Tetsche wandte sich vom Kopf der Toten ab, hob ihren linken Arm, wie um das Gewicht abzuschätzen und ließ ihn augenblicklich enttäuscht zurück auf das Bett sinken. Er streckte den Rücken durch und ging um das Bett zur anderen Seite. Er hob den anderen Arm von Frau Raiher und grunzte leise:

»Klar, war der falsche Arm, hier ist der Rechte und da fehlen auch die beiden Finger, und zwar genau wie bei den beiden anderen Opfern der Zeige- und Ringfinger.«

Bircher und Angler starrten auf die Leiche. Nur Tetsches leises Schnaufen war in der Todesstille vernehmbar. Gebückt untersuchte er die Tote nach weiteren Spuren, abwechselnd die Beine, die Arme, den Kopf und den Oberkörper leicht anhebend, während sich sein Kopf wie der eines Spurenhundes am Körper der Toten entlangbewegte. In der Hand hielt er ein Fieberthermometer.

»Gut, das war's, schafft mir die Tote in die Gerichtsmedizin! Heute Abend bekommt ihr den Bericht«, sagte er und richtete sich auf.

»Warte noch einen Moment«, hielt ihn Bircher zurück, »wann könnte die Tat verübt worden sein?«

Wie bei einer Wortmeldung hob Tetsche seine linke Hand und warf einen weiteren Blick auf Frau Raiher. Bircher wusste, was ihn erwartete und fügte abwiegelnd hinzu:

»Nur ungefähr, wir waren nämlich vormittags hier im Haus.«

Zum ersten Mal huschte ein Hauch von Überraschung über das Gesicht Tetsches.

»Unter normalen Umständen fällt die Körpertemperatur nach dem Tod um 1,5 Grad pro Stunde. Ihr Körper ist um etwa sechs Grad abgekühlt. Hier bei Zimmertemperatur setzt die Totenstarre nach etwa ein bis zwei Stunden ein, zuerst an den Augenlidern und Kaumuskeln, kannst du hier beobachten«, Tetsche deutete auf das Gesicht, »und endet nach sechs bis zwölf Stunden. Also, ich schätze mal, dass die Frau seit höchstens vier Stunden tot ist, könnte also zwischen elf und vierzehn Uhr verstorben sein. Eher nach elf Uhr.«

Bircher und Angler warfen sich einen Blick zu. Schmidter war zwischen elf und zwölf Uhr dreißig auf der siebten Etage. Es war demnach nicht auszuschließen, dass Frau Raiher ermordet worden war, während Schmidter nebenan Herrn Hessel befragt hatte, der ihm die Logik des Täters erklärt hatte. Die achte Etage blieb verschont. Es erschien geradezu als aberwitzig, dass ein Mörder die Anwesenheit der Polizei in Kauf genommen hat. Wie sollte er wissen, dass sie im Haus waren? Es sei denn, er hatte sie gesehen und sich entschlossen zu warten. Eine Tatzeit vor elf Uhr schien nach Tetsches ersten Untersuchungen eher unwahrscheinlich zu sein. Dann hätte die Haustür für mehrere Stunden, genau bis vierzehn Uhr, als Frau Hessel aus dem Fahrstuhl stieg, offen stehen müssen. Das hätte einem der Mieter auf der Etage auffallen können. Schließlich war die Wahrscheinlichkeit, dass eines der vielen Kinder Baumanns über die Etage lief, ziemlich hoch. Schließlich hätte der Mörder auch nach zwölf Uhr dreißig in die Wohnung eindringen können, um sie gegen dreizehn Uhr wieder zu verlassen. Dann hätte die Tür bis vierzehn Uhr offen gestanden. Zu dieser Zeit hatten die Kommissare das Haus verlassen. Auch diese Hypothese setzte voraus, dass er von der Anwesenheit der Polizei im Haus wusste und kaltblütig auf seine Chance wartete. Aber warum schloss er nicht die Tür hinter sich? War er plötzlich in Panik geraten? Oder wollte er das Interesse bewusst auf die Wohnung lenken?

»Und was sagt dir die rechte Hand?«, fragte Bircher.

»Der Mörder hat mit einem extrem scharfen Gegenstand, Skalpell oder Messer, und mit ziemlicher Kraft erst den einen und dann den anderen Finger abgetrennt. Wie früher. Beide gleichzeitig geht ja wohl kaum. Dazwischen befindet sich schließlich der Mittelfinger, und der ist noch da, wo er hingehört«, redete Tetsche mit klangloser Stimme wie zu sich selbst, wobei er um das Bett ging und den Arm der Toten leicht anhob.

Er zuckte scheinbar entschuldigend mit den Achseln, als hätte er etwas Überflüssiges getan.

»An den anderen Fingern kann ich keine Verletzungen feststellen. Der Täter hatte es nur auf den Ring- und Zeigefinger abgesehen, genau wie bei den letzten Morden.«

»Also zweifelsfrei ein Serientäter?«, vergewisserte sich Bircher.

»Ja, Karl, du erinnerst dich an unser Gespräch nach dem zweiten Mord. Mir scheint, als würde sich da jemand an seinen Traumata abarbeiten, entschuldige den betrieblichen Ausdruck. Aber du solltest einen Psychiater hinzuziehen.«

Tetsche hatte mit seiner ersten Einschätzung recht behalten. Sie suchten eine Person, die von irgendeiner Wahnvorstellung beherrscht wird. Vielleicht wütet der Mörder so lange, bis alle Erinnerungen an etwas Schreckliches, das in seinem Schädel wie eine Fräse wütet, ausgelöscht sind. Wie bei einer Migräne, vor deren Schmerz es kein Entrinnen gibt. Bis sie, so plötzlich, wie sie gekommen ist, von einem lässt.

Bircher nickte Tetsche zu, der Anstalten machte, die Wohnung zu verlassen.

»Ruf mich bitte im Büro an, sobald du fertig bist. Ich bin dort bis gegen zwanzig Uhr, danach zu Hause«, sagte Bircher und reichte Tetsche die Hand.

»Ja, bis dann«, um leise hinzuzufügen, »beneide dich nicht, mein Lieber.«

Tetsche schlug ihm mit der freien Hand leicht auf die Schulter und verließ das Schlafzimmer.

Kurz darauf kehrte er zurück.

»Was ist, hast du was vergessen?«, fragte Bircher.

»Nee, ich habe nur gerade gesehen, dass der Nachbar nach Hause gekommen ist. Müsste Herr Schulbe sein.«

Bircher drehte sich zu Angler, der ihm geistesabwesend zunickte. Er starrte wie gebannt auf die Frau, die ihm noch vor wenigen Tagen empört von Böhmes Anzüglichkeiten erzählte. Mit zerfurchter Stirn rekonstruierte er die Befragung des Ehepaars Raiher. Nichts hatte darauf hingedeutet, dass sich das Ehepaar Raiher bedroht fühlte oder unter irgendwelchen Ängsten litt. Ganz im Gegenteil, an Herrn Raiher schienen die Ereignisse wie in einem Fernsehkrimi vorbeizuziehen.

»Gehst du mal gleich zu Schulbe rüber, vielleicht kann er uns helfen, die Tatzeit einzugrenzen«, riss ihn Bircher aus seinen Grübeleien.

»Ja, klar. Wir sehen uns dann im Büro?«

»Ja. Heute Abend kommen noch Böhme und Fichtner. Böhme hat übrigens heute einen Tag Urlaub genommen. Den Tatort überlassen wir jetzt den Technikern. Schmidter kümmert sich um

Herrn Raiher. Ich fahre ins Präsidium und unterrichte General Meier.«

»Also, bis nachher.«

Angler klingelte, und kurz darauf öffnete ihm ein etwa ein Meter fünfundsiebzig großer, stämmiger Mann. Sein Schädel war bis auf einen stoppelartigen Igel fast kahl. Graublaue Augen blitzten aus schmalen, leicht angeschwollenen Lidern. Der Mann schläft wenig oder trinkt viel, bemerkte Angler für sich. Sein Gesicht war glatt rasiert und er duftete nach frischem Shampoo. Vielleicht kam er gerade aus der Wanne, zu einer eher ungewöhnlichen Zeit.

»Kommen Sie rein. Hier entlang, bitte!«, forderte ihn Herr Schulbe im Ton eines Menschen auf, der es gewohnt ist, Anweisungen zu erteilen.

Er führte Angler in die Küche. Als Erstes fiel Angler eine Batterie von Einweckgläsern auf, die gut beschriftet in Reih und Glied eine Regalwand säumten. Neben den Gläsern mit Obst, Gemüse und Wurst entdeckte Angler einige Flaschen, deren farbloser Inhalt ihn an selbstgebrannten Schnaps erinnerte. Auf den handgeschriebenen Etiketten erkannte er Bezeichnungen wie »Pflaume 1974«, »Pfirsich 1974«, »Birne stark, '72« oder einfach nur »Obstler 1973«.

Aha, dachte Angler, ein Mann mit praktischem Sinn für die Eigenversorgung. Schulbe hatte den Kommissar nicht aus dem Auge gelassen.

»Ja, meine Eltern schütten mich mit ihren Produkten zu. Die haben einen Garten«, erklärte Schulbe, der jede Bewegung Anglers aufmerksam verfolgt hatte.

»Und eine eigene Destille?«, lächelte Angler listig.

»Nee, das nicht. Ich bin Chemieingenieur, mach das selber. Braucht man ja nicht viel. Eine gute Destille mit passendem Vorlauf und die Zutaten.«

Angler verkniff sich die Frage, wo er wohl in der Einzimmerwohnung seine Schnapsbrennerei betreiben würde, und nickte ihm nur anerkennend zu.

»Ja, also zur Sache, Herr Schulbe, hier, direkt neben Ihrer Haustür wurde ein Mord verübt. Sie haben davon gehört?«

Augenblicklich wandte sich Schulbe abrupt vom Selbstgebrannten ab, den er eben noch mit einem ganz leichten, fast verschwörerisch anmutenden Lächeln gemustert hatte. Der fast beschwingte Gesichtsausdruck wich einem starren Blick. Gerade auf Angler gerichtet, kniff er die Augen zusammen, als würde er am Gewehrlauf entlang Kimme und Korn in Deckung bringen, und atmete tief durch.

»Was sagen Sie da, Frau Raiher ist tot? Mensch, die habe ich doch gestern noch gesehen. Quietschvergnügt. Das ist ja unglaublich. Neben meiner Wohnungstür. Wann ist das geschehen?«

»Das versuchen wir gerade zu rekonstruieren. Vielleicht können Sie uns dabei helfen.«

»Ausgerechnet Frau Raiher, die Maria!«, fügte er plötzlich leise hinzu. »Hm, was wollen Sie wissen? Äh, ich brauch jetzt erstmal einen.« Er erhob sich, um zum Regal zu gehen. »Sie auch?«

»Nein, danke.« Angler musterte ihn aufmerksam.

Schulbe schritt zu seiner Sammlung und griff sich die am Rand stehende Flasche, die halb voll war. Mit dem Rücken zu Angler zog er den Korken heraus, setzte ohne Umschweife die Flasche an und genehmigte sich einen kräftigen Schluck. Er stellte die Flasche zurück aufs Regal und kehrte mit einem Kopfnicken an den Tisch zurück, als wäre er gerade mal vor der Tür gewesen. Wie um den Pegelstand zu prüfen, kniff Angler leicht die Augen zusammen.

»Also, wir gehen davon aus, dass der Mord zwischen elf und vierzehn Uhr geschah. Die Tür zu Frau Raihers Wohnung stand gegen vierzehn Uhr offen. Deshalb hatte Frau Hessel, als sie nach Hause kam, Verdacht geschöpft und Herrn Jäger gerufen. Die beiden haben dann die Tote gefunden. Gegen neun Uhr, als Frau Hessel ihre

Wohnung verließ, war die Haustür von Raihers noch geschlossen. Die Frage ist, ob Sie eventuell am Vormittag im Haus waren und Ihnen etwas aufgefallen ist«, beendete Angler seinen Bericht.

Schulbe nickte, als wäre ihm alles klar, und erhob sich erneut. Angler warf ihm einen fragenden Blick zu, bemerkte dann aber, worum es Schulbe ging und schwieg. Schulbe schritt wortlos zu seinem Regal, angelte sich die Flasche und nahm einen weiteren Schluck seines Obstlers. Angler schauderte es leicht, es war gerade mal früher Nachmittag. Schulbe setzte sich, wobei er leicht genüsslich ausatmete. Es hörte sich an wie ein befreiendes Aufstöhnen, als hätte er sich eine besondere Kostprobe auf der Zunge zergehen lassen.

»Also, Herr Angler, ich wurde heute früh um fünf Uhr ins Werk gerufen. Eigentlich hätte ich ja einen Tag frei gehabt. Ich bin Produktionsleiter und wurde wegen einer Havarie rausgeklingelt. Bin also raus zu meinen Öfen. Wieder mal eine Panne, immer, weil es an den richtigen Ersatzteilen fehlt. Es ist zum Kotzen, dass kein Geld für billige Importe da ist und wir dann die Prügel beziehen, weil der Kalk für die Neubauten fehlt. Na ja, will Sie nicht mit meinen Sorgen belästigen. Aber ist doch wirklich zum Jammern, ist doch fast so, als wenn bei Ihnen alle naselang irgendein Material zum Aufnehmen der Spuren ausginge und man Sie auch noch rügte, weil die Ermittlungen nicht vorangingen. Na ja, egal, der Plan muss erfüllt werden, und wir improvisieren halt weiter, bis zur nächsten Panne. Sie müssen ja wenigstens keinen Plan erfüllen, oder?«

Mit einem unerwartet schelmischen Grienen musterte er Angler, der keine Miene verzog.

»So, ich bin also mittags kurz vor halb zwei nach Hause gekommen, das weiß ich genau, weil ich um zwei Uhr meine Eltern am Telefon hatte. Die Tür war zu.«

Hier unterbrach ihn Angler.

»Sind Sie sich ganz sicher, dass die Tür um halb zwei geschlossen war?«

»Ja, ich hatte noch überlegt, zu klingeln, weil ich meinen Schlüssel holen wollte. Ich war vergangene Woche verreist und hatte ihnen den Schlüssel gegeben. Mache ich immer so.«

»Sie haben aber nicht geläutet?«

»Nein, obwohl ich bereits an der Haustür stand. Hatte es mir anders überlegt. Dachte, dass da wohl zu dieser Zeit niemand wäre.«

Angler schaute mit heruntergezogenen Mundwinkeln für eine Minute in die Küche, um dann zu konstatieren:

»Wenn die Tür um zwei Uhr offen stand, jedoch um halb zwei noch verschlossen war, dann hätte der Täter in dieser Zeitspanne von dreißig Minuten die Wohnung verlassen können.«

Schulbe schielte schon wieder zu seinem Regal, überlegte es sich dann aber anders. Etwas beschäftigte ihn. Während er Angler nicht aus den Augen ließ, bemerkte er sachlich wie ein Buchhalter: »Vielleicht stand in dem Augenblick, als ich beinahe bei Raihers klingelte, hinter der Tür Marias Mörder.«

»Wäre möglich.«

Beide schwiegen für einen Moment.

»Verstehe ich das richtig?«, setzte Schulbe langsam an. »So ist Maria zwischen elf und vierzehn Uhr ermordet worden. Wurde Frau Raiher um halb zwölf getötet, dann hätte der Mann fast zweieinhalb Stunden mit der Toten in der Wohnung verbracht. Vielleicht ist er ja aber auch zwischen elf und zwei raus und später zum Tatort zurückgekehrt. Vielleicht hat er sogar bemerkt, dass ich zu ihr wollte. Und passte einen Moment ab, um zu türmen. Kurz vor zwei. Ich denke doch eher, dass er nicht Stunden mit einer Totenwache verbracht hat«, beendete er seine Lageanalyse.

»Scharf beobachtet, Herr Schulbe. Die Tatzeit kennen wir bald genauer, vielleicht liegt sie tatsächlich näher zu dreizehn Uhr, und somit hätte der Mörder nicht Stunden in der Wohnung zugebracht«, antwortete Angler.

»Tja, wir Prozessingenieure sind es gewohnt, Abläufe zu untersuchen«, erwiderte Schulbe etwas selbstgefällig.

»Nun, dann sind wir erstmal fertig. Vielen Dank, Herr Schulbe!«, erhob sich Angler.

Herr Schulbe reichte ihm die Hand und verabschiedete den Kommissar mit festem Handschlag.

Vor der Tür verharrte Angler für einen Moment. Noch einmal ließ er die Fakten und die Persönlichkeit von Herrn Schulbe Revue passieren. Er sah Schulbes Gesicht vor sich, als er ihm eröffnete, dass Frau Raiher, die er Maria nannte, tot sei. Schon merkwürdig, dass er in dieser Situation über seine Arbeit lamentierte. Der Mann erinnerte Angler an gewisse Zeitgenossen, die latent unzufrieden sind, überall irgendwelche Missstände vermuten und leicht aus dem Gleichgewicht zu bringen sind. Vielleicht benötigt er die Brennerei, um sein unruhiges Gemüt zu dämpfen.

Bircher hatte Meier und das Präsidium verlassen. Er verspürte das Bedürfnis, außerhalb der grauen Gemäuer seiner Behörde über das Gespräch mit Meier und den Fall nachzudenken. Wenn er schon abends nie an die frische Luft komme, so wenigstens während des Dienstes, hatte er Manuela zugerufen.

Bircher überquerte den Alexanderplatz. Vorbei an der Weltzeituhr schlenderte er langsam in Richtung Rathauspassagen und erinnerte sich an Meiers Bemerkung, dass er für siebzehn Uhr zur Berichterstattung ins Ministerium bestellt sei. In sarkastischem Ton hatte er hinzugefügt: »Höchste Alarmbereitschaft, für dich und für mich!« Dabei hatte er ihm wie ein Trainer, der einen wichtigen Spieler vor dem Einsatz mustert, prüfend in die Augen geblickt. Birchers Augen waren noch schmaler als gewöhnlich, die Tränensäcke hingen wie reife Birnen unter seinen schlaffen Lidern. Bei aller Müdigkeit, die über seinen Zügen lag, erschien er jedoch weder entmutigt noch gar verzweifelt. Wie ein Schachspieler, der nach endlosem Kampf zwar erschöpft, aber nicht zermürbt ist und für den ein Remis nicht in Frage kommt.

Meier wollte grundsätzlich nichts anderes als Untersuchungsergebnisse entgegennehmen, hatte jedoch, wenn sie unter sich waren, durchaus ein Ohr für die Hintergründe eines Falls. Bircher schätzte an ihm, dass er, obwohl nie als Kommissar tätig gewesen, durchaus die besondere Spannung eines Ermittlungsverfahrens nachvollziehen konnte. Er hatte eine Ader für die nervöse Anspannung, die seine Mitarbeiter ergriff. Jetzt hatten sie es zweifelsfrei mit einer außergewöhnlichen Mordserie zu tun, und Meier wüsste nicht wem, wenn nicht Bircher, er den Fall hätte anvertrauen sollen. Das hatte er auch seinen Vorgesetzten erklärt, die zwar keine Zweifel an den kriminalistischen Fähigkeiten Birchers hegten, sich aber nicht sicher waren, ob der auch das politische Fingerspitzengefühl im Umgang mit der anspruchsvollen Hausgemeinschaft aufbringen würde. Es klang in Meiers Ohren, als hätten die Genossen gerne jemand an Birchers Seite gewusst, der wie ein Seismograph die Wellen aufzeichnet, die Birchers Arbeit schlägt. Meier hatte Bircher gegenüber davon nichts verlauten lassen, um sich dessen Wutanfall zu ersparen. Bircher hatte Meier ausführlich den Stand der Ermittlungen, die Vaterschaftsbegutachtungen, die fehlenden Alibis unbescholtener Mieter, die Beziehungen zwischen dem republikflüchtigen Sohn des Stadtarchitekten zu einer alleinstehenden und wohlhabenden Mieterin sowie die diversen Affären und Familienzwiste geschildert. Meier hatte wie ein Kinobesucher stumm den Ausführungen gelauscht. Zum Ende hin fragte Bircher seinen Vorgesetzten, ob er etwas zum Täterprofil hören wolle, es wäre aber noch ungenau, fügte er abwiegelnd hinzu. Meier nickte auffordernd, natürlich wolle er das wissen, er solle überhaupt nichts auslassen.

Meier folgte ihm mit zusammengekniffenen Augen, wie ein Dolmetscher, der jedes Wort in sich aufnimmt und einer anderen Sprache zuordnen muss. Vielleicht prüfte er insgeheim, ob er und sein Mitarbeiter noch eine gemeinsame Sprache sprächen. Schließlich kam es selten genug vor, dass Bircher sich in das dunkle Labyrinth der Psyche hineinbewegte. Der erklärte seinem Vorgesetzten vorsichtig, dass er nicht an einen politischen Hintergrund glaube. An dieser Stelle atmete Meier still auf. Sie würden es, hier griff Bircher auf Tetsche zurück, wahrscheinlich mit einem Täter zu tun haben, dessen Mordplan von dem Wunsch bestimmt würde, sich von einer seelischen Last zu befreien. Vielleicht will er auch Rache für vermeintlich widerfahrenes Unrecht üben. Leider sei es bisher weder gelungen, den Seelenzustand der Person genauer zu erfassen, noch die Natur der darauf drückenden Last.

Höchstwahrscheinlich so etwas wie ein Trauma. Meier wackelte vielsagend mit dem Kopf. Bircher berichtete ferner davon, dass er nach den Morden auf der vierten und sechsten Etage die achte Etage bewachen ließ, weil er hinter den geraden Etagenzahlen eine Systematik vermutete.

»Eine Systematik, die der Mörder vermutlich anwendet, um sozusagen die Last schrittweise abzutragen«, sagte Bircher unsicher.

Meier runzelte in diesem Moment deutlich die Stirn. Vielleicht befürchtete er herauszuhören, dass sein Kommissariatsleiter einer metaphysischen Denkweise aufgesessen war. Unwillkürlich musste Meier an die mahnenden Hinweise der führenden Genossen denken, immer die politische Dimension der Sache im Auge zu behalten. Während Meier noch darüber sann, ob es Bircher unter dem Ermittlungsdruck in den Irrgarten übersinnlicher Motive verschlagen hatte, erzählte dieser ihm, dass bei allen Opfern zwei Finger abgetrennt wurden. Nicht ein oder drei, sondern zwei Finger. Eine gerade Zahl. Leider sei mit dem letzten Mord sein Hypothesengebäude zusammengestürzt. Dieses Mal hatte der Mörder nämlich die siebte Etage gewählt.

»Na also«, sagte Meier und fügte mit Nachdruck hinzu: »Im Kopf dieses Irren entsteht eben kein vernünftiges Konzept.«

Bircher hatte erwidert, dass Frauen aus dem Hochhaus in irgendeiner Beziehung zu seiner Besessenheit stehen könnten. Vielleicht in Kombination mit einer Zahl oder Zahlenkombination.

Dieses Geheimnis gelte es zu entschlüsseln. Das Ergebnis würde die Ermittler wie ein Fingerabdruck zum Täter führen. Für seine Verhältnisse hatte sich Bircher fast in Rage geredet.

Meier hatte still vor ihm gesessen. Ohne den Hauch einer Emotion auf der hohen Stirn musterte er ihn wie der Philosoph einen abtrünnigen Schüler. Als würde Bircher spüren, dass sein Chef ihm nicht glauben wollte, hatte er nachgelegt: Der Täter sei intelligent und präzise. Er hinterließe keinerlei Spuren, verfolge kaltblütig seinen Plan. Sein scheinbar perfektes Vorgehen stehe nicht im Widerspruch zu seinem Trieb, der sich in seinem Schädel ausbreitet wie das Feuer in einem Kessel. Schließlich drohe ihm unter dem Druck seines Wahns der Schädel zu platzen, es zerfetze ihm fast das Hirn. Er könne sich dann nur helfen, indem er neues Leben auslösche. Wie auf einem Parallelgleis begleite ihn ein anderes Wesen. In dem funktioniere ein Teil seines Gehirns wie das eines Ingenieurs, es plane, konstruiere und kontrolliere alle Einzelschritte und überwache schließlich die Ausführung des Vorhabens. Kühl übernehme es die Verantwortung für sein auf Mord programmiertes zweites Ich.

Ohne ihn zu unterbrechen, hatte Meier geduldig zugehört. Er kannte Bircher lange genug, um zu wissen, dass dieser seine Hypothese akribisch von allen Seiten analysiert hatte und sie ihm nie vorgetragen hätte, ohne vorher sämtliche Aspekte zu prüfen. Meier beschloss ihn so lange gewähren zu lassen, wie er selbst keine bessere Idee hatte. Und er sah ein, dass er keine Fakten anführen konnte, die Birchers metaphysisch anmutendes Gedankengebäude erschüttern würden. Also schwieg er regungslos wie ein Richter, der dem Plädoyer des Verteidigers folgt.

Bircher verstummte und wartete auf eine Reaktion Meiers. Der war aufgestanden und durchschritt langsam sein Büro. Dann blieb er plötzlich stehen, beugte sich zu Bircher und bemerkte trocken, dass er mit einer »psychologischen Fallbeschreibung« nicht im Ministerium auflaufen könne. Er würde sehr wohl seine Gedanken nachvollziehen und teile Birchers Meinung, dass sie es mit einem Geistesgestörten zu tun haben könnten. Das wäre ihm auch lieber, fügte er gleich hinzu, als ein wie auch immer motivierter Rachefeldzug gegen bestimmte Mieter des Hochhauses. Aber er fürchte, dass sich die führenden Genossen mit Zahlenkombinationen und schlummernden Traumata eines geistig Verirrten nicht zufriedengeben würden.

»Haben wir denn überhaupt keine konkreten Anhaltspunkte, keine Spuren, keine Verdächtigen?«, fragte Meier fast flehentlich.

Bircher nannte die Namen von Forn, Battes und Böhme. Aber für keinen der drei reichte es für eine Untersuchungshaft. Meier schaute ihn unwirsch an und begann wie ein Wolf im Käfig durch sein getäfeltes Arbeitszimmer zu wandern. Schließlich hielt er inne und stellte eine Frage, die Bircher, der mittlerweile am tschechoslowakischen Nationalitätenrestaurant *Morava* vorbeispazierte, nicht aus dem Kopf ging.

Meier erkundigte sich noch nach gemeinsamen Vorlieben oder Eigenheiten der ermordeten Frauen, vor allem im persönlichen Bereich. Schließlich könnte sich der Täter, wenn er tatsächlich »einen seelischen Knacks« hätte, bei der Auswahl seiner Opfer nach gewissen Besonderheiten richten. Also beispielsweise Sex oder Spieltrieb oder so was Ähnliches. »Soll es ja auch bei uns geben«, murmelte er.

Für Bircher kam die Frage unvorbereitet, er erwiderte, dass seine Mitarbeiter diesen Aspekt näher untersuchen würden. Er musste sich heimlich eingestehen, darüber nicht gründlich genug nachgedacht zu haben. Alles hatte sich um die mysteriöse Vorgehensweise des Täters gedreht. Auf seinem Spaziergang ließ Bircher die drei Frauen Revue passieren, ließ sie wie durch ein Raster gleiten, um Ähnlichkeiten herauszufiltern. Alle drei unterschieden sich deutlich im Charakter: Frau Thule war ehrgeizig, leicht arrogant, etwas hochnäsig, mit eher groben Umgangsformen. Frau Alt war nicht arrogant, aber von starkem Selbstbewusstsein, vornehmer Distanziertheit, sicher im Auftreten und besaß feine Ironie, eine Eigenschaft, die Frau Thule völlig abging. Beide hielten sich, wie man so sagt, für etwas Besseres. Das letzte Opfer war von ganz anderem Naturell. Umgänglich, unkompliziert, leutselig, etwas launischer Natur und von eher schlichtem Gemüt. Kein intellektueller Typ wie die anderen Frauen.

Vor der ersten Treppenstufe hinunter zum Roten Rathaus verharrte Bircher. Ein Passant lief ihm in den Rücken und meckerte, dass er gefälligst aufpassen solle, oder wolle er die Stufen hinunterfliegen? »Schon gut«, murmelte Bircher und fasste sich im selben Moment wie nach einem überraschenden Telefonat mit beiden Händen an den Kopf: War doch sonnenklar, wie konnte es ihnen entgangen sein! Alle drei hatten Affären. Frau Thule im Krankenhaus mit dem Laborleiter Scheidel, Frau Alt mit Professor Baumann und Frau Raiher wahrscheinlich mit ihrem Nachbarn Schulbe. Angler hatte ihm über seine Vermutung berichtet.

Vielleicht hatten sie es mit einem Mann zu tun, in dem eine verratene Leidenschaft wie ein Krebsgeschwür wucherte. Na ja, klingt vielleicht banal, räumte Bircher achselzuckend ein. Aber Leidenschaft ist der Treibstoff jedes Verbrechens. Wenn es tatsächlich so wäre, spann er den Faden weiter, so sollte der Mörder entweder im Haus wohnen oder es bestens kennen. Wie sonst wüsste er von den kleinen Liebesabenteuern seiner Bewohnerinnen. Ihm fiel sofort Gerd Forn ein, der Eigenbrötler mit einem Rucksack voller schwerer Erinnerungen an das weibliche Geschlecht. Sollte er damals, bei den Weltfestspielen, zu Unrecht verdächtigt worden sein, so konnte es die Wut auf das Mädchen sein, die er in sich trug. Hätte er aber wirklich versucht, das Mädchen zu vergewaltigen, stünde er erst recht auf der Liste der Verdächtigen ganz weit oben. Es war während der Befragungen unschwer zu erkennen gewesen, dass etwas an ihm nagte, in ihm rumorte, ihn in Atem hielt, als würde man ihn wie Treibwild jagen.

Und nicht zu unterschätzen, Herr Battes. Bircher sah ihn vor sich, wie er verloren zwischen seinen Globen stand und fassungslos über das Schicksal seiner Frau brütete, die wie vom Erdboden verschluckt aus seinem Leben verschwunden war.

Schließlich Böhme. Ihm traute Bircher alles zu. Böhme war rücksichtslos, brutal und nicht dumm. Und er kannte die Opfer und ihr Haus, mit dem ihn nach seinem unfreiwilligen Auszug eine offene Rechnung verband. Vielleicht sollte man Böhme doch in Untersuchungshaft nehmen, schon aus Vorsichtsgründen, grübelte Bircher, als er sich langsam dem Fernsehturm näherte.

Zum Schluss des Gesprächs bei Meier hatte sich Bircher aufgerafft, die heikle Frage der Objektbewachung anzuschneiden. Im Hochhaus würden verständlicherweise die Zeichen auf Sturm stehen. Man bräuchte eigentlich Kräfte, die das Haus an allen Eingängen und rund um die Uhr observierten. Meier hatte Bircher mit seinen eigenen Argumenten pariert. Wenn der Täter so extrem kaltblütig und vorsichtig sei und obendrein das Objekt genau kenne, ob Bircher dann glaube, ihn durch gängige Sicherheitsmaßnahmen ausschalten zu können. Da müsste man das Haus total dichtmachen, das hieße also vierundzwanzig Stunden Personenkontrolle an allen Eingängen. Und dann würde der Irre vielleicht im Nachbarhaus zuschlagen, weil es ihm nicht ums Haus gehe, sondern um ein weiteres Opfer, hatte Meier trocken hinzugefügt. Also müsste der halbe Strausberger Platz abgesperrt werden. »Ich kann es im Ministerium erwähnen, aber mach dir keine großen Hoffnungen«, bemerkte er kopfschüttelnd.

Danach verfiel Meier in ein überraschend langes Schweigen. Vielleicht ging er in Gedanken die Taktik seines Auftritts vor dem Minister durch. Bis auf ein weiteres Opfer hatte er nicht viel Neues anzubieten. Man würde ihn fragen, warum es nicht voranginge, ob sie den Ernst der Lage nicht erkannt hätten, »die politische Dimension«, oder ob er die falschen Leute hätte, Verstärkung bräuchte, wobei die unausgesprochene Warnung mitschwingen würde, ob man ihm besser den Fall entziehen, also direkt im Ministerium ansiedeln sollte. Die letzte Variante hätte eigentlich längst erfolgen können. Wäre vielleicht das Beste für ihn und Bircher. In anderen, weniger brisanten Fällen wurde so verfahren. Die würden schon wissen, warum sie sich den Fall nicht an die Backe hängen. Dann müssten sie die volle Verantwortung übernehmen, ohne das Präsidium als Puffer zwischen Polizei und Staatsapparat. Vielleicht warteten die Genossen ja auch nur auf eine heiße Spur, um sich zu einem günstigeren Zeitpunkt den Fall unter den Nagel zu reißen und die Lorbeeren zu ernten. Auch das hatte er schon erlebt. Wenn er seinerseits dem Ministerium anbieten würde, die Leitung abzugeben, käme es, beim jetzigen Stand, einer Kapitulation gleich. Das hätte er am Anfang, nach dem ersten Mord, versuchen müssen, mit der Begründung der politischen Dimension des Falls und so weiter … Jetzt war es zu spät. Wie ein Gespann in der Deichsel mussten er und Bircher den Karren aus dem Dreck ziehen.

Schließlich war Meier ohne das übliche Schlusswort aufgestanden und hatte die Unterredung mit der Bemerkung beendet, dass sie immerhin eine versuchte Republikflucht und eine vorgetäuschte Vaterschaft aufgeklärt hätten. Bircher hatte ihm einen zweifelnden Blick zugeworfen, wie um sich zu vergewissern, ob Meier das ernsthaft als Erfolg melden wollte. Der verabschiedete Bircher ohne eine Regung im Gesicht.

Bircher stand inzwischen vor dem Fernsehturm und schaute nach oben, als würde er sich vergewissern wollen, ob dort oben noch alles beim Alten wäre. Er sah am Ende der Säule die Edelstahlkugel glänzen. Es wurde gemunkelt, der berühmte Stadtarchitekt hätte seine Kugel einem Sputnik nachempfunden, der auf der Abschussrampe startbereit dem Himmelssturm entgegenfiebert. Andere wollten wissen, dass er ursprünglich auf der Kugel den leuchtenden Schriftzug »Proletarier aller Länder, vereinigt euch!« anbringen wollte. Es wurde aus technischen Gründen unterlassen. Schließlich hätte es nur Sinn gehabt, wenn die Losung bis weit in den Westen hinüberleuchten würde. Da fehlte der Republik die Technologie. Aber wer, außer den anzuleuchtenden und zu attackierenden Kapitalisten verfügte über das Know-how? Also musste man es bei der blanken Kugel belassen. Das Wahrzeichen der Hauptstadt der Republik war 1969 eingeweiht worden, die Berliner nannten es Telespargel. Bald darauf konnte man Farbfernsehen empfangen.

Bircher war einmal mit seiner Truppe Anfang der siebziger Jahre in das Café hochgefahren. Oben empfing sie eine junge Frau mit enganliegendem türkisfarbenem Elastikkleid. Manuela war sehr beeindruckt und verstummte für einen Augenblick. Fast schüchtern, überwältigt von dem Ausblick, standen sie vor den gewölbten Fenstern und sahen hinüber in den Westen auf die Siegessäule, das Springerhochhaus, den Funkturm und, Angler wusste ganz genau Bescheid, die Richtfunkantennen auf dem Teufelsberg.

Etwas merkwürdig erschien ihnen dieses Restaurantkarussell schon. Es war, als würden sie plötzlich Westfernsehen schauen dürfen. Sie aßen schweigend Ragout Fin und tranken Bohnenkaffee, und als sie fertig waren, hatte sich das Restaurant mit ihnen nach Nordosten gedreht. Nun blickten sie hinter dem Alexanderplatz auf die engstehenden Häuserschluchten des Prenzlauer Bergs, weiter entfernt konnte man Weißensee und Pankow erahnen. Es glich einer Ballonfahrt über die geteilte Stadt. Wie Fluglotsen auf vertrautem Terrain orteten sie die Positionen ihrer Wohnbezirke. Der Blick hinunter auf die Heimat hatte ihre Befangenheit gelöst. Entspannt, wie nach dem glücklichen Ende eines verbotenen Ausflugs, plauderten sie nun über ihre Stadtbezirke. Die Bauten der Karl-Marx-Allee kannte Bircher damals nur von außen oder aus der Zeitung.

Wer hätte geahnt, dass sie eines Tages im Hochhaus, in unmittelbarer Nähe zu ihrem Präsidium und dem Telespargel einen Serienmörder jagen würden!

Bircher schüttelte leicht den Kopf, zog den Mantel vor seinem Bauch zusammen und beschleunigte seinen Schritt. Ihm schoss ein Zweifel durch den Kopf, der ihn so noch nie befallen hatte. Vielleicht würde man ihm den Fall entziehen, wenn er nicht sehr bald mit Ergebnissen aufwarten würde. Mit einem neuen Team könnte Meier gegenüber seinen Vorgesetzten Zeit gewinnen. Aber das Risiko seines Austausches wäre enorm, denn wenn der Täter gleich darauf nochmals zuschlagen würde, dann käme es einer gewaltigen Erschütterung von Meiers Stuhl gleich. Nein, dachte sich Bircher, daran wollen wir mal keinen Gedanken verschwenden. In wenigen Stunden vernehmen wir Böhme und Fichtner, und danach werde ich nach Haus fahren und mit Karola ihre Hypothese mit der Zahlenphobie diskutieren.

Angler stand vor Frau Essorg, deren silberfarbene Dauerwelle wie fahles Mondlicht unter der Deckenlampe glänzte. Als würde sie einen neuen Kollegen auf seine Eignung prüfen, glitt ihr Blick taxierend über Angler.

»Ja, kommen Sie doch bitte herein!«, forderte sie Angler mit einer müden Handbewegung auf. Sie wies auf grüngepolsterte Stühle um einen runden Esstisch. Die Lehnen waren aus einem feinen Korbgeflecht gearbeitet, das sich an einigen Stellen aufzulösen begann. Mit einem leichten Seufzer ließ sie sich auf den Sitz sinken und sah ihn ruhig an. In ihrem Blick lag ein Ausdruck von Trauer und Enttäuschung. Ihre aufrechte Körperhaltung und der klare Blick aus graublauen Augen ließen jedoch weder Resignation noch Schwäche erkennen. Hellwach musterte sie Angler und wartete auf seine Fragen.

»Genossin Essorg, Sie wissen vielleicht bereits, dass Ihre Nachbarin, Frau Raiher, heute Vormittag ermordet wurde«, kam Angler ohne Umschweife zum Thema.

»Ja, ich war draußen und habe den Polizisten vor der Tür gefragt«, antwortete sie, wobei ihr Arm in Richtung Wohnungstür wies. Sie atmete für einen Moment etwas schwerer, um sogleich ruhig fortzufahren: »Was ist in dieses Haus gefahren? Wenn man nicht wüsste, dass wir in Berlin sind, könnte man glauben, sich im Wilden Westen zu befinden. Das ist doch ungeheuerlich! Wie ist es möglich, dass unsere Sicherheitsorgane diese schrecklichen Taten nicht aufklären, schlimmer noch, nicht verhindern können! Wo leben wir denn? Wer hätte denn gedacht, dass wir Alten, die im Widerstandskampf ihr Leben riskiert haben, ausgerechnet hier, in unserem eigenen Staat, von irgendwelchen Halunken bedroht werden? Die Henker des Dritten Reiches haben wir überlebt und müssen nun befürchten, in unserer eigenen Republik umgebracht zu werden.«

Erschöpft lehnte sich Frau Essorg zurück und starrte beleidigt in den Raum. Es schien, als würde sie umgehend von ihm eine Erklärung für das Unheil erwarten, das mit jedem Tag näherrückte. Vielleicht hoffte sie auch, von ihm etwas Linderndes zu hören, wie ein Kind, das getröstet werden möchte.

Angler hatte aufmerksam zugehört und ab und an beipflichtend genickt. Was sollte er auch sagen, schließlich gab es bis auf Verletzungen der Straßenverkehrsordnung nicht viel, was man als Bürger der Republik an Ordnungsverstößen mitbekam.

»Ich kann Sie ja sehr gut verstehen, Genossin Essorg«, tastete sich Angler voran, »aber hier haben wir es mit einer Ausnahmeerscheinung zu tun. Ein Täter, der wahrscheinlich mit den üblichen Maßstäben nicht zu messen ist. Auch in unserer Gesellschaft gibt es vereinzelt Fälle psychisch gestörter Menschen, die ihre Handlungen nicht kontrollieren können.«

»Hm, wollen Sie mir sagen, dass bei uns Psychopathen mit dem Messer in der Hand rumlaufen können? Wir haben doch ein vorbildliches Gesundheitswesen, und von der Krippe bis zum ersten Arbeitstag wird jeder betreut. Das muss doch auffallen, wenn da einer, wie nannten Sie das gerade, ›außer Kontrolle‹ gerät. Wir haben doch schließlich auf allen Ebenen Kontrollorgane, die sich darum kümmern, dass niemand allein bleibt mit seinen Problemen.«

»Wenn es so wäre, dass wir jede Fehlentwicklung sofort erkennen würden, wären wohl viele Taten zu verhindern. Leider ist es aber nicht so einfach. Tatsächlich können Menschen mit schweren seelischen Erschütterungen jahrelang neben uns leben, ohne dass wir davon etwas bemerken. Das sagen uns die Kliniker. Einige schaffen es, mit Hilfe eines Arztes, ihr Problem zu lösen, andere nicht. Die fressen ihre Sorgen weiter in sich hinein. Bis sie daran zerplatzen, sozusagen. Dann kann es zu schweren, zu gefährlichen Handlungen kommen. Halt wie bei einer Explosion. Ja, und leider, das sage ich bei aller Vorsicht, spricht einiges dafür, dass wir es mit einem Täter zu tun haben, dessen Innenleben außer Kontrolle geraten ist.«

Frau Essorg hatte konzentriert zugehört. Wie bei einem Referat blickte sie gebannt auf Angler, sichtlich angestrengt, keines seiner Worte zu versäumen. Ihr Gesicht trug immer noch die Strenge einer Internatsleiterin, die sich nur ihren Erziehungsleitlinien verpflichtet fühlt. Allmählich lockerten sich ihre Gesichtszüge und ein Hauch von Wärme glomm in ihren Augen auf.

»Sie meinen also, dass der Täter eigentlich ein Verrückter ist, der in ein Irrenhaus gehört. Also, kein Bürger, der sich wegen politischer Motive von uns entfernt hat, oder nur aus Habgier oder Rachsucht seine Verbrechen verübt?«

Der Gedanke, dass die Morde einen medizinischen Hintergrund haben könnten, sozusagen ein Unfall der Natur seien, schien sie zu beruhigen.

Angler seufzte unmerklich und bedauerte bereits seine Andeutungen zum Täterprofil. Es war höchste Zeit, Frau Essorg zur aktuellen Situation zu befragen. Er entschied sich für die Überrumpelungstaktik und überhörte einfach ihre Frage.

»Waren Sie heute zwischen neun und vierzehn Uhr zu Hause?«

Überrascht von der Frage, runzelte Frau Essorg die Stirn. Sie blickte auf Angler, als hätte der vergessen, wer vor ihm saß, mit wem er sich gerade unterhielt. Sie verschränkte die Hände und sah wieder etwas beleidigt aus. Angler räusperte sich und nickte ihr aufmunternd zu.

»Also, liebe Genossin Essorg, meine Frage hat etwas mit der Feststellung der Tatzeit zu tun. Die Tür zur Wohnung der Familie Raiher stand nämlich offen, als Frau Hessel um vierzehn Uhr nach Hause kam, während sie um halb zwei, da traf Herr Schulbe zu Hause ein, geschlossen war. Uns interessiert, ob Sie vielleicht etwas bemerkt haben.«

Frau Essorg sah misstrauisch auf Angler. Es sah aus, als würde sie seine Frage überhört haben und ihren eigenen Gedanken folgen. Angler tippte mit seinem linken Zeige- und Mittelfinger leicht auf die Tischplatte, als würde er einen Rhythmus vorgeben wollen.

Völlig ungerührt von seiner sichtlichen Ungeduld fragte Frau Essorg mit leicht nach vorn geneigtem Kopf:

»So, Herr Schulbe hat also die Tür seiner Nachbarin kontrolliert? Sollte er zu dieser Zeit nicht in seinem Werk sein?«

Angler schluckte seine Zurechtweisung hinunter, denn eigentlich hatte ja er hier die Fragen zu stellen und erklärte mit ruhiger Stimme:

»Er wurde nachts ins Werk gerufen und kehrte mittags nach Hause zurück. Die offen stehende Tür, erst recht, wenn sie sich neben seiner Wohnung befindet, konnte er kaum übersehen. Also, Sie haben nichts bemerkt?«

»Nein, ich war nicht draußen. Aber Herr Schulbe«, hier verzog sie ihren Mund leicht zu einem ironischen Lächeln, »der, da gebe ich Ihnen recht, hat die Tür der Raihers sicher fest im Blick.«

»Hm, wie soll ich diese Bemerkung verstehen?«, fragte Angler mit deutlich missbilligendem Unterton, wobei er sie streng musterte.

»Na, Herr Schulbe hatte ein Auge auf Frau Raiher geworfen,

das wusste doch jeder auf der Etage, außer Herr Raiher. Der ist halt mehr mit sich selbst und seinen Veranstaltungen beschäftigt. Es war mir ja auch völlig egal, was die beiden miteinander tun, aber jetzt, da Frau Raiher tot ist, ermordet wurde, muss ich das doch erwähnen, oder?«

»Trafen sich die beiden in Schulbes Wohnung?«, bohrte Angler nach, wobei er sich erinnerte, dass der tief bestürzte Schulbe in seiner ersten Reaktion Frau Raiher bei ihrem Vornamen nannte.

»Ich schlafe schlecht und lese dann meine Russen, also ich meine damit Tolstoi oder Dostojewski. Gerne sitze ich hier in der Diele. Mag für Sie seltsam oder schrullig wirken, aber in der Diele, in der Nähe meiner Wohnungstür, bin ich meinen Nachbarn näher, dann ist mir so, als wäre ich Teil einer großen Familie.«

Leicht verlegen, eine Schwäche preisgegeben zu haben, blinzelte sie zu Angler rüber. Der nickte verständnisvoll und schwieg.

Daraufhin fuhr sie fort: »Nachts ist es ruhig auf unserem Korridor. Da hören Sie nur die Fahrstuhltür, aber auch jeden Schritt und jedes Wort draußen vor der Tür. Ist ja eine hermetisch abgeschlossene, fensterlose Halle, vor unseren Wohnungen. Sie müssten mal hören, wenn wir dort singen. Früher, bei unseren Hausgemeinschaftsfeiern, da haben wir gelegentlich losgeschmettert. Tolle Akustik. Sagt Ihnen eine Opernliebhaberin, die ihre Jugend in Wien verlebte.«

Angler rutschte unruhig auf seinem Stuhl umher, traute sich jedoch nicht, seine in Fahrt gekommene Gastgeberin zu unterbrechen.

»Wie bereits erwähnt, Herr Raiher war häufig mehrere Tage auf seinen Großveranstaltungen unterwegs. Also, ich habe dann einige Male mitbekommen, wie sich Frau Raiher und Herr Schulbe nachts voneinander verabschiedeten. Und das schien mir nicht der Gute-Nacht-Gruß von Nachbarsleuten gewesen zu sein, die sich zufällig am Fahrstuhl trafen.«

Den letzten Satz hatte sie geradezu verkündet, er klang wie ein

Parteibeschluss. Er überlegte, ob es sinnvoll wäre, auf der Stelle Schulbe nach seinem Verhältnis zu Frau Raiher zu befragen, verwarf jedoch diesen Gedanken. Herr Schulbe könnte auch noch später befragt werden. Stattdessen würde er zunächst bei Baumanns klingeln. Die weitläufige Familie hätte sicher etwas von einer Liaison der Toten mit Herrn Schulbe mitbekommen.

»Gut, Frau Essorg. Können Sie sich erinnern, wann Sie zum ersten Mal etwas von dieser Beziehung bemerkt haben?«

»Na, dass die miteinander flunkern, das hat man ihnen so nicht angesehen. Wenn wir eine Hausversammlung hatten, dann haben sie so getan, als wären sie sich nie begegnet. Bisschen komisch, schließlich hat Herr Schulbe, wenn er verreist war, seine Schlüssel den Raihers anvertraut«, sagte sie vorwurfsvoll, als wäre sie enttäuscht darüber, nicht gebeten worden zu sein. »Na ja, also nachts das Getuschel und so, das ist mir vor etwa einem halben Jahr erstmalig aufgefallen. Da hatte ich zuerst noch geglaubt, mich getäuscht zu haben. Beim zweiten Mal bin ich dann, hm, ist halt eine alte Angewohnheit aus der Zeit meiner konspirativen Tätigkeit, zur Tür geschlichen, um herauszufinden, was da vor meiner Tür abläuft. Es war mir schnell klar, dass es sich um die beiden handelt. Na ja, was geht's mich an, dachte ich mir und bin zurück zu meiner *Anna Karenina*.«

Angler musste schmunzeln. Frau Essorg berichtete ihm ihre Erlebnisse, als würde sie jemandem den Inhalt eines ihrer Bücher wiedergeben. Sachlich, konzentriert und bemüht, nichts zu vergessen.

»Ich danke Ihnen erstmal für Ihre Auskünfte, Frau Essorg. Das wär's vorerst. Ich melde mich, sobald wir mit unseren Ermittlungen weiter sind.«

»Aber, Genosse Angler, Sie werden doch dem Herrn Raiher nichts sagen, um Gottes willen. Der hat ja nun genug Leid zu ertragen«, sagte sie, wobei der Ausdruck von Misstrauen in ihre Zügen zurückkehrte.

»Nein, natürlich nicht. Aber mit Schulbe muss ich reden.«

»Ja, natürlich, das verstehe ich nur zu gut«, sprach sie. Es klang wie eine Ermunterung. Sie stemmte sich erleichtert aus ihrem Stuhl, um ihn zu verabschieden.

Angler durchquerte langsam die Marmorhalle, um bei Baumanns zu läuten. Er versuchte sich vorzustellen, wie es wohl gewesen sein mochte, als die versammelte Wohngemeinschaft hier ihre Lieder hinausposaunte. Na ja, kaum anzunehmen, dass der eloquente Stadtarchitekt mit seiner spöttischen Gattin im Chor gesungen hatte. Auf sein Klingeln öffnete ihm Frau Baumann. Im Unterschied zu seinen früheren Besuchen wirkte sie erschöpft und niedergeschlagen. Keine Spur von dem charmanten Begrüßungslächeln. Ihre wie ins Gesicht gemeißelte leicht herablassende Nonchalance einer durch nichts zu erschütternden Dame von Welt, die erhaben über den kleinen Alltagssorgen steht, war verschwunden. Vor ihm stand zwar immer noch eine schöne und selbstbewusste Frau, aber nun schien es, als hätte sich der Vorhang zu einem neuen Akt gehoben, in dem sie eine andere Rolle zu übernehmen hatte.

»Ach, Sie, Herr …, doch sicher von der Polizei, entschuldigen Sie bitte, wie war noch Ihr Name?«

»Oberleutnant Angler von der Mordkommission, Frau Baumann«, antwortete Angler, ohne sich zu bewegen.

»Gut, dass Sie kommen. Bitte entschuldigen Sie meine Vergesslichkeit, aber wir hatten meistens mit Ihrem Kollegen Bircher zu tun, bitte, treten Sie doch näher!«, sprach sie zu ihm.

»Ja klar, wir hatten ja noch nicht direkt miteinander zu tun«, antwortete Angler und folgte ihr in die Wohnung.

»Ich bin allein zu Hause. Mein Mann ist im Büro, ich habe ihn angerufen, und er will möglichst schnell kommen, die Kinder sind irgendwo unterwegs, sie wissen wahrscheinlich noch nichts«, redete sie ungefragt auf ihn ein.

Es bestand kein Zweifel, dass der Mord Frau Baumann erschüttert haben musste. Sie rang um Fassung. Das war nicht die lässige Frau Baumann, wie sie ihm vom Chef geschildert worden war.

»Ich möchte zunächst nur wissen, ob Sie, oder jemand aus Ihrer Familie, heute bemerkt haben, dass die Haustür zu Raihers Wohnung offen stand.«

»Nein, ich bin gar nicht vor die Tür gekommen. Saß den ganzen Tag am Schreibtisch. Aber sagen Sie, Herr Angler, wie sollen wir denn hier weiterleben, mit einer Toten, ich meine, einem Mord, auf der Etage. Direkt uns gegenüber, wie soll ich es meinen Kindern begreiflich machen, dass sozusagen vor ihren Augen, am helllichten Tag, ein Mord geschehen ist, der dritte. Es ist so fürchterlich, unbeschreiblich. Warum kann die Polizei uns nicht vor dem Täter schützen?«

Sie hatte schnell und mit monotoner Stimme gesprochen, nur den letzten Satz hatte sie geradezu hinausgestoßen, vorwurfsvoll und mit erhobener Stimme, die gar nicht zu ihrem ausgeglichenen Wesen passte.

Angler musterte sie ruhig und entschloss sich, das Gespräch abzukürzen. Frau Baumann hatte nichts gesehen. Mit den Kindern hatte sie noch nicht sprechen können. Er musste warten, bis sie ihre Kinder befragt hatte. Er entschloss sich, sie nach Schulbe zu befragen und dann ins Präsidium zu fahren, um auf den Bericht der Spurenkommission zu warten. Mal sehen, was sein Chef vom General mitbringt, vielleicht dürfen wir ja nun das Haus schärfer bewachen. Das wäre zumindest eine Antwort auf die vorwurfsvolle Frage von Frau Baumann, wie der Schutz der Wohngemeinschaft zu gewährleisten sei.

»Ich verstehe Sie nur zu gut, Frau Baumann. Wir haben das Haus nachts bewacht. Der Täter ist aber wahrscheinlich heute Vormittag hereingekommen. Wir können nicht rund um die Uhr jede Person, die das Haus betritt, durch unsere Kräfte überprüfen lassen. Das würde Panik erzeugen.«

Frau Baumann unterbrach ihn sofort.

»Wie bitte, Sie können die Leute nicht kontrollieren? Na sagen Sie mal, das machen doch unsere Sicherheitsorgane bei jeder Maidemonstration vor der Ehrentribüne hier unten vor unserer Tür und da ist nichts von Panik zu spüren!«, rief sie und streckte ihren Arm energisch in Richtung des Fensters.

»Wir werden unsere Sicherheitsvorkehrungen sicher nochmals überprüfen. Wir müssen allerdings auch berücksichtigen, dass neben der Eingangstür zum Hochhaus auch alle Zugänge zu den Dachgärten rund um den Strausberger Platz überwacht werden müssten. Das ist, ohne Aufsehen zu erregen, nicht ganz einfach«, bemühte sich Angler, eine Erklärung zu liefern.

»Welches Aufsehen? Meinen Sie, dass die Menschen, die hier wohnen, sich an der Gegenwart unserer Polizei stören würden? Ist doch eher das Gegenteil, die sind verzweifelt darüber, dass sie diesem Irren ausgeliefert sind. Entschuldigen Sie bitte, aber ich verstehe Sie nicht ganz!«

Frau Baumann war aufgestanden und zum Fenster gegangen, als müsste sie die Sicherheitslage überprüfen. Angler verharrte auf seinem Stuhl und bedauerte, dass er ohne Bircher war. Der hätte ihr die politische Brisanz einer polizeilichen Bewachung dieses Gebäudes im Herzen der Hauptstadt besser erklären können. Er hüstelte vorsichtig und erhob sich, um sich neben sie zu stellen.

»Wir müssen davon ausgehen, dass eine Bewachung des Hauses, wie Sie es sich wünschen, auch erhebliche negative Auswirkungen hätte. Stellen Sie sich vor, wie die feindliche Presse darüber berichten würde. Die würden versuchen, jeden unserer Schritte zu verfolgen. Das könnte unsere Ermittlungen unter Umständen erheblich erschweren.«

Frau Baumann hatte sich ihm zugewandt und blickte ihn ratlos an.

»Ja, und sind Sie vorangekommen ohne die Einmischung der gegnerischen Presse? Scheint ja wohl nicht der Fall zu sein.«

In ihrer Stimme schwang plötzlich ein Hauch von Schärfe

mit. Angler zuckte nur leicht mit den Achseln. Es sah aus, als würde er um Verständnis für seine Lage bitten. Ohne Übergang kehrte er zu seinem eigentlichen Anliegen zurück.

»Wissen Sie, ob Frau Raiher hier im Haus Feinde hatte?«

»Frau Raiher, nicht dass ich wüsste. Eher umgekehrt, sie war eine umgängliche Person und allgemein beliebt, soweit ich das einschätzen kann. Ich kannte sie nur oberflächlich. Fragen Sie mal Herrn Schulbe, vielleicht weiß der mehr.«

Sie verzog keine Miene, und Angler war sich nicht sicher, ob das eine Anspielung oder nur eine so dahingeworfene Bemerkung war. Angler nickte und wandte sich dem Ausgang zu.

»Ich danke Ihnen, Frau Baumann. Bitte rufen Sie uns an, falls Sie noch etwas in Erfahrung bringen. Fragen Sie Ihre Kinder. Jedes Detail kann wichtig sein. Und was die Sicherheit betrifft, ich werde Ihre Sorgen in unserer Dienstbesprechung vortragen.«

Frau Baumann rang sich ein müdes Lächeln ab und begleitete Angler zur Tür. Angler hatte bereits die Klinke in der Hand, als er sich nochmals umdrehte.

»War Ihr Sohn die letzten Tage bei Ihnen?«

Frau Baumann spitzte etwas den Mund und bemerkte pikiert: »Nein, er ist wohl in Westdeutschland unterwegs. Aber Sie können sich ja noch bei Frau Nielen erkundigen.«

Ohne zu antworten, ging Angler zum Fahrstuhl.

16

Als Bircher sein Büro betrat, lag Tetsches Bericht auf dem Tisch. Schmidter und Angler warteten in ihrem Zimmer auf Bircher. Bis zur Befragung über den Vaterschaftsnachweis verblieb noch eine knappe Stunde. Bircher überflog den gerichtsmedizinischen Befund. Er ähnelte stark den Berichten zu den vorangegangenen

Morden, es schien fast, als hätte Tetsche nur den Namen, die Etage und die Uhrzeit ausgetauscht und den Rest kopiert. Die Tatzeit wurde zwischen elf und vierzehn Uhr eingegrenzt, mit dem Zusatz, eher gegen dreizehn Uhr. Nun konnten die Alibis der bereits verdächtigten Personen genau geprüft werden. Bircher notierte in sein Notizbuch Böhme, Battes, Forn junior. Ansonsten gab der Obduktionsbericht nichts Neues her. Der Täter musste den Zeige- und Mittelfinger mit einem extrem scharfen Werkzeug, so umschrieb Tetsche das vermutlich eingesetzte Messer, und unter Anwendung erheblicher Kraft in einem Schnitt abgetrennt haben. Tetsche bemerkte dazu, dass für die Handlung eine ruhige Hand und hohe Konzentration notwendig seien. Ansonsten wäre es kaum möglich, ein Gliedmaß so sauber zu amputieren.

Wie ein Sportler vor dem Start blies Bircher kurz den Atem aus. Stirnrunzelnd starrte er auf die Wortwahl. Sollte der Täter – eine Täterin erschien anhand der Tatabläufe extrem unwahrscheinlich zu sein – medizinisch vorgebildet sein? Niemand der in Betracht gezogenen Personen verfügte über ärztliche Kenntnisse, einmal abgesehen von Lang, dem in Jena lebenden ersten Ehemann Frau Thules, und eben Böhme, die als Biologen mit anatomischen Grundkenntnissen ausgestattet sein sollten. Wahrscheinlich wollte Tetsche zum Ausdruck bringen, dass der Mörder keine »linken Hände« habe. Neben Kraft musste er Geschick und Konzentration aufbringen.

Forn kam da weniger in Frage, Battes hingegen war kräftig, durchtrainiert und als Chemiker gewöhnt, mit seinen Händen geschickt umzugehen. Schließlich war das Experimentieren Teil seines Berufes, stellte Bircher mit grimmigem Lächeln fest. Letztere Eigenschaft sollte auch für Böhme zutreffen. Im Unterschied zu Battes war er jedoch als Biologe nicht nur mit anatomischen Grundkenntnissen ausgestattet, er hatte in seinem Institut für Wirbeltierforschung auch ausreichend Zeit, sich weiterzubilden. Bircher erinnerte sich an die Skelette aller möglicher Lebewesen, die in Glasvitrinen aufbewahrt, wie in einem Museum den Besucher empfingen. Aus seiner Zeit als Biologiestudent wusste Bircher, dass zwischen Säugetieren und Menschen diverse Ähnlichkeiten bestehen. Warum sollte Böhme nicht an seinen Skeletten Übungsstunden genommen haben, wie ein Zahnarzt an einem künstlichen Gebiss, bevor er sich dem lebenden zuwendet.

Ein interessanter Aspekt, sann Bircher nach, wir sollten mal recherchieren, ob Böhme im Institut außer Fledermäuse noch andere Spezies untersucht. Böhme hatte mit Sicherheit keine moralischen Skrupel, wenn es darum ging, seine Interessen durchzusetzen, für sich einen Vorteil zu erzielen. In jedem Fall war seine moralische Hemmschwelle niedrig genug, um skrupellos vorzugehen.

Es klopfte und Manuela streckte ihren roten Haarschopf in die Türspalte, als würde sie Witterung aufnehmen.

»Komm rein, was gibt es?«, raunte ihr Bircher zu.

»Ein Anruf von Herrn Forn, der alte Forn, nicht der …«

»Ja«, unterbrach sie Bircher ungeduldig, »habe ich verstanden, worum geht es?«

»Sein Sohn hatte heute Nachtschicht und anschließend bis fünfzehn Uhr frei. Ist aber weder zu Hause noch zu Dienstbeginn an seinem Bus angekommen. Der Betrieb hat angerufen und nachgefragt. Der Vater meint, das sei noch nie vorgekommen. Ja, das soll ich ausrichten.«

Bircher nickte und überlegte kurz.

»Hm, ruf nochmals im Betrieb an und dann zu Hause. Ansonsten warten wir bis abends, vielleicht taucht er ja wieder auf. So, was hast du noch?«

»Die Genossen Angler und Schmidter stehen bereit, soll ich ausrichten.«

Manuela verschwand, und kurz darauf erschienen die beiden. Schmidter berichtete über Raihers Reaktion auf die Nachricht vom Tod seiner Frau. Er sei buchstäblich wie ein Taschenmesser zusammengeklappt, sagte er. Er hätte zuerst wie ein Wahnsinniger geschrien, wäre dann nahezu im Weinkrampf erstickt und hätte schließlich wie ein Häufchen Elend jammernd auf der Erde gehockt. Raiher sei nicht vernehmungsfähig, nach einem Kreislaufkollaps wurde er in die Charité gebracht. Von seiner zur Schau gestellten Gelassenheit und großmäuligen Jovialität wäre nicht eine Spur übrig geblieben. Ein wenig sei er schon überrascht gewesen, bemerkte Schmidter, dass er nicht einen Hauch von Beherrschung aufbrachte. Offenbar hatte sich Raiher eine Fassade zugelegt, die ähnlich seiner glänzenden Großveranstaltungen nur guten Zeiten standhielt.

Angler wartete darauf, von Bircher ein Zeichen zu bekommen. Der nickte ihm zu, worauf Angler sein Heftchen öffnete, einige Zettelchen herausnahm und sie wie Dominosteinchen auf dem Tisch verteilte. Abwechselnd in sein Notizheft und die Zettellandschaft blickend, berichtete er gewohnt systematisch über seine Befragungen. Als er das angebliche Verhältnis von Schulbe zu Frau Raiher erwähnte, schob Bircher für einen Moment den Kopf nach vorn und unterbrach ihn:

»Hast du in Erfahrung bringen können, seit wann diese Beziehung bestand?«

»Nein, dazu müsste ich Schulbe direkt befragen. Die Informationen kommen von Frau Essorg, sie hat die beiden wohl ein oder zweimal vor ihrer Haustür belauscht, ist ihr wohl erstmals vor einem halben Jahr aufgefallen.«

»Gut, dann befrag Schulbe danach. Ich möchte wissen, ob die wirklich was miteinander hatten und, wenn ja, seit wann genau?«, beauftragte ihn Bircher.

Bircher notierte sich den Namen Schulbe neben denen von Battes und Böhme. Alles naturwissenschaftlich ausgebildete Männer, stellte er stirnrunzelnd fest. Und jeder von ihnen den Frauen zugetan, wenn auch auf unterschiedliche Weise. Battes in wütender Enttäuschung, Böhme in der verächtlichen Art eines gleichgültigen Konsumenten und Schulbe – wissen wir nicht. Er unterstrich den Namen und schrieb dahinter: »Frauen?«

Angler schloss seinen Bericht mit der Feststellung, dass im Grunde genommen nichts Brauchbares herausgekommen sei. Martin Baumann schied endgültig aus dem Kreis der Verdächtigen aus, da er nicht im Haus gewesen sei und ein Alibi habe. Wie bei den früheren Befragungen erfuhren sie in den Gesprächen nicht mehr als den Klatsch einer Hausgemeinschaft. Er käme sich vor, als müsste er im Auftrag des Instituts für Soziologie das Verhalten von Menschen in Hochhäusern ergründen, bemerkte er resignierend. Schmidter griente zustimmend.

Bircher war aufgestanden und begann die Lage zu resümieren. Er berichtete kurz von der Sitzung bei Generalmajor Meier und dem Hinweis, sich das Privatleben der drei Opfer genauer anzuschauen. Alle drei waren einer Affäre nicht abgeneigt gewesen, zwei der drei hatten es obendrein mit der ehelichen Treue nicht sehr genau genommen.

»Vielleicht arbeitet sich ein Verrückter an dem Syndrom der Untreue ab, vielleicht rächt er sich am Verrat einer Frau, die ihn betrogen und gedemütigt hat«, seufzte Bircher nicht gerade überzeugt. »Damit würden wir uns irgendwo im Terrain der Sozialpsychologie befinden«, sagte er mit ächzender Stimme, seine Zweifel unterstreichend. Nichts war ihm mehr zuwider als ein Gemisch von Fakten und dumpfen Ahnungen. »Wer bringt fremde Frauen um, weil die eigene untreu war? Wäre doch naheliegender, sich zunächst einmal der eigenen Frau zu entledigen«, sagte er in die Runde seiner lauschenden Mitarbeiter. »Vielleicht sollten wir uns noch einmal alle ungeklärten Todesfälle der letzten Jahre mit Frauenbeteiligung ansehen«, forderte er ohne besonderen Nachdruck. »Das hatten wir zwar bereits zu Beginn recherchiert, aber nur bis ins Jahr 1970 zurück. Wer weiß, wir könnten es mit einem Fall von schleichend fortschreitender Rachsucht zu tun haben, mit jemandem, der die volle Bedeutung des Betruges erst allmählich begreift, dann aber voll erfasst, wie bei einem Medikament, das seine Wirkung allmählich im Körper ausbreitet.«

Seine Kollegen schwiegen und starrten für einen Moment vor sich auf den Boden, wie in einem Seminar, wenn jeder hofft, dass der andere gefragt wird. Birchers Betrachtungsweise überraschte sie, schließlich wurden sie ständig angehalten, sich an Fakten zu orientieren. Offenbar war der Fall allein mit Fakten nicht zu lösen, und Hilfreiches hatten sie auch nicht beizusteuern. Neugierig, mit einem Hauch ungläubigen Erstaunens, wandten sie ihre Blicke zurück zu ihrem Vorgesetzten, wie um sich zu vergewissern, dass er es ernst meinte, wenn er von Leidenschaft und Liebe sprach. Er, Bircher, hielte es für eher unwahrscheinlich, dass der Täter, sollte er tatsächlich ein aus Liebeswahn dem Irrsinn Verfallener sein, dem Kreis der Hausgemeinschaft zuzurechnen sei. Sie hätten inzwischen alle Bewohner befragt, Alibis geprüft und Hintergrundinformationen aus dem beruflichen wie privaten Umfeld eingezogen. Er stimme Angler zu, dass bis heute aus der erlesenen Hausgemeinschaft nicht viel zu erfahren war. Aber das sei eben ein Teil der Arbeit, die scheinbare Redundanz ihrer Tätigkeit. Immerhin engte sich der Kreis der Verdächtigten auf vier ein: Böhme, Gerd Forn, Battes und Schulbe.

»Na ja«, schob er nach, »oder es ist jemand, den wir nicht kennen.«

Der introvertierte Busfahrer und der Mann, von dem die Frau heimlich türmte und dessen Gewaltbereitschaft sich lediglich darin äußerte, dass er aus seinem Wohnzimmerfenster mit dem Luftgewehr auf Spatzen schoss. Seine Frau hatte ihn ein wenig vom Ruf, gewalttätig zu sein, entlastet, indem sie aussagte, nie von ihm bedroht worden zu sein. Gerd Forns merkwürdiges Verschwinden katapultierte ihn automatisch in die erste Reihe der Verdächtigen. Bircher traute ihm trotzdem die Taten nicht zu. Er erschien ihm schlicht zu harmlos. Und über Schulbe wussten sie zu wenig. Um den sollte sich Schmidter kümmern. Und Gerd Forn, sollte der bis zum Abend nicht auftauchen, müsste zur Fahndung ausgeschrieben werden, beendete Bircher seinen ungewöhnlich langen Monolog.

Es schien, als würde ein Grammophon monoton Birchers Rede abspulen, während er gleichzeitig an etwas ganz anderes dachte. Tatsächlich ließ ihn der Gedanke nicht los, dass der Mörder einen genauen Plan verfolgte und deshalb nichts zufällig geschah. Ein Teil des Manövers war, sie zu täuschen, sie von seinem nächsten Opfer abzulenken. In Bircher reifte ein Gedanke, wie er das mörderische Konzept entschlüsseln könnte: Ich muss die Idee mit Karola erörtern, beschloss er für sich.

Bedrückt zogen sich Angler und Schmidter zurück. Die Stimmung war schlecht. Bircher hatte kein Wort zu Meiers kritischen Anmerkungen verloren. Wozu auch, die Laune würde sich unnötig verschlechtern, und die Truppe stand ohnehin unter genug Anspannung. Schließlich sprach Birchers Miene Bände. Sie konnten von Glück sprechen, dass die Ermittlungen nicht in die Öffentlichkeit, schon gar nicht in die westliche gedrungen waren. Dann wäre der politische Einfluss sehr viel größer geworden und irgendjemand würde personelle Konsequenzen fordern. Und die hätten ihren Chef getroffen, was für sie alle sehr bitter geworden wäre. Sie bewunderten Bircher und konnten sich nicht vorstellen, wie ihre Abteilung ohne ihn funktionieren würde. Also hieß es Tag und Nacht schuften und auf den Zufall hoffen. Der hatte so manchen kniffligen Fall einer Lösung zugeführt. Angler kam sogar auf die Idee, sich im Haus einzuquartieren, und hatte versucht, Schmidter für seinen Plan zu gewinnen. Der kam nach Abwägung aller Möglichkeiten zu dem Schluss, dass dafür eine Wohnung, absolute Verschwiegenheit des Vermieters und aller übrigen Etagenbewohner – schließlich könnten sie sich nicht als Geist bewegen, bemerkte Schmidter – sowie das Einverständnis ihres Chefs erforderlich wären. Als Angler bei Bircher vorsichtig die Chance ausloten wollte, blickte der ihn mitleidig an und fragte, ob er wohl eine Art Bürgerwehr, wie man sie im amerikanischen Western sehen könne, bilden wollte. Diese konspirative Einnistung fliege doch nach ein paar Tagen auf und dann hätten sie einige Dutzend Mietparteien als Hobbyermittler am Hals, knurrte ihn Bircher an. Ganz zu schweigen von Meiers Tirade. Damit war das Thema erledigt.

Das Rätsel um den ominösen Raum vor dem Kindercafé und seine Glühlampe hatte sich nach langer Recherche gelöst. Nachdem fast alle Mietparteien befragt worden waren und man weiterhin hoffte, auf eine verwertbare Spur zu stoßen, meldete sich plötzlich Frau Baumann. Sie entschuldigte sich mehrfach, sie habe anfänglich gedacht, dass ihre Familie zwar den Raum von außen kennen würde, aber nach Schließung des Cafés nie wieder dort oben gewesen sei. Das beträfe auch ihre Kinder, die sie befragt hatte. Nun, etliche Wochen später, erklärte sie reumütig, dass eine ihrer Töchter sich dort mit einem Freund getroffen hatte und der die Glühbirne eingesetzt hatte. Der Freund bestätigte die Aussage. Das harmlose Techtelmechtel, so Frau Baumannn, läge zwei Jahre zurück. Die beiden hatten sich längst getrennt, und ihre Tochter schwor, nie wieder da oben gewesen zu sein. Damit hatte sich auch diese Spur in nichts aufgelöst.

Die Zeiger der Weltzeituhr am Alexanderplatz zeigten kurz nach achtzehn Uhr, als Schmidter die Tür des Vernehmungsraumes öffnete und Fichtner mit einem kurzen Nicken aufforderte, einzutreten. Der stand auf und betrat ohne Gruß das Zimmer, in dem sich, außer dem länglichen Tisch und vier Stühlen, nichts befand. Die Wände waren weiß gestrichen und kahl. Nicht einmal ein Porträt des Staatslenkers hing an der Wand. Schmidter dirigierte Fichtner zu einem Stuhl an die Längsseite des Tisches. Bevor er selbst Platz nahm, schob er Bircher rasch eine Notiz zu, die dieser überflog. Ein zufriedenes Lächeln huschte über sein Gesicht. Er schob die Notiz zu seinem Kollegen zurück und murmelte so etwas wie: »Später dann.« Schmidter saß neben Fichtner auf dem Platz an der Stirnseite. So konnte er ihn von der Seite beobachten und, falls notwendig, bei einem seiner cholerischen Anfälle bändigen. Bircher saß bereits auf seinem Stuhl, direkt gegenüber Fichtner und hatte sich als Zeichen einer Begrüßung kurz halb hoch nach vorn gebeugt. Der vierte Platz gegenüber Schmidter war frei. Man konnte sich in dem kärglichen Raum eines beklemmenden Gefühls der Verlassenheit nicht erwehren. Der einzige Blickfang war das Fenster, das jedoch durch einen Store verhangen war und sich im Rücken zu Fichtner befand. So hatte er nur Bircher und hinter ihm die klinikweiße Wand vor sich.

Als Fichtner den Raum betreten hatte, hatte er sich ruhig umgesehen und gezögert, wohin er sich setzen sollte, bis Schmidter ihn mit einer Handbewegung zu dem Stuhl dirigierte. Fichtners Gesicht verriet keine Nervosität. Er sah aus wie jemand, der konzentriert und schnell einen ungeliebten, unaufschiebbaren Behördengang hinter sich bringen wollte. Bis auf seinen Kinnmuskel, der ihm wie üblich kurz entgleiste und seinem Gesicht die Symmetrie raubte – für eine Sekunde mochte man meinen, er stünde einem abstrakten Maler Modell –, war ihm keinerlei Regung anzumerken. Als hätte er gerade in einem Wartesaal am Automaten eine Nummer gezogen, um darauf zu warten, aufgerufen zu werden, saß er teilnahmslos am Tisch und ließ langsam seinen Blick durch den Raum gleiten.

Bis jetzt hatte er weder Schmidter noch Bircher angesehen. Sein Augenpaar umkurvte die beiden wie eine unsichtbare Lichtschranke. Die Kommissare betrachteten ihn schweigend. Fichtner seinerseits unternahm keinerlei Anstalten, die Stille zu unterbrechen. Selbst auf einen Gruß hatte er verzichtet. Man hatte ihn zu einer Befragung hergebeten, also sollte sie anfangen. Seine Miene schien auszudrücken: Bitte, hier bin ich, das ist es, worum Sie baten, mehr habe ich vorerst zu der Veranstaltung nicht beizutragen.

Die drei Männer erschienen wie Fremde in einer Bahnhofshalle. Fichtners fleischiges Gesicht war, wie nach einem Saunagang, von einer rosaroten Patina bedeckt. Er hinterließ den Eindruck eines gepflegten Herrn im besten Alter, der eine gründliche Morgentoilette liebte und diese gerade mit dem Auftragen seines Rasierwassers und einer kräftigen Gesichtsmassage beendet hatte. Nur seine unruhig die Umgebung musternden Augen verrieten eine gewisse Anspannung, als würde er auf seinen Auftritt warten.

Fichtner hatte sich fest vorgenommen, die Dinge auf sich zukommen zu lassen, sich keine Unsicherheit anmerken zu lassen, der anderen Seite den Vortritt zu lassen, um, falls erforderlich, Zeit für eine Reaktion zu gewinnen. So war er in seinem Leben immer verfahren. Erst die Argumente anhören, in Gedanken bis zehn zählen, nachdenken, ausatmen und dann antworten, pflegte er seiner Tochter als Rat mit auf den Weg zu geben, wenn sie zur Prüfung ging.

Bircher dachte darüber nach, wie lange sein Gast wohl noch im Gleichmut verharren würde. Schweigsam wie bei einer Pokerrunde saßen sie nun bereits zwei oder drei Minuten am Tisch. Bircher war klar, dass Fichtners scheinbar unerschütterliche Ruhe durch einen geringfügig erscheinenden Anlass einem Tornado gleich, hinweggefegt werden würde. So wie dem Unwetter gewöhnlich eine unheimlich anmutende Windstille vorausgeht, saßen die Männer scheinbar harmonisch zusammen. Bircher hatte die Stille bewusst inszeniert. Fichtner sollte zunächst nicht ahnen, welche außergewöhnliche Herausforderung ihm bevorstand. Bircher hoffte, dass Fichtner die Selbstkontrolle verlieren würde. Vielleicht würde er dann etwas von dem, was er ihnen bisher verheimlichte, preisgeben. Bircher war sich sicher, dass er ihnen nicht alles über Klaudia und Böhme erzählt hatte.

Wie beim Anstoß eines Fußballspiels warf Bircher schließlich seinem Mitarbeiter einen Blick zu und räusperte sich.

»Also, Herr Fichtner, bei einem unserer ausführlicheren Gespräche, es liegt jetzt einige Wochen zurück, ich meine das vom 7. November, sprachen wir über ihre geplante Republikflucht. Sie hatten damals ausgesagt, dass Sie das Unternehmen abbliesen, weil Ihnen Bedenken im Hinblick auf die gesundheitlichen Risiken für Ihre Tochter kamen. Sie haben danach den Kontakt zu Ihrem damaligen Kumpan Böhme auf die Überweisung eines monatlichen Geldbetrages beschränkt. Sie entrichteten quasi ein Schweigegeld. Im Juli, nach Klaudias Tod, haben Sie die Zahlungen plötzlich eingestellt, obwohl Böhmes Forderung noch nicht erfüllt war. Dafür fehlt uns noch eine Erklärung. Können Sie dazu etwas sagen?«

Fichtner schaute gelassen in Richtung Bircher, wich jedoch dessen Blick aus. Ein leichter Anflug eines Lächelns in den Augenwinkeln, kaum merklich, aber Bircher war er nicht entgangen, umso mehr, als er Fichtner bisher nie hatte lachen sehen, verriet, dass Fichtner erleichtert war.

»Ich dachte eigentlich, dass diese Geldangelegenheit für Sie aufgeklärt sei. So hatte ich Sie damals verstanden. Also, wie Sie sich denken können, wusste meine Tochter von diesem Fluchtplan nichts. Sie war ja damals noch ein kleines Kind. Später habe ich mich gehütet, ihr etwas zu sagen. Ich hatte eine Riesenangst, dass wegen meiner Dummheit Klaudia berufliche Schwierigkeiten erwachsen könnten. Ganz abgesehen davon, dass sie einen sehr guten Job hatte und sogar mehrfach überlegte, in die Partei einzutreten. Da hätte ein Vater mit einer geplanten Republikflucht schlecht reingepasst. Also, Klaudia durfte nichts erfahren. Auch ›mein Kumpan‹, wie Sie sich ausdrücken, hat sich daran gehalten. Das war Teil unserer Abmachung. Mit dem Tag, an dem Klaudia starb, war jedoch der Grund für meine Erpressbarkeit verschwunden. Jetzt war es mir egal, ob es irgendwann ans Licht käme. Ich stellte deshalb die Zahlungen ein. Na ja, nun wissen Sie alles. Auch gut so.«

Bircher nickte kurz. »Das klingt plausibel. Nun ist aber Klaudia nicht Ihre leibliche Tochter. Daran gibt es keinerlei Zweifel. Ich frage Sie deshalb noch einmal: Sie wussten bis heute Morgen tatsächlich nicht, dass Sie zwanzig Jahre lang die Tochter eines Fremden behüteten?«

»Nein«, quetschte Fichtner aus zusammengepressten Lippen heraus. Dieses Thema würde er nicht mit dem Kommissar bereden, hatte er sich geschworen. Fichtner war davon ausgegangen, dass man ihn nochmals wegen der Republikflucht befragen würde. Vielleicht, um weitere Details zu den Umständen und Hintergründen zu erfahren. Schließlich würden sich sicher inzwischen auch die Sicherheitsorgane mit der Angelegenheit befassen, das war ja sonnenklar, und es wunderte ihn schon, von denen niemanden anzutreffen. Stattdessen versuchte der Polizist wieder, ihm Klaudia als fremdes Wesen darzustellen, als uneheliches Kind, das ihm sozusagen zufällig in die Hände gefallen war. Welch unglaubliche Brutalität steckte in diesem Kommissar, dass er ihm die Erinnerung an seine Tochter nicht lassen wollte. Selbst wenn es wahr wäre, was ihm Bircher da offenbart hatte, dass nämlich seine verstorbene Frau vor endlos langer Zeit ein Verhältnis gehabt haben sollte, aus dem Klaudia wie durch einen Zufall, eigentlich wie durch einen Wink des Schicksals, hervorgegangen war, blieb sie doch für ihn der einzige Mensch, für den er mit jeder Faser seiner Seele gelebt hatte. Sollte es einen anderen, wie es der Polizist nannte, »leiblichen« Vater geben, so war der ein lebloses Wesen, ein Gespenst, das mit Klaudia so wenig gemein hatte wie er mit der Erinnerung an seine Geburt. Keine dritte Person, auch nicht nach ihrem Tod, wird auf ihre kleine Familie einen Schatten werfen. Jetzt ist er endgültig allein, und die Polizei sollte seine Liebe zu Klaudia akzeptieren.

»Ich sage Ihnen nochmals: Nein. Und ich will es auch nicht wissen. Es würde nichts an meinem Gefühl für Klaudia ändern. Sie konnte sich schließlich ihren Vater nicht aussuchen. Für mich bleibt sie meine Tochter. Dabei sollten wir es belassen. Tote soll man ruhen lassen, wissen Sie doch am besten, oder?« Fichtner richtete sich leicht auf und zuckte mit den Achseln.

Bircher blickte kurz zu Schmidter rüber, der die Augenbrauen hob, wie um seine Ratlosigkeit angesichts Fichtners Starrsinn auszudrücken. Der Mann lebt in einer anderen Welt, schien sein Gesicht auszudrücken. Offensichtlich brachte Schmidter, selbst Vater zweier Kinder, ein gewisses Mitgefühl für Fichtner auf. Schmidter machte sich keine Illusionen über den weiteren Verlauf der Sitzung und schaute unbewusst zur Tür, hinter der Klaudias wahrer Vater auf seinen Aufruf wartete.

»Sie müssen schon akzeptieren, Herr Fichtner, dass wir zur Aufklärung aller Umstände des Todes Ihrer Tochter verpflichtet sind. Es gibt, wohlgemerkt, keinen Anlass, an Klaudias Todesursache zu zweifeln. So weit waren wir als Mordkommission auch nicht weiter involviert. Aber als sich herausstellte, dass Sie nicht der Vater Klaudias sein können, mussten wir noch mal aktiv werden. Schließlich müssen wir in einem Todesfall die Angehörigen benachrichtigen. Und zuallererst muss der rechtmäßige Vater über das Ableben seiner Tochter unterrichtet werden. Wir hatten also den Vater ausfindig zu machen. Sobald wir ihn identifiziert hätten, wäre der Fall für uns erledigt gewesen, hofften wir jedenfalls. Wir wissen jetzt, wer der Vater ist und haben ihn herbestellt«, schloss Bircher und fixierte Fichtner.

Der saß für einige Sekunden wie versteinert vor ihm. Gleich darauf durchpflügten sein Gesicht derartig heftige Muskelkrämpfe, dass man befürchten musste, sie würden ihn für immer entstellen. Aber wie bei einem kurzen Gewitteraufzug verzogen sich die Blitzeinschläge so unerwartet schnell, wie sie aufgezogen waren, und sein Antlitz nahm die normalen Konturen an. Nur die frische Hautfarbe war einer fahlen Blässe gewichen.

Fichtner starrte erst Bircher, dann Schmidter ungläubig an. Schließlich riss er sich zusammen und sagte: »Was zum Teufel geht mich das alles an? Wozu das alles? Sie haben mir doch klargemacht, dass ich nach Recht und Gesetz keine Ansprüche auf Klaudia geltend machen kann. Also, warum dann dieses Gegenüberstellung mit einem wildfremden Mann, der angeblich vor über zwanzig Jahren meine Frau verführte und seitdem vom Erdboden verschwunden war. Wozu dieser ganze Mist, der Typ ist mir doch scheißegal!«, schoss es aus ihm heraus. Er war nahe daran, erneut seine Beherrschung zu verlieren.

»Sie werden gleich sehen, warum es Ihnen nicht egal sein kann«, entgegnete Bircher kühl und nickte Schmidter zu.

Der erhob sich, ging zur Tür, öffnete sie weit und rief in den Korridor: »Kommen Sie bitte rein!«

Fichtner bewegte betont gleichgültig seinen Oberkörper zur Seite. Vielleicht war es die quälende Hoffnung, nichts von Klaudia in dieser Person wiederzufinden, oder der heimliche Wunsch, diesen Mann wie irgendjemanden in der Menge mit einem gleichmütigen Blick zu streifen, um ihn gleich darauf aus dem Gedächtnis zu streichen, die ihn zu dieser Bewegung verleitete. Vielleicht hätte Schmidter den Mann mit seinem Namen aufrufen sollen, dann wären Bircher einige Sekunden für den Versuch verblieben, Fichtner zurückzuhalten. Jetzt war es zu spät.

Fichtner sprang wie von Sinnen vom Tisch auf, sein Stuhl fiel zu Boden, sein Gesicht war eine einzige wutverzerrte Fratze. Wie in Todesstarre stierten seine Augen leblos den Mann an. Fichtners Schultern bogen sich leicht nach vorn, als müsste er gleich ein schweres Gewicht bewältigen, die kurzen kräftigen Arme streckten sich mit den Handflächen nach oben dem Eintretenden entgegen. Mit einem gewaltigen Satz, den man dem fülligen Fichtner nicht zugetraut hätte, stürzte er zur Tür. Hinter Schmidter tauchte im Türrahmen der Wachmann auf, offenbar hatte er den Lärm des umstürzenden Stuhls mitbekommen.

»Ich bringe dich um, du elendes Schwein, ich bringe dich um, Böhme!«, schrie Fichtner wie von allen guten Geistern verlassen und versuchte, sich auf Klaudias Vater zu stürzen. Schmidter, der

Fichtner um einen Kopf überragte, schaffte es gerade noch, sich vor Böhme aufzubauen, während der Polizist hereinstürmte, den tobenden Fichtner zunächst mit beiden Armen umschlang, um ihm dann mit einem Judogriff blitzschnell einen Arm auf den Rücken zu drehen und den sich windenden Mann langsam in die Hocke zu zwingen. Röchelnd vor Wut und Schmerz krümmte sich Fichtner unter ihnen, während Böhme wie erstarrt hinter Schmidter stand. Fichtners wildes Keuchen ebbte langsam ab und sein Atem beruhigte sich ein wenig.

Das Ganze hatte sich in wenigen Sekunden abgespielt und Bircher endgültig davon überzeugt, dass bis zu diesem Augenblick Fichtner nicht wusste, wer Klaudias Vater war.

»Lassen Sie ihn los!«, befahl Bircher und ging zu Fichtner. Wie einen angeschlagenen Boxer, bei dem man prüfen wollte, ob er noch kampffähig sei, fasste er ihn an beide Schultern, zog ihn zu sich hoch und versuchte ihm in die Augen zu blicken.

»Beruhigen Sie sich, Herr Fichtner, es lohnt sich nicht. Wie sagten Sie doch vor einigen Minuten: ›Der Typ ist mir scheißegal.‹ Also, nun zeigen Sie es.«

Fichtner blickte leblos vor sich auf den Boden. Böhme schwieg und schaute sich vorsichtig um. Er verstand die Veranstaltung nicht. Von seinem gewöhnlich selbstgefällig zur Schau gestellten Hochmut war nichts zu spüren. Unschlüssig stand er im Raum, verzweifelt versuchte er zu begreifen, was diese Konfrontation bezweckte. Seine Hände zitterten leicht, das Gesicht war übersät mit roten Flecken, und Schweißtropfen perlten von seinen Schläfen. Er kannte den Grund seiner Vorladung nicht, geschweige denn für Fichtners. Der hatte sich inzwischen gesammelt und seinen alten Platz eingenommen. Sein Gesicht drückte die unbändige Wut eines zu Unrecht gedemütigten Menschen aus, nur mit größter Mühe unterdrückte er einen erneuten Gefühlsausbruch. Wie ein Seismograph signalisierte seine fliegende Kinnpartie den Grad seiner Erregung und verzweifelten Trauer. Bircher hatte ihn keine Sekunde aus den Augen gelassen. Er bat ihn in ruhigem Ton, für einen Moment im Flur Platz zu nehmen. Fichtner erhob sich und folgte wie ein nach der Züchtigung erschöpfter Stier leicht geduckt dem Polizisten. Böhme schenkte er keinen Blick. Die Tür schloss sich, und Bircher winkte Böhme mit einer energischen Handbewegung an den Tisch.

»Sie können sich sicherlich denken, warum wir Sie erneut vorgeladen haben. Möchten Sie es selbst sagen?«

»Keine Ahnung, wahrscheinlich wieder wegen der Fluchtsache. Obwohl, warum überfällt mich dann Fichtner, verstehe ich nicht. Der war ja wie von Sinnen, ist ja auf mich losgestürzt, als wollte er mich erschlagen. Habe dem doch nichts getan. War das 'ne Nummer, die der abgezogen hat und das hier bei Ihnen! Nee, ich kann mir nicht denken, was Sie von mir wollen.«

»Es geht um eine gewisse Klaudia Fichtner. Sagt Ihnen der Name nichts? Denken Sie mal einen Moment nach!«, bemerkte Bircher trocken und lehnte sich mit verschränkten Armen zurück. Schmidter hatte den gerichtsmedizinischen Bericht vor sich zu liegen und schaute unbeweglich auf den nervös auf seinem Stuhl herumrutschenden Böhme. Der versuchte einigermaßen aufrecht zu sitzen, was ihm jedoch nur für wenige Augenblicke gelang. Der Name Klaudia Fichtner hatte ihn nur vorübergehend aus seiner Schräglage katapultiert. Nach kurzer Zeit rutschte er wieder in sich zusammen, in seinem schwammigen Körper lösten sich die wenigen Konturen wie in einem Ballon auf, dem langsam die Luft abgelassen wird. Plötzlich riss er sich zusammen, bewegte seinen Oberkörper, soweit es sein Bauch zuließ, halb hoch nach vorn und blickte, den Kopf leicht schräg haltend, misstrauisch erst zu Bircher, anschließend zu Schmidter und schließlich auf die einzige Akte auf dem Tisch.

»Ja, Klaudia, das ist die Tochter Fichtners«, sagte er tonlos.

Bircher räusperte sich und blickte Schmidter an. Der öffnete langsam den Aktendeckel und, als würde er einen Paragraphen zitieren, sagte er zu Böhme gewandt: »Der Vergleich der Blutgruppenmarker der verstorbenen Klaudia Fichtner mit denen der Mutter und des Putativvaters beweisen mit einer Sicherheit von über 99,9 Prozent den Eingangsverdacht. Demnach ist Herr Siegmund Böhme der Vater von Klaudia Fichtner, na ja, und so weiter, den Rest können wir uns ersparen. Sie sind Biologe und wissen, dass der Test so gut wie unfehlbar ist. So, nun erklären Sie uns, warum Sie uns das verschwiegen haben.«

Böhme war kreidebleich geworden, die Hände auf seinen feisten Oberschenkeln zu Fäusten geballt, in sich zusammengesackt. Mit einem Flackern in den Augen, das seine verzweifelte Suche nach einer Erklärung verriet, sah er aus, als würde er jeden Augenblick das Bewusstsein verlieren. Schließlich schniefte er mehrmals, hüstelte, als hätte er sich verschluckt, und sagte zu Bircher gewandt:

»Darf ich um ein Glas Wasser bitten?«

Schmidter verzog nur angewidert das Gesicht, zu offensichtlich war der Trick, Zeit zu gewinnen.

»Ja, nachher, erstmal Ihre Antwort?«

Schmidter lehnte sich zurück und verschränkte beide Arme über der Brust.

»Sie sehen doch, wie geschmettert ich bin. Ich wusste das nicht. Also, ich streite ja nicht ab, dass ich vor ewigen Jahren mal etwas mit Frau Fichtner hatte. Aber von einem Kind, nee, keine Ahnung. Sie ist doch damals unerwartet gestorben, und dann ist er mit seiner Tochter, äh, mit Klaudia also, ausgezogen. Mensch, ich war damals Mitte zwanzig, da denkt man sich doch nichts dabei, und Fichtner war doch plötzlich verschwunden.«

»Was heißt hier verschwunden, Sie haben sich doch wiedergetroffen, um seine Flucht zu planen und die Flucht Ihrer eigenen Tochter«, unterbrach ihn Bircher.

»Ich schwöre, ich hatte keine Ahnung«, stammelte Böhme.

Die beiden Kommissare schauten sich an. Bircher nickte

Schmidter zu mit einem Blick auf die Notiz, die er eingangs gelesen hatte. Der faltete den Bogen betont behutsam auseinander.

»Wir haben die Aussagen von zwei Bürgern, wohnhaft in der Flunkerstraße 30. Sagt Ihnen die Adresse etwas?«

Böhme regte sich nicht, erschöpft saß er mit gesenktem Kopf am Tisch.

»Also, Herr und Frau Marjela, die Nachbarn von Klaudia Fichtner, haben Sie eindeutig, unabhängig voneinander, als den Mann identifiziert, den sie einige Tage vor Klaudias Ableben im Treppenflur gesehen haben. Und zwar mindestens zweimal. Und jetzt reicht es, Herr Böhme. Entweder Sie legen jetzt eine plausible, wasserdichte Erklärung ab oder Sie wandern wegen des Verdachts, am Tod von Klaudia direkt oder indirekt beteiligt gewesen zu sein, wegen Erpressung, wegen versuchter Republikflucht und wegen unterlassener Unterhaltszahlungen in Untersuchungshaft.«

Schmidter hatte nicht einmal den Ton erhoben. Er hatte das Protokoll in der Hand gehalten und es jetzt wieder sorgfältig in den Aktendeckel zurückgelegt.

Im Raum herrschte eine gefährliche Stille. Bircher war aufgestanden, in das Sekretariat gegangen, den leblosen Blick Böhmes im Rücken und gleich darauf mit Manuela, die ein Aufzeichnungsgerät und ihren Stenoblock in den Händen hielt, wieder in das Zimmer getreten. Manuela schaltete das Mikrophon ein und stellte es rasch vor Böhme auf den Tisch. Danach setzte sie sich auf den freien Stuhl, Block und Bleistift vor sich liegend.

»Herr Böhme, ich gebe Ihnen eine Minute, danach rufe ich den Wachhabenden, der führt Sie ab. In der Zelle haben Sie dann ausreichend Zeit zum Nachdenken«, sagte Bircher und klopfte dabei langsam mit Zeige- und Mittelfinger auf die Tischplatte.

Böhme ächzte, als müsste er ein schweres Gewicht heben, räusperte sich und schaute ängstlich auf das Mikrophon.

»Es stimmt, ich wusste von Klaudia. Ihre Mutter hatte es mir gesagt. Sie meinte damals, es bestünden keine Zweifel, dass ich der

Vater sei. Ich war zu Tode erschrocken. War doch nur ein Abenteuer für mich, ich war jung und nicht abgeneigt. Und was sollte ich in meinem Alter mit einem Kind. Außerdem, Sie hatte eigentlich angefangen. Daran kann ich mich gut erinnern, es war auf einer Hausversammlung. Da saß sie neben mir, ohne ihren Mann. Hat mich immer so am Arm berührt, sollte wohl wie zufällig aussehen. Na ja, und dann hat sie sich bei jeder Gelegenheit zu mir zur Seite gebeugt, um mir irgendeine Bemerkung zuzuflüstern. Uns haben diese Versammlungen gelangweilt, dieses Genöle und die Aufforderungen zur Straßen- und Gartenpflege …«

Schmidter hüstelte vernehmlich, er wollte ihn wohl gerade ermahnen, endlich zur Sache zu kommen, als Bircher ihn mit einer Handbewegung abbremste.

»Fahren Sie fort, Herr Böhme!«, forderte Bircher ihn auf.

Böhme war etwas in Fahrt gekommen und hatte wohl beschlossen, auszupacken. »Na ja, also danach hat es eben angefangen, mal ein Kaffee, ein Wein und so. War auch einfach, wenn man Tür an Tür wohnt. Ihr Mann war viel auf seinen Baustellen unterwegs.«

Es schien, als wollte er sich rechtfertigen und alles seiner Geliebten in die Schuhe schieben. Bircher dachte, was ist das nur für ein verschlagener Mensch. Kann der wirklich kaltblütig mehrere Morde planen und durchführen? Hinter der fast weinerlichen Maske, die er sich zwischendurch kurz angelegt hatte, mit der er ihnen den verirrten jugendlich Verführten vorzuspielen suchte, blitzte von Zeit zu Zeit eiskaltes Kalkül hindurch. Seine Augen hatten dann einen leblosen Glanz, ohne jede Ausstrahlung. Besonders in den Momenten, in denen er sich unbemerkt fühlte und über einen neuen Winkelzug grübelte, wirkten sie unter den schlaffen Augenlidern wie zwei farblose Glasperlen. Wurde er in die Enge getrieben, lösten sie sich aus ihrer Starre und glitten, wie auf einer Schnur gezogen, hin und her. Es war unmöglich, ihm in die Augen zu sehen, versuchte man einen Blickkontakt, wanderten seine Augen davon. Die meiste Zeit ruhten sie jedoch unbeweglich in dem aufgedunsenen Gesicht, das auf den ersten Blick ausdruckslos wie ein Schwamm wirkte. Manchmal zeigte es für einen kurzen Moment Nuancen menschlicher Gefühle wie Angst, Zorn oder Nachdenklichkeit. Ungeachtet seines scheinbaren Zusammenbruchs hatte Böhme offenbar die Situation blitzschnell analysiert und den aus seiner Sicht einzig richtigen Weg gewählt, nämlich die Angelegenheit als harmlose Jugendsünde darzustellen.

Es fehlte nur noch, dass er ihnen seinen Verzicht auf das Kind als großherzige Geste gegenüber dem betrogenen Vater verkaufte. Ich bin ja mal gespannt, wie er die entscheidende letzte Frage beantworten wird, dachte Bircher.

»Sie müssen wissen, dass Frau Fichtner völlig von der Rolle war, als sie von der Schwangerschaft erfuhr. Erst wollte sie abtreiben, hat es sich aber dann anders überlegt. Warum, weiß ich nicht. Sie hat mich beschworen, sie nicht zu verraten. Unter keinen Umständen sollte ihre Ehe in Gefahr geraten. Na, war ja ganz in meinem Sinn. Und Alimente musste ich auch nicht zahlen«, fügte Böhme achselzuckend hinzu.

»Nun, so weit, so klar. Nochmals, was wollten Sie in der Flunkerstraße, nachdem Sie sich über zwanzig Jahre lang nicht für ihre Tochter interessierten? Woher hatten Sie die Adresse?«, fragte Bircher in scharfem Ton.

»Die Adresse hatte ich von Klaudia selbst. Ich habe Sie angerufen, in der Sparkasse. Ich wusste, dass sie irgendwo im Zentrum in einer Filiale arbeitet, das hat Fichtner mal vor Jahren erwähnt. Der war ja mächtig stolz auf Klaudia. Ich habe Sie also angerufen und ihr erzählt, dass ich sie mal kannte, als sie noch ganz klein war, und ob ich sie einmal kurz besuchen dürfte. Ich hätte auch noch ein Bild von damals, das ich ihr zeigen wollte.«

»Was für ein Bild?«, fragte Schmidter überrascht.

»Ein Photo Ihrer Mutter. Eigentlich ein Photo der Hausgemeinschaft mit Frau Fichtner drauf. Es zeigt uns beim Subbotnik vor dem Haus. Nichts Besonderes, aber fast historisch. Das hat Klaudia interessiert. Bin dann am nächsten Tag hin, aber nur um zu sehen, wo sie wohnt. Habe mich nur etwas umgetan. Den Tag darauf war ich bei ihr. Höchstens eine halbe Stunde.«

»Moment«, unterbrach ihn Bircher, »also, einmal waren Sie nur vor dem Haus, beim zweiten Mal in Klaudias Wohnung?«

»Ja, genau.«

Böhme hatte seine Haltung scheinbar zurückgewonnen. Seine wässrigen Augen stierten regungslos auf den Tisch. Er schien darüber nachzudenken, was er noch preisgeben sollte. Er war ja allein bei Klaudia, die konnte sich nicht mehr äußern. Er kann uns erzählen, was er will, dachte Bircher. Vielleicht hat er ihr sogar das Geheimnis ihrer Geburt preisgegeben. Aber weshalb hätte er das tun sollen? Fichtner hätte es erfahren und sofort alle Zahlungen eingestellt.

»Wann genau waren Sie bei Klaudia Fichtner?«, fragte Schmidter, als hätte er die Gedanken seines Chefs erraten. Böhme kramte in seinem Gedächtnis und holte aus seiner Jackentasche einen kleinen Kalender hervor.

»Äh, es war kurz bevor ich im Juli Martin traf, also Martin Baumann. Das weiß ich genau, weil ich ihn noch fragte, ob er sich an Klaudia erinnern würde. Die Treffs mit Martin habe ich mir notiert, weil ich manchmal im Haus Moskau einen Tisch reservieren sollte.«

Böhme blätterte schwer atmend in seinem Kalender. Er war sichtlich nervös geworden. Wahrscheinlich war in ihm der Gedanke gereift, dass er mit dem Tod des Mädchens in Verdacht geraten könnte. Er kannte die genaue Todesursache nicht. Erneut bildeten sich auf seiner Stirn kleine Schweißperlen. Schließlich tippte er mit dem Zeigefinger auf einen Eintrag und hielt die aufgeschlagene Seite hoch, wie um den Kommissaren die Richtigkeit seiner Angaben zu beweisen.

»Hier ist es. Ich habe Martin am 7. Juli getroffen. Dann müsste ich am neunten oder zehnten, hm, vielleicht auch am elften, bei ihr gewesen sein. Nicht später, denn danach war ich verreist.«

Bircher und Schmidter warfen sich einen kurzen Blick zu. Klaudia wurde am 10. Juli tot in ihrer Wohnung aufgefunden. Also kurz nachdem Böhme ihr seinen Besuch abgestattet hatte. Sie war schwer herzkrank. Bircher konnte sich in etwa erinnern, wie die Mediziner die Todesursachen beschrieben hatten: Wegen ihrer angeborenen Herzmuskelschwäche hätten sich plötzliche schwere seelische Erschütterungen für die junge Frau dramatisch auswirken können.

»Zu welcher Uhrzeit waren Sie bei Klaudia, Sie waren doch in der Wohnung, nehme ich an?«, fragte Bircher.

»Ich war nachmittags nach Dienstschluss bei ihr. Wirklich nicht länger als dreißig Minuten. Habe ihr das Photo gezeigt, sie war so aufgeregt, als ich ihr die Mutter zeigte. War mir auch ziemlich mulmig zumute, plötzlich. Ich wollte schnell wieder weg. Mir kam dann meine Idee doch komisch vor. Sitze in einer fremden Wohnung, und die Frau weiß nicht, dass sie ihren Vater vor sich hat. Und ich konnte ja nichts sagen. Ist doch Mist, hatte ich mir gedacht. Ich habe schließlich überhaupt keine Beziehung zu der Frau. Ehrlich gesagt, es war, als würde ich eine Fremde besuchen …«, murmelte Böhme, und für einen Moment schien von ihm eine menschliche Regung auszugehen.

Schmidter beugte sich vor und versuchte, Böhme ins Gesicht zu sehen. Der drehte sofort den Kopf zur Seite, als würde er etwas neben sich suchen. Schmidter fragte:

»Sie haben ihr gegenüber keinerlei Andeutung über Herrn Fichtner gemacht?«

»Nee, bin doch nicht verrückt. Es war halt eine verrückte Idee, Neugierde, weiß nicht, vielleicht wollte ich prüfen, ob ich was fühle … Weiß heute selbst nicht mehr, was mich da geritten hat. War schwachsinnig, gebe ich ja zu. Aber ich habe doch nichts Verbotenes getan. Woran ist sie denn eigentlich gestorben?«

Die Frage kam zögerlich und wie bestellt, als hätte sie ihm schon eine Weile auf der Zunge gelegen, während er sich aber nicht sicher war, ob er sie stellen sollte. Zum ersten Mal hatte er sich aus der Deckung gewagt. Vielleicht war es auch nur ein heuchlerisches Interesse, das er ihnen vorspielte. Es ging um seine leibliche Tochter, und wahrscheinlich war dieser Umstand der Auslöser für ihn, so etwas wie geflissentliche Anteilnahme vorzuspielen.

»Sie ist, wie Sie sich angesichts des Alters Ihrer Tochter denken können, nicht unter normalen Umständen gestorben«, antwortete Bircher ausweichend, der das Ablenkungsmanöver Böhmes nicht hinzunehmen gedachte.

»Sie haben unsere Frage nicht beantwortet: Warum sind Sie, wie Sie sich ausdrückten, ›nicht so verrückt‹ gewesen, anlässlich Ihres Besuches die Wahrheit auszupacken. Das wäre doch endlich die Gelegenheit gewesen, einiges wieder gutzumachen. Sich der eigenen Tochter anzunehmen, endlich Pflichten zu übernehmen, ihr zu helfen. Also, Rücksicht auf die Gefühle Fichtners wird es ja wohl nicht gewesen sein. Den haben Sie ja schon nach Strich und Faden betrogen und erpresst. Also, weshalb?«

Böhme schniefte leicht, und wieder huschte dieses niederträchtige schiefe Grinsen über sein Gesicht. Fast spöttisch streifte sein Blick über die Köpfe der Kommissare hinweg. Es sah aus, als würde er sich über die Ahnungslosigkeit der beiden lustig machen. Als er bemerkte, dass Bircher sich halb aus dem Stuhl wuchtete und ihm bedrohlich nahe kam, keinen Zweifel daran lassend, dass seine Geduld am Ende war, zuckte Böhme leicht zusammen und raunte:

»Warum wohl, haben Sie doch selbst alles schon rausgekriegt. Dann wäre es aus gewesen mit Fichtners Zahlungen. Man schlachtet doch nicht die Kuh, die man melken will, äh. Nicht so gemeint«, versuchte er gerade noch seine Dreistigkeit abzufedern, aber in diesem Moment war Bircher schon abrupt aufgestanden und hatte sich hinter Manuela gestellt, wie um sie vor Böhme zu schützen.

Manuela starrte stumm in ihren Stenoblock. Ihr Blick verriet Ungläubigkeit, Widerwillen, Abscheu und Ratlosigkeit. Am liebsten wäre sie wohl aus dem Zimmer gestürzt. Böhmes Kaltschnäuzigkeit hatte selbst Bircher nicht unbeeindruckt gelassen. Es war klar, dass er mit dem, was er vor Klaudia gesagt oder nicht gesagt haben wollte, wie ein Conférencier vor seinem unwissenden Publikum jonglieren konnte. Ihm war nichts nachzuweisen. Das hatte er begriffen und sich die Situation zu eigen gemacht. Eine unterschlagene Vaterschaft war ihm ebenfalls nicht ohne Weiteres anzuhängen. Auch in dieser Sache war die einzige Zeugin tot. Und was Fichtner betraf, so würde der vor jedem Gericht als befangen gelten. Und wie sollte der ihn belasten, schließlich hat sich Fichtner erpressen lassen. Ein Zeuge mit schwachem Charakter. Würde man Böhme tatsächlich wegen versuchter Tötung an der schwerkranken Klaudia anklagen, so wäre es nicht zu beweisen.

So kriegen wir den Böhme nicht, noch nicht, sagte sich Bircher und wandte sich ihm zu:

»Sie können jetzt gehen. Morgen unterschreiben Sie das Protokoll. Die Umstände, die zu Klaudias Tod führten, werden wir neu untersuchen. Sie werden dann vorgeladen. Auf Wiedersehen.«

Die Drohung konnte sich Bircher nicht verkneifen. Schmidter hatte zunächst überrascht auf seinen Chef geblickt und anschließend leise in sich hineingelächelt. Klar, warum der Chef Böhme die Todesursache verschwiegen hatte. Dieser Typ sollte keine ruhige Minute haben. Böhme war sichtlich überrascht und verharrte starr auf seinem Stuhl. Er begegnete kurz den unbeweglichen Blicken der Kommissare, wollte noch etwas sagen, aber überlegte es sich anders. Er erhob sich langsam und verließ mit einem hingeworfenen »Wiedersehen« den Raum.

»Ruf bitte Herrn Fichtner rein«, sagte Bircher zu Manuela, die sofort aufsprang, als hätte sie nur auf den Augenblick gewartet, den Raum verlassen zu können. Fichtner trat ein, dahinter in sicherem Abstand Manuela, die an ihm vorbei Bircher einen abwägenden Blick zuwarf. Offenbar war sie sich nicht sicher, ob sie noch gebraucht wurde.

»Ich hoffe, Sie haben sich etwas beruhigen können, Herr Fichtner. Bitte nehmen Sie noch für einen Moment Platz«, sagte Bircher und winkte gleichzeitig Manuela heran.

Fichtner ließ sich widerwillig auf den zugewiesenen Stuhl fallen. Sein Gesicht hatte deutlich an Farbe gewonnen und drückte eine gewisse Resignation aus, wie nach einer verloren gegebenen Partie Schach. Er war darum bemüht, eine gewisse Souveränität zurückzuerlangen und die Sache nicht unnötig aufzuhalten. Es gab ja nichts mehr zu erörtern. Mit Böhme würde er abrechnen. Aber das ging die Polizei nichts an. Die hatten Böhme alles nachgewiesen und würden auf ihre Weise mit ihm umgehen. Wahrscheinlich können sie ihm nur die Sache mit der Republikflucht anhängen. Die liegt aber lange zurück und war über die Planung nicht hinausgekommen. Die Vaterschaft käme in Frage, wegen unterlassener Unterhaltszahlungen. Aber wem hätte er zahlen sollen, wenn er, wie er behaupten könnte, im Sinne der Mutter Klaudias gehandelt hatte, Fichtner also das Recht auf Klaudia nicht hatte streitig machen wollen, weil es die tote Mutter so wollte. Fichtners Kinnmuskel zuckte leicht.

Birchers Stimme riss ihn aus seinen Grübeleien.

»Herr Fichtner, ist Ihnen im Zusammenhang mit dem Tod Klaudias irgendetwas in Erinnerung, dass Ihnen jetzt, angesichts der neuen Fakten, plötzlich auffällig erscheint? Erwähnte sie irgendeinen Besuch? Ein Telefonat?«

Fichtner schwieg und knetete seine Hände, als müsste er eine Denkaufgabe lösen. Schließlich besann er sich darauf, dass man von ihm eine Antwort erwartete, und hob wie entschuldigend leicht die Schultern.

»Ja, ich erinnere mich jetzt daran, dass Klaudia irgendwann Mitte Juli, es war kurz vor Ihrem Ableben, am Telefon den Besuch eines Mannes erwähnte, der ihr irgendwelche Photos von früher zeigte. Auf einem war meine Frau abgebildet. Sie sprach von ihrer verstorbenen Mutter, wie hübsch sie doch gewesen sei, und fragte noch, ob ich noch andere Bilder hätte. Es klang allerdings so, als würde sie nicht weiter darüber reden wollen. Na ja, ihre Mutter war so fremd für sie wie irgendeine Frau auf 'nem Plakat. Dann sagte sie noch lachend, dass sie mich ja hätte. Es klang, wenn ich mich jetzt daran erinnere, etwas verstört, hm, wie soll ich sagen, gekünstelt. Ich habe nicht weiter nachgefragt. Mir schien, als wollte sie nicht weiter darüber reden.«

Bircher beschloss, ihm vorerst den Besuch Böhmes bei Klaudia zu verschweigen. Nach allem, was sich gerade abgespielt hatte, könnte diese Information unabsehbare Folgen nach sich ziehen. Böhme war sicher klug genug, das Treffen mit Klaudia für sich zu behalten.

»Also, Herr Fichtner«, fuhr Bircher fort, »hätten Sie denn einen Verdacht, wer da plötzlich bei Ihrer Klaudia aufgetaucht sein könnte?«

»Na, die einzige Person, die mir einfällt, wäre Böhme. Der wohnte im Hochhaus und kannte Klaudia ganz gut, wie wir jetzt wissen …«, presste er zwischen schmalen Lippen hervor.

»Aber warum sollte er das tun? Sollte er etwa seine Vaterschaft offenlegen? Wäre doch irrwitzig. Hätte er es zugegeben, wären auch die Unterhaltszahlungen für zwanzig Jahre fällig geworden. Oder hätte er von Ihrem Unternehmen, heimlich die Republik verlassen zu wollen, berichten sollen? Der lief doch Gefahr, dass Ihnen Klaudia alles erzählt, womit Ihr einziger Grund, Böhmes Erpressung nachzugeben, weggefallen wäre. Ich sehe keinen Grund für so einen Besuch.«

Bircher hatte seine Argumente langsam vorgetragen und dabei Fichtner keine Sekunde aus den Augen gelassen. Der hörte unbewegt zu, nur sein Kinn vibrierte fast unmerklich.

»Ja, warum hätte mir Böhme sein wahres Verhältnis zu Klaudia«, er umschrieb unbewusst den wahren Zusammenhang,

»beichten sollen. Dann hätte ich ihm tatsächlich keinen Pfennig mehr gegeben. Auf der anderen Seite hatte es zwischen mir und Böhme wegen der Zahlungen bereits früher gekracht. Ich hatte ihm gedroht, die Überweisungen einzustellen. Ich dachte mir, was soll der schon tun, außer zu Klaudia zu gehen. Ich würde damit schon fertig werden, schließlich würde mir Klaudia letztendlich glauben, dass die Fluchtsache eine Jugendsünde war, die ich längst bereut hatte. Ganz abgesehen davon, dass ich ja die ganze Aktion nur Klaudias wegen abgesagt hatte. Sie würde mir verzeihen. Auf der anderen Seite, Böhme ist alles zuzutrauen. Nachdem der spürte, dass es mir reicht, hätte er versuchen können, Klaudia unter Druck zu setzen, obwohl er wissen musste, dass sie krank ist und nicht belastbar. Darüber hatten wir mal gesprochen. Egal, ihm ist alles gleich. Er geht hin und sagt ihr: Sprich mit ›deinem Vater‹, sag ihm, er soll alles so lassen, wie es ist, damit deiner Karriere nichts im Wege steht, damit es dir nicht so ergeht wie mir. Der Mistkerl hat sich ja selbst wegen seiner politischen Unzuverlässigkeit alle Chancen verspielt, in unserem Staat etwas zu werden. Wenn er wirklich dort gewesen sein sollte, muss es für Klaudia ein Schock gewesen sein. Den hat sie dann aber vor mir gut verborgen gehalten. Na ja, das ist alles Spekulation …«, seufzte Fichtner und verstummte mit einer wegwerfenden Handbewegung. »Warum haben Sie denn nicht selbst den Böhme gefragt, ob er bei Klaudia war?«, fragte er plötzlich und blickte nacheinander die beiden Kommissare an.

Bircher blinzelte zu Schmidter hinüber, der nur leicht die Augenbrauen hochzog, wie um anzudeuten, dass sie über dessen Vernehmung nichts preisgeben würden.

»Böhme wird von uns weiter verhört«, wich Bircher aus, »ich glaube, dass wir für heute abschließen können. Ich rate Ihnen, sich von Böhme fernzuhalten. Sie können jetzt gehen. Auf Wiedersehen, Herr Fichtner.«

Schmidter erhob sich und begleitete ihn zur Tür. Fichtner

drehte sich noch einmal kurz um und nickte Bircher zu, bevor er auf dem Korridor verschwand.

»Ich kann mir nicht helfen«, platzte es aus Schmidter heraus, als er zum Tisch trat, wo Bircher versonnen mit einem Kugelschreiber spielte, »diese Vaterschaftssache hat uns keinen Schritt weitergebracht. Wir ...«

»Ja, ist schon gut«, unterbrach ihn Bircher und wandte sich an Manuela, die mit ihrem Notizheft in der Hand auf eine Anweisung wartete: »Du kannst jetzt gehen. Mach die üblichen Protokolle für mich fertig. Bis morgen.«

Sie nickte, griff das Aufzeichnungsgerät und stampfte mit einem erleichterten »Na dann, bis morgen!« aus dem Zimmer.

Bircher nickte seinem Kollegen zu, sich einen Stuhl zu nehmen.

»Also, was meinen Sie?«

»Ich verstehe nicht, warum Fichtner nicht wissen wollte, wer bei seiner Tochter war. Die hatte ihn doch über den Männerbesuch informiert. Der konnte sich nach ihrer Beschreibung doch an fünf Fingern abzählen, wer da bei seiner Klaudia aufgetaucht war. Warum tut er uns gegenüber so, als hätte er keine Ahnung, wer bei Klaudia war. Das nehme ich ihm nicht ab. Das sieht aus wie ein abgekartetes Spiel zwischen Böhme und Fichtner. Verschweigt der was?«

»Vielleicht hat Böhme Klaudia tatsächlich unter Druck setzen wollen und sie ist daran gestorben. Dann hat er es mit der Angst bekommen, wieder eine Tote in seinem Dunstkreis. Und schweigt. Nehmen wir weiter an, dass Klaudia tatsächlich ihrem vermeintlichen Vater gesagt hat, wer bei ihr gewesen ist. Fichtner verheimlicht es uns, weil er unser Augenmerk voll auf Böhme lenken will. Nach dem Motto, sie ist kurz nach Böhmes Besuch gestorben, weil er sie so bedrängt hat, das war zu viel für ihr schwaches Herz. Böhme Tötungsbeihilfe anhängen, sozusagen. Würde aber andererseits Fichtner uns gegenüber zugeben, dass er von Böhmes Besuch wusste, müsste er sich unsere Frage gefallen lassen: Warum haben Sie nicht alles unternommen, um Klaudia zu schützen, warum haben Sie nicht Böhme zur Rede gestellt?«

»Sie meinen, der Fichtner versucht in seinem Hass Böhme, sozusagen indirekt, die Schuld an dem Tod seiner Klaudia in die Schuhe zu schieben?«, fragte Schmidter.

»Schon möglich. Schließlich wusste der Böhme, und das bemerkte Fichtner wie beiläufig, dass Klaudia krank war. Fichtner kann ihm jetzt also so etwas wie Erpressung in Tateinheit mit physischer Bedrohung anhängen.«

»Aber warum hatte sich Fichtner nicht sofort um Klaudia gekümmert, als er von der Bedrohung erfuhr?«

»Entweder hatte er einfach keine Zeit, Böhme war ja mal gerade ein oder zwei Tage vor ihrem Tod in der Wohnung gewesen, oder er hat es getan und wir wissen es nicht, weil er es uns verschweigt.«

Bircher hatte den letzten Satz noch langsamer als gewöhnlich gesprochen. Schmidter könnte durchaus recht haben. Vielleicht tobte zwischen Fichtner und Böhme seit vielen Jahren ein erbitterter Kampf, der mit dem Tod von Klaudia eine unvorhergesehene Wendung nahm. Eine Wendung, die Fichtner jetzt ausnutzen wollte, um seinem gerissenen Erpresser endlich einen Denkzettel zu verabreichen.

»Leider bringt uns das alles im Mordfall Hochhaus nicht weiter«, bemerkte Schmidter noch einmal mit resignierendem Unterton.

»Was wissen wir noch über Fichtner?«

Schmidter blätterte in der Akte.

»Hm, unbescholtener Mann. 1931 geboren. Mutter starb, als er vier Jahre alt war. Mit seinem Vater aufgewachsen, ohne Geschwister. Hat nach dem Krieg in Dresden an der Technischen Hochschule studiert, gute Zeugnisse. Immer beim Wohnungsbau beschäftigt gewesen, mehrfacher Aktivist. Da ist nichts Auffälliges«, sagte Schmidter und reichte Bircher die Akte.

Der notierte sich etwas und legte sie zur Seite.

»Lassen Sie es gut sein für heute, ab nach Hause!«, beendete Bircher das Gespräch und stand auf.

Es war kurz vor einundzwanzig Uhr, und Bircher musste noch mit seiner Frau sprechen.

Der Fahrer chauffierte den Shiguli vom Parkplatz des grauen Gebäudekomplexes des Polizeipräsidiums auf die Hans-Beimler-Straße und bog gleich darauf in die Straße am Friedrichshain in Richtung Leninplatz ein. Bircher saß auf dem Rücksitz und sah links von sich Fritz Cremers Denkmal zur Erinnerung an die Internationalen Brigaden. Wie aus dem Erdreich entsprungen schwebte schräg in der Luft der Held des spanischen Bürgerkriegs, das Schwert in der erhobenen Faust, mit dem unerbittlichen Ausdruck des zu allem entschlossenen Kämpfers, der in die Ferne blickt, als würde er den Horizont nach den Konturen einer neuen Spanischen Republik absuchen und sich den Weg dorthin freischlagen müssen. Der monumentale Internationalist war gerade aus dem Rückspiegel verschwunden, da tauchte bereits das nächste Denkmal auf.

Im räumlichen Schwerpunkt des Leninplatzes erhob sich aus rotem ukrainischem Granit sein Namensgeber. Es schien, als würde er sich auf seinem kreisrunden Sockel aus einer Fahne winden, oder sollte die Flagge ihn vielleicht wie einen Heiligen umhüllen, es blieb der Phantasie seiner Bewunderer überlassen. Die konnten über flache Stufen den Sockel besteigen und ihren Revolutionsführer umkreisen, so wie vor ihnen die Autos den Platz. Bircher schielte aus dem Fenster und konnte gerade noch im Vorbeifahren unter dem offenem Granitmantel Lenins Bauchansatz erspähen. Schon reihte sich der Shiguli in den Kreisverkehr ein, und bevor sie ihn in Richtung Norden verließen, sah Bircher den großen Russen noch einmal kurz von vorn und vergewisserte sich, dass er tatsächlich festlich eingekleidet auf dem Sockel ruhte, ohne Beine zwar, aber im Anzug. Sogar eine Krawatte, so schien es, hatte ihm der Steinmetz eingefräst.

Während sich der Wagen auf der Leninallee stadtauswärts bewegte, wirbelten durch Birchers Kopf alle möglichen Zahlenkombinationen. Die Idee, dass sich der Mörder eines Ziffernkodex bediente, nach dem er seine Taten ausrichtete, ließ ihn nicht los. Ähnlich dem Dieb, der die Chiffre in die Tastatur eines Tresors eingibt, bis sich die Tür öffnet und ihm die Beute freigibt, folgte der Hochhausmörder einem Nummerncode. Mit der letzten Nummer würde sich die Tür zum letzten Opfer öffnen, deren Tod ihn vom Wahn befreien würde. Bircher erinnerte sich an den verzweifelten Battes, wie er in seinem Hass versunken vor den Globen stand. Der Tag, an dem ihm seine Frau wie ein verlorener Regenschirm abhandengekommen war, könnte eine Zäsur im Gemüt dieses introvertierten Menschen ausgelöst haben. Wer weiß, was in ihm zusammenbrach, als er nichtsahnend mit einem knurrigen »Hallo, ich bin's« die Wohnung betrat, keine Antwort erhielt, die Zimmer abschritt und schließlich auf dem Küchentisch die lapidare Notiz vorfand, dass sie ab sofort für immer weg sei, ein Stück Papier, wie ein hastig abgelegter Einkaufszettel.

Battes, den für die Tatzeit des ersten und zweiten Mordes nur die Tochter deckte, hatte kein handfestes Alibi. Ein Mann, der im Umgang mit anderen Menschen wahrlich nicht zimperlich war. Er wurde von einigen Kollegen in seinem Betrieb als egoistisch und gefühlskalt beschrieben. Andere hingegen meinten, dass er halt nichts von sich und seinen Gefühlen preisgeben könnte. Er sei grundsätzlich misstrauisch und vorsichtig wie ein Jäger. An dem Punkt musste Bircher an die Spatzenjagd denken. Was bewegt einen Menschen dazu, einfach mal so aus dem Küchenfenster auf harmlose Vögel zu schießen? Eher kein Zeichen für besondere Warmherzigkeit. Andere, die ihn näher kannten, sagten aus, dass er, hätte man erst einmal sein Vertrauen erworben, sich als zuverlässiger Kollege erweisen würde, auf den man sich durchaus verlassen könnte. Grundsätzlich hielt man ihn jedoch für einen in sich gekehrten Einzelgänger.

Bircher seufzte. Ihm fiel der Sohn der Forns ein, über dessen Verbleib er immer noch keine Nachricht erhalten hatte. Auch der trug seit dem Tag seines angeblichen Vergewaltigungsversuches eine schwere Bürde mit sich herum. Auf den ersten Blick hinterließ Gerd Forn den Eindruck eines vom Glück verlassenen Menschen, der eine Menge unverarbeiteter Erinnerungen, Demütigungen oder Enttäuschungen mit sich herumschleppte. Ohne Aussicht, sich aus seinem Elend befreien zu können. Auch Forn konnte keine sicheren Alibis vorweisen. Es war nicht auszuschließen, dass er während der längeren Wartezeit, bevor er am Ostbahnhof seine nächste Runde startete, ins Hochhaus fuhr. Ein trainierter Fahrradfahrer brauchte dafür etwa fünf Minuten, also zehn Minuten für beide Strecken. Blieben zehn Minuten für den Mord. Gerds Vater besaß ein Auto, das er selbst nur selten benutzte. Es stand hinter dem Haus und war vom Fenster der Wohnung nicht einzusehen. Der Sohn durfte es benutzen, wenn sein Schichtplan ungünstig ausfiel. Mit dem Auto wäre es ein Katzensprung gewesen. Aber auch in diesem Fall bedurfte es zur Durchführung der Tat einer ausgefeilten Planung und ungewöhnlichen Kaltblütigkeit. Und nichts durfte bei einem so engen Zeitplan schiefgehen. Er musste emotionslos wie ein Automat funktionieren. Schwer vorstellbar, dass in einem wie Gerd Forn solche Eigenschaften schlummerten – und selbst dann, wäre er tatsächlich diese Risiken eingegangen? Oder aber: Seine Mordlust blendete alle Risiken aus, wie den Verstand bei einem blind Verliebten. Bircher erschien die Vorstellung eher unwahrscheinlich, dass der lethargisch wirkende Gerd Forn ihr Täter sein sollte. Obwohl er abgetaucht zu sein schien und sich somit zu einem der Verdächtigten gekürt hatte.

Böhme verfügte über die Eigenschaften, die Forn scheinbar fehlten. Er war emotionslos, von ihm ging die Kälte eines offenen Kühlschrankes aus. Frauen gegenüber verhielt er sich geringschätzig. In allen Vernehmungen spürte man seine heimtückische Intelligenz, als würden seine Gedanken stets um die Planung einer weiteren Niederträchtigkeit kreisen. Allerdings gab es keinen Hinweis auf eine brutale Seite in seinem Wesen. Aber das bedeutete wenig, eigentlich gar nichts. Mordlust stand niemandem auf der Stirn geschrieben. Böhmes Tatauslöser könnte im Zusammenhang mit dem Ableben Klaudias stehen. Fichtner hatte im Juli alle Kontakte zu Böhme gekappt. Das musste ihn hart getroffen haben. Wahrscheinlich wusste Böhme zu diesem Zeitpunkt nicht, dass Klaudia verstorben war. Schließlich hatte er sie gerade noch besucht. Er hatte also keine Ahnung, welches Motiv sich hinter dem Verhalten Fichtners verbarg. Die Quelle für den Unterhalt seines aufwendigen Lebensstils war jedenfalls urplötzlich versiegt. Vielleicht löste dieser Umstand in Böhme eine Hasswelle aus, aber warum sollte sich die gegen das weibliche Geschlecht richten? Er gehörte wie Battes und Schulbe zum Kreis derjenigen, die mit den Gegebenheiten des Hochhauses gut vertraut sind.

Blieben unter den ehemaligen und gegenwärtigen Hausbewohnern ohne Alibi die Herren Schulbe und Lang. Schulbe stand in mehr als nur nachbarschaftlicher Beziehung zu Frau Raiher, dem letzten Opfer. Er war alleinstehend und ganz offensichtlich dem Alkohol nicht weniger zugewandt als dem weiblichen Geschlecht. Aber das waren alles keine zwingenden Verdachtsmomente. Im Haus wurde er als hilfsbereiter Nachbar geschätzt. Die Recherchen hatten ergeben, dass er auch in den Wohnungen von Frau Thule und Frau Alt kleinere Reparaturen ausgeführt hatte. Schulbe stritt aber ab, sich jemals in der Wohnung von Frau Raiher aufgehalten zu haben. Das wäre Maria nicht zuzumuten gewesen, gab er zu Protokoll. Warum sollte er seine Geliebte umbringen? Obwohl, einen Grund gäbe es schon. Er wäre nicht der Erste, der eine Frau, die sich plötzlich abwendet, aus dem Weg räumt. Vielleicht empfand er für die Tote sehr viel mehr, als er preiszugeben bereit war. Bircher beschloss, für alle Fälle, eine Obduktion von Frau Raiher zu beantragen, obwohl er gefühlsmäßig Schulbe als Verdächtigten ausschloss. Ein Liebhaber, der gleichzeitig das Leben eines Serienmörders führt, passte einfach nicht zum Psychogramm ihres Täters.

Ähnlich verhielt es sich mit Lang. Er lebte nach der Scheidung von Frau Gundel Thule mit der gemeinsamen Tochter in Jena. Na ja, seufzte Bircher im Shiguli, wenn jede Trennung zu einer Straftat ausarten würde, müsste man die halbe Bevölkerung unter Verdacht stellen. Und angeblich war er zur Tatzeit immer in Jena, immer mit der Tochter als Zeugin an seiner Seite.

Der Wagen hielt plötzlich, und der Fahrer drehte sich zu Bircher um.

»Was ist denn?«, herrschte ihn Bircher an, der abrupt aus seinen Gedanken gerissen worden war.

»Entschuldigung, Genosse Major, wir sind angekommen. Stehen vor Ihrer Haustür.«

»Ah, schon gut. Schönen Feierabend«, brabbelte Bircher, während er aus dem Auto stieg.

Als würde er ein Pferd ins Rennen schicken, verabschiedete er den Fahrer mit einem leichten Schlag aufs Autodach.

»Da bist du ja endlich!«, rief Karola aus dem Wohnzimmer.

Sie legte ihr Buch beiseite und sprang vom Sofa, um ihn zu begrüßen. Karl Bircher stand unentschlossen auf dem Korridor und blickte versonnen auf seine Fußspitzen, als wäre ihm plötzlich irgendetwas Wichtiges eingefallen. Seinen Mantel hatte er abgelegt und war im Begriff, nach seinen Hausschuhen zu fassen, als er innehielt und sich mit einem deutlichen Atemzug auf den Hocker vor das Schuhregal setzte. Karola musterte für einen Augenblick aufmerksam ihren Mann, beugte sich zu einem leichten Kuss nach unten und strich ihm wie eine besorgte Mutter mit einer sanften Handbewegung über den Rücken.

»Alles so weit in Ordnung mit dir?«

»Ja. Mir ist gerade eingefallen, dass ich nichts von Gerd Forn gehört habe«, murmelte Bircher.

»Ist das der Busfahrer, der vor Jahren einmal ein Mädchen belästigt haben soll?«

»Ja. Er ist letzte Nacht nicht von der Schicht nach Hause gekommen und seitdem verschwunden. Was gibt's zu essen und zu trinken?«

Die beiden gingen in die Küche, Karola griff in den Kühlschrank und stellte wortlos den Stullenteller auf den Küchentisch. Ihr Mann musterte aufmerksam das kunstvoll angerichtete Abendmahl, während seine Frau, die Arme vor der Brust verschränkt, ihn erwartungsvoll ansah.

Karl Bircher ließ seinen Blick über das prächtige Angebot gleiten: In der Mitte Tartar, angerichtet in der Form eines Kraters, in dessen Trichter ein Eigelb golden blinkte, als würde es einem Ausbruch entgegenfiebern, der Vulkan war umringt von rechteckig geschnittenen Brot- und Pumpernickelscheiben, auf denen Bierschinken, ungarische Salami, Teewurst und verschiedene Käsesorten passgerecht verteilt waren, obenauf leuchtete das frische Grün fein geschnittenen Schnittlauchs und gekräuselter Petersilie wie ein Erntekranz. Den Tellerrand säumten kleine Tomaten, die Karl rot vor Freude zublinzelten. Gelb, grün, rot, dachte er, die Farben der Sonne, der Natur und der Liebe. Wie passend!

Die Küche hatte gerade mal Platz für das Ehepaar, nebeneinander passten sie zwischen Herdplatte und Tisch. Durch eine fensterlose Durchreiche sah man den geräumigen Esstisch im Wohnzimmer. Es galt als sicher, dass die sozialistischen Architekten bei ihrer Raumkonzeption der offenen Küche vor allem die dort schaffende Hausfrau im Auge hatten, die Anordnung sollte wohl ein lockeres Gespräch zwischen Küche und Wohnzimmer ermöglichen, sozusagen die gleichberechtigte Frau bei der Ausgestaltung des Feierabends abbilden. Es war ein wenig wie ein Gespräch am Bahnhofsschalter, wenn der Gatte an der Durchreiche über den Tag plauderte, während gegenüber die Gattin die Stullen herrichtete.

Bircher nahm wortlos den Teller, um sich an den Wohnzimmertisch zu setzen. Er blickte in die Küche und sah, wie seine Frau eine Flasche Wein aus dem Kühlschrank zog. Er erinnerte sich an die geräumige Küche des berühmten Architekten, in der man plaudernd zwischen Herd und Tisch spazieren konnte und gleichzeitig durch die bis zur Decke reichenden Fenster dem Treiben auf den Straßen oder in den Räumen des gegenüberliegenden Hauses Berlin zusehen konnte.

Birchers Augen glitten über seine Wurst- und Käseplatte, er schob sich seine Hornbrille zurecht und beugte seinen Kopf bis dicht über den Teller, als müsste er zunächst Fährte aufnehmen. Schließlich ließ er sich zurückfallen, wobei die Brille wie von selbst nach vorn auf die Nasenspitze glitt, griff die Gabel, presste sie zielsicher in den Eigelbkrater und begann aus Ei und Tartar eine homogene Mischung herzustellen. Genüsslich beobachtete er, wie sich die Farben ineinander auflösten, und als der letzte gelbweiße Schimmer verschwunden war, hievte er sich eine Portion auf die Gabel und schob sich den Happen langsam in den Mund, der kreisrund auf die Kostprobe wartete. Bedächtig bewegte Bircher seinen Tartar wie ein Bonbon in der Mundhöhle, schluckte mehrmals und murmelte so etwas wie »hm, na«, wobei er die Gabel wie einen Taktstock sacht am Tellerrand entlang schwang.

Plötzlich zuckte er leicht zusammen und hielt inne, sein Blick wanderte nach oben und traf die Augen Karolas, die ihn schmunzelnd, die Ellenbogen wie eine Barfrau aufgestützt, von der Küche aus beobachtete.

»Na, alles zur Zufriedenheit?«

Es klang wie die Frage eines HO-Kellners nach dem ersten Gang.

»Wunderbar, fehlt nur noch was zum Nachspülen.«

»Schon unterwegs, mein Herr.«

Karola kurvte um die Ecke ins Wohnzimmer, auf dem offenen Handballen balancierte sie die Flasche, während sie sich vor dem Tisch postierte und ihrem Mann das Etikett vor die Nase hielt:

»Wir haben hier einen siebziger Dimiat aus dem Süden Bulgariens, ausgewogen mit einem Hauch von Säure, die sich aber im Abgang in der feinen Restsüße auflöst und so einen nachhaltigen Geschmack frischer Pflaumen und Himbeeren hinterlässt. So recht, mein Herr?«

»Gut gesäuselt, meine Kleine, und nun gieß ein und lass uns auf den Wurstteller anstoßen!«

»Mann, wie unromantisch.«

»Gut, dann eben auf den gemeinsamen Feierabend von Mordkommission und Kunstakademie. Zum Wohl, Liebling.«

Als Karl Bircher zufrieden zum ersten Käsedreieck griff und Karola ihm ein weiteres Glas des frischen Bulgarenweins einschenkte, beschloss sie, dass es Zeit sei, ihn auszufragen. Bircher grunzte leicht, als sie ihn wie nebenbei nach dem Stand der Ermittlungen fragte, murrte etwas von »nicht doch jetzt«, begann dann aber doch zu berichten.

Karola saß aufrecht wie im Seminar neben ihm und hörte gespannt zu. Er erzählte, dass der letzte Mord zwar nach dem exakt gleichen Schema abgelaufen war, der Täter also unbemerkt die Wohnung betreten konnte, Frau Raiher überwältigte und erwürgte, ihr den Mittel und Zeigefinger der rechten Hand abtrennte und anschließend unerkannt die Wohnung verließ. Hier legte Karl Bircher eine Pause ein, um dann fortzufahren, dass in diesem Fall der Mord am helllichten Tage erfolgte – fast in ihrer Gegenwart, denn Angler und Schmidter befanden sich vormittags im Haus – und dass die ermordete Frau Raiher weder auf der achten noch auf der zehnten Etage, sondern auf der siebten wohnte. Da hielt es Karola nicht länger auf dem Stuhl. Sie sprang auf, griff sich ihre Zigaretten und eilte zum Balkon. Ihr Mann schaute ihr verwundert hinterher, wie sie energisch durch das Zimmer schritt, die Tür entriegelte, hinaustrat auf den Betonboden, sich die Zigarette anzündete, wobei für einen kurzen Augenblick das Licht des Feuerzeugs ihr Gesicht wie unter einem vorbeigleitenden Scheinwerfer erhellte, sich schließlich mit dem Rücken an die leeren Blumenkästen lehnte und ihrem Mann einen Schwall hellen Rauchs entgegenblies. Der starrte auf die regungslose Silhouette, die jedesmal, wenn Karola mit einem kräftigen Zug die Zigarettenglut anfachte, wie ein ferner Leuchtturm aufleuchtete. Er zuckte leicht mit den Achseln, fasste die beiden Weingläser und schlenderte zu seiner Frau.

»Bisschen kalt hier draußen, findest du nicht?«, murmelte er und streckte ihr das Glas entgegen.

»Gut für den Weißwein. Also, glaubst du nicht auch, dass das eine Finte ist? Der will euch auf 'ne falsche Spur lenken!«, platzte es aus ihr heraus.

»Gut möglich. Aber vier plus sechs plus sieben ergibt für mich so viel Sinn wie vier plus sechs plus acht, nämlich siebzehn beziehungsweise achtzehn.«

»Du musst noch jeweils sechs dazu zählen, für die Finger.«

»Gut, das macht dreiundzwanzig und vierundzwanzig. Was soll's?«

Karola schwieg und nickte ihm zu.

»Lass uns reingehen und mal spekulieren. Brauche einen Stift und Papier.«

Die beiden gingen zur Couch, und Karola begann verschiedene Zahlenkolonnen untereinanderzukritzeln. Nebeneinandergereiht sahen sie wie Ziffernkombinationen bei bestimmten Kreuzworträtseln aus, wenn man anstelle von Buchstaben Zahlen verwendete.

»Hier, Karl, schau mal! Bleiben wir mal bei der ursprünglichen Variante, also Etagen 4, 6, 8, 10. Das ergibt die Summe 28. Auf 28 kommen wir auch bei der Kombination 4, 6, 7, 11. Bei keiner anderen, vorausgesetzt wir bleiben bei vier Etagen. Also, wenn er der Zahl 28 nachjagt, müsste er sich die Etage elf vornehmen, bei seinem nächsten Mordversuch.«

»Die Zahl 28 sagt mir nichts.«, erwiderte Karl, der von der Seite auf die Zahlenreihen schielte.

»Gut und nun zählen wir die amputierten Finger hinzu, also 28 plus 8, macht 36. Merkst du was, Karl?«

Karola hatte unwillkürlich die Stimme gesenkt, als würde sie ihm ein Geheimnis anvertrauen wollen. Karl runzelte die Stirn und versuchte etwas auf Karolas Zettel zu erspähen. Es gelang ihm nicht, weil sie sich nach vorn gebeugt hatte und ihn wie eine Lehrerin, die auf die richtige Antwort wartet, halb von unten ins Gesicht blickte.

»Karl, addiere mal noch eine Zahl hinzu, die dir begegnet ist. Mehrfach sogar.«

Karola sprach nun tatsächlich wie zu einem Schüler, den man an die Lösung einer Aufgabe heranführen muss. Er blickte hinüber in die Küche und kräuselte die Stirn. In seinem Gedächtnis zogen Namen, Jahreszahlen und Adressen vorüber, die ihn die letzten beiden Monate beschäftigt hatten. Er sah seine Hauptverdächtigten vor sich aufmarschieren und ihre Lebensläufe erzählen, er sah sich den Treppenschacht nach oben steigen, von einer Etage zur anderen, bis auf die zehnte Etage, hier verharrte er in Gedanken und wandte seinen Blick zurück in die frühen fünfziger Jahre, als die ersten glücklichen Mieter ihren Wohnungsschlüssel erhielten und sich einrichteten. Seit vielen Jahren lebten sie dort, einige waren ausgezogen, sehr wenige neu hinzugekommen. Er addierte 36 mit allen möglichen Ziffern und glich das Resultat mit Zahlen ab, die ihm aus seinen endlosen Studien der Hausbucheinträge in Erinnerung geblieben waren, in der vergeblichen Hoffnung, auf eine Entdeckung zu stoßen. Vor seinem Auge tauchten Namensschilder auf, die gleich darauf wieder verschwanden, Etagen und Mieter, die er aus den Augenwinkeln musterte, Gespräche und Befragungen, die nichtssagend seine Zeit auffraßen, Fahrstuhlfahrten, bei denen er die Etagenknöpfe betrachtete, als könnte er von den Zahlen das nächste Opfer ablesen, Zahlen, immer wieder 4 plus 6 plus 8 plus 10 plus 8 plus …?

In Gedanken blätterte er noch einmal das Hausbuch Seite für Seite zurück, durch die siebziger, sechziger, fünfziger Jahre. Bircher war wie in seinen frühen Jahren, als er Stunden vor dem Mikroskop verbrachte, um das Geheimnis der pflanzlichen Blattstrukturen zu entschlüsseln, vollkommen in sich versunken und erweckte den Eindruck, als hätte man ihn hypnotisiert. Eine Zahl hatte sich hartnäckig irgendwo in einer kleinen Verästelung seines Schädels festgesetzt. Er wollte sie lesen, aber sobald er sie zu sehen glaubte, tauchte sie in einer anderen Nische ab, doch er wusste, dass sie sich ihm irgendwann zeigen würde. Und tatsächlich leuchtete sie plötzlich wie ein Name auf der Anzeigetafel im U-Bahnschacht auf. Bircher ließ diese Erkenntnis leise aufstöhnen, als hätte man ihn aus der Trance entlassen. Konnte es ein Zufall sein? Das Motiv verbirgt sich hinter einer Zahl, die den Mörder wie ein Schatten begleitet haben musste, die ab und an vor seinen Augen erschien und ihn ermahnte, nicht zu vergessen, dass sie es ist, die ihn schicksalhaft mit der Vergangenheit verbindet.

Wie vom Blitz getroffen fiel Karl Bircher in das Polster der schweren Couch, schlug sich mit der Hand auf den rechten Schenkel und zog gleichzeitig mit dem linken Arm Karola zu sich heran. Er strahlte wie nach einem grandiosen Lotteriegewinn. Seine Lippen formten immer wieder eine Zahl, als hätte sie ihm den Hauptgewinn beschert.

Eine Welle ungläubigen Erstaunens überzog seine Gesichtszüge, er lächelte wie benommen und murmelte leise mehrmals einen Namen, unhörbar selbst für Karola, die lächelnd an seiner Schulter ruhte und wusste, dass sie jetzt nur schweigen musste. Ihr Mann hatte den Code entschlüsselt. Er würde den Fall lösen.

Sie wandte sich an ihn, knuffte ihn in die Rippen, worauf er milde grinste und vor sich hin murmelte:

»Ich glaube, du hast mich auf die Spur gebracht. Es muss da einen Zusammenhang geben. Das kann kein Zufall sein, wie sich die Zahlen wie eine Telefonnummer aneinanderreihen, sozusagen zum Anschluss des Täters führen.«

»Bitte tu mir einen Gefallen«, unterbrach ihn Karola, »schreibe mir die persönlichen Daten aller Beteiligten auf, also aller Personen, die in den Fall verstrickt sein könnten: Geburt, Einschulung, Ein- und Auszug aus dem Hochhaus, Sterbedaten von Angehörigen, Scheidungen, polizeiliche Meldedaten und so weiter, auch Wohnungsnummern und Etagen, wo jemand wohnte. Du kannst es ja chiffrieren, ich brauche die Klarnamen nicht, du verstößt nicht gegen die Vorschriften, kannst du das machen?«

Bircher nahm die Brille ab und rieb sich die Nasenwurzel, als müsste er eine Antwort aus sich herauspressen. Ihm war sofort klar, worauf die Frage hinauslief. Nur zu gut erinnerte er sich an die Zeit, als seine Frau, anfangs noch spielerisch und vergnügt, dann allmählich ernster und geistesabwesender, schließlich wie besessen und ziemlich verbissen, wochenlang versucht hatte, auf dem neunzig Kästchen umfassenden Feld ihres Kreuzworträtsels denselben Buchstaben maximal zweimal vorkommen zu lassen. Damals scheiterte sie und rührte einen Monat lang keine Rätsel mehr an. Er überflog die Risiken, nickte ihr zu und sagte. »Ja, anonymisiert und für zwei Monate.«

Das Telefon klingelte und riss beide aus ihrer Glückseligkeit. Bircher erhob sich ächzend und ging in den Korridor. Es war still auf dem Korridor, was nichts Gutes verhieß. Es war gegen zehn Uhr abends, und zu dieser Zeit rief man ihn nur in den dringendsten Fällen an, also bei Todesfällen oder anderen Katastrophen.

Karola hörte, wie er irgendetwas in den Hörer sprach und dann auflegte. Nachdenklich kehrte er in das Wohnzimmer zurück, schob die Gardine leicht zur Seite, als gäbe es da draußen in der Nacht irgendetwas zu entdecken, drehte sich zu Karola und sagte:

»Gerd Forn ist tot, Selbstmord.«

17

Gerd Forn wurde am Abend des 25. November in einer verschlossenen Toilette des Ostbahnhofs entdeckt. Er hatte sich die Pulsadern an beiden Armen durchtrennt. Einer Reinigungskraft war aufgefallen, dass während ihrer Abendschicht eine der Toilettentüren ständig verschlossen war. Als sie in den Spalt zwischen Fußboden und Tür linste, sah sie zunächst nur zwei Füße und eine bereits angetrocknete Blutlache. Nach Auskunft der Gerichtsmedizin musste Forn bereits den ganzen Tag dort gesessen haben. Eingekeilt zwischen Toilettenbecken und Wand, die Arme zwischen die Beine geklemmt, mit dem Kopf vornüber, hockte er wie abgeschlachtet in seinem Blut.

Nach Ende seiner letzten Tour gegen fünf Uhr in der Früh hatte er den Bus ordentlich abgeschlossen, den Schlüssel eingesteckt und war direkt in den Bahnhof gegangen. Dort musste er sich zwischen fünf Uhr dreißig und sieben Uhr mit einem scharfen Taschenmesser, das neben ihm auf dem Boden lag, die Adern durchtrennt haben. Er trug nur seine Uniform, die Aktentasche hatte er im Bus gelassen. In der Aktentasche befanden sich seine Stullenbüchse, eine alte Zeitung, sein Personalausweis, den er wahrscheinlich absichtlich zurückgelassen hatte, und ein Paar aus Gummi gearbeitete grüne Handschuhe, wie man sie von Gärtnern oder Hausfrauen kennt. Die Handschuhe wurden sofort kriminaltechnisch untersucht. Außer ein paar Ölspuren war nichts zu entdecken. Er hatte sie bei seiner Arbeit verwenden können.

Der Vater Gerd Forns war stundenlang nicht ansprechbar. Nicht nur der Tod seines Sohnes, sondern auch die Umstände seines Ablebens machten ihn fassungslos. Sein Sohn hatte keine Nachricht hinterlassen. Für einen alten Genossen und Parteifunktionär wie Genossen Forn glich Selbstmord einem Verrat, wie eine Flucht vor dem Leben, vor der Verantwortung, als würde man seine Genossen feige in Stich lassen. Man hatte sich immer »der Sache« zu stellen, kneifen galt nicht, pflegte er zu sagen. Nun hatte ihn ausgerechnet der einzige Sohn auf unrühmliche Art verlassen, die Maßstäbe und das schlichte Wertesystem seines Vaters missachtend, sich klammheimlich davongemacht, ihn mit dem grauenhaften Rätsel dieses Selbstmordes zurückgelassen. Als erfahrener Funktionär war ihm sofort klar, dass ab sofort nicht nur der Schatten eines mutmaßlich von seinem Sohn belästigten kubanischen Mädchens über seiner Familie lag, sondern sich eine neue, viel größere Wolke von Verdächtigungen über seinem Kopf ausbildete.

Angesichts der schleppenden Ermittlungen musste es den Kriminalisten entgegenkommen, endlich eine Spur gefunden zu haben. Neben dem privaten Leid würde ihm das kollektive Misstrauen der Hausgemeinschaft entgegenschlagen.

Die Wohnung Forns wurde auf den Kopf gestellt, um Hinweise für den Grund des Freitods zu finden. Die Polizisten konnten nichts entdecken, weder einen Hinweis auf den Grund seines Selbstmordes noch eine Spur zu den Hochhausmorden. Wahrscheinlich hatte er dem Druck, dem er sich ausgesetzt fühlte, nicht standhalten können. Die Präsenz der Polizei im Haus, die Befragungen, aufkommende Gerüchte und Verdächtigungen, vielleicht hatte er alles auf sich bezogen, sich verfolgt gefühlt. In seiner Verschlossenheit gefangen, konnte er sich niemandem anvertrauen. Nach einer einsamen Nachtschicht auf dem Bus beendete möglicherweise eine Kurzschlussreaktion sein Leben. Seine Eltern hatten sich mehrfach über die zunehmende Unnahbarkeit ihres Sohnes beschwert. Auch die Arbeitskollegen berichteten, dass der ohnehin zurückhaltende Kollege sich während der vergangenen zwei Monate fast vollständig abschottete und niemand verstehen konnte, warum er jeglichem Kontakt außerhalb seines Dienstes aus dem Wege ging.

Über die Morde im Hochhaus war in seinem Arbeitskollektiv

nichts durchgesickert, das hatte Schmidter überprüft. Ebenso wenig war im Hochhaus die Vergangenheit von Gerd Forn ein Gesprächsthema. Niemand, Jäger ausgenommen, wusste etwas von der Klage der Kubanerin während der Weltfestspiele der Jugend. Gerd Forn war im Grunde genommen ein Mieter ohne Gesicht. Den halben Tag schlief er, danach saß er in seinem Zimmer und sah fern, ging manchmal irgendwo spazieren, kehrte schweigsam nach Haus zurück, um schließlich ebenso still seine Schicht anzutreten. An Veranstaltungen der Hausgemeinschaft hatte er nie teilgenommen, seine Eltern entschuldigten ihn anfänglich noch mit der Begründung, dass er im Schichtdienst bei den Verkehrsbetrieben arbeite, bis irgendwann schließlich niemand mehr fragte. Er war für alle der »junge Forn«, der vielbeschäftigte Busfahrer mit den Nachtschichten. Forn war bis auf die damaligen Vorwürfe aus der kubanischen Delegation nie wieder aktenkundig geworden, weder im Hinblick auf Kontakte zum anderen Geschlecht – selbst intensivste Nachforschungen konnten keine Frauenbekanntschaften nachweisen – noch auf eine Neigung zu Gewalt. Im Gegenteil, die Kollegen beschrieben ihn als eher ängstlichen und sehr vorsichtigen Menschen, der bemüht war, nicht aufzufallen.

Der von Tetsche und anderen Medizinern favorisierte klinische Verdacht, wonach der Täter wahrscheinlich unter einer schweren traumatischen Bewusstseinsstörung mit stark schizoiden Zügen leiden würde, passte nicht zu Forn. Der war vielleicht antriebsarm, lethargisch, eigenbrötlerisch, nicht sehr helle und gegenüber dem weiblichen Geschlecht verklemmt, wie es ein Kollege ausdrückte, aber krankhafte Züge waren nicht zu erkennen. Nun, das bewies nicht seine Unschuld. Selten stand eine schizoide Neigung dem Betreffenden auf der Stirn geschrieben. Wichtiger war Bircher, dass Gerd Forn schlicht zu jung war. Er war gerade einunddreißig Jahre alt, als er freiwillig aus dem Leben schied. Seine und Karolas rechnerischen Analysen wiesen auf einen deutlich älteren Täter.

Gerd Forns tragischer Tod war wahrscheinlich das Ergebnis einer schweren Depression, unter der er seit seinen Vernehmungen während der Weltfestspiele litt, die unerkannt und somit unbehandelt blieb und sich schließlich unter den Eindrücken der Ereignisse in seinem Wohnhaus zu einer extrem pessimistischen Sichtweise vertiefte. Der Hochhausmörder hingegen war nach allen Erkenntnissen antriebsstark, wachsam, skrupellos und intelligent. Und er musste, sollte Birchers Hypothese stimmen, älter als Gerd Forn sein.

Bircher hatte niemandem von dem Ergebnis seiner rechnerischen Untersuchung der Mordfälle erzählt. Er scheute sich davor, eine Hypothese aufzutischen, die letztendlich auf einer Jahreszahl basiert. Man würde ihm vorhalten, warum ausgerechnet er, der sich nur durch Fakten überzeugen ließ, ihnen eine Art Horoskop des Mörders vortrage. So sah sich Bircher mit der Haltung seiner Mitarbeiter konfrontiert, die sich darüber wunderten, dass er ihre Meinung über eine mögliche Täterschaft Gerd Forns nicht unterstützte. Bircher musste noch einige Wochen warten. Sollte bis Mitte Dezember nichts Auffälliges vorfallen, würde er Angler und Schmidter einweihen. Bis dahin galt es, die Überwachung des Hochhauses fortzusetzen und abzuwarten. Sie hatten nichts in der Hand, außer Vermutungen.

Die Befragungen der Mieter waren in der ersten Dezemberwoche abgeschlossen. Battes war zum Zeitpunkt des letzten Mordes zu Hause, natürlich allein.

»Wie sonst?«, hatte er tonlos bemerkt. Verschlossen und verbittert, wie ein gerade zu »lebenslang« verurteilter Häftling, stand er vor seiner Globensammlung und sah an Angler vorbei zur Haustür, als würde er Besuch erwarten. »Die Morde an den Frauen sind schrecklich«, bemerkte er pflichtbewusst, wobei man den Eindruck hatte, als wäre er im Stillen empört darüber, dass sich alles um die Verbrechen drehte, hingegen sich niemand für sein Leid interessierte.

Das war schon seltsam, berichtete Angler, diesen Mann zu beobachten, der unfähig war, sich irgendjemandem anzuvertrauen, der jede ausgestreckte Hand schroff zurückwies, sich wie ein beleidigtes Kind, das niemand verstehen wollte, in sein Zimmer einschloss, um verbohrt auf etwas zu hoffen, von dem er selbst nicht wusste, was es sein könnte. Battes zeigte Verhaltenselemente, die in ihrer Ausprägung denen Gerd Forns ähnelten. Arbeitskollegen erzählten, dass es Tage gab, an denen Battes kaum zwei Sätze über die Lippen brachte und die auch nur, wenn es um eine Reise ging. Er lief mit einer Miene umher, als hätte man ihm nicht nur die Frau, sondern sein Dasein weggenommen.

Die Idee, seine Gattin um ein Gespräch zu bitten, war ihm nie gekommen. Sie war Teil einer Art Gegenwelt geworden, in der es nur darum ging, ihn zu missachten, zu isolieren, auszuschließen, ihn zu quälen. Auf seinem Gesicht brannten sich zunehmend die Züge eines verbitterten Einzelgängers ein, der sich von allen verlassen fühlte und mit seinem Schicksal haderte, außerstande, sich jemandem anzuvertrauen. Irgendwie wurde er darin zu einer gealterten Kopie von Gerd Forn, aber in ihm brannte das Feuer des Hasses auf seine Frau, das hielt ihn auf Temperatur, er dampfte wie eine Lokomotive und wartete auf ein Zeichen, das Abstellgleis zu verlassen, um sich auf den Weg zu machen, Rache zu nehmen. Demgegenüber war Forn wie ein stillgelegtes Verkehrsmittel im Abstellschuppen gewesen. Eine Suizidgefahr war an Battes nicht zu erkennen, eher verachtete er diese Form, sich aus dem Leben zu schleichen, als unverzeihliche Schwäche. Er blieb unter Beobachtung.

Herr Schulbe hatte sich zur Tatzeit ebenfalls allein in seiner Wohnung aufgehalten. Was er an dem Abend des letzten Mordes gemacht hatte, wusste er nicht mehr. »Wahrscheinlich seine Sammlung selbstgebrannter Schnäpse erweitert und dabei die Übersicht oder sein Gedächtnis verloren«, bemerkte Schmidter lakonisch. Er hatte eingestanden, Frau Raiher »näher« gekannt zu haben. Diese Umschreibung löste sich bei energischerem Nachhaken als kurzes Liebesverhältnis auf, das ein halbes Jahr zurücklag.

Die Liaison hatte sich zufällig ergeben, an einem seiner freien Vormittage, weil er die Nacht im Werk verbracht hatte und zu Hause herumtrödelte, also die Zeit bis zur nächsten Schicht totschlug. Seine Nachbarin, Frau Raiher, langweilte sich ebenfalls. Ihr Mann war wie immer mit sich und seinen Großveranstaltungen beschäftigt. Er fuhr häufig in der Republik umher. Es gab schließlich viel zu organisieren für ihn und seine Mitarbeiter, Kampfdemonstrationen am 1. Mai, 7. Oktober und auch noch im Januar, wenn es zu Ehren Rosa Luxemburgs und Karl Liebknechts zum Friedhof nach Friedrichsfelde ging, auf den »Eisbeinmarsch«, wie die Berliner das merkwürdige Defilieren vor der Holztribüne auf dem Friedhof nannten.

Da standen sie oben auf beheizten Platten, die Mitglieder der Partei- und Staatsführung, mit klammen Händen und russischen Schapkas auf den Häuptern winkten sie der fröstelnden Menge zu, hinter ihnen in den Gängen zwischen den Gräbern warteten ihre schwarzen Limousinen mit laufenden Motoren, die sie später ins Exil nach Wandlitz schafften. Und irgendwo zwischen Tribüne, Menschenstrom und Wagenkolonne ruhten die ermordeten Revolutionäre, deren Geist die Werktätigen auf dem Friedhofsgelände aufsaugen sollten. Die bibberten vor Kälte und verrenkten sich den Hals, um den befreienden Ausgang zu erspähen. Kurz darauf verschlang sie der U-Bahnschacht, dicht gedrängt standen die Leute später im Waggon, manche hielten noch ein Transparent oder Sichtelement in der Hand, als würden sie zu Hause nachfeiern wollen, gelegentlich sah man sogar über der Menge einen auf Pappe gedruckten Parteiführer schweben. Jemand hatte bei der Flucht aus dem Frost vergessen, ihn an der Sammelstelle für Winkelemente und Transparente abzugeben, und nun fuhr der Funktionär versehentlich einmal U-Bahn, wie eine Theaterattrappe hing er knapp unter der Decke, und wenn die Bahn eine

Weiche passierte, konnte es passieren, dass sich sein berühmter Schädel an der Waggondecke stieß.

Der Genosse Raiher hatte sich aber auch um diverse kleinere Sportfeste, Spartakiaden, Festveranstaltungen anlässlich diverser Jubiläen, Kongresse oder Betriebsfeiern zu kümmern. So war er ständig auf Achse, und seine Frau hatte Muße, ihren Träumen nachzuhängen. Ihre Halbtagstätigkeit in der Protokollabteilung füllte sie nicht aus.

Wenn sie die Tischanordnungen, die Blumengebinde oder die Eindeckung der Festtafeln kontrollierte, ihre backofenweiche Hand über das kühle Leinen der langen Tischdecken strich und sich das Licht in den Kristallgläsern brach, gingen ihre Gedanken manchmal auf Reisen. Sie sah sich irgendwo in einem Hotelrestaurant an einem feierlich eingedeckten Tisch, der Kellner mit einer Serviette über den Arm bückte sich hinunter, um ihr jeden Wunsch von den Lippen abzulesen, in der Ecke spielte ein Klavierspieler alte Filmmusik, wobei er ihr zwischendurch einen verschwörerischen Blick zuwarf, dem sie leicht errötend begegnete, und neben ihr saß jemand, den sie erst seit einigen Tagen kannte, mit dem sie hinaus in das Hotel am See gefahren war und der sie nun zärtlich aufmunternd musterte, bereit, ihr jeden Wusch zu erfüllen.

Ihr Mann war stets erschöpft, wenn er abends nach Hause kam. Sie betrachtete ihn dann, wie er sein Abendbrot verschlang, um sich rechtzeitig mit seinem Bier zum Fernsehprogramm auf seinem Sessel einzufinden. Sie sah, wie er sich wohlig grunzend in das Leder sinken ließ und ihr, als würde er sich mal kurz für ein paar Stunden entschuldigen müssen, wie zum Abschied kurz zunickte. Gewöhnlich wandte sie sich seufzend ihrem Buch zu. Nach einer Weile vernahm sie sein schwaches Schnarchen.

Schulbe und sie waren sich einige Male vor dem Fahrstuhl begegnet, wenn sie morgens gemeinsam hinunter zum Briefkasten fuhren. Ihm war aufgefallen, dass sie es anscheinend vermeiden wollte, mit ihm allein in der Kabine zu sein. Als er wieder einmal vor dem Fahrstuhl wartete und sie aus der Wohnung trat und zum Aufzug ging – sie konnte ihn erst sehen, nachdem sie in den kleinen Korridor, der rechtwinklig zur Diele abzweigte, einbog –, fiel ihm auf, dass sie bei seinem Anblick leicht zurückschreckte und, als hätte sie etwas vergessen, sich entschuldigend umdrehte und rasch wieder zu ihrer Wohnung ging.

Beim nächsten Mal zuckte sie wieder zusammen, aber dieses Mal kam ihr ihr eigenes Verhalten wohl merkwürdig vor. Nach leichtem Zögern fasste sie sich ein Herz und ging weiter. Als sie sich zusammen nach unten bewegten, Schulbe roch ein leichtes Parfüm, das ihn an einen seiner Apfelliköre erinnerte, sie stand auf hohen Absätzen in ihrem luftigen ausladenden Kleid und ihrer makellosen Frisur wie eine Schaufensterpuppe neben ihm und nahm fast die gesamte Breite der Kabine ein, wie sie also in der Kabine nach unten zuckelten, da fragte er sie kurz vor der Landung, behutsam wie ein guter Zahnarzt, ob sie vielleicht Angst vor Aufzügen hätte. So was gäbe es ja schließlich, und er könne das gut verstehen. Sie atmete spürbar auf und lächelte ihm vorsichtig zu, als würde sie sich über ein Kompliment wundern, antwortete aber nicht.

Eines Tages, nach einigen weiteren gemeinsamen Aufzugsfahrten, erzählte sie ihm im Erdgeschoss vor den Briefkästen – sie tat erst so, als würde sie etwas in ihrer Handtasche suchen und nochmals zurück müssen, und er wollte gerade fragen, ob sie was verloren hätte – von der Belästigung eines früheren Mieters. Das war vor fast zwanzig Jahren, betonte sie, wie um die besondere Nachhaltigkeit, mit dem dieser Vorfall in ihr nachwirkte, zu unterstreichen. Sie beschrieb den Mann als einen besonders widerlichen Kerl, es klang, als wären alle Männer von ähnlicher Sorte. Der sei aber glücklicherweise seit langem ausgezogen.

Schulbe hörte aufmerksam zu und erwies sich als einfühlsamer und routinierter Gesprächspartner, der, wie sie mit leichtem

Ziehen im mächtigen Busen irritiert feststellte, einigermaßen gut nachfühlen konnte, was damals in ihr vorgegangen sein musste. Sein Verständnis für ihre Furcht vor Aufzügen mit Männern hinterließ jedenfalls Eindruck, und Frau Raiher begann, sich für den sensiblen Nachbarn zu interessieren. Endlich jemand, der ihr zuhörte und bereit war, ihre Gefühlswelt auszuloten. Sie begann ihn abzupassen, wenn er zum Briefkasten fuhr, vielleicht war es umgekehrt ebenso. So entwickelte sich ein gewisser Gedankenaustausch, der aber keinesfalls auf dem Treppenflur und schon gar nicht im Fahrstuhl, wo Frau Raiher sowieso nicht aus ihrer Haut konnte, zu intensivieren war. Herr Schulbe, der allein lebte, lud sie eines Tages zu einem »zweiten Frühstück« ein. Sie zierte sich zunächst etwas, unschlüssig stand sie, die ausladende Hüfte leicht eingeknickt, vor ihm. Wahrscheinlich sann sie über die Bedeutung dieser Art von Frühstück nach. In einer Hand hielt sie das *Neue Deutschland*, mit dem sie leicht wedelte, als würde ein Scheibenwischer etwas wegschieben. Sie willigte dann aber ziemlich rasch ein, wie Schulbe aufmerksam registrierte.

Die Gespräche vertieften sich und umkreisten immer häufiger aufreizend nahe Herzensangelegenheiten, bis sie sich schließlich eingestanden, dass es da manches Gemeinsame gab, was sie nicht in Worten auszudrücken vermochten. Als erfahrener Verfahrenstechniker hatte Schulbe die Reaktionen bei seiner Nachbarin wie die Anzeigen auf den Armaturen seiner Kessel verfolgt, wenn es darum ging, im passenden Augenblick das richtige Ventil für eine reibungslose Produktion zu betätigen. So beschloss er an einem der gemeinsamen Vormittage, dass es Zeit war, den Druck im Kessel zu senken, er breitete seine Arme weit aus, um Frau Raiher zu umfassen, sie gluckste nur und murmelte so etwas wie: »Endlich …«

Es folgte eine kurze und leidenschaftliche Affäre, der angestaute Druck entlud sich in der Regel nach Leerung ihrer Briefkästen. Eines Tages jedoch überkam Frau Raiher eine unerklärliche Unruhe, die allmählich in eine Angst, ähnlich der, die sie damals im Fahrstuhl heimsuchte, ausuferte. Sie fühlte sich verfolgt, war es ihr Mann, ein neugieriger Mieter oder ein Unbekannter, sie wusste es nicht. Sie fühle eben immerzu jemanden in ihrem Rücken, klärte sie ihren Liebhaber auf. Wie nach dem Zusammenprall mit Böhme, nach dem ihr jeder Aufzug wie ein Folterinstrument erschien, sah sie jetzt in jedem Winkel des Hauses eine Gefahr lauern, sie lebte, als wäre sie auf der Hut vor einem bevorstehenden Überfall. Es fiel ihr zunehmend schwerer, sich von dieser Angst, die zuweilen panikartige Ausmaße annahm, zu befreien. So war es nicht verwunderlich, dass es ihr mitunter recht schwer fiel, auf ihren fürsorglichen Nachbarn einzugehen. Sie ertappte sich dabei, wie sie in der Umarmung über seine Schulter blinzelte und ihre Augen das Zimmer nach einem heimlichen Besucher abtasteten. Die Angst nahm ihr allmählich die Freude an Schulbes mannigfaltigem Vormittagsprogramm. Frau Raihers Psyche war dieser Hochhausaffäre nicht gewachsen. Sie musste sich eingestehen, dass ihr schlicht das gewisse Maß an Kaltblütigkeit fehlte, das man benötigte, um einer heimlichen Leidenschaft zu frönen. Eines Tages vereinbarten beide, die Affäre zu beenden und geräuschlos zum nachbarschaftlichen Verhältnis zurückzukehren.

Kurz darauf bemerkte sie, wie sich die alte phlegmatische Ruhe in ihr Gemüt einnistete, die sie wie im leichten Rausch leicht benebelte, sie von der Außenwelt abschnitt und das Leben mit Herrn Raiher erträglich machte. Nur im Fahrstuhl überkam sie weiterhin eine merkliche Unruhe, aber die war anders als zuvor, jetzt lächelte sie manchmal versonnen in sich hinein. Einmal bemerkte ihr Mann, wie froh er sei, dass sie sich von der Angst befreit hätte.

Die Kommissare versprachen Schulbe, alle Informationen unter Verschluss zu halten. Herr Raiher hätte seine Frau ohnehin nicht mehr bestrafen können.

Böhme wurde einige Male in Hochhausnähe gesehen, vielleicht trieb ihn die Erinnerung an protzige Aufenthalte im *Café*

Moskau in die Gegend. Die Freundschaft mit Martin Baumann war zerbrochen, der wurde jedenfalls nie wieder mit Böhme gesehen, verkehrte aber regelmäßig mit seinen Eltern und auch mit Frau Nielen. Das hatte der umsichtige Genosse Jäger berichtet, der bei einem seiner nächtlichen Rundgänge – die hatte er sich seit dem vorletzten Mord selbst auferlegt – beide eng umschlungen vor der Wohnungstür der Nielen entdeckt hatte. Nun, das war jetzt nicht mehr ihr Problem, hatte ihm Schmidter kühl beschieden. Baumann könne küssen, wen er wolle, solange es vor vierundzwanzig Uhr wäre. Dann hätte er die Republik und ihre Frauen hinter sich zu lassen.

Böhmes Freundin war dem dringenden Rat ihres Vaters gefolgt und hatte sich von Böhme getrennt. Kurz darauf wurde ihr ein Job im Exquisitladen in der Friedrichstraße angeboten, den sie glücklich annahm. Ihr Vater schien nicht überrascht und lächelte verständnisvoll, als sie ihm von der Beförderung berichtete.

Angler hatte mit den Technikern nochmals akribisch das Kindercafé und seine Ausgänge untersucht. Man konnte das Café zwar über das Wohnhaus erreichen, die Zugangstür war jedoch verschlossen und zusätzlich von innen durch einen Stahlriegel verbarrikadiert. Da kam niemand durch, und jeder Versuch hätte Spuren hinterlassen. Vom Kaufhaus aus gelangte man nur über den Fahrstuhl auf die zwölfte Etage, also zum Eingang in das Café. Der Aufzug war aber seit Jahren stillgelegt. Es schien also unmöglich, dass der Täter durch das Café ins Wohnhaus gelangte. Nach wie vor konnte jedoch nicht ausgeschlossen werden, dass er von dem einzelnen Raum unterhalb des Caféeingangs wusste, diesen als Versteck genutzt und dort die Nacht abgewartet hatte. Er hätte bei Tage unbemerkt dorthin gelangen können, verkleidet als Postbote oder Lieferant, oder einfach als Besucher, niemand hätte bei der Größe des Hauses und der Zahl an Mietern Notiz von ihm genommen. Obwohl in dem Raum keine Spuren nachzuweisen waren, ließen die Kommissare diese Möglichkeit offen und legten eine einfache Falle, indem sie über den grauen Betonfußboden eine unsichtbare feine Griessschicht ausbreiten ließen, die jede Veränderung aufnehmen würde.

Und dann waren da die Sitzungen bei Meier. Bircher war seit dem letzten Mord am 25. November täglich von ihm angerufen worden, dazwischen hatte es eine Sitzung bei Meier gegeben, mit großem Aufgebot. Neben dem Genossen aus dem ZK saß ein Abteilungsleiter des Ministeriums des Innern am Tisch, den Bircher vom Namen her kannte. Er war es, der den Fall hätte an sich ziehen können. Er war bestens informiert und sachlich, und er unterbrach Bircher nicht, als der seinen Bericht gab. Natürlich wollten alle von ihm einen Plan hören. Klar, nach drei Morden sollte man wenigstens einen fundierten Verdacht äußern, wenn schon keine Spur, so doch mindestens eine Vorstellung vom Täter, ein mögliches Motiv diskutieren können.

Seinen Blick auf das Geschehen hatte Bircher nur seinem unmittelbaren Vorgesetzten, General Meier, unmittelbar nach dem Mord an Frau Raiher geschildert. Meier hatte nicht zugestimmt, sich aber auch nicht ablehnend geäußert. Vielleicht vertraute er der Intuition seines Ermittlungsleiters, es könnte auch sein, dass er sich zurückhielt, um nicht zum Schluss als derjenige mit einer falschen Strategie dazustehen. Meier war klug genug, Bircher so lange wie möglich in Ruhe zu lassen. Er konnte Bircher keine Fehler vorhalten, sie hatten es mit einem scheinbar fehlerfrei handelnden Täter zu tun, der ihnen bislang stets einen Schritt voraus war. Noch, sagte sich Meier, denn sollte Bircher mit seiner Psychohypothese, wie er sie im Stillen nannte, recht behalten, dann würde der Spuk bald ein Ende finden. Das hatte Bircher versprochen. Sollte es anders kommen, wäre Bircher nicht zu halten, aber dann wäre es wie im Sport: Wenn der Trainer sein Ziel nicht erreicht, muss er den Platz räumen. Für Meier wäre dann die Gelegenheit gekommen, den Fall an das Ministerium abzugeben, um sich aus der Schusslinie zu ziehen. So weit war das beiden klar.

Meier hatte seine vorgesetzten Genossen nicht über Birchers Hypothese unterrichtet. Sein Gefühl sagte ihm, dass es nicht gut ankommen würde, wenn er ihnen die Auflösung des Rätsels dieser Mordserie sozusagen arithmetisch, auf der Grundlage von Etagenzahlen und abgetrennten Fingern, herleiten würde. Die Genossen erwarteten Spuren, Abdrücke, Namen, Adressen, kurz und bündig: Verlangt wurden eindeutige Beweise, aber keine Hellseherei. Und Beweise lagen nicht vor, nicht einmal Hinweise auf den Täter, abgesehen von der Rekonstruktion einer Mörderlaufbahn, die, laut Bircher, ihren Anfang irgendwo im seelischen Bereich nahm, vor vielen Jahren. Damit wollte Meier nicht aufwarten. Der leitende Mitarbeiter aus dem Parteiapparat hätte ihm wahrscheinlich unter vier Augen, mit viel Sarkasmus in der Stimme, vorgeschlagen, den Fall doch gleich an die Psychiatrie abzugeben, mitsamt Major Bircher. Es war Meier gelungen, seine Vorgesetzten mit allerhand Details aus den Befragungen und dem Namen ihres Hauptverdächtigen, den sie in eine Falle locken würden, hinzuhalten. Man hatte sich darauf verständigt, der Mordkommission unter der Leitung Birchers eine letzte Frist zu setzen. Die endete am 31. Dezember. Das war die Zeit, die sich Bircher bei Meier ausbedungen hatte.

Bircher wurde befohlen, dem immer heftiger geäußerten Wunsch der Mieter nach einer Hausgemeinschaftsversammlung nachzukommen. Die Bürger sollten beruhigt, aber die Ermittlungen unbedingt geheim gehalten werden. Die gegnerische Presse dürfte keinen Wind von der Sache bekommen, ermahnte ihn nochmals der Vertreter des Zentralkomitees. Bircher nickte nur, ihm war klar, dass der Genosse dieses von ihm fordern musste. Im Stillen beschloss er, sich den Mietern ohne Angler und Schmidter zu präsentieren.

Es war schon erstaunlich, dachte Bircher später in seinem Büro, dass Meier ihn weiterhin gewähren ließ. Schließlich hatte er Meier weder den Namen des vermutlichen Täters noch dessen

Motive offenbart. Auch sonst kannte niemand Birchers Plan, auch nicht seine Frau. Ihm verblieben noch zirka drei Wochen, um das Finale vorzubereiten. In der Zwischenzeit sollte es entsprechend seinem Plan zu keinem weiteren Verbrechen kommen. Anderenfalls würde er sofort um seine Versetzung bitten.

Meier hatte kopfschüttelnd zugehört, ihn zweifelnd gemustert, sich von seinem Stuhl erhoben, ihn wie ein Denkmal mehrmals umrundet, dabei immer wieder versucht, Birchers Gedanken zu lesen – der saß unbeweglich wie eine Statue auf seinem Stuhl –, sich in einem fort den Kopf gekratzt und schließlich in seinen Sessel sinken lassen.

»Na meinetwegen«, flüsterte er ihm schließlich zu, »mach, was du für richtig hältst!«

Wenn's der Sache dient, fügte er für sich hinzu. Das musste er Bircher nicht zweimal sagen. Unerwartet schnell stand er auf seinen Beinen und eilte zur Tür, drehte sich noch einmal kurz zu Meier um, der so tat, als würde er einen Bericht studieren, rief ihm ein knappes »Danke« zu und verschwand.

Die Hausgemeinschaftssitzung sollte ursprünglich im *Sternchen* stattfinden. Das kleine Wohngebietsrestaurant, so bezeichneten es die ansässigen Berliner, lag hinter dem Kinotheater International. Das *Sternchen* war im Kiez wegen der freundlichen Bedienung und dem ansprechenden Essen beliebt. Bircher kannte es, weil er dort einmal an einer Jugendweihefeier teilgenommen und es in guter Erinnerung hatte, was ihm die Entscheidung für diesen Veranstaltungsort erleichterte. Ansonsten lag ihm das anstehende Ereignis schwer im Magen. Ausgerechnet er, der noch nie an einer derartigen Zusammenkunft teilgenommen hatte, immer »dienstlich verhindert« gewesen war, es stets verstanden hatte, sich zu entschuldigen oder seine Frau zu überreden, doch statt seiner wenigstens des Menschenstudiums wegen, sozusagen aus soziologischen Gründen – schließlich sei sie ja von der akademischen Ausbildung her bestens geeignet und würde interessante Anregungen für ihre Lehrtätigkeit aufnehmen können – hinzugehen, musste sich zum ersten Mal zu einer Hausgemeinschaftsversammlung bemühen, als Leiter einer Mordkommission.

Es war ein flacher Bau, der sich schnörkellos in die rechteckigen Wohnblöcke einfügte. Aus der Ferne hätte man ihn auch für einen Kindergarten oder eine kleine Poliklinik halten können. Bircher war sich nicht sicher, ob man die Versammlung vom üblichen Publikumsverkehr abschirmen konnte. Ihm war in Erinnerung, dass man die Räume nur durch bewegliche, ziehharmonikaähnliche Trennwände aufteilen konnte, und die würden den notwendigen Schallschutz nicht gewähren. Es hätte ihm gerade noch gefehlt, dass durch eine Leichtsinnigkeit etwas aus ihrer Sitzung in den Gastraum dringen würde. Nachdem er sich das *Sternchen* noch einmal angesehen hatte, rief er Jäger an und teilte ihm mit, dass er einen anderen Ort finden müsse. Der knurrte leicht, schließlich schriebe er gerade die Einladungen, worauf Bircher entgegnete, dass er keine schriftlichen Einladungen wünsche und darum bitte, die Bewohner mündlich zu unterrichten. Auch gut, murmelte Jäger, und wohin bitte solle er die Bürger bestellen? Ins Hotel *Berolina*, antwortete Bircher. Dort sei ein Raum reserviert, unter dem Namen »Hausgemeinschaftsversammlung Strausberger Platz«, und bitte keine Silbe gegenüber dem Hotel, fügte er nachdrücklich hinzu. Natürlich, sei doch klar, absolute Zurückhaltung, versicherte Jäger mit einer Miene, als ginge es um eine nächtliche Übung der Kampfgruppeneinheit.

Das *Berolina* war ein etwa acht Etagen hoher Klotz, den die meisten Anwohner wegen seines Intershops kannten. Der wurde erst nachträglich eingerichtet und war deshalb nur über eine gusseiserne offene Treppe, die außerhalb des Gebäudes angebracht war, zu erreichen. Dieser Zugang erinnerte ein wenig an eine Reling, über die man ein Schiff besteigt, und tatsächlich war die D-Mark in der Tasche so etwas wie eine Bordkarte, um für einen kurzen Augenblick den Hauch der Ferne zu genießen. Vom Intershop aus gab es keinen Zugang zum Hotel. Dazu musste man den Hoteleingang nebenan nehmen. Es gab nur diesen Eingang, und Bircher war sich sicher, dass Meier dessen Überwachung veranlasst hatte. Betrat man das Hotel, sah man zuerst rechts einen kleinen Kosmetikladen und wenige Schritte weiter, auf der anderen Seite, hinter dem Empfang und gegenüber den Fahrstühlen, eine geräumige ovale Bar. Rechts am Ende des kleinen Eingangsbereiches ging es in das Restaurant. Daneben lag ein separater Raum, den das Präsidium reserviert hatte. Alles war gut überschaubar, die Mieter konnten sich leicht orientieren, ein kleines Schild wies zudem mit der Aufschrift »Geschlossene Gesellschaft« die Richtung an.

Nach und nach trudelten die Hausbewohner ein, und pünktlich um neunzehn Uhr war der Saal voll. Die Tür wurde von Jäger geschlossen, und gemeinsam mit seinem Stellvertreter Bert Müller nahm er hinter dem Tisch vor den Stuhlreihen Platz. Jäger räusperte sich kurz, unwillkürlich tastete seine rechte Hand nach dem Parteiabzeichen am linken Revers, als müsste er den Sitz der Krawatte prüfen. Wahrscheinlich war ihm zumute wie vor dem Rechenschaftsbericht bei einer Wahlversammlung seiner Parteiorganisation.

Bircher saß allein in der ersten Reihe. Er schielte nach links und rechts und wunderte sich, dass niemand neben ihm saß. Wie bei einer Festveranstaltung mit einem geladenen Ehrengast, dachte er kurz, ließ seinen Blick schweifen und wartete darauf, dass Jäger und Müller die Hausgemeinschaft begrüßen würden. Jäger nickte Bircher zu, als wollte er ihm bedeuten, dass alles nach Plan laufen und er ihm gleich das Wort erteilen würde. Bircher hatte die Geste nicht bemerkt, da er mit zusammengekniffenen Augen das Regal an der Rückwand hinter Jäger musterte. Soweit er erkennen konnte, stand dort das Weinsortiment des Restaurants. Die Flaschen bildeten mehrere Reihen, leider waren deshalb nur die Aufschriften der Weine ganz vorne zu lesen, von den anderen konnte Bircher nur die Flaschenhälse sehen.

Er wunderte sich noch, warum das wertvolle Gut nicht nach Vorschrift waagerecht gelagert wurde und ob die Sammlung wohl auch die Sorten aus dem benachbarten Intershop enthielt, als er die Stimme Jägers vernahm:

»Sehr geehrter Genosse Major Bircher, ich begrüße Sie zu unserer Hausgemeinschaftsversammlung. Gewöhnlich treffen sich unsere Bewohner zu festlichen Anlässen, wie dem Tag der Republik, dem 1. Mai oder dem Internationalen Frauentag. Manchmal auch nur zum gemütlichen Beisammensein.«

Jäger machte eine kurze Pause. Bircher wunderte sich über die Einleitung. Schließlich wusste jeder im Saal, worum es heute ging. Er blickte zu dem kerzengerade vor ihm stehenden Jäger hinauf, der wie ein Festredner über seine Hausgenossen hinweg halb hoch zur Decke blickte, als würde er gleich ganz weit ausholen müssen. Bircher rutschte unruhig auf seinem Stuhl herum und neigte seinen Kopf, wie bei einer Frage, die sich ihm plötzlich stellte.

Jäger hüstelte leicht und fuhr fort:

»Heute führt uns leider ein trauriger Anlass zusammen. Schreckliche Ereignisse überschatten unser Leben. Nie hätten wir es für möglich gehalten, dass solche Verbrechen« – das Wort Mord brachte er nicht über seine Lippen – »bei uns möglich sind. Ich weiß, dass unsere Genossen von der Kriminalpolizei alles in ihrer Macht stehende unternehmen, um den Täter dingfest zu machen. Gleich wird der Leiter der Ermittlungen, Major Bircher, zu uns reden und Fragen beantworten. Lasst mich vorher betonen, dass ich stolz bin auf unsere Mieter, die die Ruhe bewahrt haben und ihre Reihen fest geschlossen halten. Wir müssen alles tun, um zu verhindern, dass unser Hochhaus von der feindlichen Propaganda in den Schmutz gezogen wird. Das ist uns gelungen. Das ist unser Beitrag und so soll es auch bleiben. Auf diese Weise unterstützen wir unsere Genossen bei ihrer schwierigen Arbeit. Ich bin sicher, dass der Täter überführt wird. Ich bitte Genossen Bircher zu mir nach vorne.«

Bircher wunderte sich über die Einführung, es klang, als wäre er der Referent auf einer Parteiveranstaltung. Er hatte eigentlich erwartet, dass Jäger ohne Umschweife seine Mieter einladen würde, ihre Fragen loszuwerden. Nun schien es fast, als sollte er einen Ermittlungsbericht vortragen. Bircher runzelte leicht die Stirn, erhob sich zögerlich und stellte sich neben den Tisch. Er nickte seinem Publikum freundlich zu und sah als Erste Frau Baumann, ohne Gatten, die ihn wie den Stargast einer Premierenveranstaltung mit großen Augen erwartungsvoll anlächelte. Zwei Stühle weiter saß Frau Essorg. Sie musste direkt vom Friseur hierher gekommen sein. Ihre schneeweißen Haare funkelten wie ein Eisberg in der Morgensonne. Bircher überlegte kurz, ob sie ihn überhaupt erkennen würde, schließlich war sie so gut wie blind, ihrer Meinung nach. Bircher meinte für den Bruchteil einer Sekunde den Hauch eines aufmunternden Lächelns um ihre Mundwinkel erkannt zu haben, als wollte sie ihm zu verstehen geben, dass sie sicher sei, ihm vertrauen zu können. Wie sie da vor ihm saß, aufrecht und mit diesem gespitzten Mund, als würde sie keinen Widerspruch dulden, ihren starren Ausdruck von Unversöhnlichkeit im Gesicht eingemeißelt, erinnerte sie Bircher an einen Kommandeur vor dem Befehl zum Sturmangriff. Die Stühle neben Frau Essorg waren frei, als hätte niemand gewagt, sich in ihre Nähe zu begeben. Sein Lächeln erstarb ihm auf den Lippen, als Bircher den Blick von Herrn Raiher auffing. Den hatte er nicht erwartet. Raiher hatte abgenommen und alles Joviale war aus seinen Zügen verschwunden. Der Verlust an Gewicht und Selbstzufriedenheit kleidete ihn. Die Vertreter der siebten Etage, der Etage des letzten Mordes hatten sich also in der ersten Reihe versammelt, als würden sie ihren besonderen Anspruch auf Aufklärung veranschaulichen wollen.

Gleich dahinter saßen Herr und Frau Klage sowie Herr Aljanov. Bircher registrierte, dass sich die Mieter offenbar etagenweise auf die Stuhlreihen verteilten, als wären sie in Gruppen, geordnet nach Fluren, eingerückt. Frau Aljanov war nicht anwesend. Wahrscheinlich plagte sie die Angst vor so viel unausgesprochenem Leid und Ungewissheit. Herr Aljanov hatte ihm, wie einem alten Bekannten, mit einer flüchtigen Handbewegung zugewinkt. Er machte einen ziemlich entspannten Eindruck, vielleicht betrachtete er das Ganze wie ein sorgfältig geplantes Experiment und hoffte auf ein interessantes Ergebnis. Bircher nickte ihm unmerklich zu, wobei er gleichzeitig nach Battes und Schulbe Ausschau hielt.

Battes entdeckte er weiter hinten. Als sich ihre Blicke kreuzten, verzog der keine Miene. Es war, als würde man durch eine Fensterscheibe blicken. Tatsächlich saß Thule, wie von einem einstudierten Protokoll vorgesehen, in der Reihe mit Vertretern der vierten Etage, neben sich den Genossen Forn.

Thule sah aus wie immer. Nichts deutete darauf hin, dass dort jemand saß, dessen Frau vor einigen Monaten ermordet worden war. Die Beine lässig überschlagen, in einem dunklen Anzug, weißem Hemd und roter Krawatte gekleidet, sah er aus wie jemand, der plaudernd darauf wartet, dass sich der Vorhang zum ersten Akt hebt. Bircher suchte die Etage, die ihn am stärksten beschäftigte. Im selben Moment spürte er den fragenden Blick Jägers im Rücken. Bircher nickte ihm zu und setzte sich zurück auf seinen Stuhl neben den verdutzten Müller, der erwartet hatte, dass Bircher einen Bericht vortragen würde.

Als Bircher aufblickte, sah er die leuchtend rotbraunen Haare von Frau Nielen und musste sofort an das Glockenspiel ihrer Armreifen denken. Sie strahlte ihn an, als wäre er pünktlich zum verabredeten Rendezvous erschienen. Vielleicht wollte sie ihm bedeuten, dass sich mit dem Mord auf der siebten Etage ihre Sorgen hinsichtlich eines systematischen Vorgehens des Mörders zerstreut hätten. Für Frau Nielen stand nun fest, dass der Mörder sie nicht mehr und nicht weniger als alle anderen Frauen im Hochhaus gefährdete. Ihr relatives Risiko errechnete sich für sie aus der Zahl der Frauen, die im Hochhaus lebten, war also etwa ein Fünfzigstel. So hatte sie es in einem der Gespräche dem konsternierten Genossen Angler erklärt. Unwillkürlich war der in Gedanken die Korridore abgeschritten und konnte sich gerade noch die Frage verkneifen, ob sie einen Mathematiker konsultiert hätte. Frau Nielen lächelte nur nachsichtig und fragte, ob Angler etwa ihre Sicht der Dinge nicht ganz ernst nähme.

Bircher hörte erneut das nun etwas deutlichere Räuspern von Jäger neben sich, der ihm einen einladenden Blick zuwarf, gleich darauf aufstand und, zu seiner Hausgemeinschaft gewandt, sagte:

»Liebe Anwesende, jetzt spricht zu uns Major Bircher, den wir alle kennen und den ich deshalb nicht vorstellen muss. Selbstverständlich beantwortet Genosse Bircher auch Fragen. Ja, also, darf ich Sie bitten?«

Jäger ließ sich rasch wieder auf seinen Stuhl sinken, sichtlich erleichtert, alles Weitere Bircher überlassen zu können.

Als Bircher später am Abend Karola von seiner ersten Hausgemeinschaftsversammlung erzählte, konnte sie sich ein breites Grinsen nicht verkneifen. Lebhaft stellte sie sich vor, wie ihr Mann vor seinem Publikum gestanden hatte, bis zum letzten Moment fieberhaft grübelnd, ob seine Strategie, die er sich zurechtgelegt hatte, wohl aufgehen würde. Er war fest entschlossen gewesen, keinen Vortrag zu halten. Nicht nur weil er seit seiner Zeit als Schullehrer nie wieder länger als zehn Minuten vor einer großen Gruppe gesprochen hatte, sondern vielmehr aus der Überlegung heraus, dass es nichts gab, was er hätte überzeugend vortragen können. Mit Ausnahme seines Planes für den Dezember, und den würde er einigen wenigen Mietern nach Weihnachten erläutern.

So hatte er sich nach der Aufforderung von Jäger wieder hingesetzt, sich ein verbindliches Lächeln abgerungen und die Anwesenden aufgefordert, ihre Fragen zu stellen, was ja wohl besser wäre, als sich einen Vortrag anzuhören. Bircher sah vor sich die Reihen ratloser Gesichter. Als Jäger die Einladungen ausgesprochen hatte, hatte er nicht versäumt zu betonen, dass er bedauerlicherweise die Tagungsordnung nicht kennen würde. Wichtigtuerisch fügte er hinzu, dass die Mordkommission natürlich wüsste, wie sie die Sitzung gestalten würde und er davon ausgehe, dass die Mieter des Hochhauses ausführlich unterrichtet würden. Daraufhin erwarteten alle, vom Leiter der Mordkommission eine wichtige Erklärung zu hören. Der jedoch dachte nicht daran, ein Referat zu halten. Es hätte ja auch zu nichts geführt, denn das, was alle hören wollten, nämlich wie er gedenke, dem Spuk ein Ende zu setzen, oder sogar eine offizielle Mitteilung, dass der Täter gefasst sei, hätte er ihnen in einem Satz zukommen lassen können, dafür benötigte es keiner Versammlung. Die ganze Sache hatte ihm Meier eingebrockt, der wiederum klug genug gewesen war, Bircher gegenüber anzudeuten, dass man es halt von ihnen erwarte, die Bürger zu beruhigen. Nur wie man das angesichts der schwachen Ermittlungslage bewerkstelligen solle, das hatte er offengelassen. Er hatte es Bircher überlassen, und an dem lag es nun, so etwas wie Vertrauen zwischen sich und seinem Publikum herzustellen. Bircher hatte sich für das offene Gespräch entschieden. Lass die Leute sich den Druck von der Seele reden, hatte er beschlossen. Wie damals in seinem Dorf, wenn er als Kind die Leute bestaunte, die in die Kirche kamen, um ihrer Orgel zu lauschen und ihrem Pfarrer, der sie auf etwas Schöneres vertröstete.

Als Erste meldete sich Frau Essorg. Wie in der Schule streckte sie ihren molligen Zeigefinger in die Höhe und blickte in Richtung Bircher, den sie vielleicht nur als Umriss wahrnahm. Ohne aufgefordert zu werden, knapp und schnörkellos, forderte sie ihn auf, ihr eine Frage zu beantworten, warum nämlich der Mörder anstelle der achten die siebte für seinen letzten Schlag ausgewählt hatte. Es wäre doch nur logisch gewesen, wenn er nach der vierten und sechsten die achte genommen hätte, denn das entspreche ja wohl den Annahmen der Genossen Kriminalisten, die einen Verrückten mit Zahlenwahn hinter den Morden vermuteten. Das hätte der andere Kommissar, der Genosse Angler, ihr so gesagt, fügte sie enttäuscht hinzu, und ob sich die Genossen noch häufiger irren würden. Es klang vorwurfsvoll, fast, als wäre sie beleidigt, dass man sie auf ihrer siebten Etage in falscher Sicherheit gewiegt hatte. »Wie war es möglich, sich so in den Etagen zu irren?«, fragte sie. Er, Genosse Bircher, solle doch bitte hier klarstellen, welcher Überzeugung – sie betonte dieses Wort wie eine Mahnung, als ginge es jetzt darum, sich zu einer Haltung zu bekennen – er folge, dem Zahlenwahn oder einem vernünftigen Plan.

Bircher hatte in die Runde geschaut, als würde er zu diesem Punkt weitere Wortmeldungen erwarten, ein alter Trick, um etwas Zeit zu gewinnen. Tatsächlich schnellte aus der Stuhlreihe mit der Etage acht der Arm von Herrn Bommer hoch. Ein Lehrer, dachte Bircher, der wird alle beruhigen oder belehren. Tatsächlich versuchte Bommer in einem Ton, als würde er um Verständnis dafür bitten, nicht auf der siebten, sondern auf der achten zu wohnen, der lieben Frau Essorg zu erklären, dass der Mord auf der siebten ein Täuschungsmanöver gewesen sein könnte, das die Fahnder vom eigentlichen Ziel ablenken sollte. Vor ihm drehte sich Herr Aljanov anerkennend um und nickte zustimmend. Bommer wollte noch etwas sagen, verhaspelte sich jedoch, ihm war plötzlich aufgefallen, dass er im Begriff war, sein eigenes Stockwerk zum Angriffsziel zu erklären. Mit der Bemerkung, dass besser der Genosse Major reden solle, flüchtete er sich an die Seite seiner Frau, die ihn wie einen Fremden musterte.

Bircher wollte gerade zu einer Antwort ansetzen, da sah er ganz hinten den Arm von Herrn Rund aus der neunten Etage, gleich hinter ihm blitzten winkend die Ringe von Frau Nielen über ihrem roten Haarschopf. Bircher atmete auf, er hatte offensichtlich etwas Zeit gewonnen.

Rund sprach wie ein Ingenieur, der jemandem die Wirkungsweise eines Motors erklärt. Ihm sei nach den Worten des Genossen Bommer nicht ganz klar, worauf der eigentlich hinauswolle. Schließlich könne genauso gut der Fall eintreten, falls der Mörder tatsächlich so trickreich vorgehe, dass er nach seinen Anschlägen auf den Stockwerken vier, sechs und, als Ablenkungsmanöver, sieben demnächst wieder in seinen dualen Modus zurückfalle. Das würde bedeuten, dass nach der siebten die neunte gefährdet sei und eigentlich evakuiert werden müsste. Ein Raunen ging durch den Saal. War es die Ausdrucksweise, mit der Herr Rund den angeblichen Mordplan wie eine Konstruktionszeichnung vor ihnen ausbreitete oder die damit einhergehende Erkenntnis, dass je nach Zählungsweise alle Etagen betroffen sein könnten?

Die Verwirrung drohte in blankes Entsetzen umzuschlagen, plötzlich redeten alle miteinander und durcheinander. Bircher erinnerte sich kurz an die Schulzeit, wenn die Kinder fast zeitgleich den Schulhof stürmten, sobald die Pausenglocke ertönte.

Nur Frau Essorg schien das Durcheinander nicht wahrzunehmen, mit unbewegter Miene starrte sie in Richtung Bircher, als würde sie immer noch auf seine Antwort warten. Bircher sah, wie Genosse Thule ruhig auf seine Nachbarn einredete, er war sichtlich in seinem Element als Lenker, bemüht, die Gemüter zu beruhigen und den Versammlungsverlauf in geordnete Bahnen zu lenken.

Herr Aljanov schaute amüsiert umher, sicherlich nahm er zum ersten Mal an einer Hausversammlung teil und bestaunte die vielen Nachbarn, die er noch nie wahrgenommen hatte.

Bircher sah auch Herrn Klage, der gelassen auf seinem Stuhl verharrte und ihm achselzuckend zu verstehen gab, dass die Operation zu scheitern drohte. Kurz darauf erhob er sich und verließ mit seiner Frau im Schlepptau den Saal. Entweder musste er rauchen oder hatte kapiert, dass Bircher nichts Wesentliches zu vermelden hatte. Vorher hatte er seinem Nachbarn, Herrn Aljanov, noch in sarkastischem Ton zugeraunt, dass ihre Etage, die sechste, vertreten durch die arme Frau Alt, schon dran gewesen war, sie also ihren Leidensbeitrag geleistet hätten, im übrigen das Zahlenrätsel unlösbar sei und er jetzt ein Bier brauche. Zudem wies Klage seinen verblüfften Nachbarn darauf hin, dass bisher niemand auf die Idee gekommen war, dass der Mörder noch einmal von vorn, von unten, also der vierten Etage, loslegen könnte. Die Bemerkung, dass dort noch zwei Frauen lebten, schluckte er gerade noch hinunter. Bircher, der nur ahnen konnte, was Klage Aljanov zugeflüstert hatte, sah ihm hinterher, wie er mit einem stillen Grinsen hinter der Tür verschwand.

Jäger und Müller wurden zusehends nervöser. Sie steckten hinter seinem Rücken ihre Köpfe zusammen und tuschelten aufgeregt, als würden sie einen Tagesordnungspunkt verhindern müssen. Frau Nielen hatte den Kopf geneigt, die Arme verschränkt und die Augenbrauen zusammengezogen, ihr Schmollmund bedeutete so viel wie: Da sehen Sie nun, was Sie angerichtet haben! Hätten Sie mich mal gleich mit meiner Frage rangenommen, dann wäre es hier ruhiger!

In diesem Moment erhob sich Bircher, wobei er Frau Nielen ein Zeichen gab, sich zu gedulden. Er hatte beschlossen, den wilden Spekulationen nicht direkt zu widersprechen, sie als eine Möglichkeit, die auch er in Betracht ziehen würde, zu akzeptieren und zu versichern, dass er alle Überlegungen der Bürger verstehen und berücksichtigen würde. Natürlich würde er auch ihre Meinung teilen, dass der Mörder durchaus einem Plan folgen könnte, dass er als Leiter der Ermittlungen aber genau wüsste, wie er vorzugehen hätte.

Bircher stellte sich vor die erste Stuhlreihe, die Genossen Müller und Jäger blickten stumm auf seinen Rücken, und sprach mit ruhiger Stimme wie ein Lehrer vor seiner Klasse. Er berichtete über den Stand der Untersuchungen, darüber dass sich die Zahl der Verdächtigten stark eingegrenzt hätte, dass es jedoch leider keine Spuren gebe, die ihnen weiterhelfen würden, dass er und seine Genossen aber eine präzise Vorstellung über das Wesen und die Motivation des Täters hätten. Und er erklärte behutsam, warum sie das Haus nicht komplett unter Bewachung stellen würden. Es wäre durchaus möglich, umkreiste Bircher seinen geheimen Plan, dass sich der Täter durch die Arbeit der Kriminalpolizei zunehmend unter Druck gesetzt fühle und deshalb versuche, sie zu täuschen.

Im Saal herrschte eine Art okkultistische Stille, als hätte der Priester die Gemeinde endgültig in seinen Bann gezogen. Er und seine Mitarbeiter seien davon überzeugt, fuhr Bircher fort, dass es ihnen mit Unterstützung von Psychologen, Gerichtsmedizinern und Sexualwissenschaftlern – an dieser Stelle hörte er ein erstauntes Murmeln im Saal – gelungen sei, sich in die Gedankenwelt des Täters hineinzuversetzen, ein detailliertes Täterprofil zu erstellen und dieses mit Beschreibungen von verdächtigen Personen abzugleichen. Sie hätten in den letzten Wochen auch Vorkommnisse untersucht, die auf den ersten Blick nicht direkt mit den Morden in Zusammenhang zu stehen schienen. Dabei wären sie auf Indizien gestoßen, die sie darin bestärkten, auf der richtigen Fährte zu sein. Da der Täter außergewöhnlich vorsichtig operierte, lägen kaum Spuren oder Indizien vor, was die Ermittlungen enorm erschweren würde. Sie glaubten aber jetzt, sein Motiv zu kennen, sozusagen die Gedanken des Täters lesen zu können. Sie täten alles, schloss Bircher, um den Täter vor seiner nächsten, seiner letzten Tat zu fassen. Er bitte die Bewohner eindringlich, Stillschweigen über diese Versammlung zu bewahren. Mehr wolle und könne er heute nicht sagen. Er setzte sich und beobachtete sein Publikum. Das starrte ihn an und versuchte, den Sinn des Gesagten zu erfassen. Es klang in ihren Ohren nach einem Wettbewerb, in dem es in die letzte Runde ging und wo auf der Zielgeraden Bircher auf seinen Favoriten warte. Niemand wagte es, eine Frage zu stellen, schließlich hatte der Kommissar so etwas wie ein Schlusswort gehalten.

Jäger ergriff die Gelegenheit, dankte Bircher für seine Erklärungen und verabschiedete etwas überstürzt die verstörten Bürger in den Feierabend. Müller nahm vorsichtig Birchers Arm und fragte behutsam, ob er aus dem Gesagten schließen könne, dass Bircher den Täter kenne und dieser nicht aus dem Hochhaus stamme. Bircher lächelte ihn nur milde an und klopfte ihm beruhigend auf die Schulter. Müller murmelte:

»Dann leben wir also weiter in diesem Albtraum.« Er fügte hinzu, dass Genosse Thule seinen Mietvertrag gekündigt hätte, andere würden folgen, da sei er sich sicher.

»Lassen Sie sich nicht verrückt machen, wir sind im Bilde«, versicherte Bircher.

Müller schaute wie abwesend in den Saal, der sich langsam leerte.

Als Bircher etwas später nach seinem Wagen Ausschau hielt, bemerkte er Herrn Battes, der, halb verdeckt von einem Baum, einen Punkt am Hotel *Berolina* anstierte. Steif, wie der Stamm neben sich, stand er da, mit leblosem Gesicht, wie ein Wachmann, der vor einem Ehrenmal postiert.

Merkwürdig, dachte Bircher, wartete der auf jemanden oder hing er nur seinen Gedanken nach? Bircher folgte dem Blick von Battes und sah gerade noch, wie Frau Nielen die letzte eiserne Sprosse zum Intershop erklomm und gleich darauf aus dem Sichtfeld verschwand. Fast gleichzeitig wandte sich Battes ab und verließ, beide Hände in den Hosentaschen vergraben, den Hotelvorplatz. Bircher sah ihm nach und wunderte sich über seinen leichtfüßigen Gang. Er hatte Battes anders in Erinnerung, eher wie einen zwar kräftigen, aber zu Übergewicht neigenden, bedächtigen und schwerfälligen Mann.

Als Bircher seine Wohnungstür aufschloss, wunderte er sich über die Stille, die ihn empfing. Gewöhnlich hörte er aus dem Wohnzimmer klassische Musik, die Schallplattensammlung der Birchers von Eterna war beachtlich und wurde von den beiden mit großem Eifer auf dem neuesten Stand gehalten. Sie verfolgten die Neuerscheinungen mit ähnlicher Leidenschaft wie das nationale Weinangebot. Häufig stellten sie bedauernd fest, wie ungleich das Niveau doch sei in ihrer Republik, der weltweiten Auswahl an konzertanter Musik stand ein vergleichsweise kümmerlicher Ausschnitt an Wein- und Rebsorten gegenüber. Sie hatten ihre Schallplatten alphabetisch nach Komponisten geordnet und im mittleren Fach eines Bücherregals untergebracht, um sich nicht beim Suchen das Kreuz zu verrenken, wie Bircher bemerkte. Heute Abend war es ruhig, auch der Fernseher schwieg.

Karl rief nach seiner Frau und hörte ihre Stimme aus dem Wohnzimmer schallen:

»Hier bin ich, komm mal schnell her, kann gerade nicht.«

Komische Art, mich zu begrüßen, wunderte er sich, sie löst wohl grade eines ihrer Kreuzworträtsel. Ohne den Mantel abzulegen, durchquerte er den winzigen Korridor und sah seine Frau am Esstisch sitzen, vor sich ausgebreitet ein Heer von Papierschnipseln, versehen mit Ziffern und Namen. Sie sprang kurz auf, umarmte ihn und zog ihn zum Tisch.

Karl Bircher starrte auf die Zettelwirtschaft.

»Hast du als Informatikerin bei Robotron angeheuert? Oder ist das die Vorbereitung der Schnipseljagd für euren nächsten Brigadeausflug?«

Karola antwortete nicht, sondern wies stumm auf eine rot umrandete Zahl und einige Buchstaben. Verblüfft schaute Karl seine Frau an, die Verwunderung war ihm vom Gesicht abzulesen.

»Soll das auf diesem Zettelchen eine Jahreszahl sein?«

»Ja, genau so ist es. Und dahinter steht das Pseudonym, C1G, mit der ich die Person verbinde.«

»Wie bist du auf dieses Jahr gestoßen, wir haben nie über diese Zeit gesprochen?«

»Wie meinst du das, kennst du etwa die Bedeutung, die sich hinter der Zahl versteckt?«

»Ja, es könnte das Jahr sein, in dem alles begann. Nun verrat du mir mal, wie du den richtigen Schnipsel gefunden hast.«

»Also, ich habe auf jeden der Zettel einen Fakt, den du mir genannt hast, vermerkt. Zum Beispiel eine Jahreszahl oder ein Datum, das von Belang sein könnte, oder wann jemand wo gewohnt hatte, oder wann jemand einen Familienangehörigen oder seinen Arbeitsplatz verloren hat und so weiter. Hier steht zum Beispiel 4.10.1975, der erste Mord. Hier steht 5.11.1975, zweiter Mord, hier auf dem Zettel habe ich notiert 1953, da ist dieser Böhme in das Hochhaus eingezogen. Hier steht 36, du erinnerst dich: Summe der Etagen und Finger von vier Toten. Hier, die 4, die 6 und so, das sind die Etagen im Hochhaus. Allen Personennamen habe ich ein Pseudonym zugeordnet. Klar, wenn ich nicht alle Namen habe, kann ich eigentlich kein Pseudonym vergeben. Aber ich kann ein Pseudonym festlegen, wenn ich zur Erklärung einer Kombination von Fakten zwingend einen Namen benötige. Wenn du mir beispielsweise zwar ein wichtiges Datum genannt hast, wie den Tod einer Frau und andere Daten, die mit diesem Tod etwas zu tun haben könnten, aber nicht alle Namen der Personen, die irgendwie beteiligt sein könnten, dann fülle ich die Tatsachenlücke mit einem Pseudonym auf. Schließlich habe ich versucht, Zahlen und Pseudonyme so lange zu kombinieren, bis sie untereinander einen kausalen Zusammenhang darstellen. Also, 45, 1953, 1965, 1975: diese Kombination ergibt nur Sinn, wenn man sie dem Pseudonym von Böhme zuordnet: Sein Alter ist 45, 1953 ins Hochhaus eingezogen, am 28.12.1965, da nähert sich für ihn ein Jahrestag, ausgezogen, 1975 Mord.«

Bircher sah immer noch wie hypnotisiert auf die Tischplatte. Seine Augen sprangen von einem Zettel zum anderen, irrten ahnungslos durch das Zahlendickicht und landeten schließlich auf der rot markierten Ziffer. Er hob den Kopf und fragte vorsichtig wie ein Zahnarzt, der sich vergewissern will, ob die Spritze wirkt:

»Und wie lange treibst du das hier, dein neues Kreuzworträtsel?«

»Schon einige Zeit. Musste immer mal wieder Daten wegnehmen oder hinzufügen, je nachdem, was ich von dir erfahren durfte.«

»Unfassbar, vielleicht solltest du den Beruf wechseln und als Programmiererin anheuern. Ist jetzt sehr gefragt.«

Karola griente leicht.

»Danke, wenn das Hobby zum Beruf wird, läuft man Gefahr, den Spaß zu verlieren. Also, weiter. Ich landete immer wieder bei einer Zahl, dieser Rotmarkierten hier, konnte sie aber zunächst nicht in Beziehung zum Hochhaus bringen. Und das war schließlich meine Grundannahme: Der Täter steht in einer bestimmten Beziehung zum Tatort. Wäre diese Hypothese falsch, wäre ich im Irrtum. Wir waren ja ursprünglich von 4, 6, 8 und 10 ausgegangen, ergibt 28, plus die Finger macht 36. Da auf dem Zettel steht 23, ergibt sich aus den Morden auf der vierten, sechsten und siebten Etage, plus 6 Finger. Hier«, sie tippte auf einen anderen Zettel, »steht die Zahl 19, die Hausnummer, half mir aber nicht weiter. Bis mir heute plötzlich ein Licht aufging, es war so einfach. Man musste einfach nur noch eine weitere Zahl hinzufügen, die auch bekannt ist, das ergab eine Summe, die auf meinen Zetteln mehrfach auftauchte und zwar in Kombination mit dem Pseudonym C1G. Es könnte für den Mörder stehen. Du musst jetzt meine Theorie widerlegen oder durch Experimente beweisen. Bist ja früher einmal fast Naturwissenschaftler geworden.«

»Nun sag mir noch, welcher Person du das Pseudonym C1G gegeben hast?«

»Der hier«, sagte Karola trocken, wobei sie eine Liste aus der Schublade des Esstisches hervorzog, die in zwei Kolonnen nebeneinander Namen und Pseudonyme auflistete. Sie hatte ihren Zeigefinger energisch auf einen Namen gelegt. Gespannt blickte sie ihren Mann an.

Karl Bircher setzte die Brille ab und massierte seine Augenbrauen, sichtliches Anzeichen höchster Erregung. Es war der

Name des Mannes, den er selbst für den Hochhausmörder hielt. Er schüttelte wie ein von einem Wunder heimgesuchter Mensch ungläubig den Kopf, blickte nochmals, als traute er seinen Augen nicht, auf die Zettelwirtschaft, dann zweifelnd auf seine Frau, hob die Arme, wie um sich zu ergeben, nahm den Kopf seiner Frau in beide Hände, zog ihn zu sich und flüsterte:

»Du bist nicht nur das liebste Geschöpf auf Erden an meiner Seite, du bist auch das einzige Genie, das ich kenne«, und meinte nach einer kleinen Pause, »dein Pseudonym ist mein Hauptverdächtiger. Ich verstehe zwar nicht, wie du das gemacht hast, aber wer kann schon einem Genie folgen!«

Sie lächelte ihn an und antwortete ganz leise, mit einem leichten Zweifel in der Stimme:

»Tatsächlich? Oder sagst du das nur so?«

»Hier spricht der Chef der Mordkommission.«

»Ach, bin fast ein wenig stolz«, murmelte Karola.

»Sollten wir ihn im Dezember überführen, werde ich dich zur Auszeichnung als ›Aktivistin der sozialistischen Arbeit‹ vorschlagen.«

»Ach herrje! Dann lieber den Nationalpreis dritter Klasse, für unsere Weinausgaben.«

Über Nacht hatte es leicht geregnet, anschließend war der Wind auf Nordwest gedreht und hatte Berlin am frühen Morgen einen plötzlichen Temperatursturz beschert. Dazu hatte ein sanfter Schneefall eingesetzt. Jetzt lauerte unter der weißen Decke das blanke Eis. Die Radiosender warnten vor dem Autofahren, aber eigentlich traf es die Fußgänger am härtesten, denn die Gehsteige wurden im Unterschied zu den Fahrbahnen nicht mit der berüchtigten Lauge besprüht, die das wenige Chrom an den in der Republik gefertigten Kunststoffautos angriff. Man sah Wartburgs, Shigulis, Skodas oder Trabanten über die Straßen schleichen, alle bedeckt mit einer zementgrauen Schicht kristallisierter

Salze, die sie in die gleiche triste Farbe tauchte. Einige vorausschauende Besitzer hatten die verchromten Fahrzeugteile mit einer stinkenden rostbraunen Schutzfarbe überstrichen, die sie im Frühjahr mit einem speziellen Lösungsmittel entfernten, um anschließend zufrieden den unversehrten Glanz des Chroms in der Sonne glitzern zu sehen. Die Menschen gingen langsam zur Arbeit, fast wie Blinde, die sich behutsam nach vorn tasten, bewegten sie sich balancierend auf den vereisten Bürgersteigen, um aufrecht und unversehrt ihre Haltestelle oder den U-Bahneingang zu erreichen. Neben sich vernahmen sie ein ungewohntes, schmatzendes Geräusch, es waren die Autoreifen, die sich langsam durch den schmelzenden Schneematsch schoben und für einen kurzen Moment ihr Profil auf die Fahrbahn zeichneten, das sich gleich darauf in der auftauenden Schneeschicht verlor. Ungeachtet aller Wetterkapriolen funktionierte der öffentliche Verkehr reibungslos. Der Staat konnte es sich nicht leisten, seine Werktätigen wegen schlechter Witterung freizustellen. Also wurde geschippt, gesprüht und gefegt, um die Bevölkerung an die Arbeit zu bringen. Nur die Gehwege, die waren aus irgendeinem Grund so etwas wie Niemandsland, das jeder, auf sich allein gestellt, zu überwinden hatte. Waren erstmal der Eingang zur Bahn oder die Bank vor der Haltestelle erreicht, begab man sich in die fürsorgliche Hand der staatlichen Verkehrsbetriebe.

Schmidter hatte zwar Dienst, musste jedoch erstmal in den Keller hinabsteigen. Ein Blick aus dem Wohnzimmer auf die Straßen hatte ihm signalisiert, dass es besser sei, vorzusorgen. Er hatte sicherzustellen, dass mit Einbruch der kalten Jahreszeit vor seinen grünen Kachelöfen immer zwei volle Kohlebehälter standen. Das hatte ihm seine Frau angesichts seiner unregelmäßigen Dienstzeiten vor Jahren eingeschärft. Dazu musste er Wasser und Bier hochschleppen. Alles andere würde sie auch allein schaffen. So konnte es vorkommen, dass er sich noch mitten in der Nacht in den Keller begab, um, wie er grinsend bemerkte, seine wichtigste

Hausaufgabe, nämlich die Familie zu erwärmen, in Ehren zu erfüllen.

Schmidter stand in seinem winzigen Keller und stapelte Briketts, die der Händler achtlos in eine Ecke geschüttet hatte, in zwei Kohleträger. So hieß die eiserne Vorrichtung, die oben mit einem Griff versehen war und in der man, wie in einem kleinen Regal, jeweils zwölf Briketts übereinanderstapeln konnte. Schmidter hatte sie kürzlich beim Eisenwarenhändler gekauft und freute sich jedesmal, wenn er die vier Etagen hinauf in seine Wohnung stieg, dass ihm nicht mehr die klobigen Eimer gegen die Beine schlugen. Er hatte gleich zwei gekauft, jeweils einen pro Kachelofen. Er schloss den Keller ab, rüttelte automatisch am Vorhängeschloss, bückte sich leicht und umfasste mit den Händen jeweils den Griff eines Kohleträgers. Da hatte unsere Industrie einen wirklich guten Einfall, dachte er und ging vorsichtig den schmalen Korridor zum Ausgang. Es war kurz vor sieben Uhr in der Früh, und ihn erwartete ein Bürotag. Es hieß Akten studieren und Berichte schreiben. Da war es nützlich, sich vorher etwas zu bewegen, schmunzelte er in sich hinein. Langsam stieg er die vier Etagen hinauf zu seiner Wohnung, wo die Kinder und seine Frau bereits beim Frühstück saßen. Seine Gedanken umkreisten den »Hochhausmord«, wie sie intern ihren wichtigsten Fall bezeichneten. Eigentlich hätte es Mordshochhaus heißen müssen, hatte er einmal in einer Sitzung bemerkt. Die Kollegen hatten ihn verwundert angesehen.

»Na ja«, sagte er, »es gibt doch viele sprechende Steigerungsformen in unserer Sprache wie Mordsgaudi, Mordsspaß, mordsmäßig oder Mordskerl.«

»Mordshochhaus«, hatte Bircher gemurmelt, »wenn das jemand hören würde.«

Seit sechs Wochen war nichts geschehen. So konnte man angesichts der gespenstischen Ruhe, die auf den Etagen herrschte, die Lage im Hochhaus umschreiben. Die Bewohner verließen ihre Wohnungen nur noch, wenn sie zur Arbeit fuhren oder in die nahe

Kaufhalle in der Schillingstraße eilten. Einige hatten sich zeitweise auf ihre Datscha zurückgezogen, andere wohnten bei Verwandten.

Battes hatte sich nach Kündigung des Mietvertrages in seiner kleinen Laube nördlich von Berlin einquartiert. Er wurde überwacht, ebenso Böhme und Schulbe. Der Genosse Thule war auch ausgezogen, verständlich, dass er die Wohnung nach dem Mord an seiner Frau nicht mehr ertragen konnte. So standen zwei Wohnungen leer.

»Kein Wunder, dass sich keine Nachmieter finden«, bemerkte Genosse Jäger zerknirscht.

Nach der Hausgemeinschaftsversammlung hatten er und Müller noch bei Jäger in der Küche zusammengesessen, auf ein Bier. Sie saßen und grübelten über die Bemerkungen Birchers. Beide hatten den Eindruck, dass er mehr wusste, als er preisgab, dass er ihnen etwas verschwieg. Sie konnten seine salomonischen Äußerungen nur als Versuch werten, die Bewohner hinzuhalten und größere Unruhe zu vermeiden, ihnen den Eindruck zu vermitteln, dass die Polizei wüsste, was zu tun wäre. Aber was, wann und wo? Bis auf eine verstärkte Überwachung, insbesondere der Dachterrassen und ihrer Eingänge, war nichts von einer intensiven Ermittlungstätigkeit zu spüren. Müller meinte, dass eigentlich der Selbstmord Gerd Forns im Fokus der Untersuchungen stehen müsste. Während einiger tröstender Besuche bei Genossen Forn war es Müller gelungen, die Weltjugendfestspiele anzusprechen. Er hatte gelauscht und mitfühlend mit dem Kopf gewackelt. Das sei ja wirklich ganz alter Kaffee, hatte er beim Abschied geraunt.

»Na ja«, sagte er jetzt zu Jäger, »die Fakten hatten damals wohl nicht ausgereicht, um die Untersuchungen abzuschließen.« Eigentlich würde ihn das von keiner Schuld freisprechen. »Mit dieser einschlägigen Vorgeschichte ist der doch der Hauptverdächtige«, raunte er, »erst recht nach seinem Selbstmord.«

»Kommt doch einem Geständnis gleich«, sagte Jäger und nippte mit gekrauster Stirn am Bier.

Battes' Auszug hatte Anlass für allerhand Spekulationen gegeben. Seine privaten Probleme waren zwischenzeitlich bekannt geworden. Dass er mit einem Luftgewehr auf Spatzen schoss, stempelte ihn in den Augen der meisten zu einem gefühllosen Gesellen. Wenn einem die Gattin grußlos abhauen würde, spräche das schließlich Bände. Mit jedem Tag, der nach dem 25. November vergangen war, hoffte ein Teil der Hausgemeinschaft, dass die Polizei den Täter in die Enge treiben würde und hielt sich deshalb mit Äußerungen zurück. Ein anderer Teil ließ resigniert die Zeit verrinnen und glaubte, dass die Polizei im Dunkeln tappe und ein weiteres Verbrechen jederzeit möglich wäre. Jäger gehörte zur ersten, Müller zur zweiten Fraktion.

Nach außen sprachen beide von großen Fortschritten der Genossen Kriminalisten.

Schmidter schnaufte leicht, als er die Stufen vor seiner Wohnungstür erreichte. Auf dem letzten Treppenabsatz vernahm er das Läuten des Telefons. Wie immer, wenn er Kohlen holte, schloss er die Wohnungstür nicht ab. So konnte er sie mit einem leichten Fußkick öffnen. Um diese Zeit ruft nur die Dienststelle an, war sein erster Gedanke. Er setzte seine Ladung ab und stürmte ins Wohnzimmer. Es meldete sich der Diensthabende. Schmidter stand unbeweglich am Telefon und bemerkte lediglich mit ruhiger Stimme:

»Ja, gut, ich komme. Auf Wiedersehen.«

Er legte auf und wählte Birchers Privatnummer.

Jäger beichtete den Kommissaren seine nächtlichen Streifengänge. Bircher und Schmidter saßen in Jägers Wohnzimmer und hörten regungslos zu. Der Unmut über Jägers eigenmächtige Patrouillen war ihnen vom Gesicht abzulesen. Die Polizei hatte während der vergangenen Wochen alle Einwohner mehrfach darauf hingewiesen, nichts auf eigene Faust zu unternehmen, was die Ermittlungen erschweren könnte. Insbesondere sollte nach einundzwanzig

Uhr niemand allein den Treppenaufgang benutzen. Falls möglich, sollte auch der Fahrstuhl nur in Begleitung eines anderen Mieters benutzt werden. Es hatte sich bei einigen Mietern, besonders den älteren, eingebürgert, dass sie in solchen Fällen einen Nachbarn um Begleitung baten oder über die Wechselsprechanlage jemanden nach unten baten. Eine besondere Art der Nachbarschaftshilfe, lästerte Klage, ob man sich per Befehl auf dem gemeinsamen Weg in die erste Pflegestufe des Altersheims begeben würde? In der vergangenen Nacht, so Jäger achselzuckend gegenüber den Kommissaren, konnte er wieder einmal nicht zur Ruhe kommen. Er habe noch die Spätausgabe der »Aktuellen Kamera« gesehen und sich dann auf den Weg gemacht. Ja, er und Müller, aber jeder für sich, damit es nicht wie eine Streife aussehen würde. Sonst käme unnötige Unruhe auf, sie würden also fast täglich zwischen zehn und ein Uhr früh das Haus inspizieren. Jede Woche würden sie den Dienst tauschen, wie im Schichtbetrieb. Die Frauen hätten anfangs protestiert, dann nur noch resigniert darauf bestanden, dass sie eine Taschenlampe und etwas zur Verteidigung bei sich führten. Daraufhin kauften sie sich beim Jagdausstatter in der Mollstraße am Alexanderplatz einen Hirschfänger, die Kosten wurden natürlich geteilt, erklärte Jäger. Bircher zuckte leicht zusammen und fragte, ob er das Ding tatsächlich im Notfall benutzt hätte, er solle ihm das Messer mal zeigen. Jäger zog es aus einem Küchenfach und reichte es Bircher, der es mit der Bemerkung in der Innentasche seines Sakkos verschwinden ließ, dass sie hier nicht auf der Treibjagd seien und sich nicht zur Selbstjustiz hinreißen lassen sollten. Das wäre ein Strafbestand. Jäger sah bedauernd seinem Hirschfänger nach, ein schönes Stück mit fein gearbeitetem poliertem Holzgriff, der nach leichtem Druck auf einen winzigen Metallhebel die Klinge in sich verschwinden ließ.

»Sie kriegen ihr Waidmesser nach Abschluss der Ermittlungen zurück«, schloss Bircher das Thema ab.

»Also«, setzte Jäger zögernd an, »gestern Nacht bin ich wieder unterwegs gewesen. Ich fahre immer zuerst mit dem Fahrstuhl ins Erdgeschoss und kontrolliere die Haustür. Ob sie abgeschlossen ist, klar, aber auch, ob alles normal aussieht: Schloss, Klinke, Verblendung und so. Dann gehe ich zu Fuß in die vierte Etage, also in unsere erste bewohnte Etage.« Nun bewegte sich Jäger in seinem Rapport weiter: »Der Treppenaufgang zwischen Erdgeschoss und vierter Etage ist deshalb besonders interessant, weil so gut wie niemand aus dem Haus da hochgeht. Nicht mal in normalen Zeiten. Wahrscheinlich kann man da übernachten, ohne dass es jemand bemerken würde.«

Bircher erinnerte sich, wie er damals die Stufen hochstieg, immer darauf bedacht, rechtzeitig den nächsten Lichtschalter zu erreichen, und konnte ihm in Gedanken nur beipflichten.

»Und, was haben Sie dort bemerkt?«, unterbrach ihn Schmidter ungeduldig.

»Nichts, jedenfalls nicht dort«, entgegnete Jäger lapidar. »Ich bin dann mit dem Fahrstuhl hoch auf die achte Etage, um die Tür zur Dachterrasse zu überprüfen. War alles in Ordnung.«

Jäger sprach jetzt wie ein ABV, der seinen allabendlichen Rundgang beschreibt. Ein gewisser Stolz schwang in seiner Stimme mit, als könnte er seine Genugtuung darüber, wie ausgeklügelt und raffiniert er seinen Tourenplan ausgelegt hatte, nicht unterdrücken. Schmidter seufzte leise, verkniff sich aber eine Bemerkung und schielte zu Bircher. Wann kommt der denn endlich zur Sache, schien sein Blick zu fragen. Bircher saß neben ihm, die Hände vor dem Bauch verschränkt, mit unbewegtem Gesicht, gelassen und in sich ruhend folgte er dem schleppenden Bericht, als würde er sich eine bekannte Schallplatte anhören. Schmidter bewunderte still die Geduld seines Chefs, vor allem seine Fähigkeit, niemanden in seinen Gedanken lesen zu lassen. Es war unmöglich zu erahnen, was in ihm vorging. Verfolgte er einen Plan oder wartete er schlicht darauf, dass ihm im Verlauf der Unterredung eine Idee kommen würde? Bircher hatte des Öfteren seine Kollegen ermahnt, geduldiger zu sein. Einfach die anderen reden lassen, hatte er mal grinsend empfohlen, dann würde einem schon mal plötzlich wie der Funke beim Kurzschluss 'ne Idee ins Gehirn blitzen.

»Der weitere Plan schreibt dann vor«, – jetzt hörte sich Jäger tatsächlich wie ein Soldat an, der seinen Wachgang beschreibt – »dass wir auf die Elfte gehen, von dort hoch bis zur verschlossenen Tür des Kindercafés und dann wieder langsam runter bis ins Erdgeschoss. Also, auf dem Weg zur elften, ich glaube, es war meine fünfte oder sechste Runde, hörte ich etwas auf einer Etage über mir. Es war, als würde jemand leise an einer Tür hantieren, sie vorsichtig mit einem Schlüssel öffnen, vielleicht auch schließen, eben so ein Geräusch, als wenn sich ein Schlüssel langsam im Schloss dreht. Keine Stimmen. Ich schlich mich im Dunkeln hoch und spähte in den Korridor. Da sah ich gerade noch, wie die Wohnungstür von Frau Nielen ganz langsam ins Schloss fiel. Ich konnte aber niemanden sehen und schlich an der linken Wandseite in Richtung Fahrstuhl. In diesem Moment ruckte der an und bewegte sich nach unten. Ich bin hinterher, also die Treppe runter, habe ja in den letzten Wochen viel geübt. Als ich auf der kleinen Empore über dem Portal ankam, von wo aus man einen Blick auf den Ausgang hat, da sah ich gerade noch den Rücken eines Mannes, der hastig in Richtung Schillingstraße lief. War ein kräftiger Kerl, vielleicht um die eins achtzig groß. In der Dunkelheit konnte ich nicht viel erkennen. Na ja, was sollte ich dann machen. Bei Frau Nielen klingeln, Sie anrufen oder Müller wecken? Es hätte ja gut sein können, dass Frau Nielen tot in der Wohnung liegt und ich gerade den Rücken des Mörders gesehen hatte. Dem Mann hinterherzurennen war sinnlos, den hätte ich nicht erreicht, bei dem Tempo, das er vorlegte.«

Bircher zeigte nach wie vor keine Regung, während Schmidter stirnrunzelnd zur Decke blickte, als würde er darauf warten, dass Jäger ihm endlich das Wesentliche mitteilen würde.

»Ja, und«, forderte er ihn auf, »was haben Sie denn nun gemacht?«

»Ich bin in meine Wohnung gegangen«, antwortete er dem konsternierten Schmidter, »und habe zum Telefon gegriffen.«

»Versteh ich nicht, ich wurde doch erst um sieben Uhr vom Diensthabenden unterrichtet«, unterbrach ihn Schmidter.

»Nee, nicht Sie habe ich angerufen, sondern Frau Nielen. Wenn sie lebte, würde sie ans Telefon gehen, war meine Überlegung. Ich hab es 'ne Weile klingeln lassen. Schließlich machte es klick, so wie es sich anhört, wenn man den Hörer aufnimmt und gleich wieder auf die Gabel drückt. Bin noch mal hochgefahren, habe mir die Tür angesehen, sah alles normal aus, und habe dann beschlossen, Sie zu informieren.«

»Und warum so spät?«, fragte Schmidter, in einem für seine Verhältnisse gereizten Ton.

»Weil ich keinen blinden Alarm auslösen wollte, schließlich war ja jemand am Telefon, und das konnte doch nur Frau Nielen sein. Na ja, dann wurde es mir doch zu mulmig. Ich habe Ihre Dienststelle gegen halb fünf angerufen.«

Zum ersten Mal war so etwas wie eine Gefühlsregung auf Birchers Gesicht zu sehen. Fragend blickte er seinen Kollegen an.

»Ich wurde erst gegen sieben Uhr vom Wachhabenden benachrichtigt«, betonte Schmidter achselzuckend.

»Worauf warten wir hier noch, vorwärts!«, befahl Bircher und eilte zur Tür. »Sie bleiben hier!«, wies er mit dem Arm auf Jäger. Bircher trat auf den Flur und zögerte eine Sekunde. »Kommen Sie Schmidter, wir nehmen den Fahrstuhl, im Treppenflur geht laufend das Licht aus.«

Schweratmend stand Bircher vor der Wohnungstür von Frau Nielen, neben ihm still abwartend Schmidter. Bircher verharrte noch einen Moment, bis sich sein Atem beruhigte, und drückte dann den Klingelknopf. Schmidter legte wie ein Doktor sein Ohr an die Tür. Er linste hoch zu Bircher und zuckte ratlos mit den Achseln. Schmidter klingelte noch einmal, diesmal deutlich länger. In die

Ruhe der marmornen Etagendiele schrillte die Glocke, als würde sie die Belegschaft zur Mittagspause rufen. Die beiden Kommissare wollten sich schon abwenden und beratschlagen, wie sie weiter vorgehen sollten, da vernahmen sie leichte Schritte auf dem Parkett. Jemand näherte sich vorsichtig. Bircher beugte sich nach vorn, als wollte er der Person auf anderen Seite etwas ins Ohr zu flüstern.

»Hallo, Frau Nielen, ich bin es, Major Bircher. Bitte entschuldigen Sie die frühe Störung. Dürfen wir Sie einen Moment sprechen?«

»Was wollen Sie denn hier zu dieser nachtschlafenden Stunde, ist was passiert?«

Frau Nielens Stimme klang abwartend, als wollte sie etwas Zeit gewinnen. Vielleicht, um sich noch einmal kritisch im Spiegel zu mustern, die goldenen Reifen wie eine Rüstung über den Arm zu streifen und die rotbraunen Haare mit einem leichten Kamm schwungvoll zu ordnen.

Bircher, immer noch gekrümmt wie ein Schaffner beim Kontrollieren der Fahrkarten, sprach in die verschlossene Wohnungstür:

»Nein, es ist nichts passiert. Sollen wir noch 'ne Minute warten?«

Bircher hörte, wie sich der Schlüssel langsam zweimal im Schloss drehte. Gleich darauf tauchte Frau Nielen vor ihnen auf. Sie war wie immer penibel frisiert und trug einen langen schwarzen Morgenmantel, um die Taille hatte sie mit fester Schlaufe einen gleichfarbenen Stoffgürtel geschlungen, wo der Mantel endete, blitzten goldene flache Sandaletten. Sie sah aus wie eine Filmdiva auf dem Weg zur Maske. Durch den Türspalt musterte sie mit rot angemalten Lippen argwöhnisch die Kommissare, ihr Blick verriet ihre Abneigung, so früh und unvorbereitet mit einer schlechten Nachricht überrascht zu werden. Sie konnte zunächst nur Bircher sehen, der sie wie ein bestellter Bote zuvorkommend anlächelte.

»Ja, also dann nochmals guten Morgen und Verzeihung für die Störung«, murmelte leise Bircher, worauf er sich zur Seite wandte und hinzufügte, »mich begleitet Genosse Schmidter, den kennen Sie wohl auch. Dürfen wir für einen Moment reinkommen?«

Frau Nielen wagte einen halben Schritt nach vorn und nickte Schmidter kühl zu.

»Kommen Sie!«, antwortete sie resigniert, als käme ihr ein ungelegener Besuch in die Quere, der sich nicht abschütteln ließ, und schob die Tür zur Seite. Bircher trat ein, Schmidter folgte mit unbewegter Miene. Frau Nielen schloss rasch die Tür und ging wortlos, ohne sich umzudrehen, voraus in die Küche. Unschlüssig folgten ihr die beiden. Sie rief ihnen über die Schulter zu, ob sie auch einen Kaffee wollten und stellte, ohne auf eine Antwort zu warten, drei blauweiß gemusterte Tassen mit dazugehörenden Untertellern auf den Tisch. Sie drehte sich um und winkte die Kommissare, die abwartend vor der Küche verharrten, lässig an den Tisch. Die Nielen nahm eine passende Kaffeekanne aus dem Küchenschrank und spülte sie einmal kurz mit heißem Wasser aus. Dann ließ sie den Kaffee bedächtig aus der Maschine in die blaue Kanne fließen. Man konnte meinen, sie würde dabei meditieren. Hm, dachte Bircher und schielte zu Schmidter, der wie bei einem Experiment aufmerksam die Handbewegungen von Frau Nielen verfolgte. Bei allem Langmut, der Frau Nielen anhaftete, ging ihr die Küchenarbeit rasch und zielgerichtet von der Hand. Bircher betrachtete das schöne Geschirr, er hätte gerne eine Tasse gewendet, um den Herstellerstempel zu sehen. Er tippte auf Kahla, sie hatten zu Hause ein ganz ähnliches Geschirr.

»Nun setzen Sie sich doch bitte!«, unterbrach Frau Nielen die Stille.

Es klang, als hätte sie sich gerade an ihre Gäste erinnert. Bircher nahm den Stuhl mit dem Blick auf das gegenüberstehende Hochhaus und musterte die Fenster in der Senkrechten, hinter denen wie in einer Reihenschaltung die Lampen leuchteten. Offensichtlich lagen die Küchen eines Wohnungstyps wie auf der Schnur gereiht übereinander. Es war jetzt kurz vor acht am Morgen, und viele fanden sich zum Frühstück ein. Wie eine Leuchtreklame teilte das Licht der Küchenfronten die geflieste Hausfassade. Schmidter beobachtete aus dem Augenwinkel Frau Nielen. Der Gedanke, dass diese elegante Erscheinung einen wie Böhme an sich heranließ, erschien ihm völlig abwegig. Er verdrängte die Vorstellung, dass dieser ungepflegt wirkende Mann, der leicht schwitzte, an dem ständig so etwas wie Kondenswasser hing, dass sich dieser zwielichtige Typ an Frau Nielen heranmachte: Nein, das war so abwegig wie eine unfrisierte Frau Nielen im ausgeleierten Trainingsanzug und weißen Tennissocken.

Frau Nielen schenkte langsam den Kaffee ein und stellte mit einem leichten Seufzer und hochgezogenen Augenbrauen, als würde sie andeuten wollen, dass die Herren nun einmal hier wären und es sich gezieme, eine umsichtige Gastgeberin zu sein, die Kanne auf einen aus feinem Bast geflochtenen Untersetzer. Sie blickte Bircher ruhig an und neigte ganz leicht den Kopf, als würde sie andeuten wollen, dass sie jetzt eine Erklärung für den frühen Besuch erwartete. Der räusperte sich etwas und zog seine Hand, die unterwegs zur Kaffeetasse war, rasch zurück.

»Es geht darum, dass sich nach unseren Informationen heute Nacht Herr Böhme im Haus befand. Die Frage, die wir uns stellen müssen, ist: Wen wollte er besuchen und warum? Und wenn er niemanden besuchte, was hat er dann hier getan? Schließlich hat er, soweit uns bekannt, hier keine Freunde. Wir wissen, dass Sie uns vielleicht weiterhelfen können. Deshalb sind wir hier.«

Frau Nielen stand auf und griff hinter sich auf die flache Anrichte nach dem goldenen Zigarettenetui, setzte sich, um sofort darauf wieder aufzustehen und wortlos die Küche zu verlassen. Gleich darauf kehrte sie zurück, in der Hand ein winziges goldenes Feuerzeug. Sie steckte sich eine Zigarette zwischen die roten Lippen, ließ das Feuerzeug aufklicken und inhalierte tief.

»Aha, deshalb also«, raunte sie gleichmütig in die Rauchwolke. »Ja, und wie lautet Ihre Frage an mich?«

»Haben Sie ihn gesehen? Sie kennen sich doch, über Herrn Martin Baumann, mit dem Sie befreundet sind.«

»Zum Letzteren zuerst, waren, bitte, wir waren befreundet. Martin hat sich seit einiger Zeit nicht mehr blicken lassen. Zur ersten Frage, ja, ich habe ihn gesehen, er hat mich gestern besucht.«

»Das deckt sich mit unseren Informationen«, bemerkte Schmidter trocken.

»Wie, bewachen Sie meine Wohnung? Oder woher wissen Sie das?«

»Wie Sie sich denken können, beobachten wir das Haus. Und was Böhme betrifft, so genießt der nicht unser Vertrauen. Aus gutem Grund.«

Bircher hatte sich etwas salomonisch ausgedrückt, um Frau Nielens Neugierde zu wecken, und wohlweislich die nächtlichen Streifengänge des Genossen Jäger unerwähnt gelassen. So konnte sich Frau Nielen ganz auf Herrn Böhme konzentrieren.

»Dann erzählen Sie uns doch bitte, was Herrn Böhme zu Ihnen geführt hat!«, setzte Bircher seine Befragung fort.

»Er beklagte sich bei mir darüber, dass Martin ihn meiden würde. Sie seien doch alte Freunde, und er verstünde das nicht. Na ja, und so weiter und ob ich nicht mal mit ihm reden könne. Ich habe ihm gesagt, dass es mir ähnlich erginge, dass ich Martin auch seit einigen Wochen nicht gesehen habe. Ich könne ihm also nicht helfen.«

»Und Böhme ist unangemeldet gekommen?«, hakte Schmidter nach.

»Nein, der hat schon vorher angerufen, wie es sich gehört und wir haben uns verabredet.«

»Und welchen Eindruck machte er auf Sie?«

»Normal, war sogar vernünftig angezogen, wie aus dem Ei gepellt stand er vor der Tür«, lächelte Frau Nielen schelmisch, als wüsste sie, dass diese Information Schmidter überraschen würde.

Der schaute etwas irritiert, ihn beschlich ein leichter Verdacht.

»Kommt er Sie öfters besuchen?«, übernahm Bircher die Befragung.

»Nein, er war zum ersten Mal in meiner Wohnung. Und auch nur deshalb, weil wir einen gemeinsamen Freund haben, oder, ich sollte besser sagen, hatten.«

»Hat er Ihnen erzählt, dass er der Vater von Klaudia Fichtner ist? Die Familie Fichtner, die unter Ihnen auf der zehnten Etage wohnte. Als Frau Fichtner starb, ist Herr Fichtner mit der kleinen Klaudia, die er damals für seine Tochter hielt, ausgezogen. Klaudia ist in diesem Jahr an einem Herzleiden verstorben. Mehr zufällig stellten wir jetzt fest, dass nicht Herr Fichtner, sondern Herr Böhme, der seinerzeit auch auf der Zehnten wohnte, der leibliche Vater ist. Der wusste es und hat es verschwiegen. Ihnen gegenüber auch?«

Bircher hatte gewohnt bedächtig die Fakten aneinandergereiht und Frau Nielen nicht aus den Augen gelassen. Die verzog keine Miene. Es schien sie nicht zu beeindrucken, was er ihr da sagte. Sie hatte ihre Meinung von den sogenannten Dingen des Lebens, insbesondere den kleinen und großen Lügen, die jeder mit sich herumschleppte, den Verführungen und Genüssen, die die Welt bereithielt, denen man nicht immer widerstehen konnte oder wollte. Ihr leicht ratloser Blick drückte ihren Zweifel darüber aus, warum man sie mit diesen alten Geschichten belästigte, die in eine Zeit fielen, als Böhme gerade mal Mitte zwanzig war und anfing, selbstständig zu werden.

Sie hatte irgendwann einmal von dieser Familie Fichtner gehört, aber das war vor ihrer Zeit als Bewohnerin des Hochhauses. Sicher, der Böhme war alles andere als ein Unschuldsengel, aber wer aus ihrem Bekanntenkreis war schon einer. Sie kannte nur Ehen, in denen es krachte, und wenn es nicht krachte, dann nur deshalb, weil jeder den anderen in Ruhe ließ.

»Ich bin der Familie Fichtner nie begegnet und was der junge Böhme mit Frau Fichtner veranstaltete, beruhte doch sicherlich auf Gegenseitigkeit. Das waren damals sehr junge Leute, da erliegt man schnell mal einer Verführung. Und, im Übrigen, Herr Bircher, was ich hier tue und lasse, in meinen vier Wänden, darüber muss ich niemandem Rechenschaft ablegen. Herr Böhme war hier, habe ich Ihnen gesagt, jetzt ist er wieder weg, und ich habe nicht die Absicht, ihn wieder einzuladen. Seine Freundin hat ihn verlassen, das hat er mir noch gesagt. Genügt das? Darüber haben wir kurz gesprochen. Mit dieser Trennung scheint er ein Problem zu haben. Wer hat denn eigentlich Böhme bei mir gesehen?«

Misstrauisch kniff sie die braunen Augen zusammen und blickte abwartend auf Bircher. Es schien, als hätte sie einen Verdacht. Auf seine Frage, ob Böhme ihr etwas über Klaudia gebeichtet hatte, war sie nicht eingegangen. Bircher verkniff es sich, weiterzubohren. Ihm musste daran gelegen sein, bis zum Ende der Ermittlungen mit Frau Nielen friedlich auszukommen.

»Böhme wurde während eines Routinegangs gesehen, als er ihre Etage verließ«, wiederholte Bircher lakonisch.

Wie um seine Glaubwürdigkeit zu testen, ließ Frau Nielen ihren Blick auf Bircher ruhen. Sie zupfte am Knoten ihres Morgenmantels, als würde sie seine Festigkeit prüfen, und strich dann langsam über den schwarzen Stoff, der ihre Beine bis zu den Knöcheln bedeckte. Für einen kurzen Moment huschte der Hauch eines Lächelns über ihr hübsches Gesicht, vielleicht blitzte eine Erinnerung in ihr auf, die sie nicht ganz unterdrücken konnte.

Bircher straffte sich und sagte mit ausgesucht freundlichem Lächeln:

»Sie müssen akzeptieren, dass wir uns fragen, was Herr Böhme, den wir in den Kreis der Verdächtigen einbeziehen müssen, hier zu suchen hatte. Ihre Antwort scheint die Sache zu erklären. Ich nehme das mal so entgegen. Hat er sich denn nicht für die

Stimmung in seinem ehemaligen Zuhause interessiert? Oder für den Lauf der Ermittlungen?«

»Ja, hat er schon«, murmelte unerwartet leise Frau Nielen, »aber mehr, was mich betrifft.«

Bircher musterte sie aufmerksam.

»Nun, er hat gefragt, ob die Etagen gut überwacht würden, ob ich mich hier überhaupt noch sicher fühlen könne und welche Mieter schon ausgezogen seien. Na ja, dann unterhielten wir uns ein wenig über unser Hochhaus, welch Glück es sei, hier wohnen zu dürfen. Da wurde er dann wieder ganz der Alte und hat sich höhnisch darüber ausgelassen, dass dieses Glücksgefühl ziemlich einseitig sei, denn ihn hätte man ja regelrecht aus dem Paradies vertrieben. Habe ihn reden lassen. Der hat sich dann sofort wieder beruhigt.«

»Hm, hat er sich für einzelne Mieter interessiert?«, fragte Bircher.

»Nein, wie gesagt, mich und sich selbst ausgenommen.«

»Wie soll ich das verstehen, sich selbst?«

»Er sprach davon, dass er lange nicht mehr hier gewesen sei, dass ihm die Jahreszahlen 1953 und 1965 durch den Kopf gingen, als er zu mir hochfuhr. Ich fragte, warum 1953, und er erklärte mir, dass es das Jahr war, als er den Mietbescheid für das Hochhaus bekam. Na ja, das schien ihn zu bewegen. Er murmelte für einen Moment vor sich her, dreiundfünfzig, fünfundsechzig, zwölf und so. War ein bisschen komisch, als würde er Lottozahlen wiederholen. Fiel mir auf.«

»Fällt Ihnen noch was ein?«

Frau Nielen erhob sich und ging langsam durch die offen stehende Tür hinaus auf die Diele, drehte um, kam zurück, streifte Bircher mit einem abwesenden Blick, verharrte für einen Moment und setzte sich wieder. Sie lächelte ihn an und sagte:

»Im Nachhinein erscheint es mir, als hätte er sich zum Ende seines Besuchs gar nicht mehr für Martin interessiert, als hätte ihn irgendein anderer Grund hierher geführt. Der war mit seinen

Gedanken zeitweise ganz woanders, vielleicht hatte ihn die Erinnerungen an frühe Zeiten eingeholt, als er sozusagen noch zu uns ›Auserwählten‹ gehörte, zum Kreis der Bürger mit Parkett unter den Füßen. Ich habe ihm noch gesagt, dass er doch froh sein sollte, nicht mehr hier zu sein. Uns würde irgendein Irrer gerade den Boden unter den Füßen wegziehen. Da lächelte er mitleidig. Er sagte dann noch, es klang aber fast wie eine Frage, dass ich ja wohl neue Türschlösser hätte.«

»Und, wie lautete Ihre Antwort?«

»Ich habe gar nicht geantwortet. Ich wollte, dass er geht.«

»Frau Nielen, bitte rufen Sie mich sofort an, sollte er sich nochmals bei Ihnen melden. Übrigens, haben Sie sich tatsächlich ein neues Schloss einbauen lassen?«

»'ne Kette habe ich an der Tür, wie vorm Stall auf dem Bauernhof.«

Bircher griente und erhob sich.

»Dann machen Sie die mal auch immer vor. Als ich klingelte, war sie nicht eingehängt.«

Zum ersten Mal an diesem Dezembermorgen trübte sich das Antlitz von Frau Nielen deutlich. Irritiert über die unmissverständliche Warnung überzog ein fröstelnder Ausdruck ihre ebenmäßigen Züge, und wie hinter einem Schleier verschwanden aus ihrem Gesicht Leichtigkeit und Nonchalance. Zurückblieb der Eindruck einer verstörten Person, die sich plötzlich mit ihren Zweifeln alleingelassen fühlte.

»Ja, Kommissar Bircher, ich sagte bereits, dass Herr Böhme nicht noch einmal eingeladen wird«, sagte sie und fügte gleich darauf leise, fast versehentlich, hinzu: »Vielleicht war ich etwas leichtfertig, aber nun, was soll's.«

Bircher und Schmidter erhoben sich wie auf Befehl, und Frau Nielen begleitete die Kommissare zur Tür. Schmidter nickte ihr kurz zu und strebte bereits zum Fahrstuhl, ohne zu bemerken, dass sich Bircher noch einmal an Frau Nielen wandte:

»Frau Nielen«, Bircher sprach so leise, dass sie ihn kaum verstand, »Frau Nielen, eine Minute noch!«, wiederholte Bircher eine Idee deutlicher.

Sie hielt inne und linste ärgerlich zwischen Tür und Pfosten hindurch, als stünde dort ein ungebetener Gast.

»Was ist denn noch?«, flüsterte sie leicht ungehalten durch den Türspalt.

»Liebe Frau Nielen, Sie werden sich wundern, aber ich brauche Ihre Hilfe, Ihre Mitarbeit. Ich möchte Ihnen das in aller Ruhe erklären. Sie könnten uns einen wirklich wertvollen Dienst erweisen.«

»Oh, wie kommt das denn so plötzlich?«, fragte sie spitz und lächelte versöhnlich.

»Ich erkläre das später, darf ich Sie gleich nach Weihnachten, besser noch am 26. Dezember sprechen?«

»Kommen Sie als Weihnachtsmann verkleidet?«

Frau Nielen schien ihren Tonfall wiedergefunden zu haben, bemerkte Bircher erleichtert. Sie hatte so gut wie eingewilligt. Ein entscheidender Baustein seines Planes war gesetzt.

»Wenn Sie darauf bestehen, ja, so erkennt mich niemand«, grinste Bircher. »Die einzige Bedingung, die ich stelle: Sie reden mit niemandem, mit keiner Person, auch nicht mit der Polizei über unsere Verabredung.«

Frau Nielen spitzte den Mund und zog die bogenförmigen Augenbrauen leicht in die Höhe, als wäre ihr ein besonderes Kunstwerk in die Hände gelegt worden.

»Abgemacht. Dann also bis zum zweiten Weihnachtstag.«

Sie schloss die Tür. Bircher wartete darauf, dass sie die Kette vorlegte, und eilte zu Schmidter, der geduldig im offenen Fahrstuhl wartete.

Zur selben Zeit saß Herr Battes allein auf einer verrosteten Gartenbank vor einem kleinen, künstlich angelegten Gartenteich und betrachtete versonnen seine Goldfische. Er schüttelte heftig den Kopf, wie um einen unangenehmen Gedanken zu verjagen und zählte mit ausgestrecktem Finger seinen Bestand. Zufrieden stellte er fest, dass es immer noch acht waren. Das Netz, das den Teich überspannte, erfüllte also seinen Zweck. Die herumschleichenden Katzen der Nachbarn und die kreisenden Fischreiher hatten keine Chance. Es war nämlich sehr schwer gewesen, die Goldfische aufzutreiben. Er hatte eine ganze Reihe von zoologischen Handlungen abklappern müssen, ehe er die acht Exemplare zusammenhatte. Acht sollten es sein, wie die Etage, auf der er für viele Jahre glücklich mit seiner kleinen Familie gelebt hatte.

In jedem Laden wurde ihm erklärt, dass die wenigen vorrätigen Fische bereits vorbestellt seien oder dass die wertvolle Ware nur als Ausstellungsstück, als Dekoration sozusagen, im Becken schwamm oder dass die Fische bereits verkauft seien und nur noch nicht abgeholt wurden. Zunächst war er angesichts der vielen Absagen sprachlos, später einfach nur noch wütend, weil ihm die Sache allmählich merkwürdig vorkam, schließlich fühlte er sich verschaukelt. Nach vielen vergeblichen Anläufen dämmerte ihm allmählich, dass es sich um eine »Bückware« handeln musste. Das waren die Dinge, die versteckt unter dem Ladentisch auf besondere Kunden warteten, um in einem passenden Augenblick, zum Beispiel kurz vor Ladenschluss, vom gebeugten Verkäufer hervorgeangelt und dem glücklichen Käufer gegen eine entsprechende Gegenleistung rasch in die Hand gedrückt zu werden. Das war bei einem schwimmenden Goldfisch nicht so einfach zu handhaben.

Eines Tages raffte sich der verschlossene Battes unter Aufbietung aller Kräfte zu einem angedeuteten Lächeln auf und versuchte mit dem Ladenbesitzer ins Gespräch zu kommen. Dieser hörte sich den Wunsch seines Kunden an und wiederholte, wie um sicherzugehen, dass er ihn richtig verstanden hatte, ob er tatsächlich acht Goldfische kaufen wolle, also exakt acht, keinen mehr oder weniger. Ja, erwiderte Battes, das sei ihm sehr wichtig. Der Ladenbesitzer schaute ihn fragend an und murmelte schließlich leise, wie er sich das denn vorstelle. Acht wäre fast sein ganzer Vorrat. Dafür kämen unter normalen Umständen zwei oder drei Kunden als Käufer in sein Geschäft, dieser breite Verhandlungsspielraum würde sich bei einem einzigen Verkauf aller acht Fische ziemlich einengen.

Battes guckte zunächst etwas ungläubig in das kleine Aquarium, wo sich sorglos die goldigen Fische tummelten. Dann verstand er aber gerade noch rechtzeitig, was der Verkäufer mit seiner Bemerkung über den Spielraum meinte, und fragte ihn, ob er nicht einige schöne Landkarten gebrauchen könne oder einen beleuchtbaren Globus, der die Herkunft der Tiere seiner Zoohandlung eindrucksvoll illustrieren würde. Er könne ihn aber auch mit frischem Spargel versorgen, direkt vom Feld seines Nachbarn, draußen bei Biesenthal. Der Besitzer schüttelte abwägend den Kopf und zog sich, als würde er Deckung beziehen, hinter seinen Ladentisch zurück. Ohne von Battes Notiz zu nehmen, kramte er aus einer Schublade bedächtig einen abgewetzten Notizblock hervor, blätterte mit seinen wulstigen Fingern die Seiten um, wobei sein Blick ab und zu auf einer Zeile verharrte, als müsste er sich an etwas erinnern, währenddessen Battes verloren zwischen den vielen Aquarien stand und ratlos die aufsteigenden Luftblasen betrachtete. Er wollte sich schon zum Ausgang begeben, als der Besitzer ihn anknurrte: »Ihren Namen, bitte.«

Einige Tage später besuchte ihn Battes kurz nach Ladenschluss. In der einen Hand hielt er eine große Portion Spargel, die er in der *Berliner Zeitung* eingewickelt hatte. In der anderen hielt er einen kleinen Globus. Battes bezahlte und verließ den Laden mit einem großen Einweckglas, in dem zwei Goldfische schwammen. Nach weiteren drei Besuchen mit drei Portionen frisch geerntetem Spargel war das Geschäft abgeschlossen.

Battes war ein zufriedener Mann gewesen bis zu dem Tag, an dem er den Zettel auf dem Esstisch vorfand. In ihrer schwungvollen klaren Schrift, die Buchstaben tanzten auf dem weißen Bogen vor seinen Augen, sie sprangen ihn geradezu an, teilte seine Frau ihm lakonisch in zwei Sätzen mit, dass sie ihn für immer verließ, niemals wiederkommen und ein neues Leben beginnen werde. Die Mitteilung schlug wie eine Bombe auf ihn ein. Er stand im Mantel in seiner aufgeräumten Küche, sie hatte alles blitzblank hinterlassen, selbst den Fußboden hatte sie gescheuert, alles funkelte vor Reinheit, wie ein Operationssaal, der den Patienten erwartet.

Er hatte es danach noch einige Wochen in der Wohnung ausgehalten. Es kam ihm anfangs wie ein Irrtum vor, was ihm da widerfahren war. Als hätte seine Frau jemand anderen bestrafen wollen, sich in einem Anflug von Geistesverwirrung geirrt. Als würde sie nun irgendwo verzweifelt bei einer Freundin sitzen und nicht wissen, wie sie die Angelegenheit wieder zurechtrücken sollte. Battes zermarterte sich den Kopf, um herauszufinden, was seine Frau zu dieser Flucht getrieben haben könnte. Sie hatten doch alles, eine kleine Familie, eine schöne Wohnung, interessante Reisen, einen Garten mit Häuschen und beide einen Beruf, der sie einigermaßen zufriedenstellte. Sicher war er nicht immer bereit, sich in ihre Gedanken zu versetzen, aber umgekehrt war es nicht anders. Worüber sollte man reden, wenn man sich schon so lange kannte? Sie waren beide nicht sonderlich gesprächig und hielten es mühelos einige Stunden wortlos vor dem Fernseher aus. Vielleicht hätte ihn damals ein erster Zweifel beschleichen sollen, als sie ihm nach der Bekanntgabe seines nächsten Reiseziels erklärte, er könne doch einmal allein mit seiner Tochter verreisen, schließlich sei sie groß genug, um etwas von der Welt kennenzulernen. Und so hätte er mal seine Tochter für sich allein. Ihm war nicht der Gedanke gekommen, dass sie auch sich selbst meinte, als sie von »für sich allein« sprach.

So war er mit seiner halbwüchsigen Tochter nach Rumänien gefahren. Die Mythen um Dracula hatten ihn auf den Gedanken gebracht, dorthin aufzubrechen. Schon in seiner Jugend war er dem Vampir in Bram Stokers Roman begegnet, später in den Dracula-Verfilmungen. Er scherte sich nicht um die öffentlichen Aufrufe, das Westfernsehen zu unterlassen. Diverse Aktionen seitens der Staatslenker, unbelehrbaren Bürgern die nach Westen gerichteten Antennen abzubauen, waren nicht von langer Dauer.

Dracula faszinierte ihn schon als Jungen, erinnerte sich Battes, weil er bis dahin immer gedacht hatte, dass der Tod durch Krankheit, Gewalt oder Alter über die Menschen käme. Auch beeindruckte ihn die Technik des Dracula, denn es schien den Opfern keine große Qual zu bereiten, wenn er an ihnen saugte. Sie sanken schließlich genüsslich zu Boden und verstarben kurz darauf geräuschlos, wie eine Fliege im Wasserglas. Er stellte sich vor, wie es wäre, wenn man jemanden allmählich das Blut absaugen würde, so als leerte man in einem Zug eine Flasche Bier. Er studierte ein Anatomiebuch, um sich eine genauere Vorstellung von der Blutmenge zu machen, die Dracula aufnehmen musste. Als er feststellte, dass die Menge einem Wassereimer voll entsprach, beschlichen ihn Zweifel, bis er erkannte, dass ein kritischer Pegel nicht unterschritten werden durfte, um noch am Leben zu bleiben, und der lag deutlich niedriger. Daraus schloss er, dass die Vorgehensweise des rumänischen Blutsaugers durchaus realistisch gewesen sein konnte. Manchmal, wenn Battes nachts wach lag, weil der Regen gegen die Fenster seines Elternhauses peitschte und der Sturm im morschen Dachgebälk durch die Dachziegel drang, und ein Liedchen pfiff, stellte er sich vor, wie es sein würde, wenn er jetzt seine Zähne in den blassen Hals der verhassten Deutschlehrerin bohren würde, sich sein Mund wie der Ansaugstutzen der Tauchpumpe, die sein Vater für die Leerung der Sickergrube benutzte, in ihre Haut pressen würde und er tief durch die Nase einatmend, wie im Schwimmunterricht, ihr Blut aufnehmen würde. Am Anfang müsste er sie wahrscheinlich mit beiden Armen fest umschlungen halten, aber wenn sich ihr Pegel der kritischen Marke näherte, würde sie langsam, aber sicher in seiner Umarmung erschlaffen, als fiele sie in einen tiefen Schlaf.

Es sei auch eine Art Studienreise, erklärte er seiner überraschten Tochter das Urlaubsziel, und sie würden schöne Schlösser und geheimnisumwitterte Gebirge mit schwarzen Wäldern zu sehen bekommen, wo vor Hunderten von Jahren ein blutsaugendes menschliches Ungeheuer sein Unwesen trieb. Die Tochter bibberte leicht und schmiegte sich an den Vater. Mit dem Papa auf Reisen zu gehen, das wäre ein richtiges Abenteuer, erzählte sie den gespannt lauschenden Freundinnen.

Es wurde ein schöner Urlaub. Die beiden verstanden sich wortlos und genossen es heimlich, ohne die häufig nörgelnde Mutter unterwegs sein zu können. Die schönen Schlösser entpuppten sich als halbverfallene Ruinen, die Gebirge sahen sie fast nur aus dem Tal heraus, hoch über sich und auf den Straßen mussten sie ab und zu, wenn sie alte Dörfer mit geduckten Holzhäusern, die wie eine Theaterkulisse erschienen, durchquerten, den bettelnden Kindern Bonbons zuwerfen. Davon erzählte Battes' Tochter noch lange, wie lustig es war, wenn die Kinder am Wegesrand den Süßigkeiten hinterherhechelten und sich um ein Bonbon aus der heimischen Republik balgten. Ihr Vater nahm davon keine Notiz, er bereitete sich während der Busfahrten auf das nächste Reiseziel vor. Zum Ende des Urlaubs hin erschien er etwas enttäuscht. Auf die besorgte Frage seiner Tochter reagierte er ausweichend, es wäre schon alles ziemlich interessant gewesen. Tatsächlich hatte er mehr erwartet, vor allem vermisste er detaillierte Beschreibungen und Illustrationen über die berühmte Leidenschaft Draculas. Seine Tochter interessierte sich für alles außer für Dracula und war glücklich, dass ihr Vater sie gewähren ließ, wenn sie allein durch die Gärten und Schlossruinen zog, während er dem Reiseführer zuhörte, der Dracula als bedeutenden Nationalhelden darstellte.

Battes starrte auf seine Fische, die vergnügt tänzelnd, als müssten sie ihn aufheitern, im Becken herumschwirrten. Von Kummer, Wut und Rachegelüsten heimgesucht, wie ein auf Flucht sinnender

Gefangener, war es ihm trotz aller Selbstqualen nicht entgangen, dass mehrfach am Tag ein blauer Lada langsam an seinem Grundstück entlangschlich. Einmal hatte der Wagen angehalten, und Battes hegte den Verdacht, dass ihn jemand photographieren wollte. Als die Insassen bemerkten, wie sich Battes drohend dem Gartentor näherte, gaben sie Gas. Es war eine willkommene Abwechslung für ihn, herauszufinden, ob er bewacht wurde. Sie meinten wohl tatsächlich ihn, schlussfolgerte er nach einiger Zeit. Wie jedem anderen Bürger in Berlin war ihm schon einmal einer dieser Angestellten im grauen Anorak mit der belanglos baumelnden Gelenktasche begegnet, der betont gelangweilt an einer Straßenkreuzung herumstand und den Anschein erwecken wollte, ihn würde nichts weniger interessieren als die Menschen, die er hinter halb geschlossenen Augenlidern beobachtete. Die Typen im Lada mit dem laufenden Motor jedoch waren von einer anderen Firma. Sie blickten konzentriert und aufmerksam, kühl und erfahren, wie geduldige Jäger auf dem Hochstand vor der Schonung, auf das heraustretende Wild wartend. Sie versuchten gar nicht erst, ihren Auftrag zu verheimlichen. Sie umrundeten langsam sein Grundstück, als müssten sie ihn vor einer Dummheit bewahren.

Battes hatte sich nach seinem Auszug aus der Wohnung noch einige Male in das Hochhaus geschlichen. Er hatte einige Sachen aus dem Keller zu holen. Bei diesen Gelegenheiten war ihm nicht entgangen, dass ganz ähnliche Gesellen, wie die vor seiner Datscha, das Hochhaus beobachteten. Sie bemerkten ihn nicht.

Er beschloss, sich vom Zaun fernzuhalten.

18

Am 20. Dezember um achtzehn Uhr bestellte Bircher seine Mitarbeiter zu einer wichtigen Lagebesprechung ein. Angler und

Schmidter standen im Vorzimmer und warteten darauf, von ihrem Chef gerufen zu werden.

Plötzlich stürzte der Diensthabende zur Tür herein. Wie eine Warnung hielt er eine Notiz über seinem Kopf, schritt stumm an ihnen vorbei, geradewegs auf die Tür von Bircher zu und klopfte an.

Man hörte Bircher »herein« rufen, und der Diensthabende verschwand aus ihrem Blickfeld. Es war für kurze Zeit sehr still im Büro, wahrscheinlich las ihr Chef die Nachricht. Plötzlich öffnete sich die Tür und Bircher winkte sie hinein.

»Katja Miera, die Ex-Freundin von Böhme, ist in Lebensgefahr, liegt im VP-Krankenhaus!«, rief er ihnen zu.

Gemeinsam verließen sie das Präsidium, fuhren ins Polizeikrankenhaus und eilten auf die Station.

Tetsche nahm keine Notiz von Bircher und seinen Kollegen, er nuschelte irgendetwas von einem unklaren Befund. Frau Miera lag vor ihm, eine Klammer in den Nasenlöchern, den Katheter in der Armbeuge und durch diverse Kabel mit Monitoren verbunden, die wie in einer Dispatcherzentrale die körpereigenen Signale der Patientin aufzeichneten. Sie lebte, das war die Botschaft der Zentrale.

Bircher hatte Frau Miera seit ihrem Gespräch im Café an der Schönhauser Allee nicht wiedergesehen. Inzwischen war sie dem Rat ihres Vaters und ihrem eigenen Instinkt gefolgt und hatte sich von Böhme getrennt. Sie hatte erkannt, dass eine Beziehung möglichst mehrere Zwecke erfüllen sollte. Sicher überwog am Anfang die Genugtuung, einen erfahrenen Mann an der Seite zu wissen, der sie, wie der Leiter einer Pfadfindergruppe, durch die verschlungenen Pfade der ersten Gefühlsverwirrungen begleitet. Er war schließlich deutlich älter und erfahrener. Bereitwillig folgte sie seinen Bitten und sah über manche Unzulänglichkeit in seinem Wesen hinweg. Sie hatte sich daran gewöhnt, neben diesem beleibten Mann einzuschlafen. Er gewährte eine zufriedenstellende Erfüllung ihrer Wünsche, er diente einem angenehmen Zweck. Es war ihre erste längere Beziehung zu einem Mann, und die Gleichförmigkeit des Ablaufs entsprach ihrer Neigung zu Ordnung und Sicherheit. Alles musste einem festgelegten Gang folgen, wie in ihrem Geschäft, wenn sie hinter dem Ladentisch zufrieden ihren Blick über die Regale, Ständer und Schaufensterpuppen schweifen ließ und zum Schluss an der Kasse verweilte, die sie wie einen ihr anvertrauten Wertgegenstand kritisch musterte.

Nach einem Jahr waren ihr alle Formen des Zusammenlebens mit Böhme vertraut. Ihr Zusammenleben gestaltete sich so monoton wie das eines alten Ehepaares. Bis auf den Wunsch, nicht allein zu wohnen, verbanden sie eigentlich keine besonderen Interessen. Es war eine Art Zweckgemeinschaft, in der Frau Miera ihren Begleiter immer kritischer musterte. Wie nach einem überhasteten Einkaufsbummel bereute sie die zu hohen Ausgaben. Allmählich trat der Mann hinter den Bürger Böhme zurück, und eines Tages war Frau Miera schließlich ziemlich desillusioniert und gelangweilt von ihm. Zu dieser Zeit traf sie auf den Kommissar, der sie mit gebotener Zurückhaltung, aber in der Sache unmissverständlich auf einige weitere Ungereimtheiten im Charakter ihres Partners hinwies. Auch ihr Vater hatte sie mehrfach davor gewarnt, sich mit dem Mann zu sehr einzulassen, er stünde nicht »fest auf unserer Seite«, würde im Beruf keine Bäume ausreißen, dafür aber deutlich über seine Verhältnisse leben, wie er unschwer aus den Schilderungen seiner Tochter über die nächtlichen Ausflüge des Freundes schließen konnte und erweckte generell bei ihm den unguten Eindruck eines zwielichtigen Kneipenbummlers. Das wäre nicht der richtige Umgang für sie, schon gar nicht, wenn sie an eine erfolgreiche Handelslaufbahn denken würde, fügte er im Funktionärston hinzu.

Die Warnungen hallten wie der Refrain eines Kampfliedes im Kopf der jungen Frau nach und ließen ihr keine Ruhe. Nach einigem Zögern traf sie die erforderlichen Maßnahmen. Dabei folgte sie dem Hinweis ihres Vaters, wichtige Entscheidungen schnell und kompromisslos in die Tat umzusetzen. Eines Morgens stand sie mit zwei Koffern in der Wohnungstür, als der schlaftrunkene Böhme auf den Flur trat, um hinter ihr die Wohnungstür zu schließen und danach, wie so oft, seine Nachtruhe fortzusetzen. Verblüfft starrte er seine Freundin an und kniff die Augen zusammen, als würde er etwas nur verschwommen erkennen. Er suchte noch im Halbschlaf nach Worten, als sie ihm teilnahmslos sagte, dass sie ausziehe, dass eben Schluss sei. Er könne ihr nichts mehr geben, im Gegenteil, er würde ihre Entwicklung behindern. Als sie hinter sich die Tür ins Schloss zog, spürte sie den bohrenden Blick des beleidigten Böhme im Nacken. Ihr lief ein kalter Schauer über den Rücken, sie wusste wie nachtragend und rachsüchtig er sein konnte.

Frau Miera hatte am 20. Dezember eigentlich dienstfrei. Sie wollte ihren Geburtstag am Tag darauf vorbereiten. Der Verkaufsstellenleiter entschied aber kurzfristig, dass sie für eine erkrankte Kollegin einzuspringen hätte. Da sie kinderlos war und allein lebte, wurde sie bei Personalmangel häufig als Erste gerufen. Es sollte sich als ihr Segen erweisen, dass man sie am 20. Dezember dringend brauchte. Frau Miera besaß einen Telefonanschluss, einen Luxus, den sie ihrem Vormieter verdankte, der ihn mitnehmen wollte, was ihr Vater verhindern konnte. Seit sieben Uhr in der Früh versuchten ihre Kollegen vergeblich, sie telefonisch ins Geschäft zu beordern. Der Verkaufsstellenleiter selbst hatte es mehrfach versucht. Schließlich bat man eine Nachbarin, mal bei Frau Miera vorbeizusehen. Es käme ihnen schon merkwürdig vor, dass sie sich nicht meldete. Schließlich wäre sie immer um diese Zeit zu Hause, erst recht an ihrem freien Tag. Als ein Nachbar feststellte, dass von innen der Schlüssel steckte, erfasste alle die Panik.

Die herbeigerufene Feuerwehr fand Frau Miera bewusstlos auf ihrem Bett. Eine erste Untersuchung durch den Rettungsarzt deutete auf Vergiftung oder Strangulation. Die Kollegen der Feuerwehr informierten die Kriminalpolizei. Instinktiv beorderte Bircher Professor Tetsche in das Krankenhaus.

Tetsche murmelte immer noch etwas vor sich hin, als könnte er das Geschehen auf einer Bühne nicht nachvollziehen. Schließlich richtete er sich zu Bircher auf.

»Also, mein Guter, das ist hier nicht so klar, wie bei den Frauenmorden. Ich muss die Laboranalysen abwarten, insbesondere die toxikologischen. Beim ersten Hinschauen könnte ein unerfahrener Kollege denken, er hätte es mit einem Strangulierungsopfer zu tun. Hier, siehst du!«

Er zog Bircher am Arm zu sich heran und deutete gleichzeitig mit dem Zeigefinger auf den Kopf der friedlich schlafenden Frau.

»Zwar sind da diese typischen fleckenförmigen Hämatome am Hals. Es fehlen aber die Petechien der Blutstauungen in den Gefäßbezirken des Kopfes. Es könnte deshalb auch sein, dass Frau Miera an den Folgen eines Herzkreislaufversagens kollabiert ist oder an etwas anderem, was sie ziemlich quälte. Diese Hämatome kann man sich nämlich auch selbst zufügen, sozusagen unbewusst, wenn man zum Beispiel gegen einen Schmerz ankämpft oder mit beiden Händen gewaltsam ein Würgegefühl unterdrücken will«, fügte er nachdenklich hinzu.

Bircher nickte und fragte Angler:

»Hast du den Bericht des Arztes, der vor Ort war?«

Der schüttelte verneinend den Kopf und schaute fragend auf Tetsche.

»Ja, klar«, nuschelte er abwesend, »liegt beim Stationsarzt. Da fällt zunächst auf, dass sich die Frau im Bett übergeben hat. Sie musste auch ziemliche Krämpfe ertragen. Litt zudem an schweren Herzrhythmusstörungen und einer Bradykardie. Der Notarzt war tüchtig und hat sofort eine künstliche Beatmung eingeleitet, außerdem hat er die Einnahme von Aktivkohle veranlasst, weil er eine Vergiftung nicht ausschließen konnte. Wahrscheinlich hat er ihr das Leben gerettet.«

Nachdenklich ließ Bircher seine halb zugekniffenen Augen über Frau Miera gleiten, als würde er darauf warten, dass sie die Augen öffnete und zu ihm sprach.

»Ist sie denn außer Lebensgefahr?«

»Ich glaube nicht, Karl. Die können hier erst medikamentös intervenieren, wenn alle Laborbefunde vorliegen. Die müssten aber gleich kommen«, sagte Tetsche und schaute auf seine goldene Armbanduhr aus Ruhla.

»Also, wenn sie jemand erwürgen wollte, dann hat derjenige es nicht zu Ende gebracht. Und es fehlen einige Symptome einer Strangulation, verstehe ich dich richtig? Hast du einen anderen Verdacht, Wolfgang?«

Der druckste etwas herum und zog schließlich Bircher am Ärmel, um ihm zu bedeuten, mit hinauszukommen. Wahrscheinlich wollte er eine Zigarette rauchen, vermutete Bircher, und ihm etwas anvertrauen. Ohne Zeugen, für den Fall, dass er sich geirrt haben sollte. Bircher verstand und beide verließen das Krankenzimmer. Angler und Schmidter hatten kapiert und verharrten wortlos vor dem Bett.

Nachdem Tetsche im Garten des Krankenhauses stand und sich seine erste Zigarette angezündet hatte, versank er zunächst in der Betrachtung seiner linken Hand, als würde er sich wundern, dass sie zu ihm gehörte. Er hielt seine Zigarette immer in der linken Hand, wahrscheinlich weil er mit der rechten schrieb. Tetsche blies den Rauch in den Hof, nach jedem Zug öffnete sich sein Mund einen Spaltbreit, wie ein Ventil, das den Dampf abließ. Alles an ihm war auf sparsame Inanspruchnahme ausgelegt, er lief in kleinen Schritten, die Arme bewegte er nur unmerklich, er sprach oder nuschelte so leise, dass man sich zu ihm beugen musste, um etwas zu verstehen, und bis auf ein kleines Notizheftchen befand sich nichts in seiner abgewetzten Aktentasche. Selbst das Rauchen erfolgte wie auf Sparflamme mit wenig Aufwand. Bircher hatte ihn mal gefragt, wozu er eigentlich die Aktentasche mit sich trage, wäre doch nur Luft drin, worauf Tetsche erstaunt antwortete:

»Na, hör mal, die ist schon immer bei mir gewesen.« Es klang, als würde sich etwas darin befinden, ohne das er nicht funktionierte.

»Also, schieß los, Wolfgang!«, forderte Bircher ihn auf.

»Sie könnte vergiftet worden sein. Irgendetwas erinnert mich an einen Fall aus meiner Anfangszeit als Pathologe, das war Mitte der fünfziger Jahre. Versuche die ganze Zeit, den Fall zu rekonstruieren.«

»Handelte es sich um ein Gift, das man in der Apotheke erhalten kann, ein Digitalis, oder etwas aus einem Labor, etwa Zyankali?«, versuchte Bircher Tetsches Gedankenfluss anzuregen.

»Nee, das wäre mir gleich eingefallen. War was Ausgefallenes. Das Erbrechen, der Notarzt hat mir von Speichel im Gesicht und Hals berichtet, dazu vielleicht die Krämpfe und dann noch die Bradykardie. Mensch, an was erinnert mich das nur?«

Für seine Verhältnisse ungewohnt laut hatte Tetsche die letzten Worte ausgesprochen und war gleich darauf, als hätte ihn sein Temperamentsausbruch erschreckt, verstummt. Kurz darauf nahm er den Gedanken wieder auf:

»Und dann hat der Notarzt noch etwas von einem merkwürdigen Geruch vermerkt, der von der Frau ausging. Ihn hätte es an Mäuseurin erinnert. Sonderbar, sie hatte doch Schnaps getrunken und keinen … na ja«, beendete Tetsche seinen Gedankengang, so leise, dass Bircher sich widerwillig in die Gefahrenzone der glühenden Semper begeben musste.

Als er nach frischer Luft schnappend den Kopf nach hinten reckte, sah er Angler, der ihm mit einem Blatt Papier in der Hand zuwinkte.

»Warte mal hier, Wolfgang, ich glaube der Laborbericht ist da. Rauch noch eine, bin gleich zurück.«

Tetsche schien nicht zu bemerken, wie sich Bircher entfernte. In Gedanken blätterte er die Ordner seiner Fälle durch und suchte den Mordfall, der in seinem Hinterkopf rumorte. Er hätte sich verfluchen können, dass ausgerechnet ihn, mit seinem enzyklopädischen Wissen, das Gedächtnis im Stich ließ. Er seufzte tief und versuchte es mit Gedankenbrücken, um sich in die Zeit vor zwanzig Jahren zu versetzen, aber es war, als würde man ihn ständig in kahle unbewohnte Gegenden führen. Es musste ein Fall gewesen sein, an dem er nicht direkt beteiligt gewesen war, schloss er resignierend und angelte sich eine weitere Semper aus der Zigarettenschachtel. Er wusste genau, dass er in seinem ganzen Berufsleben nur zwei Giftmordversuche untersucht hatte. Beide waren dilettantisch angelegt gewesen. Einmal war es ein Arzt, der sich seiner Gattin mit einer Überdosis an Digitalis entledigen wollte, und der andere Fall, ja, das war irgendwo auf dem Lande in Sachsen. Immer die Liebe, dachte Tetsche versonnen, die unerwiderten oder die falschen Gefühle. Plötzlich blitzte ihm ein Gedanke durch den Kopf: Natürlich, der Geruch! Mäuseurin! Dass er nicht gleich darauf gekommen war: Erbrechen, eventuell auch Durchfall, Herzrhythmusstörung mit Bradykardie, die Krämpfe, alles passte: »Sokrates!«

Tetsche schlug es fast die Zigarette aus der Hand, als er sich erleichtert auf den Oberschenkel schlug.

Bircher stand verwundert vor ihm. Tetsche hatte ihn nicht bemerkt.

»Wie, ›was ist so was‹, was meinst du damit?«, fragte Bircher.

Der schaute ihn an wie einen Fußgänger, der nach dem Weg fragt.

»Ich habe Sokrates gesagt, nicht ›so was‹, und meine tatsächlich den Philosophen, der 399 vor unserer Zeitrechnung zum Tode verurteilt wurde, wegen Gottlosigkeit.«

Bircher kniff die Augen zu einem Schlitz zusammen und neigte den Kopf, wie um zu prüfen, ob er es noch mit demselben Gesprächspartner von vorhin zu tun hatte. Was war denn in den drei Minuten in Tetsche gefahren, der grinste ja, als sei die Erleuchtung über ihn gekommen. Doch nicht etwa, weil ihm plötzlich die Hinrichtung des Sokrates eingefallen war. Was hatte das mit der halbtoten Katja Miera zu tun?

»Was ist über dich gekommen, etwa Apollon aus der altgriechischen Sagenwelt, der Gott des Lichts und der Weissagung, der dir den Fall aufhellt?«, fragte Bircher geschäftsmäßig trocken, wobei er ihm den Laborbefund hinhielt.

»Könnte man fast meinen, mein Guter. Als ich mir nochmals die Fakten des Berichts des Notarztes ins Gedächtnis rief, da fiel mir ein, wie er den merkwürdigen Geruch, der die Frau umgab, beschrieb: Er meinte, es würde ihn stark an Anis, Fenchel, vielleicht sogar an Mäuseurin erinnern. Und nun entsann ich mich endlich des Falls, der in meinem Gedächtnis fast verschüttet war. Du erinnerst dich, dass ich vorhin bemerkte, die Sache würde mich an irgendetwas erinnern, vorausgesetzt, ich ersetze die versuchte Strangulation durch versuchten Giftmord.«

»Ja, also ein Giftmordversuch und wo sind die Beweise?«, fragte Bircher in gemächlichem Tempo und fixierte seinen Kollegen.

Tetsche hob die Augenbrauen und zog die Mundwinkel nach unten, wie ein getadeltes Kind, das gleich beleidigt davonziehen würde.

»Nun lass mich doch ausreden. Also, das war so. Eher zufällig landete damals ein Bericht auf meinen Tisch, der wirklich merkwürdig anmutete. Liegt mindestens zwanzig Jahre zurück und handelte von einem ziemlich verrückten Bauern. Dir angesichts deiner Herkunft sicher geläufig.«

Bircher nickte zustimmend.

»Der Bauer plante seinen Nachbarn aus dem Weg zu schaffen. Der hatte seine Frau verführt, angeblich war sie dem anderen regelrecht verfallen. Bis hierher nichts Außergewöhnliches. Der Bauer wollte ihn also erledigen, und ihm stellte sich die unvermeidliche Frage nach dem Wie. Nachdem er einige Techniken wie das Erschießen, Erwürgen, Ertränken und Erhängen wegen der damit einhergehenden Brutalitäten und des hohen Aufwandes verworfen hatte, kam ihm die erleuchtende Idee, auf Mittel der Natur zurückzugreifen. In seiner Gegend gab es haufenweise feuchte, lehmige Böden, und darauf wächst eine besondere Pflanze sehr gut, nämlich der Schierling. Die Blüten des Gefleckten Schierlings sind nicht so einfach von denen des Anis oder Fenchels zu unterscheiden. Die sind sich ziemlich ähnlich, und eine Verwechslung kann tödlich sein. Aber der Bauer kannte sich natürlich aus, schließlich war er in der Gegend groß geworden. Schierling ist ein tödliches Gift. Mit dem berühmten Schierlingsbecher wurden in der Antike und im Mittelalter Hinrichtungen vollzogen, siehe Sokrates.«

Bircher räusperte sich. Er hielt immer noch den Laborbericht in der Hand. Tetsche ignorierte ihn und setzte erneut an.

»Der Bauer studierte die einschlägige Literatur, vor allem wie man das Zeug aufarbeitet. Dann sammelte er die Pflanzen und stellte einen Extrakt her. Ist nicht so schwer, hat man ja schon vor einigen Jahrhunderten gemacht. Er hatte jedoch eine Besonderheit seines Extrakts unterschätzt. Frischer Schierling stinkt nämlich stark nach Mäuseharn, selbst noch nach der Aufarbeitung. Der Bauer versuchte deshalb das Giftgemisch in duftendem Likör aufzulösen. Hilft aber nur bedingt. Es bleibt ein Geruch zurück, der klebt regelrecht am Körper. Dieser Umstand wurde dem Bauern zum Verhängnis. Einer der Ermittler stammte nämlich aus seiner Gegend, und dem fiel der Gestank am Tatort auf. Die Duftnote führte die Ermittler zum Nachbarn, wie Katzen mussten sie lediglich einer Maus folgen. Auch unserem Notarzt mit der feinen Nase war aufgefallen, dass es in der Nähe der bewusstlosen Frau merkwürdig roch. Es war wahrscheinlich tatsächlich der Mastika, nicht der Schierling. Aber egal, warum passen die Fälle zueinander, mein Lieber? Wegen des gemeinsamen Parfüms!«

Bircher versuchte sich zu erinnern, ob ihm in seiner Jugend auf dem Lande jemals der Geruch des Schierlings begegnet war. Sicher nicht, sonst wüsste er es, aber aus den Büchern kannte er die bis zu drei Meter hohe Pflanze natürlich und hatte sie in seinem Biologieunterricht auch behandelt. Ihm fielen in diesem Moment sogar die roten oder dunkelbraunen Flecken der Stengel ein, die innen hohl waren. Sie hatten die Pflanze im Unterricht auch Vogeltod oder Blutschierling genannt, um den Kindern die Gefahr zu verdeutlichen. Nur mit dem Geruch konnte er nichts anfangen. Anis oder Fenchel, klar, das führte zu den Schnäpsen, die man nachmittags in Frankreich trinkt. Den Pastis, den kennt jeder, der mal einen französischen Film gesehen hat. Wenn der Barkeeper lässig das schmale hohe Glas mit dem klaren Schnaps rüberschiebt, eine kleine Karaffe mit Wasser danebenstellt, der Gast langsam seinen Drink verdünnt und gleich darauf, wie im Chemieunterricht, wenn die Salzbildung abgehandelt wird, eine trübe Suspension entsteht.

Mordversuch durch Schierling, wie bei Sokrates. Einen weiten Bogen versucht sein Freund und Kollege da zu spannen. Weit hergeholt und, wie trinkt man etwas, das nach Mäusepisse stinkt?

Tetsche schien die Gedanken Birchers zu erraten. Er wandte sich nun direkt an ihn:

»Übrigens, der Mann von damals überlebte. Der Bauer hatte, um den Gestank zu unterdrücken, das Zeug zu stark verdünnt. Na ja, nun, zeig mir mal endlich die Labordaten!«

Bircher reichte ihm den Bogen, und Tetsches Augen huschten flink über die Zahlenreihen. Er verharrte an einer Position, legte seinen nikotinfarbenen Zeigefinger auf die Spalte, und ein glückliches Lächeln breitete sich auf seinen rosaroten Hamsterbacken aus. Es glättete die Kerben zwischen Nasenrücken und Mundwinkel, als würde man eine Tischdecke an den Seiten glattziehen.

»Hier, schau her, Karl, Spuren von Piperidin-Alkaloiden. Die giftige Substanz im Schierling ist das Coniin, das macht etwa neunzig Prozent der Alkaloide aus. Wir werden das nochmals nachmessen lassen, draußen in Adlershof an der Akademie. Eigentlich wäre eine Autopsie angebracht. Na ja, Frau Miera lebt schließlich noch«, sagte er.

Es klang, als würde dieser Umstand die Aufklärung des Falls unnötig erschweren.

»Tja, ich halte es für möglich, dass ihr jemand das Gift verabreicht hat. Komm, lass uns schell zurück zur Station. Alles deutet auf eine neurotoxische Wirkung hin. Die müssen eine Nierendialyse ansetzen und Frau Miera noch länger künstlich beatmen«, sagte Tetsche.

Ohne sich weiter um Bircher zu scheren, lief er in kleinen Tippelschritten zum Treppenaufgang. Kurz bevor er das Haus betrat, drehte er sich kurz um und winkte Bircher zu, als würde er ihm noch etwas sagen wollen.

Tetsche behielt recht. Die Alkaloide Coniin und Conicein als wichtigste Wirkstoffe der Schierlingpflanze wurden von den Experten am Institut für Organische Chemie eindeutig bestimmt. Aber wie hatte die Frau das Gift aufnehmen können, wenn es so grässlich stank?

Frau Miera war nicht vernehmungsfähig. Am selben Tag, als man die junge Frau bewusstlos fand und Tetsche seine Vermutung äußerte, wurde die Wohnung gründlich untersucht. Falls ihr der Täter selbst das Gift verabreicht hatte, so hätte er das ungestört tun können. Es gab keine Hinweise auf Gewaltanwendung, das Türschloss war intakt, nichts deutete auf Fremdeinwirkung hin. Zu diesem Zeitpunkt konnte selbst ein Selbstmordversuch nicht ausgeschlossen werden. Aber es erschien unmöglich, dass Frau Miera ohne fremde Hilfe an die Substanz gekommen war. Die Analysen legten nahe, dass sie stark angereichertes, nahezu reines Coniin zu sich genommen hatte. Reines Coniin, in Salz oder Alkohol gelöst, verliere seinen penetranten Geruch und könne einem Getränk beigemischt werden, klärte Tetsche die Kommissare auf. Und dass sie noch lebe, verdanke sie wahrscheinlich einem Rechenfehler. Die tödliche Coniindosis liege nämlich bei sechs bis sieben Milligramm pro Kilogramm. Da Frau Miera knapp sechzig Kilogramm wog, betrug die letale Dosis 0,4 bis 0,5 Gramm. Sie habe großes Glück gehabt, fügte Tetsche milde lächelnd hinzu, dass der Täter vorher keinen Toxikologen konsultiert hatte und sie deshalb versehentlich am Leben ließ.

Schmidter hatte fast alle Nachbarn von Frau Miera befragt und resigniert festgestellt, dass niemand einen Hinweis geben konnte, bis er doch noch einen Treffer landete. Die Nachbarin auf der obersten Etage, eine achtzigjährige Witwe, sagte aus, dass sie am 19. Dezember von einem netten Herrn ein Paket für Frau Miera entgegengenommen hatte. Der Mann sagte ihr, es wäre eine kleine Aufmerksamkeit, denn Katja hätte übermorgen Geburtstag, und da er an diesem Tage leider nicht in Berlin sein könnte, bitte er sie, das Geschenk auszuhändigen. Es war durchaus üblich, dass Nachbarn Pakete entgegennahmen. Die Witwe war im Vorderhaus die einzige nicht berufstätige Mieterin.

»Na ja«, sagte sie, »so habe ich das Paket, eigentlich war es kein Paket, sondern eine kleine Flasche, am Neunzehnten abends gegen acht runter zu Frau Miera gebracht. Als Katja fühlte, dass sich unter dem Papier mit kleinen Weihnachtsengeln eine Flasche verbarg, da wollte sie mich unbedingt zu einem Gläschen einladen. Aber ich trinke schon seit Jahren keinen Tropfen mehr, mein Herz, wissen Sie. Also, die Katja Miera hat dann sofort die Flasche ausgewickelt, sie hat mich nicht einmal gefragt, von wem sie sei und, als sie das Etikett sah, da kicherte sie wie ein kleines Mädchen: ›Der einzige Schnaps, den ich trinke, Mastika!‹ Ich habe keinen blassen Schimmer, was das ist. Sie hat sich dann bei mir bedankt und gesagt, prima, morgen habe sie frei, da trinke sie beim Fernsehen ein Gläschen oder zwei.«

Als Bircher den Bericht seines Mitarbeiters las, war sein erster Gedanke, welch ein Glück, abstinent zu sein und sein zweiter, das ist ein Anisschnaps. Der riecht so intensiv wie eine Rolle Pfefferminzdrops, wenn man sie in Zitronenwasser auflöst. Sein dritter, wie kann man das Zeug überhaupt trinken.

Jetzt haben wir eine verwertbare Spur, dachten alle. Bis sich herausstellte, dass die alte Dame den Mann nicht wirklich beschreiben konnte.

»Der hatte so eine große Hornbrille auf,« gab sie an und wies auf den irritiert blickenden Bircher. »Und um den Hals einen riesigen Schal, der ihn bis übers Kinn einhüllte. Dazu trug er eine russische Schapka, die bedeckte den Rest des Kopfes. Wie ein russischer Weihnachtsmann kam er mir vor, fehlte nur der Bart. Aber genau genommen,« murmelte sie versonnen, »habe ich nur diese Hornbrille in der Erinnerung. Die war braun und ziemlich groß. Die hat mich immer an jemand erinnert, hat mich fast meschugge gemacht, weil mir nicht einfiel, an wen. Bis mir urplötzlich, als ich die ›Aktuelle‹ einschaltete, ein Licht aufging. Der Mann, der immer die Nachrichten vorliest, trägt dieselbe Brille. Genau so eine«, betonte sie, als wäre es der entscheidende Hinweis, nach dem sie suchten.

Und der Mann, hatten sie weiter gebohrt, sei der klein oder groß gewesen, hätte der hochdeutsch gesprochen, sei er gerade oder gekrümmt gestanden, dick oder schlank gewesen, eher älter als fünfzig oder jünger? Die alte Dame hatte ihren Fragen freundlich gelauscht und immer wieder mit dem Kopf gewackelt, als würde sie sich über die Neugierde der Polizisten wundern und nicht verstehen können, wie sich jemand so für eine harmlose Schnapsflasche interessierte.

Es war unmöglich, eine Personenbeschreibung zu erhalten. Niemand im Haus hatte den Überbringer gesehen. Der Mastika befand sich in der Asservatenkammer. Die Analysen bestätigten den Verdacht. Jemand hatte den hochprozentigen Anisschnaps mit dem intensiven Aroma für die Auflösung des Gifts genutzt. Der Täter kannte sich offenbar aus, auch im Geschmack seines Opfers. Nur die Dosis hatte er falsch berechnet. Tetsche lag also richtig, als ihn der Duft des Anis auf die Spur des Schierlings brachte.

Am 21. Dezember um fünf Uhr in der Früh wurde Böhme verhaftet. Die Ermittlungen hatten sich von Anfang an auf ihn konzentriert. Er hatte ein klares Motiv, hasste Katja Miera seit dem Tag, als sie sich zwischen Tür und Angel lakonisch von ihm verabschiedete, hatte sich gegenüber Frau Nielen bitter über seine Ex-Freundin beklagt, besaß kein Alibi für den Abend des 19. Dezember – angeblich hatte er ferngesehen, verhaspelte sich aber, als er nach der Sendung gefragt wurde –, und in seinem Institut fehlten dreihundert Milligramm des tödlichen Alkaloids. Er musste vergessen haben, dass jedes Stäubchen der Substanz im Buch des Giftverantwortlichen notiert wurde. Er hätte die Mengendifferenz mit irgendeiner farblosen Substanz ausgleichen müssen. Ein banaler Fehler, der ihn in die Untersuchungshaft brachte.

Bircher schüttelte etwas ungläubig den Kopf, als er davon erfuhr. Wie konnte jemandem, der seit Jahren im Institut für Wirbeltierforschung arbeitet und monatliche Arbeitsschutzbelehrungen über sich ergehen lassen muss, eine derartige Nachlässigkeit unterlaufen? Allerdings stellte sich bei den Nachforschungen im Institut heraus, dass man die Richtlinien des Giftschutzes nicht gerade penibel befolgte. So war der Giftschrank nicht ständig verschlossen. Als Schmidter unverhofft das Labor aufsuchte, war er nicht nur offen, es wusste auch niemand auf Anhieb zu sagen, wo sich der Schlüssel befand. Der Giftbeauftragte, ein Herr Wedel, war seit einer Woche im Urlaub.

Böhme wurde zwei Tage befragt, und allmählich beschlich Bircher ein Gefühl des Zweifels, ob sie ihn weiter festhalten konnten. Der Staatsanwalt hatte ihm knapp und unmissverständlich mitgeteilt, dass die Beweislage für eine weitere Inhaftierung nicht ausreiche. Die Indizien seien schlicht mager, beschied er tadelnd.

Böhme bestritt vehement die gegen ihn erhobenen Vorwürfe. Er hätte nicht einmal von dem Gift gewusst geschweige denn, es jemals angefasst. Er würde sich mit dem Leben der Fledermaus beschäftigen, unter anderem mit ihren biomotorischen Eigenschaften, speziell ihrem enormen Orientierungsvermögen in der Dunkelheit und ihren Schlafgewohnheiten, nicht mit Giften. Ob er, Genosse Angler, der ihm gegenübersaß, eigentlich wüsste, dass Fledermäuse stundenlang kopfüber an einem Ast hängen können, regungslos wie eine Attrappe. Angler hatte ihn wie ein Betriebsarzt gemustert, als wäre er sich nicht sicher, ob ein Simulant vor ihm säße. Noch nie hätte er ein Gift in der Hand gehalten, wiederholte Böhme immer wieder. Die Abteilung, in der das Alkaloid gelagert wurde, hätte er seit Ewigkeiten nicht betreten. Die Kollegen betonten jedoch, dass er sehr wohl ab und an bei ihnen vorbeigesehen hatte.

Erleichternd für Böhme waren andere Umstände: Niemand konnte ihn als den Überbringer des tödlichen Schnapses identifizieren. In der Wohnung von Frau Miera wurden keine Spuren von ihm entdeckt und schließlich – jeder hätte sich am offenen Giftschrank bedienen können. Es war wie verhext, wann immer sie glaubten, Böhme in die Enge getrieben zu haben, entglitt er ihnen wie ein Stück Seife aus der feuchten Hand.

Frau Miera lag noch im künstlichen Schlaf und wäre frühestens in einer Woche vernehmungsfähig. Sie würde den Anschlag überleben, das stand inzwischen fest. Sobald der Täter dies wüsste, könnte er einen zweiten Anschlag versuchen. Aber wer, außer Böhme, hatte ein Interesse an dieser harmlosen Person, die niemandem je in ihrem Leben zunahegetreten war?

Damit hatte Birchers Abteilung einen weiteren ungeklärten Fall. Nach Böhme, Battes und Schulbe nun auch noch Miera, die überwacht werden musste.

»Wenn Böhme unser raffinierter Mörder ist«, dachte Angler laut, »warum geht er dann bei Frau Miera so dilettantisch vor?«

»Vielleicht will er uns vom Hochhaus ablenken«, warf Schmidter ein.

»Alles möglich«, sagte Bircher am Ende trocken und setzte hinzu: »Im Übrigen, Battes ist Chemiker. Der kennt sich todsicher auch mit Giften aus.«

Böhme wurde einen Tag vor dem Weihnachtsfest auf freien Fuß gesetzt. Er verhielt sich unauffällig. Noch am gleichen Tag saß er abends um neun allein in der Bar des *Café Moskau*, bis weit nach Mitternacht. Anschließend fuhr er mit der letzten U-Bahn nach Hause.

Im Institut für Wirbeltierforschung hieß es, dass er bis zum 3. Januar im Urlaub weile.

Zwei Tage vor Weihnachten fand um achtzehn Uhr im Büro Meiers die letzte Lagebesprechung vor den Feiertagen statt. Bircher gefiel der Termin. Gleich anschließend würde er den alljährlichen Herzenswunsch seiner Frau erfüllen: Besuch des Weihnachtsmarktes am Alexanderplatz.

Bircher betrat das Arbeitszimmer seines Chefs, schaute sich um und war überrascht, nur den Generalmajor anzutreffen.

»Wir sind heute nur zu zweit. Die Genossen sind in den Weihnachtsferien. Nimm Platz, möchtest du 'nen Kognak mit mir trinken, aufs Fest, ist echter Armenischer, fünf Sterne!«

Meier kannte Birchers Feinschmeckerneigung und hatte das Herkunftsland betont langsam und mit einem lang gezogenen »E« in der zweiten Silbe ausgesprochen. Bircher guckte zum zweiten Mal verdutzt in den Raum, das kam höchst selten vor, ein Schnaps vom Chef. Seine Gedächtnismodule öffneten und schlossen sich, bis sie innehielten: Den letzten Kognak hatte er hier vor neun Jahren getrunken, anlässlich seiner Beförderung zum Major. Ausgeschlossen, dass es heute einen ähnlichen Grund gab. Na ja, der General hatte vorsorglich auf das Weihnachtsfest verwiesen. Trotzdem, ungewöhnlich, signalisierte Bircher ein Modul, bevor er zustimmend nickte und darauf wartete, Platz nehmen zu dürfen.

Meier schritt zu der holzgetäfelten Wand, die in unterschiedlich große Fächer unterteilt war. Sie erweckten den Eindruck, als würde sich irgendwo eine Tür öffnen lassen, durch die hindurch der General wie bei Edgar Wallace in sein geheimnisvolles Kabinett treten könnte.

Als Meier ein Fach öffnete, sah Bircher aus dem Augenwinkel eine stattliche Anzahl unberührter Flaschen. Hm, dachte Bircher, wie angenehm, dass unser Präsidium mit interessanten Partnerstädten verbunden ist. Bevor er Gelegenheit hatte, die Etiketten zu studieren, schloss Meier die Bar und kam mit der Flasche und zwei goldgeränderten Kognakschwenkern, deren Stiele er sich zwischen zwei Finger geklemmt hatte, zum Besprechungstisch.

»Setz dich, Karl und mach mal die Flasche auf. Du kannst das besser als ich. Der kommt wirklich aus Jerewan, kein Senderwitz!«, lachte er kurz auf und ließ sich auf seinen Stuhl sinken, ohne Bircher dabei aus den Augen zu lassen.

Bircher studierte aufmerksam die Flasche und zählte die Sterne auf dem Etikett. Donnerwetter, tatsächlich fünf Sterne. Schade, dass Karola nicht hier sein konnte. Bircher entfernte sorgfältig wie ein Briefmarkensammler das Siegel am Flaschenhals und drehte kurz den Verschluss. Man hörte ein metallisches Klick, und Bircher reichte seinem Vorgesetzten den Kognak. Der nahm ihm den wortlos ab, als würde es sich um irgendeine Wasserflasche handeln und goss erst Bircher und dann sich eine deutliche Portion ein.

»Prost und schöne Feiertage!«, sagte der General und kippte einen kräftigen Schluck hinunter, ohne auf Birchers Antwort zu warten. Der hatte einen Moment gezögert und dem Klang der Stimme seines Chefs nachgehangen, als würde er prüfen, ob eine Oktave richtig gespielt wurde. Aber er hörte keine Ironie heraus, nickte ihm zu und nippte vorsichtig am Glas.

»Also, zur Sache, Karl. Ich habe gelesen, dass der Böhme frei ist, die Miera lebt, wir keine neuen Leichen haben, keinen Täter und du, soweit du es mir verraten hast, das Finale vorbereitest. Darüber will ich mit dir reden. Ein verpatztes Finale können wir uns so wenig leisten wie Dynamo Berlin. Dann können wir einpacken. Dann finden wir uns irgendwo in der Nähe deiner Jugend wieder, im Tal der Ahnungslosen ...«

Bircher verbesserte tonlos, dass er aus Thüringen, nicht aus Sachsen stamme.

Der General lehnte sich zurück. Die Augen zu einem Sehschlitz verengt, blickte er auf Bircher wie auf eine Zielscheibe. Ein leichtes Lächeln, das ihn wie das Markenzeichen einer Fernsehlottofee so gut wie nie verließ, umspielte leicht die Mundwinkel. In seinem Gesicht schienen sich Geduld, Warnung und Drohung wie in einem Mosaik zu verbergen. Man musste versuchen, die Teile zu einem

Bild zusammenzusetzen, um die wahren Gedanken des Generals zu erraten. Das Bild blieb dennoch verschwommen, als versperrten Nebelschwaden die Sicht.

Bircher begann sehr langsam, ihm seinen Plan vorzutragen. Der General hörte schweigend zu, sein Blick ruhte kühl auf Bircher, die salomonische Andeutung eines Lächelns im Gesicht. Einige Male hob er den Kognakschwenker, drehte ihn in seiner Hand und schaute auf die goldenen Glasränder, als wären sie ihm noch nie aufgefallen.

Bircher hatte auf einem Blatt Papier einige Zahlen untereinander notiert, Etagennummern und die Namen der Toten, versehen mit einem »plus zwei«, in Klammern dahinter »Finger« und zum Schluss, wie bei einer Addition, einen Strich gezogen und die Summe notiert. Dann addierte er eine weitere Zahl und notierte die Zahl 55. Bircher setzte hinter diese Zahl vier weitere Ziffern, nun sah es wie ein Datum aus, das er rot einkreiste. Mit der lapidaren Bemerkung, hier handele es sich um Tag, Monat und Jahr des bevorstehenden letzten Mordanschlages, schob er den Bogen in die Mitte des Tisches. Der General blickte sehr ernst, als hätte man ihm soeben ein Staatsgeheimnis anvertraut.

»Nun«, sagte Bircher, »für den Täter bedeutet dies so etwas wie einen Code. Ähnlich einem Einbrecher, der so lange Zahlen in den Tresor eingibt, bis sich die Tür öffnet und die Beute vor ihm liegt. Unserem Mann fehlt sozusagen noch eine Zahl.« Bircher sprach ganz ruhig und freundlich. »Wie komme ich auf den Täter?«, fragte er in sich gekehrt. »Zunächst gehe ich davon aus, dass es eine oder mehrere Frauen sind, denen er sein Leid anlastet. Sie sind der Ursprung seiner Odyssee, weil er fest daran glaubt, dass sein Leben anders verlaufen wäre, hätte er sie nicht getroffen. Er muss nicht unbedingt jede Frau hassen, aber immer solche, die entweder untreu sind oder alleinstehend leben und sich ohne Rücksicht auf Dritte nehmen, was sie brauchen. Und sie müssen im Hochhaus auf ganz bestimmten Etagen leben. Gewissermaßen die Ziffern seines Codes.

Nun zurück zu unseren Opfern: Frau Thule hatte ein Verhältnis mit einem Arzt in ihrer Klinik, Frau Raiher mit dem Nachbarn und Frau Alt, unverheiratet, mit Professor Baumann, einem Vater von acht Kindern.«

Meier unterbrach ihn an dieser Stelle und fragte nach, ob er sich da nicht verrennen würde, schließlich hätten es nach Aktenlage auch andere Mieter des Hauses mit der Moral nicht so genau genommen.

»Kann schon sein«, meinte Bircher, »aber die wohnen eben auf ungefährdeten Etagen, die Nummern passen nicht zum Code. Das Opfer muss aber beide Kriterien erfüllen: Teil der Codekombination sein und Untugend verkörpern. Nur dann dreht sich – sinnbildlich gesprochen – die Ziffernscheibe im Safe eine Position weiter. Nachdem ich die Lebensläufe aller Beteiligten unseres Falls wieder und wieder analysiert hatte, blieb nur noch eine Person, die meinem Täterprofil entsprach. Anhand des Lebenslaufs dieser Person lässt sich erklären, warum der Täter die Etagen 4, 6 und 7 auswählte und warum er jedem seiner Opfer zwei Finger amputierte. Es ist eine Hypothese, klar, aber sie erklärt den Tathergang. Falls sie stimmt, so fehlt dem Täter noch eine Zahl für die vollständige Nummernkombination. Also noch ein Opfer, zwei Finger, eine Etage. Dann stünde quasi der Safe offen und er hätte sein Ziel erreicht.«

»Ziemlich mystisch«, murmelte Meier, dem das Ganze nicht geheuer schien. »Und wie passt da der vierte Mordversuch hinein? Was ist mit Frau Miera, die war nie im Hochhaus, hoffentlich immer treu und brav, und sie lebt sogar noch, wegen einiger Gramm.«

»Milligramm«, korrigierte ihn Bircher wie beiläufig.

Meier überging die Bemerkung und fuhr temperamentvoll fort: »Ich habe deinen Bericht so verstanden«, sagte er, als würde er um Zustimmmung bitten, »dass Frau Miera durchaus Teil des Geschehens sein könnte. Es war zwar keine Strangulation, sondern ein Giftmordanschlag, aber die gewählte Methode sollte uns vielleicht nur von deinem Täterprofil ablenken. Und Böhme läuft frei herum. Na ja, der kann hoffentlich nicht mal mehr ungestört pinkeln, aber wer weiß, vielleicht kann er sich ja unsichtbar machen, kommt wie der böse Geist aus der Flasche und schwebt ins Hochhaus.« Meier grunzte und ein unerwartet schiefes Grinsen huschte über sein Gesicht, als würde er einen Zahnschmerz belächeln. »Also, haben die beiden Fälle nun etwas miteinander zu tun?«, bohrte er.

Bircher nickte und sagte, dass sie höchstwahrscheinlich mit dem Anschlag auf Frau Miera auf eine falsche Spur geführt werden sollten.

»Und, natürlich, man wollte uns von der eigentlichen Haupthandlung ablenken. Eigentlich war dieser Giftanschlag genial geplant«, erklärte Bircher ruhig. »Der Täter muss gewusst haben, dass Frau Miera vor einem freien Tag gerne mal einen trinkt und dass sie Mastika liebt. Passt zu Böhme, denn der muss das natürlich gewusst haben. Und er verfolgt sie mit seiner Rachsucht, wenngleich, soweit wir wissen, nur in Gedanken. Ist auch möglich, dass sie zu viel wusste, von unrechtmäßigen Erwerbsquellen, weiteren Gaunereien oder Plänen für neue zwielichtige Unternehmungen. Das passt alles zusammen. Vielleicht wollte aber jemand unseren Verdacht auf Böhme lenken. Oder es ist tatsächlich der gesuchte Mörder, der uns mit seinem Giftanschlag vom Hochhaus ablenken wollte. Dann wiederum kann es auch Böhme sein. Will zwei Fliegen mit einer Klappe schlagen, die untreue Freundin und unsere Konzentration auf das Hochhaus.«

Beide hatten eine Minute schweigend ihren Gedanken nachgehangen, bis sich Bircher räusperte. »Der nächste Mord wird nach meiner Überzeugung auf dieses Datum fallen«, sagte er und zeigte auf die rot eingekreisten Zahlen des Blattes, das wie verloren auf dem gewaltigen Besprechungstisch lag. »Darauf konzentriere ich alle Kräfte. Den Giftanschlag klären wir später auf, Frau Miera ist außer Lebensgefahr und wird bewacht. Den Namen des vermutlichen Mörders habe ich in meinem Bericht nicht erwähnt. Ich habe ihn niemandem gesagt. Auch meine Leute haben keine Ahnung. Erst wollte ich mir dir reden.«

Er machte eine kurze Pause und sprach den Namen des vermutlichen Mörders aus. Eine Sekunde lang hatte Meier ungläubig seine Stirn gerunzelt. Dann murmelte er so etwas wie: »Na also!«, als hätte er nichts anderes erwartet, hob die armenische Kognakflasche und fragte, ob Bircher noch einen wolle. Der verneinte, worauf Meier die Flasche zurück in sein Geheimfach beförderte, als würde sie ihr Anblick ablenken. Er kniff die Augen zu einem schmalen Schlitz zusammen, das Mosaik seines Gesichts, gerade noch von Geduld und Warnung geprägt, hatte sich verschoben: Ein abschätzender Blick auf Bircher wechselte sich mit einem erleichterten an die Zimmerdecke ab. Schließlich bohrten sich seine Augen in Birchers Gesicht, als würde er ihm sagen wollen: Wehe, du hast dich geirrt! Bircher saß unschlüssig auf seinem Stuhl, vor sich der fast unberührte Fünf-Sterne-Kognak. Einen Augenblick lang wünschte er sich, Meier würde ihm die Flasche als Anerkennung schenken oder wenigstens als Weihnachtpräsent mitgeben, dann hätten Karola und er nach der Weihnachtsgans ein feines Dessert.

Doch Meier setzte sich wieder auf seinen Stuhl und rückte näher an den Tisch. Er beugte sich nach vorn, als würde er Bircher gleich ein Geheimnis anvertrauen wollen, öffnete die Augen halb, zog die Mundwinkel leicht zu einem anerkennenden Lächeln nach unten und sagte:

»Sehr plausible Analyse der Faktenlage. Unsere Hypothese erscheint überzeugend. Schlussfolgerungen sind nachvollziehbar und grenzen den Täterkreis bis auf eine Person ein. Ich denke, wir sollten uns auf unsere Intuition und Berufserfahrung verlassen. Ich gehe also davon aus, dass wir kurz vor der Lösung des Falls stehen. Was muss jetzt veranlasst werden? Bis zum Zugriff verbleiben noch fünf Tage.«

Bircher zog seine Augenbrauen etwas nach oben, blickte auf die blanke Tischplatte und nickte zustimmend. Es schien, als hätte

Meier gerade die Lösung des Falls bekanntgegeben. Zugleich atmete er auf. Meier war auf seine Taktik eingegangen, ihn als Einzigen einzuweihen, ihm die letzten Schritte der Ermittlungen anzuvertrauen. Meier fühlte sich in seinem Element, er führte die Truppe in die letzte Schlacht. Sollten sie in wenigen Tagen den Mörder ergreifen, würde der Generalmajor sich prächtig in Szene setzen. Bircher gönnte es ihm. Er wollte nur den Mörder und anschließend mit Karola bei einer guten Flasche Wein fein essen.

»Ich benötige zweiunddreißig absolut fähige Genossen«, begann Bircher, »zwölf für das Haus, also einen pro Etage, inklusive der halben Treppe zum Kindercafé. Vier für die Zugänge zum Dachgarten und einen unten am Hauseingang. Alle müssen unbemerkt agieren, also nur wirklich geschulte Leute, nicht die von der Maidemonstration«, konnte er sich nicht verkneifen hinzuzufügen. »Sie bilden zwei Schichten, die erste beginnt am 27. Dezember um dreiundzwanzig Uhr und endet um zwölf Uhr am Folgetag. Die zweite bleibt, bis ich den Befehl zum Abbruch gebe.«

»Kriegst du«, sagte Meier und blickte über Bircher hinweg, als hätte er die Leute hinter seiner Schrankwand versteckt. »Was noch, außer Hubschraubern, bitte.«

»Ich brauche zusätzlich eine Frau, ovales Gesicht, dunkle Augen, durchtrainiert wie Renate Stecher und mit Nerven wie Wolfgang Behrendt.«

»Hm, du meinst unseren ersten Olympiasieger von 1956«, unterbrach ihn Meier, »den Bantamgewichtler. Was hat der hier bei der Frau zu suchen. Darf ich wissen, welche Rolle die Genossin spielen soll? Willst du die etwa zum Kämpfen ins Bett legen?«

Bircher erläuterte den Plan. Meier nickte mehrmals, als wäre es für ihn alles andere als überraschend, was sich sein Dienststellenleiter ausgedacht hatte.

»Das wäre alles«, beendete Bircher die Vorstellung seines Schlachtplanes. »Bis auf eine Bitte, können wir das bis zum 28. Dezember alles unter der Decke halten?«

Ohne zu zögern antwortete Meier, dass sie doch bereits darauf angestoßen hätten.

»Meine Vorgesetzten sind ja leider im Urlaub, hab ich dir doch gesagt«, griente er ihn an und entließ Bircher in die Feiertage.

Bircher musste sich beeilen. Karola wartete an der Weltzeituhr. Es herrschte das für Berlin typische Dezemberwetter, Temperatur nur knapp unter null Grad, aber feucht und diesig. Es fühlte sich an, als wäre man in einer Kühltruhe eingesperrt. Von allen Seiten kroch die Kälte unter die Haut und ließ einen wie nach einem Fieberschub erschauern. Als Bircher vornübergebeugt die wenigen Schritte in Richtung Alexanderplatz hetzte, vermisste er schmerzlich seine Mütze. Sie hing auf dem Garderobenständer in Meiers Vorzimmer. Wahrscheinlich hatte ihn der armenische Kognak abgelenkt. Egal, jetzt war es zu spät. Er sah schon von weitem Karolas grauweißen Pelzmantel. Er grinste, als er sich daran erinnerte, wie ihr damals die Verkäuferin in Hohenschönhausen erklärte, dass es sich um ein Kaninchenfell handele, und Karola entsetzt überschlug, wie viele Kaninchen sie mit sich durch die Gegend tragen würde. Als Trost hatte Bircher, ganz der schlaue Bauer, ihr eine schwarze Pelzmütze, einen Persianer, empfohlen. Der Kombination konnte sie nicht widerstehen. Plötzlich fiel ihm Karolas Geburtstag und die Bluse aus der Karl-Marx-Allee ein. Na ja, ein andermal.

Karola stand ruhig unter den Zeigern der Uhren. Als Bircher sich näherte, stand über ihrer Pelzmütze die Zeit von Ulan-Bator. Zusammen schlenderten sie zum Weihnachtsmarkt. Der erstreckte sich entlang der Alexanderstraße zwischen dem Bahnhof Jannowitzbrücke und dem Warenhaus am Alexanderplatz. Man betrat ihn durch ein hohes Tor, geschmückt, als würde es im hohen Norden eine Herde von Rentieren zur Weihnachtsfeier begrüßen. Unter einem ovalen Bogen, auf dem aus Kunstschnee gefertigte Girlanden klebten, drängten sich Bürger aus allen Teilen der Republik in die Gassen mit den Würstchenbuden, Ständen mit kandierten Äpfeln,

Zuckerwattekegeln, Bulettenauslagen, Biertheken und Schnapsangeboten aus Wilthen und Nordhausen, unterbrochen von Läden, die wie Heimwerkerwerkstätten anmuteten, in denen Geschnitztes aus dem Erzgebirge, Geklöppeltes aus dem Vogtland oder Geblasenes aus Thüringen auslag. Karola zog Bircher schnurstracks zum Stand mit dem Schild »Die Originalen aus Thüringen« und kaufte sich eine Bratwurst: Eingeklemmt in das aufgeschnittene Brötchen, hing die Wurst auf jeder Seite einen gefühlten halben Meter herunter. Bircher hatte abgewinkt und einen doppelten Nordhäuser verlangt. Nach dem nur genippten Kognak war es ihm, als hätte er seit Tagen nichts mehr getrunken.

Er nahm einen kleinen Schluck und seufzte erleichtert. Alles lief nach Plan. Er blinzelte zu seiner Frau hinüber, die ihre Wurst von beiden Seiten systematisch einkürzte. Bircher erinnerte sich an die unverhohlene Warnung seines Vorgesetzten, dass er bei unglücklichem Ende der Ermittlung im Tal der Ahnungslosen enden würde. Er runzelte kurz die Stirn und grinste Karola zu, die ihn gleich beschwatzen würde, mit ihr in die Geisterbahn zu steigen. Wie all die Jahre zuvor würde er leise seufzend einwilligen und sich damit trösten, dass es nicht die Achterbahn war. Sie schmiss den Pappteller in den Abfallkübel und zog wie ein ungeduldiges Kind an seinem Ärmel in Richtung Geisterbahn.

»Nur eine Runde, hab dich nicht so, danach darfst du auch auf dem Pony reiten«, witzelte sie und hakte sich bei ihm unter.

»Ja, aber nur, wenn du die Peitsche schwingst«, sagte er warnend und löste zwei Karten.

Die Kabine, sie sah aus wie ein abgebrochenes Teil eines alten Eisenbahnwaggons, unter das man vier Räder geschraubt hatte, rumpelte heran, hielt kurz, so dass sie es gerade schafften, hineinzuklettern, und schon ratterten sie auf die schwarze Eingangstür der Geisterstrecke zu. Karola kicherte leise wie ein albernes Schulkind. Karl Bircher saß etwas verlegen neben ihr und hoffte, dass ihn niemand erkennen würde. Die Lore schob sich durch einen gummiartigen gefächerten Vorhang, und gleich darauf kreischte links von ihnen eine Gestalt im weißen Nachtgewand auf, fuchtelte wie ein verrückt am Straßenrand hopsender Autoanhalter mit den Armen und verschwand so plötzlich, als hätte ihn der Erdboden verschluckt.

»Huch«, machte Karola und rückte näher an ihren Mann.

Quietschend wie in der Straßenbahn ging es einige Meter geradeaus, als plötzlich aus der Decke herab eine Art Gespenst, vielleicht sollte es einen Drachen darstellen, auf ihr Abteil stürzte, unmittelbar vor ihren Augen in der Luft schwingend einen halben Salto hinlegte, bevor es sich im nachtschwarzen Tunnel so unerwartet auflöste, wie es aufgetaucht war. Karola kicherte erneut, diesmal etwas länger, und flüsterte »huhu«. Jetzt schob sich die Lore um die nächste Kurve, hinter ihnen hörte man das Kreischen der Besucher, vor ihnen blitzte wie aus dem Nichts ein einsames Schwert auf, es schien wie bei einer Nummer des chinesischen Staatszirkus – kein menschliches Wesen war zu sehen – schwerelos und ferngelenkt eine Schneise durch die Nacht zu schlagen. Karola bibberte leicht und rutschte noch näher an ihren Mann heran. Der kniff die Augen zusammen, eine senkrechte Falte legte sich zwischen seine Augenbrauen, als müsste er tief nachdenken, um diesen Trick zu durchschauen. Jetzt fuhren sie wieder ein Stück geradeaus. Es war stockdunkel, und Bircher erinnerte sich daran, wie er im Treppenaufgang des Hochhauses den Lichtschalter suchte. Sie nahmen erneut eine scharfe Kurve und duckten sich unwillkürlich. Wie von einem Blitz erhellt stand plötzlich eine Gestalt in weißem Umhang vor ihnen, in den Augenhöhlen leuchteten zwei glühende Briketts. Im Vorbeifahren berührte eine kalte Hand Karolas Schulter.

»Brr«, stöhnte sie an Birchers Schulter auf, der sie väterlich umfasste.

Er blinzelte leicht und schielte auf seine Armbanduhr. Das Spektakel müsste sich gleich dem Ende nähern. Mal sehen, was noch kommt, dachte er, als im selben Moment quer vor ihnen, halb hoch im stockdunklen Tunnelgang schwebend, ein weibliches Wesen mit riesigen roten Lippen auftauchte und ein wieherndes Lachen ausstieß, als würde es die Birchers zur Hölle schicken wollen. Sie näherten sich dem Gespenst, das noch etwas näher hinabschwebte, nun fast auf Reichweite ihrer Kabine. Gleich würden sie aufeinanderprallen, doch da wurde es wie von einem Luftsog erfasst und schwebte ruckartig nach oben, bevor es kurz darauf mit einem letzten höhnischen Schrei von der Dunkelheit verschluckt wurde.

Bis dahin hatte sich Bircher leicht amüsiert, besonders über die kindliche Freude seiner Frau. Nun aber war ihm der Spaß an der Geisterbahn vergangen. Unwillkürlich hatte er die tote Frau Raiher im weißen Nachthemd vor sich gesehen und atmete auf, als sie gleich darauf im Nieselregen Berlins aus der Bahn kletterten.

»So, nun reicht's, ich brauche noch einen Stollen und dann geht's nach Hause!«, sagte er und zog Karola in Richtung Ausgang.

Angler und Schmidter waren kurz vor Weihnachten von Birchers Gespräch bei General Meier unterrichtet worden. Ohne auf Einzelheiten einzugehen, den Namen des Verdächtigten verschwieg Bircher, hatte er sie über den Einsatz im Hochhaus unterrichtet, der am 27. Dezember beginnen würde. Alle Details würden sie am sechsundzwanzigsten erfahren. Nun sollten sie erst einmal in Ruhe das Fest mit ihren Familien genießen. Angler hatte natürlich versucht, Bircher mehr Informationen zu entlocken. Er könne sie doch nicht in dieser Ungewissheit nach Hause schicken, schließlich müssten sie sich doch vorbereiten, auch innerlich, betonte er mit rotem Kopf. Schmidter nahm die Botschaft seines Chefs gelassen hin. Angesichts der Tatsache, dass der Polizeivizepräsident persönlich in alle Einzelheiten des Einsatzes eingeweiht worden war und den Einsatz gebilligt hatte, erübrigte sich für ihn jeder Kommentar. Es war ihm ziemlich klar, dass es um den finalen Zugriff ging. Dass es dazu noch im Dezember kommen würde, hatte ihnen der Chef mehrfach angedeutet.

Bircher hatte Kaffee und seinen Dresdener Weihnachtsstollen

auf den Tisch gestellt. Manuela war im Urlaub. Er kam direkt vom Hochhaus. Eine Stunde hatte er mit Frau Nielen gesprochen, ihr das gesagt, was unbedingt erforderlich war. Die Polizei würde einen Einsatz vorbereiten und bitte sie deshalb, ihre Wohnung zur Verfügung zu stellen. Sie müsste die Wohnung für eine Nacht verlassen. Ob sie bei Freunden unterkommen könne, er würde, falls sie es wünschte, aber auch gegenüber, im Hotel *Berolina*, ein Zimmer reservieren. Unter einem anderen Namen, lediglich eine Maßnahme, um ihre Privatsphäre zu schützen. Sie hatte stumm zugehört und versonnen an ihren goldenen Armreifen genestelt, wie gläubige Muslime, die ihre Perlenkettchen durch die Finger gleiten lassen und an das Jenseits denken.

Bircher hatte kein Wort darüber verloren, wozu genau sie ihre Wohnung brauchten. Sie musste sich mit der Information zufriedengeben, dass es der Täter auf ihre Wohnung abgesehen hätte.

»Oh, wie im Kino, meine Wohnung als Kulisse und die Polizistin mein Double«, hatte sie leise in den Rauch ihrer Zigarette gehaucht.

»So könne man es sehen«, sagte Bircher, der still ihre Gelassenheit bestaunte.

Er hatte alle möglichen Fragen erwartet, vor allem: Warum gerade ich, warum genau an diesem Tag, warum kann der Mörder nicht draußen vor meiner Wohnungstür gefasst werden und schließlich, auch diese Frage wäre nicht unberechtigt gewesen, warum wurde ich nicht bereits früher stärker beschützt oder wenigstens gewarnt, wo doch der Mörder bereits drei Monate erfolglos gesucht wurde? Ja, warum lebe ich überhaupt noch, hätte sie ihn in ihrem spöttischen Ton zur Rede stellen können.

Aber Frau Nielen schaute ihn nur aufmerksam an, als würde sie seine Glaubwürdigkeit abschätzen. Bircher hatte beim Vortragen instinktiv die freundliche Variante gewählt. Er setzte auf die Gelassenheit und kühle Intelligenz seines Gegenübers. Angler hätte wahrscheinlich den deutlichen Imperativ gewählt und ihr überfallartig vorgetragen, dass sie ihre eigenen den Interessen der Verbrechensaufklärung unterzuordnen hätte und den Auflagen der Ermittlungsbehörden folgen müsste. Schließlich handele es sich um die Ergreifung eines Mörders, das wäre ja letztendlich in ihrem ureigensten Interesse und so weiter …

Bircher wusste, warum er diesen Besuch allein erledigte. Nachdem er die Sachlage vorsichtig wie ein Biologielehrer bei der Vermittlung eines heiklen Themas dargelegt hatte, lehnte sich Bircher zurück und nickte ihr freundlich zu. Es schien, als wollte er ihr sagen, das ist alles nicht so schlimm, das ziehen wir gemeinsam durch.

Frau Nielen seufzte und sagte in ihrer klar akzentuierten Aussprache:

»Na, wenn es sein muss und Sie mir versprechen, nichts in meiner Wohnung kaputtzumachen, dann meinetwegen. Ich nehme aber das Hotel. Darf ich dort an die Bar, muss ich mich als Mann verkleiden?«

Bircher konnte sich ein flüchtiges Grinsen nicht verkneifen. Falls sie sich wirklich ängstigte, so überspielte sie ihre Gefühle meisterhaft. Als er kurz darauf mit ihrem hingehauchten Ehrenwort, dass sie wie eine Tote über den »Einsatz« schweigen würde, die Wohnung verließ, kam ihm der Verdacht, dass sie sich in seinem Rücken auf eine unerwartete Abwechslung einrichtete. Er glaubte, hinter sich ihr ironisches Lächeln zu spüren.

Wie ein aufmerksamer Gastgeber schenkte Bircher seinen Kollegen Angler und Schmidter Kaffee ein und legte ihnen mit der Bemerkung »Original Dresdener« einen Streifen Stollen auf die Teller. Sie nickten sich gegenseitig wie gute Bekannte zu und schlürften leise von ihren Kaffeebechern. Bircher kaute genüsslich und unternahm keine Anstalten, das Wort zu ergreifen. Schmidter schielte ab und zu auf seinen Chef und wartete. Angler rutschte etwas ungeduldig auf seinem Stuhl hin und her und bemerkte schließlich, dass es nun also losginge, worauf Bircher zwischen zwei Schlucken »Ja« brummte. Daraufhin verfielen alle wieder, wie bei einer gemütlichen Kaffeerunde, in tiefes Schweigen. Schließlich schob Bircher mit dem Teelöffel die Krümel auf seinem Teller zusammen, lud sie unter Zuhilfenahme seines linken Zeigefingers auf den Löffel und steckte sich den Rest genüsslich in den Mund. Er atmete, wie nach Beendigung einer leichten Leibesübung, leicht auf und bemerkte in sachlichem Ton:

»Dann wollen wir mal.« Die beiden anderen nickten und legten augenblicklich ihre Löffel zur Seite.

Bircher erklärte den Plan. Danach werde sich am 27. Dezember ab dreiundzwanzig Uhr die erste Schicht von sechzehn Einsatzkräften über alle Etagen, bis hinauf in das Zwischengeschoss zum ehemaligen Kindercafé, verteilen.

»Wie wir wissen«, so Bircher, »lassen sich die Zugangstüren zu den Dielen der Etagen nur vom Treppenaufgang aus öffnen. Zwischen geöffneter Tür und der Wand im Treppenaufgang besteht genug Platz, um sich vorübergehend zu verstecken. Ich nehme nicht teil«, grinste Bircher schwach und klopfte leicht auf seinen Bauch. »Die Genossen sind sorgfältig ausgewählt, alles trainierte Leute aus der Sondereinheit.«

Angler nickte zweimal und klopfte wie zur Bestätigung auf den Tisch.

»Tagsüber verbleiben die Einsatzkräfte im Treppenaufgang. Wenn sich der Täter oder eine uns unbekannte Person zu Fuß nach oben bewegen sollte, so können die Genossen das mühelos über den Schacht des Aufgangs verfolgen. Das haben wir ja selbst zigmal kontrolliert. Es verbliebe ihnen genug Zeit, um rechtzeitig Position hinter der Tür einzunehmen. Aber vermutlich nimmt der Täter den Aufzug, schließlich muss er zur Ausübung seiner letzten Tat auf die elfte Etage. Der Fahrstuhl kann bekanntlich nicht, wenn er sich einmal in Bewegung gesetzt hat, von außen gestoppt werden. Sobald er hält, hört es einer unserer Leute auf der Treppe vor dem Flur. Alle sind durch Sprechfunk untereinander verbunden. Der Täter wird nicht am Betreten der Wohnung gehindert. Der Zugriff erfolgt in dem Moment, wie sich unser Mann über sein vermeintliches Opfer beugt. Im Bett von Frau Nielen, in dem ihn die Hauptwachtmeisterin erwartet. Die Frau ist Judokämpferin, also im Wettkampf gestärkt. Frau Nielen wird vorher in Sicherheit gebracht werden. Wir drei werden in der Wohnung sein, ab dreiundzwanzig Uhr, morgen, am 27. Dezember. Bringt euch was zum Essen mit!«, bemerkte Bircher trocken.

Seine Mitarbeiter hielten für einen Moment den Atem an. Bircher begann ihnen sodann ausführlich darzustellen, wie er auf die Spuren des Täters gestoßen war. Dass es eine Verbindung zwischen einem scheinbar nicht ungewöhnlichen Ereignis und den Morden gebe und alle Indizien nur den Schluss zuließen, dass der Täter im Haus wohne oder gewohnt habe. Er verbinde sein Schicksal in paranoider Weise mit diesem Haus.

»Hier zitiere ich Tetsche«, merkte Bircher an, »der Mann leidet wahrscheinlich an einer kognitiven Verzerrung der Realität.«

Dann nannte Bircher zum ersten Mal den Namen des Mannes, den sie seit Monaten jagten. Alle kannten den Namen. Er war einer von vielen, mit denen sie sich intensiv beschäftigt hatten. Weder Angler noch Schmidter hatten sich irgendeine Regung erlaubt. Sie nahmen die Mitteilung wie einen Dienstbefehl entgegen.

Angler pustete ganz leicht, eine Sorgenfalte lief quer über seine Stirn. Gar nicht vorstellbar, was geschehen würde, sollten sie sich irren. Schließlich beruhte der gesamte Einsatz auf einer nicht ungewagten Annahme: Der Mörder kommt noch einmal, zum letzten Mal am 28. Dezember in das Hochhaus. Bircher setzt alles auf eine Karte. Was sonst sollte er auch tun, zerstreute Angler seine Zweifel, nach drei Morden stehen wir immer noch ohne Beweismaterial da. Wir haben dem Plan des Chefs nichts entgegenzusetzen.

Für den 27. Dezember um acht Uhr wurden alle Beteiligten in den großen Beratungsraum der Mordkommission befohlen. Bircher ordnete strengstes Stillschweigen an. Die höchste Geheimhaltungsstufe wurde ausgerufen, auch die eigenen Familien durften nicht unterrichtet werden. Den Befehl erhielten zweiunddreißig Polizisten, die aus unterschiedlichen Abteilungen des Präsidiums zusammengestellt worden waren und die aus Potsdam abkommandierte Hauptwachtmeisterin. Sie wurde Bircher kurz vor Weihnachten in der Dienststelle der Mordkommission in Potsdam vorgestellt. Sie entsprach den Wünschen Birchers, ruhig, zurückhaltend, fast schüchtern, aber hochkonzentriert stand sie in strammer Haltung vor ihm, als würde man ihr gleich einen Orden anheften. Bircher hatte angeordnet, sie in Zivil vorzuladen. Sie trug schwarze Hosen, einen schwarzen Pullover und flache graue Schuhe. Die rotbraunen Haare waren wie eine Pagenfrisur kurz geschnitten, ein Pony bedeckte die hohe Stirn. Perfekt, war Birchers erster Eindruck, sie braucht nicht einmal eine Perücke. Auf der Straße würde man die junge Frau für eine Studentin halten. Als Bircher den Auftrag erklärte, verzog sie keine Miene. Sie schaute ihn aufmerksam an, als würde er ihr den Weg zu einer Sehenswürdigkeit beschreiben. Dann zeigte er ein Photo von Frau Nielen.

»Ihre Gastgeberin, deren Rolle Sie zu übernehmen haben«, sagte er etwas sarkastisch.

Sie musterte das Bild und reichte es wortlos zurück. Bircher hatte ja nichts gefragt. Auf seine Bemerkung, welche Art Sport sie betreibe und ob sie im Nahkampf ausgebildet sei – er betonte, dass diese Frage nicht als Scherz gemeint sei –, antwortete sie mit ausdruckslosem Gesicht, dass sie seit dem fünften Lebensjahr Mitglied im Judoclub des SG Dynamo Brandenburg sei, mehrfache Landesvizemeisterin, fügte sie verlegen lächelnd hinzu, als müsste sie sich dafür entschuldigen, nicht Olympiasiegerin zu sein. Sie schließe außerdem ein mehrjähriges Fernstudium ab, erklärte sie, an der Pädagogischen Hochschule.

»Ah, gut, dann sind wir gleich auf zwei Gebieten Kollegen«, bemerkte Bircher und drückte ihr lange und kräftig die schmale Hand.

»Und, haben Sie einen Gürtel, so nennt man das doch bei Ihnen«, schob er noch eine Frage nach.

»Ja, habe ich, Shodan, schwarz.«

»Oh!«, sagte Bircher anerkennend, »das klingt stark.« Wie ein Gewürz, fügte er in Gedanken hinzu.

Im Hochhaus herrschte Totenstille. Bircher, Angler und Schmidter befanden sich mit der jungen Polizistin in der Wohnung von Frau Nielen. Es war kurz vor Mitternacht, am 27. Dezember 1975.

Hoffentlich habe ich an alles gedacht, grübelte Bircher. Er hatte der Judomeisterin nochmals ein Photo von Frau Nielen gezeigt und gefragt, was sie meine, ob sie ihr etwas ähnele. Die Polizistin lächelte schwach und rang sich in gleichmütigem Ton die Bemerkung ab, dass sie zwar eine stattliche Zahl von Jahren jünger sei und die Zeit wohl kaum ausreiche, den Unterschied wettzumachen, aber sie könne ihrem Alter durch Retusche etwas nachhelfen. Sie nahm das Photo und verschwand ins Bad. Hoffentlich altert sie in den nächsten Stunden nicht schneller, als sie ahnt, schoss es Bircher durch den Kopf. Er fühlte eine ungeheure Verantwortung für diese junge Frau, die sich bisher prächtig hielt. Bircher überlegte, woraus die Polizistin ihre Ruhe schöpfte. Sie wirkte nicht aufgesetzt oder gespielt, die Frau schien ohne Zweifel außergewöhnlich nervenstark. Vielleicht redete sie sich ein, sie stünde am Mattenrand vor Beginn eines wichtigen Wettkampfes. Da galt es, dem Gegner nicht das geringste Anzeichen einer Unsicherheit oder gar Schwäche zu offenbaren. Wahrscheinlich ist es tatsächlich die Wettkampferfahrung. Sie lehrt einen, sich zu beherrschen. Meier hat jedenfalls gut recherchieren lassen.

Bircher, Schmidter und Angler überprüften nacheinander ihre Funktelefone und nahmen die Wohnung millimetergenau in Augenschein. Zwischen Wohnungstür und der kleinen Diele verlief der vier Meter lange Korridor. Von ihm zweigte sich nur ein kleiner Abstellraum ab. Der Korridor mündete in die offene Diele, links lagen zwei Räume, ein kleines Arbeitszimmer und das größere Wohnzimmer. Die Zimmer wiesen in Richtung Fernsehturm, dessen Lichter durch die Gardinen schimmerten. Geradeaus durch den Korridor und die Diele gelangte man in die Küche. Rechts der Diele befand sich ein weiterer kleiner Flur mit eingebauten Schränken. Er mündete in die Toilette, gleich dahinter, durch eine Tür getrennt, lag das Bad. Drei Schritte vor der Toilette ging es links ins Schlafzimmer. Wie Mitarbeiter einer Hygienekommission bei der Inspektion eines Restaurants bewegten sich die Kommissare langsam durch die Wohnung.

Bircher hatte sich beim letzten Besuch die Raumaufteilungen genau eingeprägt und in Gedanken seine Mitarbeiter wie Puppen in einer Schaufensterauslage platziert. Jetzt prüfte er nochmals seinen Plan. Schmidter hatte die Aufgabe, alle Gegenstände, die den schnellen Zugang zum Schlafzimmer behindern könnten, aus dem Weg zu räumen. Wenn man das Schlafzimmer betrat, sah man im direkten Blickfeld eine bis zum Boden reichende Fensterfront. Die Fenster nahmen nicht die gesamte Stirnseite des Raumes ein, eine etwa ein Meter breite Wandfläche rahmte sie zu beiden Seiten ein. Dieses Detail hatte Bircher still nickend registriert. Die verschlossenen Gardinen verhüllten fast vollständig die Sicht zur Straße.

Als Frau Nielen ihn in das Schlafzimmer geführt hatte, hatte er festgestellt, dass die Gardinen den Fußboden berührten. Man konnte sich dahinter verstecken. Theoretisch, aber nicht praktisch. Das von der Straße und dem gegenüberliegenden Hochhaus einfallende Licht, besonders von der auf gleicher Höhe liegenden Nachtbar, würde die Person hinter der Gardine wie einen Scherenschnitt erscheinen lassen. Das Risiko, entdeckt zu werden, war zu groß. Links gegenüber dem Bett befand sich ein zwei Meter fünfzig hoher Kleiderschrank, der fast bis zur Fensterfront reichte. Davor zwei Sessel und, quer vor dem Fenster, ein kleiner Schminktisch. Bircher ließ die Anrichte und beide Sessel ins Arbeitszimmer tragen. Dann schoben sie den Kleiderschrank an die Fenster, bis er mit dem Mauerwerk einen Spalt von ungefähr achtzig Zentimetern bildete.

In dieser Ecke konnte man unbemerkt stehen. Hier hinein würde Schmidter schlüpfen, sobald ihn das Signal der Wachmannschaft erreichte. Die Türen zu allen Räumen, ausgenommen zum Schlafzimmer, wurden weit geöffnet. Die Zimmer wirkten leer und erweckten den Eindruck einer ungenutzten Fläche.

Angler war angewiesen, im Bad neben dem Schlafzimmer, Wache zu beziehen. So würden sich Birchers Mitarbeiter in unmittelbarer Nähe zur Polizeihauptwachtmeisterin befinden. Er selbst hatte sich für den Abstellraum am Eingangsflur entschieden. Von hier aus konnte er das entscheidende Funkzeichen geben.

Nachdem der letzte Mord am helllichten Tag auf der siebten Etage geschehen war, erschien es zunächst schwierig, den Ort und Zeitraum einzugrenzen. Er rief sich alle Details des letzten Falls in Erinnerung. Frau Raiher wurde vormittags ermordet. Es gab jedoch zwei Besonderheiten: Es war die siebte Etage und nicht wie erwartet die achte. Die achte wurde bewacht, die siebte eher nicht, so kalkulierte der Täter. Ihm passte die siebte wie die achte in seinen Plan. Es waren sozusagen gleichberechtigte Durchgangsstationen auf dem Weg zur elften. Zweitens, Frau Raiher arbeitete halbtags, in der Regel immer am Nachmittag.

Der Täter konnte das irgendwie in Erfahrung bringen und hatte es für sich ausgenutzt. Warum sollte er nachts bei verschärfter Bewachung in die Wohnung eindringen, während Frau Raiher zur ruhigen Vormittagszeit zu Haus war?

Für seinen letzten Anschlag gab es jedoch keine Ausweichmöglichkeit. Er musste unbedingt auf die elfte, allein diese Etage und eine Bewohnerin erfüllten alle Kriterien. Darüber ging es nicht weiter, darunter, zwischen siebter und zehnter, ebensowenig. Ein Täuschungsmanöver, wie zuvor bei Frau Raiher, war nahezu ausgeschlossen. Wechselte der Mörder noch einmal die Etage, würde Birchers Gedankengebäude wie ein Kartenhaus einstürzen und ihn endgültig ins Tal der Ahnungslosen katapultieren.

Was die vermutete Tatzeit betraf, so gab es gute Gründe, in diesen zwei Nächten auf ihn zu warten. Frau Nielen musste bekanntlich keiner geregelten Arbeitszeit nachgehen. Sie war mal einige Stunden zu Hause, dann wieder für einen halben Tag weg, arbeitete aber auch einige Tage hintereinander ganz von zu Hause. Ihre »ehrenamtliche« Tätigkeit erforderte kein festes Zeitschema. Daraus folgte, dass ein Eindringen in ihre Wohnung mitten am Tage eine große Unwägbarkeit in sich barg. Der Täter war zu berechnend und vorsichtig, als dass er im letzten Akt seines Dramas ein unkalkulierbares Risiko eingegangen wäre. Nur in der Nacht konnte er einigermaßen sicher sein, sie zu überraschen.

Bircher baute darauf, dass der Täter entweder in der Nacht vom siebenundzwanzigsten auf den achtundzwanzigsten zuschlagen würde und zwar in der Zeit zwischen null und fünf Uhr in der Früh oder, wahrscheinlicher, zwischen dem achtundzwanzigsten und neunundzwanzigsten, vor vierundzwanzig Uhr. Selbst für den unwahrscheinlichen Fall, dass er am Tage auftauchen sollte, hatte Bircher versucht vorzusorgen. Er hatte veranlasst, auf dem Küchentisch und in der Diele Berge von Medikamenten zu verteilen, halb geöffnet oder verschlossen. Zudem hatte er, als wäre es gerade benutzt worden, ein halb volles Glas Wasser daneben gestellt. Auf Anraten Schmidters, der sich auf die Erkältungen seiner Kinder besann, wurde auch noch Pulmotin besorgt. Als würden sie eine Zündschnur legen, wurde es in Richtung Schlafzimmer versprenkelt. Bircher brummte, nun reiche es aber, der Mann könnte glauben, er hätte sich in eine Apotheke verirrt. Man konnte tatsächlich beim Eintreten der Wohnung denken, dass hier eine Kranke auf ihren Doktor wartet.

Die Mieter der elften Etage waren über den Einsatz nicht informiert worden. Ihre Haustüren wurden von dem Mann im Treppenaufgang bewacht. Sollte der Täter wider Erwarten nicht bei Frau Nielen eindringen, galt Plan B, sofortiger Zugriff. Das erschien eher unwahrscheinlich. Die Wohnungen waren von Mietern belegt, die der Mordlust ihres Täters nicht entsprachen. Ein alleinstehender Rentner und drei Familien mit ihren Kindern. Sie waren erst vor wenigen Jahren eingezogen und kaum in Erscheinung getreten. Alle waren glücklich verheiratet. Sämtliche Recherchen nach irgendeiner außerehelichen Affäre waren im Sande verlaufen. Bircher schloss sie als Angriffsflächen aus, ganz abgesehen davon, dass sie alle mit mehreren Kindern unter einem Dach wohnten. Das sollte auch der Täter wissen. Es gab keinen Grund zu der Annahme, dass er es auf einen dieser Bewohner abgesehen hatte. Vor allen anderen Etageneingängen standen Posten. Für sie galt ebenfalls Plan B.

Bircher stand immer noch in der Diele und betrachtete mit geistesabwesendem Blick die vor ihm hingeworfenen Tablettenschachteln und Fläschchen, als sich vor ihm die Polizeihauptwachtmeisterin schüchtern räusperte. Er blickte auf und für einen Augenblick glaubte er in das leicht verjüngte Gesicht von Frau Nielen zu schauen. Bircher kniff die Augen zusammen und musterte anerkennend das Nielen-Double. Sein Blick glitt von oben nach unten, dann fragte er beeindruckt:

»Was können Sie denn noch alles, außer Polizeidienst, Pädagogik und Judo? Sind Sie nebenbei noch im Kosmetikstudio beschäftigt oder in der Maske am Hans-Otto-Theater?«

»Ich habe mir nur die Photographie genau angesehen und danach den Pony, meine Fältchen und die Partie unter den Augen bearbeitet, na ja, die Augenfarbe stimmt überein, falls man die in der Dunkelheit überhaupt erkennen kann«, bemerkte sie nachdenklich.

»Der Rest liegt ja unter der Decke«, fügte sie tonlos hinzu. Dann hob sie kurz ihren Pullover und Bircher sah die Schutzweste. Alles wie befohlen, stellte er fest und nickte ihr freundlich zu.

Zur gleichen Zeit saß Frau Nielen kerzengerade auf dem Barhocker im Hotel *Berolina*. Ihr goldbereiftes Handgelenk ruhte neben der Zigarettenschachtel. Sie beugte sich leicht nach vorn und beobachtete den Barkeeper bei der Vorbereitung ihres Drinks. Sie hatte sich einen Cinzano bestellt. Der blonde Jüngling hinter der Theke, er trug ein silbernes Armkettchen, entlang der Knopfleiste seines hellgelben Hemds zierten eingewebte Blümchen einen schmalen Oberkörper, gerade eben hatte er mit spitzen Fingern eine Scheibe Zitrone aus einem Behälter gefischt. Jetzt rieb er damit langsam den Glasrand ein, man glaubte es quietschen zu hören. Er legte die Zitronenscheibe zur Seite und stülpte mit einer schwungvollen Bewegung, als würde er einen Würfelbecher auf den Tisch stoßen, das Glas in eine Schüssel mit Zucker. Schnell zog er es wieder zurück und hielt es hoch, als müsste er eine Politur prüfen. Die feinen Zuckerkristalle glitzerten wie winzige Weihnachtssterne. Er klemmte die aufgeschnittene Zitronenscheibe in den Zuckerrand, bückte sich, wobei er die Knie zusammenpresste, und tauchte gleich darauf mit einer hellen Cinzanoflasche auf. Langsam, als zählte er die Tropfen, ließ er die schwach gelbliche Flüssigkeit ins Glas perlen. Dabei hielt er den Mund halb geöffnet und schnalzte ein wenig mit der Zunge.

Die Farbe des Drinks passt zu seinem Hemd, dachte Frau Nielen. Er musterte noch einmal kurz sein Werk und beförderte es mit einer weit ausholenden Bewegung galant auf den Tisch. Der Barkeeper deutete auf die Zuckereinfassung und säuselte ihr leise zu:

»Etwas Süßes ins Mündchen, dann lassen wir das gute Tröpfchen auf dem Gaumen zur Entfaltung kommen, wirklich etwas zum Genießen. Wohl bekomm's.«

Sie hatte ihn für einen Moment ratlos angesehen, als würde er sich in einer ihr unverständlichen Sprache ausdrücken, und dann schweigend das Glas in der Hand gedreht, als würde sie seine Echtheit prüfen. Der Barkeeper zog sich zurück, wobei er wie ein Mädchen des Fernsehballetts mit der Hand wedelte. Es sah aus, als würde er sich verabschieden.

Frau Nielen versuchte sich vorzustellen, was gerade in ihrer Wohnung ablief. Ob wohl der mollige Bircher unter ihrem Bett auf den Wüstling wartete oder der andere Kommissar, der mit dem roten Kopf, hinter der Gardine stünde und der dritte im Bunde, der zurückhaltende lange junge Mann, Schmidter hieß der wohl, sich gerade im Kleiderschrank versteckte? Groß genug wäre der ja, die drei würden sogar zusammen reinpassen.

Sie seufzte und stellte mit Bedauern fest, dass sie in der Hitze des Gefechts ihre Nachtlotion vergessen hatte. Fast unmerklich langsam, jedenfalls schien ihr es so, drehte sie sich um und musterte den Barbetrieb. Bircher hatte angedeutet, dass sie im Hotel *Berolina* völlig sicher sei. Vielleicht beobachtete sie gerade jemand, eine Art Bodyguard, wie im amerikanischen Kino. Schade, dass er sich nicht zu erkennen gibt, sollte er hier sein. Wäre weniger langweilig. In ihrem Rücken hörte sie die Fahrstuhltüren lautlos auf und zu gleiten. Warum sind unsere so laut und unpraktisch, immer muss man von innen zwei Türen in das wacklige Schloss drücken und aufpassen, dass sich während der Fahrt keine öffnet, dachte sie. Dann bleibt die Kabine abrupt stehen, unangenehm, wie eine Skigondel, der man plötzlich den Strom abdreht. Ihre Gedanken schweiften wieder und wieder ins Hochhaus. Was, wenn die Kriminalisten sich im Datum geirrt haben und ihre Wohnung vergeblich belagern? Muss ich dann weitere Zeit im Hotel verbringen? Auch nicht schlecht, Silvester hier zu feiern, ist sicher einiges los. Das nächste Mal muss ich neben der Lotion unbedingt ein paar Scheine einstecken, habe ich auch versäumt, wo doch der Intershop vor meinen Augen liegt. Sie seufzte noch einmal tief und kontrollierte die Zeit: Gleich eins, jetzt werden die hier bald zumachen und der süße Barkeeper wird mich mit einem Gute-Nacht-Küsschen nach oben schicken.

Vielleicht schnappen sie ja den Kerl, dann bin ich die Erste, die es erfährt, grübelte sie weiter. Unwillkürlich spitzte sie die roten Lippen, und ihre runden Augen weiteten sich noch ein wenig mehr, als würde sie ein lange erwartetes Geschenkpaket öffnen. Am Tresen war nichts los, stellte sie resigniert fest und beschloss bald aufzubrechen. Neben ihr saß ein Pärchen ungleichen Alters, wahrscheinlich ein Dienstreisender, der 'ne Püppie abgeschleppt hat, stellte sie aus dem Augenwinkel fest. Daneben langweilte sich ein gut aussehender Mann, sicher ein Bundesbürger, die Kleidung passte nicht hierher, und er rauchte Camel. Der hatte sie einige Male mit seinem Blick gestreift, sie tat, als bemerkte sie es nicht. Der kam nun gar nicht in Frage. Schließlich vergnügten sich noch einige Leute einer Reisegruppe, das Sächsische war unüberhörbar, immer wenn einige Brocken zu Frau Nielen herüberschallten, verzog sie ihr Gesicht, als würde sie ein leichtes Zahnweh plagen. Auch das hatte der Bundesbürger bemerkt und sich ihr mit einer Kopfbewegung, die so etwas wie »Ohweh« ausdrücken sollte, als Leidensgenosse angeboten. Arroganter Schnösel, dachte Frau Nielen und winkte den Barkeeper heran.

»Buchen Sie das auf meine Zimmerrechnung«, bat sie ihn und hinterlegte ein gutes Trinkgeld. Meinen Einsatz muss die Republik zahlen, hatte sie beschlossen.

Sie ging zügig zum Fahrstuhl und hoffte, dass niemand mit ihr einsteigen würde. Kurz bevor sich vor ihren Augen die Tür leise schloss, schlüpfte plötzlich ein junger Mann durch die Spalte. Gleich darauf setzte sich der Aufzug in Fahrt. Scheinbar ungerührt blickte Frau Nielen auf ihre Fußspitzen. Der Fahrstuhl hielt und sie stieg aus. Hinter ihr der junge Mann. Sie überfiel panische Angst. Vor ihr lag still wie ein Friedhofsgang der endlos scheinende Hotelflur.

Sie hörte eine Stimme hinter sich:

»Machen Sie sich keine Sorgen, Frau Nielen, ich bin für sie abgestellt«, er hielt seinen Polizeiausweis hoch, »ich belege das Nachbarzimmer, hier ist die Telefonnummer meines Zimmers.«

Er reichte ihr ein Kärtchen und lächelte sie aufmunternd an.

»Ich habe Sie gar nicht bemerkt, unten im Hotel«, sagte Frau Nielen sichtlich erleichtert.

»Das spricht für mich.«

Er begleitete sie bis vor ihr Zimmer und verabschiedete sich mit einem leichten Diener und einem artigen »Gute Nacht«.

Frau Nielen nickte ihm zu und verschwand. Netter Kerl, dachte sie sich, vielleicht muss ich ja doch noch länger im Hotel wohnen.

Alle Einsatzkräfte hatten ihre Posten bezogen. Bircher hatte mit jedem einzelnen Polizisten die Funkverbindung überprüft. Er hatte sich in die Schuhkammer gezwängt und das vereinbarte Warnsignal an Angler, Schmidter und die Hauptwachtmeisterin, die ihr Telefon unter das Bett geschoben hatte, gesandt. Alles war startklar, nun galt es zu warten.

Am besten hatte es Schmidter getroffen, der wie ein Schuljunge auf dem Fußboden des Schlafzimmers hockte. Den Rücken am Kleiderschrank gelehnt, tuschelte er mit seiner Kollegin, die im Schneidersitz auf dem Bett saß und ihm gerade einen besonderen Judogriff erklärte. Der muss klappen, auch im Liegen und zwar blitzschnell, bevor der Typ auf meinem Hals ein Hämatom hinterlässt. Schmidter schmunzelte, die Frau hat Sorgen.

»Ich bin auch noch da«, flüsterte er.

»Ja, aber du hast nicht den schwarzen Gürtel.«

»Okay, ich werde dir zusehen«, grinste er zum Bett hinauf. »Hoffentlich warten wir nicht vergeblich.«

Angler saß auf dem Badewannenrand, sein Telefon vor sich auf einem Hocker. Die Tür der benachbarten Toilette öffnete sich zum Badezimmer, er hielt sie geschlossen. Sollte der Täter vom Korridor durch die Toilette ins Badezimmer schleichen – warum er das machen sollte, erschloss sich Angler allerdings nicht –, müsste er sich blitzschnell zwischen Tür und Kachelwand zwängen. Hatte er ausprobiert, das Versteck war nicht perfekt, stellte er kritisch fest, da sich die Tür nicht im vollen Winkel von neunzig Grad öffnen ließ. Na ja, sollte der wirklich hier reinsehen, würde er zunächst mal nur die leere Badewanne und das Waschbecken erblicken. Der Täter würde allerdings, nachdem er den winzigen Korridor zwischen Diele und Badbereich betreten hatte, gleich links vor sich die angelehnte Schlafzimmertür sehen. Sie würde seine ganze Aufmerksamkeit in Anspruch nehmen. Die Kommissare hatten beschlossen, sie nicht zu schließen. Sie wirkte wie eine Einladung, näher zu treten. Der Mörder brauchte seinen Fuß nur sachte an die halb offene Tür zu drücken und schon wäre der Weg frei. Vor sich sähe er die Umrisse des Betts.

Bircher hockte auf einem Schemel zwischen Kammer und Korridor. Er verzog ab und zu das Gesicht, als hätte er Schluckbeschwerden oder müsste etwas schmecken, das ihm zuwider war. Es war der eigentümliche Geruch, der ihn beschäftigte. Keine Ahnung, wie ich das durchhalten soll. An alles habe ich gedacht, außer an Nielens Schuhregale. Er hatte inzwischen überschlagen, dass es über hundertundzwanzig Paar Schuhe sein müssten, die hier, sauber aneinandergereiht, lagerten, teils in der Originalverpackung, teils in Stoffbeutel eingewickelt, andere lagen blank geputzt mit der Spitze nach vorn nebeneinander. Es schien Bircher, als würden sie darauf warten, sofort getragen zu werden. Es roch in gewisser Weise frisch, wunderte er sich, wie in einer Küche, in der gerade Kohlrabi, Wirsing oder Sellerie, ein bisschen Zwiebel oder eine Gemisch von allem verarbeitet wird. Er strengte sich an, den Geruch zu definieren. Natürlich schwebte ein Hauch von Schuhcreme und Öl im Raum, aber nur ein wenig, wie ein fein dosiertes Parfüm. Bircher vertrug keine Parfüms, und Manuela hatte es mehrfach erleben müssen, wenn sie stolz in einer neuen Duftwolke einmarschierte und er, wie nach einem Schluck sauren Weins, das Gesicht verzog und sich mit der Hand Luft zuwedelte. Bircher fragte sich, wie man Tag für Tag zwischen so vielen Schuhen entscheiden könne. Ganz zu schweigen davon, dass sie alle sauber gehalten werden mussten. Folgt sie nur der Farbe, dem Wetter, der Kleidung oder einfach nur einer Laune oder Eingebung? Mal die flachen, ein anderes Mal die hochhackigen, wenn's darum geht, aufzufallen. Welche trug sie wohl im *Berolina*?

Birchers Gedanken wanderten zu seiner Uhr, die Zeiger schienen nicht zu wissen, ob sie sich bewegen sollten. In kleinen ruckartigen Sprüngen hüpften sie voran, zerhackten die Zeit. Er beschloss, an gar nichts zu denken. Das klappte nur für eine kurze Zeit. Er las die Schuhmarken, nur der Name Salamander sagte ihm etwas, da gab es irgendeine triviale Werbung. Er sah eine Reihe mit demselben Hersteller, Peter Kaiser. Hatte er nie gehört, mit Sicherheit auch eine Westmarke. Vielleicht ein Verwandter von Roland Kaiser. Blödmann, sagte er sich. Wahrscheinlich kauft sie ihre Schuhe nur in Exquisitläden, deshalb kenne ich die Marken nicht.

Bircher stand auf, dehnte sich etwas und schlich in den Korridor. Durch die offene Küchentür fiel etwas Licht, und ab und zu hörte man Autogeräusche. Es war kurz vor drei Uhr, und noch immer klangen Fetzen von Musik aus den Tanzbars hinüber. Wie kann man hier nur schlafen?, fragte er sich. Er bildete sich ein, Frank Schöbel schmettern zu hören, es musste der Ohrwurm sein, den selbst er kannte. Er stand wie angewurzelt in der Diele und versuchte in Gedanken den Text aufzusagen. Klar, sagte er sich: »Wie ein Stern in einer Sommernacht, ist die Liebe, wenn sie strahlend erwacht.«

Leise schlich er zurück in die Schuhkammer, schob den Hocker an das einzige halb gefüllte Regal – hier kann sie noch einige Paare Kaisers reinpacken, murmelte er in sich hinein – und setzte sich vorsichtig, als müsste er das Gleichgewicht wahren, auf einen Schemel. Er lehnte sich nach hinten, und ihn beschlich das Gefühl, dass der Mörder doch erst in der kommenden Nacht kommen würde. Seine Intuition hatte ihm das seit Beginn des Einsatzes eingeflüstert, der wählt die letzten, die wirklich allerletzten Stunden des 28. Dezember 1975.

Plötzlich schreckte Bircher von seinem Hocker hoch. Verdammt, bin eingeschlafen, war sein erster Gedanke. Sein Uhrzeiger hüpfte gerade auf viertel vier. Beinahe hätte er in der engen stickigen Kammer das Gleichgewicht verloren. Verfluchte Schuhe, wenn die hier durcheinanderfliegen, dachte er und knetete mit der freien Hand leicht seine Stirn. Ein kurzes Nickerchen, passiert ist nichts, sein schwarzes Funktelefon lag wie ein totes Stück Brikett vor seinen Füßen. Noch zwei Stunden, dann wird es langsam hell und wir können uns ein wenig bewegen, versuchte er sich zu trösten.

Der Tag des 28. Dezember war ohne Zwischenfall verlaufen. Die Wachmannschaft der ersten Schicht hatte sich wie vereinbart um sechs gemeldet. Um zwölf wurde sie abgelöst. In der Wohnung von Frau Nielen hatte Bircher Befehl zum Schlafen erteilt. Zuerst Angler, dann Schmidter, zum Schluss die Hauptwachtmeisterin. Die drei schauten ihn ungläubig an, wie soll das funktionieren, schienen sie ihn zu fragen.

»Sollen wir wie im Kinderferienlager zur vorgeschriebenen Mittagsruhe einrücken?«, murrte Angler. »Ich kann nicht auf Befehl schlafen.«

»Aber die Augen schließen kannst du, und dann geht es, oder soll ich dir ein Liedchen ins Ohr flüstern?«, grinste Bircher, »vielleicht einige Titel mit Schöbel, denen ich vergangene Nacht lauschen durfte?«

»Nicht nur du«, brummte Angler.

Schmidter wechselte Angler wortlos ab und schaute bewegungslos die vorgeschriebene Zeit an die Zimmerdecke. Die Hauptwachtmeisterin schlief ihre Runde wie nach einer Narkose. Kurz und fest. Geruht wurde im Wohnzimmer auf der Couch.

Einer von ihnen war immer in der Nähe der Wohnungstür. Die Techniker hatte ihnen genau vorgerechnet, wie lange es dauern würde, das Schloss zu knacken. Ihnen blieben im Ernstfall eine Minute und dreißig, um die Posten zu beziehen. Das reiche, hatte Bircher trocken bemerkt. Nur Bircher legte sich nicht hin. Es war nicht die erste schlaflose Nacht seiner Polizeilaufbahn.

Es war dreiundzwanzig Uhr, die letzte Stunde des 28. Dezember brach an. Die Nerven der drei waren zum Zerreißen gespannt.

Noch eine Stunde, dann würde der Kalender um einen weiteren Tag nach vorn rücken, auf den 29. Dezember. Ungerührt bewegte sich die Zeit auf den Punkt zu, der das unrühmliche Ende ihres Einsatzes bedeuten konnte.

Es verblieben noch knapp sechzig Minuten, um den Täter zu stellen, sollte der Plan aufgehen. Keiner wagte daran zu denken, was geschehen würde, hätte sie der Mörder ein weiteres Mal getäuscht. Vielleicht war er bereits in eine andere Wohnung eingedrungen, unbemerkt. Kaum vorstellbar, denn vor jeder Etage stand einer ihrer Männer. Aber wer konnte endgültig ausschließen, dass der, den sie suchten, doch ein Bewohner des Hochhauses war? Ein scheinbar harmloser Nachbar, den man kannte und bedenkenlos zu sich einließ. Dann stünden sie in der Wohnung Nielens, während gleichzeitig, sozusagen nebenan, ein Mord geschehen würde. Wie im Fall Raiher, als sie im Haus waren, während der Täter zuschlug. In Angler und Schmidter keimten kurze Zweifel auf, ob sich ihr Chef vielleicht doch verrannt hatte. Sie schwiegen und ließen sich nichts anmerken. Bircher hatte das Gefühl, als würde sich mit jeder Minute nach dreiundzwanzig Uhr sein Puls um einige Schläge beschleunigen. Er presste die Lippen zu einem schmalen Strich zusammen, seine Augensäcke schienen mit Luft gefüllt zu sein, prall hingen sie hinter der Hornbrille hinunter, die Lider verbargen seinen Blick wie zwei Rollos. Bircher starrte auf sein Funktelefon, im ersten Moment wusste er nicht, ob er seinen Augen trauen sollte. Das kleine rote Lämpchen war angegangen, es blinkte ihn an, als würde es ihm zublinzeln und signalisieren, dass es für ihn bereitstünde. Er griff das Telefon, hielt die Taste gedrückt und hörte die Stimme des Wachhabenden der achten Etage die vereinbarte Meldung flüstern: »Mann zur Neun, Mann zur Neun.«

Das war eindeutig, jemand bewegte sich im Treppenflur von der achten auf die neunte Etage. Bircher gab ein Warnsignal an seine Mitarbeiter, einen einzelnen kurzen Ton, allen war klar, jemand bewegt sich in Richtung ihres Objekts. Es herrschte Totenstille.

Keine Minute später blinkte das Funktelefon ihn erneut an, er presste es an sein Ohr: »Mann zur Zehn, Mann zur Zehn.«

Es bestand kein Zweifel mehr, die Person näherte sich ihrer Etage. Erneut drückte er die Warntaste für Angler und Schmidter. Ein Gedanke schoss ihm durch den Kopf: Wie hatte der Mann unbemerkt auf die achte Etage gehen können?

Noch eine einzige Meldung und seine Analysen würden sich als richtig erweisen. Es blieb still. Bircher starrte auf das Funktelefon in seiner Hand, als würde es gleich explodieren. Sein Herz raste, der Schweiß floss ihm den Rücken hinunter, er stand leicht gebückt vor Frau Nielens Schuhparadies in der Ecke. Er dachte kurz daran, dass es besser gewesen wäre, hätte er die Schuhe in seinem Rücken weggeräumt, nicht auszudenken, wenn sie im entscheidenden Moment wie bei einem Lawinenabgang zu Boden stürzten.

Es war keine Zeit zum Grübeln, in seiner Hand leuchtete es, er hörte die Meldung: »Eintritt auf elf.«

Er nahm das Telefon und zischte: »Zugriff in drei Minuten!«

Angler schlich zur Schlafzimmertür, zischte: »Zugriff«, und verschwand hinter der Badezimmertür.

Bircher hörte ein Geräusch, fast unmerklich. Wüsste er nicht, was jetzt geschehen musste, wäre es ihm nicht aufgefallen. Jemand hantierte am Türschloss. Gleich darauf vernahm er ein leichtes Knacken, wie wenn man bei einer Gangschaltung am Fahrrad hochschaltet. Jetzt müsste der Mann die Tür öffnen, gleich würde er die lose Kette bemerken. Bircher hatte entschieden, die Kette aus der Verankerung zu nehmen, da er befürchtete, der Täter würde sonst sofort abdrehen. Das war ein kritischer Moment, es könnte ihm auch signalisieren, dass niemand in der Wohnung sei, er also umdrehen könne. Bircher dachte eine Sekunde daran, dass sie die Kette hätten ganz entfernen sollen. Nun war es zu spät. Der Täter kannte keinen Halt, er musste in der Wohnung sein, Bircher spürte es. Wäre er umgekehrt, hätte ihn der Posten gewarnt.

Bircher presste sein Ohr an das Schlüsselloch. Die Person

drückte die Wohnungstür von innen millimeterweise ins Schloss, so, als würde man ganz langsam eine Schreibmaschinentaste hinunterdrücken. Gleich darauf hörte Bircher nur noch sein Herz schlagen. Der Mann musste jetzt unbeweglich im Flur stehen. Wahrscheinlich lauschte er vor seinem nächsten Schritt in die Wohnung hinein. Unwillkürlich versuchte Bircher den Atem anzuhalten. Er hörte nichts. Sein Ohr klebte am Schlüsselloch, würde der Mann plötzlich die Tür aufreißen, hätte er kaum eine Chance zurückzuweichen. War es möglich, dass der Mann sich schwebend fortbewegte? Plötzlich vernahm er ein sanftes Geräusch, und er wusste sofort, was es bedeutete, der Mann schlich auf Socken. Wie Karola, wenn sie langsam aus dem Bad kam. Es hörte sich an, als würde man mit der Hand langsam über eine Tischdecke streichen. Jetzt verblieben noch Sekunden, Bircher konnte nicht mehr tun als warten. Ihn umgab Grabesstille.

Schmidter stand steif wie eine Säule auf seinem Platz in der Fensterecke. In der linken Hand hielt er die Stablampe, in der rechten die entsicherte Pistole. Er konnte hören, wie jemand langsam die Klinke der Flurtür hinunterdrückte, gleich musste er sich entscheiden: geradeaus in die Toilette oder nach links in das Schlafzimmer. Schmidter sah den Umriss des Kopfes der Hauptwachtmeisterin, sie lag auf dem Rücken, den Mund wie im Tiefschlaf leicht geöffnet, den Kopf leicht nach rechts zum Fenster geneigt. Es sah aus, als würde sie etwas Angenehmes träumen. Ihre rotbraunen Haare bedeckten die Wangen, der Pony lag zersaust über der Stirn. Es war unmöglich, sie von Frau Nielen zu unterscheiden.

Der Mann hatte sich entschieden. Langsam glitt die Schlafzimmertür zur Seite. Eine stämmige Gestalt mittlerer Größe tauchte im Türrahmen auf. Ein weitgeschnittener dunkler Anorak verbarg seine Figur, es schien, als wölbte sich der Stoff über einen Bauchansatz. Der Anorak war bis über das Kinn verschlossen. Das Gesicht war fast vollständig verdeckt. Man sah nur die Nase und unter der Mütze zwei Augenschlitze. Er trug eine Cordhose und eine Pudelmütze, wie man sie bei Skifahrern sieht. Die Kleidung war schwarz oder dunkelblau, die ganze Gestalt hob sich kaum von der Dunkelheit ab. Einzig die Hände waren erkennbar, wie vom Körper losgelöst, schwebten sie gelblich, wie angemalt, halb hoch vor ihm. Man könnte meinen, sie würden auf einem unsichtbaren Tablett vor ihm hergetragen werden.

Er schlich behutsam, die Füße langsam aufsetzend, die wenigen Schritte zum Bett. Er beugte sich, während die gelben Hände wie die Schaufeln eines Baggers ausfuhren und sich fast zärtlich über die Hauptwachtmeisterin senkten. Sie waren nur noch Zentimeter vom Hals entfernt. Die Polizistin bewegte sich nicht, sie atmete ruhig wie ein Kind.

Die Hände setzten zum tödlichen Würgegriff an, da schnellten ihm, wie aus einem Schnappmesser geschossen, die Arme der Hauptwachtmeisterin entgegen. Ihre linke Hand klatschte fest auf seinen Nacken, die andere lag gleichzeitig flach auf seiner Wange, die Handkante wie angeklebt an seinem Nasenflügel. Die Finger stachen in seine Augen. Sie zog mit der linken seinen Nacken zu sich, während die rechte sein Gesicht nach hinten drückte. Die Handkante der Hauptwachtmeisterin schob seine Nase wie einen Fremdkörper von sich. Er musste dem Druck weichen und seinen Kopf abdrehen, wobei die Pudelmütze verrutschte und jetzt schief von seinem Schädel hing. Der Mann fuchtelte hilflos mit den Armen, den Kopf wie bei einem Rückwärtssalto nach hinten gebeugt, blieb seinem Körper nichts anderes übrig, als ihm zu folgen. Er fiel wie ein vom Himmel stürzender Habicht zu Boden, über ihm thronte die Hauptwachtmeisterin.

Der gleißende Kegel der Stablampe erfasste die beiden wie auf einer Zirkusbühne. Man sah kurz das entsetzte Gesicht eines Mannes, über sich eine hübsche Frau. Daneben stand Schmidter, den Revolver auf den Mann gerichtet.

»Judo, Tate-shiho-gatame,« murmelte Schmidter.

»Gut aufgepasst.« Die Polizistin lächelte ihn an.

In der Tür stand Bircher:

»Guten Abend, Herr Fichtner. Ich verhafte Sie wegen des dringenden Verdachts Frau Thule, Frau Alt und Frau Raiher ermordet zu haben, und des versuchten Mordes an Frau Nielen.«

19

Die Handschellen schnappten zu, Fichtner trug immer noch seine gelben Latexhandschuhe. Über seine Socken hatte er sich eine Art Gummischutz gezogen, eine Heimwerkeranfertigung aus dem Material, das Taucher benutzen. Sein Gesicht zuckte wie unter Stromstößen. Ansonsten zeigte er keine Regung, teilnahmslos ließ er alles über sich ergehen.

Es schien, als hätte er mit seinem Leben abgeschlossen. Zwei Polizisten aus der Wachmannschaft führten ihn ab.

Die Hauptwachtmeisterin stand still an der Fensterfront, wie jemand, der sich zu einem Bewerbungsgespräch eingefunden hat. Die Gardinen hatte Schmidter bis zur Hälfte zur Seite geschoben. Fast unmerklich schüttelte sie beide Hände, als müsste sie ihre Gelenke lockern. Ihr Pony war etwas verrutscht, die rotbraunen Haare bildeten jetzt einen Mittelscheitel und fielen glatt zu den Seiten. Über ihre Jeans fiel das weiße Nachthemd, unter dem sich vor dem Hintergrund des einfallenden Lichts der dunkle Schutzgürtel abzeichnete. Es fehlte nur der locker umschlungene schwarze Gürtel, und sie würde tatsächlich wie eine Judokämpferin aussehen.

Bircher ging auf sie zu, sofort nahm sie Haltung an und blickte ihn ernst an. Er lächelte und sagte »Rühren!«. Plötzlich umfasste er etwas ungelenk ihre Schultern:

»Tapferes Mädchen!«, flüsterte er ihr ins Ohr und drückte sie eine Sekunde an sich. Dann schob er sie vorsichtig von sich weg, musterte sie noch einmal wie der Vater seine erwachsene Tochter, nickte ihr freundlich zu und sagte in die Runde: »Der Einsatz ist beendet. Abmarsch!«, und zu Schmidter und Angler gewandt: »Übermorgen, um acht Uhr im Büro, bis dahin dienstfrei. Schlaft euch aus! Ruft die Fahrbereitschaft an, jemand soll mich abholen. Ich muss noch drei Telefonate führen. Mache ich gleich von hier aus.«

Die beiden salutierten und grienten Bircher wie einen Trainer nach einem gewonnenen Auswärtsspiel an. Nacheinander gaben ihm Angler, Schmidter und die Hauptwachtmeisterin die Hand und verließen die Wohnung. Bircher ging langsam zum Wohnzimmer. Seine Beine fühlten sich wie eingegipst an. Er hielt in der Diele inne und stützte beide Hände auf den runden Tisch, an dem er einige Male mit Frau Nielen gesessen hatte. Ihn überfiel eine grenzenlose Leere, er fühlte plötzlich nichts mehr, außer einem dumpfen Rauschen im Kopf, als würde ein Wasserfall von seinem Schädel hinab durch seinen hohlen Körper stürzen. Er nahm die Brille ab und rieb sich mit beiden Zeigefingern die Augenlider. Als hielte ihn eine Klammer umfasst, verharrte er für einige Sekunden, lehnte sich dann wie ein Referent über den Tisch. Er sah aus, als hätten ihn alle Sinne verlassen, als würde er ungläubig in einen leeren Raum starren. In Bircher rauschte immer noch der Wasserfall, jetzt aber deutlich ruhiger, als würde die Quelle bald versiegen. In ihn strömten allmählich Gedankenfetzen, die aber, sobald er sie zusammenfügen wollte, wie Glühwürmchen im Nachtwind verschwanden. Er bemerkte, wie unter ihm seine Hände abstarben, und konnte endlich einen Entschluss fassen: Ich muss versuchen, mich zu bewegen.

»Los, lass uns gehen«, hörte er jemanden von der Kante des Wasserfalls rufen. Es war seine eigene Stimme, die er vernahm. Sie klang wie die eines Fremden, der sich in ihm versteckte. Bircher riss sich von der Tischplatte los und schüttelte mehrmals den Kopf, als müsste er nach einem Tauchgang das Wasser aus den Ohren treiben.

Augenblicklich nahm er die Stille der verlassenen Wohnung wahr, wie nach einem missratenen Scherz grinste er verlegen und ging energisch zur Couch, wo noch vor kurzem seine Kollegen ihren

Dienstschlaf versucht hatten. Das Telefon stand auf einem schmalen Beistelltisch, eines mit Tasten, wie bei Meier, registrierte er.

Er wählte seine eigene Nummer und fast im selben Moment, als er die letzte Ziffer eingegeben hatte, war Karola am Apparat. Er sagte, dass es vorbei sei, und hörte wie sie aufjuchzte, vor Freude oder Erleichterung oder auch Stolz.

Danach durchwühlte er seine Sakkotaschen, bis er endlich das Kärtchen mit der Nummer des Hotels *Berolina* in der Hand hielt. Er meldete sich als Major Bircher vom Polizeipräsidium und bat darum, ihn mit dem Zimmer von Frau Nielen zu verbinden. Bircher setzte sich auf das Sofa und wartete. Es dauerte eine Weile, bis die Dame am anderen Ende sagte, dass sich bei Frau Nielen niemand melden würde. Sie könne aber noch in der Bar anrufen.

»Ja, machen Sie das«, erwiderte er trocken. Scheint ihr ganz gut zu gehen, dachte er, während er der Stille an seinem Ohr lauschte.

Plötzlich knarrte es kurz wie bei einer Rassel, und gleich darauf hörte er Frau Nielens Stimme.

»Sind Sie fertig?«, fragte sie, als ob sie sich nach der Renovierung ihrer Wohnung erkundigte.

»Ja, der Mann ist gefasst worden. Es hat alles so geklappt, wie geplant, und Sie können zu jeder Zeit zurück in Ihre Wohnung.«

»Oh, da gratuliere ich Ihnen. Na, ein Glück, dass der Spuk vorbei ist. Dann werde ich wohl hier meine Zelte abbrechen müssen«, sagte sie gelassen.

Bircher war nicht ganz klar, ob hinter der üblichen Ironie eine Spur des Bedauerns mitschwang.

Einen Moment später, er wählte die Nummer von General Meier, fiel ihm ein, dass Frau Nielen nicht nach dem Täter gefragt hatte. Er lauschte dem monotonen Tuten und wollte fast schon auflegen, als er die forsche Stimme seines Chefs vernahm:

»Entschuldige, ich war im Bad«, erklärte er die Verzögerung und nahm Birchers Bericht wortlos entgegen.

Als Bircher mit einem kurzen »Alles andere dann später« verstummte, sagte Meier: »Gratuliere dir, Karl, und den Genossen, große Leistung! Komme bitte mit Schmidter und Angler übermorgen, um sechzehn Uhr, zu mir! Nochmals, wirklich Klasse, großer Sieg!«, entfuhr es ihm erneut. Es klang, als hätten sie beide gerade eine Goldmedaille bei den Olympischen Spielen gewonnen.

Im Vorzimmer des holzgetäfelten Kabinetts des Polizeivizepräsidenten warteten Bircher, Angler und Schmidter darauf, hineingerufen zu werden. Angler trat wie ein unruhiges Fohlen von einem Bein auf das andere. Er und sein Kollege Schmidter waren noch nie hier gewesen. Der verharrte regungslos neben einem kleinen Tisch mit zwei Stühlen.

Bircher saß und blätterte gedankenlos in der NBI. Er hatte überraschend gut geschlafen, für seine Verhältnisse spät gefrühstückt und sich gefreut, dass Karola neben ihm saß und ihr Kreuzworträtsel studierte.

»Ist ja wie ein Wochenende«, hatte Bircher gemurmelt, als sie verstohlen lächelnd ihr Rätselheft auf den Tisch legte.

»Nur mal gucken, ob es was Neues gibt«, beruhigte sie ihn.

»Ich bin mit Rätseln bedient«, sagte er trocken.

Später war Bircher ins Büro gefahren und hatte Fichtner vorführen lassen. Besonders interessierten Bircher zwei Fragen: Wie war Fichtner am 27. oder 28. Dezember unbemerkt ins Haus gelangt, schließlich hatten ihn die Wachhabenden am Eingang und auf dem Dachgarten nicht gesehen. Und war er es, der den vergifteten Mastika für Frau Miera abgegeben hatte?

Fichtner hatte mit sich abgeschlossen. Alle seine Energie, seinen Hass und seine Intelligenz hatte er in seine Taten investiert. Es habe leider nicht ganz gereicht.

»Eine Frau hätte unbedingt noch sterben müssen«, murmelte er teilnahmslos.

Seine Lebensplanung endete am 28. Dezember, was danach kam, interessierte ihn so wenig wie ein Leben nach dem Tode.

Emotionslos gestand er die Morde. Er habe die kurzen Leben seiner Tochter – er sprach von Klaudia weiterhin als von seiner Tochter – und seiner Frau mit dem Tode der vier Frauen begleichen müssen. Nun leider nur drei, merkte er resignierend an. Trotzdem hoffe er, in ihrem Sinne gehandelt zu haben. Die »Tat« befreie ihn von einer unerträglichen Last. Es hörte sich an, als würde er den Verlauf einer Schachpartie erklären, warum er für den Sieg die Dame opferte.

Zum Schluss hatte ihn Bircher gefragt, wie er am 28. Dezember das Haus betreten hatte. »Wie kommen Sie denn bitte auf den achtundzwanzigsten?«, bemerkte er gleichgültig, fast konnte man eine leichte Empörung heraushören. »Ich bin bereits am Nachmittag des sechsundzwanzigsten, als alle beim Weihnachtskaffee saßen, durch den Haupteingang gekommen, dann auf die achte Etage gefahren, habe die leere Wohnung von Herrn Battes betreten, der wohnt ja auf der Datscha, und dort auf den achtundzwanzigsten gewartet. Es waren nur noch drei Stockwerke zu überwinden«, erklärte er Bircher fast vorwurfsvoll, als müsste er ihm die Gegebenheiten des Hauses ins Gedächtnis rufen.

Bircher nickte und stellte seine zweite Frage nach dem Giftanschlag auf Frau Miera. »Ja, das war ich. Es sollte Böhme treffen, ursprünglich doppelt, indem ich ihm sowohl die Frau wie seine Freiheit nehme. Hatte leider nicht bedacht, dass sich die beiden bereits getrennt hatten. Vielleicht wäre der für das Vorgehen auch zu dämlich gewesen. Man muss schließlich ein wenig von der Chemie der Alkaloide verstehen. Die Salze stinken nicht«, bemerkte er tonlos, als würde er einen Schüler belehren. »Ist sie tot?«, fragte er Bircher, als würden sie über irgendein Opfer eines Verkehrsunfalls reden.

»Nein, sie lebt, weil Gott sei Dank Ihre Intelligenz nicht ausreichte, die letale Dosis korrekt zu berechnen.«

»Ach«, war alles, was er mit ungläubigem Erstaunen hervorbrachte.

Bircher legte die Illustrierte zur Seite und warf einen fragenden Blick auf die Sekretärin Meiers, die entschuldigend kurz die Schultern hob. Angler und Schmidter standen wie Wachposten nebeneinander in dem kleinen Vorzimmer. Sie hatten das Angebot der Sekretärin, sich einen Stuhl zu nehmen, kategorisch abgelehnt. Bircher hatte bemerkt, dass es nur einen freien Stuhl gab. Na ja, solidarisch, wie es sich gehört, schmunzelte er in sich hinein.

Plötzlich öffnete sich mit großem Schwung die Tür des Generals und heraus trat Meier, ungewohnt strahlend und mit ausgebreiteten Armen, als dürfte er gleich eine Siegerehrung vornehmen.

»Genossen, Karl, kommt rein. Wir erwarten euch ja bereits.«

Angler schielte zu Bircher, um sich zu vergewissern, ob er das richtig verstanden hatte, dass nicht sie seit dreißig Minuten warteten, sondern die anderen. Bircher verzog keine Miene, er trat auf Meier zu und ergriff die ausgestreckte Hand. Meier drückte kräftig zu und zog ihn etwas an sich heran. Bircher fürchtete schon umarmt zu werden und begab sich intuitiv ins Hohlkreuz. Es wäre ihm peinlich gewesen, er hasste diese beruflichen Umgarnungen. Aber Meier wollte ihm nur die Hand auf die Schulter legen und ihn ins Zimmer schieben.

Meier drehte sich zu Schmidter und Angler um, die noch stramm vor ihnen standen, winkte sie herein und begrüßte sie mit kurzem Handschlag. Er wies ihnen zwei Plätze am Ende des Beratungstisches zu, während er Bircher an seine Seite dirigierte. Dort saßen bereits die ihm bekannten Vertreter des Parteiapparats und des Innenministeriums. Sollten die nicht im Urlaub sein?, dachte er kurz, als er sich setzte.

Als Bircher den Raum betreten hatte, war der leitende Genosse fast aufgesprungen, er hatte die Faust geballt, wie zum Rotfront-Gruß oder als wäre gerade ein entscheidendes Tor gefallen, und hatte ihn, weit über den Tisch gebeugt, wie einen alten Kameraden breit angelächelt. Der General aus dem Ministerium schüttelte ihm nur wortlos die Hand und nickte wie ein Experte mehrfach anerkennend. Der Mitarbeiter des Apparats hatte sich wieder lässig zurückgelehnt, wie zum Gebet gefaltet ruhten seine Hände auf der Tischplatte. Er trug einen grauen Anzug und, wie bei den vergangenen Treffen, eine rote Krawatte, der exakt gleichschenklige Dreiecksknoten saß straff am Hals. Wenn er kräftig schluckte, hob und senkte sich das Dreieck, als würde es von einer Hand unter dem Hemd bewegt werden. Sein Gesicht strahlte die Ruhe und Gewissheit eines Menschen aus, der es gewohnt war, immer auf der Siegerseite zu stehen. Sollte es sich andeuten, dass etwas nicht wie vorgesehen laufen würde, hatte er genug Mitarbeiter, die den Weg oder aber das Ziel korrigierten, so dass am Ende doch noch der Erfolg stand. Dieses Mal hatte sich das Abwarten gelohnt. Nachdem er zu Beginn fast übermütig die Faust zum Gruß oder zur Anerkennung geballt hatte, drückte seine Haltung jetzt wieder die Weisheit des leitenden Parteifunktionärs aus. Er blickte anerkennend auf Bircher und seine Augen schienen ihm zu bedeuten: Na, sehen Sie, ich hatte doch recht, als ich Ihnen diese Aufgabe anvertraute.

Den General des Innenministeriums kannte Bircher von Festveranstaltungen, auf denen er gewöhnlich die Ansprache hielt. Ein alter gutmütiger Genosse, der es bei vorgerückter Stunde und nach einigen Gläschen liebte, von den Kämpfen der Interbrigaden während des Spanienkrieges zu erzählen. Es konnte schon vorkommen, dass er versonnen ein Ernst-Busch-Lied anstimmte. Die jungen Mitarbeiter warfen sich dann fragende Blicke zu und versuchten schließlich den Refrain »Die Heimat ist weit und wir sind bereit …« mitzuschmettern. Dann überzog ein leises Lächeln das Gesicht des Generals, und er sah aus wie ein glücklicher Großvater bei einer Familienfeier. Beim Abschied hörte man ihn in die Runde sagen: »Hat sich doch alles gelohnt.«

Jetzt nickte er wie ein wohlgesinnter Erzieher Bircher zu und sagte:

»Also, Genosse Major, schießen Sie los. Erbitte eine Zusammenfassung. Entschuldige, Horst«, neigte er sich zu Meier, »dass ich dir hier das Wort wegnehme, aber im Unterschied zu mir weißt du ja bereits alles.«

Meier hob entschuldigend beide Hände, als würde er beteuern wollen, dass dem leider tatsächlich so wäre, und neigte wie ein Dirigent vor dem ersten Anschlag leicht den Kopf nach unten.

Alle blickten auf Bircher, der sich kurz räusperte und begann eine Zusammenfassung der Ermittlungen vorzutragen. Zunächst gab er eine kurze Beschreibung der beiden ersten Morde und seiner Gespräche mit Professor Tetsche. Sie seien sich nach dem zweiten Mord relativ sicher gewesen, es mit einem psychisch gestörten Menschen zu tun zu haben. Bald glaubten sie nicht mehr daran, dass sich der Täter seine Opfer zufällig aussuchte. Da er sich offensichtlich im Haus bestens auskannte, hätte die Vermutung nahegelegen, dass er aus dem Haus stammte oder aber es früher bewohnt hatte.

Der Mord auf der siebten Etage an Frau Raiher habe eine Art Zäsur dargestellt: Bis dahin wären sie davon ausgegangen, dass der Mörder bei Beibehaltung der Geradzahligkeit die achte Etage wählen würde. Dass es die siebte war, konnte ein Ablenkungsmanöver gewesen sein.

»Es war jedenfalls der dritte Mord mit fast identischem Tötungsgeschehen«, dozierte Bircher. »Wir glaubten zu diesem Zeitpunkt fest daran, dass der Täter mit den Frauen etwas aus seiner Erinnerung oder, was er dafür hält, auslöschen will. Es fiel auf, dass alle Opfer zu Seitensprüngen neigten. In jedem Fall musste sein Trauma mit dem Hochhaus zusammenhängen.«

Meier nickte wie jemand, dessen Gedanken der Vortragende richtig wiedergibt.

»Nun, zu dieser Zeit«, hüstelte Bircher etwas verlegen, »hatte ich meiner Frau den Fall geschildert. Natürlich, ohne Namen zu nennen«, fügte er hinzu.

Meier nickte verständnisvoll, der Vertreter des Apparates verzog keine Miene und der General lächelte ihm achselzuckend zu, als wäre es völlig normal, sich in dieser Situation mit der Gattin auszutauschen.

»Sie brachte mich auf den Gedanken, die mit den Morden auftretenden Zahlen, also die Ziffern der Etagen und die Anzahl der amputierten Finger, mit Zahlen oder Zahlenkombinationen zu vergleichen, die in irgendeiner Weise im Zusammenhang mit Vorkommnissen im Hochhaus stehen könnten und mit einer Person. Also schauten wir uns die Lebensläufe alle Bewohner, heutiger wie früherer, detailliert an. Das brachte uns auf eine Idee …«

Bircher zog einen weißen Boden Papier aus dem Aktendeckel vor sich, nahm einen Bleistift und notierte eine Zahlenreihe:

4 + 6	oder:	4 + 6
+ 8		+ 7
+ 10		+ 11
+ 2		+ 2
+ 2		+ 2
+ 2		+ 2
+ 2		+ 2
(+19)		(+19)
=		=
55		55

Die Runde blickte über die Zahlenkolonnen, als würde sie sich den Stand ihrer Skatrunde ansehen. Wie jemand, der das Ergebnis bereits kennt, verharrte Meier auf seinem Platz. Alle anderen studierten stirnrunzelnd den Zettel, ließen sich schließlich zurück auf ihre Stühle sinken und nickten Bircher kurz zu, als würden sie ihm sagen wollen, dass alles seine Richtigkeit habe. Bircher begann die Gleichung zu erklären: »Die Zahlen 4, 6, 8 und so weiter bezeichnen die Etagen, die 2 amputierten Finger. Nun, ohne die 11 kommt man nicht auf 28, also auch nicht auf 36, bei Addition der 8 Finger. Vorausgesetzt, es bleibt bei vier Morden, den drei bekannten Etagen und einer neuen Etage. Das könnte die elfte sein. Der Mord auf der siebten sollte uns vom Ziel ablenken. Aber die Zahl 18 brachte uns nicht weiter. Der Durchbruch erschien dann simpel, meine Frau wies mich auf die Hausnummer des Hochhauses hin, die 19, so kamen wir auf 55. Und unter allen Zahlenkombinationen, die wir errechneten, war 55 die einzige Zahl, die Hochhaus, ein Ereignis und einen Bewohner miteinander verband. Dazu mussten wir allerdings aus 55 ein 1955 machen. So, und jetzt hatten wir zum ersten Mal den Hauch einer Idee: In diesem Jahr starb nämlich eine junge Frau auf der zehnten Etage. Zufällig hatten wir es im Juli mit einem Fall zu tun, der auf den ersten Blick nichts mit den Morden zu tun hatte«, berichtete Bircher den angespannt lauschenden Genossen.

»Damals war eine junge Frau, ihr Name ist Klaudia Fichtner, verstorben. Kein Fall für uns, nahmen wir damals an, denn die Ursache war ein schweres Herzleiden. Aber im Zuge der Mordermittlung stellten wir fest, dass Klaudia die Tochter eines Herrn Fichtner war, der im Hochhaus gewohnt hatte. Seine damals blutjunge Frau starb im Jahr '55 an Herzversagen und ließ ihn mit der einjährigen Klaudia zurück. Unmittelbar darauf zog er aus dem Hochhaus aus. Nun, zunächst kein Grund für irgendeinen Verdacht. Bis wir bei unseren Recherchen darauf stießen, dass Fichtner gar nicht der Vater der Klaudia sein konnte. Abstammungsgutachten bewiesen, dass ausgerechnet Herr Böhme, sein Erzfeind, der ihn wegen einer geplanten Republikflucht etliche Jahre lang erpresste, Klaudias leibhaftiger Vater war. Das steht alles im Detail im Bericht«, verkürzte Bircher diesen Teil.

»Als wir Fichtner mit Böhme konfrontierten, brach Fichtner zusammen. So schien es uns jedenfalls. Ich weiß bis heute nicht, ob er es wirklich nicht wusste. Zu diesem Punkt schweigt er eisern. Böhme besuchte Klaudia kurz vor ihrem Tod. Die Tote hat den Inhalt des Gesprächs mit ins Grab genommen. Vielleicht ist Klaudia ein Verdacht gekommen, vielleicht hat Böhme ihr etwas angedeutet. Möglich, dass Klaudia ihren vermeintlichen Vater zur Rede stellte. Wie gesagt, Böhme streitet ab, sich vor seiner Tochter offenbart zu haben. Als wir Fichtner im November mitteilten, dass er nicht der

Vater ist, war bereits die dritte Frau tot. Ich hege deshalb den Verdacht, dass Klaudia ihrem vermeintlichen Vater im Sommer doch irgendetwas von Böhmes Besuch erzählt hat und sich in Fichtners Kopf ein Schalter umlegte. Die beiden einzigen Frauen in seinem Leben, die ihm jemals etwas bedeuteten, existierten nicht mehr. Die Verzweiflung darüber hat ihn zwischen Juli und Oktober im wahrsten Sinne des Wortes um den Verstand gebracht. Der Vaterschaftstest wirkte dann wie eine Art Brandbeschleuniger. Die Morde folgten bereits seiner Zahlenreihe, der er, wie einem unentrinnbaren Sog erlegen war. Der Tod Klaudias, die Untreue seiner Frau und die Offenbarung, nicht sein eigenes Kind geliebt zu haben, entfachten seinen schizoiden Hass. Deshalb wählte er als seine Opfer bestimmte Frauen aus. Auf der elften Etage passte nur Frau Nielen in sein Raster. Als ich dann das Jahr 1955 weiter recherchierte, stellte ich fest, dass sich am 28. Dezember 1975 der zwanzigjährige Todestag von Fichtners Frau jährte. Ich setzte darauf, dass er an diesem Tag seinen Feldzug beenden würde.«

»Deshalb also euer Einsatz am achtundzwanzigsten«, bemerkte der Vertreter des Apparats, als wollte er zeigen, dass er Bircher aufmerksam gefolgt war.

»Ja«, sagte Bircher trocken, »der Einsatzbefehl beruhte auf diesem Datum.«

Er griff sich seine Zahlenreihe, legte das Papier in den Ordner und lehnte sich zurück. Für ihn war der Fall abgeschlossen. Fichtner hatte alles widerspruchslos gestanden.

Wie zwei Geschworene bei einer Gerichtsverhandlung hatten Angler und Schmidter unbeweglich auf ihren Stühlen gesessen. Meier blickte jetzt zu ihnen hinüber, dann wanderte sein Blick zu seinem Vorgesetzten im Ministerium, der versonnen in den Raum sah, als würde er gerade seine Gedanken schweifen lassen, und schließlich auf den Vertreter des Apparats. Meier wollte etwas sagen, wahrscheinlich eine Art Würdigung der Arbeit seiner Dienststelle, da räusperte sich der Mitarbeiter des Parteiapparats.

Er betrachtete stirnrunzelnd seine Uhr, hüstelte etwas, erhob sich plötzlich und sagte im abgehackten Tonfall eines Chefarztes, der am Operationstisch ein wichtiges Instrument verlangt, dass auf ihn leider bereits der nächste Termin warte, aber er es nicht versäumen möchte, vorher die hervorragende Tätigkeit aller Genossen zu würdigen.

»Ich möchte den ermittelnden Genossen insbesondere den Dank der Leitung der Abteilung für Sicherheit übermitteln«, betonte er und reckte dabei sein Kinn etwas in die Höhe.

Es schien, als würde er trotz seiner Termine gleich zu einer längeren Erklärung ausholen. Stattdessen betonte er kurz den großen Erfolg aller beteiligten Ermittlungsorgane. Tragische Verluste seien zu beklagen. Es sei aber gelungen, die Bürger vor weiteren Verbrechen zu schützen. Dem besonnenen Vorgehen des Genossen Generalmajor Meier, Major Bircher und ihrer Mitarbeiter sei es zu verdanken, dass es der feindlichen Springerpresse nicht gelungen sei, aus den tragischen Vorfällen Profit zu ziehen.

»Daran sollten wir denken, wenn wir auf die Ereignisse zurückblicken. Jetzt gilt es, nach vorne zu blicken, aber auch den Bewohnern des Hochhauses die Leistungen unserer Sicherheitsorgane zu vermitteln.«

Wie um sich zu bestätigen, nickte er in die Runde. Dann schritt er mit steifen Schritten um den Tisch, reichte Bircher die Hand, sagte »alles Gute«, eilte weiter zu Angler und Schmidter, hob wie ein Schaffner den rechten Arm und verließ mit schnellen Schritten den Raum.

Bircher hoffte, dass damit die Sitzung beendet sein würde, da ergriff Meier das Wort. An den General aus dem Ministerium gewandt sagte er, dass er vor allem auf sein hervorragendes Kollektiv stolz sei, unausgesprochen sich selbst einbeziehend. Sie alle, fügte er sicherheitshalber hinzu, hätten mit kühlem Verstand, eisernen Nerven und unter Einbeziehung aller psychologischen wie wissenschaftlichen Potentiale – Bircher musste plötzlich an Karolas Kreuzworträtsel denken – einen der schwierigsten Fälle, mit denen er jemals befasst gewesen sei, gelöst. Sicher, sie hätten Opfer zu beklagen und für die Angehörigen wären die Verluste unersetzlich, aber es hätte noch schlimmer kommen können.

»Genosse Bircher und ich haben, im Schulterschluss«, dabei ruckte Meiers Kopf in Richtung Bircher einmal kurz nach unten, »die Lage richtig eingeschätzt. Es wurde das Notwendige veranlasst und von euch«, sein Arm streifte erklärend über die Köpfe seiner Mitarbeiter, »straff umgesetzt. Wir können auf uns stolz sein«, schloss er und betonte dabei langsam jedes Wort.

Meier sah hinunter auf den General des Ministeriums, als würde er ihn um einen Beitrag bitten. Der zuckte etwas, als hätte man ihn aus seinen Gedanken aufgeschreckt, stemmte sich langsam aus seinem Sitz und reichte Bircher die Hand.

»Also, Genosse Bircher, noch mal, gute Arbeit. Gratuliere! Nun machen Sie mal paar Tage Urlaub und feiern schön Silvester. Gleiches gilt für euch«, wandte er sich zum Tischende, wo Angler und Schmidter wie auf Kommando in die Höhe schnellten und Haltung annahmen.

Der General winkte väterlich ab und griff nach seiner schmalen Aktentasche, die unberührt vor ihm lag. Er reichte Meier die Hand, murmelte: »Machs gut!«, und ging langsamen Schritts zur Tür. Plötzlich hielt er inne und drehte sich nochmals zu Bircher um.

»Was mir gerade einfällt: Ist denn der Giftanschlag auf die junge Frau, äh, also, ich meine die Tochter vom Genossen Miera aus dem Ministerium für Versorgung, aufgeklärt worden? Der hat mich neulich angerufen«, fügte er leicht seufzend hinzu und blickte Bircher fragend in die Augen.

»Ist aufgeklärt. Es war Fichtner, der unseren Verdacht auf Böhme lenken wollte. Fichtner wusste natürlich, wo Böhme arbeitet. Die kennen sich ja seit Jahrzehnten. Er hat sich aus dem Giftschrank des Instituts das Gift besorgt. Übrigens hatte er sich auch Schlüssel zum Hochhaus von Böhme besorgt, noch bevor wir einige

Schlösser austauschten. Martin Baumann hatte seinen bei Böhme verloren, bei einem seiner Barbesuche.«

»Martin, das ist der Sohn vom Professor Baumann?«

»Ja, der ist es.«

»Hm«, machte der General und runzelte streng die Stirn.

»Und wie kam der Fichtner nach dem Austausch der Schlösser ins Haus?«

»Leider für einen geübten Heimwerker, wenn er dann noch Ingenieur ist, ein Kinderspiel. Die sogenannten Kreuzbartschlösser sind leicht zu überwinden. Gibt in der Republik nur die eine Sorte.«

»Aha. Das werd ich mal dem Genossen Miera aufs Butterbrot streichen«, grinste der General und hob verabschiedend die Hand zum Gruß.

Es war der 31. Dezember abends und Bircher saß mit seiner Frau vor dem Fernseher. Er kam von seinem letzten Besuch im Hochhaus. Der galt Frau Essorg. Als er bei ihr klingelte, begrüßte sie ihn mit den Worten: »Na schaun's her, nun haben Sie tatsächlich den Fall gelöst.«

»Ja«, sagte er und hielt seinen Blumenstrauß unschlüssig vor der Brust. Sie blinzelte unsicher in seine Richtung, schließlich war sie fast blind.

»Ich möchte Ihnen als Dank für Ihre Unterstützung einige Blumen schenken.«

»Wunderbar, das sind ja Gerbera, meine Lieblingsblumen und gleich dreizehn, wie wir Etagen im Haus haben!«, rief sie dem verdutzten Bircher zu.

»Hm, ist aber wirklich zufällig. Ich wollte mich nochmals für den Tipp bedanken, den Sie mir damals gaben«, sagte er freundlich, immer noch überrascht von ihrer wiedergewonnenen Sehstärke.

»Ganz richtig, Richter, der war's also, hatte ich doch damals erwähnt, als mein Sohn hier war. Der Mann ist nicht ganz gescheit im Kopf, nicht?«

»So ungefähr. Er heißt Fichtner.«

»Nun sei's, wie es sei. Ich bin schon närrisch froh, dass mir der Richter rechtzeitig eingefallen war.«

Bircher lächelte, übergab die Blumen und verließ das Hochhaus.

Bircher saß auf seinem Sofa, neben sich Karola. Es wurde ein alter »Polizeiruf 110« aus dem Jahr 1972 gesendet. Karola hatte den Titel des Films, »Blutgruppe AB«, in der Zeitung entdeckt und Karl davon überzeugt, fernzusehen. Schließlich handelte es sich um AB, wie im letzten Fall, erinnerte sie ihn. Mal sehen, ob die das richtig darstellen können, die Abstammungsbegutachtung, lächelte sie ihn an. Widerwillig willigte er ein. Die ersten Minuten handelten davon, wie sich ein Dozent Dr. Pfeiffer nachts im Auto mit seiner Freundin Sybille streitet. Sie glaubt, dass er sie verlassen will. Als er auf ihre drängenden Fragen nicht eingeht, besteht Sybille darauf, auszusteigen. In einer Waldgegend bei Lühnsdorf verlässt sie ihn im strömenden Regen. Einige Zeit später erreicht sie, scheinbar unter Schock, ein offenes Forsthaus und schneidet sich die Pulsadern auf. Der Förster findet Sybille und kann sie gerade noch rechtzeitig ins Krankenhaus einliefern. In diesem Augenblick, Sybilles leerer Blick war gerade an die Krankenzimmerdecke gerichtet und Karl Bircher ein weiteres Mal eingenickt, klingelte es an der Wohnungstür.

Er schreckte auf, sein erster Gedanke war das Hochhaus.

»Wer kommt um diese Zeit zu uns? Erwartest du jemand?«

»Keine Ahnung, ich gehe schon«, sagte Karola und rutschte vom Sofa.

Auf Socken ging sie zur Tür, und Karl Bircher glaubte die Stimme seines Nachbarn zu hören. Der Arzt, dachte er, hoffentlich braucht der mich nicht. Es dauerte keine zwei Minuten, und Karola schlenderte verschwörerisch lächelnd ins Zimmer. In den Händen hielt sie eine verpackte Flasche und einen Briefumschlag.

»Von unserem Doktor!«, trompetete sie in den Raum.

»Hat uns der Doktor etwa zu Silvester eines seiner Patientengeschenke überlassen? Braucht er meine Hilfe?«, murmelte Bircher und schielte misstrauisch zu Karola hinauf.

»Nein, die wurde bei ihm abgegeben. Gestern Abend, als wir im Konzert waren, hier nimm es bitte«, sagte sie verwundert.

Unschlüssig drehte Bircher Flasche und Umschlag in den Händen, wie um zu prüfen, ob er sie wirklich annehmen sollte. Dann untersuchte er den Umschlag, er fand keinen Absender. Schließlich schob er langsam seinen kleinen Finger zwischen den Falz auf der Rückseite und riss mit einem Ruck den Umschlag auf. Er schaute auf den handgeschriebenen Text, und seine Augen wanderten nach unten zur Unterschrift. Er räusperte sich, als hätte er sich verschluckt und kräuselte die Stirn. Dort stand: »Mit freundlichen Grüßen, Siegmund Böhme.«

Er schaute kurz zu Karola, zuckte entschuldigend die Schultern und zog sich in die Küche zurück. Im Stehen las er den Brief.

Berlin, 31.12.75

Sehr geehrter Herr Bircher,

es wird Sie verwundern, dass Sie einen Brief von mir erhalten. Ich weiß natürlich, dass Sie darauf keinen Wert legen.

Ich habe Frau Miera im Krankenhaus besucht. Sie hat mir von den Ermittlungen erzählt. Es ist entsetzlich und ich denke seitdem jeden Tag an die Geschehnisse, auch an Klaudia. Das mag für Sie unglaubwürdig klingen. Aber es ist so.

Nun, ich muss Ihnen noch etwas mitteilen, auch wenn es zu spät sein sollte. Deshalb schreibe ich diesen Brief.

Klaudias Mutter, Frau Fichtner, hat mir 1955, als wir uns trennten, gesagt, dass sie daran denke, ihrem Mann die Affäre mit mir zu beichten. Warum? Das hatte ich damals nicht verstanden. Sie konnte zu diesem Zeitpunkt nicht wissen, dass sie ein Kind von mir erwartet. Vielleicht war sie naiv und dachte, er würde das Schuldeingeständnis wie ein Treuegelöbnis für die Zukunft werten. Heute erscheint es mir nicht mehr ausgeschlossen, dass sie tatsächlich mit ihm geredet hat. Bernd Fichtner könnte in diesem Fall all die Jahre im Zweifel gelebt haben, gar nicht Klaudias Vater zu sein. Vielleicht hat er diesen Gedanken verdrängt, weil er sonst niemanden hatte. Bis dann Klaudia starb. Das muss ihn hart getroffen haben. Sicherlich härter als der Vaterschaftstest.

Ich habe während meines Besuchs bei Klaudia jedenfalls NICHTS gesagt. Das wollte ich Ihnen unbedingt schreiben.

Ich habe mir erlaubt, ein kleines Präsent zum Jahresausklang beizufügen. Das ist ja nicht verboten, hoffe ich.

Mit freundlichen Grüßen
Siegmund Böhme

P.S. Der Wein ist original verpackt. Direktimport aus Frankreich. Von mir ordentlich im Intershop bezahlt. Rechnung klebt an der Flasche.

Bircher riss die Verpackung ab und studierte das Etikett. Hinten sah er die Rechnung. Donnerwetter, dachte er und ging zurück ins Wohnzimmer.

»Karola!«, rief er ihr zu, »ich habe hier einen Jean-Francois et Pierre-Louis-Bersan-Chablis, den schenke ich dir als Anerkennung für deine Mitarbeit in der Sache Mordshochhaus. Mach die Kiste aus!«